Een lichte koude huivering

KARIN SLAUGHTER

Nachtschade
Zoenoffer
Vervloekt geluk
Onzichtbaar

DE BEZIGE BIJ

KARIN SLAUGHTER

Een lichte koude huivering

Vertaling Paul Syrier

CARGO

2005
DE BEZIGE BIJ
AMSTERDAM

Cargo is een imprint van
uitgeverij De Bezige Bij, Amsterdam

Eerste druk oktober 2003
Zevende druk mei 2005
Oorspronkelijke titel *A faint cold fear*
Oorspronkelijke uitgever Random House, Londen
Omslagontwerp Marry van Baar
Omslagillustratie Hollandse Hoogte/Millenium
Foto auteur George Verberne/HH
Vormgeving binnenwerk Peter Verwey, Heemstede
Druk Wöhrmann, Zutphen
ISBN 90 234 1725 9
NUR 305

www.debezigebij.nl

Voor VS
met al mijn liefde en affectie

Zondag

Een

Sara Linton staarde naar de ingang van de Dairy Queen en keek hoe haar hoogzwangere zuster met een beker met ijs met chocolade in elke hand naar buiten kwam. Toen Tessa halverwege de parkeerplaats was stak de wind op, waardoor haar paarse jurk tot boven haar knieën opkroop. Ze worstelde om het kledingstuk omlaag te houden zonder het ijs te morsen, en Sara hoorde haar zus vloeken terwijl ze de auto naderde.

Sara probeerde niet te lachen terwijl ze zich vooroverboog om het portier te openen en vroeg: 'Moet ik helpen?'

'Nee,' zei Tessa terwijl ze haar lichaam in de auto wrong. Ze ging moeizaam zitten en gaf Sara haar ijs aan. 'En je mag best ophouden me uit te lachen.'

Sara vertrok haar gezicht toen haar zuster haar sandalen uitschopte en haar blote voeten op het dashboard zette. De BMW 330i was minder dan twee weken oud en Tessa had al een zak Goobers op de achterbank laten smelten en een sinaasappel-Fanta op de bekleding voorin gemorst. Als Tessa niet bijna acht maanden zwanger was geweest had Sara haar gewurgd.

Sara vroeg: 'Waarom duurde het zo lang?'

'Ik moest piesen.'

'Alweer?'

'Nee, ik vind het gewoon enig op de plee in die klote-Dairy Queen, nou goed?' beet Tessa haar toe. Ze wapperde met haar hand voor haar gezicht. 'Jezus, wat is het warm.'

Sara zei niets en zette de airconditioning hoger. Als arts wist ze dat Tessa alleen maar het slachtoffer van haar eigen hormonen was, maar er waren momenten dat Sara dacht dat het voor alle betrokkenen het best zou zijn Tessa in een doos op te sluiten en deze pas open te maken als ze een baby hoorden huilen.

'Het was er stampvol,' wist Tessa tussen twee happen chocoladesiroop uit te brengen. 'Jezusnogantoe, moeten al die mensen eigenlijk niet in de kerk zitten of zo?'

'Hmm,' zei Sara.

'Het was er overal even smerig. Kijk die parkeerplaats nou eens,' zei Tessa, met haar lepeltje door de lucht zwaaiend. 'De mensen gooien hier gewoon hun afval weg en het kan ze niks schelen wie het op moet rapen. Alsof ze denken dat de vuilnisfee het wel opruimt of zo.'

Sara mompelde een paar instemmende woorden en at haar ijs terwijl Tessa haar litanie van klachten over iedereen bij de Dairy Queen voortzette, van de man die in zijn mobiel had staan praten tot de vrouw die tien minuten in de rij had staan wachten en toen ze eenmaal de toonbank had bereikt niet had kunnen beslissen wat ze eigenlijk wilde. Na een tijdje dwaalden Sara's gedachten af en keek ze uit over de parkeerplaats, denkend aan de drukke week die voor haar lag.

Enkele jaren daarvoor had Sara de parttimebaan van lijkschouwer van de provincie aangenomen om haar partner bij de Heartsdale Children's Clinic, die binnenkort met pensioen zou gaan, te kunnen uitkopen, en de laatste tijd was Sara's werk in het mortuarium haar rooster in de kliniek flink in de weg gaan zitten. Normaal gesproken legde het baantje bij de provincie niet erg veel beslag op Sara's tijd, maar de afgelopen week had een optreden voor de rechtbank haar twee werkdagen in de kliniek gekost, en die moest ze deze week compenseren met overwerk.

Sara's baan in het mortuarium begon in toenemende mate inbreuk te maken op haar tijd in de kliniek, en ze wist dat ze over een paar jaar een keus zou moeten maken. Als het moment daar was zou het een moeilijke beslissing worden. Een medische onderzoeksbaan was een uitdaging, een uitdaging waaraan Sara dertien jaar geleden, toen ze uit Atlanta was vertrokken en naar Grant County was teruggekeerd, erg dringend behoefte had gehad. Enerzijds dacht ze dat haar hersenen zouden atrofiëren zonder de voortdurende problemen waarvoor ze door forensische geneeskunde werd gesteld. Aan de andere kant gaf het behandelen van kinderen veel voldoening, en Sara, die zelf geen kinderen kon krijgen, wist dat ze het contact zou missen. Ze werd dagelijks gekweld door de vraag welke baan leuker was. In het algemeen leek de ene baan ideaal als ze in de andere een slechte dag had gehad.

'Nou, we schieten al aardig op, mevrouwtje!' krijste Tessa, hard genoeg om Sara's aandacht te trekken. 'Ik ben vierendertig, geen vijftig. Hoe haalt een verpleegster het in haar bolle kop zoiets tegen een zwangere vrouw te zeggen?'

Sara staarde haar zuster aan. 'Wat?'

'Heb je wel een woord gehoord van wat ik zonet zei?'

Sara probeerde overtuigend te klinken. 'Ja. Natuurlijk.'

Tessa fronste haar voorhoofd. 'Je zit aan Jeffrey te denken, hè?'

Sara werd door de vraag verrast. Haar gewezen echtgenoot was voor de verandering eens het laatste waaraan ze dacht. 'Nee.'

'Sara, lieg niet tegen me,' zei Tessa verontwaardigd. 'Iedereen in de stad heeft vrijdag die reclamemeid bij het bureau naar binnen zien gaan.'

'Ze had de belettering gedaan voor die nieuwe politieauto,' antwoordde Sara, die voelde dat er een warme gloed naar haar wangen opsteeg.

Tessa wierp haar een ongelovige blik toe. 'Was dat de vorige keer niet ook zijn excuus?'

Sara gaf geen antwoord. Ze herinnerde zich, alsof het gisteren was gebeurd, nog de dag dat ze vroeg van haar werk was thuisgekomen en Jeffrey met de eigenares van het plaatselijke reclameschilderbedrijf in bed had aangetroffen. De hele familie Linton was zowel verbaasd als geërgerd dat Sara weer afspraken met Jeffrey maakte, en hoewel Sara deze gevoelens grotendeels kon volgen, voelde ze zich niet in staat er definitief een einde aan te maken. Als het om Jeffrey ging kreeg de logica geen vat op haar.

Tessa waarschuwde: 'Je moet voorzichtig met hem zijn. Laat hem zich niet al te veel op zijn gemak voelen.'

'Ik ben niet gek.'

'Soms ben je dat wel degelijk.'

'Nou, jij ook,' beet Sara terug; ze voelde zich een idioot, nog voordat ze het goed en wel had gezegd.

Afgezien van het gezoem van de airconditioning was het stil in de auto. Uiteindelijk probeerde Tessa: 'Je had moeten zeggen: "Ik weet dat jij dat bent, maar wat vind je van mij?"'

Sara wilde het weglachen, maar ze was te geïrriteerd. 'Tessie, je hebt er helemaal niets mee te maken.'

Tessa liet een harde, blaffende lach horen die in Sara's oren roffelde. 'Ach, liefje toch, dat heeft nog nooit iemand ervan weerhouden zich ergens mee te bemoeien. Ik weet zeker dat die idioot van een Marla Simms de telefoon al in haar hand had nog voordat die kleine slet uit haar bestelwagen was gekomen.'

'Noem haar niet zo.'

Tessa zwaaide weer met haar lepeltje. 'Hoe wil je dan dat ik haar noem? Hoer soms?'

'Niets,' zei Sara, en ze meende het. 'Noem haar maar niets.'

'O, volgens mij heeft ze wel een paar mooie woorden verdiend.'

'Jeffrey is degene van wie het bedrog is uitgegaan. Ze heeft alleen maar van een mooie kans geprofiteerd.'

'Weet je,' begon Tessa, 'ik heb in mijn leven heel wat mooie kansen aangegrepen, maar ik heb nog nooit achter een getrouwde kerel aan gezeten.'

Sara sloot haar ogen en wilde dat haar zuster haar mond hield. Ze had geen enkele behoefte aan dit gesprek.

Tessa voegde eraan toe: 'Marla heeft Penny Brock verteld dat ze dikker is geworden.'

'Waarom heb je in godsnaam met Penny Brock gepraat?'

'Verstopte afvoer in haar keuken,' zei Tessa, terwijl haar mond een smakkend geluid maakte om haar lepeltje. Tessa had haar fulltimebaan bij haar vader in de loodgieterszaak van de familie opgegeven toen ze zich vanwege haar dikke buik niet meer door kruipruimten had kunnen wurmen, maar ze kon wel nog steeds een verstopte afvoer doorsteken.

Tessa zei: 'Volgens Penny is ze net een nijlpaard.'

Ondanks al haar goede bedoelingen kreeg Sara even een gevoel van triomf, gevolgd door een golf schuldgevoel omdat ze plezier kon beleven aan het uitdijen van de heupen van de andere vrouw. En van haar kont. Het meisje van de uithangborden was al een tikkeltje dikker in de flanken dan goed voor haar was.

Tessa zei: 'Ik zie dat je moet lachen.'

Het klopte; haar wangen deden pijn van de inspanning om haar mond dicht te houden. 'Dit is verschrikkelijk.'

'Sinds wanneer?'

'Sinds...' Sara's stem zwierf weg. 'Sinds ik er het gevoel van krijg dat ik een ongelofelijke malloot ben.'

'Nou ja, je ben wat je ben, zoals Popeye zou zeggen.' Tessa schraapte demonstratief met haar plastic lepeltje in de kartonnen beker om de laatste restjes ijs eruit te krijgen. Ze zuchtte diep, alsof haar dag opeens was bedorven. 'Mag ik de rest van jouw ijs?'

'Nee.'

'Ik ben zwanger!' piepte Tessa.

'Dat is mijn schuld niet.'

Tessa begon weer in haar beker te schrapen. Om het nog erger te maken begon ze haar voetzool te krabben aan het generfde knoestige hout van het dashboard.

Er verstreek een volle minuut voordat Sara voelde dat het schuldgevoel van de oudere zuster haar als een moker raakte. Ze probeerde zich ertegen teweer te stellen door nog een paar happen ijs te nemen, maar het bleef in haar keel steken.

'Hier, grote baby.' Sara gaf haar de beker aan.

'Dank je,' reageerde Tessa liefjes. 'Misschien kunnen we nog wat meer kopen, voor later?' opperde ze. 'Maar wil jij het dan gaan halen? Ik wil niet dat ze me als een vraatzuchtig varken beschouwen, en' – ze glimlachte lief en knipperde met haar oogleden – 'misschien heb ik die meid achter de toonbank wel voor schut gezet.'

'Ik kan me niet voorstellen hoe.'

Tessa knipperde nogmaals onschuldig met haar ogen. 'Sommige mensen zijn gewoon gevoelig.'

Sara opende het portier, om de een of andere reden blij dat ze naar buiten kon. Ze stond een meter van de auto toen Tessa het raampje omlaagdraaide.

'Ik weet het,' zei Sara. 'Extra chocola.'

'Ja, maar kom even terug.' Tessa stopte even om ijs van de zijkant van haar mobieltje te likken voordat ze hem uit het raam stak. 'Jeffrey voor je.'

Sara parkeerde in het gravel tussen een patrouillewagen van de politie en Jeffreys auto. Ze fronste toen ze steentjes tegen de zijkant van haar auto hoorde springen. De enige reden waarom Sara haar open sportwagen voor dit grotere model had ingeruild was dat er in deze auto een kinderzitje paste. Door toedoen van Tessa en de invloed van de elementen zou de BMW nog voor de komst van de baby in een vuilnisbelt zijn veranderd.

'Is het hier?' vroeg Tessa.

'Yep.' Sara gaf een ruk aan de handrem en keek uit over de droge rivierbedding voor hen. Georgia had sinds halverwege de jaren negentig onder droogte te lijden, en de geweldige rivier die zich ooit als een dikke, luie slang door het bos had gekronkeld was tot weinig meer dan een dun stroompje gekrompen. Een gebarsten, droog karkas was alles wat ervan restte, en de betonnen brug tien meter boven hen leek daar verdwaald, hoewel Sara zich nog wel herinnerde dat er mensen op hadden staan vissen.

'Is dat het lijk?' vroeg Tessa, op een halve kring mannen wijzend.

'Waarschijnlijk,' antwoordde Sara, die zich afvroeg of ze zich op het terrein van het college bevonden. Grant County omvatte drie steden: Heartsdale, Madison en Avondale. Heartsdale, dat het Grant Institute of Technology onderdak bood, was het juweel van de county, en elke misdaad die er binnen de stadsgrenzen plaatsvond werd om deze reden als des te gruwelijker beschouwd. Een misdaad op het grondgebied van het college zou een nachtmerrie zijn.

'Wat is er gebeurd?' vroeg Tessa begerig, hoewel ze nooit eerder belangstelling voor deze kant van Sara's baan had getoond.

'Daar moet ik achter zien te komen,' bracht Sara haar in herinnering, terwijl ze haar arm naar het handschoenenkastje uitstak om haar stethoscoop te pakken. Er was maar weinig ruimte, en Sara's hand rustte even op Tessa's buik. Ze liet hem een moment liggen.

'O, zusje,' hijgde Tessa en pakte Sara's hand. 'Wat hou ik toch van je.'

Sara lachte om de plotselinge tranen in Tessa's ogen, maar om de een of andere reden voelde ze dat ook zij op het punt stond in tranen uit te barsten. 'Ik hou ook van jou, Tessie.' Ze gaf een kneepje in de hand van haar zuster en zei: 'Blijf in de auto. Het zal niet lang duren.'

Jeffrey liep op Sara af toen deze het portier dichtdeed. Zijn donkere haar was netjes gekamd, nog een beetje nat in zijn nek. Hij was gekleed in een antracietgrijs pak, perfect geperst en met een volmaakte snit, met een gouden politie-insigne aan de borstzak.

Sara droeg een trainingsbroek die betere tijden had gekend en een T-shirt dat ergens tijdens het bewind van Reagan zijn pogingen had gestaakt wit te blijven. Ze droeg gymschoenen zonder sokken; de veters waren losjes dichtgeknoopt, zodat ze er met zo weinig mogelijk moeite in en uit kon.

'Je had echt niet in gala hoeven komen,' schertste Jeffrey, maar ze hoorde de spanning in zijn stem.

'Wat is er aan de hand?'

'Dat weet ik niet zeker, maar het zit me niet lekker...' Hij zweeg en keek naar de auto. 'Heb je Tess meegenomen?'

'Het lag op onze route, en ze wilde mee...' Sara klonk vaag omdat er eigenlijk geen verklaring was, behalve dat het op dit moment Sara's doel in het leven was ervoor te zorgen dat Tessa tevreden was – of in elk geval niet voortdurend zat te klagen.

Jeffrey begreep de situatie. 'Ik neem aan dat het geen zin had het haar uit het hoofd te praten?'

'Ze heeft beloofd in de auto te blijven,' zei Sara, precies op het moment dat ze het portier achter zich hoorde dichtslaan. Ze draaide zich dreigend met haar handen in haar zij om, maar Tessa wuifde haar al weg.

'Ik moet gaan,' zei Tessa, wijzend op een rij bomen in de verte.

Jeffrey vroeg: 'Wil ze helemaal naar huis lopen?'

'Ze gaat piesen,' legde Sara uit, terwijl ze keek hoe Tessa in de richting van het bos de heuvel op liep.

Tessa nam moeizaam de steile helling, waarbij ze haar buik met haar handen steunde alsof ze een mand droeg. Jeffrey vroeg: 'Word je kwaad op me als ik moet lachen als ze die helling weer af rolt?'

Sara lachte in plaats van zijn vraag te beantwoorden.

Hij vroeg: 'Denk je dat ze het wel redt daar boven?'

'O, ja hoor,' zei Sara. 'Wat lichaamsbeweging zal haar geen kwaad doen.'

'Weet je het zeker?' vroeg Jeffrey dringend, bezorgd.

'Het gaat prima,' verzekerde Sara hem. Ze wist dat Jeffrey zijn hele leven nooit erg lang in de buurt van een zwangere vrouw was geweest. Hij was waarschijnlijk bang dat Tessa weeën zou krijgen voordat ze de bomen boven op de heuvel zou hebben bereikt. Dat geluk zou elke vrouw moeten hebben.

Sara maakte aanstalten naar de plek te gaan waar het lijk lag maar bleef staan toen hij niet achter haar aan kwam. Ze draaide zich om, wachtend op datgene waarvan ze wist dat het zou komen.

Hij zei: 'Je was vanmorgen al erg vroeg vertrokken.'

'Ik dacht dat je de slaap wel nodig zou hebben.' Ze liep naar hem terug en trok een stel rubberen handschoenen uit zijn jaszak. Ze vroeg: 'Wat zit je niet lekker?'

'Zo moe was ik trouwens niet,' zei hij op dezelfde suggestieve toon die hij vanmorgen zou hebben aangeslagen als ze thuis was blijven rondhangen.

Ze knoeide met de handschoenen terwijl ze iets probeerde te bedenken. 'Ik moest de honden uitlaten?'

'Je kunt ze toch meenemen.'

Sara wierp een scherpe blik op de patrouillewagen. 'Is die nieuw?' vroeg ze, nieuwsgierigheid voorwendend. Grant County was niet groot. Sara had al over de nieuwe patrouillewagen gehoord nog voordat hij voor het bureau geparkeerd stond.

Hij zei: 'Ik heb hem een paar dagen geleden gekregen.'

'Die belettering ziet er goed uit,' zei ze op geforceerd achteloze toon.

'Ach, nee toch,' zei hij, een irritante dooddoener die hij onlangs had opgepikt voor als hij niet wist wat hij anders moest zeggen.

Sara nam hier geen genoegen mee. 'Ze heeft het echt mooi gedaan.'

Jeffrey bleef haar strak aankijken, alsof hij niets te verbergen had. Sara zou onder de indruk zijn geweest als hij de laatste keer dat hij haar had verzekerd dat hij haar niet bedroog niet precies dezelfde woorden had gebruikt.

Ze glimlachte gespannen tegen hem en vroeg weer: 'Wat zit je niet lekker?'

Hij ademde kort, geërgerd uit. 'Je zult het wel zien,' zei hij, terwijl hij naar de rivier liep.

Sara liep in haar gewone tempo, maar Jeffrey hield zijn pas zo in dat ze hem kon inhalen. Ze zag dat hij boos was, maar ze had zich nooit door Jeffreys stemmingen van de wijs laten brengen.

Ze vroeg: 'Gaat het om een student?'

'Waarschijnlijk,' zei hij, nog steeds op afgebeten toon. 'We hebben zijn zakken doorzocht. Hij had geen identiteitsbewijs bij zich, maar deze kant van de rivier is terrein van het college.'

'Geweldig,' mompelde Sara, die zich afvroeg hoe lang het zou duren voordat Chuck Gaines, het nieuwe hoofd beveiliging van het college, zou komen opdraven om vraagtekens te zetten bij alles wat ze deden. Chuck konden ze gemakkelijk als een lastige vlieg van zich af slaan, maar Jeffreys belangrijkste richtlijn als hoofd van de politie van Grant County was het college tevreden te houden. Chuck wist dit beter dan wie ook, en hij buitte, wanneer hij maar kon, zijn voordelige positie uit.

Sara zag een heel aantrekkelijke blondine op een groep rotsblokken zitten. Naast haar zat Brad Stephens, een jonge agent die lang geleden patiënt van Sara was geweest.

'Ellen Schaffer,' zei Jeffrey behulpzaam. 'Ze was aan het joggen, de kant van het bos op. Kwam over de brug en zag het lichaam.'

'Wanneer heeft ze het gevonden?'

'Ongeveer een uur geleden. Ze heeft met haar mobiel gebeld.'

'Heeft ze die bij zich als ze aan het joggen is?' vroeg Sara, zich afvragend waarom ze daar verbaasd over was. Mensen konden niet eens meer zonder hun telefoon naar de wc; ze mochten zich eens gaan vervelen.

Jeffrey zei: 'Ik wil proberen nog eens met haar te praten als jij het lichaam hebt onderzocht. Ze was daarnet nog te ontdaan. Misschien kan Brad helpen haar te kalmeren.'

'Kende ze het slachtoffer?'

'Daar ziet het niet naar uit,' zei hij. 'Ze was waarschijnlijk gewoon op het verkeerde moment op de verkeerde plek.'

De meeste getuigen hadden hetzelfde soort pech; ze zagen even iets wat hun de rest van hun leven bijbleef. Te oordelen naar wat Sara van het lichaam midden in de rivierbedding kon zien was het meisje gelukkig met de schrik vrijgekomen.

'Kom,' zei Jeffrey. Hij pakte Sara bij haar arm en trok haar naar de oever. Het land was heuvelachtig en liep langzaam af in de richting van de rivier. Er was een paadje uitgesleten door wegstromend regenwater, maar de grond was poreus en los.

Sara schatte dat de rivierbedding op deze plek minstens twaalf meter breed was, maar dat zou Jeffrey later nog wel laten nameten. De grond was kurkdroog onder hun voeten en ze voelde de steentjes en de klei in haar gymschoenen binnendringen terwijl ze, stof opwerpend, naar het lichaam liepen. Een jaar of tien geleden zouden ze nu tot hun nek in het water hebben gestaan.

Sara hield halverwege halt en keek naar de brug. Hij had de vorm van een simpele betonnen balk met een lage reling. Een paar centimeter van de onderkant stak er een richel uit, en tussen deze richel en de reling had iemand met een spuitbus in zwarte letters STERF NIKKER en een groot hakenkruis gekladderd.

Sara kreeg een vieze smaak in haar mond. Op sarcastische toon zei ze: 'Ach, wat leuk.'

'Ja, hè?' antwoordde Jeffrey, evenzeer walgend als zij. 'Je ziet het overal op de campus.'

'Wanneer is het begonnen?' vroeg Sara. De graffiti waren vervaagd; waarschijnlijk waren ze een paar weken oud.

'Onduidelijk?' zei Jeffrey. 'Het college heeft het bestaan ervan niet eens erkend.'

'Als ze het erkenden zouden ze er iets aan moeten doen,' merkte Sara op, terwijl ze over haar schouder naar Tessa zocht. 'Weet jij wie het doet?'

'Studenten,' zei hij, en hij gaf het woord zodoende een akelige bijsmaak terwijl hij verder afdaalde naar de oever. 'Waarschijnlijk een stel doorgedraaide yankees dat denkt dat het leuk is zich in het Zuiden als een stel achterlijke boeren te gedragen.'

'Ik haat amateurracisten,' mompelde Sara, die zichzelf dwong te glimlachen toen ze op Matt Hogan en Frank Wallace af liepen.

'Middag, Sara,' zei Matt. In zijn ene hand had hij een instantcamera en in zijn andere een paar polaroids.

Frank, Jeffreys ondergeschikte, zei tegen haar: 'We zijn net klaar met de foto's.'

'Dank je,' zei Sara terwijl ze haar rubberen handschoenen aantrok.

Het slachtoffer lag recht onder de brug, met zijn gezicht omlaag op de grond. Zijn armen waren gespreid en zijn broek en onderbroek zaten in een prop om zijn enkels. Te oordelen naar zijn lengte en het gebrek aan haar op zijn gladde rug en billen was hij een jonge man, waarschijnlijk in de twintig. Zijn blonde haar reikte tot zijn boord en was op zijn achterhoofd gescheiden. Hij had daar evengoed kunnen liggen slapen als er niet die spetters bloed en weefsel bij zijn anus hadden gezeten.

'Ah,' zei ze, omdat ze Jeffreys bezorgdheid meteen begreep.

Sara knielde en drukte haar stethoscoop tegen de rug van de dode jongen, maar dat was niet meer dan een formaliteit. Ze voelde en hoorde zijn ribben onder haar hand bewegen. Er was geen hartslag.

Sara hing de stethoscoop om haar nek en onderzocht het lichaam, waarbij ze hardop haar bevindingen meldde. 'Er is geen teken van het soort trauma dat je bij gewelddadige sodomie zou verwachten. Geen kneuzingen, geen scheuren.' Ze keek naar zijn handen en polsen. Zijn linkerarm was vreemd verdraaid en ze zag een gemeen roze litteken over de onderarm lopen. Zo te zien had de verwonding vier tot zes maanden geleden plaatsgevonden. 'Hij was niet vastgebonden.'

De jongeman droeg een donkergroen T-shirt, dat Sara optrok om verdere verwondingen te zoeken. Aan de basis van de ruggengraat zat een lange schaafwond; de huid was beschadigd, maar niet genoeg om te bloeden.

'Wat is dat?' vroeg Jeffrey.

Sara gaf geen antwoord, hoewel er iets vreemds was aan die schaafwond.

Ze tilde het rechterbeen van de jongen op om het iets opzij te leggen, maar hield hiermee op toen de voet niet meekwam. Sara schoof haar hand in de pijp, tastte naar de botten in de enkel en daarna naar het kuitbeen en scheenbeen. Het was alsof ze in een met meel gevulde ballon kneep. Ze controleerde het andere been en vond hetzelfde. De botten waren niet alleen maar gebroken; ze waren verbrijzeld.

Er werden autodeuren dichtgeslagen, en Sara hoorde Jeffrey binnensmonds 'Shit' fluisteren.

Een paar tellen later kwam Chuck Gaines de helling af. Het overhemd van zijn donkerbruine uniform spande strak om zijn borst terwijl hij voorzichtig omlaagliep. Sara kende Chuck al sinds de lagere school, waar hij haar genadeloos overal mee had gepest, van haar lengte tot haar goede cijfers tot haar rode haar, en ze was even blij hem nu te zien als al die jaren geleden op het schoolplein.

Lena Adams stond naast hem, in eenzelfde uniform, dat minstens twee maten te groot was voor haar kleine lichaam. De broek werd door een riem opgehouden, en met haar pilotenzonnebril en haar haar onder een honkbalpet met een lange klep zag ze eruit als een jongetje in de kleren van zijn vader, vooral toen ze op de schuine oever haar evenwicht verloor en de rest van de weg op haar achterste omlaaggleed.

Frank wilde haar helpen, maar Jeffrey hield hem met een waarschuwende blik tegen. Lena was rechercheur geweest – één van hen – tot zeven maanden geleden. Jeffrey had Lena niet vergeven dat ze weg was gegaan en hij moest ervoor zorgen, en was dat ook van plan te doen, dat er niemand onder zijn commando haar voorbeeld volgde.

'Verdomme,' zei Chuck, die het laatste stukje op een holletje aflegde. Er lag ondanks de koele dag een lichte glans van zweet op zijn bovenlip, en zijn gezicht was rood aangelopen van de inspanning die de afdaling hem had gekost. Chuck was uitermate gespierd, maar hij had iets ongezonds. Hij zweette altijd, en door een dunne laag vet onder zijn huid oogde deze strak gespannen en gezwollen. Zijn gezicht was rond en vollemaanachtig, zijn ogen stonden iets te ver uit elkaar. Sara wist niet of het door de steroïden kwam of door een gebrek aan gewichtstraining, maar hij wekte de indruk ieder moment een hartaanval te kunnen krijgen.

Chuck knipoogde flirterig tegen Sara en zei: 'Hallo, rooie', waarna hij Jeffrey zijn vlezige hand toestak. 'Hangen ze er nog goed bij, chef?'

'Chuck,' zei Jeffrey terwijl hij hem met tegenzin een hand gaf. Hij wierp een korte blik op Lena en draaide zich om naar de plaats van het misdrijf. 'Het is ongeveer een uur geleden gemeld. Sara is hier net aangekomen.'

Sara zei: 'Hallo, Lena.'

Lena knikte even, maar Sara kon haar gelaatsuitdrukking niet zien door de donkere zonnebril. Het was duidelijk dat Jeffrey deze begroeting afkeurde, en als ze met z'n tweeën waren geweest zou Sara hem duidelijk hebben gemaakt wat ze van zijn houding vond.

Chuck sloeg zijn handen tegen elkaar als om zijn gezag te benadrukken. 'Wat heb je daar, dok?'

'Waarschijnlijk zelfmoord,' antwoordde Sara, die probeerde zich te herinneren hoeveel keer ze Chuck had gevraagd haar niet 'dok' te noemen. Waarschijnlijk in de verste verte niet zo veel keer als ze hem had gevraagd haar evenmin 'rooie' te noemen.

'O?' vroeg Chuck, zich iets vooroverbuigend. 'Lijkt het je niet dat er met hem gerommeld is?' Chuck wees op de onderste helft van het lichaam. 'Lijkt mij wel.'

Sara ging op haar hurken zitten en gaf geen antwoord. Ze

wierp weer een blik op Lena en vroeg zich af hoe deze het volhield. Lena had een jaar geleden haar zuster verloren en was daarna, tijdens het onderzoek, door een hel gegaan. Ook al kon Sara een hoop dingen bedenken die ze niet prettig vond aan Lena Adams, Chuck Gaines wenste ze niemand toe.

Chuck scheen te beseffen dat er niemand aandacht aan hem besteedde. Hij klapte nog een keer in zijn handen en beval: 'Adams, kijk eens in de buurt rond. Of je wat kunt opsnuffelen.'

Verrassend genoeg gehoorzaamde Lena en liep stroomafwaarts.

Sara keek naar de brug, waarbij ze haar ogen afschermde tegen de zon. 'Frank, kun jij even naar boven om te kijken of er een briefje of iets dergelijks ligt?'

'Een briefje?' echode Chuck.

Sara richtte zich tot Jeffrey. 'Ik stel me zo voor dat hij van de brug is gesprongen,' zei ze. 'Hij is op zijn voeten neergekomen. Je ziet de afdrukken van zijn schoenen diep in de grond. Door de klap is zijn broek afgezakt en zijn de meeste, zo niet alle botten in zijn voeten en benen gebroken.' Ze keek naar het label achter op de spijkerbroek en controleerde de maat. 'Het was een erg wijde broek, en de snelheid zal van die hoogte behoorlijk groot zijn geweest. Ik denk dat het bloed daar zit omdat zijn ingewanden naar buiten zijn gekomen. Je kunt zien waar een deel van het rectum binnenstebuiten is gekeerd en via de anus naar buiten is gedrukt.'

Chuck floot zachtjes, en voordat ze zich ervan kon weerhouden keek Sara naar hem omhoog. Ze zag zijn lippen bewegen terwijl hij de racistische leus op de brug las. Hij lachte opgewekt en veelzeggend tegen Sara voordat hij vroeg: 'Hoe is het met je zus?'

Sara zag dat Jeffrey zijn mond dichtdeed en hoorde zijn tanden knarsen. Devon Lockwood, de vader van Tessa's kind, was zwart.

'Prima, Chuck,' antwoordde Sara, die zichzelf dwong niet op de provocatie in te gaan. 'Waarom vraag je dat?'

Hij glimlachte nog eens en controleerde vanuit zijn ooghoeken of ze hem naar de brug zag kijken. 'O, zomaar.'

Ze bleef Chuck aanstaren, ontzet hoe weinig hij sinds de middelbare school was veranderd.

'Dat litteken op zijn arm,' onderbrak Jeffrey hen. 'Dat ziet er tamelijk vers uit.'

Sara dwong zichzelf naar de arm van het slachtoffer te kijken, maar haar woede bleef in haar keel steken toen ze antwoordde: 'Ja.'

'Ja?' herhaalde Jeffrey; het was duidelijk als vraag bedoeld.

'Ja,' zei Sara, waarmee ze hem aan het verstand bracht dat ze haar eigen boontjes wel kon doppen. Ze ademde diep, kalmerend in voordat ze zei: 'Ik houd het erop dat het opzet was, recht omhoog door de slagader. Hij is er waarschijnlijk voor in het ziekenhuis geweest.'

Op slag was Chuck in Lena's vorderingen geïnteresseerd. 'Adams!' riep hij. 'Kijk eens die kant op.' Hij wees stroomopwaarts, de tegengestelde richting als waarin ze zich had bewogen.

Sara legde haar handen op de heupen van de dode jongen en vroeg Jeffrey: 'Kun je me helpen hem om te draaien?'

Terwijl ze wachtte tot Jeffrey handschoenen had aangetrokken zocht Sara de bosrand af naar Tessa. Ze was nergens te bekennen. Het gebeurde niet vaak, maar nu was Sara dankbaar dat Tessa in haar auto zat.

'Oké,' zei Jeffrey met zijn handen op de schouders van de dode jongen.

Sara telde af en ze draaiden het lichaam zo voorzichtig mogelijk om.

'O, godsamme,' piepte Chuck, wiens stem opeens drie octaven omhoogging. Hij deed snel een stap achteruit, alsof het lichaam plotseling in brand stond. Jeffrey stond meteen op, met een uitdrukking van diepe afschuw op zijn gezicht. Matt liet iets horen wat als een droge snik klonk en draaide hun de rug toe.

'Nou nou,' zei Sara bij gebrek aan beter.

Het uiteinde van de penis van het slachtoffer was vrijwel geheel afgescheurd. Een acht centimeter lange flap huid hing los van de eikel, een rij haltervormige oorringen staken zigzagsgewijs door het vlees.

Sara knielde neer bij zijn onderbuik om de schade te onderzoeken. Ze hoorde iemand fluitend door zijn tanden inademen toen ze de huid in zijn normale positie terugtrok en de gerafelde randen bekeek waar het vlees van het orgaan was gescheurd.

Jeffrey was de eerste die iets zei. 'Wat is dat in jezusnaam?'

'Piercings,' zei ze. 'Dit heet een frenumladder.' Sara wees op de metalen piercings. 'Ze zijn behoorlijk zwaar. Door de klap moet de huid er als een sok af zijn gerukt.'

'Jezus,' mompelde Chuck weer, nu openlijk naar de schade kijkend.

Jeffrey keek ongelovig. 'Heeft hij zichzelf dit aangedaan?'

Sara haalde haar schouders op. Genitale piercings waren in Grant County niet echt een alledaags verschijnsel, maar Sara had in de kliniek met genoeg piercinggerelateerde ontstekingen te maken gehad om te weten dat het wel degelijk voorkwam.

'Je-zus,' mompelde Matt, die nog steeds van hen afgewend in de grond stond te schoppen.

Sara wees op een dunne gouden ring door de neusvleugel van de jongen. 'Hier is de huid dikker, dus deze is er niet uitgerukt. Zijn wenkbrauw...' Ze keek om zich heen op de grond en vond nog een gouden ring, in de klei gedrukt op de plaats waar het lichaam was neergekomen. 'Misschien is door de klap het slotje opengegaan.'

Jeffrey wees op de borst. 'En hier?'

Een dun straaltje bloed begon ongeveer vijf centimeter onder de rechtertepel van de jongen, die doormidden was gescheurd. Sara waagde een gokje en rolde de band van de spijkerbroek terug. Tussen de ritssluiting en een Joe Boxers zat een derde oorring geklemd. 'Gepiercete tepel,' zei ze, de ring oppakkend. 'Heb je hier een zakje voor?'

Jeffrey haalde een klein papieren zakje voor bewijsmateriaal te voorschijn, hield het voor haar open en vroeg met grote weerzin: 'Was dat het?'

'Waarschijnlijk niet,' antwoordde ze.

Sara pakte de kaak van de jongeman tussen duim en wijsvinger en drukte de mond open. Ze stak er voorzichtig haar vingers in en probeerde zich niet te snijden.

'Zijn tong was waarschijnlijk ook gepiercet,' zei ze tegen Jeffrey, terwijl ze de spier betastte. 'De punt is doormidden gesneden. Ik kom er wel achter als ik hem op mijn tafel heb, maar ik denk dat de spijker in zijn keel zit.'

Ze leunde op haar hurken achterover, trok haar handschoenen uit en bekeek het slachtoffer nu als geheel in plaats van als een verzameling gepiercete onderdelen. Het was een gewoon ogende jongen, afgezien van het lijntje bloed dat vanuit zijn neus omlaagliep en rond zijn lippen een poeltje vormde. Op zijn zachte kin stond een roodachtig blond sikje en hij had smalle en lange bakkebaarden, die zich als een stuk veelkleurig garen om zijn kaaklijn kromden.

Chuck deed een stap naar voren om beter te kunnen kijken en zijn mond viel open. 'O God, Jezus. Dat is – shit...' Hij kreunde, sloeg zich tegen zijn hoofd. 'Ik kan me zijn naam niet herinneren. Zijn moeder werkt op het college.' Sara zag dat Jeffreys schouders bij dit nieuws opeens inzakten. De zaak was in één klap tien keer zo ingewikkeld geworden.

Van de brug riep Frank: 'Ik heb een briefje gevonden.'

Sara vond dit vreemd, ook al was zij degene geweest die Frank naar boven had gestuurd om te zoeken. Sara had al heel wat zelfmoorden meegemaakt, en voor haar gevoel klopte er met deze iets niet.

Jeffrey bekeek haar oplettend, alsof hij haar gedachten kon lezen. Hij vroeg Sara: 'Denk je nog steeds dat hij is gesprongen?'

Sara gaf niet rechtstreeks antwoord: 'Daar ziet het toch wel naar uit?'

Jeffrey wachtte even voordat hij een besluit nam. 'We gaan het gebied uitkammen.'

Chuck wilde zich al als vrijwilliger melden, maar Jeffrey sneed hem soepel de pas af met de vraag: 'Chuck, kun jij met Matt hier blijven en een foto van zijn gezicht maken? Ik wil hem laten zien aan de vrouw die het lichaam heeft gevonden.'

'Eh...' Chuck leek een excuus te zoeken, niet omdat hij daar niet in de buurt wilde blijven, maar omdat hij geen orders van Jeffrey in ontvangst wilde nemen.

Jeffrey maakte een gebaar naar Matt, die zich dan eindelijk toch had omgedraaid. 'Maak maar een paar foto's.'

Matt knikte stijfjes, en Sara vroeg zich af hoe hij met zijn ogen dicht foto's wilde maken. Chuck daarentegen kon zijn ogen er niet van afhouden. Hij had waarschijnlijk nog nooit eerder een lijk gezien. Wetend wat voor iemand hij was, was Sara niet verbaasd over Chucks reactie. Wat de emoties betrof die op zijn gezicht te zien waren had hij evengoed naar een film kunnen zitten kijken.

'Kom maar,' zei Jeffrey, en hij hielp Sara overeind.

'Ik heb Carlos al gebeld,' zei Sara, doelend op haar assistent in het mortuarium. 'Hij zou hier dadelijk moeten zijn. Na de lijkschouwing weten we meer.'

'Goed,' zei Jeffrey. En tegen Matt: 'Probeer zijn gezicht er goed op te krijgen. Als Frank hier komt, zeg hem dan dat ik hem wil spreken, bij de auto's.'

Matt salueerde, hij zei nog steeds niet veel.

Terwijl ze langs de rivierbedding liepen stopte Sara haar stethoscoop in haar zak. Ze wierp een blik omhoog naar de auto, zoekend naar Tessa. Het zonlicht trof de voorruit diagonaal, waardoor het glas in een heldere spiegel veranderde.

Jeffrey wachtte tot ze zich buiten gehoorsafstand van Chuck bevonden en vroeg toen: 'Wat hou je achter?'

Sara zweeg even, niet wetend hoe ze haar gevoelens onder woorden moest brengen. 'Ik heb hier geen goed gevoel over.'

'Dat kan door Chuck komen.'

'Nee,' zei ze. 'Chuck is een lul. Dat weet ik al dertig jaar.'

Jeffrey glimlachte onwillekeurig 'Wat is er dan aan de hand?'

Sara draaide zich om, keek naar de jongen op de grond en toen weer omhoog naar de brug. 'Die schaafwond op zijn rug. Hoe zou hij daaraan komen?'

Jeffrey opperde: 'Van de reling van de brug?'

'Hoe moet dat dan zijn gebeurd? Zo hoog is die reling niet. Hij heeft er waarschijnlijk op gezeten en zijn benen eroverheen gezwaaid.'

'Onder de reling zit een richel,' merkte Jeffrey op. 'Hij kan zich in zijn val hebben geschaafd.'

Sara bleef naar de brug staren en probeerde zich de gang van zaken voor te stellen. 'Ik weet dat het dom klinkt, maar als ik het was geweest zou ik op weg naar beneden niets hebben willen raken. Ik zou op de reling zijn gaan staan en naar voren zijn gesprongen, weg van de richel. Weg van alles.'

'Misschien is hij op de richel geklommen en heeft hij zijn rug opengeschaafd aan een deel van de brug.'

'Kijk maar of je ergens huidweefsel vindt,' opperde Sara, hoewel ze om de een of andere reden betwijfelde of ze iets zouden vinden.

'En dat hij op zijn voeten is neergekomen?'

'Dat is niet zo ongewoon als je denkt.'

'Denk je dat hij het expres heeft gedaan?'

'Gesprongen?'

'Dat ding.' Jeffrey wees op het onderlichaam.

'Die piercing?' vroeg Sara. 'Die heeft hij waarschijnlijk al een tijdje. Hij is goed geheeld.'

Jeffrey trok een grimas. 'Waarom zou iemand zichzelf zoiets aandoen?'

'Ze zeggen dat het seksuele prikkels versterkt.'

Jeffrey keek sceptisch. 'Voor de man?'

'En voor de vrouw,' zei Sara, hoewel ze huiverde bij de gedachte.

Ze keek weer naar de auto in de hoop Tessa te zien. Sara had goed zicht op de plek waar de auto's geparkeerd stonden. Afgezien van Brad Stephens en de getuige was er niemand te bekennen.

Jeffrey vroeg: 'Waar is Tessa?'

'Hoe moet ik dat weten?' reageerde Sara geïrriteerd. Ze had Tessa naar huis moeten brengen in plaats van haar in haar kielzog te dulden.

'Brad,' riep Jeffrey de agent terwijl ze naar de auto's liepen. 'Is Tessa weer de heuvel af gekomen?'

'Nee, meneer,' reageerde Brad.

Sara keek op de achterbank van de auto, verwachtend Tessa er opgerold een dutje te zien doen. De auto was leeg.

Jeffrey vroeg: 'Sara?'

'Het is wel goed,' zei Sara, die bedacht dat Tessa waarschijnlijk de heuvel af was gekomen en toen weer naar boven had gemoeten. De baby had de laatste paar weken op haar blaas getapdanst.

Jeffrey opperde: 'Wil je dat ik haar ga zoeken?'

'Waarschijnlijk zit ze gewoon ergens, even uitrusten.'

'Weet je dat zeker?' vroeg Jeffrey.

Ze wuifde hem weg en nam hetzelfde pad dat Tessa de heuvel op had genomen. Studenten van het college jogden over de paden in het bos, die van de ene kant van het stadje naar de andere leidden. Als Sara zo'n anderhalve kilometer naar het oosten ging zou ze uiteindelijk bij de kinderkliniek uitkomen. In het westen lag de snelweg, en als ze naar het noorden ging zou ze aan de overkant van het stadje uitkomen, dicht in de buurt van het huis van de Lintons. Als Tessa had besloten naar huis te lopen zonder het iemand te vertellen, zou Sara haar vermoorden.

De helling was steiler dan Sara had gedacht, en boven op de heuvel pauzeerde ze even om op adem te komen. Overal om haar heen lag afval: bierblikjes lagen als herfstbladeren in het rond. Ze keek achterom naar de auto's, waar Jeffrey de vrouw ondervroeg die het lichaam had gevonden. Brad Stephens zwaaide, en Sara zwaaide terug, ervan overtuigd dat als zij al moe was van het klimmen, Tessa nu geheel buiten adem moest zijn. Misschien had Tessa even gepauzeerd om op adem te komen voordat ze weer naar beneden was gegaan. Misschien was ze een wild dier tegengekomen. Misschien was de bevalling begonnen. Bij deze laatste gedachte draaide Sara zich weer om naar de bomen en volgde een uitgesleten pad dat het bos in liep. Toen ze een paar meter in het bos was zocht ze de directe omgeving af naar een teken van haar zuster.

'Tess?' riep ze, en probeerde niet boos te worden. Tessa was waarschijnlijk een stukje gaan wandelen en de tijd uit het oog verloren. Sinds een paar maanden, toen haar polsen te dik waren geworden voor het bandje, droeg ze geen horloge meer.

Sara liep dieper het bos in en riep weer, ditmaal harder: 'Tessa?'

Hoewel het een zonnige dag was, was het donker in het bos; de stammen van de hoge bomen liepen in elkaar over als vingers in een schaduwspelletje en namen het grootste deel van het licht weg. Toch schermde Sara haar ogen af, alsof ze hierdoor beter zou kunnen zien.

'Tess?' probeerde ze weer, en telde toen tot twintig.

Geen antwoord.

Een windvlaag bracht de bladeren boven haar in beweging, en Sara voelde een onbehaaglijke prikkeling in haar nek. Ze wreef over haar blote armen en liep nog een paar stappen over het pad. Na ongeveer vier meter kwam er een splitsing. Sara probeerde te beslissen welke richting ze moest nemen. Beide paden zagen er intensief gebruikt uit, en ze zag afdrukken van gymschoenen in de aarde. Sara knielde en probeerde net de platte zolen van Tessa's sandalen tussen de geribbelde en zigzaggende patronen te onderscheiden toen er achter haar een geluid klonk.

Ze schrok op: 'Tessa?' Maar het was alleen maar een wasbeer die bij de aanblik van Sara even erg schrok als zij bij het zien van hem. Ze staarden elkaar een paar tellen aan, waarna de wasbeer wegscharrelde, het bos in.

Sara sloeg het stof van haar handen. Ze nam het pad rechts, keerde toen terug naar de splitsing en trok met de hak van haar schoen een simpele pijl in de aarde om te onthouden welke kant ze had genomen. Toen ze de pijl had getekend voelde Sara zich een idioot, maar ze kon altijd nog om deze voorzorgsmaatregel lachen als ze Tessa naar huis bracht.

'Tess?' zei Sara, een twijgje van een laaghangende tak afbrekend terwijl ze het pad af liep. 'Tess?' riep ze weer; ze bleef staan, wachtte, maar er klonk nog steeds geen antwoord.

Sara zag dat het pad voor haar een flauwe bocht maakte en zich nogmaals splitste. Ze verkeerde in tweestrijd of ze Jeffrey al dan niet om hulp zou vragen, maar besloot het niet te doen. Gedeeltelijk voelde ze zich dwaas dat ze het überhaupt overwoog, maar ergens anders, dieper, kon ze haar angst niet meer onderdrukken.

Sara liep door, onafgebroken Tessa's naam roepend. Bij de volgende splitsing schermde ze haar ogen weer met haar hand af en volgde beide paden met haar blik. De paden bogen geleidelijk van elkaar weg, en het rechterpad maakte ongeveer vijfentwintig meter verderop een scherpe bocht. Het bos was hier donkerder en Sara moest zich inspannen om iets te zien. Ze wilde net op het linkerpad een merkteken aanbrengen toen haar iets door het hoofd schoot, alsof haar ogen even de tijd hadden genomen om een beeld naar haar hersenen te verzenden. Sara zocht het rechterpad af en zag vlak voor de scherpe bocht een vreemd gevormde steen. Ze deed een paar stappen en zette het toen op een rennen omdat ze besefte dat die steen een van Tessa's sandalen was.

'Tessa!' schreeuwde Sara terwijl ze de schoen van de grond pakte en tegen haar borst drukte. Ze draaide zich met een ruk om, in paniek naar haar zuster zoekend. Ze liet de sandaal vallen en voelde een golf duizeligheid. Haar keel werd dichtgeknepen terwijl de angst die ze al die tijd had onderdrukt tot een volledig afgrijzen uitbotte. Op een open plek in het bos voor haar lag Tessa op haar rug, met een hand tegen haar buik gedrukt en de andere zijwaarts uitgestoken. Haar hoofd lag vreemd gedraaid, haar mond stond iets open, haar ogen waren gesloten.

'Nee...' hijgde Sara terwijl ze op haar zuster af rende. De afstand tussen hen kon niet meer dan zes meter hebben bedragen, maar het voelde aan als kilometers. Talloze mogelijkheden schoten door Sara's hoofd terwijl ze naar Tessa toe rende, maar niets had haar voorbereid op wat ze vond.

'O, God,' hijgde Sara; haar knieën knikten terwijl ze zich op de grond liet zakken. 'O, nee...'

Tessa was minstens twee keer in haar buik gestoken en een keer in haar borst. Overal zat bloed, waardoor het donkerpaars van haar jurk diep, nat zwart was geworden. Sara keek naar het gezicht van haar zuster. De hoofdhuid was opengescheurd, een deel ervan hing over haar linkeroog, het heldere rood van de onderkant van het vlees contrasteerde sterk met haar bleke witte huid.

Sara schreeuwde: 'Nee... Tess... Nee...!' en legde haar hand op Tessa's wang om haar te dwingen haar ogen te openen. 'Tessie?' zei ze. 'O, God, wat is er gebeurd?'

Tessa reageerde niet. Ze was slap en bood geen weerstand toen Sara de gescheurde hoofdhuid op zijn plaats drukte en

Tessa's oogleden opentrok om de pupillen te zien. Ze probeerde in de halsslagader een hartslag te vinden, maar haar hand trilde zo dat het enige resultaat was dat ze in een macabere vingerschildering bloed op Tessa's hals smeerde. Ze drukte haar oor tegen Tessa's borst en probeerde een teken van leven te vinden, waarbij de natte jurk tegen haar wang kleefde.

Terwijl ze luisterde keek Sara omlaag naar Tessa's buik, naar de baby. Bloed en vruchtwater druppelden als uit een kraantje uit de wonden in haar buik. Een stuk darm puilde door een brede scheur in de paarse jurk naar buiten; Sara sloot haar ogen en hield haar adem in tot ze het zwakke kloppen van Tessa's hart hoorde en het bijna onmerkbare rijzen en dalen van Tessa's borst voelde toen Tessa lucht in haar longen zoog.

'Tess?' vroeg Sara terwijl ze overeind kwam en met de rug van haar arm het bloed van haar gezicht veegde. 'Tessie, word alsjeblieft wakker.'

Achter Sara ging iemand op een takje staan, en toen het luid knapte draaide ze zich om. Haar hart bonkte in haar keel. Het was Brad Stephens. Zijn mond hing open van de schok. Ze staarden elkaar aan, allebei enkele tellen sprakeloos.

'Dokter Linton?' vroeg hij uiteindelijk. Zijn stem klonk heel klein op de grote open plek in het bos. Hij had dezelfde geschrokken gelaatsuitdrukking als die wasbeer op het pad.

Sara kon niet meer doen dan hem aanstaren. Inwendig schreeuwde ze tegen hem dat hij Jeffrey moest halen, iets moest doen, maar in werkelijkheid wilden de woorden niet naar buiten komen.

'Ik ga hulp halen,' zei hij, en hij draaide zich om en rende met bonkende passen het pad af.

Voordat ze zichzelf weer toestond naar Tessa te kijken keek Sara Brad na tot hij om de bocht verdween. Dit gebeurde niet. Ze zaten allebei gevangen in een afgrijselijke nachtmerrie, en zo dadelijk zou Sara wakker worden en zou het achter de rug zijn. Dit was niet Tessa – haar kleine zusje dat met alle geweld mee had gewild, net zoals vroeger, toen ze nog klein waren. Tessa was alleen maar een stukje gaan lopen op zoek naar een plek om haar blaas te legen. Ze lag daar niet op de grond dood te bloeden terwijl Sara niets anders kon bedenken dan haar hand vasthouden en huilen.

'Het komt goed,' zei ze tegen haar zuster en stak haar arm uit om Tessa's andere hand te pakken. Ze voelde iets tussen hun beider huid kleven, en toen ze in Tessa's rechterhand keek bleek er een stuk wit plastic tegen haar handpalm geplakt te zitten.

'Wat is dit?' vroeg ze. Tessa balde haar vuist en kreunde.

'Tessa?' zei Sara, die het plastic vergat. 'Tessa, kijk me aan.'

Tessa's oogleden trilden maar gingen niet open.

'Tess?' zei Sara. 'Tess, blijf bij me, kijk me aan.'

Traag opende Tessa haar ogen en fluisterde: 'Sara...' waarna haar oogleden weer trillend dichtgingen.

'Tessa, doe je ogen niet dicht!' beval Sara terwijl ze in Tessa's hand kneep en vroeg: 'Voel je dat? Zeg iets tegen me. Voel je dat ik in je hand knijp?'

Tessa knikte en deed haar ogen wijd open alsof ze juist uit een slaap wakker schrok.

'Kun je ademhalen?' vroeg Sara, zich bewust van de schrille paniek in haar stem. Ze probeerde haar stem minder schel te laten klinken, wetend dat ze de zaak er alleen maar erger mee maakte. 'Heb je moeite met ademhalen?'

Tessa fluisterde van niet, waarbij haar lippen trilden van de krachtsinspanning.

'Tess?' vroeg Sara. 'Waar zit de pijn? Waar heb je het meeste pijn?'

Tessa gaf geen antwoord. Aarzelend bewoog haar hand zich naar haar hoofd, haar vingers zweefden boven de gescheurde hoofdhuid. Haar stem was nauwelijks meer dan een gefluister toen ze vroeg: 'Wat is er gebeurd?'

'Ik weet het niet,' zei Sara, zich uitsluitend bewust van de noodzaak Tessa wakker te houden.

Tessa 's vingers vonden haar hoofdhuid, die bewoog tot Sara haar hand wegtrok. Tessa zei: 'Wat...?' Maar haar stem stierf weg.

Er lag een grote steen bij haar hoofd; op het oppervlak ervan zaten bloed en losgerukt haar. 'Heb je je hoofd gestoten toen je viel?' vroeg Sara, denkend dat het zo gegaan moest zijn. 'Klopt dat?'

'Ik weet niet...'

'Heeft iemand je neergestoken, Tess?' vroeg Sara. 'Weet je nog wat er gebeurd is?'

Tessa's gezicht vertrok van angst terwijl ze omlaag naar haar buik tastte.

'Nee,' zei Sara, die Tessa's hand pakte zodat ze de schade niet zou voelen.

Er knapten meer takjes toen Jeffrey aan kwam rennen. Hij liet zich tegenover Sara op zijn knieën zakken en vroeg op dringende toon: 'Wat is er gebeurd?'

Toen ze hem zag barstte Sara in tranen uit.

'Sara?' vroeg hij, maar ze huilde te hard om te kunnen antwoorden. 'Sara,' herhaalde Jeffrey. Hij greep haar bij de schouders en beval haar: 'Sara, hou je hoofd erbij. Heb je gezien wie dit heeft gedaan?'

Ze keek om zich heen en besefte nu dat degene die Tessa had neergestoken nog in de buurt kon zijn.

'Sara?'

Ze schudde haar hoofd. 'Ik weet niet... Ik heb niet...'

Jeffrey klopte op haar jaszakken, vond haar stethoscoop en drukte hem in haar slappe hand. Toen hij zei: 'Frank belt een ambulance' klonk zijn stem zo ver weg dat Sara het gevoel kreeg dat ze de woorden van zijn lippen las in plaats van dat ze ze hoorde.

'Sara?'

Ze was verlamd door haar emoties en kon niet bedenken wat ze moest doen. Als in een tunnel zag ze alleen nog maar Tessa, onder het bloed, doodsbang, haar ogen wijd opengesperd van de shock. Er gebeurde iets tussen hen: de diepste afschuw, pijn, oogverblindende angst. Sara was volkomen hulpeloos.

Jeffrey herhaalde: 'Sara?' en legde zijn hand op haar arm. Haar gehoor keerde in een plotselinge stroom terug, als water dat door een dam brak.

Hij kneep hard genoeg in haar arm om haar pijn te doen. 'Zeg me wat ik moet doen.'

Op de een of andere manier brachten zijn woorden haar terug in de werkelijkheid. Toch bleef haar stem nog steeds in haar keel steken toen ze zei: 'Trek je overhemd uit. We moeten het bloeden stoppen.'

Sara keek hoe Jeffrey zijn jasje en das uittrok en daarna zijn overhemd uitrukte zodat de knopen in het rond vlogen. Geleidelijk kreeg ze het gevoel dat haar hersenen weer begonnen te werken. Ze kon dit. Ze wist wat ze moest doen.

Hij vroeg: 'Hoe ernstig is het?'

Sara gaf geen antwoord; ze wist dat als ze de schade omschreef, deze alleen maar meer macht zou krijgen. Ze drukte zijn overhemd tegen Tessa's buik, legde toen Jeffreys hand eroverheen en zei: 'Zo', zodat hij wist hoeveel druk hij moest uitoefenen.

'Tess?' vroeg Sara, die omwille van haar zuster sterk probeerde te zijn. 'Ik wil dat je me aankijkt, oké, liefje? Kijk me alleen maar aan en laat me weten of er iets verandert, goed?'

Tessa knikte en haar ogen schoten opzij toen Frank op hen af kwam. 'De traumahelikopter staat minder dan tien minuten hiervandaan.' Hij begon net zijn overhemd los te knopen toen Lena Adams de open plek betrad. Matt Hogan liep achter haar, zijn handen stevig in zijn zijden geplant.

'Hij moet die kant op zijn gegaan,' zei Jeffrey, en wees op het pad dat dieper het bos in ging. Ze renden zonder een woord te zeggen weg.

'Tess,' zei Sara terwijl ze de wond in haar borst opentrok om te zien hoe diep hij was. De baan van het mes had de punt gevaarlijk dicht bij haar hart gebracht. 'Ik weet dat dit pijn doet, maar je moet het volhouden. Oké? Kun je het volhouden, voor mij?'

Tessa knikte gespannen; haar blik schoot nog steeds heen en weer.

Sara gebruikte de stethoscoop om naar Tessa's borst te luisteren. Haar hartslag was net een snelle trommel, haar ademhaling een scherp staccato. Sara's hand begon weer te trillen toen ze op zoek naar de hartslag van de foetus de stethoscoop tegen Tessa's buik drukte. Een messteek in de buik was een steek naar de foetus, en Sara was niet verbaasd dat ze geen tweede hartslag vond. Er was vruchtwater uit de wond gestroomd, waardoor de beschermende omgeving van de baby was vernietigd. Als het lemmet van het mes de foetus al niet had beschadigd, zou het verlies van bloed en vruchtwater het zeker wel hebben gedaan.

Sara voelde hoe Tessa's ogen in haar boorden en een vraag stelden die Sara niet durfde te beantwoorden. Als Tessa in shock raakte, of als haar adrenalinetoevoer plotseling steeg, zou haar hart het bloed sneller het lichaam uit pompen.

'Heel zwak,' zei Sara, die voelde hoe haar maag omhoogkwam bij de enormiteit van deze leugen. Ze dwong zichzelf Tessa aan te kijken, pakte haar hand en zei: 'De hartslag is zwak, maar ik kan hem horen.'

Tessa tilde haar rechterhand op om aan haar buik te voelen, maar Jeffrey hield haar tegen. Hij keek omlaag naar haar handpalm.

'Wat is dat?' vroeg Jeffrey. 'Tessa? Wat heb je daar in je hand?'

Hij hield haar hand omhoog zodat ze kon zien wat hij bedoelde. Er verscheen een verwarde uitdrukking op haar gezicht. Het plastic trilde op de bries.

'Komt dat van hem?' vroeg Jeffrey. 'Van de man die je heeft aangevallen?'

'Jeffrey,' zei Sara met gedempte stem. Zijn overhemd was doordrenkt van het bloed, dat zijn hand tot de pols bedekte. Hij zag wat ze bedoelde en begon zijn hemd uit te trekken, maar ze zei hem dat hij het beter kon laten en pakte zijn jas omdat dat sneller ging.

Tessa kreunde vanwege de tijdelijke verandering in druk en liet sissend lucht tussen haar tanden ontsnappen.

'Tess?' vroeg Sara op luide toon terwijl ze de hand van haar zuster weer pakte. 'Hou je het vol?'

Tessa knikte angstig met opeengeperste lippen, en haar neusvleugels trilden van de inspanning die het ademhalen haar kostte. Ze kneep zo hard in Sara's hand dat Sara de botten voelde bewegen.

Sara vroeg: 'Je hebt toch geen moeite met ademen?' Tessa reageerde niet, maar haar ogen stonden alert en schoten van Jeffrey naar Sara.

Sara probeerde de angst uit haar stem te weren terwijl ze herhaalde: 'Kun je ademen?' Als Tessa niet meer in staat zou zijn om op eigen kracht te ademen kon Sara weinig meer voor haar doen.

Jeffreys stem klonk gespannen en beheerst. 'Sara?' Zijn hand lag strak over Tessa's buik. 'Dat voelde aan als een wee.'

Sara schudde snel en ontkennend haar hoofd en legde haar hand naast die van Jeffrey. Ze voelde de baarmoeder krampen.

Sara verhief haar stem en vroeg: 'Tessa? Voel je nu meer pijn hier? In je onderbuik?'

Tessa antwoordde niet, maar haar tanden klapperden alsof ze het koud had.

'Ik kijk even of je ontsluiting hebt, oké?' waarschuwde Sara terwijl ze Tessa's jurk optrok. Bloed en vruchtwater kleefden als een zwarte mat op Tessa's benen. Sara drukte haar vingers het geboortekanaal in. De reactie van een lichaam op elk trauma was dat het zich spande, en bij Tessa was het al niet anders. Sara had het gevoel alsof ze haar hand in een bankschroef stak.

'Probeer je te ontspannen,' zei Sara tegen Tessa, terwijl ze de baarmoedermond zocht. Sara's dienst bij verloskunde was van jaren geleden, en zelfs het leeswerk dat ze kortgeleden als voorbereiding op de bevalling had gedaan vertoonde vreselijke lacunes.

Niettemin zei Sara: 'Het gaat goed. Het gaat prima.'

Jeffrey zei: 'Ik voelde het weer.'

Sara snoerde hem met een blik de mond, dwong hem te zwijgen. Ook zij had de wee gevoeld, maar ze konden er niets tegen doen. Zelfs als er een kans was dat de baby nog leefde zou een keizersnede in deze omgeving onherroepelijk Tessa's dood betekenen. Als het mes door haar baarmoeder heen was gegaan zou ze doodbloeden voor ze het ziekenhuis hadden bereikt.

'Dat is gunstig,' zei Sara terwijl ze haar hand weer naar buiten trok. 'Je hebt geen ontsluiting. Alles is goed. Oké, Tess? Alles is oké.'

Tessa's lippen bewogen, maar het enige geluid dat ze maakte was haar scherp hijgende ademhaling. Ze was aan het hyperventileren, gleed weg in een gebrek aan kooldioxide.

'Kalm aan, liefje,' zei Sara met haar gezicht dicht bij dat van

Tessa. 'Probeer langzamer te ademen, oké?'

Sara deed het voor, ademde diep in en langzaam weer uit, terwijl ze bedacht dat ze weken daarvoor bij zwangerschapsgymnastiek precies hetzelfde hadden gedaan.

'Goed zo,' zei Sara terwijl Tessa's ademhaling vertraagde. 'Mooi langzaam.'

Sara voelde zich even opgelucht, maar toen spande plotseling elk spier in Tessa's gezicht zich. Tessa's hoofd begon te trillen en Sara's hand en daarna haar arm namen de trilling als een stemvork over. Er kwam een gorgelend geluid van Tessa's lippen, en toen lekte er een dun stroompje heldere vloeistof naar buiten. Haar ogen stonden nog glazig, haar blik was leeg en koud.

Sara vroeg Frank met gedempte stem: 'Hoe laat zou de helikopter ongeveer hier moeten zijn?'

'Dat kan niet lang meer duren,' zei Frank.

'Tessa,' zei Sara; ze gaf haar stem een strenge, dreigende klank. Ze had niet meer op deze toon tegen haar zuster gesproken sinds Tessa op haar twaalfde een radslag van het dak van hun huis had willen maken. 'Volhouden, Tessa. Nog even volhouden. Luister naar me. Volhouden. Ik beveel het je...'

Tessa's lichaam gaf een plotselinge, heftige ruk, haar onderkaak klemde zich tegen haar bovenkaak, haar ogen draaiden omhoog en uit haar keel kwamen rochelende geluiden. De aanval ontwikkelde zich met angstaanjagende intensiteit, baande zich als een elektrische schok een weg door haar lichaam.

Sara probeerde haar lichaam als barrière te gebruiken, zodat Tessa zichzelf niet nog meer zou verwonden. Tessa trilde onbedaarlijk, grommend, met rollende ogen. Haar blaas liep leeg, haar urine rook sterk naar zuur. Ze had haar kaken zo hard op elkaar geklemd dat de spieren in haar hals zich als stalen koorden spanden.

In de verte hoorde Sara het geronk van een motor en toen het karakteristieke geluid van de wieken van een helikopter. Toen de vliegende ambulance boven hen hing alvorens naar de rivierbedding omlaag te cirkelen voelde Sara de tranen in haar ogen branden.

'Schiet op,' fluisterde ze. 'Schiet alsjeblieft op.'

Twee

Jeffrey zag Sara door het raam van de helikopter terwijl deze opsteeg. Ze hield Tessa's hand tegen haar borst en boog haar hoofd alsof ze zat te bidden. Noch hij noch Sara was ooit bijzonder godsdienstig geweest, maar Jeffrey merkte dat hij in gedachten bad tot iedereen die maar wilde luisteren, smekend dat het met Tessa goed zou komen. Hij bleef naar Sara kijken, bleef in stilte bidden tot de helikopter een brede bocht naar rechts maakte en over de toppen van de bomen scheerde. Hoe verder het toestel zich verwijderde, hoe minder gemakkelijk de woorden bij hem opkwamen, zodat hij tegen de tijd dat het in de richting van Atlanta naar het westen afboog, alleen nog maar woede en hulpeloosheid voelde.

Jeffrey keek omlaag naar de smalle witte strook plastic die hij vastgeklemd in Tessa's hand had aangetroffen. Hij had hem van haar handpalm losgemaakt voordat ze haar in de helikopter hadden geladen, in de hoop dat het strookje hem misschien naar degene zou leiden die haar had aangevallen. Terwijl hij ernaar stond te staren kreeg hij een verpletterende gewaarwording van zinloosheid. Zowel hij als Sara had het plastic aangeraakt. Er zaten geen duidelijke vingerafdrukken in het bloed. Het was zelfs onduidelijk of het wel iets met de aanval te maken had.

'Chef?' Frank overhandigde Jeffrey zijn jasje en overhemd, beide druipend van het bloed.

'Jezus,' zei Jeffrey, terwijl hij er zijn politie-insigne en zijn portefeuille uit viste. Hij vond een zakje voor bewijsmateriaal en stopte er het strookje plastic in. Hij vroeg: 'Wat is er in godsnaam gebeurd?'

Frank hield sprakeloos zijn handen op.

Het gebaar ergerde Jeffrey, en hij slikte de snijdende opmerking in die bij hem opkwam omdat hij wist dat wat Tessa Linton was overkomen niet Franks schuld was. Als het al iemands schuld was, was het Jeffreys schuld. Hij had op minder dan honderd meter afstand uit zijn neus staan vreten toen Tessa was aangevallen; hij had geweten dat er iets mis was toen Tessa niet in de auto zat, en hij had erop moeten staan samen met Sara naar haar op zoek te gaan.

Hij stopte het zakje in zijn broekzak en vroeg: 'Waar zijn Lena en Matt?'

Frank klapte zijn mobiel open.

'Nee,' zei Jeffrey. Het ergste wat Matt midden in het bos kon gebeuren was dat zijn telefoon zou overgaan. 'Geef ze nog tien minuten.' Hij keek even op zijn horloge, niet zeker hoeveel tijd er al verstreken was. 'Als ze er dan nog niet zijn gaan we ze zoeken.'

'Goed.'

Jeffrey legde zijn kleren op de grond en zijn portefeuille en insigne erbovenop. Hij vervolgde: 'Bel het bureau. Laat ze zes eenheden hierheen sturen.'

Frank begon het nummer in te toetsen en vroeg: 'Wil je de getuige laten gaan?'

'Nee,' zei Jeffrey. Zonder nog een woord te zeggen liep hij de heuvel af naar de geparkeerde auto's.

Al lopend probeerde hij zijn gedachten te ordenen. Sara had het gevoel gehad dat er iets niet klopte aan die zelfmoord. Het feit dat Tessa in de onmiddellijke omgeving was neergestoken maakte dit nog waarschijnlijker. Als die jongen in de rivierbedding vermoord was, was het mogelijk dat Tessa Linton in het bos zijn moordenaar had verrast.

'Chef,' zei Brad, zachtjes om niet onbeleefd te lijken. Achter hem was Ellen Schaffer met haar mobiel in de weer.

Jeffrey wierp Brad een woedende blik toe. Binnen tien minuten zou iedereen op de campus precies weten wat er was gebeurd.

Brads gezicht vertrok; hij begreep welke fout hij had gemaakt. 'Sorry.'

Ellen Schaffer zag wat er gebeurde, zei snel: 'Ik moet ophangen', en beëindigde het gesprek.

Ze was een aantrekkelijke jonge blondine met hazelnootbruine ogen en een van de meest ontmoedigende noordelijke accenten die Jeffrey in lange tijd had gehoord. Ze droeg een strak hardloopbroekje en een nog strakker, heel kort lycrashirtje. Een riem met een cd-speler hing laag op haar heupen en in een kring om haar navel was een ingewikkeld ontworpen laaiende zon getatoeëerd.

Jeffrey begon: 'Juffrouw Schaffer...'

Schaffers stem raspte nog meer dan hij zich herinnerde toen ze vroeg: 'Komt het goed met haar?'

'Ik denk het wel,' zei Jeffrey, hoewel zijn maag zich bij de vraag omdraaide. Tessa was bewusteloos geweest toen ze haar op de brancard hadden gelegd. Het was moeilijk te zeggen of ze ooit weer wakker zou worden. Hij wilde nu bij haar zijn – en bij Sara –, maar Jeffrey zou in het ziekenhuis alleen maar kunnen wachten. Als hij gewoon aan het werk ging zou hij in ieder geval een paar antwoorden voor Sara's familie kunnen vinden.

Jeffrey vroeg: 'Kunt u me nog even vertellen wat er is gebeurd?'

Schaffers onderlip begon te trillen.

Hij hielp haar op weg: 'U zag het lichaam vanaf de brug?'

'Ik was aan het joggen. Ik jog 's morgens altijd.'

Hij keek weer op zijn horloge. 'Altijd om deze tijd?'

'Ja.'

'En altijd alleen?'

'Normaal wel. Soms.'

Jeffrey probeerde bewust beleefd te blijven, terwijl hij het meisje het liefst door elkaar zou schudden om haar te dwingen hem te vertellen wat hij wilde horen. 'U jogt gewoonlijk alleen?'

'Ja,' antwoordde ze. 'Het spijt me.'

'Neemt u normaal gesproken altijd dit pad?'

'Normaal gesproken wel,' echode ze. 'Ik ga de brug over en dan het bos in. Er zijn paden...' Haar stem stierf weg toen ze zich realiseerde dat hij dit moest weten.

'Dus,' zei hij om haar weer bij de les te roepen, 'u neemt elke dag ditzelfde pad?'

Ellen knikte, een korte op- en neergaande beweging met haar hoofd. 'Normaal stop ik niet bij de brug, maar er was iets niet in de haak. Ik weet niet waarom ik stopte.' Ze perste haar lippen tot een dunne lijn opeen terwijl ze nadacht. 'Normaal zijn er vogels, natuurgeluiden. Het was te stil. Begrijpt u wat ik bedoel?'

Jeffrey begreep het. Hij had datzelfde griezelige gevoel gehad toen hij op zoek naar Sara en Tessa door het bos had gerend; de enige geluiden waren die van zijn op de grond bonkende voeten geweest en het nog hardere gebonk van zijn hart in zijn hoofd.

Ellen vervolgde: 'Ik stopte dus om te stretchen en keek over de reling – en daar lag hij.'

'U bent niet naar beneden gegaan om naar hem te kijken?'

Ze keek ongemakkelijk. 'Nee... Had ik dat dan moeten doen?'

'Nee,' zei hij en voegde er uit vriendelijkheid aan toe: 'Het is beter dat u de omgeving niet hebt verstoord.'

Ze leek opgelucht. 'Ik zag...' Ze keek stilletjes huilend omlaag naar haar handen.

Jeffrey keek over zijn schouder naar het bos, zenuwachtig dat Matt en Lena nog niet terug waren, vooral gezien het lawaai dat de helikopter had gemaakt. Hen het bos in sturen was waarschijnlijk niet een van zijn betere ideeën geweest.

Schaffer onderbrak zijn gedachten: 'Heeft hij geleden?'

'Nee,' verzekerde hij haar, hoewel hij eigenlijk geen idee had. Hij zei: 'We denken dat hij van de brug is gesprongen.'

Ze leek verrast. 'Ik dacht...'

Hij gaf haar geen tijd nader uit te weiden over haar vermoedens. 'Dus u zag hem. U belde de politie. En wat deed u toen?'

'Ik bleef op de brug tot die agent er was.' Ze wees op Brad, die schaapachtig glimlachte. 'Toen kwamen de anderen en ben ik bij hem gebleven.'

'Hebt u nog iemand anders gezien? Iemand in het bos?'

'Alleen maar dat meisje dat de heuvel op ging,' zei ze.

'Verder niemand?'

'Nee. Niemand,' antwoordde ze, over Jeffreys schouder kijkend. Hij draaide zich om en zag Matt en Lena uit het bos komen. Lena hinkte en hield haar armen gespreid om niet te vallen. Matt bood haar zijn hand aan om haar de heuvel af te helpen, maar ze wuifde hem weg.

Jeffrey zei tegen Ellen Schaffer: 'Ik wil u morgen nog even spreken. Dank u dat u beschikbaar bent geweest.' En toen, tegen Brad: 'Zorg ervoor dat ze terugkomt in de studentenflat.'

'Ja, meneer,' zei Brad, maar Jeffrey rende al de heuvel op.

De zolen van Jeffreys instappers slipten op de grond terwijl hij naar Lena en Matt rende, maar het enige waaraan hij kon denken was dat hij nog een vrouw gevaar had laten lopen door Lena het bos in te sturen. Tegen de tijd dat hij hen had bereikt lag de wroeging als een strakke band om zijn borst. Hij hield zijn hand onder Lena's arm om haar steun te geven terwijl ze ging zitten.

'Wat is er gebeurd?' vroeg Jeffrey, die zich net een papegaai voelde en bedacht dat hij deze vraag vandaag al honderd keer had gesteld en nog steeds geen bevredigend antwoord had gekregen. 'Gaat het?'

'Ja,' zei Lena. Ze schudde hem zo snel af dat ze de rest van het pad omlaagviel. Frank wilde haar helpen, pakte haar arm, maar Lena rukte zich los met de woorden: 'Jezus, het gaat prima', hoewel ze een grimas trok toen haar voet de grond raakte.

De drie mannen stonden als aan de grond genageld terwijl Lena haar veters losmaakte, en Jeffrey wist dat ze dezelfde emoties voelden als hij. Toen hij opkeek wierp zowel Matt als Frank hem een vernietigende en beschuldigende blik toe. Er had Lena in het bos iets ernstigs kunnen overkomen. Wat er ook met haar gebeurd was – en wat er had kunnen gebeuren – was Jeffreys schuld.

Lena verbrak de betovering: 'Hij was er nog.'

'Waar?' vroeg Jeffrey, die voelde dat zijn hart sneller begon te kloppen.

'Die klootzak had zich achter een boom verstopt, om te kijken hoe het zou aflopen.'

Frank mompelde een boos 'Jezus', maar Jeffrey wist niet of

zijn boosheid de aanvaller of hemzelf betrof.

'Ik heb hem achtervolgd,' vervolgde Lena, die niets van de spanning merkte of deze misschien liever negeerde. 'Ik ben ergens over gestruikeld. Een stuk hout. Ik weet het niet. Ik kan je laten zien waar hij zich had verstopt.'

Jeffrey probeerde het te begrijpen. Bleef de aanvaller in de buurt om er zeker van te zijn dat Tessa hulp kreeg of keek hij wat er gebeurde alsof hij naar een video zat te kijken, het drama inzuigend?

Frank klonk gespannen toen hij Matt vroeg: 'Waar was jij toen dit allemaal gebeurde?'

Matt sloeg dezelfde scherpe toon aan. 'We hebben ons verspreid om een groter gebied te bestrijken. En een paar minuten later zag ik die knul wegrennen.'

Frank bromde: 'Je had haar nooit alleen mogen laten.'

Matt bromde terug: 'Ik volgde gewoon de procedure.'

'Hé, jullie,' zei Jeffrey, in een poging er een einde aan te maken. 'Hier hebben we geen tijd voor.' Hij richtte zijn aandacht weer op Lena. 'Hoe dicht was hij bij de plaats van de misdaad?'

'Dichtbij,' zei ze. 'Niet op het pad, ongeveer vijftig meter ervandaan. Ik ben maar teruggegaan, want ik dacht dat hij als hij nog in de buurt rondhing, dan vlakbij zou zijn om te kunnen zien wat er gebeurde.'

Jeffrey vroeg: 'Heb je hem goed kunnen zien?'

'Nee,' zei ze. 'Hij zag mij voordat ik hem zag. Hij zat ineengedoken achter een boom. Misschien kwam hij wel klaar terwijl hij keek hoe Sara door het lint ging.'

'Ik vroeg niet om speculaties,' snauwde Jeffrey, die geen waardering had voor de neerbuigende wijze waarop ze de naam van Sara had uitgesproken. Lena had nooit met Sara kunnen opschieten, maar het was nu niet bepaald het moment om haar rancunes uit te leven, vooral niet gezien Tessa's toestand.

Hij zei: 'Je hebt die kerel gezien. En toen?'

'Ik heb hem niet gezien,' snauwde ze terug. Haar woede was gewekt. Jeffrey besefte te laat dat hij op de verkeerde knop had gedrukt. Zoekend naar hulp keek hij Frank en Matt aan, maar hun gezichten stonden even hard als dat van Lena.

'Ga door,' zei Jeffrey.

Lena vertelde heel kort het vervolg. 'Ik zag een vlek. Bewegingen. Hij stond op en rende weg. Ik ging achter hem aan.'

'Waar ging hij heen?'

Lena nam er de tijd voor, keek omhoog naar de zon. 'Naar het westen, waarschijnlijk naar de snelweg.'

'Zwart? Blank?'

'Blank,' zei ze, en voegde er een luchtig 'misschien' aan toe.

'Misschien?' vroeg Jeffrey op commanderende toon, zich bewust dat hij het vuurtje aanstookte maar niet in staat zichzelf een halt toe te roepen.

'Dat heb ik je al verteld,' zei ze verdedigend. 'Hij draaide zich om en rende weg. Wat moest ik doen – vragen of hij even iets langzamer wilde lopen zodat ik zijn huidskleur kon vaststellen?'

Jeffrey zweeg even en probeerde zijn boosheid in toom te houden. 'Wat droeg hij?'

'Iets donkers.'

'Een jas? Spijkerbroek?'

'Een spijkerbroek, en misschien een jas. Ik weet het niet, het was donker.'

'Lange jas, korte jas?'

'Een jack... Denk ik.'

'Had hij een wapen?'

'Dat kon ik niet zien.'

'Wat voor kleur haar?'

'Dat weet ik niet.'

'Dat weet je niet?'

'Ik denk dat hij een hoed droeg.'

'Dat dénk je?' Plotseling knalde alle hulpeloosheid die zich had opgebouwd sinds hij Tessa daar halfdood had zien liggen eruit. 'Jezus Christus, Lena, hoe lang heb jij bij de politie gezeten?'

Lena staarde hem aan met het soort brandende haat dat hij gewoonlijk zag bij verdachten die hij aan het ondervragen was.

Op hoge toon vroeg hij: 'Je zit verdomme achter een verdachte aan en je kunt niet eens zeggen of hij iets op zijn hoofd had of niet? Wat voerde je daar in jezusnaam uit, margrietjes plukken soms?'

Lena bleef hem recht aankijken en maakte krampachtige kauwende bewegingen terwijl ze binnenhield wat ze eigenlijk wilde zeggen.

'Het is maar goed dat hij niet achter jou aan is gegaan,' zei Jeffrey. 'Dan zouden we nu twee meiden in die helikopter hebben in plaats van een.'

Ze beet terug: 'Ik kan wel voor mezelf zorgen.'

'Dacht je dat dat mesje op je enkel je zou beschermen?' Hij werd van weerzin vervuld door de verraste uitdrukking op haar gezicht, vooral omdat hij Lena wel beter had geleerd. Jeffrey had de schede op haar enkel gezien toen ze op haar achterste de oever af was gegleden.

Hij zei: 'Ik zou je kunnen oppakken voor verborgen wapenbezit.'

Ze bleef hem aanstaren, haar haat was voelbaar.

'Doe maar liever iets aan die blik in je ogen,' waarschuwde hij haar.

Lena klemde haar tanden zo hard op elkaar dat ze maar moeilijk verstaanbaar was. 'Ik werk niet meer voor jou, *klootzak*.'

In Jeffrey was iets te dicht bij het breekpunt gekomen. Zijn blik werd heel scherp, alles werd angstaanjagend duidelijk.

'Chef,' zei Frank, terwijl hij zijn hand op Jeffreys schouder legde. Jeffrey kalmeerde; hij wist dat hij zich als een gek gedroeg. Hij zag zijn bebloede kleren op de grond – Tessa's bloed. Op dat moment werd hij door alles tegelijk bestormd: de tranen op Sara's gezicht die sporen trokken over haar bebloede wangen. Tessa's arm, slap, van de brancard bungelend toen ze haar optilden.

Jeffrey wendde zich af zodat ze de uitdrukking op zijn gezicht niet zouden zien, raapte zijn insigne op, poetste het op met de zoom van zijn onderhemd en probeerde tijd te winnen om weer rustig te worden.

Brad Stephens koos uitgerekend dat moment om, met zijn pet in zijn hand ronddraaiend, aan te komen lopen. Hij vroeg: 'Wat is er aan de hand, chef?'

Jeffreys keel werd dichtgeknepen door woede. 'Ik heb je gezegd dat je Schaffer naar haar studentenhuis moest brengen.'

'Ze kwam een paar vrienden tegen,' zei Brad verblekend. 'Ze wilde met hen mee.' Zijn helderblauwe ogen waren groot van angst en hij stotterde: 'Ik ik ik dacht dat ze bij hen beter af zou zijn. Ze wonen in hetzelfde huis. Keyes House. Ik dacht niet...'

'Oké,' viel Jeffrey hem in de rede, wetend dat Brad zich alleen maar beroerder zou gaan voelen als hij zijn boosheid op hem botvierde. Hij zei tegen Frank: 'Zet een paar van je mensen op de snelweg. Zeg ze dat we zoeken naar iemand die te voet is. Iedereen die te voet is. Misschien draagt hij een jack, misschien ook niet.' Bij deze laatste woorden keek hij niet naar Lena, hoewel ze geweten moest hebben dat een goede beschrijving enorm veel verschil had gemaakt.

Frank zei: 'De eenheden moeten binnenkort hier zijn.'

Jeffrey knikte. 'Ik wil dat dit hele gebied tot het laatste punt waar Lena de aanvaller heeft gezien wordt uitgekamd. We zoeken een mes. Alles wat er niet thuishoort.'

'Hij had iets in zijn hand,' zei Lena op een toon alsof ze iemand een prijs overhandigde. 'Een witte tas.'

Brad Stephens hapte naar adem, en werd rood toen iedereen naar hem keek.

Jeffrey vroeg: 'Wat is er?'

Met een stem waaruit zowel angst als iets verontschuldigends klonk zei Brad: 'Ik zag Tessa op weg naar boven af en toe iets oprapen.'

'Wat precies?'

'Afval, denk ik. Ze had een plastic tas bij zich, zo'n tas die je bij de Pig krijgt.' Hij bedoelde de Piggly Wiggly, de supermarkt van het stadje. Elke week deden er duizenden mensen boodschappen.

Jeffrey dwong zichzelf een paar tellen zijn mond te houden. Hij dacht aan het stuk plastic dat hij in Tessa's hand had gevonden. Het stuk had heel goed het afgescheurde handvat van een plastic boodschappentas geweest kunnen zijn.

Jeffrey vroeg Brad: 'Had Tessa die tas op de heuvel gevonden?' En hij merkte voor het eerst op dat het terrein bezaaid lag met rommel. Het onderhoudspersoneel van het college spendeerde het grootste deel van zijn energie aan het schoonhouden van het terrein dat het dichtst bij de gebouwen lag. Iets verder weg hadden ze waarschijnlijk al het hele jaar niet schoongemaakt.

'Ja, meneer,' zei Brad. 'Ze raapte hem op en begon er spulletjes in te stoppen terwijl ze de heuvel op liep.'

'Wat voor spulletjes?'

Brad stotterde weer, iets wat alleen maar gebeurde als hij zenuwachtig was. 'A-afval, denk ik. Verpakkingen en blikjes en zo.'

Jeffrey probeerde zijn toon tegen Brad te matigen, vooral omdat het gestotter om de een of andere reden zijn woede weer deed toenemen. 'Je bent niet op het idee gekomen naar haar toe te gaan en haar te vragen wat ze deed?'

'U had me gezegd dat ik bij de getuige moest blijven,' bracht Brad hem in herinnering. Er kroop weer een rode kleur over zijn dikke wangen. 'En ik... eh... wilde haar niet storen bij wat ze daar aan het doen was. U weet wel, p-p-persoonlijke zaken.'

Jeffrey zei tegen Matt: 'Stuur dat uit via de radio. Donkere kleding, misschien een witte boodschappentas.'

'Denk je dat hij dat afval heeft gestolen?' vroeg Lena op sceptische toon.

Matt bracht zijn telefoon naar zijn oor en liep een paar meter weg om Jeffreys order uit te voeren. Frank keek omlaag naar Lena, maar het was onmogelijk erachter te komen wat hij dacht.

Jeffrey zag Chuck op zijn gemak de heuvel op lopen. Toen Chuck bleef staan en zich bukte, spanden Jeffreys spieren zich, maar Chuck knoopte alleen maar zijn schoenveter vast.

Toen Chuck bij hen stond zei hij: 'Ik ben bij het lichaam gebleven. Ik heb gezorgd dat er niemand in de buurt kwam.'

Lena negeerde hem en vroeg Jeffrey: 'Denk je dat die twee dingen iets met elkaar te maken hebben?'

Jeffrey zag aan Franks gezicht dat deze, na alles wat er was gebeurd, pas nu over deze vraag nadacht. De oude agent zou uiteindelijk toch wel bij dit punt zijn uitgekomen, maar Lena liep altijd kilometers voor op de oudere leden van het korps. Wat Jeffrey het meest miste nu ze weg was, was haar snelle geest.

Lena herhaalde: 'Er moet een soort verband zijn.'

Jeffrey sloot haar bewust buiten, en niet alleen omdat Chuck alles hoorde. Lena had er zeven maanden geleden voor gekozen niet meer bij de politie te werken. Ze hoorde niet meer bij Jeffreys ploeg.

Hij zei tegen Frank: 'Laat me dat briefje eens zien.'

'Het lag onder een steen aan het einde van de brug,' zei Frank. Hij stak zijn hand in zijn achterzak en haalde er een opgevouwen vel bloknootpapier uit. Jeffrey kon het niet opbrengen Frank een uitbrander te geven omdat hij de brief niet in een zakje voor bewijsmateriaal had gestopt. Aan hun beider handen zat genoeg bloed om vlekken op het papier te maken.

Jeffrey wierp er een blik op zonder echt te kijken.

Chuck bracht zijn hand in een peinzend gebaar naar zijn kin. 'Denk je nog steeds dat hij die duik helemaal in zijn eentje heeft gemaakt?'

'Ja,' zei Jeffrey, terwijl hij de veiligheidsman van het college strak aankeek. Chuck was een ware zeef als het om geheimen ging. Jeffrey had hem over genoeg mensen horen roddelen om te weten dat die man niet te vertrouwen was.

Frank schoot Jeffrey te hulp met de verklaring: 'Een moordenaar zou hem hebben neergestoken en niet van de brug hebben geduwd. Zo iemand verandert niet zomaar van methode.'

'Dat klinkt redelijk,' beaamde Chuck, hoewel iemand met ook maar een greintje intelligentie zou hebben doorgevraagd.

Jeffrey gaf Frank de brief terug met de woorden: 'Als er hier eenmaal een ploeg is neem jij de overkant van de rivier. Als het moet wil ik dat er naar vingerafdrukken wordt gezocht. Begrepen?'

'Ja,' zei Frank. 'We beginnen bij de rivier en werken dan naar de snelweg toe.'

'Uitstekend.'

Matt was klaar met telefoneren en Jeffrey gaf hem een volgende opdracht. 'Bel Macon en vraag of we een paar honden kunnen krijgen.'

Chuck sloeg zijn armen over elkaar. 'Ik zal een paar van mijn mensen laten komen...'

Jeffrey priemde met een agressieve vinger naar hem. 'Jij

houdt je lui verdomme uit de buurt van mijn misdaad.'

Chuck liet zich niet intimideren. 'Dit is grondgebied van het college.'

Jeffrey wees in de richting van de dode jongen in de rivierbedding. 'Wat het college aangaat is jouw enige taak erachter te komen wie die jongen is en zijn moeder op de hoogte te stellen.'

'Het is Rosen,' zei Chuck op verdedigende toon. 'Andy Rosen.'

'Rosen?' echode Lena.

Jeffrey vroeg: 'Kende je die dan?'

Lena schudde haar hoofd, maar Jeffrey zag dat ze iets achterhield.

'Lena?' vroeg hij, om haar de gelegenheid te geven haar hart te luchten.

'Ik zei nee,' snauwde ze, en Jeffrey wist niet meer zeker of ze loog of hem gewoon stond uit te dagen. In beide gevallen had hij geen zin in haar spelletjes.

'Jij hebt de leiding van het onderzoek,' zei Jeffrey tegen Frank. 'Ik heb nog iets te doen.'

Frank knikte; hij raadde waarschijnlijk waar Jeffrey heen moest.

Jeffrey zei tegen Chuck: 'Zeg tegen die moeder dat ik haar over een uur in de bibliotheek wil spreken.' Met zijn duim wees hij naar Lena. 'Als ik jou was zou ik het Lena laten vertellen. Ze heeft met dit soort dingen veel meer ervaring dan jij.'

Jeffrey wierp een aarzelende blik op Lena omdat hij dacht dat ze dit wel zou waarderen. Uit de manier waarop ze terugkeek concludeerde hij echter dat ze niet vond dat hij haar een gunst had bewezen.

Jeffrey had altijd een extra overhemd in zijn auto, maar hij kreeg niet al het bloed van zijn handen, hoe hij ze ook waste. Hij had een fles water gebruikt om zijn bovenlichaam schoon te maken, maar om zijn nagels zaten nog steeds rode randen. Zijn schoolring van Auburn was aangekoekt met bloed, er zat opgedroogd bloed om het cijfer op zijn *football*-hemd en het jaar waarin hij zou zijn afgestudeerd als hij er was gebleven. Jeffrey dacht aan de beroemde regel uit *Macbeth*, wist dat schuldgevoel bloed nadrukkelijker liet uitkomen, erger deed lijken dan het in werkelijkheid was. Tessa had nooit op die heuvel mogen komen. Drie door de wol geverfde agenten met pistolen op minder dan dertig meter afstand, en toch was ze bijna doodgestoken. Jeffrey had haar moeten beschermen. Hij had iets moeten doen.

Hij zette de auto stil op de oprijlaan van de Lintons en parkeerde achter de bestelwagen van Eddie. Angst trok als een virus door hem heen terwijl hij zichzelf dwong uit de auto te stappen. Sinds de scheiding van Sara en Jeffrey had Eddie Linton hem duidelijk gemaakt dat hij Jeffrey niet meer vond dan een stuk stront dat aan de schoen van zijn oudste dochter was blijven plakken. Desondanks voelde Jeffrey oprechte sympathie voor de oude man. Eddie was een goede vader, het soort vader dat Jeffrey als kind zelf wel had willen hebben. Jeffrey kende de Lintons nu al meer dan tien jaar, en tijdens zijn huwelijk met Sara had hij voor de eerste keer in zijn leven het gevoel gehad dat hij deel uitmaakte van een familie. In veel opzichten was Tessa net een zusje voor hem.

Jeffrey haalde diep adem terwijl hij over de oprijlaan liep. Een koele bries bezorgde hem een rilling en hij besefte dat hij zweette. Uit de achterkant van het huis klonk muziek en Jeffrey besloot om te lopen in plaats van aan de voordeur aan te kloppen. Opeens bleef hij staan toen hij het nummer op de radio herkende.

Sara moest niet veel hebben van drukte en formaliteiten, dus waren ze in het huis van de Lintons getrouwd. Ze hadden in de zitkamer hun huwelijksgelofte afgelegd en daarna was er in de achtertuin een kleine receptie voor familie en vrienden geweest. De eerste keer dat ze als man en vrouw hadden gedanst was op dit nummer geweest. Hij wist nog hoe het had gevoeld om haar vast te houden, haar hand op zijn nek te voelen, zacht strelend, haar lichaam dicht tegen het zijne op een manier die tegelijk de meest kuise en de meest sensuele was die hij ooit had gevoeld. Sara danste verschrikkelijk slecht, maar hetzij de wijn, hetzij het moment had een soort wonderbaarlijke coördinatie bij haar teweeggebracht, en ze hadden gedanst tot Sara's moeder hem eraan had herinnerd dat ze nog een vliegtuig moesten halen. Eddie had geprobeerd haar de mond te snoeren; zelfs op dat moment had hij Sara niet willen loslaten.

Jeffrey vermande zich en liep verder. Hij had die dag in het verre verleden de Lintons een dochter afgenomen, en nu moest hij hun gaan vertellen dat ze misschien een tweede kwijt waren.

Terwijl Jeffrey de hoek omsloeg lachte Cathy Linton net om iets wat Eddie had gezegd. Ze zaten op het terras achter het huis, volkomen onbezorgd naar Shelby Lynne te luisteren en te genieten van een luie zondagmiddag, zoals vrijwel iedereen die dag in Grant County deed. Cathy zat in een schommelstoel met haar voeten op een krukje terwijl Eddie haar teennagels lakte.

Sara's moeder was een prachtige vrouw met een klein beetje grijs in haar lange blonde haar. Ze moest tegen de zestig zijn, maar was nog steeds buitengewoon aantrekkelijk. Ze was sexy en nuchter op een manier die Jeffrey altijd had aangesproken. Hoewel Sara altijd beweerde dat ze niets van haar moeder weg had – zij was lang, terwijl Cathy klein was, voluptueus waar Cathy bijna jongensachtig mager was –, hadden de twee vrouwen toch veel gemeen. Sara had de volmaakte huid van haar moeder en die glimlach die, als hij op jou was gericht, je het gevoel gaf dat je het belangrijkste wezen op aarde was. Ze had ook de bijtende gevatheid van haar moeder en wist hoe ze je op je plaats moest zetten terwijl het toch als een compliment klonk.

Toen Cathy Jeffrey zag glimlachte ze en zei: 'We hebben je gemist bij het middageten.'

Eddie kwam overeind in zijn stoel, draaide de dop op het potje nagellak en mompelde iets waarvan Jeffrey blij was dat hij het niet verstond.

Cathy zette de muziek, die ze zich kennelijk van de bruiloft herinnerde, harder. Ze zong met een lage, hese stem mee: 'Ik beken dat ik van je houd...' met zo'n vrolijke, plagerige uitdrukking in haar ogen, die ogen die zo op die van Sara leken, dat hij zijn blik moest afwenden.

Ze zette de muziek zachter omdat ze voelde dat er iets aan de hand was, omdat ze waarschijnlijk dacht dat hij ruzie met Sara had. Ze zei: 'De meisjes zullen dadelijk wel terug zijn. Ik snap niet waarom ze zo lang wegblijven.'

Jeffrey dwong zichzelf naar hen toe te lopen. Hij stond onvast op zijn benen en hij wist dat wat hij nu ging zeggen alles zou veranderen. Cathy en Eddie zouden zich deze middag, het moment dat hun leven totaal overhoop was gegooid, altijd blijven herinneren. Als politieman had Jeffrey honderden slechte berichten gebracht, honderden ouders en echtgenoten en vrienden verteld dat hun geliefde gewond was geraakt of, erger, niet meer thuis zou komen. Geen van deze gevallen was ooit zo dichtbij geweest. Dat hij de Lintons op de hoogte moest brengen was bijna even erg als weer op die open plek in het bos zijn en zien hoe Sara instortte terwijl Tessa lag dood te bloeden, wetend dat hij niets kon doen om een van beiden te helpen.

Jeffrey realiseerde zich dat ze hem aanstaarden omdat hij te lang niets had gezegd. Hij vroeg: 'Waar is Devon?', omdat hij dit niet tweemaal wilde meemaken.

Cathy keek hem vragend aan. 'Hij is bij zijn moeder,' zei ze op dezelfde toon die Sara minder dan een uur geleden tegen Tessa had gebruikt: gespannen, beheerst, bang. Ze deed haar mond open om de vraag te stellen, maar er kwam niets uit.

Jeffrey liep langzaam het trapje op, zich afvragend hoe hij dit moest aanpakken. Hij stond op de bovenste tree en stak zijn handen in zijn zak. Cathy's blik volgde zijn handen – zijn bebloede, schuldbevlekte handen.

Hij zag haar keel bewegen toen ze slikte. Ze sloeg haar hand voor haar mond en er glinsterden opeens tranen in haar ogen.

Uiteindelijk vroeg Eddie het namens zijn vrouw; hij verwoordde de enige vraag die de ouder van twee kinderen kan stellen: 'Welke?'

Drie

Lena gebruikte haar verzwikte enkel als excuus om een eindje bij Chuck achter te blijven, omdat ze wist dat haar drift zou oplaaien als hij zou proberen met haar te praten. Ze had een paar minuten voor zichzelf nodig om na te denken wat er met Jeffrey was gebeurd. Ze kon de gedachte aan hoe hij haar had aangekeken maar niet van zich af zetten. Jeffrey was wel eerder boos geweest op Lena, maar nog nooit zoals vandaag. Vandaag had hij haar echt gehaat.

Het afgelopen jaar was Lena's leven een lange reeks klotegebeurtenissen geweest, van het verlies van haar baan tot op haar achterwerk de helling af glijden. Geen wonder dat Jeffrey haar had weggewerkt. Hij had gelijk: ze was onbetrouwbaar. Hij kon haar niet vertrouwen omdat Lena keer op keer had bewezen dat ze zijn vertrouwen niet verdiende. Ditmaal was de man die Tessa Linton had neergestoken hem misschien door haar toedoen ontsnapt.

'Loop eens een beetje door, Adams,' riep Chuck over zijn schouder. Hij liep een paar meter voor haar en ze staarde naar zijn brede rug, proberend al haar haat in hem binnen te laten dringen.

'Kom op, Adams,' zei Chuck. 'Goed voor je conditie.'

'Het gaat prima.'

'Dat geloof ik graag,' zei Chuck terwijl hij vaart inhield. Hij glimlachte klef tegen haar. 'Tja... ik geloof niet dat de chef je op korte termijn terug wil.'

'Jou ook niet,' merkte ze op.

Chuck snoof, alsof ze een grapje had gemaakt in plaats van

hem op de waarheid te wijzen. Lena had nog nooit iemand ontmoet die zo de kunst verstond te ontkennen wat voor de hand lag.

Chuck zei: 'Hij mag me gewoon niet omdat ik op de middelbare school iets had met zijn vriendin.'

'Had jij iets met Sara Linton?' vroeg Lena, die dit in zijn geval ongeveer even waarschijnlijk vond als een afspraakje met de koningin van Engeland.

Chuck haalde achteloos zijn schouders op. 'Lang geleden. Ben je met haar bevriend of zo?'

'Inderdaad,' loog Lena. Sara was allerminst een goede vriendin. 'Daar heeft ze het nooit over gehad.'

'Het zal nog wel gevoelig liggen,' dekte Chuck zich in. 'Ik heb haar laten schieten voor een ander meisje.'

'Aha' zei Lena, die dit typisch iets voor Chuck vond. Hij dacht dat alles wat uit zijn mond kwam geloofd werd en verkeerde ten onrechte in de veronderstelling dat hij op de campus werd gerespecteerd, ook al wist iedereen dat de enige reden waarom Chuck zijn baan had gekregen was dat zijn pappie ooit Kevin Blake, de deken van Grant Tech, had gebeld. Albert Gaines, president van de Grant Trust and Loan, had een hoop invloed in het stadje, vooral op het college. Toen Chuck na acht jaar in het leger weer naar huis was gekomen had hij meteen in zijn nieuwe baan als hoofd beveiliging van de campus kunnen stappen zonder dat er ook maar één vraag was gesteld.

Werken onder leiding van iemand als Chuck was een bittere pil die Lena elke dag moest slikken. Ze had na het inleveren van haar insigne niet zo veel keus gehad. Op haar vierendertigste was het werk bij de politie het enige geweest dat Lena kon. Ze was meteen van de middelbare school naar de academie gegaan en had nooit achteromgekeken. De enige andere dingen waarvoor ze was gekwalificeerd waren hamburgers bakken en huizen schoonmaken, wat haar geen van beide aansprak.

Nadat ze bij de politie was vertrokken had Lena in het begin overwogen naar een of ander ver oord te gaan, misschien naar Mexico om de familie van haar grootmoeder op te zoeken of ergens overzee een baantje als vrijwilligster te nemen, maar toen was ze door de werkelijkheid ingehaald en had ze beseft dat de bank er geen boodschap aan had dat Lena behoefte had aan een verandering van omgeving – ze verwachtten nog steeds dat ze iedere maand haar hypotheek en de afbetaling van haar auto betaalde. Zelfs met het schamele ziekengeld dat ze van de politie ontving en het beetje dat ze met de verkoop van haar huis had weten te verdienen was het geen vetpot geweest.

De baan aan het college bood gratis huisvesting op de campus en een goede ziektekostenverzekering in plaats van een behoorlijk inkomen. De huisvesting was weliswaar beroerd en de ziektekostenverzekering had zo'n hoog eigen risico dat Lena in paniek raakte als ze alleen maar niesde, maar het was in elk geval een vaste baan en het betekende dat ze niet bij haar oom Hank hoefde in te trekken. Terugverhuizen naar Reece, waar Hank Lena en Sibyl, haar tweelingzus, had opgevoed, zou te gemakkelijk zijn geweest. Het zou te gemakkelijk zijn geweest avond aan avond naar het café te gaan dat Hanks eigendom was en haar nachtmerries weg te drinken. Het zou te gemakkelijk zijn geweest zich voor de rest van de wereld te verstoppen tot er dertig jaar zouden zijn verstreken en ze zich nog steeds aan een barkruk vastklampte, met de littekens op haar handen als de enige herinnering waarom ze überhaupt met drinken was begonnen.

Lena was iets meer dan een jaar geleden verkracht; en niet alleen verkracht, maar ook ontvoerd, en dagenlang in het huis van haar ontvoerder vastgehouden. Haar herinneringen aan die periode waren vaag omdat ze het grootste deel van de tijd onder de drugs had gezeten en haar geest zich op een veiliger plaats had teruggetrokken terwijl haar lichaam werd mishandeld. Littekens op haar handen en voeten waren een voortdurende herinnering aan het feit dat ze met gespreide armen en benen aan de vloer vastgespijkerd had gelegen, zodat ze elk gewenst moment voor haar aanrander beschikbaar was geweest. Op koude dagen deden haar handen nog steeds pijn, maar de pijn was niets vergeleken bij de angst die ze had gevoeld toen ze had gezien hoe de lange spijkers in haar vlees werden geslagen.

Voordat hij een oogje op Lena had gekregen had ditzelfde beest Sibyl, Lena's zusje, vermoord, en het feit dat hij nu dood was bood haar geen troost. Hij verscheen nog steeds in Lena's dromen en bezorgde haar zulke levendige nachtmerries dat ze soms badend in het koude zweet wakker werd – zich vastklampend aan de dekens, zijn aanwezigheid in de kamer voelend. Nog erger waren de dromen die geen nachtmerries waren, als hij haar zo zachtjes aanraakte dat haar huid begon te tintelen, en ze gedesoriënteerd en opgewonden wakker werd, haar lichaam nog natrillend als reactie op de erotische beelden die haar slapende geest had opgeroepen. Lena wist dat de drugs die haar tijdens de aanranding waren toegediend haar lichaam tot een reactie hadden verleid, maar ze kon het zichzelf nog steeds niet vergeven. Soms bedekte de herinnering aan zijn aanraking haar als de fijne zijde van een spinnenweb, en merkte ze dat ze zo hard beefde dat alleen een gloeiend hete douche ervoor kon zorgen dat haar huid weer als haar eigen huid aanvoelde.

Lena wist niet of ze een maand geleden uit wanhoop of uit stompzinnigheid een beroep op de therapeutische dienst van het college had gedaan. Wat haar er ook toe had gebracht, de drieënhalve sessie die ze het had volgehouden waren een enorme vergissing geweest. Met een onbekende praten over wat er was gebeurd – niet dat Lena overigens aan dat deel van het verhaal was toegekomen – was te veel. Er waren dingen die te privé waren om over te praten. Na tien minuten van een buitengewoon pijnlijke vierde sessie was Lena opgestaan, de kliniek uit gelopen en nooit meer teruggekomen. Tenminste niet tot dit moment, nu ze dezelfde arts zou moeten vertellen dat haar zoon dood was.

'Adams,' zei Chuck met een blik over zijn schouder, 'ken je dat stuk?

Vrouwen waren voor Chuck altijd stukken of klerewijven, afhankelijk van de vraag of hij dacht dat ze al dan niet met hem wilden neuken. Lena hoopte van harte dat hij wist dat ze zelf een klerewijf was, maar soms had ze het gevoel dat Chuck dacht dat het alleen maar een kwestie van tijd was voordat ze zich aan zijn voeten zou werpen.

Ze zei: 'Ik heb haar nooit gesproken.' En toen, voor het geval dat, voegde ze eraan toe: 'Ik heb haar weleens op de campus gezien.'

Hij keek weer naar haar om, maar Chuck was even goed in mensen doorzien als in vrienden maken.

'Rosen,' zei Chuck. 'Klinkt dat jou joods in de oren?'

Lena haalde haar schouders op; ze had er nooit zo over nagedacht. De integratrie op Grant Tech was behoorlijk geslaagd, en afgezien van een of twee hufters die kortgeleden hadden besloten racistische vuiligheid op alles te spuiten wat niet bewoog, heerste er op de campus een goed evenwicht.

'Ik mag hopen dat ze niet...' Chuck maakte een fluitend geluid en liet zijn vinger naast zijn slaap ronddraaien. Natuurlijk ging Chuck ervan uit dat iemand die in een kliniek voor geestesziekten werkte gestoord was.

Lena gaf hem niet de bevrediging te reageren. Ze probeerde te bedenken of iemand in de kliniek haar zou herkennen. Op zondag ging de kliniek om twee uur dicht, maar Rosen was bereid geweest Lena na werktijd te ontvangen, waarschijnlijk omdat de zaak-Lena zo berucht was. Iedereen die een krant kon lezen was op de hoogte van de huiveringwekkende details van Lena's ontvoering en verkrachting. Rosen was waarschijnlijk dol van blijdschap geweest om Lena's stem over de telefoon te horen.

'Daar gaat ie dan,' zei Chuck terwijl hij de deur van het therapiecentrum opende.

Lena ving de deur op voordat hij in haar gezicht dichtsloeg en liep achter Chuck aan de drukke wachtkamer in.

Net zoals op de meeste colleges was de faculteit Psychotherapie van Grant Tech ernstig ondergefinancierd. Vooral in Georgia, waar de door een loterij gesteunde Hope Scholarship redelijk goed garandeerde dat iedereen die met een potlood een cirkeltje zwart kon maken toegang kreeg tot een staatsuniversiteit, kwamen er steeds meer jongens en meisjes naar het college die de emotionele stress van het niet meer thuis wonen of moeten werken niet aankonden. Als technisch college neigde Grant sowieso al tot wiskundecyclopen of mensen die te hoge prestaties leverden. Deze type-A-persoonlijkheden konden niet goed met mislukkingen omgaan, en het therapeutisch centrum barstte vrijwel uit zijn voegen door de toevloed van nieuwe studenten. Als hun ziektekostenverzekeringen ook maar in de verste verte op die van Lena leken, hadden de studenten geen andere mogelijkheid dan bij het college zelf hulp te zoeken.

Chuck trok zijn broek op terwijl hij naar de balie liep. Lena kon zijn gedachten al lezen terwijl hij in het vertrek rondkeek en registreerde dat de meeste patiënten jonge vrouwen waren die korte T-shirts en spijkerbroeken met uitlopende pijpen droegen. Lena had ook zo haar gedachten over de meisjes, wier ernstigste problemen waarschijnlijk met jongens te maken hadden of met de omstandigheid dat ze Fido thuis zo misten. Ze hadden waarschijnlijk geen idee wat het betekende om echte problemen te hebben, problemen waarvan je 's nachts niet kon slapen, die je moest uitzweten tot de ochtend aanbrak en je weer kon ademhalen.

'Hallo?' zei Chuck terwijl hij met zijn handpalm een klap tegen de bel op de balie gaf. Sommige vrouwen schrokken op bij het geluid en zonden Lena een vuile blik toe, alsof ze verwachtten dat zij hem onder controle kon houden.

'Hallo?' Hij boog zich over de balie en probeerde de gang in te kijken.

Zijn stem klonk in het kleine vertrek zo hard dat Lena de aanvechting kreeg haar handen tegen haar oren te drukken. Ze staarde echter naar de vloer en probeerde er minder opgelaten uit te zien dan ze zich voelde.

Uiteindelijk kwam de receptioniste opdagen, een lange, rossig blonde vrouw met een geïrriteerde uitdrukking op haar gezicht. Zonder ook maar enig blijk van herkenning wierp ze een blik op Lena.

'Daar bent u dus,' zei Chuck, glimlachend alsof ze oude vrienden waren.

'Ja?'

'Carla?' vroeg Chuck terwijl hij haar naamplaatje las. Zijn blik bleef op haar borst hangen.

Ze sloeg haar armen over elkaar. 'Kan ik u helpen?'

Lena kwam erbij staan en zei met gedempte stem: 'We moeten dokter Rosen spreken.'

'Die heeft een sessie. Ze mag niet gestoord worden.'

Lena wilde de vrouw net apart nemen en haar onder vier ogen de situatie uitleggen toen Chuck eruit gooide: 'Haar zoon heeft ongeveer een uur geleden zelfmoord gepleegd.'

Iedereen in het vertrek hapte tegelijkertijd naar adem. Tijdschriften vielen op de grond en twee meisjes liepen enkele seconden achter elkaar naar buiten.

Het duurde even voordat Carla van de schok was bekomen, waarna ze zei: 'Ik zal haar gaan halen.'

Lena hield haar tegen met de woorden: 'Ik vertel het haar wel. Brengt u me maar naar haar kamer.'

De jongere vrouw ademde opgelucht uit. 'Dank u.'

Chuck liep vlak achter Lena aan terwijl ze het meisje door de lange, smalle gang volgden. Lena werd als door een plotselinge vlam door een aanval van claustrofobie getroffen, en tegen de tijd dat ze de kamer van Jill Rosen hadden bereikt merkte ze dat ze liep te zweten. Met zijn gebruikelijke vermogen de zaken erger te maken dan ze toch al waren stond Chuck heel dicht bij Lena, bijna over haar heen gebogen. Ze rook zijn aftershave, vermengd met de ziekelijk zoete geur van zijn kauwgum, waarop hij luid in haar oor smakkend kauwde. Ze hield haar adem in, draaide haar hoofd van hem weg, probeerde niet misselijk te worden.

De receptioniste klopte zachtjes op de deur. 'Jill?'

Lena trok aan haar kraag om meer lucht te krijgen.

Rosen klonk buitengewoon geagiteerd toen ze de deur opende en vroeg: 'Ja?' Toen zag ze Lena, en de herkenning bracht een nieuwsgierige glimlach op haar gezicht. Ze deed haar mond open om iets te zeggen, maar Lena sneed haar de pas af.

'Bent u dokter Rosen?' vroeg Lena, die besefte dat haar stem heel dun klonk.

Rosen keek van Lena naar Chuck, aarzelde even voordat ze zich weer tot de patiënte in haar kamer richtte en zei: 'Lily, ik ben zo terug.'

Ze trok de deur dicht en zei: 'Deze kant op.'

Voordat ze achter haar aan liep wierp Lena een woedende blik op Chuck, maar deze bleef vlak achter haar lopen.

Rosen hield halt bij een openstaande deur en maakte een gebaar naar de kamer. 'Hier kunnen we praten.'

Lena was tot dan toe alleen in de wachtkamer of Rosens kamer geweest, dus was ze verbaasd toen ze in een grote conferentiezaal bleek te staan. Het was een warm en open vertrek met heel veel planten, net zoals in de werkkamer van Jill Rosen. De muren waren in een rustgevend lichtgrijs geschilderd. Er stonden stoelen met een mauve bekleding aan een lange mahoniehouten conferentietafel geschoven. Grote archiefkasten met vier laden vulden één kant van het vertrek, en Lena was blij te zien dat er hangsloten op zaten om te voorkomen dat mensen erin zouden gaan snuffelen.

De arts draaide zich om en streek haar haar uit haar ogen. Jill Rosen had een smal gezicht en schouderlang donkerbruin haar. Ze was aantrekkelijk voor haar leeftijd, die waarschijnlijk begin veertig was, en gekleed in een aardse stijl, met een lange golvende blouse en een rok die bij haar figuur paste. Ze had een nuchtere manier van doen die sterk Lena's weerzin had gewekt, vooral toen de arts zich na slechts drie sessies had voorgenomen Lena als alcoholiste te diagnosticeren. Lena verwonderde zich erover dat een vrouw met een dergelijke houding überhaupt patiënten had. Nu ze er toch over nadacht viel er niet veel te zeggen in het voordeel van een zielenknijper die niet had kunnen voorkomen dat haar eigen zoon een diepe duik in een ondiepe rivier had genomen.

Zoals te voorzien was kwam Rosen meteen ter zake. 'Wat is het probleem?'

Lena haalde diep adem en vroeg zich af hoe spannend dit gezien haar ervaringen met Rosen in het verleden zou worden. Ze besloot geen omwegen te maken. 'Het gaat over uw zoon.'

'Andy?' vroeg Rosen, terwijl ze zich als een langzaam leeglopende ballon op een van de stoelen liet zakken. Ze zat daar, met rechte rug, haar handen in haar schoot gevouwen, volmaakt beheerst, afgezien van de blik van pure paniek in haar ogen. Lena had nog nooit in haar leven iemands gelaatsuitdrukking zo duidelijk gelezen. De vrouw verkeerde in een staat van doodsangst.

'Is hij...' Rosen onderbrak zichzelf even om haar keel te

schrapen en er sprongen tranen in haar ogen. 'Is hij in de problemen geraakt?'

Opeens herinnerde Lena zich Chuck. Hij stond met zijn handen in zijn zakken in de deuropening, alsof hij naar een talkshow keek. Voordat Chuck kon protesteren sloot ze de deur in zijn gezicht.

'Het spijt me,' zei Lena, die haar handpalmen tegen de tafel drukte terwijl ze ging zitten. De verontschuldiging was voor Chuck bedoeld, maar Rosen vatte het anders op.

'Wat is er?' vroeg de arts smekend, terwijl er een plotselinge wanhoop in haar stem doorklonk.

'Ik wilde...'

Zonder haar te waarschuwen stak Rosen haar armen over de tafel uit en greep Lena's handen. Lena kromp in elkaar, maar Rosen scheen dit niet op te merken. Sinds de verkrachting brak Lena bij de gedachte iemand aan te raken – of erger nog, aangeraakt te worden – het koude zweet uit. Door de intimiteit van het moment steeg er een golf maagzuur op tegen de achterkant van haar keel.

Rosen vroeg: 'Waar is hij?'

Lena's been begon te trillen, haar hiel ging onbeheersbaar op en neer. Toen Lena weer begon te spreken klonk haar stem warmer, maar niet van sympathie. 'Ik moet u een foto laten zien.'

'Nee,' zei Rosen, en ze klampte zich aan Lena's handen vast alsof ze aan de rand van een rotswand hing en Lena het enige was dat voorkwam dat ze zou vallen. 'Nee.'

Met moeite maakte Lena een van haar handen los en haalde de polaroid uit haar zak. Ze hield de foto op, maar Rosen wendde haar blik af en sloot als een kind haar ogen.

'Dokter Rosen,' begon Lena. En toen, vriendelijker: 'Jill, is dit jouw zoon?'

Ze keek naar Lena, niet naar de foto, en de haat gloeide witheet op haar gezicht.

'Zeg maar of het hem is,' drong Lena aan; ze probeerde haar te dwingen het te beseffen.

Uiteindelijk keek Rosen naar de polaroid. Haar neusvleugels trilden en ze drukte haar lippen tot een dunne lijn opeen terwijl ze tegen haar tranen vocht. Lena zag aan het gezicht van de vrouw dat de dode jongen haar zoon was, maar Rosen nam de tijd, staarde naar de foto, probeerde haar geest te laten aanvaarden wat haar ogen zagen. Waarschijnlijk zonder erbij na te denken streelde Rosen met haar duim het litteken op de rug van Lena's hand alsof het een talisman was. De gewaarwording was er een van schuurpapier op een schoolbord, en Lena knarste met haar tanden om het niet uit te schreeuwen.

Uiteindelijk vroeg Rosen: 'Waar?'

'We hebben hem aan de westkant van de campus gevonden,' zei Lena, die zo'n sterke aanvechting kreeg haar hand terug te rukken dat haar arm begon te trillen.

Rosen vroeg op een toon alsof ze er niet bij was: 'Wat is er gebeurd?'

Lena likte aan haar lippen, hoewel haar mond zo droog was als een woestijn. 'Hij is gesprongen,' zei ze terwijl ze probeerde adem te halen. 'Van een brug.' Ze zweeg. En toen: 'We denken dat hij...'

'Wat?' vroeg Rosen, haar hand nog steeds om die van Lena geklemd.

Lena kon het niet meer hebben en smeekte: 'Alstublieft, neemt u me niet kwalijk...' Er trok een verwarde uitdrukking over Rosens gezicht, waardoor Lena zich nog meer in de val voelde zitten. Het volume van haar stem steeg met elk woord, tot ze schreeuwde: 'Laat mijn hand los!'

Rosen trok zich snel terug en Lena stond op, waarbij ze haar stoel omgooide. Ze verwijderde zich van de andere vrouw tot ze voelde dat ze met haar rug tegen de deur stond.

Er verscheen een uitdrukking van afschuw op Rosens gezicht. 'Neem me niet kwalijk.'

'Nee.' Lena leunde tegen de deur en wreef met haar handen over haar dijen alsof ze vuil verwijderde. 'Het is al goed,' zei ze terwijl haar hart als een razende tekeerging in haar borst. 'Ik had niet tegen u moeten schreeuwen.'

'Ik had moeten weten...'

'Alstublieft,' zei Lena, die haar dijen warm voelde worden van de wrijving. Ze hield op, sloeg haar handen in elkaar, wreef erin alsof ze het koud had.

'Lena,' zei Rosen, die rechtop ging zitten maar niet opstond. Ze zei: 'Het is oké. Je bent hier veilig.'

'Dat weet ik,' zei Lena, maar haar stem klonk zwak en de smaak van angst hing nog zuur in haar mond. 'Het gaat goed,' hield ze vol, maar ze stond nog steeds in haar handen te wrijven. Lena keek omlaag, drukte haar duim op het litteken in haar handpalm, wreef erin alsof ze het uit kon gummen. 'Het gaat goed,' zei ze. 'Het gaat goed.'

'Lena...' begon Rosen, maar ze maakte haar gedachte niet af.

Lena concentreerde zich op haar ademhaling, dwong zichzelf rustig te worden. Haar handen waren rood en plakkerig van het zweet; de littekens liepen in een kwaadaardig reliëf rood aan. Ze dwong zichzelf op te houden en stopte haar handen weg onder haar armen. Ze gedroeg zich dwaas. Dit was het soort dingen dat geestelijk zieke mensen deden.

Rosen probeerde het weer. 'Lena?'

Lena probeerde zich eruit te lachen. 'Ik werd alleen maar zenuwachtig,' zei ze terwijl ze haar haar achter haar oor veegde. Door het zweet kleefde het tegen haar schedel.

Om onverklaarbare redenen wilde Lena iets gemeens zeggen, iets wat Rosen doormidden zou hakken, zodat ze hier als gelijken tegenover elkaar zouden staan.

Misschien voelde Rosen wat er op komst was, want ze vroeg: 'Met wie moet ik gaan praten op het politiebureau?'

Lena staarde haar aan: een fractie van een seconde wist ze niet meer waarom ze hier was.

'Lena?' vroeg Rosen. Ze had zich in zichzelf teruggetrokken, haar handen in haar schoot, haar houding kaarsrecht.

'Ik...' Lena zweeg. 'Chef Tolliver is over ongeveer een halfuur in de bibliotheek.'

Rosen keek haar aan alsof ze niet kon besluiten wat ze moest doen. Voor een moeder waren dertig minuten wachten om de details te horen van wat met haar zoon was gebeurd waarschijnlijk een heel leven.

Lena zei: 'Jeffrey weet niets van...' Ze duidde de ruimte tussen hen in aan.

'De therapie?' zei Rosen, alsof het dom was van Lena dat ze het woord niet kon uitspreken.

'Het spijt me,' zei Lena, en ditmaal voelde ze de emotie echt. Ze werd geacht hier te zijn om Jill Rosen te troosten, niet om tegen haar te schreeuwen. Jeffrey had Chuck gezegd dat het juist goed zou zijn als Lena het deed, en ze had in een tijdsbestek van vijf minuten alles verknald.

Lena probeerde het weer. 'Het spijt me echt.'

Rosen hief haar hoofd, liet merken dat ze de verontschuldiging had gehoord maar accepteerde deze niet.

Lena zette de stoel overeind. Het verlangen de kamer uit te rennen was zo sterk dat haar benen pijn deden.

Rosen zei: 'Vertel me wat er is gebeurd. Ik moet weten wat er is gebeurd.'

Lena sloeg haar handen om de rugleuning van de stoel en hield hem stevig vast. 'Het ziet ernaar uit dat hij van de brug aan de rand van het bos is gesprongen,' zei ze. 'Een studente heeft hem gevonden en 911 gebeld. De lijkschouwer is er korte tijd later aangekomen en heeft hem doodverklaard.'

Rosen ademde in en hield een paar hartslagen lang de lucht vast. 'Zo loopt hij altijd naar college.'

'Over de brug?' vroeg Lena, die zich opeens realiseerde dat Rosen dan een huis in de buurt van Main Street moest hebben, waar een hoop docenten woonden.

'Zijn fiets werd voortdurend gestolen,' zei ze, en Lena knikte. Er werden op de campus om de haverklap fietsen gestolen, en de beveiliging had geen idee wie het deed.

Rosen zuchtte weer, alsof ze haar verdriet in kleine hoeveelheden tegelijk loosde. Ze vroeg: 'Is het snel gegaan?'

'Dat weet ik niet,' zei Lena. 'Ik denk van wel. Iets dergelijks... moet snel zijn gegaan.'

'Andy is manisch-depressief,' zei Rosen. 'Hij is altijd gevoelig geweest, maar zijn vader en ik zijn...' Ze maakte haar zin niet af, alsof ze Lena niet te veel informatie wilde toevertrouwen. Gezien de uitbarsting van kort daarvoor kon Lena haar dit niet kwalijk nemen.

Rosen vroeg: 'Heeft hij een briefje achtergelaten?'

Lena pakte de brief uit haar achterzak en legde hem op tafel. Rosen aarzelde voordat ze hem oppakte.

'Dat is niet van Andy,' zei Lena, wijzend op de bloedige vingerafdrukken die Frank en Jeffrey op het papier hadden achtergelaten. In aanmerking genomen wat er allemaal met Tessa was gebeurd was Lena nog verbaasd dat Frank haar het briefje naar Andy's moeder had meegegeven.

'Is het bloed?'

Lena knikte maar legde het niet uit. Ze zou het aan Jeffrey overlaten hoeveel informatie de moeder zou krijgen.

Rosen zette haar bril op, die aan een kettinkje om haar nek hing. Hoewel Lena het haar niet had gevraagd, las ze hardop: 'Ik kan het niet meer aan. Ik hou van je, mama. Andy.'

De oudere vrouw ademde weer diep in, alsof ze de lucht samen met haar emoties kon vasthouden. Voorzichtig zette ze haar bril af, legde het zelfmoordbriefje op tafel. Ze staarde ernaar alsof ze het nog steeds kon lezen en zei: 'Het is bijna identiek aan het briefje dat hij al eerder heeft geschreven.'

'Wanneer was dat?' vroeg Lena, opeens weer bezig met het onderzoek.

'2 Januari. Hij had zijn arm in het midden opengesneden. Ik vond hem voordat hij te veel bloed had verloren, maar...' Ze liet haar hoofd op haar hand rusten en keek naar het briefje. Ze legde haar vingers erop alsof ze een deel van haar zoon aanraakte – het enige deel dat hij haar had gelaten.

'Die brief moet ik wel terug hebben,' zei Lena, ook al hadden Jeffrey en Frank hem onbruikbaar gemaakt als bewijsmateriaal.

'O.' Rosen trok haar hand terug. 'Kan ik hem terugkrijgen?'

'Ja, als alles achter de rug is.'

'O,' herhaalde Rosen. Ze begon te spelen met het kettinkje waaraan haar bril hing. 'Kan ik hem zien?'

'Ze zullen een lijkschouwing moeten doen.'

Rosen haakte meteen op deze mededeling in. 'Waarom? Hebben jullie iets verdachts gevonden?'

'Nee,' zei Lena, hoewel ze dit nog niet zeker wist. 'Dat is gewoon routine omdat er niemand bij het overlijden aanwezig was. Er was niemand.'

'Was zijn lichaam erg... beschadigd?'

'Niet echt,' zei ze, wetend dat het antwoord subjectief was. Lena herinnerde zich nog steeds dat ze het jaar daarvoor haar zuster in het mortuarium had gezien. Hoewel Sara haar had gewassen, hadden de kleine kneuzingen en sneden in Sibyls gezicht duizend wonden geleken.

'Waar is hij nu?'

'In het mortuarium. Ze zullen hem over een paar dagen vrijgeven voor de begrafenis,' zei Lena, en besefte toen bij het zien van de geschokte uitdrukking op Rosens gezicht dat de moeder nog niet alle stappen had gezet tot het punt dat ze haar zoon werkelijk zou moeten begraven. Lena overwoog haar spijtbetuiging aan te bieden, maar ze wist wat een zinloos gebaar het zou zijn.

'Hij wilde gecremeerd worden,' zei Rosen. 'Ik geloof niet dat ik dat kan opbrengen. Ik geloof niet dat ik ze hem kan laten...' Ze schudde haar hoofd en maakte haar zin niet af. Haar hand ging naar haar mond en Lena zag een trouwring.

'Wilt u dat ik het uw man vertel?'

'Brian is niet in de stad,' zei ze. 'Hij is ergens met een beurs onderzoek aan het doen.'

'Werkt hij ook op het college?'

'Ja.' Er trokken rimpels in haar voorhoofd alsof ze emoties naar de achtergrond drukte. 'Andy werkte met hem samen, probeerde hem te helpen. We dachten dat het beter met hem ging...' Ze probeerde een snik te onderdrukken, maar uiteindelijk brak haar verzet.

Lena hield de rugleuning van de stoel stevig vast terwijl ze naar de andere vrouw keek. Rosen was iemand die in stilte huilde, met geopende lippen, maar zonder dat er geluid uit kwam. Ze legde haar hand tegen haar borst en kneep haar ogen dicht terwijl de tranen over haar gezicht stroomden. Haar smalle schouders trokken naar voren en haar kin beefde terwijl ze hem op haar borst liet zakken.

Lena werd overweldigd door de drang weg te gaan. Zelfs vóór de verkrachting was ze er nooit goed in geweest mensen te troosten. Nooddruft van anderen had iets bedreigends, alsof Lena een deel van zichzelf zou moeten opgeven om iemand te kunnen troosten. Ze wilde nu naar huis om zich te wapenen, om de smaak van angst uit haar mond te spoelen. Lena moest een manier vinden om op krachten te komen voordat ze zich weer in de buitenwereld zou wagen. Vooral voordat ze Jeffrey weer zou zien.

Rosen moest Lena's gedachten hebben aangevoeld. Ze veegde een traan weg en haar toon werd weer zakelijk. 'Ik moet mijn man bellen,' zei ze. 'Heb je even?'

'Natuurlijk,' zei Lena opgelucht. 'Ik zie u wel in de bibliotheek.' Ze legde haar hand op de deurklink, maar bleef staan zonder de arts aan te kijken. 'Ik weet dat ik niet het recht heb dit te vragen,' begon ze, terwijl ze zich realiseerde dat Jeffrey haar volledig zou afschrijven als Rosen hem zou vertellen wat er was gebeurd.

Rosen leek precies aan te voelen waar Lena zich zorgen over maakte. Ze zei afgemeten: 'Nee, je hebt níét het recht dat te vragen.'

Lena drukte de klink omlaag, maar ze voelde dat de blik van Rosen diep in haar boorde. Lena voelde zich gevangen, maar kon nog vragen: 'Wat?'

Rosen bood haar een soort compromis aan. Ze zei: 'Als je nuchter bent zal ik niets zeggen.'

Lena slikte en proefde bijna de slok whiskey waaraan ze de laatste twee minuten had gedacht. Zonder te antwoorden trok ze de deur achter zich dicht.

Lena zat aan een lege tafel bij de balie van de bibliotheek te kijken hoe Chuck zich belachelijk maakte tegenover Nan Thomas, de bibliothecaresse van het college. Afgezien van het feit dat Nan, met haar muisachtige bruine haar en dikke brillenglazen, nauwelijks de moeite waard was, wist Lena toevallig dat ze lesbisch was. Nan was vier jaar lang de minnares van Sibyl geweest. Ze hadden samengewoond toen Sibyl was vermoord.

Om even niet aan Chuck te hoeven denken keek Lena rond in de bibliotheek, naar de studenten die zaten te werken aan de lange tafels die in een rij midden in het vertrek stonden opgesteld. De halfjaarlijkse tentamens waren in aantocht, en het was er behoorlijk druk voor een zondag. Behalve de cafetaria en het therapiecentrum was de bibliotheek het enige gebouw dat vandaag open was.

Vergeleken met andere bibliotheken was die van Grant Tech behoorlijk indrukwekkend. Lena veronderstelde dat het feit dat het college geen footballploeg had betekende dat er meer geld aan echte wetenschappelijke faciliteiten besteed kon worden, maar ze vond nog steeds dat ze met iets van een sportafdeling beter af waren geweest. Vijf jaar daarvoor hadden twee professoren van Grant een injectie of magische pil bedacht waardoor varkens in kortere tijd dikker werden. De boeren waren helemaal gek geworden van deze ontdekking, en bij de ingang van de bibliotheek hing een ingelijste voorpagina van *Porcine & Poultry*, met een foto van de twee professoren die je rijk en tevreden aankeken. De kop luidde 'Varkens nog vetter', en te oordelen naar de glimlach op hun gezichten zaten deze docenten zeker niet in geldnood. Zoals bij de meeste onderzoeksinstituten het geval was kreeg het college een aandeel van de opbrengst van alles waaraan de docenten werkten, en Kevin Blake, de deken, had een deel van het geld gebruikt om de bibliotheek volledig opnieuw in te richten.

Grote vensters met gebrandschilderd glas die uitzagen op de oostkant van de campus waren van dubbele ramen voorzien, zodat de warmte en de airconditioning niet konden weglekken. De donkere houten lambriseringen op de muren en de twee verdiepingen boekenplanken van vloer tot plafond hadden een lichtere kleur gekregen, zodat ze nog steeds imposant maar niet meer deprimerend waren. De algehele sfeer was rustgevend, en Lena kwam hier graag 's avonds als deel van haar vaste ronde na het werk. Ze ging dan in een van de studeerhokjes voorin zitten en bladerde tot ongeveer tien uur in het eerste het beste boek dat ze vond. Daarna ging ze terug naar haar kamer, dronk een of twee glazen om de ergste spanning weg te nemen en probeerde te slapen. Alles bij elkaar genomen werkte deze procedure. Het had iets kalmerends een vast schema te hebben.

'Godver,' kreunde Lena toen Richard Carter op haar af kwam.

Zonder op een uitnodiging te wachten liet Richard zich in de stoel tegenover Lena vallen.

'Hé meisje,' zei hij met een brede lach.

'Hé,' zei ze, waarbij ze zoveel mogelijk afkeer in haar stem probeerde te leggen.

'Gaat ie een beetje?'

Lena staarde hem aan, wensend dat hij weg zou gaan. De gewezen assistent van Sibyl was een kleine, stevige man die pas onlangs zijn zware bril voor contactlenzen had ingeruild. Richard was drie jaar jonger dan Lena, maar had al een grote kale plek boven op zijn hoofd, die hij probeerde te verbergen door de rest van zijn haar achterover te kammen. Door zijn nieuwe contactlenzen, waardoor hij voortdurend met zijn ogen knipperde, en die lok op zijn voorhoofd zag hij eruit als een verwarde uil.

Sinds Sibyls dood had Richard promotie gemaakt en was hij assistent-hoogleraar geworden op de faculteit Biologie, waar, gezien zijn weerzinwekkende persoonlijkheid, zijn carrière waarschijnlijk zou vastlopen. Richard leek erg op Chuck in die zin dat hij met een air van volledig ongefundeerde superioriteit zijn verstikkende domheid probeerde te camoufleren. Hij kon zelfs geen ontbijt in een restaurant bestellen zonder iedereen in de buurt duidelijk te maken dat hij meer verstand van eieren had dan de kok.

'Heb je het gehoord, van die jongen?' Richard liet een laag fluitend geluid horen als van een neerstortend vliegtuig. Zijn hand bleef even in de lucht hangen en kwam toen met een klap op tafel neer, waarmee hij duidelijk maakte wat hij bedoelde. 'Van de brug gesprongen.'

'Ja,' zei ze, en ze ging er niet op in.

'Het gonst van de verhalen dat hij vermoord is,' zei Richard bijna in vervoering. Hij hield meer van roddels dan een vrouw – heel toepasselijk, gezien het feit dat hij een nicht als een paard was. 'Allebei zijn ouders werken hier op school. Zijn moeder bij de afdeling Therapie. Kun je je het schandaal voorstellen?'

Lena voelde een opwelling van schaamte toen ze aan Jill Rosen dacht. Ze zei tegen Richard: 'Ik neem aan dat ze er allebei slecht aan toe zijn. Hun zoon is dood.'

Richard trok zijn mond scheef en keek Lena openlijk taxerend aan. Voor zo'n zelfingenomen zak was hij een scherp waarnemer en ze hoopte dat ze niets verried.

Hij vroeg: 'Ken je ze?'

'Wie?'

'Brian en Jill,' zei hij, een blik over Lena's schouder werpend. Hij zwaaide idioot meisjesachtig naar iemand alvorens zijn aandacht weer op Lena te richten.

Ze keek voor zich uit en beantwoordde zijn vragen niet.

'Ben je afgevallen?'

'Nee,' zei ze, hoewel dit wel het geval was. Haar broek zat wijder dan vorige week. Lena had de laatste tijd niet zo'n zin gehad om te eten. 'Was het een van jouw studenten?'

'Andy?' vroeg Richard. 'Sibyl heeft hem een kwartaal gehad vlak voordat...'

'Wat voor jongen was het?'

'Een loeder, als je het mij vraagt. Zijn ouders konden niet genoeg voor hem doen.'

'Verwend?'

'Verschrikkelijk,' bevestigde Richard. 'Hij is nog bijna voor die cursus van Sibyl gezakt. Organische biologie. Hij werd geacht de volgende Einstein te worden, en hij redt het niet eens met OB?' Richard snoof van weerzin. 'Brian probeerde haar onder druk te zetten, haar een paar gunsten te bewijzen om het cijfer wat op te krikken.'

'Niets voor Sibyl om daarop in te gaan.'

'Natuurlijk heeft ze dat ook niet gedaan,' zei Richard, alsof hij het onderwerp nooit ter sprake had gebracht. 'Sib bleef heel beleefd, zoals gebruikelijk, maar Brian was woest.' Hij liet zijn stem dalen. 'Laten we eerlijk zijn: Brian is altijd jaloers op Sibyl geweest. Hij heeft dag en nacht gelobbyd om haar baan als hoofd van de faculteit te krijgen.'

Lena vroeg zich af of Richard oprecht was of dat hij alleen maar in de stront zat te roeren. Hij had de gewoonte zichzelf als middelpunt van alles te zien. Op een zeker moment tijdens het onderzoek naar de moord op Sibyl was Richard dankzij zijn grote mond bijna op de lijst van verdachten beland, ook al was hij evenzeer tot moord in staat als Lena tot het krijgen van vleugels.

Ze probeerde hem bij de les te houden. 'Het klinkt alsof je Brian heel behoorlijk kent.'

Hij haalde zijn schouders op en zwaaide naar iemand achter Lena terwijl hij zei: 'Het is een kleine faculteit. We werken allemaal samen. Dat komt door Sibyl. Je weet dat haar motto "teamwork" luidde.'

Hij zwaaide weer.

Ze was half en half nieuwsgierig en wilde zich omdraaien om te kijken of er echt iemand stond, maar besloot dat het meer zou opleveren om informatie uit Richard te trekken.

'Hoe dan ook,' begon Richard, 'Andy gaf zijn studie eraan en natuurlijk vond pappie een baantje voor hem in het laboratorium.' Hij pufte geërgerd. 'Niet dat ik zes uur per dag op je reet zitten en naar rapmuziek luisteren een baantje zou willen noemen. En je moest er vooral niet tegen Brian over liegen.'

'Ik neem aan dat het bericht hard zal aankomen.'

'Bij wie niet?' vroeg Richard. 'Ik denk dat ze er allebei kapot van zullen zijn.'

'Wat doet Brian?'

'Biomedisch onderzoek. Hij werkt nu aan een beurs, en onder ons gezegd en gezwegen...' Hij maakte zijn zin niet af, maar Lena wist dat het iets was tussen Richard en het hele college. 'Nou ja, laten we maar zeggen dat als hij deze beurs niet krijgt, hij hier zijn biezen kan pakken.'

'Heeft hij dan geen vaste aanstelling?'

'O,' zei Richard op de toon van een ingewijde, 'hij heeft wel degelijk een vaste aanstelling.'

Lena wachtte op een vervolg, maar Richard zweeg, wat niets voor hem was. Ze werkte nog maar een paar maanden op de campus, maar kon wel raden hoe het college een docent die beneden de maat was wist weg te werken. Richard, die de hele dag trage eerstejaars stoomcursussen biologie gaf, was een volmaakt voorbeeld hoe het bestuur hoogleraren kon straffen zonder ze echt te ontslaan. Het enige verschil was dat iemand als Richard nooit zijn biezen zou pakken.

Ze vroeg: 'Was hij slim?'

'Andy?' Richard haalde zijn schouders op. 'Hij zat toch hier?'

Lena wist dat dit op verschillende manieren kon worden opgevat. Grant Tech was een goede instelling, maar iedere malloot die ook maar iets waard was wilde naar Georgia Tech in Atlanta. Net als Emory University in Decatur werd Georgia Tech als een van de topinstituten van het Zuiden beschouwd. Sibyl was met een volledige beurs naar Georgia Tech gegaan, en dit had haar bij de staf meteen cachet gegeven. Ze had overal waar ze wilde een baan kunnen krijgen, maar iets had haar naar Grant getrokken.

Richard klonk mijmerend. 'Ik wilde naar Georgia Tech, moet je weten. Zo lang als ik me kan heugen. Het zou mijn uitweg uit Perry zijn.' Hij glimlachte, en een tel lang was hij net een normaal mens. 'Toen ik klein was had ik aan alle muren in mijn kamer posters. "Ik was een rondzwervend wrak",' zei hij, een van de vele schoolmotto's van Georgia Tech citerend. 'Ik zou ze allemaal een poepie laten ruiken.'

'Waarom ben je er dan niet heen gegaan?' vroeg Lena, denkend dat ze hem hiermee in verlegenheid zou brengen.

'O, ik ben wel toegelaten,' zei Richard, die wachtte tot ze zich geïmponeerd zou betonen. 'Maar mijn moeder was net overleden en...' Zijn stem stierf weg. 'O, nou ja. Daar is nu niets meer aan te doen.' Hij stak zijn vinger naar Lena uit. 'Ik heb een hoop van je zus geleerd. Ze was een heel goede docente. Ze was een rolmodel voor me.'

Lena liet het compliment voor wat het was. Ze wilde niet met Richard over Sibyl praten.

'O, God.' Richard kwam snel overeind. 'Daar is Jill.'

Rosen stond bij de deur, zoekend naar Lena. Ze leek verdwaald, en Lena aarzelde of ze iets tegen haar moest zeggen toen Richard op zijn meisjesachtige manier naar haar zwaaide.

Jill Rosen liep met een flauwe glimlach naar hen toe.

Richard stond op en zei: 'O, liefje', terwijl hij haar beide handen vastpakte.

'Brian is onderweg uit Washington,' zei ze tegen hem. 'Ze proberen hem op de eerstvolgende vlucht te krijgen.'

Richard fronste zijn wenkbrauwen en bood aan: 'Als ik iets voor jou of Brian kan doen...'

'Dank je,' zei Rosen, maar ze keek Lena aan.

Lena zei tegen Richard: 'Ik zie je later nog wel.'

Richard trok zijn wenkbrauwen op, maar liet zich elegant wegsturen en zei alleen nog 'Afijn' tegen Jill Rosen.

Rosen zond hem een gespannen glimlachje van dankbaarheid toe terwijl hij afscheid nam. Ze vroeg Lena: 'Is chef Tolliver er al?'

'Nog niet.'

Rosen keek haar aan; ze probeerde waarschijnlijk vast te stellen of Lena zich aan haar deel van de afspraak had gehouden. Dat had Lena inderdaad. Ze was nuchter. De twee glazen die ze in haar appartement snel achterover had geslagen na Rosen over haar zoon te hebben verteld waren nauwelijks voldoende om haar dronken te krijgen.

Lena zei: 'Hij moest eerst nog een paar dingen afhandelen.'

'Bedoel je dat meisje?' vroeg Rosen, en Lena veronderstelde dat ze het nieuws over Tessa Linton minstens twintig keer had gehoord toen ze van therapie naar de bibliotheek was gelopen.

Lena legde uit: 'Ik wilde het u niet zeggen.'

De vrouw sprak op afgemeten toon. 'Natuurlijk niet.'

'Nee, dat was niet de reden,' zei Lena. 'We weten niet eens zeker of het iets met Andy te maken heeft. Ik wilde niet dat u dacht...'

'Was dat haar bloed op die brief?'

'Dat is pas daarna gebeurd,' zei Lena. 'Ze hadden hem nog maar net gevonden en toen...'

Tranen welden op in Rosens ogen. Ze liet haar handen op de tafel rusten alsof ze hulp nodig had bij het opstaan.

Lena zei: 'Als u wilt kan ik u wel alleen laten', van harte hopend dat de vrouw op haar aanbod zou ingaan.

'Nee,' zei Rosen, die haar neus weer snoot. Ze gaf geen verklaring waarom ze Lena in de buurt wilde hebben.

Ze stonden daar met zijn tweeën doelloos naar de mensen in de bibliotheek te kijken. Lena besefte dat ze over de littekens op haar handen stond te wrijven en dwong zichzelf ermee op te houden. Ze zei: 'Ik vind het echt heel erg van uw zoon. Ik weet wat het is om iemand te verliezen.'

Rosen knikte, nog steeds met afgewende blik. 'Na de eerste keer' – ze wees op haar arm, en Lena nam aan dat ze op de eerdere zelfmoordpoging van Andy doelde – 'ging het beter met hem. We hadden de dosering van zijn medicijnen in evenwicht gekregen. Het leek echt beter met hem te gaan.' Ze glimlachte. 'We hadden net een auto voor hem gekocht.'

Lena vroeg: 'Stond hij hier op college ingeschreven?'

'Dat heeft Richard je verteld, neem ik aan,' zei ze, maar haar stem klonk niet bitter. 'We hebben hem dit laatste kwartaal van school gehaald zodat hij zich op zijn genezing kon concentreren. Hij hielp zijn vader in het laboratorium en voor mij deed hij wat klusjes in de kliniek.' Ze glimlachte terwijl ze eraan terugdacht. 'Op donderdag had hij kunstonderwijs. Hij was er erg goed in.'

Lena wenste dat ze haar aantekenboekje bij zich had om deze informatie te noteren, maar er was eigenlijk geen enkele reden waarom ze dit zou doen. Zoals Jeffrey al had opgemerkt was Lena geen agent. Ze was alleen maar Chucks loopjongen bij beveiliging, en zelfs dat maar nauwelijks.

Rosen vroeg: 'Wat zal chef Tolliver van me willen?'

'Waarschijnlijk een lijstje vrienden en vriendinnen van uw zoon, en waar hij vaak kwam.' Lena waagde een wilde gok; ze was niet in staat niet als agent te denken. 'Gebruikte Andy drugs?'

Rosen leek verbaasd. 'Waarom vraag je dat?'

'Mensen met een depressie zoeken vaak zelf een oplossing.'

Rosen hield haar hoofd scheef en zond Lena een blik van verstandhouding toe. Toen Lena niet reageerde zei ze: 'Ja, hij gebruikte drugs. Aanvankelijk marihuana, maar vorig jaar rond deze tijd begon hij met zwaarder spul. We hebben hem toen naar een behandelcentrum gestuurd. Een maand later was hij weer terug.' Ze zweeg even. 'Hij vertelde me dat hij clean was, maar dat weet je nooit zeker.'

Lena had bewondering voor het feit dat de vrouw toegaf dat ze niet alles van haar zoon wist. Naar Lena's ervaring vertoonden ouders de neiging te beweren dat ze hun kind beter kenden dan wie ook, zelfs beter dan het kind zelf.

'Toen hij uit de kliniek kwam wilde niemand van zijn vrienden meer met hem praten. Iemand die gebruikt wil iemand die niet gebruikt niet in de buurt hebben.' Bijna alsof ze het nu pas bedacht voegde ze eraan toe: 'Maar hij was altijd eenzaam. Hij hoorde nooit echt ergens bij. Hij was heel slim, en dat schrikte de anderen af. Volgens mij zou je kunnen zeggen dat hij zich een beetje vervreemd voelde.'

'Waren er vrienden kwaad op hem? Kwaad genoeg om hem iets aan te willen doen?'

Lena zag een vonkje hoop in Rosens ogen toen de moeder vroeg: 'Denk je dat hij van de brug af is geduwd?'

'Nee,' antwoordde Lena, die wist dat Jeffrey haar zou vermoorden omdat ze Rosen op dit idee had gebracht. Bij de gedachte aan Jeffrey voelde Lena dat de moed haar in de schoenen zonk.

'Moet u luisteren,' zei ze tegen Rosen, 'wilt u Jeffrey over vandaag vertellen of niet?'

Rosen nam de tijd om een antwoord te geven, schoof dichter naar Lena toe, alsof ze haar adem wilde ruiken. Het enige dat ze zou opsnuiven was frisse pepermunttandpasta, maar toch kreeg Lena even een paniekerig gevoel.

'Nee,' besloot Rosen. 'Ik zal hem niet over vandaag vertellen.'

'En over daarvoor?'

Rosen leek het niet te begrijpen. 'Over de therapie?' Ze schudde haar hoofd. 'Dat is vertrouwelijk, Lena. Dat heb ik je in het begin al verteld. Ik heb niet de gewoonte te vertellen wie mijn patiënten zijn.'

Lena kon alleen maar knikken, overweldigd door opluchting. Jeffrey had Lena zeven maanden geleden een ultimatum gesteld: ga naar een psych of zoek een andere baan. De keus had destijds eenvoudig geleken, en ze had zonder tegenstribbelen haar insigne en haar pistool op zijn bureau gegooid. Nu zou Lena zich liever een kogel door het hoofd jagen dan Jeffrey te bekennen dat ze de afgelopen maand een periode van zwakte had gehad en naar de kliniek was gegaan. Haar trots kon dit niet verdragen.

Alsof het zo afgesproken was gingen de grote eikenhouten deuren voor in het vertrek open. Jeffrey kwam binnen en keek zoekend rond. Chuck liep op hem af, maar Jeffrey moest iets gezegd hebben om hem de mond te snoeren, want meteen hierop verliet Chuck met de staart tussen de benen de kamer.

Volgens Lena had Jeffrey er nog nooit zo slecht uitgezien. Hij had zich verkleed, maar zijn pak was gekreukt en hij droeg geen das. Hoe dichter hij bij haar kwam, hoe beroerder hij eruitzag.

'Dokter Rosen,' zei Jeffrey. 'Ik condoleer u met uw verlies.' Hij gaf haar geen hand en wachtte niet tot ze op zijn woorden reageerde, die Lena troffen als iets wat Jeffrey nooit zou zeggen.

Hij bood Rosen een stoel aan. 'Ik moet u een paar vragen stellen.'

Rosen ging zitten en vroeg: 'Hoe gaat het met dat meisje?'

Zijn gelaatsuitdrukking veranderde net genoeg om Lena een gevoel van medelijden te bezorgen. 'We weten nog niets,' zei hij. 'De familie is op dit moment op weg naar Atlanta.'

Rosen vouwde het zakdoekje op dat ze in haar hand had. 'Denkt u dat degene die haar heeft aangevallen mijn zoon vermoord kan hebben?'

'Op dit moment,' zei Jeffrey, 'behandelen we de dood van Andy als een zelfmoord.' Hij zweeg even, waarschijnlijk om zijn woorden tot haar te laten doordringen. 'Ik heb uw man al gesproken.'

' Brian?' Ze was verrast.

'Hij heeft naar het bureau gebeld nadat hij met u had gesproken,' zei Jeffrey, en aan de manier waarop hij zijn rug rechtte zag Lena dat de vader verre van beleefd was geweest.

Rosen moest het ook hebben begrepen. 'Brian kan heel kortaf zijn,' zei ze bij wijze van verontschuldiging.

Jeffrey zei: 'Dokter Rosen, ik kan u niet meer vertellen dan ik hem heb verteld. We volgen elk mogelijk spoor, maar gezien de geschiedenis van uw zoon lijkt zelfmoord het waarschijnlijkste scenario.'

Rosen zei: 'Ik heb met rechercheur Adams gepraat...'

'Neemt u me niet kwalijk, mevrouw,' onderbrak Jeffrey haar. 'Juffrouw Adams werkt niet bij de politie. Ze werkt bij de beveiliging van de campus.'

Uit Rosens stem bleek dat ze niet van plan was zich tot een discussie te laten verleiden. 'Ik snap niet wat de hiërarchie te maken heeft met het feit dat mijn zoon dood is, meneer Tolliver.'

Jeffrey keek alleen maar een beetje schuldbewust. 'Neemt u me niet kwalijk,' herhaalde hij terwijl hij iets uit zijn jaszak trok. 'Dit hebben we in het bos gevonden,' zei hij, terwijl hij een zilveren kettinkje met een davidsster omhooghield. 'Er zaten geen vingerafdrukken op, dus...'

Rosen hapte naar adem en graaide het kettinkje uit zijn hand. De tranen sprongen weer in haar ogen en haar gezicht scheen zich rimpelend in haar hals terug te trekken terwijl ze de amulet tegen haar lippen drukte en zei: 'Andy, o, Andy...'

Jeffrey wierp een blik op Lena, en toen ze geen aanstalten maakte Jill Rosen te troosten, legde hij zijn hand op de schouder van de vrouw en probeerde het zelf. Hij klopte op haar schouder, zoals je bij een hond doet, en Lena vroeg zich af waarom het volkomen geaccepteerd werd dat een man geen troost kon bieden, maar dat een vrouw met dezelfde tekortkoming op de een of andere manier minder mens was.

Met de rug van haar hand veegde Rosen in haar ogen. 'Neemt u me niet kwalijk.'

'Het is volkomen begrijpelijk,' zei Jeffrey terwijl hij haar nog een paar klopjes op haar schouder gaf.

Rosen speelde met het kettinkje, dat ze nog steeds dicht bij haar mond hield. 'Hij had het al een tijd niet meer gedragen. Ik dacht dat hij het had weggegeven of verkocht.'

'Verkocht?' vroeg Jeffrey.

Lena zei ter verklaring: 'Ze denkt dat hij misschien drugs gebruikte.'

Jeffrey zei: 'De vader zei dat hij clean was.'

Lena haalde haar schouders op.

Jeffrey vroeg Rosen: 'Had uw zoon een vriendin?'

'Hij had nooit echt afspraakjes.' Ze lachte zonder enige vrolijkheid. 'Meisjes óf jongens – niet dat we dat erg hadden gevonden. We wilden gewoon dat hij gelukkig was.'

Jeffrey vroeg: 'Was er iemand met wie hij specifiek omging?'

'Nee,' zei ze. 'Ik denk dat hij erg alleen was.'

Lena keek naar Rosen, wachtend op meer, maar de zelfbeheersing van de arts was weer aan het wankelen gebracht. Ze sloot haar ogen, kneep ze dicht. Haar lippen bewogen woordloos, maar Lena zag niet wat ze zei.

Jeffrey gunde de moeder enige tijd voordat hij zei: 'Dokter Rosen?'

'Zou ik hem kunnen zien?' vroeg ze.

'Natuurlijk.' Jeffrey stond op en stak de vrouw zijn hand toe. 'Ik breng u naar het mortuarium,' zei hij, en toen, tegen Lena: 'Chuck is bij Kevin Blake langs geweest.'

Lena zei: 'Uitstekend.'

Rosen leek geheel in haar eigen gedachten opgegaan, maar zei toch tegen Lena: 'Dank je.'

'Niets te danken.' Lena dwong zichzelf de arm van Jill Rosen aan te raken, met wat naar ze hoopte als een troostend gebaar overkwam.

Jeffrey wierp een snelle blik op het tafereel. Hij zei tegen Lena: 'Ik spreek je later wel', op een toon die vooral als een dreigement klonk.

Met haar duim over de rug van haar hand wrijvend keek Lena hoe de twee anderen vertrokken. Er klonk lawaai op het balkon van de eerste verdieping, waar een paar jongens zich stonden aan te stellen, maar Lena negeerde hen. Ze ging zitten, liet de afgelopen tien minuten de revue passeren, probeerde erachter te komen wat ze precies anders had moeten aanpakken. Ze was hier een paar minuten mee bezig toen ze besefte dat ze alles pas weer op zijn plaats zou krijgen als ze het hele afgelopen rotjaar opnieuw doornam.

'God,' kreunde Nan Thomas, die zich in de stoel tegenover Lena liet vallen. 'Hoe kun je met die lul samenwerken?'

'Met Chuck?' Lena haalde haar schouders op, maar was blij met de afleiding. 'Het is werk.'

'Ik zou nog liever in de hel boeken op de planken zetten,' zei Nan terwijl ze haar sliertige bruine haar door een rood elastiekje trok. Er zat een enorme duimafdruk op het rechterglas van haar bril, maar Nan scheen het niet op te merken. Ze droeg een zuurstokroze T-shirt, dat in een rok van spijkerstof met een plastic band zat gepropt. Rode Converse All-Stars completeerden het geheel, samen met bijpassende roze sokken.

Nan vroeg: 'Wat doe je dit weekend?'

Lena haalde weer haar schouders op. 'Ik weet het niet. Hoezo?'

'Ik dacht Hank uit te nodigen voor Pasen. En misschien een ham te maken.'

Lena probeerde een smoes te bedenken, maar ze voelde zich overvallen. Ze keek normaal gesproken alleen maar op een kalender om te zien wanneer ze haar volgende loon zou krijgen, niet om erachter te komen welke vrije dag er in aantocht was. Pasen was een verrassing.

Lena zei: 'Ik zal erover nadenken', en tot haar opluchting vatte Nan het goed op.

Er klonk een kreet van boven, en ze draaiden zich allebei om om naar de jongens te kijken die zich op het balkon misdroegen. Een van hen moest het ongenoegen van Nan hebben aangevoeld, want hij glimlachte verontschuldigend voordat hij het boek in zijn hand opensloeg en deed alsof hij erin las.

'Idioten,' zei Lena.

'Ach, het zijn best aardige jongens,' zei Nan, maar ze hield ze een tijdje in de gaten om er zeker van te zijn dat ze zich rustig hielden.

Nan was wel de laatste met wie Lena dacht vrienden te kunnen worden, maar de afgelopen paar maanden was er iets aan het schuiven geraakt. Ze waren geen vriendinnen in de normale betekenis van het woord – Lena was er niet in geïnteresseerd met haar naar de film te gaan of verhalen over de lesbische kant van Nans leven te horen –, maar ze praatten over Sibyl, en als Lena met iemand die haar echt had gekend over Sibyl praatte was het net of ze haar terug had.

'Ik heb gisterenavond geprobeerd je te bellen,' zei Nan. 'Ik snap niet waarom je geen antwoordapparaat neemt.'

'Ik zal er eens een kopen,' zei Lena, hoewel ze er al een op de bodem van haar kast had staan. Lena had dat rotding tijdens haar eerste week op de campus uit het contact getrokken. De enige mensen die opbelden waren Nan en Hank, die beiden dezelfde bezorgde berichten achterlieten en zich afvroegen hoe het met haar ging. Lena had nu een nummerverklikker aangesloten, en meer had ze niet nodig om de inkomende gesprekken te controleren, voorzover ze binnenkwamen.

'Richard was hier,' zei Lena.

'O, Lena,' zei Nan met gefronst voorhoofd. 'Ik hoop dat je niet onbeleefd tegen hem bent geweest.'

'Hij probeerde allerlei vuiligheid op te rakelen.'

Zoals gewoonlijk probeerde Nan Richard te verdedigen. 'Brian werkt met hem op de faculteit. Ik weet zeker dat Richard alleen maar wilde weten wat er was gebeurd.'

'Kende je hem? Die jongen, bedoel ik?'

Nan schudde haar hoofd. 'We zagen Jill en Brian elk jaar op het kerstfeest van de faculteit, maar we gingen niet echt met ze om. Misschien zou je eens met Richard moeten praten,' opperde ze. 'Ze werken samen in hetzelfde laboratorium.'

'Richard is een klootzak.'

'Hij is erg aardig geweest voor Sibyl.'

'Sibyl kon wel voor zichzelf zorgen,' zei Lena stellig, hoewel ze beiden wisten dat dit niet helemaal waar was. Sibyl was blind geweest. Richard was op de campus haar ogen en oren geweest, had haar het leven een heel stuk gemakkelijker gemaakt.

Nan veranderde van onderwerp: 'Ik zou graag eens met je praten of je niet een deel van de uitkering van de verzekering...'

'Nee,' snoerde Lena haar de mond. Sibyl had via het college een levensverzekering afgesloten die een dubbel bedrag uitkeerde ingeval van dood door een ongeluk. Nan was de begunstigde geweest en ze had sinds de uitbetaling had plaatsgevonden Lena de helft aangeboden.

'Sibyl heeft dat jóú nagelaten,' zei Lena, voor wat langzamerhand de duizendste keer leek. 'Ze wilde dat jij het kreeg.'

'Ze had niet eens een testament,' bracht Nan hiertegen in. 'Ze wilde niet over de dood nadenken, laat staan er plannen voor maken. Je weet hoe ze was.'

Lena voelde de tranen in haar ogen opwellen.

Nan zei: 'De enige reden waarom ze die levensverzekering had was dat het college die gratis aanbood samen met haar ziektekostenverzekering. Ze heeft mij alleen maar aangewezen omdat...'

'Omdat ze wilde dat jij het kreeg,' maakte Lena de zin voor haar af en veegde met de rug van haar hand in haar ogen. Ze had het afgelopen jaar zoveel gehuild dat ze het niet meer erg vond het in het openbaar te doen. 'Luister eens, Nan, ik waardeer het, maar het is jouw geld. Sibyl wilde dat jij het kreeg.'

'Ze zou niet gewild hebben dat jij voor Chuck werkte. Dat zou ze verschrikkelijk hebben gevonden.'

'Ik vind het zelf ook geen lolletje,' gaf Lena toe, hoewel de enige tegen wie ze dit ooit had gezegd Jill Rosen was. 'Het is alleen maar iets om te overleven tot ik besluit wat ik verder met mijn bestaan wil.'

'Je zou naar college terug kunnen gaan.'

Lena lachte. 'Ik ben een beetje te oud om naar college terug te gaan.'

'Sibby zei altijd dat je liever verdrinkend in het zweet in augustus een marathon zou lopen dan tien minuten in een klaslokaal met airconditioning te zitten.'

Lena glimlachte en voelde hoe ze zich ontspande terwijl ze zich de stem van Sibyl voorstelde die dit zei. Soms leek er bij Lena een knop te worden omgezet, waardoor de slechte dingen werden uitgeschakeld en de goede ingeschakeld.

Nan zei: 'Het is moeilijk te geloven dat het alweer een jaar geleden is.'

Lena staarde uit het raam en bedacht hoe vreemd het was dat ze zo met Nan zat te praten. Als het niet omwille van Sibyl was geweest zou Lena zo ver mogelijk uit de buurt van iemand als Nan Thomas zijn gebleven.

'Ik zat vanochtend aan haar te denken,' zei Lena. Iets in de angst op het gezicht van Sara Linton toen ze haar zuster in de helikopter hadden geladen had Lena dieper getroffen dan wat ook in lange tijd. 'Sibyl was altijd dol op dit seizoen.'

'Ze was er dol op in de bossen te wandelen,' zei Nan. 'Ik probeerde op vrijdag altijd vroeg weg te gaan, zodat we een wandeling konden maken voordat het te donker zou worden.'

Lena slikte, bang dat er als ze haar mond open zou doen een snik zou ontsnappen.

'Maar goed,' zei Nan, die haar handpalmen plat op de tafel legde terwijl ze opstond, 'ik kan maar beter een paar boeken gaan catalogiseren voordat Chuck terugkomt en me mee uit eten vraagt.'

Ook Lena stond op. 'Waarom vertel je hem gewoon niet dat je lesbisch bent?'

'Zodat hij daarop kan kicken?' vroeg Nan. 'Nee, dank je feestelijk.'

Lena moest haar gelijk geven. Ze had zich zelf ook zorgen gemaakt dat Chuck de krant met alle sensationele details over haar verkrachting zou lezen.

'Bovendien,' zei Nan, 'zou een kerel als hij alleen maar zeggen dat ik hem alleen maar niet in de buurt wil hebben omdat ik lesbisch ben en dat lesbiennes mannen nu eenmaal haten.' Nan boog zich samenzweerderig naar haar over. 'Terwijl de waarheid is dat we niet alle mannen haten. We haten alleen hém.'

Lena schudde haar hoofd; ze bedacht dat als dat het criterium was, iedere vrouw op de campus lesbisch was.

Vier

Grady Hospital was een van de meest gerenommeerde traumacentra van het land, maar onder de inwoners van Atlanta had het in het algemeen een slechte reputatie. Grady, dat werd geleid door de Fulton-DeKalb Hospital Authority, was een van de weinige overgebleven openbare ziekenhuizen in de regio, en behalve dat het een van de grootste brandwondencentra van het land huisvestte, bood het ook het meest omvattende hiv/aids-programma in het land en diende het als regionaal behandelcentrum voor moeders en baby's die in een hoge risicocategorie vielen. Als je met een maagkwaal of ernstige oorpijn binnenkwam had je hoogstwaarschijnlijk een wachttijd van twee uur voor de boeg voordat je een dokter te zien kreeg – als je geluk had.

Grady was een academisch ziekenhuis, en Emory University, Sara's alma mater, en ook Morehouse College, leverden een gestage stroom internen. De afdeling Eerste Hulp was bij studenten buitengewoon populair, want Grady had de reputatie de beste plek in het land te zijn om spoedeisende geneeskunde te leren. Vijftien jaar geleden had Sara met hand en tand gevochten om een plaats op de afdeling Kindergeneeskunde te krijgen, en ze had er in een jaar meer geleerd dan de meeste artsen in hun hele leven. Toen ze uit Atlanta was vertrokken om naar Grant County te gaan had Sara nooit gedacht dat ze Grady nog eens terug zou zien, vooral niet in deze omstandigheden.

'Daar komt iemand,' zei de man die naast Sara zat, en iedereen in de wachtkamer – minstens dertig mensen – keek vol verwachting naar de verpleegster.

'Juffrouw Linton?'

Sara's hart maakte een sprongetje, en een fractie van een seconde dacht ze dat haar moeder er eindelijk was. Sara stond op, legde een tijdschrift op haar stoel om die vrij te houden, hoewel ze dit al minstens twee uur om beurten had gedaan met de oude man naast haar.

'Is ze de operatiekamer uit?' vroeg Sara, niet bij machte het trillen van haar stem te onderdrukken. De chirurg had het op minstens vier uur geschat, naar Sara's idee een conservatieve schatting.

'Nee,' zei de verpleegster, die Sara voorging naar de zusterpost. 'Er is telefoon voor u.'

'Mijn ouders?' vroeg Sara, haar stem iets verheffend om zich verstaanbaar te maken. De gang stond vol mensen; artsen en verpleegsters renden met doelgerichte passen voorbij terwijl ze probeerden de voortdurend aangroeiende menigte patiënten in goede banen te leiden.

'Hij zei dat hij bij de politie werkt.' De verpleegster overhandigde Sara de telefoon en zei: 'Houdt u het kort. We mogen eigenlijk geen privé-gesprekken op deze lijn toestaan.'

'Dank u.' Sara nam het toestel aan en drukte zich met haar rug tegen de balie om niet in de weg te staan.

'Jeffrey?' vroeg ze.

'Hé,' zei hij; hij klonk even gespannen als zij zich voelde. 'Is ze al de OK uit?'

'Nee,' zei ze, de gang in kijkend. Ze had al een paar keer met de gedachte gespeeld de deur door te lopen om te proberen erachter te komen hoe het ging, maar er stond een bewaker bij die vast van plan leek zijn werk te doen.

'Sara?'

'Ik ben er nog.'

Jeffrey vroeg: 'En de baby?'

Sara voelde hoe haar keel werd dichtgeknepen. Ze kon niet met hem over Tessa praten. Niet zo. Ze vroeg: 'Heb je al iets ontdekt?'

'Ik heb met Jill Rosen gepraat, de moeder van die zelfmoordenaar. Ze kon me niet veel vertellen. We hebben een kettinkje gevonden, een soort halskettinkje met een davidsster, die van die jongen in het bos was.'

Toen Sara niet reageerde zei Jeffrey: 'Andy, die zelfmoordenaar, is ofwel in het bos geweest, ofwel degene die hem dat kettinkje heeft afgenomen is het bos in gelopen.'

Sara dwong zichzelf te reageren. 'Wat lijkt jou het meest waarschijnlijk?'

'Ik weet het niet,' antwoordde hij. 'Brad zag Tessa op weg naar boven een witte plastic tas oprapen.'

'Ze had iets in haar hand,' herinnerde Sara zich.

'Is er enige reden waarom ze afval zou oprapen?'

Sara probeerde na te denken. 'Hoezo?'

'Brad zei dat het ernaar uitzag dat ze dat op de heuvel aan het doen was. Ze vond een tas en begon er afval in te stoppen.'

'Het zou kunnen,' zei Sara verward. 'Ze had al eerder geklaagd over mensen die maar overal afval weggooien. Ik weet het niet.'

'Misschien heeft ze op de heuvel iets gevonden en het in de tas gestopt? We hebben die davidsster van het slachtoffer gevonden, maar dat was dieper het bos in.'

'Als Tessa iets heeft opgeraapt zou dat betekenen dat er iemand naar ons stond te kijken terwijl wij bij het lichaam waren. Hoe heette hij ook weer... Andy?'

'Andy Rosen,' bevestigde hij. 'Denk je nog steeds dat er een luchtje aan deze zaak zit?'

Sara wist niet wat ze moest zeggen. Het onderzoek naar Rosen leek een heel leven geleden. Ze kon zich maar nauwelijks herinneren hoe die jongen eruit had gezien.

'Sara?'

Ze vertelde hem de waarheid. 'Ik weet het niet meer.'

'Je had gelijk dat hij het al eerder had geprobeerd,' zei hij. 'Zijn moeder heeft het bevestigd. Hij had zijn arm opengesneden.'

'Een eerdere poging en een briefje,' zei Sara, die bedacht dat, tenzij er tijdens de autopsie opeens iets anders naar voren zou komen, deze twee factoren in het algemeen voldoende zouden zijn om het sterfgeval tot zelfmoord te verklaren. Ze zei: 'We zouden een bloedproef kunnen doen. Hij is vast niet zonder hevig verzet over die reling gegaan.'

'Hij had een schaafwond op zijn rug.'

'Die kwam niet door geweld.'

'Ik kan het Brock laten controleren,' bood hij aan. Dan Brock, een plaatselijke patholoog-anatoom, was lijkschouwer van de county geweest voordat Sara de baan had gekregen. 'Ik heb tegen niemand gezegd dat er misschien iets verkeerd zit. Brock kan zijn mond houden.'

Ze zei: 'Wat mij betreft doet hij de bloedproef, maar ik wil de autopsie doen.'

'Denk je dat je dat kunt opbrengen?'

'Als deze twee zaken met elkaar te maken hebben,' begon ze. 'Als degene, wie het ook is, die Tessa dit heeft aangedaan...' Sara kon haar zin niet afmaken, maar ze had nog nooit in haar leven zo'n behoefte aan wraak gevoeld. Uiteindelijk zei ze: 'Ja. Ik kan het.'

Jeffrey leek te twijfelen, maar hij zei: 'We doorzoeken nu Andy's appartement. Ze hebben een pijp op zijn kamer gevonden. Die moeder zegt dat hij een tijdje geleden een drugsprobleem heeft gehad, maar de vader zegt dat hij is afgekickt.'

'O,' zei Sara, die woede voelde opwellen bij de gedachte dat haar zuster klem kon hebben gezeten in het kruisvuur van zoiets stompzinnigs en zinloos als een mislukte drugsdeal. Het neersteken van Tessa was het soort geweld dat mensen die zeiden dat drugs onschadelijk waren in het algemeen negeerden.

'We kammen zijn hele kamer uit en proberen vingerafdrukken te vinden, die we door de computer kunnen halen. Morgen spreek ik zijn ouders. Zijn moeder heeft me een paar namen gegeven, maar die lui zijn al weg of afgestudeerd.' Jeffrey zweeg, en ze voelde aan dat hij erg gefrustreerd was.

De deuren van de operatiekamer zwaaiden open, maar de patiënt was niet Tessa. Sara drukte haar hakken tegen de plint van de zusterpost, zodat de groep erlangs kon. Op het bed lag een oudere vrouw met donkerblond haar, haar oogleden nog dichtgetapet van de operatie.

'Hoe reageerden zijn ouders op het nieuws?' vroeg Sara, aan haar eigen ouders denkend.

'Goed, naar omstandigheden.' Jeffrey zweeg even. 'Pas in de auto stortte ze echt in. Er was iets gaande tussen haar en

Lena. Ik kan er mijn vinger niet achter krijgen.'

'Zoals wat?' vroeg Sara hoewel Lena Adams op dit moment wel de laatste was om wie ze zich druk maakte.

'Ik weet het niet,' zei hij, niet tot haar verbazing. Ze hoorde hem met zijn vingers ergens op trommelen. 'Rosen ging in de auto door het lint. Maar dan ook totaal.' Het trommelen hield op. 'Haar man belde me toen hij erachter was gekomen. Ze verbonden hem door vanuit het bureau.' Hij zweeg weer even. 'Ze waren er behoorlijk slecht aan toe. Dit soort dingen kan hard aankomen. In het algemeen...'

'Jeffrey,' onderbrak Sara hem, 'ik heb je...' Ze voelde dat haar keel weer werd dichtgeknepen, alsof de woorden haar wurgden. 'Ik heb je hier nodig.'

'Dat weet ik,' zei hij; er klonk berusting in zijn stem. 'Ik denk niet dat ik kan.'

Met de rug van haar hand veegde Sara haar tranen weg. Een van de passerende artsen keek haar aan en keek toen weer snel omlaag naar de status die hij in zijn handen had. Sara voelde zich dwaas en weerloos, en probeerde zich teweer te stellen tegen de emoties die naar buiten wilden. Ze zei: 'Natuurlijk, oké. Ik begrijp het.'

'Nee, Sara...'

'Ik moet ophangen. Ik bel op het toestel van de zusterpost. In de wachtkamer heeft een kerel een uur lang zitten telefoneren.' Ze lachte, alleen maar om zich een beetje te ontspannen. 'Hij spreekt Russisch, maar ik denk dat hij in drugs zat te handelen.'

'Sara,' snoerde Jeffrey haar de mond, 'het heeft met je vader te maken. Hij heeft me gevraagd – hij heeft me gezégd niet te komen.'

'Wat?' Sara sprak het woord zo hard uit dat er verschillende mensen van hun werk opkeken.

'Hij was verschrikkelijk ontdaan. Ik weet het niet. Hij heeft me gezegd niet naar het ziekenhuis te komen, dat het een familieaangelegenheid was.'

Sara liet haar stem dalen. 'Hij gaat niet uitmaken...'

'Sara, luister naar me,' zei Jeffrey; zijn stem klonk rustiger dan zij zich voelde. 'Hij is je vader. Dat moet ik respecteren.'

Hij pauzeerde. 'En je vader was niet de enige. Cathy heeft hetzelfde gezegd.'

Ze voelde zich een idioot dat ze in herhalingen verviel, maar ze kon niet meer zeggen dan: 'Wat?'

'Ze hebben gelijk,' zei hij. 'Tessa had daar niet mogen zijn. Ik had haar niet mogen laten gaan...'

'Ik ben degene die haar daar heeft gebracht,' herinnerde Sara hem terwijl het schuldgevoel dat ze de laatste paar uur had gehad opeens weer in haar oplaaide.

'Ze zijn op het ogenblik gewoon geschokt. Begrijpelijkerwijs geschokt.' Hij zweeg, alsof hij probeerde te bedenken hoe hij zijn gedachten moest formuleren. 'Ze hebben tijd nodig.'

'Tijd om te kijken hoe het afloopt?' vroeg ze. 'Zodat als Tessa het haalt je weer welkom bent bij het diner op zondag, maar als ze het niet haalt...' Sara kon de zin niet afmaken.

'Ze zijn kwaad. Dat worden mensen nu eenmaal als er iets dergelijks gebeurt. Ze voelen zich hulpeloos en worden kwaad op de eerste de beste in de buurt.'

'Ik was ook in de buurt,' merkte ze op.

'Ja, nou ja...'

Even was Sara te geschokt om iets te zeggen. Uiteindelijk vroeg ze: 'Zijn ze soms ook kwaad op mij?' Ze wist echter dat haar ouders daar alle reden toe hadden. Sara had de leiding over Tessa. Die had ze altijd gehad.

Jeffrey zei: 'Ze willen gewoon de tijd krijgen, Sara. Die moet ik ze geven. Ik wil ze niet nog meer uit hun evenwicht brengen.'

Ze knikte, hoewel hij haar niet kon zien.

'Ik wil je zien. Ik wil er zijn, voor jou en voor Tessa.' Ze hoorde het verdriet in zijn stem en wist hoe moeilijk dit voor hem was. Toch kon ze er niets aan doen dat ze zich door zijn afwezigheid verraden voelde. Jeffrey had een hele geschiedenis van momenten dat hij er niet was als ze hem het meest nodig had. Hij deed nu het juiste, deed wat van respect getuigde, maar Sara was niet in de stemming voor nobele gebaren.

'Sara?'

'Goed,' zei ze. 'Je hebt gelijk.'

'Ik ga bij je langs om de honden eten te geven, goed? Even

kijken of thuis alles in orde is.' Hij zweeg weer. 'Cathy heeft gezegd dat ze onderweg even bij je langsgaat om wat kleren voor je te halen.'

'Ik heb geen kleren nodig,' zei Sara, die voelde dat haar emoties weer de kop opstaken. Ze kon alleen maar fluisteren: 'Ik heb jou nodig.'

Zijn stem klonk zacht. 'Dat weet ik, liefje.'

Sara voelde de tranen weer komen. Ze had zichzelf nog niet toegestaan te huilen. Er was geen tijd voor geweest toen Tessa in die helikopter had gelegen, en daarna was het op de eerste hulp en in de wachtkamer – zelfs op de wc, waar Sara een steriele jas had aangetrokken die een van de verpleegsters voor haar had gehaald – te druk geweest om even een moment voor zichzelf te hebben en aan haar verdriet toe te geven.

Dit moment koos de verpleegster om het gesprek te onderbreken. 'Juffrouw Linton?' zei ze. 'We hebben de telefoon echt nodig.'

'Neemt u me niet kwalijk,' zei Sara. En toen, tegen Jeffrey: 'Ik moet van deze lijn af.'

'Kun je me ergens anders vandaan bellen?'

'Ik kan hier niet weg,' zei Sara, die een ouder stel door de gang zag aankomen. De man liep enigszins gebogen en de vrouw hield hem bij zijn arm overeind terwijl ze, de bordjes op de deuren lezend, voortschuifelden.

Jeffrey zei: 'Er is een McDonald's aan de overkant van de straat, toch? Bij de parkeergarage van de universiteit?'

'Ik weet het niet,' antwoordde Sara, die al jaren niet meer in dit deel van Atlanta was geweest. 'Is dat zo?'

'Volgens mij is er daar een,' zei hij. 'Ik zie je er morgenochtend om zes uur, goed?'

'Nee,' zei ze, terwijl ze keek hoe het oudere stel dichterbij kwam. 'Zorg jij maar voor de honden.'

'Weet je het zeker?'

Sara bleef naar de man en zijn vrouw kijken. Geschrokken besefte ze opeens dat ze haar eigen ouders niet had herkend.

Jeffrey zei: 'Sara?'

'Ik bel je nog wel,' zei ze. 'Ze zijn er. Ik moet ophangen.'

Sara boog zich over de balie om de hoorn op de haak te hangen. Ze voelde zich gedesoriënteerd en was bang. Ze liep met haar armen om zich heen geslagen door de gang in afwachting van het moment dat haar ouders er weer als haar ouders zouden uitzien. Met angstwekkende helderheid realiseerde ze zich hoe oud ze waren. Zoals de meeste volwassen kinderen had Sara altijd het beeld gehad dat haar moeder en vader op de een of andere manier niet ouder werden dan een bepaalde leeftijd, en toch stonden ze hier voor haar, bejaard en zo broos dat ze zich afvroeg hoe ze nog konden lopen.

'Mama?' zei Sara.

Cathy stak haar armen niet naar haar uit, zoals Sara had verwacht, had gewild. Haar ene arm bleef rond Eddies middel liggen, alsof ze hem overeind moest houden. De andere liet ze langs haar zij afhangen. 'Waar is ze?'

'Nog in de operatiekamer,' zei Sara, die op haar af wilde lopen en bij de aanblik van de harde uitdrukking op Cathy's gezicht besefte dat ze dat niet moest doen. 'Mama...'

'Wat is er gebeurd?'

Sara voelde een brok in haar keel en bedacht dat Cathy niet eens als haar moeder klonk. Er lag een ondoordringbare harde klank in haar stem, en haar mond was een rechte, koude lijn. Sara nam hen mee naar de zijkant van de drukke gang, zodat ze konden praten. De sfeer was verschrikkelijk formeel, alsof ze elkaar voor het eerst ontmoetten.

Sara begon: 'Ze wilde met me mee...'

'En dat liet jij toe,' zei Eddie, en de beschuldiging achter zijn woorden raakte haar als een bijl. 'Waarom heb je haar in godsnaam mee laten gaan?'

Sara beet op haar lip om niet te gaan huilen. 'Ik dacht niet...'

Hij sneed haar de pas af. 'Nee, inderdaad.'

'Eddie,' zei Cathy. Het was niet als terechtwijzing bedoeld, maar om hem duidelijk te maken dat het hiervoor niet het moment was.

Sara zei even niets en dwong zichzelf niet nog meer van streek te raken dan ze al was. 'Ze wordt op dit moment geopereerd. Het zal nog wel een paar uur duren.' Ze keken alle drie op toen de deuren weer opengingen, maar het was maar een verpleegster, die waarschijnlijk even pauze nam.

Sara ging door: 'Ze is in haar buik en haar borst gestoken. Ze had een schaafwond aan haar hoofd.' Sara bracht haar hand naar haar eigen hoofd om hun duidelijk te maken waar Tessa's hoofd de rots had geraakt. Ze bleef zo staan, nadenkend over de wond, terwijl ze dezelfde paniek weer voelde opkomen. Ze vroeg zich niet voor de eerste keer af of het niet allemaal een afgrijselijke droom was geweest. Als om haar eruit los te rukken klapten de deuren van de operatiekamer weer open, en een hulpkracht kwam er met een lege rolstoel doorheen.

Cathy vroeg: 'En?'

'Ik probeerde het bloeden te stoppen,' vervolgde Sara, die het hele tafereel weer voor zich zag. In de wachtkamer had ze de gebeurtenissen steeds weer de revue laten passeren, had ze geprobeerd te bedenken wat ze anders had kunnen doen en had alleen maar beseft hoe hopeloos de situatie was geweest.

'En?' herhaalde Cathy kortaf.

Sara schraapte haar keel en probeerde afstand te nemen van haar gevoelens. Ze sprak tegen hen alsof ze de ouders van een willekeurige patiënt waren. 'Ze kreeg een insult, ongeveer een minuut voordat de helikopter kwam. Ik heb gedaan wat ik kon om haar te helpen.' Sara zweeg bij de herinnering hoe de krampen in Tessa's lichaam onder haar handen hadden aangevoeld. Ze keek haar vader aan en bedacht plotseling dat hij haar sinds hun aankomst zelfs niet had aangekeken.

Sara zei: 'In de helikopter heeft ze nog twee insulten gehad. Haar linkerlong is ingeklapt. Ze hebben een slang in haar borst ingebracht om haar te helpen ademen.'

Cathy vroeg: 'En wat doen ze nu?'

'De bloeding onder controle krijgen. Er is een neuroloog bij gehaald, maar ik weet niet wat ze hebben gevonden. Het allereerste doel is het bloeden stoppen. Ze zullen een keizersnede doen om...' Sara zweeg, hield haar adem in.

'De baby weg te halen,' maakte Cathy de zin af, en Eddie leunde zwaar tegen haar aan.

Sara ademde langzaam uit.

'En wat nog meer?' vroeg Cathy. 'Wat vertel je ons niet?'

Sara wendde haar blik af maar zei toch: 'Misschien moeten

ze haar baarmoeder verwijderen als ze de bloeding niet onder controle kunnen krijgen.'

Haar ouders reageerden allebei kalm op het nieuws, hoewel Sara wist wat ze dachten, even duidelijk als wanneer ze het haar in haar gezicht hadden geschreeuwd. Tessa was hun enige hoop op kleinkinderen geweest.

'Wie heeft dit gedaan?' vroeg Cathy ten slotte. 'Wie kan zoiets doen?'

'Ik weet het niet,' fluisterde Sara, terwijl de vraag in haar hoofd weergalmde. Welk monster zou een zwangere vrouw neersteken en haar voor dood achterlaten?

'Weet Jeffrey iets?' vroeg Eddie, en Sara zag hoeveel moeite het hem kostte de naam van Jeffrey uit te spreken.

'Hij doet wat hij kan,' zei Sara. 'Ik ga naar Grant terug zodra...' Ze kon haar zin niet afmaken.

Cathy vroeg: 'Wat kunnen we verwachten als ze wakker wordt?'

Sara keek naar haar vader, wilde iets zeggen waardoor hij haar zou aankijken. Als Eddie en Cathy niet Eddie en Cathy waren geweest, zou Sara hun de waarheid hebben verteld: dat ze geen idee had wat ze konden verwachten. Jeffrey zei vaak dat hij niet graag met familie of vrienden van slachtoffers praatte voordat hij hun iets concreets te melden had. Sara had dit altijd een beetje laf van hem gevonden, maar nu zag ze in dat het noodzakelijk was, dat mensen een soort hoop nodig hadden, een soort geruststelling dat er in ieder geval íéts goed zou komen.

'Sara?' spoorde Cathy haar aan.

'Ze moeten haar hersenactiviteit observeren. Waarschijnlijk een EEG doen om te controleren of haar hersenen niet beschadigd zijn.' Sara zocht wanhopig naar iets positiefs. Uiteindelijk vertelde ze hun het enige dat ze zeker wist. 'Er kan heel veel verkeerd zijn gegaan.'

Cathy had geen vragen meer. Ze draaide zich naar Eddie om, sloot haar ogen, drukte haar lippen op zijn hoofd.

Ten slotte zei Eddie iets, maar hij keek Sara nog steeds niet aan. 'Weet je het zeker van de baby?'

Sara merkte dat ze nauwelijks uit haar woorden kwam.

Haar keel was droog als een rivierbedding toen ze uiteindelijk fluisterde: 'Ja, pappie.'

Sara stond bij de automaten voor de cafetaria van het ziekenhuis en drukte op de knop van de snoepautomaat tot ze een scherpe pijn in haar knokkels voelde. Er gebeurde niets en ze bukte zich, controleerde het inwendige van het apparaat, denkend dat ze misschien iets over het hoofd had gezien. De machine was leeg.

'Verdomme,' zei ze en gaf er een trap tegen. Er klonk een muziekje en er viel een KitKat in de la.

Sara scheurde de verpakking open en liep de gang op om het lawaai van de cafetaria niet te hoeven horen. De catering was veranderd sinds ze hier had gewerkt. Ze hadden nu alles, van Thais eten tot Italiaans tot sappige, dikke hamburgers. Ze nam aan dat het voor het ziekenhuis een bodemloze put was, maar het was niet in de haak dat een instelling die aan genezen was gewijd zulk ongezond voedsel verkocht.

Zelfs tegen middernacht wemelde het in het ziekenhuis van de mensen, en het voortdurende gedruis gaf je het gevoel in een bijenkorf rond te lopen. Sara herinnerde zich dit lawaai niet uit de tijd dat ze er zelf als intern had gezeten, maar ze wist zeker dat het niet anders was geweest. Door angst en slapeloosheid had ze het waarschijnlijk niet opgemerkt. In haar tijd hadden de internen zich georganiseerd en waren meer humane werktijden gaan eisen; de ploegendiensten in Grady konden vierentwintig tot zesendertig uur duren. Tot op de dag van vandaag had Sara het gevoel dat ze nog steeds slaap moest inhalen.

Ze leunde met haar rug tegen een deur met een bordje LINNEN, wetend dat ze nooit meer op zou staan als ze eenmaal was gaan zitten. Tessa was drie uur daarvoor uit de operatiekamer gekomen en naar de intensive care overgebracht, waar de familie om beurten bij haar waakte. Ze zat zwaar onder de kalmerende middelen en was nog niet wakker geworden uit de narcose. Haar toestand was als zorgelijk gecategoriseerd, maar de chirurg dacht dat ze de bloeding onder controle hadden gekregen. Tessa kon nog steeds kinderen krijgen, als ze ooit genoeg van de nachtmerrie in het bos zou herstellen om er nog een te willen.

De wacht in het kleine vertrek op de IC-afdeling, terwijl ze voortdurend de beschuldigingen van Eddie en Cathy voelde, hoewel dezen er tegenover Sara met geen woord over hadden gerept, was te veel geweest. Zelfs Devon had niets tegen Sara willen zeggen; hij had gemelijk in de hoek gezeten, zijn ogen wijd opengesperd van de schok over wat zijn geliefde en zijn kind was overkomen. Sara voelde dat het moment dat ze zou instorten heel dichtbij was, maar er was niemand in de buurt die haar kon helpen iets aan haar ontreddering te doen.

Ze liet haar hoofd achteroverhangen en sloot haar ogen terwijl ze zich de laatste woorden probeerde te herinneren die haar zuster tegen haar had gezegd. In de helikopter was Tessa slap geworden van het insult en had niet meer kunnen communiceren. Het laatste samenhangende dat ze had gezegd was in de auto geweest, toen ze Sara had verteld dat ze van haar hield.

Sara beet in de KitKat, ook al had ze geen trek.

''n Avend, mevrouw,' zei een oudere man, die zijn hoed voor Sara afnam terwijl hij langs haar liep.

Ze dwong zichzelf te glimlachen terwijl ze keek hoe hij de trap op liep. De man was ongeveer van Eddies leeftijd, maar wat ze van zijn haar kon zien was volkomen wit. Zijn huid was bijna doorschijnend in het kunstmatige ziekenhuislicht, en hoewel zijn donkerblauwe broek en zijn lichtblauwe overhemd er schoon uitzagen, rook ze in de geur die hij achterliet iets van vet of motorolie. Hij had monteur of onderhoudsman van het ziekenhuis geweest kunnen zijn, of misschien had hij boven gewoon iemand die zich aan het leven vastklampte, net zoals Tessa.

Een groep artsen bleef voor de deur van de cafetaria staan, hun steriele jassen gekreukt, hun operatieschorten in verschillende kleuren gevlekt. Ze waren jong, waarschijnlijk studenten of internen. Hun ogen waren bloeddoorlopen, en ze hadden iets vermoeids dat Sara van haar eigen tijd hier in Grady herkende.

Het was duidelijk dat ze op iemand wachtten terwijl ze daar stonden te praten: hun stemmen waren een laag gegons. Sara keek omlaag naar de reep die ze in haar hand had. Ze zag de verpakking niet echt scherp terwijl ze afwezig luisterde hoe de anderen ziekenhuisroddels vertelden en alle behandelingen opsomden die ze nog weleens wilden uitvoeren.

Een mannenstem zei: 'Sara?'

Sara hield haar blik op de reep gericht, denkend dat het wel om een andere Sara zou gaan.

'Sara Linton?' herhaalde de stem, en ze keek op naar de groep internen, zich afvragend of een van haar patiënten van de kinderkliniek van Heartsdale nu misschien in Emory werkte. Ze voelde zich heel oud toen ze naar hun jonge gezichten keek. Ten slotte viel haar blik op een lange, oudere man die achter hen stond.

'Mason?' vroeg ze toen haar eindelijk begon te dagen wie het was. 'Mason James?'

'Inderdaad,' zei hij terwijl hij zich een weg baande door de groep internen. Hij legde zijn hand op haar schouder. 'Ik ben boven je ouders tegen het lijf gelopen.'

'O,' zei Sara, die niet wist wat ze anders moest zeggen.

'Ik werk nu hier. Kindertraumatologie.'

'O.' Sara knikte, alsof ze het zich herinnerde. Toen ze in Grady werkte was ze regelmatig met Mason uit geweest, maar ze hadden elkaar uit het oog verloren nadat ze naar Grant terug was verhuisd.

'Cathy vertelde dat je hier beneden was om iets te eten.'

Ze hield de KitKat op.

Hij lachte. 'Ik zie dat je culinaire smaak niet veranderd is.'

'De filet mignon was op,' zei ze, en Mason lachte weer.

'Je ziet er fantastisch uit,' zei hij – een duidelijke leugen die hem door zijn goede opvoeding en manieren gemakkelijk afging. Masons vader was cardioloog geweest, net zoals zijn grootvader. Sara had altijd gedacht dat Mason zich deels tot haar aangetrokken had gevoeld omdat Eddie loodgieter was. Mason had, opgegroeid in een wereld van kostscholen en country clubs, nooit veel contact met de werkende klasse gehad, anders dan het uitschrijven van cheques voor hun diensten.

'Hoe... eh...' Sara vroeg zich wanhopig af wat ze tegen hem moest zeggen. 'Hoe is het je vergaan?'

'Uitstekend,' zei hij. 'Ik heb beneden het verhaal over Tessa gehoord. Iedereen op de eerste hulp heeft het erover.'

Sara wist dat zelfs in een ziekenhuis dat zo groot was als Grady een geval als dat van Tessa iedereen opviel. Iedere zaak waaraan geweld tegen een kind te pas kwam werd juist om die reden als des te afgrijselijker beschouwd.

'Ik ben even bij haar gaan kijken. Ik hoop dat je het niet erg vindt.'

'Nee,' zei Sara. 'Helemaal niet.'

'Beth Tindall behandelt haar,' zei hij. 'Ze is een goede chirurg.'

'Ja,' beaamde Sara.

Hij glimlachte warm tegen haar. 'Je moeder is nog steeds een heel mooie vrouw.'

Sara probeerde terug te glimlachen. 'Ik weet zeker dat ze blij was je te zien.'

'Nou, gezien de omstandigheden...' zei hij toegeeflijk. 'Weten ze wie het heeft gedaan?'

Ze schudde haar hoofd en voelde dat haar zelfbeheersing begon te wankelen. 'Geen idee.'

'Sara,' zei hij terwijl hij met zijn vingers de rug van haar hand streelde, 'ik vind het heel erg.'

Ze wendde haar blik af, dwong zichzelf niet in huilen uit te barsten. Niemand had nog geprobeerd haar te troosten sinds Tessa was neergestoken. Haar huid tintelde bij zijn aanraking, en ze voelde zich een dwaas dat een dergelijk klein gebaar al een troost was.

Mason merkte de verandering op. Hij legde zijn hand om haar gezicht en dwong haar naar hem op te kijken. 'Gaat het wel goed?'

'Ik moet weer naar boven,' zei ze.

Hij pakte haar elleboog en zei: 'Kom', terwijl hij haar de gang door leidde.

Sara luisterde naar hem terwijl ze naar de IC liepen. Ze besteedde niet echt aandacht aan zijn woorden, maar voelde zich prettig bij de zachte, kalmerende monotone stem waarmee hij haar over het ziekenhuis en zijn leven vertelde sinds Sara uit Atlanta was vertrokken. Mason James was het soort man dat zich met het grootste gemak door het leven leek te bewegen. Toen ze nog maar net uit Grant County was gekomen was Mason in Sara's ogen vreselijk kosmopolitisch en volwassen geweest; haar enige ervaring met afspraakjes tot dat moment was Steve Mann geweest, een jongen die dacht dat een goede afspraak erop uit hoorde te draaien dat hij op de achterbank van de Buick van zijn vader Sara mocht betasten.

Ze sloegen de hoek om en Sara zag haar vader en moeder op de gang staan, ogenschijnlijk in een verhitte discussie verwikkeld. Eddie kreeg Sara en Mason als eerste in de gaten en viel abrupt stil.

Eddie hield zijn ogen half gesloten en hij zag er vermoeider uit dan Sara hem ooit had gezien. Haar moeder leek het laatste uur ouder te zijn geworden dan de hele afgelopen twintig jaar. Ze zagen er zo kwetsbaar uit dat Sara een brok in haar keel voelde.

'Ik ga naar Tess kijken,' zei ze, en excuseerde zich. Ze drukte op de knop rechts van de deur en liep de IC op.

Zoals in de meeste ziekenhuizen was de afdeling Intensive Care van Grady klein en geïsoleerd. In de kamers en op de gangen was het licht gedempt en de sfeer was er koel en kalmerend, zowel voor de weinige bezoekers die om de twee uur naar binnen mochten als voor de patiënten. De kamers hadden glazen schuifdeuren en boden maar weinig privacy, maar de meeste patiënten waren er te slecht aan toe om zich hierover te beklagen. Terwijl ze naar achteren liep hoorde Sara de piepjes van de hartmonitoren en het trage zuchten van beademingsapparatuur. Tessa's kamer lag recht tegenover de zusterpost, wat duidelijk maakte hoe kritiek haar toestand was.

Devon was bij haar op de kamer. Hij stond met zijn handen in zijn zakken iets meer dan een meter van het bed. Hij leunde tegen de muur, hoewel er vlak naast hem een gemakkelijke stoel was neergezet.

'Hé,' zei Sara.

Hij liet nauwelijks blijken dat hij haar had gezien. Er zaten rode randen om zijn ogen, en zijn donkere huid zag bleek in het kunstmatige licht in de kamer.

'Heeft ze iets gezegd?'

Hij gaf pas na een tijdje antwoord. 'Ze heeft een paar keer haar ogen opengedaan, maar ik weet het niet.'

'Ze probeert wakker te worden,' zei Sara. 'Dat is goed.'

Zijn adamsappel ging op en neer toen hij slikte.

'Als je even weg wilt...' begon ze, maar Devon wachtte niet tot ze haar zin had afgemaakt. Zonder nog om te kijken liep hij de kamer uit.

Sara trok de stoel naar Tessa's bed en ging zitten. Ze had het grootste gedeelte van de dag zittend doorgebracht, wachtend op nieuws, maar ze voelde zich uitgeput.

Om Tessa's hoofd zat een verband op de plaats waar ze de huid hadden gehecht. In haar buik waren twee drains aangelegd om het vocht af te voeren. Aan de stijl van het bed hing een catheter, slechts halfvol. Het was donker in de kamer; het enige licht was afkomstig van de verschillende monitoren. Tessa was een uur daarvoor van de beademing afgehaald, maar de hartmonitor stond nog ingeschakeld. Het metalige gepiep gaf elke hartslag aan.

Sara streelde de vingers van haar zuster en bedacht dat ze nooit had opgemerkt hoe klein Tessa's handen waren. Ze herinnerde zich nog Tessa's eerste schooldag, toen Sara haar hand had gepakt om samen naar de bushalte te lopen. Voordat ze van huis waren gegaan had Cathy Sara gezegd goed op haar kleine zusje te passen. Het was hun hele kindertijd een vertrouwd thema geweest. Zelfs Eddie had Sara gezegd op haar zusje te passen, hoewel Sara later op het idee was gekomen dat de werkelijke reden waarom haar vader Tessa altijd had aangemoedigd in Sara's kielzog naar haar afspraken met Steve Mann mee te gaan was dat Eddie van de brede achterbank van de Buick had geweten.

Tessa's hoofd bewoog, alsof ze aanvoelde dat er iemand was.

'Tess?' zei Sara terwijl ze zachtjes in haar hand kneep. 'Tess?'

Tessa maakte een geluid, dat meer als een gekreun klonk. Haar hand bewoog zich naar haar buik, zoals de afgelopen acht maanden talloze malen.

Langzaam gingen Tessa's ogen open. Ze keek in de kamer rond en haar blik vond Sara.

'Hallo,' zei Sara, die voelde dat er een glimlach van opluchting over haar gezicht trok. 'Hallo, liefje.'

Tessa's lippen bewogen. Ze bracht haar hand naar haar keel.

'Heb je dorst?'

Tessa knikte, en Sara zocht naar de beker met ijsschaafsel die de verpleegster bij het bed had achtergelaten. Het ijs was grotendeels gesmolten, maar Sara wist een paar splinters voor haar zuster te vinden.

'Ze hebben een slang in je keel gestoken,' legde Sara uit terwijl ze het ijs in Tessa's mond liet glijden. 'Het zal wel een tijdje pijn blijven doen, en praten zal ook niet gemakkelijk gaan.'

Tessa sloot haar ogen toen ze slikte.

'Heb je veel pijn?' vroeg Sara. 'Wil je dat ik de verpleegster haal?'

Sara wilde opstaan, maar Tessa liet haar hand niet los. Ze hoefde de belangrijkste vraag niet te stellen. Sara las hem in haar ogen.

'Nee, Tessie,' zei ze terwijl ze voelde dat de tranen over haar gezicht stroomden. 'We zijn het kwijt. We zijn haar kwijt.' Sara drukte Tessa's hand tegen haar lippen. 'Ik vind het heel erg. Ik vind het zo...'

Tessa bracht haar zonder een woord te zeggen tot zwijgen. Het gepiep van de hartmonitor was het enige geluid in de kamer, een metalig testament bij Tessa's leven.

'Herinner je je iets?' vroeg Sara. 'Weet je nog wat er is gebeurd?'

Tessa's hoofd ging opzij. Nee.

'Je liep het bos in,' zei Sara. 'Brad zag je een tas oprapen en er afval in stoppen. Weet je dat nog?'

Weer knikte Tessa ontkennend.

'We denken dat er daar iemand was.' Sara zweeg even. 'We weten dat er iemand in het bos was. Misschien wilde hij die tas hebben. Misschien wilde hij...' Ze maakte haar gedachtegang niet af. Te veel informatie zou haar zuster alleen maar in verwarring brengen, en Sara was zelf al niet erg zeker van de feiten.

Sara zei: 'Iemand heeft je neergestoken.'

Tessa wachtte tot ze meer zou zeggen.

'Ik heb je in het bos gevonden. Je lag op de open plek en ik... ik heb alles geprobeerd. Ik probeerde te helpen. En ik kon het niet.' Sara voelde weer dat haar zelfbeheersing het begaf. 'O, God, Tessie, ik probeerde je te helpen.'

Sara legde haar hoofd op het bed, vol schaamte dat ze huilde. Ze moest sterk zijn tegenover haar zuster, moest haar laten zien dat ze hier samen door zouden komen, maar het enige waaraan ze kon denken was haar eigen schuld aan dit alles. Na een leven lang op Tessa passen had Sara het laten afweten op het enige moment dat ze het meest nodig was geweest.

'O, Tess,' snikte Sara, die de vergiffenis van haar zuster meer nodig had dan wat ook in haar leven. 'Het spijt me zo.'

Ze voelde de hand van Tessa op haar achterhoofd. Aanvankelijk was het een onhandige aanraking, maar Tessa probeerde Sara naar zich toe te trekken.

Sara keek op; haar gezicht bevond zich een paar centimeter van dat van Tessa.

Tessa bewoog haar lippen, nog niet gewend haar mond te gebruiken. Ze fluisterde het woord: 'Wie?' Ze wilde weten wie haar dit had aangedaan, wie haar kind had vermoord.

'Ik weet het niet,' zei Sara. 'We doen ons best, liefje. Jeffrey is eraan bezig en doet wat hij kan.' Sara's stem werd vaster. 'Hij zal ervoor zorgen dat degene die dit gedaan heeft nooit meer iemand kwaad zal doen.'

Tessa raakte met haar vingers Sara's wang aan, vlak onder haar oog. Met een bevende hand veegde ze Sara's tranen weg.

'Het spijt me zo, Tessie. Het spijt me zo.' Sara smeekte: 'Zeg me wat ik kan doen. Zeg het me.'

Toen Tessa sprak klonk haar stem krassend, weinig meer dan een gefluister. Sara keek hoe haar lippen bewogen, maar ze hoorde Tessa duidelijk, alsof ze had geschreeuwd.

'Vind hem.'

Maandag

Vijf

Voordat hij het huis binnen ging bukte Jeffrey zich om de krant op te rapen die op Sara's veranda lag. Hij had haar gezegd dat hij er vanochtend tegen zessen zou zijn, zodat ze hem kon bellen met het laatste nieuws over Tessa. Gisteravond had ze vreselijk over de telefoon geklonken. Meer dan wat dan ook vond Jeffrey het afschuwelijk Sara te horen huilen. Hij kreeg er een nutteloos en zwak gevoel van, twee eigenschappen waar hij bij iedereen een hekel aan had, en vooral bij zichzelf.

Jeffrey deed het licht in het halletje aan. Aan de andere kant van het huis hoorde hij de honden bewegen, hun rinkelende banden, hun luide gegaap, maar ze kwamen niet kijken wie er binnen was gekomen. Na twee jaar racen op de baan in Ebro hadden Sara's twee windhonden er een hekel aan gekregen hun energie te gebruiken, tenzij het echt moest.

Jeffrey floot, gooide de krant op het aanrecht en wierp terwijl hij op de honden wachtte een snelle blik op de voorpagina. De foto boven de vouw liet Chuck Gaines zien, die tussen zijn vader en Kevin Blake stond. De drie mannen hadden kennelijk zaterdag in Augusta een of ander golftoernooi gewonnen. Eronder stond een verhaal waarin kiezers werden aangemoedigd een nieuwe openbare lening te steunen om de provisorische onderkomens naast de school door permanente lokalen te vervangen. De *Grant Observer* had de prioriteiten juist gesteld door Albert Gaines de ereplaats toe te kennen. De man bezat de helft van de gebouwen in de stad, en zijn bank de hypotheken op de rest.

Jeffrey floot de honden weer en vroeg zich af waarom ze er

zo lang over deden. Uiteindelijk slenterden ze de keuken in. Hun nagels tikten op de zwarte en witte tegels op de vloer. Hij liet ze naar buiten, de omheinde tuin in, en liet de deur openstaan voor als ze klaar waren.

Voordat hij het vergat haalde Jeffrey twee tomaten uit zijn jaszak en legde ze in Sara's koelkast, naast de vreemd ogende groene bal die op een zeker moment in zijn treurige, korte bestaan misschien voedsel was geweest. Marla Simms, zijn secretaresse, was amateurtuinier, en gaf Jeffrey altijd meer voedsel dan hij in de verste verte alleen op kon. Hij kende Marla en haar neiging haar neus in zaken te steken waar deze niet thuishoorde en vermoedde dat ze dit waarschijnlijk expres deed in de hoop dat Jeffrey iets met Sara zou delen.

Jeffrey lepelde uit een blikje wat voer voor Bubba, Sara's kat, ook al zou Bubba pas te voorschijn komen als Jeffrey weer weg was. De kat dronk alleen uit een bakje bij de werkkast, en in de tijd dat Jeffrey er nog had gewoond had hij het voortdurend per ongeluk omvergeschopt. De kat vatte dit en veel andere dingen persoonlijk op. Jeffrey en Sara onderhielden een haatliefdeverhouding met het dier. Sara was er dol op, Jeffrey haatte het.

De honden kwamen weer de keuken binnen draven op het moment dat Jeffrey een blik voer openmaakte. Bob leunde tegen Jeffreys been om aangehaald te worden terwijl Billy met een diepe zucht, alsof hij zojuist de Mount Everest had beklommen, op de vloer ging liggen. Jeffrey had nooit begrepen hoe zulke grote beesten huishonden konden zijn, maar de twee windhonden leken er volmaakt tevreden mee om de hele dag binnen te blijven. Als ze te lang buiten werden gelaten gingen ze zich eenzaam voelen en sprongen over het hek om Sara te gaan zoeken.

Bob drukte zijn snuit weer tegen hem aan, duwde hem in de richting van het aanrecht.

'Ho even,' zei Jeffrey terwijl hij hun bakken pakte. Hij deed er een paar lepels droogvoer in en mengde er toen met een soeplepel wat blikvoer doorheen. Jeffrey wist zeker dat de honden alles aten wat er in de bakken werd gedaan – Billy beschouwde het bakje van de kat als zijn persoonlijke schaaltje met borrelhapjes – maar Sara vond het prettig hun eten voor hen te mengen, dus dat deed hij ook.

'Alsjeblieft,' zei Jeffrey, terwijl hij de bakken neerzette.

Ze liepen naar de bakken en keerden hem hun slanke achterwerken toe terwijl ze aten. Jeffrey keek even naar ze voordat hij besloot zich nuttig te maken en de keuken op te ruimen. Sara was zelfs op een goede dag niet de netste, en de stapel borden van hun eten van vrijdagavond stond nog in de gootsteen. Hij hing zijn jasje over de rugleuning van een keukenstoel en stroopte zijn mouwen op.

Een groot raam boven het aanrecht bood een rustig uitzicht over het meer, en Jeffrey staarde afwezig naar het water terwijl hij de borden onder handen nam. Jeffrey hield ervan in Sara's huis te zijn, hield van het huiselijke gevoel van haar keuken en van de diepe, comfortabele stoelen in de zithoek. Hij hield ervan de liefde met haar te bedrijven terwijl de ramen openstonden en hij de vogels op het meer hoorde, de shampoo in haar haar rook en keek hoe ze haar ogen sloot terwijl ze hem vasthield. Hij hield zo van dit alles dat Sara het moest hebben aangevoeld; ze brachten het grootste deel van hun tijd samen bij hem thuis door.

De telefoon ging terwijl hij het laatste bord afwaste, en Jeffrey was zo in zijn gedachten verdiept dat hij het bord bijna uit zijn handen liet vallen.

Hij nam de hoorn op toen het toestel voor de derde keer rinkelde.

'Hallo,' zei Sara met zachte en vermoeide stem.

Hij pakte een handdoek om zijn handen te drogen. 'Hoe is het met haar?'

'Beter.'

'Herinnert ze zich iets?'

'Nee.' Ze zweeg, en hij kon niet horen of ze huilde of te moe was om iets te zeggen.

Jeffreys blik vervaagde, en in gedachten was hij weer in het bos, zijn hand tegen Tessa's buik gedrukt, zijn overhemd doorweekt van haar bloed. Billy keek over zijn schouder naar Jeffrey, alsof hij voelde dat er iets niet in orde was, en draaide zich toen weer om naar zijn ontbijt, waarbij het metalen plaatje aan zijn band tegen zijn bak tikte.

Jeffrey vroeg: 'Hou je het een beetje vol?'

Ze maakte een geluid waaruit niet veel op te maken was. 'Ik heb met Brock gepraat en hem verteld wat er moet gebeuren. We zouden de resultaten van het lab morgen moeten kunnen hebben. Carlos kan dat heel snel.'

Jeffrey liet zich niet afleiden. 'Heb je vannacht wel geslapen?'

'Niet echt.'

Jeffrey evenmin. Om ongeveer drie uur die ochtend was hij opgestaan en tien kilometer gaan rennen, denkend dat hij daar wel moe genoeg van zou worden om te kunnen slapen. Het had niet gewerkt.

Sara zei: 'Mama en papa zijn nu bij haar.'

'Hoe gaat het met ze?'

'Ze zijn verschrikkelijk kwaad.'

'Op mij?'

Ze gaf geen antwoord.

'Op jou?'

Hij hoorde dat ze haar neus snoot. En toen: 'Ik had haar niet moeten meenemen.'

'Sara, dit had je nooit kunnen voorzien.' Hij was boos dat hij niets troostenders kon verzinnen dan dit. 'We zijn op wel honderd plaatsen delict geweest en zoiets ergs is er nog nooit gebeurd. Nooit.'

'Toch was het een plaats delict.'

'Inderdaad, een plaats waar al een misdaad had plaatsgevonden. We hadden op geen enkele manier kunnen voorzien...'

'Ik breng later op de avond mama's auto terug,' zei ze. 'Na het middageten willen ze Tessa verhuizen. Ik wil er zeker van zijn dat ze goed terechtkomt.' Ze zweeg. 'Ik zal de autopsie doen zodra ik hier klaar ben.'

'Laat me je ophalen.'

'Nee,' zei ze. 'Het is te ver, en...'

'Dat doet er niet toe,' onderbrak hij haar. Hij had al eerder de fout gemaakt er niet te zijn als Sara hem nodig had, en die fout zou hij niet weer maken. 'Ik zie je om vier uur in de hal.'

'Dat zit te dicht op het spitsuur. Dat kost je een eeuw.'

'Ik neem wel de weg de andere kant op,' zei Jeffrey, hoewel dat in Atlanta, waar iedereen boven de vijftien een auto had, niets uitmaakte. 'Ik wil niet dat je zelf terugrijdt. Je bent te moe.'

Ze zei niets.

'Ik vraag het je niet, Sara. Ik zeg het je,' zei hij met een vastbesloten klank in zijn stem. 'Ik ben er om ongeveer vier uur, oké?'

Uiteindelijk gaf ze toe. 'Oké.'

'Om vier uur in de hal bij de ingang.'

'Oké.'

Jeffrey beëindigde het gesprek en hing op voordat ze zich kon bedenken. Hij begon zijn mouwen af te rollen, maar hield hiermee op toen hij toevallig op zijn horloge keek. Hij hoefde pas over een uur Dan Brock op te pikken en naar het mortuarium te brengen, zodat Brock een bloedproef van Andy Rosen kon nemen. Daarna had Jeffrey een afspraak met de Rosens om over hun zoon te praten en te zien of ze die nacht nog iets hadden bedacht wat zinvol was voor het onderzoek.

Op het bureau kon Jeffrey toch niets doen voordat de technische recherche klaar was met het doorzoeken van Andy's studioappartement boven de garage van zijn ouders. Alle vingerafdrukken zouden met de computer worden gecontroleerd, maar dat leverde vaker niets dan wel iets op omdat de computer alleen vergelijkingen kon maken met bekende vingerafdrukken die al in een bestand zaten. Frank zou Jeffrey met zijn mobiel bellen als de rapporten binnen waren, maar voorlopig kon Jeffrey eigenlijk niets doen. Tenzij ze met een of andere schokkende onthulling zouden komen zou Jeffrey in het studentenhuis bij Ellen Schaffer langsgaan om te kijken of ze de foto van Andy Rosens gezicht herkende. De jonge vrouw had het lichaam alleen maar van de achterkant gezien, maar in aanmerking genomen hoe snel roddels op de campus de ronde deden wist Schaffer waarschijnlijk al meer over Andy Rosen dan wie ook bij de politie.

Weer besloot Jeffrey zich nuttig te maken. Hij ging naar de slaapkamer, raapte Sara's sokken en schoenen op en daarna, op de gang, een rok en ondergoed. Het was duidelijk dat ze haar kleren gewoon links en rechts had laten vallen terwijl ze door het huis liep. Jeffrey glimlachte bij de gedachte hoe dit hem altijd had geërgerd toen ze nog samenwoonden.

Billy en Bob hadden zich weer op het bed geïnstalleerd toen hij Sara's kleren over de stoel bij het raam hing. Jeffrey ging naast ze zitten en haalde ze beurtelings even lang aan. Naast Sara's bed stonden een paar ingelijste foto's, en hij bleef er even naar kijken. Op de eerste foto stonden Tessa en Sara met hengels in hun hand voor het meer. Tessa droeg een sjofel vishoedje dat Jeffrey als dat van Eddie herkende. De tweede foto was van Tessa's afstuderen. Eddie, Cathy, Tessa en Sara stonden met de armen om elkaar heen en een brede glimlach op hun gezicht.

Sara was, met haar donkerrode haar en bleke huid, enkele centimeters langer dan haar vader en wekte altijd de indruk een kind van de buren te zijn dat per ongeluk op de familiefoto's terecht was gekomen, maar er was geen twijfel mogelijk dat de glimlach op haar gezicht dezelfde was als die van haar vader. Tessa had het blonde haar van haar moeder, blauwe ogen en een kleine gestalte, maar de drie vrouwen hadden dezelfde amandelvormige ogen. Sara was echter iets vrouwelijker, en Jeffrey had zich altijd aangetrokken gevoeld door het feit dat haar rondingen net rond genoeg waren en daar zaten waar ze hoorden te zitten.

Hij zette de foto neer en zag een streep stof op de tafel waar een andere foto had gestaan. Jeffrey keek op de vloer, trok toen de la open en duwde een paar tijdschriften weg, waarna hij het zilveren lijstje vond dat op de bodem begraven lag. Hij kende deze foto goed: een passerende onbekende op het strand had hem op hun huwelijksreis voor hen gemaakt.

Hij stofte met de hoek van het laken de lijst af voordat hij de foto in de la teruglegde.

Brocks begrafenisonderneming opereerde vanuit een groot negentiende-eeuws pand, het soort huis waarvan Jeffrey als kind had gedroomd. In Sylacauga in Alabama hadden Jeffrey en zijn moeder – en minder vaak zijn vader – gewoond in een huis met twee slaapkamers en een badhokje dat zelfs in de allerbeste omstandigheden geen thuis genoemd had kunnen worden. Zijn moeder was nooit een gelukkig mens geweest, en zo lang Jeffrey zich herinnerde hadden er nooit schilderijen aan de muren gehangen of kleden op de vloer gelegen of was er ook maar iets geweest wat het huis iets persoonlijks had kunnen geven. Het was alsof May Tolliver al het mogelijke had gedaan om niet ergens wortel te schieten. Niet dat dat erg in haar aard lag, als ze het al had gewild.

Slecht sluitende ramen rammelden als je de voordeur dichtdeed, en de keukenvloer liep zo steil naar achteren af dat eten dat op de grond viel zich onder de plinten verzamelde. Op bijzonder koude winternachten had Jeffrey in zijn slaapzak op de vloer van de kast in het halletje geslapen, de warmste plek in het huis.

Jeffrey was al te lang politieman om te denken dat een rotjeugd een goed excuus voor alles was, maar hij begreep wel waarom sommige mensen het als een rechtvaardiging gebruikten. Jimmy Tolliver was een kwaadaardige dronkaard geweest en had Jeffrey talloze malen afgeranseld als Jeffrey de vergissing maakte zijn vader in de weg te lopen. Meestal had Jeffrey een pak slaag gekregen als hij zich tussen zijn moeder en de vuisten van Jimmy had opgesteld. Dat was nu echter verleden tijd, en Jeffrey had dit alles al lang geleden achter zich gelaten. Iedereen overkwam op een zeker moment in zijn of haar leven wel iets verschrikkelijks: zo zat het leven nu eenmaal in elkaar. Aan de manier waarop mensen zich door dergelijke tegenslagen heen worstelden zag je wat voor mensen het waren. Misschien was dat de reden waarom Jeffrey het zo moeilijk had met Lena. Hij wilde dat ze iemand anders was dan ze in werkelijkheid was.

Dan Brock kwam de voordeur uit rollen en bleef staan toen zijn moeder hem riep. Ze gaf hem twee bekers van piepschuim, en Jeffrey hoopte maar dat een ervan voor hem bedoeld was. Penny Brock zette verschrikkelijk goede koffie.

Jeffrey probeerde niet te glimlachen toen hij keek hoe moeder en zoon afscheid van elkaar namen. Brock bukte zich, zodat zijn moeder hem een kus op zijn wang kon geven, en ze nam de gelegenheid te baat iets van de schouder van zijn zwarte pak te kloppen. Dit was een van de redenen waarom Dan Brock bijna veertig en nooit getrouwd was.

Brock glimlachte met al zijn tanden bloot terwijl hij op de auto af liep. Hij was een slungelige man die het grote ongeluk had eruit te zien als was: een lijkschouwer van de derde generatie. Hij had lange, benige vingers en een uitdrukkingsloos gezicht dat zich uitstekend leende om rouwenden te troosten. Brock praatte niet veel met mensen die niet gek waren van verdriet, dus had hij de neiging onvoorstelbaar te babbelen als hij te maken kreeg met iemand die niet in de rouw was. Hij was op een droge manier gevat en had soms een angstaanjagend gevoel voor humor. Als hij lachte, deed zijn hele gezicht mee en scheurde zijn mond open als die van een Muppet.

Jeffrey boog zich opzij om het portier te openen, maar Brock had het al gedaan, met de twee bekers in één grote hand.

'Hallo, chef,' zei hij terwijl hij instapte. Hij overhandigde Jeffrey een beker. 'Van mama.'

'Bedank haar van me,' zei Jeffrey terwijl hij de beker aanpakte. Hij trok het deksel eraf en snoof de damp op, denkend dat hij er wakker van zou worden. Het opruimen van Sara's huis was niet echt een uitputtende klus geweest, maar het stak hem dat ze die foto van hen in de la had gestopt, alsof ze er niet aan herinnerd wilde worden dat ze getrouwd waren geweest. Hij moest wel om zichzelf lachen: hij gedroeg zich als een verliefde puber.

'Wat is er aan de hand?' vroeg Brock, die het zintuig van een lijkschouwer had voor iemand die in de greep van zijn emoties raakte.

Jeffrey zette de auto in zijn versnelling. 'Niets.'

Brock maakte het zich tevreden gemakkelijk, zijn lange benen als twee gebogen tandenstokers voor zich gestrekt. 'Bedankt dat je me ophaalt. Ik weet niet wanneer de lijkwagen klaar is, en mama heeft op maandag haar jazzgym.'

'Geen probleem,' zei Jeffrey, die probeerde niet te gniffelen bij de gedachte aan Penny Brock in een balletpakje. Het beeld van een bobbelige zak aardappelen drong zich op.

Brock vroeg: 'Nog nieuws over Tessa?'

'Ik heb Sara vanochtend gesproken,' zei Jeffrey. 'Het gaat een beetje beter. Zo klinkt het althans.'

'Nou, loof de Heer,' zei Brock terwijl hij zijn hand in de lucht stak. 'Ik heb voor haar gebeden.' Hij liet zijn hand zakken en sloeg ermee op zijn dij. 'En dan dat lieve baby'tje. Jezus heeft een speciaal plekje voor kinderen.'

Jeffrey reageerde niet, maar hij hoopte dat Jezus een nog betere plek had voor degene die ze doodstak.

Brock vroeg: 'Hoe houdt de familie zich?'

'Dat lijkt wel in orde,' zei Jeffrey voordat hij van onderwerp veranderde. 'Je hebt al een tijdje niet meer voor de county gewerkt, hè?'

'O, nee,' schrok Brock, ook al was hij jaren de lijkschouwer van de county geweest. 'Ik moet zeggen dat ik echt blij was toen Sara het overnam. Niet dat het niet aardig betaalde, maar Grant werd toen net een beetje te groot voor me. Er kwamen een hoop mensen uit de stad wonen, die allemaal hun stadsgewoonten meenamen. Ik wilde niets over het hoofd zien. Het is een vreselijke verantwoordelijkheid. Petje af voor haar.'

Jeffrey wist dat Brock met 'de stad' Atlanta bedoelde. Net zoals de meeste kleinere stadjes in het begin van de jaren negentig had Grant een toevloed van stedelingen te verwerken gekregen die op zoek waren naar een rustiger manier van leven. Ze trokken weg uit grotere steden, denkend dat ze aan het einde van de snelweg een vredig Shangri-la zouden vinden. Dat zou in de meeste gevallen ook zijn gebeurd – als ze hun kinderen zouden hebben thuisgelaten. Een van de redenen waarom Jeffrey als baas van de politie in dienst was genomen was zijn ervaring met een speciale ploeg die zich in Birmingham in Alabama met jeugdbendes had beziggehouden. Tegen de tijd dat Jeffrey zijn contract had getekend zouden de autoriteiten in Grant zelfs geiten hebben geofferd als ze hadden gedacht dat ze hiermee het probleem van hun jeugdbendes zouden hebben opgelost.

Brock zei: 'Volgens Sara wordt het tamelijk eenvoudig. Je hebt alleen maar bloed en urine nodig, nietwaar?'

'Ja,' zei Jeffrey.

'Ik heb gehoord dat Hare haar voorlopig met de praktijk helpt,' zei Brock.

'Ja,' zei Jeffrey tussen twee slokken koffie door. Sara's neef Hareton Earnshaw was ook arts, zij het geen kinderarts. Hij nam diensten waar in de kliniek terwijl Sara in Atlanta zat.

'Mijn vader, zijn ziel ruste in vrede, speelde altijd kaart met Eddie en hen,' zei Brock. 'Ik herinner me dat hij me soms meenam om met Sara en Tessie te spelen.' Hij grinnikte zo hard dat het in de auto weergalmde. 'Het waren de twee enige meisjes op school die met me wilden praten!' Er klonk echte spijt door in zijn stem toen hij uitlegde: 'De rest vond dat ik meisjeshanden had.'

Jeffrey keek hem aan.

Bij wijze van illustratie hield Brock een hand omhoog. 'Dat komt van het aanraken van doden. Niet dat ik dat deed toen ik jong was. Dat is pas later gebeurd.'

'Mm-mm,' zei Jeffrey, terwijl hij zich afvroeg hoe ze op dit onderwerp waren gekomen.

'Mijn broer Roger, dat was degene die aan ze zat. Roger was een echte deugniet.'

Jeffrey zat al klaar, hopend dat er een mooi ziek verhaal uit zou komen.

'Hij vroeg een kwartje per persoon om als papa naar bed was een paar van de jongens 's avonds mee te nemen naar de balsemkamer. Hij smokkelde ze dan allemaal binnen, met het licht uit en alleen maar een zaklantaarn om de weg te vinden, en dan drukte hij hier op de borst van de overledene, zo.' Hoewel hij beter zou moeten weten keek Jeffrey waar precies. 'En dan liet het lichaam een laag gekreun horen.'

Brock opende zijn mond en maakte een zielloos kreunend geluid. Het was een afgrijselijk geluid, dodeng, en Jeffrey hoopte van harte dat hij het zou zijn vergeten als hij die avond zou proberen naar bed te gaan.

'Jezus, wat griezelig,' zei Jeffrey, die een plotselinge huivering voelde opkomen, alsof het opeens begon te tochten. 'Doe dat niet meer, Brock. Jezus.'

Brock maakte een boetvaardige indruk, maar sloeg zich er aardig doorheen, dronk zijn koffie en hield de rest van de rit naar het mortuarium zijn mond.

Toen Jeffrey bij het huis van de Rosens stopte was het eerste dat hij zag een blinkende rode Ford Mustang die op de oprijlaan geparkeerd stond. In plaats van naar de voordeur liep hij naar de auto, vol bewondering voor de slanke lijnen. Toen hij even oud was geweest als Andy Rosen had Jeffrey ervan gedroomd in een rode Mustang te rijden, en dat hij er hier een zag bezorgde hem een onredelijke steek van jaloezie. Hij liet zijn vingers langs de zwarte racestrepen over de motorkap glijden, en bedacht dat Andy op zijn leeftijd een hoop meer had gehad om voor te leven dan hij.

Iemand anders was ook gek op deze auto. Ondanks het vroege uur zat er geen dauw op de lak. Er stond een emmer ondersteboven bij de achterbumper, met een spons erop. De tuinslang lag nog afgerold bij de auto. Jeffrey keek op zijn horloge en bedacht dat het een vreemd tijdstip was om buiten een auto te wassen, vooral gezien het feit dat de eigenaar de dag daarvoor was overleden.

Toen hij op de veranda aan de voorkant van het huis af liep hoorde Jeffrey dat de Rosens een forse ruzie leken te hebben. Hij was lang genoeg bij de politie geweest om te weten dat mensen meer geneigd zijn de waarheid te spreken als ze kwaad zijn. Hij wachtte bij de deur en luisterde hen af, maar probeerde het niet te opvallend te doen voor het geval vroege joggers zich zouden afvragen wat hij daar uitvoerde.

'Waarom vind je het godverdomme nu opeens zo belangrijk, Brian?' vroeg Jill Rosen op hoge toon. 'Je hebt toch nooit iets om hem gegeven?'

'Dat is flauwekul, godverdomme, en dat weet je.'

'Gebruik dat soort taal niet tegen mij.'

'Krijg de klere. Ik praat tegen je op de toon die ik godverdomme wil.'

Er verstreek een moment. De stem van Jill Rosen klonk zachter en Jeffrey verstond niet wat ze zei. Toen de man antwoordde klonk zijn stem even zacht.

Jeffrey gunde hun een volle minuut om elkaar weer op stang te jagen voordat hij aanklopte. Hij hoorde hen binnen rondlopen en veronderstelde dat een van hen huilde, of allebei.

Jill Rosen deed open, en aan de zichtbaar gebruikte Kleenex

die ze in haar hand geklemd hield zag hij dat ze de hele ochtend in tranen moest zijn geweest. Jeffrey kreeg in een flits een beeld van Cathy Linton op het terras van haar huis gisteren en voelde een medeleven waartoe hij zichzelf nooit in staat had geacht.

'Chef Tolliver,' zei Rosen. 'Dit is dokter Brian Keller, mijn man.'

'We hebben elkaar al telefonisch gesproken,' zei Jeffrey om hem aan het gesprek te herinneren.

Keller wekte de indruk kapot te zijn. Te oordelen naar zijn dunnende grijze haar en zijn weke kaken was hij waarschijnlijk eind vijftig, maar door zijn verdriet zag hij er twintig jaar ouder uit. Hij droeg een broek met krijtstreep, en hoewel deze duidelijk deel uitmaakte van een pak, daarboven een vergelend onderhemd met een diepe V-hals, waardoor er plukken grijs haar op zijn borst zichtbaar waren. Om zijn nek hing een kettinkje met een davidsster, net als bij zijn zoon, of misschien was het wel het kettinkje dat ze in het bos hadden gevonden. Wat totaal niet in het beeld paste was dat hij op blote voeten liep, en Jeffrey giste dat Keller degene was geweest die de auto had gewassen.

'Dat spijt me,' zei Keller. 'Dat van gisteren aan de telefoon. Ik was van streek.'

Jeffrey zei: 'Gecondoleerd met uw verlies, dokter Keller', en gaf de man een hand terwijl hij zich afvroeg hoe hij tactvol aan de weet kon komen of Andy zijn eigen of een stiefzoon was. Een hoop vrouwen hielden na hun huwelijk hun meisjesnaam aan, maar gewoonlijk kregen de kinderen de naam van hun vader.

Jeffrey vroeg Keller: 'Bent u Andy's biologische vader?'

Rosen zei: 'We hebben Andy laten kiezen welke naam hij wilde aannemen toen hij oud genoeg was om een beredeneerde keuze te maken.'

Jeffrey knikte dat hij het begreep, hoewel hij vond dat het feit dat kinderen te veel keuzen konden maken een van de redenen was dat hij er zoveel op het bureau zag: geschokt dat hun verkeerde beslissingen hen in de problemen hadden doen belanden.

'Komt u binnen,' zei Rosen, tegen Jeffrey gebarend dat hij door de korte gang achter haar aan naar de zitkamer moest komen.

Zoals de meeste docenten woonden ze aan Willow Drive, vlak achter Main Street en dicht bij de universiteit. De universiteit had met de bank een regeling getroffen waardoor nieuwe docenten hypotheken met een lage rente konden krijgen, en het eind van het liedje was dat ze altijd de mooiste huizen in het stadje kregen. Jeffrey vroeg zich af of alle docenten hun huizen net zo verwaarloosden als Keller had gedaan. Er zaten vlekken van een recente regenbui op het plafond, en de wanden hadden ernstig behoefte aan een nieuwe verfbeurt.

'Let u maar niet op de rommel,' zei Jill Rosen op geroutineerde toon.

'Niets aan de hand,' zei Jeffrey, hoewel hij zich afvroeg hoe iemand in zo'n puinhoop kon wonen. 'Dokter Rosen...'

'Jill.'

'Jill,' zei hij. 'Kunt u me vertellen: kent u Lena Adams?'

'Die vrouw van gisteren?' vroeg ze, met een stem die aan het eind een beetje steeg.

'Ik vroeg me af of u haar al kende.'

'Ze is al eerder bij me langs geweest. Ze is degene die me over Andy heeft verteld.'

Hij hield haar blik even vast; hij kende haar niet goed genoeg om te weten of haar woorden soms iets meer inhielden, of ze op verschillende manieren konden worden opgevat. Jeffrey voelde aan zijn water dat er iets gaande was tussen Lena en Jill Rosen, maar hij wist niet zeker hoe dat met deze zaak te maken had.

'Hier kunnen we zitten,' zei Rosen, met een gebaar naar een krappe zitkamer.

'Dank u,' zei Jeffrey terwijl hij een blik om zich heen wierp.

Rosen had duidelijk veel zorg aan de inrichting van het huis besteed toen ze erin was getrokken, maar dat was jaren geleden geweest. Het meubilair was aardig, maar zag eruit alsof het te lang was meegegaan. Het behang was niet meer van deze tijd en het vloerkleed vertoonde slijtplekken, even duidelijk als een pad in het bos. Zelfs zonder deze cosmetische problemen groeide de kamer gewoon dicht. Stapels boeken en tijdschriften stonden overal in de weg. Kranten die Jeffrey als die van de vorige week herkende lagen verspreid op een van de fauteuils bij het raam. In tegenstelling tot het huis van de Lintons, waar om goede redenen eenzelfde hoeveelheid rommel en zeker meer boeken lagen, had deze omgeving iets verstikkends, alsof er al een hele tijd niemand meer gelukkig was geweest.

'We hebben met de begrafenisonderneming over de dienst gepraat,' zei Keller. 'Jill en ik probeerden net te beslissen wat ons te doen staat. Mijn zoon had een heel duidelijk standpunt dat hij gecremeerd wilde worden.' Zijn onderlip trilde. 'Zullen ze dat na de autopsie nog kunnen doen?'

'Ja,' zei Jeffrey. 'Natuurlijk.'

Rosen zei: 'We willen zijn wil natuurlijk respecteren, maar...'

Keller zei: 'Hij wilde het zo, Jill.'

Jeffrey voelde de spanning tussen hen en gaf zijn mening niet.

Rosen gebaarde naar een grote stoel. 'Alstublieft, gaat u zitten.'

'Dank u,' zei Jeffrey, die zijn das in zijn broek stopte en op de rand van het kussen plaatsnam, zodat hij niet in de bolle stoel weg zou zakken.

Ze vroeg: 'Wilt u misschien iets drinken?'

Voordat Jeffrey het kon afslaan zei Keller: 'Een beetje water zou lekker zijn.'

Keller staarde naar de vloer tot zijn vrouw de kamer uit liep. Hij leek ergens op te wachten, maar Jeffrey wist niet waarop. Toen de kraan in de keuken werd aangezet opende hij zijn mond, maar er kwamen geen woorden naar buiten.

Jeffrey zei: 'Mooie auto daar buiten.'

'Ja,' beaamde de ander, die zijn handen in zijn schoot vouwde. Hij zat met gebogen rug en Jeffrey realiseerde zich dat Keller langer was dan hij aanvankelijk had gedacht.

'Hebt u hem vanmorgen gewassen?'

'Andy zorgde altijd goed voor die auto,' zei hij, maar Jeffrey merkte op dat hij de vraag niet beantwoordde.

'U werkt bij de faculteit Biologie?'

'Onderzoek,' verduidelijkte Keller.

Jeffrey begon: 'Als er iets is wat u me wilt vertellen...?'

Keller opende zijn mond weer, maar precies op dat moment kwam Rosen de kamer binnen en gaf Jeffrey en haar echtgenoot een glas water.

'Dank u,' zei Jeffrey, die een slokje nam, ook al hing er een vreemd geurtje aan het glas. Hij zette het op de salontafel en wierp een blik op Keller om te zien of de man iets te zeggen had, waarna hij ter zake kwam.

Hij zei: 'Ik weet dat u wel andere dingen aan uw hoofd hebt. Ik moet u alleen een paar routinevragen stellen, en dan zal ik u niet meer lastigvallen.'

'Neemt u er alle tijd voor die u nodig hebt,' zei Keller toeschietelijk.

Rosen zei: 'Uw mensen zijn tot laat in de avond in Andy's appartement bezig geweest.'

'Ja,' antwoordde Jeffrey. In tegenstelling tot wat de politie op de televisie deed bleef Jeffrey het liefst zo ver mogelijk van een verse plaats delict uit de buurt tot de technici klaar waren met hun onderzoek. De rivierbedding waar Andy een eind aan zijn leven had gemaakt was te groot en te openbaar om veel nut te kunnen hebben. Andy's appartement was een heel andere zaak.

Keller wachtte tot zijn vrouw zat en ging toen naast haar op de bank zitten. Hij probeerde haar hand te pakken, maar ze trok de hare terug. De ruzie die ze hadden gehad was kennelijk nog niet afgelopen.

Rosen vroeg: 'Denk je dat hij geduwd kan zijn?'

Jeffrey vroeg zich af of iemand iets tegen Rosen kon hebben gezegd of dat ze dit scenario zelf had bedacht. Hij vroeg: 'Heeft iemand ooit gedreigd uw zoon kwaad te doen?'

Ze keken elkaar aan alsof ze het hier al eerder over hadden gehad. 'Niet dat we weten.'

Jeffrey vroeg: 'En heeft Andy al eerder geprobeerd een eind aan zijn leven te maken?'

Ze knikten eenstemmig.

'Hebt u het briefje gezien?'

Rosen fluisterde: 'Ja.'

'Het is niet waarschijnlijk,' zei hij tegen de ouders. Wat Jeffrey in dit opzicht ook vermoedde, het was niet meer dan dat: speculaties. Hij wilde Andy's ouders niet iets geven waaraan ze zich konden vastklampen, uitsluitend om ze later te moeten teleurstellen. 'We zullen iedere mogelijkheid onderzoeken, maar ik wil u geen valse hoop geven.' Hij zweeg even en betreurde zijn woordkeus. Welke ouders zouden *hopen* dat hun kind was vermoord?

Keller zei tegen zijn vrouw: 'Ze zullen bij de lijkschouwing ongetwijfeld op een onregelmatigheid stuiten. Ze kunnen allerlei dingen uitzoeken. Het is verbazingwekkend waartoe de wetenschap tegenwoordig in staat is.' Hij zei dit met de overtuiging van iemand die op dit terrein had gewerkt en zijn vertrouwen in wetenschappelijke methoden stelde om wat dan ook te bewijzen.

Rosen hield het zakdoekje tegen haar neus; uit niets bleek dat ze had gehoord wat haar echtgenoot had gezegd. Jeffrey vroeg zich af of de spanning tussen hen het gevolg was van de ruzie van kort daarvoor of dat er al een tijdje problemen in het huwelijk waren. Hij zou op de campus een paar discrete vragen moeten stellen om hier achter te komen.

Keller onderbrak Jeffreys gedachten. 'We hebben geprobeerd iets voor u te bedenken,' zei hij. 'Andy had een paar vrienden van vroeger...'

'Die we nooit echt hebben gekend,' interrumpeerde Rosen. 'Zijn drugsvrienden.'

'Nee,' beaamde Keller. 'Voorzover we weten is er de laatste tijd niemand geweest.'

Rosen gaf toe: 'Andy heeft ons in elk geval aan niemand voorgesteld.'

'Ik had vaker hier moeten zijn,' zei Keller met een stem die dik klonk van de spijt.

Rosen dong hier niet op af, en Kellers gezicht werd rood van de inspanning om niet in huilen uit te barsten.

'Zat u in Washington?' vroeg Jeffrey hem, maar zijn vrouw gaf antwoord.

Ze legde uit: 'Brian werkte aan een heel gecompliceerde aanvraag voor een beurs.'

Keller schudde zijn hoofd, alsof het hem helemaal niets meer interesseerde. 'Wat betekent het allemaal nog?' vroeg hij niemand in het bijzonder. 'Al die verspilde tijd, en waarvoor?'

'Je werk kan op zekere dag nuttig blijken te zijn,' zei ze, maar Jeffrey hoorde enige animositeit in haar stem. Het zou niet de eerste keer zijn dat een vrouw rancuneus was over het feit dat haar man lange dagen maakte.

'Is dat zijn auto, daar op de oprijlaan?' vroeg Jeffrey de moeder. Hij merkte dat Keller zijn blik afwendde.

Rosen zei: 'We hadden hem net voor hem gekocht. Iets om... Ik weet niet. Brian wilde hem belonen omdat hij het zo goed deed.'

De onuitgesproken implicatie was dat Rosen het niet met de beslissing van haar echtgenoot eens was geweest. De auto was een buitensporige aankoop, en docenten hadden het toch al niet breed. Jeffrey veronderstelde dat hij waarschijnlijk beter betaald werd dan Keller, en dat was al niet zo verschrikkelijk veel.

Jeffrey vroeg: 'Ging hij er normaal gesproken mee naar school?'

'Het was gemakkelijker om te gaan lopen,' zei Rosen. 'Soms liepen we er met z'n drieën heen.'

'Heeft hij u gisterenochtend verteld waar hij heen ging?'

'Ik was al in de kliniek,' antwoordde Rosen. 'Ik nam aan dat hij de hele dag thuis zou blijven. Toen Lena kwam...'

Uit de toon waarop ze Lena's naam uitsprak bleek een vertrouwelijkheid waarop Jeffrey graag dieper zou zijn ingegaan, maar hij kon niet bedenken hoe.

Jeffrey pakte zijn aantekenboekje en zei op bevestigende toon: 'Andy werkte voor u, dokter Keller?'

'Ja,' antwoordde Keller. 'Hij had niet zoveel te doen, maar ik wilde niet dat hij veel alleen thuiszat.'

Rosen voegde hieraan toe: 'Hij hielp ook in de kliniek. Onze receptioniste is niet zo betrouwbaar. Soms deed hij de balie of borg hij een paar dossiers op.'

Jeffrey vroeg: 'Heeft hij nooit toegang gehad tot informatie over patiënten?'

'O, nooit,' zei Rosen, alsof de gedachte haar deed schrikken.

'Die wordt achter slot en grendel gehouden. Andy behandelde rapporten over uitgaven, afspraken, telefoontjes. Dat soort dingen.' Haar stem trilde. 'Alleen maar klusjes om hem overdag bezig te houden.'

'Hetzelfde gold voor het lab,' merkte Keller op. 'Hij was niet echt gekwalificeerd om bij het onderzoek te helpen. Dat is werk voor ouderejaarsstudenten.' Keller ging rechtop zitten, met zijn handen op zijn knieën. 'Ik wilde hem dicht in de buurt hebben, zodat ik een oogje op hem kon houden.'

'Maakte u zich zorgen dat hij nog eens een poging zou kunnen doen?' vroeg Jeffrey.

'Nee,' zei Rosen. 'Of liever: ik weet het niet. Misschien dacht ik onbewust dat hij met het idee speelde. Hij gedroeg zich de laatste tijd erg vreemd, alsof hij iets verborg.'

'Hebt u enig idee wat hij verborg?'

'Geen enkel,' zei ze met oprechte spijt in haar stem. 'Jongens zijn moeilijk op die leeftijd. Meisjes trouwens ook. Ze proberen de stap van tiener naar volwassene te zetten. Ouders zijn nu eens lastpost en dan weer steun en toeverlaat, afhankelijk van de dag in de week.'

'Of van de vraag of hij al dan niet geld nodig heeft,' zei Keller erbij. De ouders glimlachten hierom, alsof het een grapje was dat ze vaak maakten.

Keller vroeg: 'Heeft u een zoon, chef Tolliver?'

'Nee.' Jeffrey liet zich achteroverzakken; de vraag beviel hem niet. Toen hij jonger was had Jeffrey nooit gedacht dat hij zelf een kind zou willen. Omdat hij wist dat het in Sara's geval uitgesloten was had hij het idee uit zijn hoofd gezet. Door een aspect van de laatste zaak waaraan hij met Lena had gewerkt was Jeffrey zich gaan afvragen hoe het zou zijn om vader te zijn.

Keller zei hees fluisterend: 'Ze maken je kapot van verdriet', terwijl hij zijn hoofd in zijn handen liet zakken. Rosen scheen in dubio te staan, voordat ze haar hand uitstak en hem over zijn rug aaide. Keller keek verbaasd op, alsof hij een soort cadeau kreeg.

Jeffrey wachtte even voordat hij vroeg: 'Heeft Andy u verteld dat hij moeite had met het leven?' Beiden schudden ze hun hoofd. 'Was hij van streek door iemand of iets?'

Keller haalde zijn schouders op. 'Hij deed heel erg zijn best om een eigen identiteit op te bouwen.' Hij maakte een handgebaar naar de achterkant van het huis. 'Dat was de reden dat we hem boven de garage lieten wonen.'

'Hij begon belangstelling te krijgen voor kunst,' zei Rosen. Ze wees naar de muur achter Jeffrey.

'Heel aardig.' Jeffrey wierp een blik op het schilderij en probeerde niet al te goed te kijken. Het was een tamelijk eendimensionale afbeelding van een naakte vrouw die op een rots geleund lag. Ze hield haar benen wijd gespreid en haar geslacht was de enige plek op het schilderij met kleur, zodat het leek alsof ze een bord lasagne tussen haar dijbenen hield.

'Hij had echt talent,' zei Rosen.

Jeffrey knikte, denkend dat alleen een moeder die zichzelf iets wijsmaakte of de uitgever van *Screw* zou denken dat degene die dat geschilderd had talent bezat. Hij draaide zich om en zijn blik vond die van Keller. De man maakte een buitengewoon gegeneerde en ongemakkelijke indruk, een weerspiegeling van Jeffreys eigen reactie.

'Ging Andy veel met meisjes om?' vroeg Jeffrey, want hoe gedetailleerd het schilderij ook was, de jongen scheen een paar belangrijke onderdelen over het hoofd te hebben gezien.

'Niet dat we weten,' antwoordde Rosen. 'We hebben nooit iemand zijn kamer binnen zien gaan, maar ik moet erbij zeggen dat de garage achter het huis staat.'

Keller wierp een blik op zijn vrouw: 'Jill denkt dat hij misschien weer aan de drugs was.'

Jeffrey zei: 'We hebben op zijn kamer wel een paar spullen gevonden.' Hij wachtte niet op de vraag die Rosen duidelijk wilde gaan stellen. 'Vierkante stukjes aluminiumfolie en een pijp. We kunnen niet zeggen wanneer ze voor het laatst zijn gebruikt.'

Rosen kromp in elkaar en haar man sloeg zijn arm om haar heen, drukte haar stevig tegen zijn borst. Toch leek ze ver van hem weg te zitten, en Jeffrey vroeg zich weer af hoe het met hun huwelijk gesteld was.

Jeffrey vervolgde: 'Verder was er niets in zijn kamer wat op een drugsprobleem wees.'

'Hij had sterke stemmingswisselingen,' zei Keller. 'Soms was hij erg melancholiek. Gemelijk. Het was moeilijk te zeggen of dat door drugs kwam of dat het gewoon een karakterkwestie was.'

Het leek Jeffrey een goed moment om Andy's piercings ter sprake te brengen. 'Ik heb gezien dat hij een gepiercete wenkbrauw had.'

Keller rolde met zijn ogen. 'Zijn moeder is er bijna in gebleven.'

'Ook in zijn neus,' voegde Rosen er met afkeurend gefronst voorhoofd aan toe. 'En ik denk dat hij kortgeleden iets met zijn tong heeft gedaan. Hij wilde het me niet laten zien, maar hij kauwde er telkens op.'

Jeffrey drong aan: 'Verder nog iets ongewoons?'

Keller en Rosen keken hem beiden met onschuldig opengesperde ogen aan. 'Ik geloof niet dat er ruimte was voor nog meer piercings!' zei Keller zonder al te veel vrolijkheid.

Jeffrey drukte door. 'En die zelfmoordpoging in januari?'

'Achteraf gezien weet ik niet zeker of hij het serieus heeft bedoeld,' zei Keller. 'Hij wist dat Jill het briefje zou vinden als ze die morgen wakker werd. Hij had het moment zo gekozen dat ze hem zou vinden voordat er iets onherstelbaars zou gebeuren.' De vader zweeg even. 'We dachten dat hij alleen maar probeerde aandacht te trekken.'

Jeffrey wachtte tot Rosen iets zou zeggen, maar ze hield haar ogen dicht en haar lichaam bleef weggedoken tegen dat van haar echtgenoot.

Keller zei: 'Soms speelde hij toneel. En dacht hij niet na over de gevolgen.'

Rosen protesteerde niet.

Keller schudde zijn hoofd. 'Ik weet het niet, misschien zou ik zoiets niet moeten zeggen.'

'Nee,' fluisterde Rosen. 'Het is waar.'

'We hadden het moeten zien,' hield Keller vol. 'Er moet iets zijn geweest.'

De dood was op zich al beroerd genoeg, maar zelfmoorden waren voor de mensen die achterbleven altijd des te afgrijselijker. Ofwel de nabestaanden gaven zichzelf de schuld dat ze de signalen niet hadden opgevangen, ofwel ze voelden zich verraden door hun egoïstische dierbaren die hen opscheepten met de taak de rommel op te ruimen. Jeffrey kon zich voorstellen dat Andy Rosens ouders de rest van hun leven tussen deze twee emoties heen en weer geslingerd zouden worden.

Rosen richtte zich op en veegde haar neus af. Ze nam nog een tissue uit de doos en bette haar ogen. 'Het is een wonder dat u in dat appartement überhaupt iets hebt gevonden,' zei ze. 'Hij was toch zo slordig.' Ze had geprobeerd zichzelf weer in de hand te krijgen, maar iets in haar woorden bracht het allemaal weer terug.

Rosen stortte langzaam in, haar mond vertrok terwijl ze haar snikken probeerde in te houden, tot ze uiteindelijk haar handen voor haar gezicht sloeg.

Keller legde zijn arm weer om zijn vrouw heen en trok haar tegen zich aan. 'Het spijt me zo,' zei hij terwijl hij zijn gezicht in haar haar begroef. 'Ik had hier moeten zijn,' zei hij. 'Ik had hier moeten zijn.'

Ze bleven enkele minuten zo zitten, alsof Jeffrey er niet meer was.

Jeffrey schraapte zijn keel. 'Ik dacht even naar achteren te gaan en in het appartement rond te kijken, als u het niet erg vindt.'

Keller keek op. Hij knikte en ging verder met het troosten van zijn vrouw. Rosen liet zich tegen hem aan zakken. Het was alsof hij een ledenpop in zijn handen had.

Jeffrey draaide zich om om te vertrekken, waardoor hij recht tegenover Andy's achteroverleunende naakt kwam te staan. De vrouw had iets vreemd bekends; hij kon niet thuisbrengen wat.

Omdat hij zich ervan bewust was dat hij er misschien te veel naar stond te staren liep Jeffrey naar buiten. Hij wilde nog eens met Keller spreken en precies uitvinden waarover de man niet ten overstaan van zijn vrouw had kunnen praten. Hij moest ook nog een keer met Ellen Schaffer praten. Misschien had enige afstand van de plaats van misdrijf haar geheugen weer opgefrist.

Jeffrey bleef voor de Mustang staan en keek weer bewonderend naar de belijning. Het was merkwaardig om zo vroeg in de ochtend en zo kort na de dood van Andy Rosen je auto te wassen, maar het was zeker geen misdaad. Misschien had Keller het als eerbetoon aan zijn zoon gedaan. Misschien had hij geprobeerd bewijsmateriaal te verduisteren, hoewel het Jeffrey veel moeite kostte iets te bedenken waardoor de auto met deze misdaad in verband kon worden gebracht. Anders dan in het geval van de aanval op Tessa Linton wist Jeffrey niet eens zeker of er wel een misdaad was gepleegd.

Hij bukte zich en streek met zijn hand over het loopvlak van de banden. De weg die naar het parkeerplaatsje bij de brug leidde was geplaveid, en op het plaatsje zelf lag gravel. Zelfs als ze kans zouden zien identieke bandensporen te vinden, zou Andy zelf de auto honderd keer eerder naar het plaatsje kunnen hebben gereden. Jeffrey wist van rapporten van patrouillewagens dat het gebied een van de populairste plekken voor afspraakjes was.

Jeffrey klapte zijn mobiel open om Frank te bellen, maar onderbrak zijn gebaar toen hij Richard Carter met een grote stoofpan in zijn handen de oprijlaan op zag komen.

Richard begon breed te grijnzen toen hij Jeffrey zag, maar scheen zichzelf weer tot de orde te roepen en trok een ernstiger gezicht.

'Dokter Carter.' Jeffrey legde een aangename klank in zijn stem. Hij had belangrijker dingen te doen dan lastige vragen te stellen waarmee Richard op de campus indruk kon maken.

Richard zei: 'Ik heb een pan eten voor Brian en Jill gemaakt. Zijn ze thuis?'

Jeffrey keek even om naar het huis, denkend aan de drukkende sfeer, het rauwe verdriet dat de ouders nu doormaakten. 'Misschien is dit niet het goede moment.'

Richards gezicht betrok. 'Ik wilde alleen maar helpen.'

'Ze zijn behoorlijk van streek,' zei Jeffrey, die zich afvroeg of hij Richard een paar vragen over Brian Keller kon stellen zonder dat het te veel zou opvallen. Omdat hij wist hoe Richard in elkaar zat besloot hij het onderwerp vanuit een andere hoek te benaderen. 'Was u met Andy bevriend?' vroeg hij, denkend dat Richard niet meer dan acht of negen jaar ouder kon zijn geweest dan de jongen.

'God, nee.' Richard bulderde van het lachen. 'Hij was een student. En afgezien daarvan een vervelende klier.'

Jeffrey had op eigen gelegenheid ongeveer dezelfde informatie over Andy Rosen bij elkaar gesprokkeld, maar hij was verbaasd door de heftigheid die in Richards woorden doorklonk. Hij vroeg: 'Maar u bent toch wel behoorlijk bevriend met Brian en Jill?'

'O, dat zijn fantastische mensen,' zei Richard. 'Op de campus vindt iedereen iedereen leuk. De hele faculteit is net een kleine familie.'

'Ja,' stemde Jeffrey in. 'Brian lijkt me een echte pater familias.'

'O, dat is hij inderdaad,' beaamde Richard. 'Voor Andy de beste vader ter wereld. Ik zou willen dat ik zo'n vader had gehad.' In zijn stem klonk een lichte nieuwsgierigheid door, en Jeffrey begreep dat Richard doorhad dat hij werd ondervraagd. Met dit besef ontstond een gevoel van macht, en Richard kreeg een grijns op zijn gezicht terwijl hij wachtte tot Jeffrey hem naar allerlei onfrisse zaken zou vragen.

Jeffrey sprong meteen in het diepe. 'Ze lijken een goed huwelijk te hebben.'

Richard vertrok zijn mond. 'Denkt u dat?'

Jeffrey antwoordde niet, en Richard leek dit als een aanmoediging op te vatten.

'Nou,' begon Richard, 'ik hou er niet zo van om geruchten te verspreiden...'

Jeffrey onderdrukte het 'hou nou toch op' dat naar buiten wilde.

'En dat was het inderdaad alleen maar – een gerucht. Ik heb nooit iets gezien wat het aannemelijk maakte, maar ik kan u wel zeggen dat Jill zich tijdens het laatste kerstfeest op de faculteit wel heel vreemd tegen Brian gedroeg.'

'Zit u allemaal op dezelfde faculteit?'

'Zoals ik al zei,' bracht Richard hem in herinnering, 'het is een kleine campus.'

Jeffrey keek hem zwijgend aan, wat de enige aanmoediging was die Richard nodig had.

'Er gingen een tijdje geleden geruchten over een probleem.'

Hij leek te willen dat Jeffrey iets zei, dus zei Jeffrey: 'Ja?'

'Let wel, alleen maar een gerucht.' Hij zweeg even, als een echte entertainer. 'Over een student.' Hij zweeg weer. 'Een vrouwelijke student.'

'Een verhouding?' raadde Jeffrey, hoewel het eigenlijk nauwelijks raden genoemd kon worden. Keller zou er zeker niet ten overstaan van zijn vrouw over willen spreken, vooral niet als Rosen er al van wist. Jeffrey wist uit eigen ervaring dat als Sara zelfs maar de geringste toespeling maakte op de omstandigheden die een einde aan hun huwelijk hadden gemaakt hij het gevoel kreeg dat hij op de rand van de Grand Canyon zat.

'Weet u wie die studente was?'

'Geen idee, maar als je de roddel moet geloven, is ze naar een andere instelling overgeplaatst nadat Jill erachter was gekomen.'

Jeffrey twijfelde aan dit verhaal, en hij had een hekel aan mensen die informatie achterhielden. 'Weet u nog hoe ze eruitzag? Wat haar hoofdvak was?'

'Ik weet niet zeker of ik geloof dat ze ook maar bestaan heeft. Zoals ik al zei was het niet meer dan een gerucht.' Richard fronste zijn wenkbrauwen. 'En nu neem ik het mezelf kwalijk dat ik uit de school heb geklapt.' Hij lachte om de woordspeling.

'Richard, als je iets voor me verzwijgt...'

'Ik heb u alles verteld wat ik weet. Of in elk geval heb gehoord. Zoals ik al zei...'

'Was het niet meer dan een gerucht,' maakte Jeffrey zijn zin af.

'Had u nog iets te vragen?' vroeg Richard, duidelijk teleurgesteld.

Jeffrey besloot tot een ontwijkende manoeuvre: 'Aardig van je om ze eten te brengen.'

Richards mondhoeken gingen omlaag. 'Ik weet nog dat toen mijn moeder een paar jaar geleden overleed het feit dat mensen dingen kwamen brengen een zonnestraaltje was in wat vanzelfsprekend de donkerste periode van mijn leven is geweest.'

Jeffrey herhaalde Richards woorden nog eens inwendig en opeens begonnen er als bezetenen alarmbellen te rinkelen.

'Chef?' vroeg Richard.

'Zonnestraaltje,' zei Jeffrey. Nu wist hij wat hem zo bekend was voorgekomen in de wellustige tekening van Andy Rosen: het meisje op het schilderij had rond haar navel een tatoeage in de vorm van een stralende zon.

Toen Jeffrey zijn auto bij het studentenhuis van Ellen Schaffer neerzette stonden er al een patrouillewagen en de recherche-Taurus van Frank Wallace geparkeerd, hoewel Jeffrey om geen van beide had gevraagd.

'Shit,' zei Jeffrey terwijl hij zijn auto naast die van Frank parkeerde. Nog voordat hij twee meisjes met de armen om elkaar heen en snikkend uit het gebouw zag komen wist hij dat er iets vreselijk verkeerd zat.

Jeffrey liep op een drafje naar het huis en rende met twee treden tegelijk de trap op. Keyes House was twee jaar daarvoor tot de grond toe afgebrand, maar het college had het vervangen door een vrijwel identiek duplicaat van het oude landhuis van voor de oorlog, met statige salons aan de voorkant en een geweldige eetzaal, waar dertig mensen in konden. Frank stond in een van de salons op hem te wachten.

'Chef,' zei Frank, terwijl hij Jeffrey de kamer in wenkte, 'we hebben geprobeerd u te bellen.'

Jeffrey trok zijn telefoon uit zijn zak. Met de batterij was niets aan de hand, maar er waren in de buurt van het stadje plekken waar je geen bereik had.

Jeffrey vroeg: 'Wat is er gebeurd?'

Frank sloot de dubbele deuren zodat ze enige privacy hadden voordat hij antwoord gaf. 'Ze heeft zich door het hoofd geschoten.'

'Godver,' vloekte Jeffrey. Hij wist het antwoord al maar vroeg toch: 'Schaffer?'

Frank knikte.

'Opzettelijk?'

Frank liet zijn stem dalen. 'Wie kan dat na gisteren nog zeggen?'

Jeffrey ging op de rand van de bank zitten en voelde de angst weer in zich omhoogkruipen. Twee zelfmoorden in evenzovele dagen was niet echt uniek, maar het feit dat Tessa Linton was neergestoken wierp een schaduw over alles wat er op de campus gebeurde.

Jeffrey zei: 'Ik heb net met Brian Keller gepraat, de vader van Andy Rosen.'

'Is het dan zijn stiefzoon?'

'Nee, hij heeft de naam van zijn moeder aangenomen.' Toen Jeffrey de verwarde uitdrukking op Franks gezicht zag zei hij: 'Laat maar. Keller is in elk geval zijn biologische vader.'

'O, nou ja,' zei Frank berustend, met nog steeds een verbijsterde uitdrukking op zijn gezicht. Een fractie van een seconde wenste Jeffrey dat hij Lena hier had in plaats van Frank. Niet dat Frank een slechte politieman was, maar Lena had meer intuïtie, en zij en Jeffrey wisten hoe ze elkaar vliegen af moesten vangen. Frank was wat Jeffrey als een typische rondjestrapper beschouwde, wat inhield dat hij er beter in was zijn schoenzolen te verslijten met het volgen van aanwijzingen dan in het maken van de mentale sprongen waarmee je zaken oploste.

Jeffrey liep naar de klapdeur die naar de keuken leidde en controleerde of niemand hen kon horen. 'Richard Carter zei...'

Frank snoof luidruchtig. Jeffrey was er niet zeker van of hij het deed vanwege Richards seksuele geaardheid of vanwege zijn afgrijselijke persoonlijkheid. Alleen dit laatste vond Jeffrey aanvaardbaar, maar hij had al lang geleden geleerd dat er aan het gedrag van Frank toch niets te veranderen viel.

Jeffrey zei: 'Carter kon me een paar campusroddels vertellen.'

'Wat zei hij dan?' liet Frank zich vermurwen.

'Dat Keller een verhouding met een studente had.'

'Oké,' zei Frank, op een toon waaruit eerder het tegendeel van instemming op te maken viel.

'Ik wil dat je het een en ander uitzoekt over Keller. Trek zijn achtergrond na. Laten we eens kijken of dit gerucht waar is.'

'Denk je dat zijn zoon een verhouding heeft ontdekt en dat

papa hem de mond heeft gesnoerd om te voorkomen dat zijn vrouw ervan zou horen?'

'Nee,' zei Jeffrey. 'Richard zei dat zijn vrouw het wist.'

Frank zei: 'Voorzover je die flikker kunt vertrouwen.'

'Hou op, Frank,' beval Jeffrey. 'Als Keller een verhouding had zou dat een heel aardige reden voor zelfmoord kunnen zijn. Misschien kon de zoon het zijn vader niet vergeven en is hij van de brug gesprongen om hem te straffen. De ouders hadden vanmorgen ruzie. Rosen zei tegen Keller dat hij zich nooit iets aan Andy gelegen heeft laten liggen toen hij nog leefde.'

'Het kan zijn dat ze hem gewoon wilde kwetsen. Vrouwen kunnen dat opeens over zich krijgen.'

Jeffrey voelde er niets voor hierover een discussie te beginnen. 'Rosen leek me erg helder.'

'Denk je dat zij het gedaan heeft?'

'Wat zou ze erbij winnen?'

Frank kon niet meer zeggen dan wat Jeffrey al had bedacht: 'Ik weet het niet.'

Jeffrey staarde naar de haard en wenste weer dat hij Lena of zelfs Sara in de buurt had om de zaak mee door te nemen. Hij zei tegen Frank: 'Ik krijg een proces aan mijn broek als ik in de verhalen over zijn ouders ga zitten wroeten en die jongen werkelijk zelfmoord gepleegd blijkt te hebben.'

'Dat is waar.'

'Ga eens controleren of Keller echt in Washington zat toen dit gebeurde,' zei Jeffrey. 'Stel hier en daar op de campus een paar discrete vragen en kijk of we dat gerucht bevestigd kunnen krijgen.'

'De vluchten zijn heel gemakkelijk na te trekken,' zei Frank, die zijn aantekenboekje te voorschijn haalde. 'Ik kan hier en daar naar die affaire informeren, maar onze vriendin zou dat waarschijnlijk beter kunnen dan ik.'

'Lena is niet bij de politie, Frank.'

'Ze zou kunnen helpen. Ze zit al op de campus. Ze kent waarschijnlijk wel een paar studenten.'

'Ze is geen agent.'

'Ja, maar...'

'Niks te maren,' zei Jeffrey en bracht hem zo tot zwijgen.

Lena had gisteren in de bibliotheek bewezen dat ze niet van plan was hen te helpen. Jeffrey had haar een overvloed aan mogelijkheden gegeven om met Jill Rosen te praten, maar ze had haar mond gehouden en niet eens aangeboden haar te troosten.

Frank vroeg: 'En Schaffer? Hoe past zij hierin?'

'Er was een schilderij,' zei Jeffrey en gaf Frank de details van de schildering in de zitkamer van Keller-Rosen.

'Had die moeder dat aan de muur hangen?'

'Ze was trots op hem,' zei Jeffrey; zijn eigen moeder zou hem een enorm pak op zijn lazer hebben gegeven en zou het schilderij met een van haar sigaretten in brand gestoken hebben. 'Ze zeiden allebei dat hun zoon met niemand omging.'

'Misschien heeft hij het hun niet verteld,' zei Frank.

'Misschien niet, nee,' beaamde Jeffrey. 'Maar als Schaffer een seksuele relatie had met Andy, waarom herkende ze hem gisteren dan niet?'

'Hij lag met zijn kont omhoog,' zei Frank. 'Als Carter hem niet zou hebben herkend, dan zou ik pas argwanend zijn geworden.'

Jeffrey keek Frank waarschuwend aan.

'Oké, oké.' Frank stak zijn beide handen op. 'Maar je moet wel bedenken dat ze in de war was. Hij lag ongeveer vijftien meter onder haar. Wat zou ze hebben moeten herkennen?'

'Dat is waar,' gaf Jeffrey toe.

'Denk je dat dit een soort afgesproken zelfmoord kan zijn geweest?'

'Dan zouden ze het samen hebben gedaan, niet met een dag tussenruimte,' merkte Jeffrey op. 'Hebben we iets op dat briefje gevonden?'

'Iedereen heeft er met zijn vingers aangezeten, en zijn moeder ook,' zei Frank, en Jeffrey vroeg zich af of hij dit als grapje bedoelde.

'Als het afgesproken werk was zou het in dat briefje hebben gestaan.'

'Misschien heeft Andy een einde aan hun verhouding gemaakt,' opperde Frank. 'En slaat ze terug door hem van de brug te gooien.'

'Denk je dat ze daar sterk genoeg voor was?' vroeg Jeffrey, en Frank haalde zijn schouders op. 'Ik geloof er niets van,' zei Jeffrey. 'Vrouwen slaan niet zo hard terug.'

'Ze kon moeilijk echtscheiding aanvragen.'

'Pas op je woorden,' waarschuwde Jeffrey, die deze opmerking persoonlijk opvatte. Hij praatte door voordat Frank hun een ongemakkelijk gevoel kon bezorgen met een poging zijn excuses aan te bieden. 'Jónge vrouwen doen dat niet,' corrigeerde hij zichzelf. 'Ze zetten zo'n knul te kakken, of ze liegen over hem tegenover zijn vrienden, of ze worden zwanger, of ze slikken een lading pillen...'

'Of ze schieten zich voor het hoofd?' onderbrak Frank hem.

'Dit alles uitgaande van de veronderstelling dat Andy Rosen is vermoord. Hij kan nog steeds zelfmoord hebben gepleegd.'

'Is daar al enige duidelijkheid over?'

'Brock heeft vanmorgen bloed afgenomen. Morgen krijgen we de uitslag van het lab. Er is vooralsnog geen bewijs dat er iets loos is. Tessa is de enige reden waarom we hier vreemd tegen aankijken, en wie kan er in jezusnaam zeggen of er sprake is van een verband?'

Frank zei: 'Het zou wel heel erg toevallig zijn als dat er niet was.'

'Ik geef Keller een dag om in zijn sop gaar te koken, en dan neem ik hem flink onder handen om te kijken wat hij weet. Hij wilde me vanmorgen iets vertellen, maar niet waar zijn vrouw bij was. Misschien weet ik wat meer als Sara vanavond de autopsie heeft gedaan.'

'Komt ze vanavond terug?'

'Ja,' zei Jeffrey. 'Ik pik haar vanavond op.'

'Gaat het een beetje?'

'Het is een zware tijd,' zei Jeffrey, en toen maakte hij een einde aan het gesprek. 'Waar is Schaffer?'

'Deze kant op,' zei Frank terwijl hij de dubbele deuren opende. 'Wil je eerst met haar kamergenote praten?'

Jeffrey wilde net nee zeggen, maar bedacht zich toen hij de huilende vrouw op de vensterbank aan de andere kant van de zaal zag zitten. Ze werd geflankeerd door twee meisjes die haar probeerden te troosten. Ze hadden, met hun blonde haar en blauwe ogen, allemaal fotokopieën van elkaar kunnen zijn geweest. Ze hadden voor een zuster van Ellen Schaffer kunnen doorgaan.

'Juffrouw,' zei Jeffrey, die een troostende klank in zijn stem probeerde te leggen, 'ik ben chef Tolli...'

De vrouw snoerde hem de mond door in tranen uit te barsten. 'Het is zo afgrijselijk!' huilde het meisje. 'Het ging vanmorgen nog zo goed met haar!'

Jeffrey wierp een blik op Frank. 'Dat was de laatste keer dat u haar hebt gezien?'

Ze knikte, haar hoofd ging als een dobber op en neer.

'Hoe laat was dat?' vroeg Jeffrey.

'Om acht uur,' zei ze, en Jeffrey wist dat hij op dat moment bij Rosen-Keller had gezeten.

Ze zei: 'Ik moest naar college... Ellen zei dat ze wilde uitslapen. Ze was zo ontdaan over Andy...'

Jeffrey vroeg: 'Kende ze Andy Rosen dan?'

Op dat moment barstte het meisje weer in tranen uit, waarbij haar hele lichaam meedeed. 'Nee!' jankte ze. 'Dat was nu juist zo tragisch. Hij zat in haar schilderklas, en ze kende hem niet eens!'

Jeffrey wisselde een blik met Frank. Vaak liepen ze bij hun politiewerk mensen tegen het lijf die zich veel meer met slachtoffers van een misdaad verbonden voelden dan toen de persoon in kwestie nog had geleefd. In het geval van Andy, een veronderstelde zelfmoord, werd het alleen nog maar melodramatischer.

'Dus,' begon Jeffrey, 'u hebt Ellen om acht uur gezien? Is ze nog door iemand anders gezien?'

Een van de meisjes naast de kamergenote nam het woord. 'We hebben allemaal vroeg college.'

'Ellen ook?'

Ze knikten met z'n drieën tegelijk. Een van hen zei: 'Dat geldt voor iedereen in het huis.'

'Wat is haar hoofdvak?' vroeg Jeffrey, zich afvragend of het meisje op de een of andere manier in verband stond met Keller.

'Celbiologie,' zei het derde meisje. 'Ze moest morgen haar laboratoriumwerk inleveren.'

Jeffrey vroeg: 'Had ze ook les van dokter Keller?'
Ze schudden alle drie het hoofd. Een van hen vroeg: 'Is dat Andy's vader?', maar Jeffrey gaf geen antwoord.
Hij zei tegen Frank: 'Laten we kopieën van haar rooster opvragen en kijken welke colleges ze heeft gevolgd sinds ze hier is.' Tegen de meisjes zei hij: 'Had Ellen een speciale vriend of vriendin?'
'Eh,' begon het eerste meisje terwijl ze haar vriendinnen zenuwachtig aankeek. Voordat Jeffrey kon aandringen zei ze: 'Ellen ging met *heel veel* verschillende jongens om.' De nadrukkelijke manier waarop ze het zei suggereerde dat het om duizenden jongens ging.
'Koesterde er niemand een wrok tegen haar?' vroeg Jeffrey.
'Natuurlijk niet,' zei het eerste meisje op verdedigende toon. 'Iedereen was dol op haar.'
'Hebben jullie vanmorgen iemand verdacht bij het huis zien rondhangen?'
Ze schudden hun hoofd.
Jeffrey draaide zich naar Frank om. 'Heb je al met de andere bewoners gepraat?'
'De meesten waren al weg,' zei Frank. 'We zijn bezig ze op te sporen. Niemand heeft het schot gehoord.'
Jeffrey trok verbaasd zijn wenkbrauwen op maar reageerde er tegenover de meisjes niet op.
Hij zei: 'Dank jullie voor jullie tijd', en gaf ieder een visitekaartje voor het geval hun nog iets te binnen zou schieten wat van belang zou kunnen zijn.
Pas toen Frank hem meenam door de gangen naar Schaffers kamer op de begane grond vroeg Jeffrey: 'Wat heeft ze gebruikt?'
'Remington 870.'
'De Wingmaster?' zei Jeffrey, zich afvragend wat een meisje als Ellen Schaffer met zo'n wapen moest. Het type pump-actiongeweer was bij de politiemacht een van de populairste wapens.
'Ze schiet op kleiduiven,' zei Frank. 'Ze is lid van de schietploeg van het college.'
Jeffrey herinnerde zich vaag dat Grant Tech een schietploeg

had, maar hij zag de opgewekte blondine die hij de dag daarvoor had leren kennen nog niet als iemand die op kleiduiven schoot.

Frank wees op een dichte deur. 'Daar is ze.'

Jeffrey wist niet wat hij precies had verwacht toen hij de kamer van Ellen Schaffer binnenliep, maar zijn mond viel open van wat hij zag. De jonge vrouw lag op de bank, haar benen om de loop van het geweer geslagen. De vuurmond wees op haar hoofd – of wat er van haar hoofd was overgebleven.

De tranen schoten hem in de ogen toen zijn neus door een sterke geur werd getroffen. 'Wat is dat voor lucht?'

Frank wees op de kale gloeilamp boven het bureau. Een stuk hoofdhuid kleefde tegen het gematteerde witte glas, en rook kringelde naar het plafond omdat het vlees door de hitte aan de kook was geraakt.

Jeffrey hield zijn hand voor zijn mond en neus om de stank niet te ruiken. Hij liep naar het raam, dat ongeveer twintig centimeter openstond. Toen hij uit het raam naar het terrein achter het gebouw keek zag hij een gazon met een koepel en tafels en stoelen. Daarachter lag het natuurgebied. Een pad dat waarschijnlijk door de helft van de studenten op de campus werd gebruikt liep het bos in.

'Waar is Matt?'

'Op buurtonderzoek,' zei Frank.

'Laat hij hier voor het raam naar voetafdrukken gaan zoeken.'

Frank klapte zijn telefoon open en gaf de opdracht door terwijl Jeffrey elke centimeter van het venster onderzocht. Na een volle minuut staren had hij niets gevonden. Pas toen hij zich van het venster afwendde viel het licht zo dat hij een veeg vet in de buurt van de klink zag. 'Heb je dat gezien?' vroeg hij.

Frank kwam erbij en knielde om beter te kunnen kijken. 'Olie?' vroeg hij en wees toen naar het bureau naast de bank. Op het blad lagen een rager, een doek en een flesje Elton-olie om geweren schoon te maken. Op de vloer lag een tot een prop verfrommelde doek die duidelijk was gebruikt om de loop van het geweer te reinigen.

'Heeft ze dat geweer schoongemaakt voordat ze zichzelf

doodschoot?' vroeg Jeffrey, die bedacht dat dat wel het laatste zou zijn dat hij zelf zou doen.

Frank haalde zijn schouders op. 'Misschien wilde ze zeker weten dat het goed zou werken.'

'Denk je?' vroeg Jeffrey, die tegenover de bank stond. Schaffer droeg een strakke spijkerbroek en een kort T-shirt. Ze had blote voeten en haar teen zat in het trekkermechanisme gehaakt. De zonnetatoeage om haar navel was zichtbaar onder een deken van bloedspatten. Haar handen rustten op de loop van het geweer, waarschijnlijk om het op haar hoofd gericht te houden.

Met een pen die hij uit zijn zak had gehaald duwde Jeffrey de rechterhand weg. Op de palm zat geen bloed op de plaats waar deze tegen het geweer had gerust, wat betekende dat Schaffers hand op het geweer had gelegen toen ze zichzelf had doodgeschoten. Of was doodgeschoten. Voor de andere hand gold hetzelfde.

Tussen de kussens op de bank stak een gebruikte patroonhuls die uit de kamer was geworpen toen de trekker was overgehaald. Jeffrey duwde ertegen met zijn pen en vroeg zich af waarom het leek alsof er iets niet klopte. Hij controleerde de kleine gegraveerde tekst op de vuurmond om het zeker te weten en zei toen tegen Frank: 'Ze heeft een geweer kaliber 12 en ze gebruikte een patroon kaliber 20.'

Frank staarde hem even aan. 'Waarom zou ze een 20 hebben gebruikt?'

Hoofdschuddend stond Jeffrey op. De omtrek van de vuurmond was groter dan de omtrek van de patroon. Een van de gevaarlijkste dingen die je met een geweer kon doen was wel de verkeerde munitie gebruiken. De fabrikanten hadden de kleuren van de sluitingen van patronen juist gestandaardiseerd om te voorkomen dat dit gebeurde.

'Hoe lang zat ze al bij de schietploeg?' vroeg Jeffrey.

Frank haalde zijn aantekenboekje te voorschijn en sloeg de pagina op. 'Sinds dit jaar pas. Haar kamergenote zei dat ze decatlon wilde gaan doen.'

'Was ze soms kleurenblind?' vroeg Jeffrey. De heldergele patroon kon moeilijk voor de groene patroon kaliber 20 worden aangezien.

'Dat kan ik wel nagaan,' zei Frank, een aantekening makend.

Jeffrey onderzocht met ingehouden adem het uiteinde van de loop. 'Er zit een kleiduivenring in,' merkte hij op. De ring maakte de loop smaller, waardoor het veel waarschijnlijker werd dat de kleinere patroon er precies in zou passen.

Jeffrey richtte zich op. 'Hier klopt helemaal niets van.'

Frank zei: 'Kijk eens naar de muur.'

Jeffrey liep om een plas bloed bij het hoofdeinde van de bank heen om de muur achter het lichaam beter te kunnen bekijken. De kracht van het schot had het grootste deel van de schedel van zijn plaats gerukt en stukjes van het hoofd met hoge snelheid tegen de muur geslagen.

Jeffrey keek ingespannen en probeerde een patroon te ontdekken in het bloed en de stukjes weefsel die tegen de witte muur zaten gekleefd. De loden hagelkorrels hadden verschillende grote gaten achtergelaten, waarvan er sommige in de kamer ernaast terecht waren gekomen.

'Iets hiernaast?' vroeg Jeffrey, die inwendig een dankgebedje uitsprak dat er niemand in de andere kamer was geweest toen de trekker was overgehaald.

'Dat bedoelde ik niet,' zei Frank. 'Zie je wat er daar in de muur zit?'

'Wacht even,' zei Jeffrey. Hij keek zo geconcentreerd mogelijk, tot hij besefte dat er iets terugkeek.

Een oog van Ellen Schaffer zat diep in de gipsplaat gedrukt.

'Christus,' zei Jeffrey, en hij wendde zich af. Hij liep terug naar het raam, omdat hij het open wilde zetten om de stank te verdrijven. Hij voelde zich alsof hij op de laatste dag van een kermis in een mobiele plee zat opgesloten.

Jeffrey keek achterom naar het meisje, probeerde enige afstand te scheppen. Hij had eerder met haar moeten praten. Als hij hier meteen heen was gegaan, zou Ellen Schaffer nu misschien nog geleefd hebben. Hij vroeg zich af wat hij nog meer over het hoofd had gezien. Dat het kaliber niet klopte was verdacht, maar iedereen kon een vergissing maken, vooral als diegene dacht dat hij – of zij – de rommel niet meer zou hoeven opruimen. Maar aan de andere kant kon de hele zaak in scène zijn gezet. Liep er misschien nog iemand rond met het middelpunt van een schietschijf op zijn of haar hoofd geschilderd?

Jeffrey vroeg: 'Wanneer hebben ze haar gevonden?'

'Ongeveer een halfuur geleden,' zei Frank, die zijn zakdoek te voorschijn haalde en zijn voorhoofd afveegde. 'Ze zijn nergens aan geweest. Hebben alleen maar de deur dichtgedaan en ons gebeld.'

'Christus,' herhaalde Jeffrey, en pakte zijn eigen zakdoek. Hij keek weer naar de werktafel.

'Daar is Matt,' zei Frank, en Jeffrey zag Matt het achterterrein op lopen. Hij liep met zijn handen in zijn zakken strak naar de grond te kijken, zoekend naar alles wat er niet thuis leek te horen. Op een bepaalde plek bleef hij staan en knielde om beter te kunnen kijken.

'Wat is er?' riep Jeffrey precies op het moment dat de mobiel van Frank overging.

Matt verhief zijn stem zodat Jeffrey hem kon verstaan. 'Het ziet eruit als een pijl.'

'Een wat?' riep Jeffrey, die geen zin had in grapjes.

'Een pijl,' zei Matt. 'Alsof iemand hem in de grond heeft getekend.'

'Chef?' zei Frank, die de telefoon tegen zijn borst gedrukt hield.

Jeffrey riep naar Matt: 'Weet je dat zeker?'

'Kom zelf maar kijken,' antwoordde Matt. 'Het lijkt er heel erg op.'

Frank herhaalde: 'Chef?'

'Wat is er, Frank?' snauwde Jeffrey.

'Een van de vingerafdrukken uit het appartement van Rosen past bij een afdruk in de computer.'

'En?' vroeg Jeffrey kortaf.

Frank schudde zijn hoofd. Hij keek naar de vloer en leek zich toen te bedenken. 'Dat wilt u niet weten.'

Zes

Lena lag op haar rug en keek strak naar het plafond terwijl ze probeerde te ademen en zich te ontspannen zoals Eileen, de yogalerares, hun had geleerd. Lena hield elke yogahouding langer vol dan wie ook in het klasje, maar als ze de ontspanningsoefening moesten doen mislukte het altijd totaal. Het idee van 'alles loslaten' druiste in tegen Lena's persoonlijke religie, die inhield dat ze zichzelf ieder moment van haar leven onder controle moest hebben, vooral als het om haar lichaam ging.

Tijdens hun eerste therapiesessie had Jill Rosen Lena aanbevolen yoga te gaan doen om haar te helpen ontspannen en beter te slapen. Rosen had Lena tijdens hun kortstondige contact een heleboel adviezen gegeven hoe ze het leven moest aanpakken, maar dit was het enige dat was aangeslagen. Een deel van Lena's probleem na de aanranding was het feit dat ze het gevoel had dat haar lichaam niet meer van haar was. Omdat ze al vanaf heel jonge leeftijd erg atletisch was, waren haar spieren niet gewend aan dit ledige leven van rondhangen en zelfmedelijden. Iets in al dat rekken en opjagen van haar lichaam, in dat kijken hoe haar bicepsen en kuitspieren weer hun gewone hardheid aannamen, had Lena de hoop gegeven dat ze misschien weer haar oude zelf zou worden. En dan kwam de *cool-down*, en voelde Lena zich precies zoals de eerste keer dat ze op school algebra had gekregen. De tweede keer had ze er in de zomervakantie bijles in moeten nemen.

Ze sloot haar ogen, concentreerde zich op haar lendenen en probeerde de spanning te verminderen, maar door alle moeite die ze moest doen trok ze haar schouders tot haar oren op. Haar lichaam stond gespannen als een snaar, en Lena begreep niet waarom Eileen almaar beweerde dat dit het belangrijkste deel van de lessen was. Al het plezier dat Lena van de rekoefeningen kreeg verdween als sneeuw voor de zon zodra de muziek zachter werd gezet en ze opdracht kregen op hun rug te gaan liggen en te ademen. In plaats van een beeld van een kronkelend beekje of de rollende golven van een oceaan zag Lena alleen maar een klok die de tijd wegtikte en gingen haar gedachten naar de talloze dingen die ze nog moest doen zodra de les erop zou zitten, ook al was het vandaag haar vrije dag.

'Ademen,' spoorde Eileen hen met haar irritant tevreden monotone stemgeluid aan. Ze was een jonge vrouw van ongeveer vijfentwintig met het soort zonnigheid waardoor Lena zin kreeg haar een klap voor haar kop te verkopen.

'Laat je rug los,' stelde Eileen voor, met een zacht fluisterende stem die als rustgevend bedoeld was. Lena's ogen gingen abrupt open toen Eileen haar handpalm in haar buik drukte. Van het contact werd Lena alleen maar nog gespannener, maar de lerares leek het niet op te merken. Terwijl er zich een glimlach over haar smalle gezicht verspreidde zei ze: 'Goed zo.'

Lena wachtte tot de vrouw wegliep voordat ze haar ogen weer sloot. Ze deed haar mond open en liet de lucht in een gestage stroom ontsnappen; ze begon net te voelen dat het misschien zou werken toen Eileen in haar handen klapte.

'Heel goed,' zei Eileen, en Lena stond zo snel op dat ze een duizeling kreeg. De andere studenten glimlachten tegen elkaar of omhelsden de opgewekte lerares, maar Lena pakte haastig haar handdoek en liep naar de ruimte met de kluisjes.

Ze draaide aan het combinatieslot, blij dat ze het vertrek voor zich alleen had. Ze wierp een blik in de spiegel, en toen nog een. Sinds de aanranding had ze niet meer in spiegels gekeken, maar om de een of andere reden voelde ze zich vandaag tot haar spiegelbeeld aangetrokken. Om haar ogen zaten donkere kringen, en haar jukbeenderen staken meer uit dan normaal. Ze werd te mager, omdat het grootste deel van de tijd alleen al de gedachte aan eten voldoende was om haar misselijk te maken.

Ze haalde de clip uit haar haar en liet de lange bruine lokken om haar gezicht en hals omlaagzakken. De laatste tijd voelde ze zich met loshangend haar prettiger, als een gordijn. De wetenschap dat dan niemand goed naar haar zou kunnen kijken gaf haar een veilig gevoel.

Er kwam iemand binnen en Lena liep terug naar haar kluis. Ze voelde zich een idioot dat iemand haar voor de spiegel had betrapt. Naast haar stond een magere jongen, die zijn rugzak uit de kluis naast de hare trok. Hij stond zo dicht bij haar dat ze de haartjes in haar nek overeind voelde komen. Lena draaide zich om en graaide naar haar schoenen, met het idee dat ze die buiten wel kon aantrekken.

'Hallo,' zei hij.

Lena wachtte. Hij versperde de deuropening.

'Al die lui die om elkaars nek hangen,' zei hij, met zijn hoofd schuddend alsof het iets was waarover ze voortdurend grappen maakten.

Lena nam hem op; ze wist zeker dat ze nooit eerder in haar leven met deze jongen had gepraat. Hij was tamelijk klein, iets langer dan zij. Zijn lichaam was pezig en smal, maar ze zag dat zijn armen en schouders zich gespierd aftekenden onder zijn zwarte T-shirt met lange mouwen. Zijn haar was in militaire stijl tot korte stekeltjes geknipt en hij droeg limoengroene sokken in zo'n felle kleur dat het bijna pijn aan je ogen deed.

Hij stak zijn hand uit. 'Ethan Green. Ik volg de lessen sinds een paar weken.'

Lena ging op de bank zitten om haar schoenen aan te trekken.

Ethan ging op het andere uiteinde zitten. 'Jij bent toch Lena?'

'Heb je dat uit de krant?' vroeg ze, worstelend met een knoop in haar veters en bedenkend dat dat kloteartikel over Sibyl haar leven nog moeilijker had gemaakt dan het al was.

'Nee-ee,' zei hij, en hij rekte het woord uit. 'Ik bedoel, ja, ik wist wel van je, maar ik hoorde dat Eileen je Lena noemde, en toen was het alleen nog maar een kwestie van combineren.' Hij glimlachte nerveus. 'En ik herkende je van de foto.'

'Slimme jongen,' zei ze, en ze gaf haar pogingen op de knoop te ontwarren. Ze ging staan en wurmde haar voet in de schoen.

Hij stond ook op, zijn rugzak tegen zich aan gedrukt. Er waren maar drie of vier mannelijke studenten die yogales volgden, en ze belandden na de les onveranderlijk in de kleedkamer, waar ze altijd wel iets uitbraakten in de zin van dat ze aan yoga deden om contact te krijgen met hun gevoelens en hun innerlijk te verkennen. Het was een prachtige krijgslist, en Lena nam aan dat de mannelijke yogastudenten vaker neukten dan welke kerel op de campus ook.

Ze zei: 'Ik moet weg.'

'Wacht even,' zei hij met een vage glimlach om zijn lippen. Hij was een aantrekkelijke jongen; waarschijnlijk was hij wel gewend dat meisjes als een blok voor hem vielen.

'Wat is er?' Ze keek hem afwachtend aan. Een kleine druppel zweet liep over de zijkant van zijn gezicht, langs een gevorkt litteken vlak onder zijn oor. De wond moest vuil zijn geworden voordat hij was dichtgegaan, want het litteken had een donkere tint, waardoor het duidelijk contrasteerde met zijn kaaklijn.

Hij glimlachte nerveus en vroeg: 'Zou je een kop koffie met me willen drinken?'

'Nee,' zei ze, in de hoop dat het hiermee afgelopen zou zijn.

De deur ging open en er kwam een stroom meisjes binnen die met veel lawaai de kluizen openden en sloten.

Hij vroeg: 'Hou je niet van koffie?'

'Ik hou niet van kleine jongens,' zei ze, pakte haar tas en liep naar buiten voordat hij nog iets kon zeggen.

Lena was behoorlijk uit het lood geslagen toen ze de gymzaal uit liep, en kwaad dat ze zich door die jongen had laten verrassen. Zelfs na het verwoede gevecht dat ontspanning werd genoemd voelde Lena zich na yoga altijd kalmer dan ervoor. Nu was dat gevoel verdwenen. Ze was weer gespannen, zenuwachtig. Misschien zou ze haar tas in haar kamer neergooien, zich verkleden en een lang eind gaan rennen tot haar lichaam zo moe was dat ze de rest van de dag zou kunnen slapen.

'Lena?'

Lena draaide zich om, in de verwachting de jongen weer te zien. Het was Jeffrey.

'Wat?' vroeg ze terwijl ze voelde dat haar verdedigingsmechanismen onmiddellijk op scherp stonden. Iets in de manier waarop hij daar stond – dichtbij, met iets gespreide benen en gespannen schouders – zei haar dat dit geen bezoek voor de gezelligheid was.

'Ik zou graag willen dat je even meegaat naar het bureau.'

Ze lachte, maar op hetzelfde moment wist Lena dat hij geen grapje maakte.

'Het duurt maar even.' Jeffrey stak zijn handen in zijn zakken. 'Ik heb een paar vragen over gisteren.'

'Tessa Linton?' vroeg Lena. 'Is ze dood?'

'Nee.' Hij keek over zijn schouder en Lena zag Ethan ongeveer vijftig meter achter hem staan. Jeffrey deed een stap naar haar toe en zei met gedempte stem: 'We hebben je vingerafdrukken in het appartement van Andy Rosen gevonden.'

Ze kon haar verbazing niet verbergen. 'In zijn appartement?'

'Waarom heb je niet gezegd dat je hem kende?'

'Omdat ik hem niet kende,' zei Lena afgebeten. Ze wilde weglopen, maar Jeffrey legde zijn hand op haar arm. Hij pakte haar niet stevig vast, maar Lena wist dat dat nog altijd kon gebeuren.

Hij zei: 'Je weet dat we je slipje op DNA kunnen controleren.'

Lena kon zich de laatste keer dat ze zo geschokt was niet herinneren. 'Welk slipje?' vroeg ze, te verbaasd over zijn woorden om op het fysieke contact te reageren.

'Dat je op Andy's kamer hebt achtergelaten.'

'Waar heb je het over?'

Hij liet zijn greep op haar arm verslappen, maar op Lena had dit de tegengestelde uitwerking. Hij zei: 'Laten we gaan.'

Lena zei wat iemand die niet helemaal goed bij zijn hoofd was tegen een smeris zou zeggen die haar aankeek zoals Jeffrey haar nu aankeek. 'Liever niet.'

'Een paar minuten maar.' Zijn stem klonk vriendelijk, maar Lena had lang genoeg met Jeffrey samengewerkt om te weten wat hij echt in de zin had.

Ze vroeg: 'Sta ik onder arrest?'
Hij keek beledigd. 'Natuurlijk niet.'
Ze probeerde haar stem rustig te laten klinken. 'Laat me dan gaan.'
'Ik wil alleen maar met je praten.'
'Maak dan maar een afspraak met mijn secretaresse.' Lena probeerde haar arm los te trekken op het moment dat hij zijn greep weer verstevigde. Paniek welde in haar op. 'Hou daarmee op,' beet ze hem toe terwijl ze haar arm probeerde los te rukken.
'Lena...' zei hij, alsof ze te hevig reageerde.
'Laat me gaan!' schreeuwde ze terwijl ze zo'n harde ruk gaf dat ze achterover op het trottoir viel. Haar stuitje raakte het cement alsof ze door een voorhamer werd getroffen, en de pijn schoot omhoog door haar ruggengraat.
Plotseling sprong Jeffrey naar voren. Lena dacht dat hij misschien boven op haar zou vallen, maar hij hervond zijn evenwicht op het laatste moment door twee grote stappen om haar heen te doen.
'Wat godver...?' Zijn mond viel open van verbazing. Ethan had Jeffrey van achteren een duw gegeven.
Jeffrey herstelde zich snel en stond al met zijn gezicht vlak tegen dat van Ethan aan voordat Lena besefte wat er gebeurde.
'Wat denk jij godverdomme dat je aan het doen bent?'
Ethans stem was een laag gegrom. De halfzachte jongen met wie Lena in de kleedkamer had staan praten was veranderd in een valse pitbull van een man. 'Lazer op.'
Jeffrey hield zijn politiepenning een paar centimeter voor Ethans neus. 'Wat zei je daar, jochie?'
Ethan keek strak naar Jeffrey, niet naar de penning. De spieren in zijn nek bolden op en een ader bij zijn oog klopte zo sterk dat hij er een zichtbare tic van kreeg. 'Ik zei: lazer op, verdomde smeris.'
Jeffrey haalde zijn handboeien te voorschijn. 'Hoe heet je?'
'Getuige,' zei Ethan op harde en vlakke toon. Hij wist kennelijk genoeg van de wet om te weten dat hij overwicht had. 'Ooggetuige.'
Jeffrey lachte. 'Waarvan?'

'Dat je deze vrouw hebt neergeslagen.' Met zijn rug naar Jeffrey trok Ethan Lena aan haar arm overeind. Hij sloeg wat stof van haar broek, negeerde Jeffrey volkomen en zei tegen haar: 'Laten we gaan.'

Lena was zo geschokt door het gezag in zijn stem dat ze achter hem aan liep.

'Lena,' zei Jeffrey alsof hij het enige redelijke wezen was. 'Maak het nou niet moeilijker dan nodig is.'

Ethan draaide zich met gebalde vuisten om, klaar voor een vechtpartij. Lena bedacht dat die jongen niet alleen dom maar ook nog waanzinnig was. Jeffrey was minstens vijftig pond zwaarder dan de jongere man, en hij wist hoe hij dat overwicht moest gebruiken. Om nog maar te zwijgen van het feit dat Jeffrey een pistool had.

Lena zei: 'Kom mee', en trok Ethan bij zijn arm weg alsof ze hem aan de lijn had. Toen ze achterom durfde te kijken stond Jeffrey nog steeds waar ze hem hadden achtergelaten, en de blik in zijn ogen maakte haar duidelijk dat het hiermee allesbehalve afgelopen was.

Ethan zette twee mokken op de tafel: koffie voor Lena, thee voor hem.

'Suiker?' vroeg hij terwijl hij een paar pakjes uit zijn broekzak haalde. Hij was weer helemaal de halfzachte aardige jongen. De gedaanteverandering was zo volledig dat Lena niet helemaal zeker wist wie ze daarvoor had gezien. Vandaag was het zo'n idiote dag dat ze niet meer wist of ze haar geheugen nog kon vertrouwen.

'Nee,' zei ze, en wenste dat hij haar whiskey zou aanbieden. Wat Jill Rosen ook zei, Lena had haar regels, en een ervan was dat ze nooit voor acht uur 's avonds dronk.

Ethan ging tegenover Lena zitten voordat ze op het idee kon komen hem te zeggen dat hij weg moest gaan. Ze zou zo meteen naar huis gaan, nadat ze was bijgekomen van de schok over wat er met Jeffrey was gebeurd. Lena's hart bonkte nog in haar borstkas en haar handen trilden om de mok. Ze had Andy Rosen nooit van haar leven ontmoet. Waarom zouden er vingerafdrukken van haar in zijn appartement zijn? Ach, die vingerafdrukken waren niet eens belangrijk – waarom zou Jeffrey denken dat Andy een slipje van Lena had gehad?

'Smerissen,' zei Ethan op een toon waarop iemand 'pedofielen' zou kunnen zeggen. Hoofdschuddend nam hij een slokje van zijn thee.

'Je had je er niet mee moeten bemoeien,' zei ze. 'En je had Jeffrey niet zo kwaad moeten maken. De volgende keer dat hij je ziet zal hij je zich herinneren.'

Ethan haalde zijn schouders op. 'Daar maak ik me geen zorgen over.'

'Dat kun je maar beter wel doen,' zei ze; ze vond dat hij als de eerste de beste nonchalante klier uit een voorstad klonk wiens ouders het zo druk met het maken van golfafspraakjes hadden gehad dat ze hun kinderen niet hadden kunnen leren respect voor het gezag te hebben. Als ze in een verhoorkamer op het politiebureau hadden gezeten had ze die zelfingenomen uitdrukking van zijn gezicht gemept.

Ze zei: 'Je had naar Jeffrey moeten luisteren.'

Er flitste woede in zijn ogen, maar hij hield zich in. 'Net zoals jij?'

'Je weet wel wat ik bedoel,' zei Lena terwijl ze nog een slokje koffie nam. De vloeistof was zo heet dat hij haar tong schroeide, maar ze dronk toch door.

'Ik was niet van plan daar te blijven kijken terwijl hij jou zo te pakken nam.'

'Wie denk je wel dat je bent – mijn grote broer?'

'Typisch smerissen,' zei Ethan, die met het touwtje van zijn theezakje zat te spelen. 'Ze denken dat ze alles met je kunnen doen omdat ze een penning hebben.'

Lena nam aanstoot aan zijn opmerking, en voordat ze na kon denken over wat er daarnet was gebeurd zei ze: 'Het valt niet mee een smeris te zijn, vooral niet omdat mensen zoals jij zo'n klotehouding hebben.'

'Hé, rustig aan.' Hij hief zijn handen op en keek haar niet-begrijpend aan. 'Ik weet dat je er vroeger zelf een bent geweest, maar je moet toegeven dat die kerel je probeerde te intimideren.'

'Dat deed hij niet,' zei Lena, in de hoop dat hij uit haar stem zou begrijpen dat níémand haar zou intimideren. 'In ieder geval niet tot jij langskwam.' Ze wachtte even tot deze laatste woorden waren doorgedrongen. 'En nu we het er toch over hebben, waar heb jij in jezusnaam geleerd een smeris te lijf te gaan?'

'Op dezelfde plek waar hij het geleerd heeft,' beet Ethan terug, terwijl de woede weer in zijn ogen opvlamde. Hij wierp een blik omlaag op zijn beker en werd wat rustiger. Toen hij weer opkeek glimlachte hij, alsof alles nu vergeten en vergeven was.

Ethan zei: 'Je moet altijd zorgen dat je een getuige hebt als je door een smeris wordt lastiggevallen.'

'Heb je daar dan zo veel ervaring mee?' vroeg ze. 'Hoe oud ben je helemaal, twaalf?'

'Ik ben drieëntwintig,' zei hij, maar hij leek haar vraag niet op te vatten zoals ze hem had bedoeld. 'En ik heb verstand van smerissen omdat ik verstand heb van smerissen.'

'O ja, natuurlijk.' Toen hij alleen maar zijn schouders ophaalde zei ze: 'Laat me raden: je hebt in een jeugdgevangenis gezeten omdat je postbussen hebt gekraakt? Nee, wacht: je leraar Engels heeft stuff in je schooltas gevonden?'

Hij glimlachte weer, maar echt lachen kon je het niet noemen. Ze zag dat er aan een van zijn voortanden een klein stukje ontbrak. Hij zei: 'Ik ben bij het een en ander betrokken geweest, maar zo ben ik niet meer. Oké?'

'Je hebt een flink temperament,' zei ze, maar het was meer een constatering dan kritiek. Iedereen zei Lena voortdurend dat ze opvliegend was, maar vergeleken met Ethan Green was ze Moeder Teresa.

Hij zei: 'Zo iemand ben ik niet meer.'

Ze haalde haar schouders op omdat het haar geen zier interesseerde wat voor iemand hij was. Wat haar op dit moment zorgen baarde was waarom Jeffrey in godsnaam dacht dat ze iets met Andy Rosen te maken had. Had Jill Rosen hem iets verteld? Hoe kon Lena daarachter komen?

'Zo,' zei hij, alsof hij blij was dat dit probleem uit de weg was geruimd, 'heb je Andy goed gekend?'

Lena voelde haar behoedzaamheid terugkomen. 'Waarom?'

'Ik hoorde wat die smeris tegen je zei over je onderbroek.'

'In de eerste plaats zei hij niet "onderbroek".'

'En in de tweede plaats?'

'In de tweede plaats gaat het je geen flikker aan.'

Hij glimlachte weer. Ofwel hij dacht dat het hem charmant stond ofwel hij had een heel vreemde vorm van de ziekte van Gilles de la Tourette.

Lena keek hem zwijgend aan. Ethan was klein van stuk, maar hij had kans gezien dit te compenseren door elke spier in zijn kleine gestalte te ontwikkelen. Zijn armen bolden niet op als die van Chuck, maar zijn spier stak uit terwijl hij met het theezakje zat te spelen dat in zijn kopje hing. Zijn nek zag er sterk uit, maar was niet dik. Zelfs zijn gezicht paste erbij: met een stevige kaak en jukbeenderen die uitstaken als stukken graniet. De manier waarop hij zijn zelfbeheersing verloor en terugkreeg had iets fascinerends, en op een ander moment zou Lena de aanvechting hebben gevoeld te proberen of ze hem over de rand kon krijgen.

Hij zei: 'Je bent net een stekelvarken. Heeft iemand je dat weleens verteld?'

Lena gaf geen antwoord. Sibyl had heel vaak precies hetzelfde tegen haar gezegd. Zoals altijd kreeg ze bij de gedachte aan Sibyl tranen in haar ogen, en ze keek omlaag, roerde in haar koffie, keek hoe hij aan de binnenkant van de mok kleefde.

Ze keek weer op toen ze dacht dat ze haar gevoelens voldoende had gemaskeerd. Ethan had een van de modieuze nieuwe koffietentjes aan de rand van de campus uitgekozen. Zelfs op dit moment van de dag was het er stampvol. Ze keek over haar schouder, in de veronderstelling dat Jeffrey er ook zou zijn om haar in de gaten te houden. Ze voelde nog steeds zijn woede, maar wat er afgezien daarvan pijn deed was de manier waarop hij naar haar had gekeken: alsof Lena een grens was overgegaan. Geen agent zijn was één ding, maar het feit dat ze een zaak bemoeilijkte – dat ze misschien zelfs bij een zaak betrokken was maar erover had gelogen – garandeerde haar een plaats in zijn verdomhoekje. In de loop der jaren had Lena Jeffrey vaker voor schut gezet dan verstandig was, maar vandaag wist ze zonder een schijn van twijfel dat ze het enige kwijt was waarvoor ze zich uit de naad had gewerkt: zijn respect.

Bij de gedachte hieraan brak het koude zweet haar over haar hele lichaam uit. Beschouwde Jeffrey haar echt als verdachte? Lena had Jeffrey al eens eerder aan het werk gezien, maar was nooit het lijdend voorwerp van een van zijn verhoren geweest. Ze wist hoe gemakkelijk iemand zichzelf een cel in kon praten, ook al was het maar een paar nachten terwijl Jeffrey iets uitzocht. Lena kon niet eens een seconde in een afgesloten cel zitten. Als smeris, zelfs als gewezen smeris, in een gevangenis zitten was gevaarlijk. Wat dacht Jeffrey precies? Welke bewijzen had hij? Het was ondenkbaar dat haar vingerafdrukken in het appartement van Rosen zaten. Ze wist niet eens waar die jongen had gewoond.

Ethan onderbrak haar gedachten. 'Het gaat over dat meisje dat is neergestoken, hè?'

Ze keek hem aan en vroeg onvriendelijk: 'Wat doen we hier eigenlijk?'

Hij leek verbaasd over haar vraag. 'Ik wilde alleen maar met je praten.'

'Waarom?' vroeg ze. 'Omdat je dat artikel in de krant hebt gelezen? Vind je me soms fascinerend omdat ik verkracht ben?'

Hij keek nerveus om zich heen, waarschijnlijk omdat ze luider was gaan praten. Ze overwoog een beetje gas terug te nemen, maar iedereen om hen heen wist dat Lena was aangerand. Ze kon in de bioscoop nog geen Coca-Cola kopen zonder dat de lul-de-behanger achter de balie naar de littekens op haar handen keek. Niemand wilde er met háár over praten, maar ze vonden het heerlijk er achter haar rug met elkaar over te praten.

'Wat wil je weten?' vroeg ze hem, terwijl ze probeerde een conversatietoon aan te slaan. 'Moet je er een scriptie over schrijven voor school?'

Hij probeerde luchtig te reageren. 'Dat is meer iets voor sociologie. Ik zit bij materiaalwetenschappen. Polymeren. Metalen. Composieten. Tribomaterialen.'

'Ik ben aan de vloer gespijkerd.' Ze liet hem haar handen zien en draaide ze om, zodat hij kon zien waar de spijkers er dwars doorheen waren gegaan. Als ze haar schoenen niet aan had gehad had ze hem ook haar voeten laten zien. 'Hij heeft me drugs gegeven en me twee dagen lang verkracht. Wat wil je nog meer weten?'

Hij schudde zijn hoofd, alsof het om een enorm misverstand ging. 'Ik wilde alleen maar een kop koffie met je drinken.'

'Goed, dat kun je dan van je lijstje schrappen,' zei ze terwijl ze met een grote slok haar kop leegdronk. De hete vloeistof brandde in haar borst terwijl ze de mok met een klap op de tafel zette en aanstalten maakte op te staan. 'Ik zie je nog wel.'

'Nee.' Bliksemsnel stak hij zijn hand uit en klemde zijn vingers stevig om haar linkerpols. De pijn was bijna ondraaglijk; scherpe scheuten trokken langs de zenuwen in haar arm omhoog. Lena bleef met een neutrale uitdrukking op haar gezicht staan, ook al kwam haar maag omhoog van de pijn.

'Alsjeblieft,' zei hij terwijl zijn hand haar pols nog steeds in een ijzeren greep hield. 'Blijf nog heel even.'

'Waarom?' vroeg ze terwijl ze probeerde haar stem onaangedaan te laten klinken. Als hij nog iets harder in haar pols zou knijpen zouden haar botten waarschijnlijk breken.

'Ik wil niet dat je denkt dat ik zo een iemand ben.'

'Wat voor iemand ben je dan wel?' vroeg ze, terwijl ze onwillig omlaagkeek naar zijn hand.

Hij wachtte even voordat hij haar pols losliet. Lena kon de kleine zucht van opluchting die sissend tussen haar lippen door ontsnapte niet tegenhouden. Ze liet haar hand langs haar zij bungelen en probeerde niet te controleren of er botten of pezen waren beschadigd. Haar pols klopte terwijl het bloed erdoor stroomde, maar ze zou hem niet de bevrediging schenken ernaar te kijken.

Ze herhaalde: 'Wat voor iemand ben jij dan?'

Zijn glimlach was allerminst geruststellend. 'Iemand die graag met een mooi meisje praat.'

Ze liet een abrupt lachje horen en keek om zich heen in de koffietent, die de laatste paar minuten was leeggelopen. De man achter de toonbank had naar hen staan kijken, maar toen Lena zijn blik ving draaide hij zich naar de espressomachine om alsof hij die al die tijd had staan schoonmaken.

'Kom nou,' zei Ethan. 'Ga zitten.'

Lena staarde hem aan.

'Het spijt me dat ik je pijn heb gedaan.'

'Waarom denk je dat je me pijn hebt gedaan?' vroeg ze, hoewel haar pols nog steeds bonsde. Ze boog haar hand om te kijken of het al beter ging, maar het deed te veel pijn. Ze zou het hem betaald zetten. Geen denken aan dat die jongen haar ongestraft pijn kon doen.

Hij zei: 'Ik wil niet dat je kwaad op me bent.'

'Ik ken je nauwelijks,' zei ze. 'En mocht het je niet zijn opgevallen, ik heb momenteel zelf ook een paar problemen, dus bedankt voor de koffie, maar...'

'Ik heb Andy gekend.'

In gedachten schakelde ze terug naar Jeffrey en wat deze had gezegd over dat Lena in Andy's appartement was geweest. Ze probeerde Ethans gelaatsuitdrukking te ontcijferen om te zien of hij loog, maar het lukte haar niet. De dreiging die van Jeffrey uitging stak weer de kop op. Ze vroeg: 'Wat weet je over Andy?'

'Ga zitten,' zei hij; het was meer een bevel dan een vraag.

'Ik kan je hier prima verstaan.'

'Ik ben niet van plan met je te praten als je blijft staan,' zei hij en leunde wachtend achterover in zijn stoel.

Lena stond naast de hare en overwoog haar mogelijkheden. Ethan was student. Waarschijnlijk hoorde hij veel meer roddels dan Lena. Als ze voor Jeffrey informatie over Andy kon krijgen, zou hij misschien nog eens nadenken over zijn waanzinnige beschuldigingen. Lena voelde dat ze glimlachte bij de gedachte dat ze Jeffrey aanwijzingen zou bezorgen waardoor de zaak opengebroken zou worden. Hij had haar duidelijk gemaakt dat ze er niet meer bij hoorde. Ze zou ervoor zorgen dat het hem speet dat hij haar had laten gaan.

'Waarom lach je?' vroeg Ethan.

'Dat gaat je niet aan,' zei Lena terwijl ze de stoel omdraaide. Ze ging zitten en liet haar handen over de rugleuning hangen, ook al voelde haar pols door de druk aan alsof hij in brand stond. Het had iets verleidelijks die intense pijn te beheersen. Voor de verandering voelde ze zich eens sterk.

Ze liet haar hand in de lucht hangen en negeerde de pijn. 'Vertel me wat je over Andy weet.'

Hij leek te zoeken naar iets om haar te vertellen maar gaf uiteindelijk toe: 'Niet veel.'

'Je verknoeit mijn tijd.' Ze wilde weer opstaan maar hij stak zijn hand uit om haar tegen te houden. Ethan raakte haar ditmaal niet aan, maar de herinnering aan zijn greep was wel zo sterk dat Lena bleef zitten.

Ze vroeg: 'Wat dan?'

'Ik ken iemand die heel close met hem was. Een goede vriend.'

'Wie?'

'Ga je weleens naar feestjes?'

Lena herkende het eufemisme van de drugsscene. 'Jij wel?' vroeg ze. 'Gebruik je?'

'Nee,' zei hij met een teleurgestelde klank in zijn stem. 'En jij?'

'Wat denk je?' snauwde ze. 'En Andy?'

Ethan keek haar even aan alsof hij wat haar betrof ergens duidelijkheid over probeerde te krijgen. 'Ja.'

'Hoe weet je dat als je er zelf niet aan doet?'

'Zijn moeder werkt in de kliniek. Iedereen vindt het wel een aardige grap dat ze haar eigen kind niet kan helpen.'

Lena voelde de aanvechting het voor Jill Rosen op te nemen, ook al had ze hetzelfde van de arts gevonden. 'Er zijn grenzen aan wat je voor mensen kunt doen. Misschien wilde Andy niet stoppen. Misschien was hij niet sterk genoeg om ermee op te houden.'

Hij leek nieuwsgierig. 'Denk je dat?'

'Ik weet het niet,' antwoordde ze, maar gedeeltelijk begreep ze nu de aantrekkingskracht van drugs zoals ze deze voor de verkrachting nooit had gevoeld. 'Soms willen mensen gewoon ontsnappen. Ophouden met nadenken.'

'Het helpt maar tijdelijk.'

'Je klinkt alsof je er alles van weet.' Ze keek naar zijn armen, die nog steeds schuilgingen in de mouwen van zijn shirt, ook al was het warm in het gebouw. Plotseling herinnerde ze zich hem van college, een week daarvoor. Hij had toen ook een T-shirt met lange mouwen gedragen. Misschien had hij ritssluitingen op zijn armen. Lena's oom Hank had gemene littekens van al het spuiten, maar leek er bijna trots op te zijn, alsof het feit dat hij ermee was opgehouden een soort held van hem maakte en de littekens van de naald verwondingen uit een nobele oorlog waren.

Ethan zag dat ze naar zijn bedekte armen keek. Hij trok de mouwen verder omlaag over zijn polsen: 'Laten we maar zeggen dat ik problemen heb gehad en er verder niet over praten.'

'Goed.' Ze keek aandachtig naar Ethan, zich afvragend of hij haar iets nuttigs te bieden had. Lena wenste van harte dat ze zijn masker kon afrukken – en het leed geen twijfel dat Ethan Green er een droeg – en het als breekijzer kon gebruiken om te weten te komen wat ze moest weten.

Ze vroeg: 'Hoe lang zit je al op Grant Tech?'

'Ongeveer een jaar,' zei hij. 'Ik kom van UGA.'

'Waarom?'

'Ik vond de sfeer daar niet plezierig.' Hij haalde zijn schouders op, en uit dit gebaar begreep ze meer dan uit wat ook. Zijn houding had iets defensiefs, ook al was wat hij zei volmaakt zinnig. Misschien was hij van school geschopt.

Hij ging door: 'Ik wilde naar een kleiner college. UGA is tegenwoordig een jungle. Misdaad, geweld... verkrachting. Niet het soort plek waar ik graag ben.'

'En is Grant dat wel?'

'Ik vind het prettig als het tempo wat lager ligt,' zei hij terwijl hij weer met het theezakje begon te spelen. 'Ik hield niet van degene die ik werd doordat ik op die campus woonde. Het was gewoon te veel voor me.'

Lena begreep het, maar ze zei het niet. Een van de redenen waarom ze – afgezien van het ultimatum van Jeffrey – bij de politie was weggegaan, was dat ze minder spanning in haar leven wilde. Ze had nooit verwacht dat het werken met Chuck in veel opzichten voor nog meer spanningen zou zorgen. Ze had wel een manier kunnen bedenken om zich niets van Jeffrey aan te hoeven trekken en toch haar baan te houden. Hij had haar nooit om bewijzen gevraagd dat ze naar een therapeut ging. Lena had kunnen liegen en ervoor kunnen zorgen dat alles goed ging in plaats van haar leven te ruïneren. Ach wat, het zou uiteindelijk toch wel mis zijn gegaan. Nog geen uur geleden had het ernaar uitgezien dat Jeffrey haar in de boeien zou slaan en mee zou nemen.

Lena probeerde te bedenken wat haar met Andy Rosen in verband kon brengen. Er moest ergens een fout zijn gemaakt. Misschien had ze in de werkkamer van Jill Rosen iets aangeraakt wat uiteindelijk in Andy's kamer terecht was gekomen. Dat was de enige verklaring. En wat dat slipje betrof: dat zou gauw genoeg onzin blijken te zijn. Hoewel, waarom dacht Jeffrey dat het van haar was? Ze had met hem moeten praten in plaats van hem af te bekken. Ze had Ethan moeten zeggen dat hij zich verdomme met zijn eigen zaken moest bemoeien. Hij was degene geweest door wie het met Jeffrey allemaal was geëscaleerd, en niet zij. Ze hoopte maar dat Jeffrey dat besefte. Lena had gezien hoe Jeffrey zich kon gedragen als hij zich tegen iemand keerde. Hij zou haar werkelijk problemen kunnen bezorgen, niet alleen in het stadje maar ook op het college. Ze kon haar baan kwijtraken, en dan had ze geen onderkomen meer en evenmin geld om eten te kopen. Ze zou nog dakloos kunnen worden.

'Lena?' vroeg Ethan, alsof ze even afwezig was geweest.

Ze vroeg: 'Wie is die goede vriend van Andy?'

Hij zag de wanhopige klank in haar stem voor arrogantie aan. 'Je klinkt als een smeris.'

'Ik ben een smeris,' antwoordde ze automatisch.

Hij glimlachte zonder enige vrolijkheid, alsof ze juist iets had opgebiecht wat hem treurig stemde.

'Ethan?' drong ze aan, terwijl ze probeerde te verbergen hoezeer ze in paniek was.

'Leuk, zoals je mijn naam uitspreekt,' zei hij quasi geamuseerd. 'Alsof je je hond roept.'

Ze zond hem een vernietigende blik toe. 'Met wie ging Andy om?'

Hij dacht erover na, en ze zag dat hij het heerlijk vond de informatie voor haar achter te houden, als een zwaard van Damocles boven haar hoofd. Ethan had dezelfde uitdrukking op zijn gezicht als toen hij bijna haar pols had gebroken.

'Luister eens, haal geen geintjes met me uit,' zei ze. 'Ik heb al genoeg ellende in mijn eigen leven zonder dat een of andere idioot me probeert te provoceren.' Ze nam gas terug in de wetenschap dat Ethan het meest geschikt was om haar informatie over Andy Rosen te geven. 'Heb je me iets te vertellen of niet?'

Zijn mond werd een strakke lijn, maar hij antwoordde niet.

'Uitstekend,' zei ze, en ze maakte, in de hoop dat hij haar bluf niet zou doorzien, weer aanstalten om op te staan.

'Later op de avond is er een feestje,' krabbelde hij terug. 'Er komen een paar vrienden van Andy. De jongen die ik bedoel ook. Hij was behoorlijk goede vrienden met Andy.'

'Waar is het?'

Hij kreeg weer diezelfde superieure blik in zijn ogen. 'Dacht je dat je daar gewoon naar binnen kon lopen en iedereen zomaar kon ondervragen?'

'Wat denk je in ruil van mij te krijgen?' vroeg Lena, omdat er altijd wel iets was. 'Wat wil je?'

Ethan haalde zijn schouders op, maar ze las het antwoord al in zijn ogen. Hij voelde zich duidelijk tot haar aangetrokken maar hield de zaken graag onder controle. Lena beheerste dat spelletje ook: ze was er veel beter in dan zo'n knulletje van drieëntwintig.

Ze boog zich over de rugleuning van de stoel en zei: 'Vertel me waar dat feestje is.'

'We zijn op de verkeerde manier begonnen,' zei hij. 'Sorry van je pols.'

Lena keek naar haar pols, waar een donkerblauwe plek opkwam op de plaats waar zijn vingers zich om de botten hadden geklemd.

Ze zei: 'Het stelt niets voor.'

'Je kijkt of je bang voor me bent.'

Lena keek ongelovig. 'Waarom zou ik bang voor je zijn?'

'Omdat ik je pijn heb gedaan,' zei hij, weer naar haar pols wijzend. 'Kom, ik bedoelde het niet zo. Het spijt me.'

'Denk je echt dat ik na wat me vorig jaar is overkomen bang ben voor een kleine jongen die probeert mijn hand vast te houden?' Ze liet een minachtend lachje horen. 'Ik ben niet bang voor jou, stompzinnige zak.'

Zijn gezicht speelde nog eens voor Jekyll-en-Hyde, zijn onderkaak bewoog als de bak van een bulldozer.

'Wat is er?' vroeg Lena, die zich afvroeg hoever ze hem kon opjutten. Als hij probeerde nog eens haar pols te pakken zou ze hem een rotschop verkopen en bloedend op de vloer achterlaten.

Lena probeerde hem uit zijn tent te lokken: 'Heb ik je tere zieltje gekwetst? Gaat de kleine Ethie nu huilen?'

Zijn stem klonk vlak en beheerst. 'Je woont in het studentenhuis.'

'Moet ik dat als een dreigement opvatten?' lachte Lena. 'Wat dan nog, je weet waar ik woon.'

'Ik ben er om acht uur.'

'Echt waar?' vroeg ze, nieuwsgierig waar hij heen wilde.

'Ik kom je om acht uur ophalen,' zei Ethan terwijl hij opstond. 'Eerst gaan we naar de bioscoop en dan naar het feestje.'

'Eh ,' begon ze, wachtend op het grapje, 'ik denk van niet.'

'Volgens mij wil jij met die vriend van Andy praten en ook van die smeris verlost zijn.'

'O ja?' zei ze, hoewel ze wist dat het waar was. 'En waarom dan wel?'

'Smerissen zijn net honden: je moet er voorzichtig mee omspringen. Je weet nooit welke er rabiës heeft.'

'Mooie beeldspraak,' zei Lena. 'Maar ik kan heel goed voor mezelf zorgen.'

'Eigenlijk is het een vergelijking.' Hij zwaaide zijn sporttas over zijn schouder. 'Kam je haar achterover.'

Lena stribbelde tegen. 'Liever niet.'

'Achterover,' herhaalde hij. 'Ik zie je om acht uur.'

Zeven

Sara zat in de grote lobby van Grady Hospital, kijkend naar een gestage stroom mensen die door de grote hoofdingang naar binnen en naar buiten ging. Het ziekenhuis was meer dan honderd jaar geleden gebouwd, en Atlanta had het sindsdien voortdurend uitgebreid. Wat begonnen was als een kleine faciliteit, bedoeld voor de armen van de stad, met slechts een handvol kamers, telde nu bijna duizend bedden en leidde meer dan vijfentwintig procent van de artsen in Georgia op.

Sinds Sara er had gewerkt waren er verschillende nieuwe afdelingen bij het hoofdgebouw bij gekomen, maar er was niet veel gedaan om het oude met het nieuwe te combineren. De nieuwe lobby was immens groot, bijna de ingang van een winkelgebied in een voorstad. Overal zag je marmer en glas, maar het merendeel van de oude gangen die erop uitkwamen was bekleed met avocadogroene tegels en gebarsten gele vloeren uit de jaren veertig en vijftig, zodat je, als je van de ene afdeling naar de andere liep, het gevoel kreeg dat je een reis door de tijd maakte. Sara vermoedde dat het geld op was geweest voordat de verbouwing was voltooid.

Er stonden geen banken in de lobby, waarschijnlijk om daklozen te ontmoedigen, maar Sara had het geluk gehad een plastic stoel te kunnen pakken die iemand bij de ingang had laten staan. Vanaf de plaats waar ze zat kon ze mensen door de grote glazen deuren zien komen en gaan en hun dag zien beginnen of afsluiten. Ook al had ze rechtstreeks uitzicht op de parkeergarage van Georgia State University, ze zag nog steeds de skyline: donkere wolken kropen over de daken als katten over een omheining. Op de trap voor de ingang zaten mensen te roken of met vrienden te praten, de tijd te doden voor ze aan het werk moesten of er een bus zou komen om ze naar huis te brengen.

Sara keek op haar horloge en vroeg zich af waar Jeffrey was. Hij had haar gezegd dat hij haar hier om vier uur zou komen afhalen, en het was nu vijf over vier. Ze nam aan dat hij vastzat in het verkeer – het spitsuur op de doorgaande weg naar het centrum begon in het algemeen rond halfdrie en duurde tot acht uur – maar Sara maakte zich toch zorgen dat hij niet zou komen opdagen. Jeffrey had een lange geschiedenis als het erom ging te onderschatten hoe lang iets duurde. Sara hield de mobiel van haar moeder in haar handen geklemd en overwoog net Jeffrey te bellen toen de telefoon overging.

Sara nam op met de woorden: 'Ben je veel te laat?'

'Te laat?' hijgde Hare. 'Je hebt me nog zo gezegd dat je aan de pil was.'

Sara sloot haar ogen. Het laatste waar ze nu behoefte aan had was haar dwaze neef. Ze was stapelgek op hem, maar Hare had een pathologisch onvermogen ook maar iets serieus te nemen.

Ze vroeg: 'Heb je met mama gepraat?'

'Yep,' antwoordde hij, maar ging er verder niet op in.

'Hoe gaat het op de kliniek?'

'Al dat gehuil,' kreunde hij. 'Ik snap niet hoe je het uithoudt.'

'Het duurt even voordat je eraan gewend bent,' zei Sara, die met hem meevoelde. Ze kromp nog steeds in elkaar als ze dacht aan het moment dat een jongetje van zes op de parkeerplaats van de Piggly Wiggly gillend voor haar was weggerend omdat hij haar had herkend als de vrouw die injecties gaf.

'Al dat gekreun,' vervolgde Hare. 'Al dat geklaag.' Hij liet zijn stem tot een scherp falset stijgen. "'Zet die kaarten terug waar ze horen! Geen tekeningetjes op receptenblokken! Stop je hemd in je broek! Weet je moeder van die tatoeage?" Goeie hemel, die Nelly Morgan is wel een lastpak.'

Sara merkte dat ze glimlachte terwijl hij de draak stak met de chef de bureau van de kliniek. Nelly zwaaide al jaren de scepter in de kliniek; ze was er zelfs al toen Sara en Hare er als patiënt kwamen.

'Maar goe-oed,' Hare rekte het woord. 'Ik hoor dat je vanavond terugkomt?'

'Ja,' zei Sara, vol zorg waar dit misschien op uit zou draaien. Ze besloot het hem gemakkelijk te maken. 'Ik weet dat je op vakantie zou moeten zijn. Ik kan morgen weer aan het werk als je vrij wilt nemen.'

'O, Worteltje, doe niet zo idioot,' zei hij bozig. 'Ik vind het veel prettiger als ik nog iets van je te goed heb.'

'Dat heb je ook,' zei ze, en wist nog net te voorkomen dat ze hem bedankte – niet omdat ze hem niet dankbaar was maar omdat Hare zeker een manier zou vinden om haar voor gek te zetten.

Hij zei: 'Ik neem aan dat je vanavond met onze Greg Louganis bezig bent?'

Sara moest even over zijn vraag nadenken voordat ze hem begreep. Greg Louganis was een schoonspringer die op de Olympische Spelen een gouden medaille had gewonnen.

'Ja,' zei ze, en toen, omdat Hare bij de eerste hulp in Grant werkte, vroeg ze: 'Heb jij Andy Rosen gekend?'

'Ik dacht al dat je hier vroeg of laat mee aan zou komen,' zei hij. 'Hij is hier rond nieuwjaar geweest met een banana split in zijn arm.'

Door zijn werk bij de eerste hulp had Hare een jargonwoord voor elke kwaal die een mens kon hebben. 'En?'

'Niet veel soeps. Zijn slagader was als een elastiekje dichtgeklapt.'

Sara had hier ook al over nagedacht. Een snee in de lengte van je arm was niet de slimste manier om zelfmoord te plegen. Als de slagader werd geraakt sloot deze zich in het algemeen snel. Er waren wel simpelere manieren om dood te bloeden.

Ze vroeg: 'Denk je dat het hem ernst was?'

'Een serieuze poging om aandacht te krijgen,' zei Hare. 'Mammie en pappie waren in alle staten. Onze halfgod koesterde zich in de stralen van hun liefde en hing de dappere soldaat uit.'

'Heb je er een psychotherapeut bij gehaald?'

'Zijn moeder is zelf iemand die in zieltjes knijpt,' zei Hare. 'Dat malle mens zei dat ze het zelf wel zou doen.'

'Reageerde ze er grof op?'

'Natuurlijk niet!' zei hij verontwaardigd. 'Ze was juist heel beleefd. Ik dacht dat ik het een beetje moest aandikken, zodat het dramatischer overkwam.'

'Wás het dramatisch?'

'O, voor de ouders wel. Maar als je het mij vraagt was hun kleine lieveling de rust zelve.'

'Denk je dat hij het deed om aandacht te krijgen?'

'Ik denk dat hij het deed om een auto te krijgen.' Hij klakte met zijn tong. 'En jawel, een week later liet ik in de stad de hond uit, en daar gaat Andy: aan het stuur van een blinkende nieuwe Mustang.'

Sara bracht haar hand naar haar ogen om haar hersens in het gareel te brengen. Ze vroeg: 'Was je verbaasd toen je hoorde dat hij zelfmoord had gepleegd?'

'Heel erg,' zei Hare. 'Die jongen was te egocentrisch voor zelfmoord.' Hij schraapte zijn keel. 'Dit is allemaal *entre nous*, dat begrijp je wel. Dat is Frans voor...'

'Ik weet wat het betekent,' viel Sara hem in de rede, omdat ze de zelfverzonnen vertaling van Hare niet wilde horen. 'Laat het me even weten als je je nog iets herinnert.'

'Oké,' zei hij; hij klonk teleurgesteld.

'Is er nog iets?'

Hij blies lucht uit door zijn halfgesloten lippen, wat een spetterend geluid maakte. 'O ja, je beroepsaansprakelijkheidsverzekering...'

Hij gaf Sara genoeg tijd om haar het gevoel te geven dat ze een lichte hartaanval kreeg. Ze wist dat hij haar zat te voeren, maar net zoals alle andere artsen in Amerika was de premie die Sara voor deze verzekering betaalde hoger dan de nationale schuld.

Uiteindelijk zei ze: 'Ja?'

'Loop ik daar ook in mee?' vroeg Hare. 'Want als ik nog één claim indien bij de mijne willen ze die gratis vleesmessen terug.'

Sara keek naar de voordeur. Tot haar verbazing kwam Mason James haar kant op met een jongen van twee of drie jaar aan de hand.

Ze zei tegen Hare: 'Ik moet ophangen.'

'Dat moet je altijd.'

'Hare,' zei Sara terwijl Mason dichterbij kwam. Ze zag voor het eerst dat hij duidelijk hinkend liep.

'Jaaa?' vroeg Hare.

'Hoor eens,' begon Sara, wetend dat ze spijt zou krijgen van haar woorden. 'Dank je dat je hebt willen invallen.'

'Ik vind het reuzeleuk, dat zei ik toch al?' zei hij grinnikend terwijl hij ophing.

Mason begroette haar met een warme glimlach op zijn gezicht. 'Ik hoop dat ik niet stoor.'

'Het was Hare maar,' zei ze, het gesprek verbrekend. 'Mijn neef.' Ze wilde opstaan, maar hij gebaarde dat ze moest blijven zitten.

'Ik weet dat je moe bent,' zei hij terwijl hij het handje van het kind heen en weer bewoog. 'Dit is Ned.'

Sara glimlachte tegen het kind en vond dat het jongetje erg op zijn vader leek. 'Hoe oud ben je, Ned?'

Ned stak twee vingers op en Mason bukte zich om nog een vinger uit het handje los te maken.

'Drie,' zei Sara. 'Wat ben je al groot voor drie jaar.'

'En hij heeft erge slaap,' zei Mason, met zijn hand door het haar van het kind woelend. 'Hoe is het met je zus?'

'Beter,' zei ze. Heel even had ze het gevoel dat ze in tranen zou kunnen uitbarsten. Afgezien van de paar woorden die ze tegen Sara had gezegd praatte Tessa met niemand. Ze had het grootste deel van de tijd nietsziend naar de muur gestaard.

Sara zei tegen Mason: 'Ze heeft nog veel pijn maar het ziet ernaar uit dat ze goed herstelt.'

'Dat is mooi.'

Ned liep met gestrekte armen op Sara af. Kinderen voelden zich dikwijls tot Sara aangetrokken, wat goed van pas kwam, aangezien ze meestal in ze moest porren of prikken. Ze stopte de telefoon in haar achterzak en tilde het kind op.

Mason merkte op: 'Hij ziet het meteen als hij met een mooie vrouw te maken heeft.'

Sara glimlachte en negeerde het compliment, terwijl ze Ned

iets verschoof op haar schoot. 'Hoe komt het dat je zo hinkt?'

'Door een kind gebeten,' zei hij, en lachte om haar reactie. 'Artsen zonder Grenzen.'

'Wauw,' zei Sara onder de indruk.

'We waren kinderen in Angola aan het vaccineren, geloof het of niet. En dat meisje nam een hap uit mijn been.' Hij knielde voor haar neer om Neds schoenveter vast te maken. 'Twee dagen later zaten ze te beraadslagen of ze mijn been al dan niet moesten amputeren om de ontsteking te stoppen.' Hij kreeg een melancholieke blik in zijn ogen. 'Ik heb altijd gedacht dat je nog eens iets dergelijks zou gaan doen.'

'Je been amputeren?' vroeg ze, hoewel ze wist wat hij bedoelde. 'Er zijn te weinig artsen op het platteland,' bracht ze hem in herinnering. 'Mijn patiënten zijn van me afhankelijk.'

'Ze hebben met je geboft.'

'Dank je,' zei ze. Dit was het soort compliment dat Sara wel aankon.

'Ik kan niet geloven dat je nu patholoog-anatoom bent.'

'Na het derde jaar noemde papa me eindelijk geen Quincy meer.'

Hij schudde lachend zijn hoofd. 'Dat kan ik me voorstellen.'

Ned begon onrustig te schuiven, en ze liet hem paardjerijden op haar knie. 'Ik hou van wetenschap. Ik hou van de uitdaging.'

Mason keek rond in de lobby. 'Je zou hier heel wat uitdagingen kunnen vinden.' Hij zweeg even. 'Je bent een briljante arts, Sara. Je zou chirurg moeten worden.'

Ze lachte ongemakkelijk. 'Zo klinkt het alsof ik daar wegrot.'

'Dat bedoel ik allerminst,' zei hij. 'Ik vind het alleen doodzonde dat je bent teruggegaan.' En alsof hij het pas nu bedacht: 'Om welke reden dan ook.' Bij deze laatste opmerking pakte hij haar hand en kneep er zachtjes in.

Sara beantwoordde het gebaar en vroeg: 'Hoe is het met je vrouw?'

Hij lachte, maar liet haar hand niet los. 'Die geniet ervan dat ze het huis helemaal voor zichzelf heeft nu ik in het Holiday Inn woon.'

'Zijn jullie uit elkaar?'

'Een halfjaar,' zei hij. 'Een beetje link om dan samen een praktijk te hebben.'

Sara was zich bewust van Ned op haar schoot. Kinderen begrepen veel meer dan volwassenen wilden geloven. 'Is het definitief, denk je?'

Mason glimlachte weer, maar ze zag dat hij zich ertoe moest dwingen. 'Ik vrees van wel.'

'En jij?' vroeg hij met een smachtende klank in zijn stem. Mason had iets met Sara geprobeerd nadat ze bij het Grady was weggegaan, maar het was niets geworden. Ze had haar banden met Atlanta willen doorsnijden om het gemakkelijker te maken in Grant te wonen. Door een verhouding met Mason zou dat onmogelijk zijn geworden.

Ze probeerde een antwoord op Masons vraag te vinden, maar haar verhouding met Jeffrey was zo onduidelijk dat ze haar moeilijk kon beschrijven. Ze keek naar de voordeur en voelde de aanwezigheid van Jeffrey eerder dan dat ze hem zag. Sara stond op en zette Ned met haar beide handen op haar schouder.

Jeffrey glimlachte niet toen hij eenmaal bij hen stond. Hij keek net zo uitgeput als hij zich voelde, en Sara dacht iets meer grijs in het donkere haar op zijn slapen te zien.

'Hallo,' zei Mason terwijl hij zijn hand naar Jeffrey uitstak.

Jeffrey pakte hem en wierp een zijdelingse blik op Sara.

'Jeffrey,' zei ze, terwijl ze Ned iets verschoof, 'dit is Mason James, een collega van toen ik hier werkte.' Zonder erbij na te denken zei ze tegen Mason: 'Dit is Jeffrey Tolliver, mijn man.'

Mason scheen even geschokt als Jeffrey, maar geen van beiden durfde Sara terecht te wijzen.

'Leuk kennis met u te maken,' zei Jeffrey, die niet de moeite nam Sara's enormiteit recht te zetten. Hij lachte als een boer met kiespijn dat Sara de aanvechting voelde het zelf te doen.

Jeffrey knikte naar het kind. 'En wie is dit?'

'Ned,' zei Sara, verbaasd toen Jeffrey zijn arm uitstak en Ned onder zijn kin kietelde.

'Hallo, Ned,' zei Jeffrey terwijl hij zich bukte om hem aan te kunnen kijken.

Sara wist niet goed raad met de open manier waarop Jeffrey zich tegen de jongen gedroeg. Ze hadden al heel vroeg in hun verhouding gepraat over het feit dat Sara geen kinderen kon krijgen, en ze vroeg zich vaak af of Jeffrey zich tegenover kinderen bewust inhield om haar niet te kwetsen. Hij hield zich nu zeker niet in; hij trok een raar gezicht, en Ned begon te lachen.

'Goed,' zei Mason terwijl hij zijn armen naar Ned uitstak, 'ik zal deze jongen maar eens naar huis brengen voordat er niets meer met hem te beginnen is.'

Sara zei: 'Leuk je gezien te hebben.' Er viel een lange, ongemakkelijke stilte, en Sara keek van de ene man naar de andere. Haar smaak was aanzienlijk veranderd sinds de tijd dat ze regelmatig was omgegaan met Mason, die lichtblond haar had en er stevig uitzag door zijn trainingen in de sportschool. Jeffrey had het magere lichaam van een jogger en een donker, knap uiterlijk, waardoor hij op een gevaarlijk soort manier sexy werd.

'O ja, voordat ik het vergeet,' begon Mason terwijl hij in zijn zak zocht, 'ik heb een sleutel voor mijn kamer laten maken. Het is nummer 1242 in de zuidelijke vleugel.' Hij haalde de sleutel te voorschijn en gaf hem Sara. 'Ik dacht dat jij en je familie er misschien wel zouden willen rusten. Ik weet hoe moeilijk het is in een ziekenhuis een plek te vinden waar je even alleen kunt zijn.'

'O,' zei Sara, die de sleutel niet aannam. Jeffrey verstarde merkbaar. 'Ik wil me niet opdringen.'

'Daar is echt geen sprake van.' Hij drukte haar de sleutel in de hand en liet zijn vingers langer dan nodig tegen haar handpalm liggen. 'Mijn eigenlijke werkkamer is in Emory. Ik heb hier alleen maar een bureau en een bank om mijn papierwerk af te handelen.'

'Dank je,' zei Sara, die geen andere mogelijkheid zag. Ze liet de sleutel in haar zak glijden terwijl Mason zijn hand naar Jeffrey uitstak.

Mason zei: 'Leuk je ontmoet te hebben, Jeffrey.'

Jeffrey schudde Mason de hand; zijn gereserveerdheid was iets verminderd. Hij wachtte geduldig terwijl Sara en Mason afscheid van elkaar namen en volgde elke beweging die ze maakten. Toen Mason uiteindelijk was vertrokken zei hij: 'Aardige kerel', op een toon waarop hij ook 'Klootzak' had kunnen zeggen.

'Ja,' beaamde Sara terwijl ze naar de voordeur liep. Ze voelde dat er iets op komst was wat ze niet in de lobby van het ziekenhuis wilde uitvechten.

'Mason.' Hij sprak de naam uit alsof hij er een vieze smaak van in zijn mond kreeg. 'Is dat die kerel met wie je iets had toen je hier werkte?'

'Hmm,' antwoordde ze terwijl ze de deur openhield voor een ouder stel dat naar binnen wilde. Ze zei tegen Jeffrey: 'Een hele tijd geleden.'

'Jaah,' zei hij terwijl hij zijn handen in zijn zakken stak. 'Het lijkt me een aardige man.'

'Dat is hij ook,' zei Sara welwillend. 'Sta je in de parkeergarage?'

Hij knikte. 'Knap ook.'

Ze liep naar buiten: 'Hm-hm.'

'Ga je met hem naar bed?'

Sara was te geschokt om antwoord te geven. Ze stak de straat over naar de parkeergarage en wilde dat hij het onderwerp verder liet rusten.

Hij kwam op een holletje achter haar aan. 'Ik herinner me niet dat je zijn naam hebt genoemd toen we onze lijstjes uitwisselden.'

Ze lachte ongelovig. 'Dat was omdat jij de helft van het jouwe niet meer wist, stuk.'

Hij keek haar nijdig aan. 'Dat is niet grappig.'

'O, in godsnaam,' kreunde ze; ze kon niet geloven dat hij het serieus meende. 'Jij hebt voor ons huwelijk her en der genoeg gezaaid om in aanmerking te komen voor een landbouwsubsidie.'

Bij de ingang naar de trap van de parkeergarage hing een groep mensen rond en Jeffrey baande er zich zonder een woord te zeggen een weg doorheen. Hij deed de deur open en nam niet de moeite om te kijken of Sara er op tijd bij was voordat de deur weer dichtging.

'Hij is getrouwd,' zei ze met een stem die weergalmde in het betonnen trappenhuis.

'Dat was ik ook,' merkte hij op, iets wat volgens haar niet erg voor hem pleitte.

Jeffrey bleef op de eerste overloop staan wachten tot ze hem had ingehaald. 'Ik weet niet, Sara, maar ik heb een heel eind moeten rijden en dan zie ik jou de hand van een ander vasthouden met zijn kind op jouw schoot.'

'Ben je jaloers?' Sara kon, gechoqueerd lachend, de vraag nauwelijks uit haar mond krijgen. Ze had Jeffrey nog nooit jaloers op wie dan ook gezien, grotendeels omdat hij te egocentrisch was om het idee te overwegen dat een vrouw die híj wilde weleens iemand anders zou kunnen willen.

Gebiedend vroeg hij: 'Wil je me dit uitleggen?'

'Eerlijk gezegd niet, nee,' zei ze, in de verwachting dat hij nu elk moment zou zeggen dat hij haar alleen maar plaagde.

Jeffrey nam de volgende trap. 'Als je het per se zo wilt spelen.'

Sara liep achter hem aan naar boven. 'Ik ben je niet voor alles een verklaring schuldig.'

'Weet je wat?' zei hij doorlopend. 'Pijp me maar.'

Sara stond van boosheid als aan het beton vastgenageld. 'Wat er in jouw hoofd gebeurt is zo laag-bij-de-gronds dat je het alleen maar even hoeft om te draaien om het zelf te kunnen doen.'

Hij stond een stukje boven haar en keek alsof ze hem had bedrogen en hij zich een idioot voelde. Sara zag dat hij diep beledigd was, waardoor een deel van haar ergernis verdween.

Sara liep verder naar boven naar hem toe. 'Jeff...'

Hij zei niets.

'We zijn allebei moe,' zei ze. Ze bleef staan op de tree onder de zijne.

Hij draaide zich om en nam de volgende trap met de woorden: 'Ik ben thuis jouw keuken aan het schoonmaken en jij zit hier...'

'Ik heb je nooit gevraagd mijn keuken schoon te maken.'

Op de volgende overloop bleef hij staan en leunde met zijn handen op de balustrade voor een van de grote glazen vensters die over de straat uitkeken. Sara wist dat ze of haar poot stijf kon houden en dan de vier uur durende terugrit naar Grant in een chagrijnige stilte zou moeten maken, of de moeite kon nemen zijn gekwetste ego te sussen zodat het nog een beetje draaglijk zou worden.

Ze stond op het punt toe te geven toen Jeffrey diep inademde, waardoor zijn schouders omhoogkwamen. Hij liet de lucht langzaam weer ontsnappen en ze zag dat hij kalmeerde.

Hij vroeg: 'Hoe is het met Tessie?'

'Beter,' zei ze, tegen de reling van de trap leunend. 'Ze wordt beter.'

'En je ouders?'

'Ik weet het niet,' antwoordde ze, maar de waarheid luidde dat ze niet over de vraag wilde nadenken. Met Cathy leek het wat beter te gaan, maar haar vader was zo kwaad dat Sara elke keer dat ze hem aankeek de gewaarwording kreeg dat ze stikte van schuldgevoel.

Ze hoorden voetstappen van minstens twee mensen op de trap boven hen. Ze wachtten terwijl er twee verpleegsters de trap af kwamen die er geen van beiden erg goed in slaagden hun gegiechel te verbergen.

Toen ze waren gepasseerd zei Sara: 'We zijn allemaal moe. En bang.'

Jeffrey staarde naar de hoofdingang van Grady, die als een vleermuisgrot boven de parkeergarage opdoemde. Hij zei: 'Het moet heel zwaar voor ze zijn in het ziekenhuis.'

Ze haalde haar schouders op en nam de laatste trap naar hun verdieping. 'Hoe ging het met Brock?'

'O, goed, denk ik.' Zijn schouders ontspanden zich verder. 'Brock is zo'n verschrikkelijke gek.'

Sara begon aan de volgende trap. 'Je zou zijn broer eens moeten leren kennen.'

'Ja, hij heeft me over hem verteld.' Hij haalde haar op de volgende overloop in. 'Is Roger nog in de stad?'

'Hij is naar New York verhuisd. Ik geloof dat hij nu agent is of zo.'

Jeffrey huiverde overdreven, en ze zag dat hij zich inspande hun woordenwisseling te vergeten.

'Brock is niet zo'n kwaaie kerel,' zei Sara, die de behoefte voelde het voor de lijkschouwer op te nemen. Dan was genadeloos gepest toen ze samen opgroeiden, iets wat Sara zelfs als kind niet had kunnen verdragen. In de kliniek zag ze twee of drie kinderen per maand die niet zozeer ziek als wel doodop waren van de eindeloze pesterijen op school.

'Ik ben benieuwd naar de uitslag van de gifscreening,' zei Jeffrey. 'Rosens vader schijnt te denken dat hij clean was. Zijn moeder weet het niet zo zeker.'

Ze trok een wenkbrauw op. In het algemeen waren ouders de laatsten die wisten dat hun kinderen drugs gebruikten.

'Ja,' zei hij, instemmend met haar scepsis. 'Ik weet het niet zeker van Brian Keller.'

'Keller?' vroeg Sara, terwijl ze de volgende overloop nam en weer aan een trap begon.

'Hij is de vader. De zoon heeft de achternaam van de moeder aangenomen.'

Sara bleef staan, voornamelijk om even op adem te komen. 'Waar heb je de auto in godsnaam gezet?'

'Bovenste verdieping,' zei hij. 'Nog maar één trap.'

Sara pakte de leuning en hees zich de trap op. 'Wat is er verkeerd aan de vader?'

'Er is iets met die man aan de hand,' zei hij. 'Vanmorgen leek het alsof hij met me wilde praten, maar zijn vrouw kwam in de kamer terug en toen hield hij zijn mond.'

'Ga je nog een keer met hem praten?'

'Morgen,' zei hij. 'Frank gaat het een en ander uitzoeken.'

'Frank?' vroeg Sara verbaasd. 'Waarom schakel je Lena niet in? Die is in een betere positie om...'

Hij sneed haar de pas af. 'Lena zit niet bij de politie.'

Sara hield de laatste paar treden haar mond en zakte bijna in elkaar van opluchting toen hij de deur boven aan de trap opende. Zelfs op dit late tijdstip stond de bovenste verdieping stampvol met auto's van allerlei merken en modellen. Boven hen verzamelde zich het onweer. De hemel werd onheilspellend zwart. Beveiligingslichten gingen flikkerend aan terwijl ze naar Jeffreys recherche-politieauto liepen.

Een groep jonge mannen hing rond bij een grote zwarte Mercedes, hun gespierde armen over elkaar geslagen. Terwijl Jeffrey langsliep keken de mannen elkaar even aan; ze hadden hem als politieman herkend. Sara voelde haar hartslag versnellen terwijl ze wachtte tot Jeffrey het portier van het slot had gedaan, onverklaarbaar bang dat er iets vreselijks zou gebeuren.

Eenmaal in de auto voelde ze zich veilig ingebakerd in het blauwe pluche van het interieur. Ze keek hoe Jeffrey om de voorkant heen liep om in te stappen. Hij keek strak naar de groep geboefte bij de Mercedes. Als de jongens dachten dat Jeffrey bang was, zouden ze hem lastigvallen. Als Jeffrey dacht dat ze kwetsbaar waren, zou hij waarschijnlijk de neiging krijgen iets te provoceren.

'Je riem,' herinnerde Jeffrey Sara terwijl hij zijn portier dichttrok. Ze deed wat haar gezegd werd en klikte de riem dicht over haar schoot.

Sara zweeg terwijl ze de parkeergarage uit reden. Toen ze eenmaal op straat waren steunde ze haar hoofd op haar hand terwijl ze het centrum voorbij zag komen en bedacht hoe anders alles was geworden sinds ze hier voor de laatste keer was geweest. De gebouwen waren hoger en de auto's in de baan naast de hunne leken te dichtbij te komen. Sara was geen stadsmens meer. Ze wilde terug zijn in haar kleine stadje waar iedereen elkaar kende – of dat in elk geval dacht.

Jeffrey zei: 'Het spijt me dat ik zo laat was.'

'Het is al goed,' zei ze.

'Ellen Schaffer,' begon hij. 'Die getuige van gisteren.'

'Heeft ze iets gezegd?'

'Nee,' zei Jeffrey en zweeg even voordat hij zijn zin afmaakte: 'Ze heeft vanmorgen zelfmoord gepleegd.'

'Wat?!' vroeg Sara op heftige toon. En toen, voordat hij kon antwoorden: 'Waarom heb je me dat niet verteld?'

'Ik vertel het je nu.'

'Je had me moeten opbellen.'

'Wat had je kunnen doen?'

'Naar Grant teruggaan.'

'Dat doe je nu toch?'

Sara probeerde haar ergernis te onderdrukken. Ze hield er

niet van om zo in bescherming genomen te worden. 'Wie heeft haar dood verklaard?'

'Hare.'

'Hare?' zei Sara, terwijl ze een deel van haar ergernis nu op haar neef richtte omdat hij het haar niet over de telefoon had verteld. 'Heeft hij iets gevonden? Wat zei hij?'

Jeffrey legde zijn vinger tegen zijn kin en deed de stem van Hare na, die een paar octaven hoger was dan die van Jeffrey. '"Laat me even raden, er ontbreekt iets."'

'Wat ontbrak er?'

'Haar hoofd.'

Sara liet een langgerekt gekreun horen. Ze had een hekel aan hoofdwonden. 'Weet je zeker dat het om zelfmoord gaat?'

'Daar moeten we achter zien te komen. Er klopte iets niet met de munitie.'

Sara luisterde terwijl hij haar op de hoogte bracht van wat er die ochtend was gebeurd, van zijn gesprek met de ouders van Andy Rosen tot het moment dat ze Ellen Schaffer hadden gevonden. Ze onderbrak hem op het moment dat hij begon over de pijl die Matt had getekend in het stof voor het raam van Schaffer had gevonden. 'Dat heb ik gedaan,' zei ze. 'Om het spoor aan te geven toen ik naar Tessa op zoek was.'

'Dat weet ik,' zei hij, maar liet het hierbij.

'Is dat de reden dat je het me niet wilde vertellen?' vroeg Sara. 'Ik vind het niet prettig dat je informatie voor me achterhoudt. Dat kun je niet zomaar beslissen...'

Op plotseling heftige toon zei hij: 'Ik wil dat je voorzichtig bent, Sara. Ik wil niet dat je alleen naar die campus gaat. Ik wil niet dat je bij die plaatsen delict in de buurt komt. Begrijp je me?'

Ze antwoordde niet, met name niet omdat ze zo geschokt was door zijn woorden.

'En je blijft niet alleen thuis.'

Nu kon Sara haar mond niet meer houden. 'Ho eens even...'

'Ik slaap wel bij je op de bank als het nodig is,' viel hij haar in de rede. 'Dit is niet een manier om je te dwingen met me naar bed te gaan. Ik zeg het alleen maar omdat ik er geen behoefte aan heb me om nog iemand zorgen te moeten maken.'

'Denk je dat je je zorgen over me moet maken?'

'Dacht jij dat je je zorgen over Tessa zou moeten maken?'

'Dat is niet hetzelfde.'

'Die pijl kon iets betekenen. Hij zou naar jou kunnen verwijzen.'

'Mensen tekenen voortdurend met hun schoenen allerlei dingen in het stof.'

'Denk je dat dit alleen maar toeval is? Ellen Schaffers hoofd is eraf geschoten...'

'Tenzij ze het zelf heeft gedaan.'

'Val me niet in de rede,' waarschuwde hij, en ze zou gelachen hebben als er uit zijn woorden niet zo'n duidelijke bezorgdheid had gesproken. 'Echt, ik laat je niet alleen.'

'We weten niet eens of het wel om een moord gaat, Jeffrey. Afgezien van een paar dingen die niet helemaal kloppen – en die gemakkelijk kunnen worden verklaard – kan dit heel goed een zelfmoord blijken te zijn.'

'Dus je denkt dat Andy zelfmoord heeft gepleegd en dat Tess is neergestoken en dat dit meisje vandaag zelfmoord heeft gepleegd en dat het allemaal niets met elkaar te maken heeft?'

Sara wist dat het niet waarschijnlijk was, maar zei toch: 'Het zou kunnen.'

'Ja, goed,' zei hij, 'er zijn een hoop dingen mogelijk, maar je blijft vannacht niet alleen in de stad. Heb je dat begrepen?'

Sara zweeg; meer kon ze niet opbrengen om te laten blijken dat ze hem zijn zin zou geven.

Hij zei: 'Ik weet niet wat ik anders moet doen, Sara. Ik kan me gewoon niet zulke zorgen over je maken. Ik kan het gevoel niet aan dat je gevaar loopt. Dan zou ik niet kunnen functioneren.'

'Het is al goed,' zei ze uiteindelijk en probeerde te klinken alsof ze het begreep. Sara besefte nu pas dat ze er het meest naar had uitgezien in haar eigen huis te zijn en in haar eigen bed te slapen, alleen.

Jeffrey zei: 'Als het allemaal niets met elkaar te maken blijkt te hebben, kun je me later altijd nog een klootzak noemen.'

'Je bent geen klootzak,' zei Sara, omdat ze wist dat zijn bezorgdheid oprecht was. 'Vertel me eens waarom je zo laat was. Ben je ergens achter gekomen?'

Jeffrey zei: 'Ik ben op weg hierheen even bij die tatoeagesalon langs geweest en heb met de eigenaar gepraat.'

'Met Hal?'

Jeffrey wierp haar een zijdelingse blik toe terwijl hij op de snelweg invoegde. 'Hoe ken je Hal?'

'Hij was lang geleden patiënt bij me,' zei Sara, een geeuw onderdrukkend. En toen, alleen maar om te laten zien dat Jeffrey niet alles van haar wist, voegde ze eraan toe: 'Tessa en ik wilden een paar jaar geleden een tatoeage.'

'Een tatoeage?' Jeffrey klonk sceptisch. 'Wilden jullie een tatoeage?'

Ze zond hem een glimlachje toe waarvan ze hoopte dat het ondeugend overkwam.

'En waarom hebben jullie het niet gedaan?'

Sara draaide zich zo ver in haar stoel om dat ze hem kon aankijken. 'Ze mogen een tijdje niet nat worden. En we zouden de volgende dag naar het strand gaan.'

'Wat voor afbeelding wilden jullie?'

'O, dat weet ik niet meer,' zei ze, hoewel ze het nog wel degelijk wist.

'Waar wilden jullie hem hebben?'

Ze haalde haar schouders op.

'Hmm,' zei hij nog steeds ongelovig.

'Wat zei hij?' vroeg Sara. 'Hal?'

Jeffrey hield even haar blik vast voordat hij antwoord gaf. 'Dat hij geen tatoeages zet bij mensen die jonger zijn dan eenentwintig, tenzij hij hun ouders heeft gesproken.'

'Dat is slim,' zei Sara, die bedacht dat Hal dit waarschijnlijk had gedaan om een einde te maken aan de stroom boze telefoontjes van ouders die hun kinderen naar college stuurden om onderwijs en niet om een permanente tatoeage te krijgen.

Sara onderdrukte nog een geeuw. Door de beweging van de auto zou ze gemakkelijk in slaap kunnen worden gewiegd.

'Toch zou er een verband kunnen zijn,' zei Jeffrey, maar hij klonk niet hoopvol. 'Andy heeft die piercing. Schaffer heeft een tatoeage. Het is mogelijk dat ze dat samen hebben laten doen. Er zijn tussen hier en Savannah drieduizend tatoeagesalons.'

'Wat zeiden zijn ouders?'

'Het was nogal moeilijk hun dat direct te vragen. Ze leken er niets van te weten.'

'Het is niet iets waarvoor een kind normaal gesproken toestemming zou vragen.'

'Dat denk ik ook niet,' beaamde hij. 'Als Andy Rosen nog leefde zou hij wat Schaffer betrof mijn verdachte nummer één zijn. Die jongen werd duidelijk door haar geobsedeerd.' Zijn gezicht kreeg een zure uitdrukking. 'Ik hoop echt dat je dat schilderij nooit zult hoeven zien.'

'Weet je zeker dat ze elkaar niet kenden?'

'Haar vrienden zijn daar heel uitgesproken over,' zei Jeffrey. 'Volgens iedereen in de studentenflat was Schaffer eraan gewend dat er allerlei jongens hopeloos verliefd op haar werden. Het gebeurde voortdurend, en ze zag die jongens nooit staan. Ik heb met die kunstdocent gepraat. Zelfs hij heeft het gemerkt. Andy was smoorverliefd op Ellen, en ze had geen idee wie hij was.'

'Ze was een aantrekkelijk meisje.' Sara herinnerde zich niet veel van wat er was gebeurd voordat Tessa was neergestoken, maar Ellen Schaffer was wel zo mooi geweest dat het indruk op haar had gemaakt.

'Het zou een jaloerse rivaal geweest kunnen zijn,' zei Jeffrey, die echter niet erg overtuigd klonk. 'Misschien was een van die jongens verliefd op Schaffer en heeft hij Andy uit de weg geruimd?' Hij zweeg even en werkte deze theorie verder uit. 'En toen, toen Schaffer de aspirant-aanbidder niet onmiddellijk om de hals vloog, heeft hij haar ook vermoord?'

'Het zou kunnen,' zei Sara, die zich afvroeg hoe de aanval op Tessa hierin paste.

'Schaffer kan iets gezien hebben,' vervolgde Jeffrey. 'Misschien heeft ze iets in het bos gezien, of iemand.'

'Of misschien heeft degene die in het bos stond te wachten gedácht dat ze iets had gezien.'

'Denk je dat Tessa zich ooit zal herinneren wat er is gebeurd?'

'Geheugenverlies is een veel voorkomend verschijnsel bij dergelijke hoofdwonden. Ik betwijfel of ze het zich ooit echt zal herinneren, en zelfs als dat wel het geval is zou het geen standhouden bij een kruisverhoor.' Sara zei er niet bij dat ze hoopte dat haar zuster het zich nooit meer zou herinneren. De gedachte dat Tessa haar kind kwijt was, was voor Sara al moeilijk genoeg. Ze kon zich niet voorstellen hoe het voor Tessa zou zijn om steeds maar met die herinnering te leven.

Sara bracht het gesprek weer op Ellen Schaffer. 'Heeft er iemand iets gezien?'

'Iedereen was weg.'

'Niemand ziek thuis?' vroeg Sara, die bedacht dat het feit dat vijftig studentes allemaal keurig naar college gingen zo ongewoon was dat het wel in de krant kon.

'We zijn iedereen af geweest,' zei Jeffrey. 'Iedereen heeft een alibi.'

'Welke studentenflat?'

'Keyes.'

'De slimsten,' zei Sara, terwijl ze besefte dat dat zou verklaren waarom ze allemaal op college hadden gezeten. 'En niemand op de campus heeft het schot gehoord?'

'Er hebben zich wel een paar mensen gemeld met de mededeling dat ze iets hadden gehoord wat op de naontsteking van een auto leek.' Hij trommelde met zijn vingers op het stuurwiel. 'Ze heeft een pump-actiongeweer kaliber 12 gebruikt.'

'Goeie god,' zei Sara, die wist hoe het resultaat van zo'n schot eruit zou zien.

Jeffrey stak zijn arm uit naar de achterbank en haalde een dossier uit zijn tas.

'Van dichtbij,' zei hij, terwijl hij een kleurenfoto uit het dossier haalde. 'Ze had het uiteinde van de loop waarschijnlijk in haar mond. Haar hoofd kan de knal hebben gedempt.'

Sara knipte het kaartleeslampje aan om de foto te bekijken. Het was erger dan ze zich had voorgesteld.

'Jezus,' mompelde ze. De lijkschouwing zou een moeilijke zaak worden. Ze wierp een blik op de radioklok. Ze zouden afhankelijk van de drukte op de weg pas om acht uur in Grant zijn, op zijn vroegst. De twee lijkschouwingen zouden elk minstens drie uur duren. Sara sprak inwendig een dankgebedje voor Hare uit dat hij had aangeboden haar morgen te vervangen. Zoals het er nu uitzag zou ze de hele dag nodig hebben om te slapen.

'Sara?' vroeg Jeffrey.

'Sorry,' zei ze, en ze pakte het dossier van hem aan. Ze sloeg het open maar de woorden vervaagden voor haar ogen. Ze concentreerde zich dus op de foto's, sloeg die van de pijl op de grond over en vond de foto van de plaats delict.

'Er kan iemand door het raam zijn geklommen,' vervolgde Jeffrey. 'Misschien was hij er al, verstopt in de kast of zo. Ze gaat naar de wc op de gang, komt terug in haar kamer en... *boem*. Daar staat hij te wachten.'

'Heb je vingerafdrukken gevonden?'

'Hij kan handschoenen hebben gedragen,' zei Jeffrey; het was niet helemaal een antwoord op haar vraag.

'Vrouwen schieten zichzelf in het algemeen niet in het gezicht,' gaf Sara toe terwijl ze naar een close-up van het bureau van Ellen Schaffer keek. 'Dat is meer iets voor een man.' Sara had altijd gevonden dat de statistieken seksistisch klonken, maar de cijfers bewezen het.

'Er klopt hier iets niet.' Jeffrey wees op de foto. 'En niet alleen maar vanwege die pijl. Laten we die even buiten beschouwing laten, laten we Tessa buiten beschouwing laten. Er is iets aan de hand met dat schot.'

'Waarom?'

'Wist ik het maar. Het is net zoiets als met Rosen: er is niets waar ik echt de vinger op kan leggen.'

Sara dacht aan Tessa in het ziekenhuis. Ze hoorde nog steeds de woorden van haar zuster, die Sara opdracht gaf degene te vinden die hun allen dit had aangedaan. De foto van de kamer van Schaffer bracht bij Sara een herinnering naar boven. Ze was ooit met Tessa naar Vassar gereden om haar te helpen zich er te installeren. Tessa's kamer in de studentenflat was op dezelfde manier ingericht geweest als die van Ellen Schaffer. Affiches van de World Wildlife Federation en Greenpeace hingen aan de muren, samen met uit verschillende tijdschriften gescheurde foto's van mannen. Op een kalender boven een van de bureaus waren belangrijke data rood omcirkeld. Het enige dat er niet in paste was de uitstalling van spullen om een geweer schoon te maken op het bureau.

Sara bladerde terug naar het rapport. Ze wist dat ze hoofdpijn zou krijgen als ze zonder bril zou lezen, maar ze wilde iets te doen hebben. Tegen de tijd dat ze klaar was met alle informatie die Jeffrey over de dood van Ellen Schaffer had verzameld bonkte Sara's hoofd en was haar maag van streek omdat ze in een rijdende auto had zitten lezen.

Jeffrey vroeg: 'Wat vind je ervan?'

'Ik denk...' begon Sara met een blik op het gesloten dossier. 'Ik denk dat ik het niet weet. Beide overlijdensgevallen zouden geënsceneerd kunnen zijn. Ik neem aan dat Schaffer verrast kan zijn. Misschien heeft ze een klap op haar achterhoofd gehad. Niet dat we overigens weten waar haar achterhoofd is.'

Sara haalde verschillende foto's te voorschijn en legde ze in een soort volgorde met de woorden: 'Ze ligt op de bank. Daar kan ze zijn neergelegd. Ze kan er ook zelf zijn gaan liggen. Haar arm is niet lang genoeg om bij de trekker te kunnen, dus heeft ze haar teen gebruikt. Dat is niet ongebruikelijk. Soms gebruiken mensen een kleerhanger.' Ze keek het rapport weer door, las Jeffreys aantekeningen over de niet-kloppende munitie. 'Zou ze geweten hebben hoe gevaarlijk het is om de verkeerde munitie te gebruiken?'

'Ik heb met haar leraar gepraat. Volgens hem was ze heel voorzichtig met het geweer.' Jeffrey pauzeerde. 'Wat moet Grant Tech in 's hemelsnaam met een vrouwenschietploeg?'

'Artikel 9,' zei Sara met een verwijzing naar een wet die universiteiten dwong vrouwen dezelfde toegang tot sport te bieden als mannen. Als dit beleid van kracht was geweest toen Sara op de middelbare school had gezeten, zou de vrouwentennisploeg in elk geval recht hebben gehad op de baan van de school. Ze hadden zich in haar tijd echter gedwongen gezien balletjes te slaan tegen de muur van de gymzaal – maar alleen als de basketbalploeg van de jongens niet aan het trainen was.

Sara zei: 'Ik vind het heel mooi dat ze de kans krijgen een nieuwe sport te leren.'

Verbaasd gaf Jeffrey toe: 'Het is een heel behoorlijke ploeg.

Ze hebben allerlei wedstrijden gewonnen.'

'Dus de mensen op het college die wisten dat ze bij die ploeg zat zouden ook hebben geweten dat ze een geweer had.'

'Misschien.'

'Bewaarde ze het op haar kamer?'

'Allebei,' zei Jeffrey. 'Haar kamergenote zat ook in de ploeg.'

Sara's gedachten gingen naar het wapen. 'Heb je haar vingerafdrukken al genomen?'

'Carlos heeft ze genomen,' zei hij, en hij anticipeerde op haar volgende vraag. 'De vingerafdrukken van Schaffer zitten op de loop, de pomp zelf en op wat er van de patroon over is.'

'Eén patroon?' vroeg Sara. Voorzover zij wist had een pumpactiongeweer een magazijn voor drie patronen. Als je de voorste helft naar achteren trok kwam er een volgende patroon in de kamer voor snelvuur.

'Ja,' zei Jeffrey. 'Eén patroon, het verkeerde kaliber, de kleiduivenring erop geschroefd om de loop nauwer te maken.'

'Komt haar teen overeen met de afdruk op de trekker?'

Jeffrey gaf toe: 'Ik heb er niet eens bij stilgestaan om dat te controleren.'

'Dan doen we dat voor de lijkschouwing,' zei Sara. 'Denk je dat iemand haar heeft gedwongen het geweer te laden, misschien iemand die er niet veel vanaf wist?'

'Er bestaat een flinke kans dat de eerste patroon in de loop klem komt te zitten. Als er geen andere patroon in het magazijn zat zou ze wat tijd hebben kunnen winnen. Misschien zelfs het geweer bij de loop pakken en het gebruiken om de man een klap te geven.'

'Zou de patroon dan niet in de loop exploderen?'

'Niet per se. Als het magazijn vol zou zijn zou de tweede patroon tegen de eerste botsen en zouden ze allebei vlak bij de kamer ontploffen.'

Sara zei: 'Misschien is dat de reden dat ze er maar één geladen heeft.'

'Ze was ofwel heel slim, ofwel heel dom.'

Sara bleef naar de foto's staren. Veel van de gevallen die ze kreeg betroffen zelfmoorden, en deze zag er precies zo uit als willekeurig welke andere. Als Andy Rosen niet de dag ervoor was overleden en Tessa niet gewond was geraakt zouden Sara en Jeffrey zich dit niet allemaal afvragen. Zelfs de schaafwond op Andy's rug zou niet hebben volstaan om een volledig onderzoek te rechtvaardigen.

Sara vroeg: 'Wat is het verband tussen de drie?'

'Ik weet het niet,' zei Jeffrey. 'Tessa staat er helemaal buiten. Schaffer en Rosen volgen dat kunstonderwijs, maar dat is...'

'Is dat joods?' viel Sara hem in de rede. 'Ik bedoel Schaffer.'

'Rosen wel,' zei Jeffrey. 'Van Schaffer ben ik niet zeker.'

Sara voelde dat ze bang begon te worden terwijl ze over een mogelijk verband nadacht. 'Andy Rosen is joods. Ellen Schaffer zou het kunnen zijn. Tessa heeft een verhouding met een zwarte man. En niet alleen een verhouding, maar ze is zwanger van zijn kind.'

'Wat bedoel je precies?' vroeg Jeffrey, maar ze wist dat hij haar uitstekend volgde.

'Andy werd geduwd of sprong van een brug waarop racistische graffiti waren gespoten.'

Jeffrey keek recht voor zich op de weg en zei minstens een volle minuut niets. 'Denk je dat dat het verband is?'

'Ik weet het niet,' antwoordde Sara. 'Op de brug stond een hakenkruis.'

'Naast STERF NIKKER,' merkte Jeffrey op. 'En niet JODEN.' Hij trommelde weer met zijn vingers op het stuurwiel. 'Als het tegen Andy bedoeld was omdat hij joods was dan zou het specifieker geweest zijn. Dan zou er STERF JODEN hebben gestaan.'

'En die davidsster die je in het bos hebt gevonden?'

'Misschien heeft Andy hem in het bos verloren voordat hij zelfmoord pleegde. We hebben niets wat die ster in verband brengt met degene die Tessa heeft aangevallen.' Hij pauzeerde. 'Niettemin zijn Rosen en Schaffer joodse namen. Dat zou een verband kunnen zijn.'

'Er zijn een heleboel joodse studenten op de campus.'

'Dat is waar.'

'Denk je dat deze graffiti betekenen dat er hier een soort groep blanke racisten aan het werk is?'

'Wie zou die rotzooi anders in de buurt van het college opkalken?'

Sara probeerde gaten in haar eigen theorie te vinden. 'Die graffiti op de brug zitten er al een tijdje.'

'Daar kan ik informatie over inwinnen – maar ja, ze lijken in elk geval een paar weken oud.'

'Wat we nu dus zeggen is dat er twee weken geleden iemand dat hakenkruis en die andere rommel op de brug heeft gespoten in de wetenschap dat hij gisteren Andy Rosen over de rand zou duwen en dat ik langs zou komen en Tessa zou meenemen, die dan zou moeten piesen en in het bos zou worden neergestoken?'

'Het was jouw theorie,' merkte Jeffrey op.

'Ik zei niet dat het een goede theorie was,' bekende Sara. Ze wreef zich in de ogen en zei: 'Ik kan nauwelijks recht voor me uit kijken, zo moe ben ik.'

'Wil je niet proberen te slapen?'

Ze wilde wel, maar ze kon alleen maar aan Tessa denken: dat het enige dat Tessa haar had gevraagd was dat ze de man vond die haar dit had aangedaan. Ze zei: 'Laten we de racistische invalshoek even vergeten. Laten we zeggen dat deze overlijdensgevallen zo zijn geënsceneerd dat ze op zelfmoorden leken. Denk je dat het het beste is om te verzwijgen dat er twee studenten zijn vermoord?'

'Meen je dat nou?' vroeg Jeffrey. 'Ik weet het niet. Ik wil de ouders geen valse hoop geven, en ook niet paniek op de campus veroorzaken. En als het inderdaad moorden zijn, wat we niet zeker weten, dan wordt die knaap misschien overmoedig en gaat hij fouten maken.'

Sara wist wat hij bedoelde. In tegenstelling tot wat algemeen werd geloofd wilden moordenaars maar zelden gepakt worden. Moord was de ultieme exercitie in het nemen van risico's, en hoe beter ze ermee wegkwamen, des te grotere risico's waren ze bereid te lopen.

Ze vroeg: 'Als iemand studenten van een college vermoordt, wat is dan het motief?'

'Het enige dat ik kan bedenken is drugs.'

Sara wilde net vragen of drugs op de campus een probleem waren maar besefte wat een domme vraag het was. In plaats hiervan vroeg ze: 'Gebruikte Ellen Schaffer?'

'Voorzover ik weet was ze een soort gezondheidsfreak, dus dat betwijfel ik.' Hij keek in de buitenspiegel voordat hij een grote vrachtwagen inhaalde. 'Rosen misschien wel, maar er pleit ook veel voor dat hij clean is geweest.'

'En dat gerucht over die verhouding?'

Jeffreys gezicht vertrok. 'Ik weet niet eens of ik Richard Carter vertrouw. Die man is net een lepel – altijd overal in roeren. En het is duidelijk dat hij Andy niet kon uitstaan. Ik zie hem er zelfs wel voor aan een gerucht te verspreiden om dan rustig achterover te leunen en van de voorstelling te genieten.'

'Laten we nu even aannemen dat hij gelijk heeft,' zei Sara. 'Is het denkbaar dat Andy's vader een verhouding met Schaffer heeft gehad?'

'Ze had geen college bij hem. Ze heeft waarschijnlijk geen enkele reden gehad om hem te kennen. Er lagen een heleboel kerels van haar eigen leeftijd aan haar voeten.'

'Dat zou een reden kunnen zijn om zich tot een oudere man aangetrokken te voelen. Misschien leek hij ervarener.'

'Dat geldt zeker niet voor Brian Keller,' zei hij. 'Keller is absoluut geen Robert Redford.'

'Heb je daar navraag naar gedaan?' hield ze vol. 'Is er echt geen verband?'

'In ieder geval voor mij niet zichtbaar,' antwoordde hij. 'Maar ik ga morgen wel met hem praten. Misschien komt hij ergens mee.'

'Misschien legt hij wel een bekentenis af.'

Jeffrey schudde zijn hoofd. 'Hij zat in Washington. Dat heeft Frank vanmiddag gecontroleerd.' Na een paar seconden gaf Jeffrey toe: 'Hij zou er iemand voor geronseld kunnen hebben.'

'En zijn motief?'

'Misschien...' Jeffreys gedachten zwierven weg. 'Jezus, ik weet het niet. We komen telkens weer op het motief terug. Waarom zou iemand zoiets doen? Wat heeft zo iemand erbij te winnen?'

'Mensen moorden maar om een handvol redenen,' zei Sara. 'Geld, drugs, of een emotionele reden als jaloezie of woede. Lukrake moorden zouden op een seriemoordenaar wijzen.'

'Christus,' zei Jeffrey. 'Zeg dat alsjeblieft niet.'

'Ik geef toe dat het niet erg waarschijnlijk is, maar er klopt allemaal niets van.' Sara zweeg even. 'Aan de andere kant kan Andy gesprongen zijn. Misschien had Ellen Schaffer al een depressie en heeft de vondst van het lichaam haar getriggerd...' Sara hield abrupt haar mond. 'Sorry, dat was niet als grapje bedoeld.'

Jeffrey keek haar boos aan.

'Misschien heeft ze inderdaad gewoon zelfmoord gepleegd. Misschien hebben ze dat allebei wel gedaan.'

'En Tess?'

'Tja, en Tess?' vroeg ze. 'Het zou best kunnen zijn dat die aanval op haar niets met die twee anderen te maken heeft. Als het zelfmoorden zijn, bedoel ik.' Sara probeerde deze redenering verder door te denken, maar ze kon de juiste aanwijzingen niet meer combineren. 'Ze kan iemand tegen het lijf zijn gelopen die in het bos iets illegaals deed.'

'We hebben elke centimeter ondersteboven gekeerd en niets gevonden, behalve dat kettinkje,' zei Jeffrey. 'En zelfs dan nog – waarom zou die kerel daar zijn blijven rondhangen om naar jou en Tessa te kijken?'

'Misschien stond er wel iemand anders te kijken... Gewoon een jogger in het bos.'

'En waarom zou die dan zijn weggerend toen hij Lena zag?'

Sara ademde langzaam uit en bedacht dat ze zo'n slaap had dat ze het allemaal niet meer kon volgen. 'Ik moet steeds weer aan die schaafwond op Andy's rug denken. Misschien vind ik bij de lijkschouwing wel iets.' Ze steunde met haar hoofd op haar hand en gaf haar pogingen tot logisch redeneren op. 'Waar zit je nog meer over te piekeren?'

Zijn onderkaak bewoog nerveus, en voordat hij iets had gezegd wist ze het antwoord. 'Lena.'

Sara onderdrukte een zucht terwijl ze uit het raam keek. Jeffrey maakte zich al zorgen over Lena zo lang Sara zich kon herinneren.

Ze vroeg: 'Wat heeft ze gedaan?' – ze liet de woorden *nu weer* achterwege.

'Ze heeft niets gedaan,' zei hij. 'Of misschien wel. Ik weet het niet.' Hij zweeg even, waarschijnlijk om de hele zaak te overdenken. 'Ik denk dat ze die jongen kende, die jongen Rosen. We hebben haar vingerafdrukken gevonden op een bibliotheekboek in zijn appartement.'

'Dat kan ze ook geleend hebben.'

'Nee,' zei hij. 'We hebben haar dossier gelicht.'

'Mocht dat?'

'Eerlijk gezegd hebben we het niet via de bibliothecaresse gedaan,' zei Jeffrey, en Sara kon zich alleen maar vaag voorstellen aan welke touwtjes Jeffrey had getrokken om in de dossiers van de uitleningen van de bibliotheek te kunnen kijken. Nan Thomas zou een hysterische aanval krijgen als ze er ooit achter kwam, en Sara zou het haar niet kwalijk kunnen nemen.

Sara opperde: 'Lena zou het boek geleend kunnen hebben zonder dat iemand het wist.'

'Zie je Lena als het type dat *De Doornvogels* zou lezen?'

'Ik heb geen idee,' bekende Sara, hoewel ze zich niet kon voorstellen dat Lena zoiets huiselijks zou doen als een boek lezen, laat staan een liefdesverhaal. 'Heb je het haar gevraagd? Wat zei ze?'

'Niets,' zei hij. 'Ik heb geprobeerd haar naar het bureau mee te krijgen. Ze wilde niet mee.'

'Naar het bureau?'

Hij knikte.

'Ik zou ook niet meegaan als je het me vroeg.'

Hij leek oprecht nieuwsgierig. 'Waarom niet?'

'Doe niet zo raar,' zei ze; ze nam niet eens de moeite antwoord te geven. 'Denk je dat Lena iets te verbergen heeft?'

'Ik weet het niet.' Hij begon weer met zijn vingers op het stuurwiel te trommelen. 'Ze wekte de indruk dat ze zich in het nauw gedreven voelde. Toen we op de heuvel stonden te praten – nadat jij en Tessa waren vertrokken – leek ze Andy's naam te herkennen. Maar toen ik haar ernaar vroeg ontkende ze het.'

'Weet je nog hoe ze reageerde toen we het lichaam omdraaiden?'

'Daar was ze niet bij,' merkte Jeffrey op.

'O nee, inderdaad niet,' wist Sara weer.

Hij zei: 'We hebben nog iets gevonden. Het onderbroekje van een vrouw in zijn kamer.'

'Van Lena?' vroeg Sara, verbaasd dat Jeffrey haar dit niet eerder had verteld.

Hij zei: 'Ik zit te gissen.'

'Hoe zag het eruit?'

'Niet wat jij draagt. Klein.'

Ze wierp hem een woedende blik toe. 'Je wordt bedankt.'

'Je weet wel wat ik bedoel,' zei hij. 'Zo'n ding dat van achteren smaller is.'

Sara giste: 'Een string?'

'Dat zal wel. Van zijde, donkerrood, met kant om de pijpen.'

'Dat lijkt me evenmin iets voor Lena als *De Doornvogels*.'

Jeffrey haalde zijn schouders op. 'Je weet maar nooit.'

'Zou het niet van Andy Rosen geweest kunnen zijn?'

Jeffrey leek het te overwegen. 'Dat kunnen we niet uitsluiten, gezien wat hij met zijn...' Hij maakte zijn zin niet af.

'Hij kan het van Schaffer gestolen hebben.'

'Het haar erin was donkerbruin,' zei Jeffrey. 'Schaffer is blond.'

Sara lachte. 'Daar zou ik maar niet op wedden.'

Jeffrey zei even niets. 'Lena kan met Andy Rosen naar bed zijn geweest.'

Sara achtte dit onwaarschijnlijk, maar met Lena wist je maar nooit.

Hij zei: 'Er was een jongen bij toen ik probeerde Lena mee naar het bureau te nemen. Zo'n lulletje dat eruitzag alsof hij nog op de middelbare school hoorde te zitten. Misschien heeft ze iets met hem. Het zag ernaar uit dat ze al een tijdje stonden te praten.'

'Dus ze gaat naar bed met Andy Rosen en maakt afspraakjes met die jongen?' Sara schudde haar hoofd. 'In aanmerking genomen wat haar een jaar geleden is overkomen zie ik Lena niet zo gauw weer haar partijtje meespelen. Als dat al ooit zal gebeuren.' Ze sloeg haar armen over elkaar en leunde tegen het portier. 'Weet je wel zeker dat het haar onderbroekje is?'

Jeffrey zweeg, alsof hij in tweestrijd verkeerde of hij haar al dan niet iets zou vertellen.

'Wat is er?' vroeg Sara. En toen: 'Jeff?'

'We hebben wat... materiaal,' zei hij, en Sara vroeg zich af waarom hij zo terughoudend was. Waarschijnlijk vormde het feit dat hij Lena kende een soort taboe; hij was nooit eerder verlegen geweest over dit soort dingen. Hij zei: 'Zelfs als het genoeg is om het DNA na te gaan, Lena zou ons nooit ofte nimmer vergelijkingsmateriaal afstaan. Gaf ze ons maar iets wat we kunnen testen, dan zouden we haar van elke verdenking kunnen zuiveren en zou alles achter de rug zijn.'

'Als ze niet eens mee wil naar het bureau, staat ze zeker geen bloed af.'

Zijn stem kreeg een gespannen klank. 'Ik wil haar gewoon uit de nesten helpen, Sara. Maar als ze zichzelf niet wil helpen...'

Onmiddellijk dacht Sara aan het verkrachtingsonderzoek dat ze een jaar daarvoor bij Lena had gedaan, maar deze informatie hield ze voor zich. Het gebruiken van het DNA dat ze tijdens dat onderzoek had verzameld om Lena misschien met Andy Rosen in verband te brengen leek Sara niet in de haak. Het kwam op haar over als een tweede verkrachting. Lena zou het als verraad zien. Iedereen zou het zo zien.

'Sara?'

Ze schudde haar hoofd. 'Alleen maar moe,' zei ze terwijl ze probeerde zich de avond dat ze het materiaal van de verkrachting had verzameld niet te herinneren. Lena's lichaam was zo toegetakeld geweest dat ze zeven hechtingen nodig had gehad om haar weer op te lappen. Vanwege de drugs die Lena toegediend had gekregen had Sara heel terughoudend met kalmerende middelen moeten omspringen. Totdat Tessa was neergestoken was het onderzoek naar de verkrachting van Lena het meest gruwelijke voorval in Sara's hele medische loopbaan geweest.

Sara vroeg: 'Wat zou er bewezen worden als het inderdaad Lena blijkt te zijn? Dat ze met Andy Rosen naar bed is geweest betekent niet dat ze iets met zijn dood te maken heeft. Of met het neersteken van Tessa.'

'Waarom zou ze erover liegen?'
'Dat ze erover liegt betekent nog niet dat ze schuldig is.'
'Naar mijn ervaring liegen mensen alleen als ze iets te verbergen hebben.'
'Ik stel me zo voor dat ze haar baan zou kwijtraken als ze met een student het bed in dook.'
'Ze haat Chuck. Ik betwijfel of het haar erg veel kan schelen of ze haar baan houdt of niet.'
Sara merkte op: 'Ze is momenteel niet bepaald je grootste fan. Ze kan gewoon gelogen hebben om je dwars te zitten.'
'Ze kan niet zo stom zijn dat ze een onderzoek in de wielen wil rijden. Niet als het om iets dergelijks gaat.'
'Natuurlijk wel, Jeffrey. Ze is kwaad op je en ziet een manier om je terug te betalen voor die molestatie...'
'Ik heb haar niet...'
Sara stak haar handen op om hem het zwijgen op te leggen. Ze hadden al zo vaak onenigheid over dit punt gehad dat ze de rest van de zin al hoorde voordat hij was uitgesproken. Waar het op neerkwam was dat Jeffrey woedend was op Lena en niet wilde toegeven dat zijn woede uit teleurstelling voortvloeide. Lena's reactie – alsof ze haar knie tussen zijn benen stootte – was dat ze op haar beurt Jeffrey even blind was gaan haten. De situatie zou komiek zijn geweest als Sara niet tussen hen klem had gezeten.
Sara zei: 'Afgezien van de reden, Lena zal je in dit opzicht geen centimeter toegeven. Dat heeft ze al meer dan duidelijk gemaakt toen ze niet mee wilde naar het bureau.'
'Misschien heb ik haar niet helemaal benaderd zoals ik haar had moeten benaderen,' gaf hij toe, en te oordelen naar wat ze in het verleden met hem had meegemaakt kon Sara zich voorstellen dat hij het behoorlijk stom had aangepakt. 'Die jongen die ze bij zich had, die student.'
Sara wachtte, maar hij nam er de tijd voor om zijn gedachtegang te voltooien.
'Er is iets met die jongen aan de hand.'
'In welke zin?'
'Hij is gevaarlijk,' zei Jeffrey. 'Ik wil er een tientje onder verwedden dat hij een strafblad heeft.'

Sara wist wel beter dan op de weddenschap in te gaan. Iedere agent die ook maar een knip voor zijn neus waard was herkende een ex-gevangene. Dit bracht haar op haar volgende vraag. 'Denk je dat Lena weet dat hij problemen heeft gehad?'

'Wie weet wat er allemaal in haar hoofd omgaat?'

Sara wist het evenmin.

Jeffrey zei: 'Hij heeft me een duw gegeven.'

'Hij heeft je een *duw* gegeven?' vroeg Sara, die er zeker van was dat hij het figuurlijk bedoelde.

'Hij kwam van achteren op me af en gaf me een duw.'

'Hij heeft je een duw gegeven?' herhaalde ze, verbaasd dat iemand zo stom kon zijn. 'Waarom?'

'Hij dacht waarschijnlijk dat ik Lena op de grond had gegooid.'

'Heb je dat gedaan?'

Hij keek haar aan, duidelijk beledigd. 'Ik legde mijn hand op haar arm. Ze ging door het lint. Rukte zich los.' Jeffrey staarde op de weg en zweeg even. 'Ze deed zo haar best om los te komen dat ze op de grond viel.'

'Dat klinkt als een voorspelbare reactie.'

Jeffrey negeerde deze opmerking. 'Die jongen stond helemaal klaar om me te lijf te gaan. Een broodmagere kleine zak, waarschijnlijk lichter dan Tess.' Jeffrey schudde zijn hoofd, maar de toon waarop hij het had gezegd had wel iets waarderends. Er waren niet veel mensen die hem uitdaagden.

Sara vroeg: 'Waarom heb je hem niet nagetrokken?'

'Ik weet niet hoe hij heet,' zei Jeffrey. En toen: 'Maak je geen zorgen, ik ben hem gevolgd naar een koffieshop. Hij heeft zijn kopje op de tafel laten staan. Ik heb het meegenomen voor vingerafdrukken.' Hij glimlachte. 'Het is alleen maar een kwestie van tijd voordat ik alles over die klootzak weet wat er over hem te weten valt.'

Sara was ervan overtuigd dat dit zou gebeuren, en ze had meer dan een beetje medelijden met Lena's prins op het witte paard.

Jeffrey deed er weer het zwijgen toe en Sara staarde uit het raam, de kruisen tellend die verkeersongelukken op de snelweg aangaven. Aan de voet van sommige lagen kransen of foto's van mensen die Sara tot haar opluchting niet kon zien. Bij de aanblik van een roze teddybeer tegen de voet van een klein kruis richtte ze haar blik strak naar voren terwijl haar hart omhoogkwam in haar borst. De chauffeurs voor hen remden af, waardoor er schuin weglopende rode lichten opgloeiden. Naarmate ze dichter in de buurt van Macon kwamen werd het drukker op de weg. Jeffrey zou wel een stuk afsnijden, maar ze kwamen op dit moment van de dag sowieso in files terecht.

Jeffrey vroeg: 'Hoe is het met je ouders?'

'Kwaad,' zei ze. 'Kwaad op mij. Op jou. Ik weet het niet. Mama is nauwelijks bereid iets tegen me te zeggen.'

'Heeft ze je gezegd waarom?'

'Ze maakt zich gewoon zorgen,' zei Sara, maar iedere seconde dat haar ouders kwaad op haar waren was het alsof er in Sara's borst een mes werd omgedraaid. Eddie wilde nog steeds niet met haar praten, maar ze wist niet of dit kwam doordat hij haar de schuld gaf of doordat hij het niet aankon dat zijn beide dochters een crisis doormaakten. Sara begon te begrijpen hoe moeilijk het was je tegenover iedereen groot te houden terwijl je je eigenlijk alleen maar tot een bal wilde oprollen en zelf getroost wilde worden.

'Over een paar dagen zal het wel beter gaan,' suste Jeffrey terwijl hij zijn hand op haar schouder legde. Hij streelde met zijn duim haar nek, en ze voelde de aanvechting dwars op haar stoel te gaan zitten en haar hoofd tegen zijn borst te leggen. Iets weerhield haar hiervan. Zeer tegen haar wil keerden haar gedachten telkens terug naar Lena in het ziekenhuis, gekneusd en mishandeld, donker bloed opwellend tussen haar benen, waar ze zo diep was ingescheurd. Lena was om te beginnen al niet groot, maar door haar uitdagende houding leek ze in het algemeen groter dan levensgroot. Zoals ze daar op dat verrijdbare bed had gelegen, met handen en voeten die door het verband heen bloedden dat het ambulancepersoneel haastig had aangebracht, had ze meer weggehad van een klein kind dan van een volwassen vrouw. Sara had nog nooit iemand gezien die zo gebroken was.

Sara voelde tranen in haar ogen opwellen. Ze keek uit het

raam omdat ze niet wilde dat Jeffrey het zag. Hij streelde nog steeds haar nek, maar om de een of andere reden bood zijn aanraking haar geen troost meer.

Ze zei: 'Ik ga proberen wat te slapen', trok zich van hem terug en installeerde zich tegen het portier.

Het medisch centrum van Heartsdale was bij lange na niet zo imposant als de naam suggereerde. Met zijn twee verdiepingen en het mortuarium in de kelder was het ziekenhuis niet meer dan een groot uitgevallen kliniek voor het college, dat zich aan het andere uiteinde van Main Street bevond. Zoals gewoonlijk was de parkeerplaats op enkele auto's na leeg. Jeffrey parkeerde op de hoofdparkeerplaats voor de eerste hulp en reed de zij-ingang voorbij die Sara normaal gesproken gebruikte. Ze wachtte geduldig terwijl hij de auto achteruit in een van de verre vakken neerzette.

Hij parkeerde maar liet de motor lopen. 'Ik moet Frank even bellen,' zei hij, en hij haalde zijn mobiel te voorschijn. 'Vind je het erg om zonder mij te beginnen?'

'Nee,' antwoordde Sara, en ze was gedeeltelijk opgelucht enige tijd voor zichzelf te hebben.

Niettemin glimlachte ze tegen Jeffrey voor ze de auto uit stapte. Hij kende haar al meer dan tien jaar, en ze voelde dat hij begreep dat haar iets dwarszat. Jeffrey liet problemen niet graag onopgelost. Misschien was hij nog steeds kwaad op haar om wat er in de parkeergarage was gebeurd.

Sara had op de terugrit naar Grant niet echt geslapen. Ze was terechtgekomen in het niemandsland tussen slapen en waken terwijl haar hoofd nog tolde van de gebeurtenissen van gisteren. Toen ze uiteindelijk een beetje was weggesukkeld had Sara gedroomd van Lena in het ziekenhuis vorig jaar. In het soort afgrijselijke omdraaiing dat alleen dromen teweeg kunnen brengen hadden Sara en Lena van plaats geruild, zodat Sara met haar benen in de beugels weerloos op de onderzoekstafel had gelegen terwijl Lena monsters uit haar vagina nam en Sara's schaamhaar op vreemde materie onderzocht. Toen het zwarte licht was aangeknipt om het zaad en andere lichaamsvloeistoffen zichtbaar te maken, was Sara's onderlichaam gaan gloeien alsof het in brand stond.

Sara wreef over haar armen terwijl ze de parkeerplaats overstak, hoewel het niet bepaald koud was. Ze keek naar de hemel, die er donker en afstotelijk uitzag. Ze fluisterde: 'Er is storm op komst', een zinnetje dat haar oma Earnshaw altijd had gebruikt toen ze nog klein waren. Sara glimlachte en de spanning verminderde iets door het beeld van haar grootmoeder in de keukendeur, haar handen bezorgd voor haar borst geslagen, terwijl ze naar de naderende storm keek en de kinderen vertelde dat ze moesten controleren of ze kaarsen bij zich hadden voordat ze die avond naar bed zouden gaan.

In de eerste hulp zwaaide Sara naar de nachtverpleegster en naar Matt DeAndrea, die waarnam voor Hare terwijl hij eigenlijk op vakantie had moeten zijn. Sinds de zomer dat haar puberteit was begonnen was Sara niet meer zo blij geweest dat haar neef niet in de buurt was.

'Hoe is het met je moeder en de anderen?' zei Matt bij wijze van standaardbegroeting. Opeens leek hij te beseffen wat dit impliceerde en hij verbleekte.

'Prima,' zei Sara met een geforceerde glimlach. 'Het gaat met iedereen goed. Bedankt voor je belangstelling.'

Hierna hadden ze geen van beiden nog veel te zeggen, dus liep Sara de gang door naar de trap naar het mortuarium.

Sara had het mortuarium nooit met het Grady Hospital vergeleken, maar omdat ze zo lang in Atlanta had gezeten sprongen de overeenkomsten in het oog. Het medisch centrum was een paar jaar geleden grotendeels gerenoveerd, maar het mortuarium beneden zag er nog grotendeels uit zoals het in de jaren dertig was gebouwd. De muren waren met lichtblauwe tegels bekleed, en op de vloeren lag een combinatie van groene en donkerbruine vierkanten van linoleum. Het plafond was bezaaid met tekenen van waterschade; de onlangs gerepareerde witte stukken contrasteerden scherp met het verkleurende oude pleisterwerk. De compressor boven de ijskast en de airconditioning gaven een gestaag zoemend geluid, iets wat Sara maar zelden opmerkte, tenzij ze een tijdje weg was geweest.

Carlos stond tegen de porseleinen tafel die in het midden van het vertrek met bouten in de vloer was bevestigd. Hij had zijn armen voor zijn brede borst over elkaar geslagen. Hij was een aardige kerel met een donker Zuid-Amerikaans uiterlijk en een zwaar accent, waaraan Sara enige tijd had moeten wennen. Hij praatte niet veel, en als hij het deed vertoonde hij de neiging te mompelen. Carlos deed het rotwerk, letterlijk en figuurlijk, en werd heel goed betaald, maar Sara had het gevoel dat ze niet erg veel van hem wist. In de vele jaren dat Carlos er nu al werkte had hij nooit iets persoonlijks over zichzelf verteld of over zijn werk geklaagd. Zelfs als er niets te doen was vond hij altijd wel een klusje, zoals de vloer vegen of de ijskast schoonmaken. Ze was verbaasd hem bij de tafel te zien staan toen ze het vertrek binnenkwam. Hij scheen op haar te hebben staan wachten.

'Carlos?' vroeg ze.

'Ik werk niet meer voor meneer Brock,' zei hij op een toon waaruit ze begreep dat hij zijn hakken echt in het zand zette.

Ze was verrast, niet alleen door de lengte van de zin, maar ook door de hartstocht die erin doorklonk.

Ze vroeg behoedzaam: 'Om een speciale reden?'

Carlos bleef haar recht aankijken. 'Hij is heel vreemd, en dat is alles wat ik erover wil zeggen.'

Sara voelde een golf van opluchting. Ze besefte dat ze bang was geweest dat hij zijn baan wilde opzeggen.

'Oké, Carlos,' zei ze. 'Ik vind het vervelend dat je zo van streek bent.'

'Ik ben niet van streek,' zei hij, hoewel hij dat duidelijk wel was.

'Oké,' knikte Sara, hopend dat hij was uitgesproken. De waarheid was dat ze het voor Dan Brock had opgenomen sinds hun eerste dag op de lagere school, toen Chuck Gaines hem in een aanval van woede die alleen een achtjarige (Chuck had te lang op de kleuterschool gezeten) zich kon veroorloven van het klimrek had geduwd.

Brock was niet zozeer krankzinnig als wel hulpeloos, een trekje dat niet bevorderlijk was voor de sfeer op school, die functioneerde volgens het principe van het recht van de sterkste. Dankzij Cathy en Eddie had Sara nooit behoefte gehad aan populariteit onder haar leeftijdgenoten, dus had het haar nooit veel kunnen schelen dat ze in het schemergebied leefde tussen de groep die populair was en de kinderen die steevast gepest en getreiterd werden. Ze was altijd als de slimste van haar klas beschouwd, en gezien haar lengte, haar rode haar en haar IQ hadden de mensen zich altijd een beetje door haar geïntimideerd gevoeld. Brock had het tot de middelbare school daarentegen hard te verduren gehad – dat wil zeggen, tot de gangmakers zich realiseerden dat hoe gemeen ze ook tegen hem waren, Brock altijd aardig tegen hen bleef.

'Dokter Linton?' vroeg Carlos. Ondanks haar herhaaldelijke verzoeken was hij haar nooit Sara gaan noemen.

'Ja?'

Hij zei: 'Ik vind het vreselijk van uw zuster.'

Sara kneep haar lippen op elkaar en knikte bij wijze van bedankje. 'Laten we met het meisje beginnen,' zei Sara, omdat het haar het best leek de moeilijkste zaak eerst af te handelen. 'Heb je foto's en röntgenfoto's gemaakt?'

Hij knikte kort maar gaf geen commentaar op de toestand van het lichaam. Het was een van de vele blijken van zijn professionaliteit, en ze had waardering voor de eerbiedige manier waarop hij zijn werk benaderde.

Sara ging terug naar haar werkkamer, waar een raam zat dat op de schouwzaal uitzag. Ze ging achter haar bureau zitten, en ook al had ze de laatste vierenhalf uur gezeten, het was een prettig gevoel niet te hoeven staan. Ze pakte de telefoon en koos het mobiele nummer van haar vader.

Cathy nam voor het einde van de eerste keer overgaan op. 'Sara?'

'We zijn hier,' zei ze tegen haar moeder, terwijl ze bedacht dat ze eerder had moeten bellen. Cathy had zich duidelijk zorgen gemaakt.

'Heb je iets gevonden?'

'Nog niet,' zei Sara, die keek hoe Carlos op de brancard een zwarte lijkzak naar binnen reed. 'Hoe is het met Tess?'

Cathy zweeg even voordat ze antwoord gaf. 'Ze zegt nog steeds niets.'

Sara keek hoe Carlos de zak openritste en het lichaam op de porseleinen tafel begon te manoeuvreren. Iedereen die het zag zou de procedure barbaars vinden, maar als je in je eentje een lijk op een tafel moest leggen kon je het alleen maar grof behandelen. Carlos begon bij de voeten en rukte toen aan de rest van het lichaam tot het op zijn plaats lag. Om het hoofd zat nog een plastic zak die voorkwam dat er bewijsmateriaal verloren ging.

Cathy zei: 'Ik ben niet kwaad op je.'

Sara ademde uit en besefte opeens dat ze haar adem had ingehouden. 'Daar ben ik blij om.'

'Het was jouw schuld niet.'

Sara gaf geen antwoord, vooral omdat ze het niet met haar moeder eens was.

'Vroeger,' begon Cathy, wier stem weer wat vaster klonk, 'rekende ik er altijd op dat jij haar uit de problemen zou houden. Jij was altijd degene met verantwoordelijkheidsgevoel.'

Sara pakte een zakdoekje uit de doos op haar bureau en veegde ermee onder haar ogen. Carlos probeerde het T-shirt te verwijderen maar kon het niet over het hoofd krijgen. Hij keek omhoog naar Sara en ze maakte met haar hand een snijdend gebaar. De technische recherche had al gecontroleerd of er bewijsmateriaal in de vorm van textielvezels was.

Cathy zei: 'Het is niet jouw schuld. Het is niet Jeffreys schuld. Het is gewoon een van die dingen die gebeuren, en we slaan ons er wel doorheen.'

Gisteren had Sara dit dolgraag willen horen, maar vandaag bracht het geen verlichting. Voor de eerste keer in haar leven kon ze haar moeder niet geloven.

'Liefje?'

Sara veegde haar ogen af. 'Ik moet nu ophangen, mama.'

'Goed.' Cathy zweeg even voordat ze zei: 'Ik hou van je.'

'Ik ook van jou,' zei Sara, en hing op. Ze liet haar hoofd op haar handen rusten en probeerde alles te vergeten. Ze kon niet aan Tessa denken terwijl ze Ellen Schaffer opensneed. Sara zou haar zuster de grootste dienst bewijzen door iets te vinden wat ertoe zou leiden dat de man die haar had neergestoken werd opgepakt. Een autopsie was op zichzelf een daad van geweld, de ultieme aanranding. Ieder lichaam vertelt een verhaal. Iemands leven en dood kunnen in al hun glorie en schande worden blootgelegd door onder de huid te kijken.

Sara stond op en liep terug naar de schouwzaal op het moment dat Carlos klaar was met het langs de naden openknippen van het shirt, zodat het weer in elkaar gezet en beter bekeken kon worden. De stof was besproeid met bloed, een duidelijk, langgerekt patroon dat liet zien waar het geweer had gelegen. Sara controleerde de teen van het meisje en zag dat ook deze onder het bloed zat. De andere voet had buiten het gebied gelegen en was schoon.

Een meisjesachtige beha, die meer bij een dertienjarige paste, bedekte de borsten van de jonge vrouw. Carlos had de sluiting opengemaakt en hield een prop wc-papier in zijn hand.

'Wat is dat?' vroeg Sara, hoewel ze zag wat het was.

'Dat droeg ze hierin,' zei Carlos, op de beha wijzend. Hij stak zijn hand in de andere cup en haalde een tweede prop papier te voorschijn.

'Waarom zou ze haar beha opvullen als ze van plan was zelfmoord te plegen?' vroeg Sara, hoewel Carlos haar vragen nooit beantwoordde.

Ze draaiden zich allebei om toen ze voetstappen op de trap hoorden.

'Al iets gevonden?' vroeg Jeffrey.

'We zijn net begonnen,' zei Sara. 'Wat had Frank te melden?'

'Niets,' antwoordde Jeffrey, maar ze wist dat er iets gaande was. Sara begreep niet waarom hij niets zei. Carlos had bewezen dat je hem kon vertrouwen. Meestal vergat Sara dat Carlos ook nog een leven buiten het mortuarium had.

'Laten we deze uittrekken,' zei Sara en ze hielp Carlos bij het verwijderen van de spijkerbroek van het meisje.

Jeffrey keek naar het ondergoed, dat van het alledaagse katoenen soort was, niet het soort dat ze in het appartement van Andy Rosen hadden gevonden.

Sara vroeg: 'Heb je in de laden op haar kamer gekeken?'

'Allemaal verschillende,' zei hij. 'Zijde, katoen, strings.'

'Strings?'

Hij haalde zijn schouders op.

Sara praatte door. 'We hebben wc-papier in haar beha gevonden.'

Jeffrey trok een wenkbrauw op. 'Had ze haar beha opgevuld?'

'Als ze zelfmoord heeft gepleegd moet ze geweten hebben dat iemand haar zou vinden, dat een lijkschouwer of een arts haar lichaam zou onderzoeken. Waarom zou ze dan zoiets doen?'

'Misschien deed ze het gewoon altijd? Routine?' opperde Jeffrey, maar ze wist dat hij het zelf ook niet helemaal geloofde.

Sara zei: 'Die tatoeage is oud. Waarschijnlijk drie jaar. Het is natuurlijk een gok, maar hij is niet van kortgeleden.'

Carlos stroopte het onderbroekje omlaag en Sara en Jeffrey zagen op hetzelfde moment nog een tatoeage. Het was een woord in wat op Arabisch schrift leek.

Jeffrey zei: 'Die stond niet op dat schilderij van Andy.'

'Die is zeker niet recent,' merkte Sara op. 'Denk je dat hij hem expres heeft weggelaten?'

'Geloof me maar, als hij hem had gezien had hij hem er zeker op gezet.'

'Ze had dus geen verhouding met hem,' zei Sara, die een gebaar naar Carlos maakte dat hij de tatoeage moest fotograferen. Ze legde een liniaal langs het woord voor de maat. 'We zullen hem moeten scannen en iemand proberen te vinden die weet wat het betekent.'

Carlos zei: '*Shalom*.'

'Pardon?' vroeg Sara, verbaasd dat hij iets had gezegd.

'Dat is Hebreeuws,' zei hij. 'Het betekent "vrede".'

Sara kon hem niet het voordeel van de twijfel gunnen. 'Weet je dat zeker?'

'Dat heb ik op de Hebreeuwse school geleerd,' zei hij. 'Mijn moeder is joods.'

'O,' zei Sara, zich afvragend hoe het mogelijk was dat ze dit al die jaren niet had geweten. Ze wierp een blik op Jeffrey, die iets in zijn aantekenboekje schreef. Hij had zijn wenkbrauwen gefronst en ze vroeg zich af welk verband hij zag.

Ze draaide zich om, vergat even waar ze was en stootte haar hoofd tegen de weegschaal aan het voeteneinde van de tafel.

'Godver,' zei ze, en ze voelde aan haar hoofdhuid of deze beschadigd was. Ze keek niet naar Jeffrey of Carlos om te zien hoe zij reageerden. Ze liep naar de metalen kast bij de gootsteen en pakte een steriele jas en een stel handschoenen.

Ze vroeg Jeffrey: 'Kun jij mijn bril even halen? Ik geloof dat hij op mijn bureau ligt.'

Hij deed wat ze vroeg en Sara trok het jasje en daarna de handschoenen aan. Ze pakte nog een stel handschoenen uit de doos en trok deze over het eerste stel aan. Carlos reed het bord dat Sara van de school had gekocht naar de tafel. Iets van de informatie die hij al had verzameld stond op het bord genoteerd. Open ruimten voor het gewicht en de afmetingen van de organen en verschillende andere details zouden in de loop van de procedure door Carlos worden ingevuld. Sara zag graag alles voor zich als ze met een lijkschouwing bezig was. Het visualiseren van de feiten was gemakkelijker als ze daar allemaal stonden opgeschreven.

Met haar voet zette Sara de dictafoon aan en begon: 'Dit is het niet-gebalsemde, goed ontwikkelde, goed gevoede lichaam van een blanke negentien jaar oude vrouw die zich volgens het rapport met een Wingmaster kaliber 12 in het hoofd heeft geschoten. Ze is door de rapporterende politieman als Ellen Marjory Schaffer geïdentificeerd. Foto's en röntgenfoto's zijn op mijn aanwijzingen gemaakt. Onder de bepalingen van de wet op de lijkschouwing van de staat Georgia wordt een lijkschouwing uitgevoerd in het mortuarium van het medisch centrum van Grant County op...'

Jeffrey gaf de datum en Sara vervolgde: 'Beginnend om 20:33, in aanwezigheid van Carlos Quiñonez, forensisch technicus, en Jeffrey Tolliver, hoofd van de politie van Grant County.'

Ze stopte en keek naar het schoolbord voor de precieze gegevens. 'Ze weegt bij benadering honderdtwintig pond en meet een meter tweeënzestig. Er is sprake van uitgebreide schade aan het hoofd als gevolg van een geweerschot.' Sara legde haar hand op de buik. 'Het lichaam is gekoeld en voelt koud aan. De rigor mortis is volledig en tot de bovenste ledematen doorgedrongen.'

Sara werkte door en somde kenmerken op terwijl ze een

schaar gebruikte om de zak weg te knippen die om Ellen Schaffers hoofd zat. Van het hoofd was nauwelijks meer dan een bloederige stomp over, met fragmenten blond haar en tanden die in de hersenstam waren blijven steken. Er werden meer foto's genomen voordat Sara het scalpel pakte om aan het inwendige onderzoek te beginnen. Ze voelde zich dronken van slaapgebrek terwijl ze de standaard Y-incisie maakte en ze sloot even haar ogen om zich te oriënteren.

Elk orgaan werd verwijderd en gewogen, gecatalogiseerd en beschreven terwijl Sara haar bevindingen dicteerde. De maag bevatte wat Schaffers laatste maaltijd moest zijn geweest: muesli met nootjes, die er waarschijnlijk ongeveer net zo uitzag als kort daarvoor in het pak.

Sara bond de darm af en gaf hem aan Carlos voor wat 'het doorspoelen' werd genoemd. Hij gebruikte hiervoor een slang aan een van de kranen om het darmkanaal door te spuiten, waarbij hij met een zeef boven de afvoer opving wat er naar buiten stroomde. Het stonk verschrikkelijk, tot ze de lucht van de inhoud opving, en Sara voelde zich altijd schuldig dat ze een ander dit klusje liet opknappen.

Ze trok haar handschoenen uit en liep naar het uiteinde van de schouwzaal, waar de lichtbak stond opgesteld. Carlos had de röntgenfoto's van voor de lijkschouwing eraan gehangen, en Sara had of door slaapgebrek of door gewone stommiteit vergeten er eerder naar te kijken. Ze bestudeerde de hele serie tweemaal voordat ze in de longen een bekende vorm zag.

'Jeff,' zei ze, en ze riep hem bij zich.

Hij staarde ettelijke seconden naar de film voordat hij vroeg: 'Is dat een tand?'

'Daar komen we snel genoeg achter.' Sara trok weer een dubbel stel handschoenen aan voordat ze de linkerlong uit de zak met ingewanden nam. Op het eerste gezicht was het weefsel glad, zonder een spoor van een litteken. Sara had de longen apart gehouden om ze later te bekijken, maar deed het nu meteen met het chirurgisch geslepen broodmes. 'Hier zit een kleine bloeding,' zei ze tegen Jeffrey. Ze vonden de tand in het onderste rechterkwadrant van de linkerlong.

Jeffrey vroeg: 'Kan de klap van het schot die tand door haar keel omlaag hebben geslagen?'

'Ze heeft die tand ingeademd,' zei Sara. 'Ze heeft hem haar longen in gezogen.'

Jeffrey wreef met zijn handen in zijn ogen. Hij vatte in duidelijke bewoordingen de ongerijmdheid samen. 'Ze ademde nog toen die tand uit haar mond werd geslagen.'

Dinsdag

Acht

Lena onderdrukte een geeuw toen ze met Ethan uit de bioscoop kwam. Een paar uur daarvoor had ze een Vicodin genomen, en deze hielp maar heel weinig tegen de pijn in haar pols maar maakte haar wel verschrikkelijk slaperig.

'Waar denk je aan?' vroeg Ethan, een zin die de meeste kerels gebruikten als ze wilden dat een vrouw de conversatie voor haar rekening nam.

'Dat dat feestje maar beter een dolle boel kan zijn,' zei ze, en ze gaf de woorden een dreigende klank mee.

'Ik hoor je wel,' zei hij. 'Heeft die smeris nog iets geprobeerd?'

'Nee,' antwoordde Lena, hoewel de nummerherkenning van haar telefoon vijf oproepen van het politiebureau had geregistreerd toen ze van de koffieshop was thuisgekomen. Het zou alleen maar een kwestie van tijd zijn voordat Jeffrey bij haar zou aankloppen, en als hij dat deed zou Lena een paar antwoorden voor hem paraat moeten hebben en anders de gevolgen onder ogen moeten zien. Ze had tijdens de film geconcludeerd dat Chuck haar niet zou ontslaan op grond van een verhaal van Jeffrey, maar die dikke klootzak kon haar wel ergere dingen aandoen. Chuck vond het heerlijk Lena ergens mee te dreigen, en ook al was haar baantje nu al ellendig, hij kon het nog veel beroerder maken.

Ethan vroeg: 'Vond je de film leuk?'

'Niet echt,' zei ze, en probeerde te bedenken wat ze zou doen als de vriend van Andy niet zou komen opdagen. Ze moest morgen overdag tijd zien te vinden om met Jill Rosen te praten. Lena had de doktersdienst van de vrouw gebeld en drie berichten achtergelaten, maar de arts had haar niet teruggebeld. Lena moest weten wat Rosen Jeffrey had verteld. Ze had zelfs op de bodem van haar kast gezocht en dat verdomde antwoordapparaat teruggevonden voor het geval de arts haar vanavond zou terugbellen als zij weg zou zijn.

Lena keek naar de hemel en haalde diep adem om weer helder te kunnen nadenken. Ze had iemand nodig om dit allemaal mee door te praten, maar er was niemand die ze kon vertrouwen.

'Mooie avond,' zei Ethan, die waarschijnlijk dacht dat ze van de sterren stond te genieten. 'Volle maan.'

'Het gaat morgen regenen,' zei ze terwijl ze haar vuist balde en weer ontspande. Om haar pols liep op de plaats waar Ethan haar had vastgepakt een gemene blauwzwarte kneuzing, en Lena wist vrijwel zeker dat er iets was beschadigd. Het bot deed pijn als ze haar hand naar buiten draaide, en door de zwellingen was het een hele toer geweest de manchet van haar mouw dicht te knopen. Ze had een zwachtel om haar pols gedragen tot Ethan had aangeklopt, maar Lena zou voor geen geld toegeven dat ze pijn had.

Het probleem was dat Lena pas aanstaande maandag haar salaris zou krijgen. Als ze naar de eerste hulp ging om een foto te laten maken zou het eigen risico van vijftig dollar die ze van de verzekering zou moeten betalen het einde van haar bankrekening betekenen Het leek haar onwaarschijnlijk dat er botten waren gebroken, omdat ze haar hand nog kon bewegen. Als ze maandag nog pijn had zou ze er iets aan doen. Ze was sowieso rechts, en bovendien had ze wel ergere pijn gehad dan deze en wel langer dan een paar dagen. Het was bijna een geruststelling; een herinnering dat ze nog leefde.

Alsof hij aanvoelde wat ze dacht vroeg Ethan: 'Hoe is het met je pols?'

'Prima.'

'Het spijt me dat ik dat heb gedaan. Ik wilde alleen...' Hij leek naar de juiste woorden te zoeken. 'Ik wilde alleen dat je niet wegging.'

'Leuke manier om dat duidelijk te maken.'

'Het spijt me dat ik je pijn heb gedaan.'

'Het is al goed,' mompelde ze. Om de een of andere reden ging haar pols erger kloppen als erover werd gepraat. Voordat ze haar kamer had verlaten had Lena nog een Vicodin en achthonderd milligram Motrin in haar zak gestopt voor het geval de pijn heviger zou worden. Terwijl Ethan naar een groep studenten op de parkeerplaats van de studentenvereniging stond te kijken nam ze de Motrin zonder water in en begon te hoesten toen hij in het verkeerde keelgat terechtkwam.

Ethan vroeg: 'Gaat het wel?'

'Prima,' kon ze nog net uitbrengen terwijl ze met haar hand op haar borst klopte.

'Begin je soms verkouden te worden?'

'Nee,' antwoordde ze, terwijl ze weer hoestte. 'Wanneer begint dat feestje?'

'Het moet nu ongeveer op gang komen.' Hij liep in de richting van een pad tussen twee struiken. Lena wist dat het een kortere weg door het bos naar de studentenhuizen aan de westzijde van de campus was, maar ze wilde hier 's avonds niet lopen, zelfs niet bij volle maan.

Ethan draaide zich om toen ze niet achter hem aan kwam en zei: 'Zo zijn we er sneller.'

Om voor de hand liggende redenen liep Lena niet graag op een donker, geïsoleerd terrein achter iemand aan. Ogenschijnlijk leek Ethan spijt te hebben dat hij haar pijn had gedaan, maar ze had al ontdekt hoe opvliegend hij kon zijn.

'Kom,' zei Ethan, die een grapje probeerde te maken. 'Je bent toch niet nog steeds bang voor me?'

'Krijg de klere,' zei ze, en ze dwong zichzelf op weg. Ze stopte haar hand in haar achterzak en hoopte dat het er als een achteloos gebaar uitzag. Haar vingertoppen streken langs een tien centimeter lang zakmes, en ze voelde zich veiliger nu ze wist dat het er zat.

Hij vertraagde zijn pas zodat hij naast haar kon lopen en vroeg: 'Werk je hier al lang?'

'Nee.'

'Hoelang?'

'Een paar maanden.'

'Vind je het leuk werk?'

'Het is werk.'

Hij leek de boodschap te begrijpen en liep door. Een paar minuten later liet hij zich echter weer terugzakken. Ze zag de contouren van zijn gezicht, maar niet zijn gelaatsuitdrukking. Hij klonk oprecht toen hij zei: 'Ik vind het jammer dat je de film niet leuk vond.'

'Daar kun jij niets aan doen,' zei Lena, hoewel hij de Franse film met ondertiteling had uitgekozen.

'Ik dacht dat je hem wel leuk zou vinden.'

Ze vroeg zich af of iemand het ooit meer bij het verkeerde eind had gehad. 'Als ik wil lezen koop ik wel een boek.'

'Lees je veel?'

'Niet veel,' zei ze, hoewel ze de laatste tijd helemaal was weggedoken in een paar sappige romantische verhalen in de bibliotheek. Lena had zich de gewoonte eigen gemaakt de boeken achter de standaard met kranten te verstoppen, zodat niemand ze meenam voor ze ze uit had. Ze zou nog liever haar keel afsnijden dan dat Nan Thomas erachter kwam wat voor rommel ze las.

'En films?' vroeg Ethan, die zich niet liet afschrikken. 'Van welke films hou je wél?'

Ze probeerde niet te geërgerd te klinken. 'Ik weet het niet, Ethan. Films die iets betekenen.'

Het kwartje viel nu echt, en hij hield verder zijn mond. Lena keek naar de grond en probeerde niet te struikelen. Ze had voor vanavond cowboylaarzen aangetrokken en was niet gewend op schoenen met hakken te lopen – ook al waren ze maar laag. Ze droeg een spijkerbroek en een donkergroen button-down overhemd en had bij wijze van concessie wat oogschaduw opgedaan omdat ze naar de echte wereld zou afdalen. Ze liet haar haar los hangen, alleen maar om Ethan duidelijk te maken hoeveel waarde ze aan zijn mening hechtte.

Ethan droeg een zakkige spijkerbroek, maar ook nog steeds een zwart T-shirt met lange mouwen die zijn armen bedekten. Lena wist dat het niet hetzelfde shirt was als daarvoor, omdat ze het wasmiddel rook, en bovendien een vleugje eau de cologne met muskus. Het ensemble werd gecompleteerd door werkschoenachtige laarzen met stalen neuzen, en Lena bedacht dat ze hem, als ze hem in het bos kwijtraakte, zou kunnen volgen aan de hand van de diepe indrukken die zijn zolen in de grond zouden achterlaten.

Een paar minuten later stonden ze in de open ruimte tussen de studentenflats voor de jongens. Grant Tech was behoorlijk ouderwets, en maar één van de studentenflats was gemengd, maar – het was tenslotte een college – de studenten hadden manieren gevonden om de regels te omzeilen, en iedereen wist dat Mike Burke, de docent die verantwoordelijk was voor de flats van de jongens, zo doof was als een kwartel en waarschijnlijk niet zou horen dat er op alle mogelijke tijdstippen meisjes in en uit liepen. Lena dacht dat ze zijn gehoorapparaat vanavond wel zouden hebben gestolen en door de wc gespoeld. De muziek die uit het gebouw kwam stond zo hard dat de grond trilde onder haar voeten.

'Dokter Burke is deze week bij zijn moeder,' legde Ethan met een blikkerende glimlach uit. 'Hij heeft een telefoonnummer achtergelaten mochten we hem nodig hebben.'

'Is dit jouw flat?'

Hij knikte en liep op het gebouw af.

Ze hield hem tegen en moest over de muziek heen schreeuwen: 'Behandel me daar binnen gewoon als iemand met wie je een date hebt, oké?'

'Maar dat is toch ook zo?'

Ze wierp hem een blik toe waarvan ze hoopte dat het een antwoord was op zijn vraag.

'Oké.' Hij begon weer te lopen en Lena volgde hem.

Ze deinsde terug voor het lawaai terwijl ze de studentenflat naderden, waar alle lichten brandden, met inbegrip van de kamers boven, die voor de opzichter waren gereserveerd. De muziek hield vaag het midden tussen Europese dansmuziek en acid jazz met een beetje rap erdoorheen, en Lena had het gevoel dat haar oren elk moment konden gaan bloeden van het aantal decibels.

Lena vroeg: 'Maken ze zich geen zorgen over de beveiliging?'

Ethan glimlachte alleen maar, en Lena gaf hem fronsend gelijk. De meeste ochtenden dat ze zich voor haar werk meldde lag er altijd wel iemand die de avond daarvoor feest had gevierd op een veldbed in de achterkamer, met een deken onder zijn kin en speeksel op het kussen van een lange nacht slapen. Ze kende het rooster en wist dat Fletcher vanavond dienst had. Van alle nachtelijke bewakers was hij de slechtste. In de korte tijd dat Lena bij het college werkte had Fletcher geen enkel incident in zijn rapporten vermeld. Natuurlijk werden er een hoop misdaden die 's nachts plaatsvonden niet gemeld of door het donker niet opgemerkt. In een informatiebrochure had Lena gelezen dat minder dan vijf procent van alle vrouwen die op de campus van een college werden verkracht aangifte deed bij de politie. Ze keek omhoog naar de studentenflat en vroeg zich af of er op datzelfde moment iemand werd aangerand.

'Hé, Green!' Een jongeman die iets langer en zwaarder gebouwd was dan Ethan kwam op hen af en stompte met zijn vuist tegen Ethans schouder. Ethan gaf een stomp terug en ze gaven elkaar een ingewikkelde handdruk die allesbehalve geschikt was voor de rand van een drukke dansvloer.

'Lena,' zei Ethan, die zijn best moest doen om boven de muziek uit te komen. 'Dit is Paul.'

Lena probeerde zo vriendelijk mogelijk te glimlachen en vroeg zich af of dit soms de vriend van Andy Rosen was.

Paul bekeek haar van top tot teen, alsof hij haar neukbaarheid taxeerde. Zij deed hetzelfde en bracht hem aan het verstand dat hij niet aan haar maatstaven beantwoordde. Hij zag er behoorlijk nietszeggend uit, zoals mannelijke tieners eruit kunnen zien als ze klem zitten tussen puberteit en volwassenheid. Hij droeg een gele zonneklep, achterstevoren, en had een kortgeknipte geblondeerde kuif die boven op zijn hoofd omhoogstak. Om zijn nek hingen aan een groene metalen ketting een speen en een bundeltje amuletten die eruitzagen als een Hello, Kitty. Hij zag haar kijken en stopte de speen in zijn mond, waarna hij luidruchtig begon te smakken.

'Yo,' zei Ethan, die een stomp tegen de schouder van Paul gaf en zich een beetje gedroeg alsof zijn territorium werd bedreigd. 'Waar is Scooter?'

'Binnen,' zei Paul. 'Probeert waarschijnlijk ze te laten ophouden met die nikkerrotzooi te spelen.' Hij nam een aanstellerige pose aan en zwaaide met zijn handen op de maat van de muziek.

Lena zette toen ze het woord hoorde haar stekels op, maar probeerde te doen alsof ze niets had gemerkt. Het was haar echter waarschijnlijk niet helemaal gelukt, want Paul vroeg: 'Jij kunt het zeker wel met die zwartjes vinden?' In een vet dialect dat alleen een racistisch zwijn zou gebruiken.

'Hou je mond, man,' zei Ethan, en gaf hem een veel hardere stomp dan daarvoor. Paul lachte, maar trok zich terug in een menigte mensen die in de richting van het bos liep; hij riep voortdurend racistische vuiligheid, tot hij zo ver van de muziek verwijderd was dat ze hem niet meer verstonden.

Ethan stond daar met gebalde vuisten en de spieren van zijn schouders bolden op onder zijn shirt. 'Gore klootzak,' braakte hij uit.

'Waarom probeer je niet een beetje rustiger te worden?' vroeg Lena, maar haar hart bonkte in haar borst toen Ethan zich naar haar omdraaide. Zijn woede doorboorde haar als een laser, en ze stak haar hand in haar achterzak en betastte het mes als een talisman.

Ethan zei: 'Niet naar hem luisteren, oké? Hij is niet goed bij zijn hoofd.'

'Dat kun je wel zeggen,' beaamde Lena, in een poging de lont te doven, 'inderdaad.'

Ethan keek haar verwijtend aan, alsof het heel belangrijk was dat ze hem geloofde, waarna hij zijn schreden naar de studentenflat richtte.

De voordeur stond open en erachter hingen een paar studenten rond. Lena kon niet zien van welk geslacht ze waren, maar ze stelde zich voor dat ze hier, als ze er nog een paar seconden zou blijven, wel achter zou kunnen komen. Ze liep met afgewende blik langs hen heen en probeerde een bepaalde geur in de lucht te determineren. Na zeven maanden gewerkt te hebben op een college kende ze de geur van marihuana goed genoeg, maar daar had het in dit geval helemaal niets van weg.

Achter de ingang bevond zich een langwerpige centrale hal

met een trappenhuis dat de drie verdiepingen met elkaar verbond, en twee haaks op elkaar staande gangen die naar links en naar rechts leidden en toegang boden tot de kamers en de badkamers. Het ontwerp van de studentenflat was gelijk aan dat van de andere flats op de campus. De eenheid waarin Lena woonde leek er heel erg op, afgezien van het feit dat elke kamer in het slaapgebouw van de faculteit een kleine suite bevatte met een eigen badkamer en een zitkamer die ook als keukentje dienstdeed. In dit gebouw werden de studenten met zijn tweeën in één kamer ondergebracht en hadden ze gemeenschappelijke badkamers aan het einde van de gang.

Naarmate Ethan en Lena dichter bij het einde van de gang kwamen rook ze beter wat in elk geval twee van de geuren waren: pis en braaksel.

'Ik moet even hier zijn,' zei Ethan, die stil bleef staan voor een deur met een sticker GEVAARLIJK AFVAL erop. 'Dat mag wel even, hè?'

'Ik wacht hier wel buiten,' zei Lena, tegen de muur leunend.

Hij haalde zijn schouders op, stak zijn sleutel in het slot en trok aan de deur zodat deze zou opengaan. De meeste studenten op de campus wisten dat als je hard genoeg aan de krukken schudde de deuren vanzelf opengingen. De helft van de diefstallen waar Lena bij werd gehaald leverde geen enkel spoor op.

'Ik ben zo terug,' zei hij voordat hij naar binnen ging en de deur achter zich sloot.

Terwijl ze wachtte keek ze naar het mededelingenbord op de buitenkant van zijn deur. De ene helft was van kurk en de andere was voor uitwisbare viltstift bestemd. Op het gedeelte van kurk zaten verschillende briefjes geprikt, maar Lena was niet nieuwsgierig genoeg om ze open te vouwen en te lezen. Op het witte bord had iemand geschreven: 'Ethan kan prima pijpen', naast een tekeningetje dat eruitzag als een mismaakte aap die hetzij een honkbalknuppel, hetzij een opgerichte penis in zijn drievingerige hand had.

Lena zuchtte en vroeg zich af wat ze hier in godsnaam deed. Misschien moest ze morgen gewoon naar het bureau om met Jeffrey te praten. Er moest een manier zijn om hem ervan te overtuigen dat ze niets met deze zaak te maken had. Ze moest gewoon naar huis gaan, zichzelf iets inschenken en proberen wat te slapen, zodat de volgende ochtend haar hoofd helder zou zijn en ze een soort plan zou kunnen bedenken. Of misschien moest ze wel blijven en met de vriend van Andy praten, zodat ze Jeffrey in ieder geval iets kon laten zien om te bewijzen dat ze te goeder trouw was.

'Sorry,' zei Ethan zodra hij terug was. Hij zag er nog helemaal hetzelfde uit als toen hij de kamer binnen was gegaan. Ze vroeg zich af wat hij er had uitgespookt, maar was niet nieuwsgierig genoeg om het hem te vragen. Hij had waarschijnlijk verwacht dat ze met hem naar binnen zou zijn gegaan, waar hij haar met zijn jongensachtige charme had kunnen verleiden. Lena hoopte dat ze er niet zo dom uitzag als hij dacht dat ze was.

'Getver, wat een troep,' zei hij terwijl hij met de mouw van zijn shirt het mededelingenbord schoonveegde. 'Alsof die jongens niets beters te doen hebben.'

'Inderdaad,' zei ze verveeld.

'Eerlijk,' hield hij vol. 'Dat is sinds de middelbare school afgelopen.'

Lena geloofde hem even, en glimlachte een beetje toen ze besefte dat hij een grapje maakte.

Hij liep door de gang en vroeg met luide stem: 'Hou je van dit nummer?'

'Natuurlijk niet,' zei ze, terwijl ze met zichzelf overlegde of ze de hele onderneming niet moest afblazen. Ze kon gewoon de naam van die jongen noteren en Jeffrey de zaak morgen laten afhandelen.

Ethan vroeg: 'Van welke muziek hou je dan?'

'Van muziek waar je geen hoofdpijn van krijgt,' zei ze. 'Gaan we nu met die vriend praten of niet?'

'Deze kant op.' Ethan gebaarde naar de trap aan de voorkant.

Terwijl ze de centrale hal in liepen viel er een stuk pleisterwerk uit het plafond, en hoewel Lena alleen de muziek hoorde wist ze dat de vloer boven hen kraakte.

Boven moest er bij de trap een grote centrale gemeenschappelijke ruimte zijn met een televisie en tafels om aan te studeren. Niet dat het klonk alsof er nu iemand aan het studeren was. Er moest ook een gemeenschappelijke keuken zijn, maar te oordelen naar andere studentenflats die Lena had gezien bevatte deze waarschijnlijk niet meer dan een afgetrapte koelkast, een magnetron waarvan de deur niet meer open kon en een paar automaten voor snoep en blikjes frisdrank. Er waren op de eerste verdieping minder kamers, en ook al waren deze kamers kleiner, de eerste verdieping was luxueuzer. Omdat ze de lucht van de vaker gebruikte badkamers op de benedenverdieping had geroken durfde Lena wel te raden waarom.

'Deze kant op,' riep Ethan.

Lena liep achter hem aan terwijl ze zich een weg baanden door de mensen die op de trap zaten. Niemand zag er ouder uit dan vijftien, maar ze dronken allemaal een roze drankje waarin wel zo veel alcohol zat dat Lena het in het voorbijgaan rook. Ze herkende nu de derde geur in het huis: sterkedrank.

In de gemeenschappelijke ruimte boven was het drukker dan op de trap, en Ethan pakte lichtjes haar hand zodat ze niet zou verdwalen. Lena voelde dat ze moest slikken bij dit plotselinge contact, en ze wierp een blik omlaag op zijn hand in de hare. Hij had lange, delicate vingers, bijna meisjesachtig. Ook zijn polsen waren benig, en ze zag de gewrichten vlak onder de mouwen van zijn T-shirt uitsteken. In de ruimte was het zo druk en benauwd dat ze zich niet kon voorstellen hoe hij de hitte verdroeg. Wat Ethan ook onder zijn mouwen verborg, het kon niet de moeite waard zijn ervoor dood te zweten in een vertrek dat vol stond met minstens honderd mensen die zonder uitzondering op en neer sprongen op de maat van iets wat maar heel in de verte als muziek kon worden aangeduid.

Plotseling hield de muziek op. Het vertrek kreunde unisono, en iedereen begon te lachen toen de lampen uitgingen.

Lena's hart schoot in haar keel toen onbekenden tegen haar aansprongen. Een man naast haar fluisterde iets en een meisje lachte hard. Achter haar drukte een man zijn lichaam tegen dat van Lena aan, en ditmaal was het contact iets doelgerichter.

Iemand zei: 'Hé, zet die muziek weer aan!'

Iemand anders reageerde: 'Geef me even de tijd, alsjeblieft', en bij de hoek werd een zaklantaarn aangeknipt terwijl de deejay zijn apparatuur weer aan de praat probeerde te krijgen.

Eindelijk waren Lena's ogen gewend en onderscheidde ze overal om zich heen de gedaanten van mensen. Voetje voor voetje liep ze naar voren, en de man achter haar volgde haar als een schaduw. Hij liet zijn handen om haar heupen omhoogglijden en blies 'Hallo' in haar oor.

Lena verstarde.

'Laten we ergens heen gaan,' zei hij, tegen haar op rijdend.

Lena probeerde 'Hou op' te zeggen, maar de woorden bleven in haar keel steken. Ze sprong op Ethan af en sloeg haar handen om zijn arm voordat ze zichzelf weer onder controle had.

'Wat is er?' vroeg Ethan. Zelfs in het donker zag ze dat hij achter haar keek en het antwoord kreeg waarnaar hij zocht. Zijn spieren spanden zich en hij ramde zijn vuist in de borst van de jongen en beet hem toe: 'Klootzak.'

De jongen deinsde terug en hield zijn handen op alsof er alleen maar sprake was van een misverstand.

'Het is al in orde,' zei Ethan tegen Lena. Hij sloeg zijn armen om haar heen, beschermde haar tegen de menigte. Ze had hem kunnen wegduwen, maar ze had een paar seconden nodig om haar hart tot bedaren te brengen voordat het door haar ribben naar buiten zou barsten.

Opeens begon de muziek weer en floepten er weer gekleurde lampen aan. De menigte juichte en begon weer te dansen, en de witte T-shirts en tanden gloeiden paars op in het licht. Sommige studenten begonnen met groene en gele gloeistokken tegen elkaar te zwaaien. Anderen hadden kleine zaklantaarns, waarmee ze in de ogen van anderen schenen.

'Dit is een rave,' zei Lena. Dat dacht ze tenminste. De muziek was zo hard dat ze haar eigen stem niet kon horen. De menigte deinde door op ecstasy, en de verlichting intensiveerde de gewaarwordingen. Paul had zijn speen niet voor niets. Hij kon hem gebruiken om te voorkomen dat zijn tanden zouden gaan klapperen terwijl hij zich uitleefde.

Boven de muziek uit riep Ethan: 'Kom mee', en dreef haar achteruit. Ze tastte achter zich en bleef staan toen ze een muur voelde.

'Gaat het?' vroeg hij met zijn gezicht dicht bij het hare, zodat ze hem kon verstaan.

'Natuurlijk gaat het,' zei ze terwijl ze met haar hand tegen zijn borst drukte om wat ruimte tussen hen te scheppen. Zijn lichaam gaf even weinig mee als de muur, en hij bewoog niet.

Hij streek met zijn vingers haar haar naar achteren. 'Ik had graag gezien dat je je haar achterover had gedragen.'

'Ik had niets ervoor,' loog ze.

Hij glimlachte terwijl hij keek hoe zijn vingers door haar haar gleden. 'Ik had een elastiekje voor je kunnen halen of zo.'

'Nee.'

Ethan liet, kennelijk teleurgesteld, zijn hand zakken. Hij veranderde van onderwerp en vroeg aarzelend: 'Wil je dat ik nog eens met die lul ga praten?'

'Nee,' zei ze, maar gedeeltelijk wilde ze dat hij dat wel deed – meer dan gedeeltelijk zelfs. Ze vond het een leuk idee dat Ethan die zak die tegen haar op had staan rijden een enorm pak slaag zou geven.

'Oké,' zei Ethan.

'Ik meen het,' zei Lena, wetend dat het verkeerd zou zijn Ethan achter de jongen aan te sturen. 'We zijn hier op een rave. Hij heeft waarschijnlijk gedacht...'

'Goed, goed,' onderbrak Ethan haar. 'Blijf hier staan. Ik zal iets te drinken halen.'

Hij was verdwenen voordat Lena iets had kunnen zeggen. Ze keek hem na tot hij in de menigte verdween en voelde zich een zielig schoolmeisje. Ze was vierendertig, geen veertien, en ze had geen schooiertje nodig om haar problemen voor haar uit te vechten.

'Hé,' zei iemand die tegen haar op botste. Een opgewekt ogende brunette bood Lena een paar groene capsules aan, maar Lena wuifde haar weg en botste tegen iemand aan die achter haar stond.

'Sorry,' zei ze, en ze deed een stap van hem vandaan, waarna ze weer tegen iemand anders aan botste. Het vertrek begon op haar af te komen, en Lena wist dat ze zou gaan gillen als ze niet meteen naar buiten kon.

Ze duwde zich met haar ellebogen een weg door de mensen

en probeerde naar de trap te komen, maar de massa bewoog zich als een onderstroom tegen haar in. Het was nog steeds donker in de ruimte en ze tastte voor zich, gebruikte haar handen om mensen opzij te duwen tot ze weer een muur onder haar handpalmen voelde. Ze draaide zich om, dacht aan het licht aan de andere kant van het vertrek te zien dat ze de verkeerde kant had genomen. De trap was aan het andere uiteinde.

'Godver,' vloekte ze, terwijl ze haar hand over de muur liet gaan. Ze vond een deurkruk en duwde de deur open, knipperend tegen het heldere licht. Haar ogen raakten gewend en ze zag een jongen op zijn rug op een bed liggen. Hij keek met een geile blik in zijn ogen naar Lena terwijl een blond meisje op hem reed. Hij maakte een gebaar of ze mee wilde doen, en ze sloeg de deur dicht, draaide zich om en rende naar Ethan.

'Wauw,' zei deze, terwijl hij een bekertje sinaasappelsap omhooghield om niet te morsen.

De snelheid van de muziek begon af te nemen; Lena veronderstelde dat het gebeurde om de ravers te helpen bij hun trip. Wat ook de reden was, ze zei bijna een dankgebedje toen haar trommelvliezen eindelijk geen pijn meer deden van het lawaai.

'Ik wist niet wat je wilde,' zei Ethan op het bekertje wijzend. 'Hier zit wodka in. Ik heb het zelf maar gemaakt, want je weet maar nooit.' Hij trok een flesje water uit de zak van zijn wijde spijkerbroek. 'Je kunt ook dit nemen.'

Lena keek naar het bekertje: ze wilde zo graag iets drinken dat haar tong in haar mond krulde. 'Water,' zei ze.

Hij knikte, alsof ze voor een examen was geslaagd. 'Ik ben zo terug,' zei hij terwijl hij het bekertje op een tafel iets verderop zette.

'Wil jij het dan niet?' vroeg ze.

'Ik ga wat vruchtensap halen. Blijf hier op me wachten, zodat ik je kan vinden.'

Lena draaide de dop van het flesje water en keek hoe hij weer wegliep. Ze dronk met grote teugen en hield haar ogen open, zodat niemand haar kon verrassen. De helft van de studenten op de dansvloer was zo uitgeput dat de andere helft ze overeind moest houden.

Ze merkte dat ze naar de tafel keek waarop Ethan de wodka had achtergelaten. Voordat ze zich kon bedenken liep ze ernaartoe en dronk in twee snelle slokken het hele bekertje leeg. De drank was bijna puur, met een scheutje sinaasappelsap voor de kleur. Haar borst trok zich samen terwijl de wodka omlaagging, een trage vlam drong door in haar slokdarm alsof ze een brandende lucifer had ingeslikt.

Met haar hand veegde Lena haar lippen af. Ze voelde steken in haar pijnlijke pols. Ze probeerde zich te herinneren wanneer ze de Vicodin had genomen. De film had minstens twee uur geduurd. De wandeling naar de studentenflat een halfuur. Wat was de tijd tussen twee doseringen?

'Krijg de fuck ook,' zei Lena terwijl ze de pil pakte en in haar mond stopte. Ze keek om zich heen, zoekend naar iets waarmee ze hem kon doorspoelen en zag een beker roze punch op de tafel staan. Ze staarde ernaar, vroeg zich heel even af wat erin zat voordat ze een flinke slok nam. Het drankje smaakte naar wodka met net genoeg cherry Cool-Aid om het een roze kleur te geven. Er zat niet veel meer in de beker en Lena dronk hem leeg, waarna ze hem met een klap op de tafel zette.

Lena wachtte drie ademhalingen, en toen sloeg de alcohol toe. Er verstreken nog een paar seconden en ze keek met een licht roezig gevoel maar verre van dronken om zich heen. Het was gewoon een feestje met een stel onschuldige kinderen. Dit kon ze wel aan. De alcohol had de scherpe kantjes eraf geslepen, precies wat ze nodig had. De Vicodin zou dadelijk gaan werken, en dan zou ze zich weer normaal voelen.

De muziek werd traag en sensueel, de beat klonk minder hard in haar oren. Iemand had kennelijk het volume weer omlaaggedraaid, ditmaal tot een bijna draaglijk niveau.

Lena nam nog een slok water om het kleverige gevoel uit haar mond te spoelen. Ze smakte met haar lippen en keek om zich heen naar de jongens en meisjes in het vertrek. Ze lachte toen ze bedacht dat ze hier waarschijnlijk de oudste was.

'Wat is er zo grappig?' Ethan stond weer naast haar. Hij had een ongeopende fles sinaasappelsap in zijn hand.

Met een plotseling duizelig gevoel schudde Lena haar hoofd. Ze moest bewegen, iets van de uitwerking van de alcohol eruit lopen. 'Laten we op zoek gaan naar die vriend.'

Hij keek haar bevreemd aan en ze bloosde, zich afvragend of hij misschien de lege bekers op de tafel had gezien.

'Hierheen,' zei hij terwijl hij probeerde haar voor te gaan.

'Dat zie ik ook wel,' zei ze, en sloeg zijn hand weg.

Hij vroeg: 'Vind je deze muziek beter?'

Ze knikte, en verloor bijna haar evenwicht. Als Ethan het al had gemerkt zei hij niets. Hij nam haar mee naar een van de zijgangen die naar de kamers van de studentenflat leidden. Ze hoorde verschillende soorten muziek in de kamers; sommige deuren stonden open, waardoor ze de bewoners zag: coke snuivend of als konijnen naaiend, afhankelijk van het aantal mensen in zo'n kamer.

Ze vroeg: 'Gaat het er hier altijd zo aan toe?'

'Het komt doordat dokter Burke er niet is,' zei hij, 'maar het gebeurt inderdaad heel vaak.'

'Zoiets dacht ik al,' zei ze, een blik in een volgende kamer werpend en daarna wensend dat ze het niet had gedaan.

'Normaal zit ik in de bibliotheek,' zei hij, maar ze dacht dat hij best eens zou kunnen liegen. Lena had hem er nooit gezien. Natuurlijk was de bibliotheek behoorlijk groot, en Ethan zag eruit als een jongen die gemakkelijk onopgemerkt bleef. Maar misschien zat hij er wél. Misschien had hij haar al die tijd in de gaten gehouden.

Hij bleef staan voor een deur die uitsluitend opviel door het ontbreken van stickers en geile briefjes.

'Yo, Scooter!' riep hij, met zijn knokkels op de deur trommelend.

Lena keek omlaag naar de plankenvloer, sloot haar ogen, probeerde haar gedachten in het gareel te krijgen.

'Scoot?' herhaalde Ethan, die nu met zijn vuist op het hout bonkte. Hij sloeg zo hard dat het hout aan de bovenkant doorboog, waardoor er tussen de deur en de lijst licht zichtbaar werd.

Ethan zei: 'Kom op, Scooter. Doe open, stomme klootzak. Ik weet dat je er bent.'

Lena hoorde niet veel van wat er achter de deur gebeurde, maar ze begreep dat er iemand bewoog. Er verstreken nog ettelijke minuten voordat de deur opengíng, en een golf van de ergste lichaamsgeur die ze in haar leven had geroken sloeg hen tegemoet als een warme emmer mest.

'Jezus,' zei ze, en ze bracht haar hand naar haar neus.

'Dit is Scooter,' zei Ethan, alsof dit de stank verklaarde.

Lena ademde door haar mond en probeerde aan de stank te wennen. 'Stinker' zou een passender bijnaam zijn geweest.

Ze zei: 'Hallo', en probeerde niet te kokhalzen.

Scooter was opmerkelijk omdat hij zo anders was. Terwijl de meeste jongens die Lena tot dusver had gezien gemillimeterd haar hadden en zakkige spijkerbroeken en T-shirts droegen, had Scooter lang zwart haar en droeg hij een lichtblauwe halter en een feloranje Hawaii-broek. Om zijn linkerbiceps zat een gele rubberen afklemband en de bovenste helft van zijn arm puilde uit van de druk.

'O, man,' zei Ethan, terwijl hij aan de band trok. 'Kom op.' De band schoot van Scooters arm en vloog de kamer weer in.

'Shit, man,' kreunde Scooter. Hij versperde de deuropening, maar zonder dat er enige dreiging van hem uitging. 'Dat wijf is een smeris, godverdomme. Wat heeft een smeris hier te zoeken, man? Waarom neem je een smeris mee naar mijn hok?'

'Lopen,' zei Ethan, terwijl hij de ander zachtjes weer de kamer in duwde.

'Word ik nou gearresteerd?' vroeg hij. 'Wacht even, man.' Hij liet zich op de vloer zakken, zoekend naar het elastiek. 'Wacht even, laat me eerst even scoren.'

'Sta op,' zei Ethan terwijl hij Scooter aan de band van zijn broek overeind trok. 'Kom, ze arresteert je heus niet.'

'Ik mag niet in de gevangenis terechtkomen, man.'

'Ze zet je niet in de gevangenis,' zei Ethan, wiens stem hard klonk in die kleine kamer.

'Ja, oké,' zei Scooter, terwijl hij zich door Ethan overeind liet trekken. Scooter bracht zijn hand naar zijn hals en Lena zag dat hij een geel kettinkje droeg dat heel erg leek op wat Paul, Ethans vriend van zo-even, had gedragen. Aan dat van Scooter ontbrak de speen, maar er hing wel iets aan wat eruitzag als een verzameling sleutels, heel kleine primitieve sleuteltjes van het soort dat bij een meisjesdagboek hoorde.

'Ga zitten, man,' zei Ethan, en hij duwde hem op het bed.

'Ja, oké,' zei Scooter, alsof hij niet besefte dat hij al zat.

Lena stond in de deuropening, nog steeds door haar mond ademend. Er zat een airco-apparaat bij het raam, maar Scooter had hem niet aangezet. Verslaafden bleven gewoonlijk graag koel om de stuff niet te snel weer uit te zweten, maar te oordelen naar de stank vermoedde Lena dat Scooters lichaam zo smerig was dat al zijn poriën wel verstopt zouden zijn.

De kamer leek erg op alle andere: rechthoekig, met een bed, een werktafel en aan weerszijden een kast. Tegenover de deur zaten twee grote ramen; het glas was bijna ondoorzichtig van het vuil. Stapels boeken en kranten lagen op de vloer, dozen van een afhaalrestaurant en lege bierblikjes erbovenop. Door het midden van de kamer liep over de vloer een stuk blauwe tape, waarschijnlijk om de ruimte in tweeën te delen. Ze vroeg zich af wat Scooters kamergenoot van de stank vond.

Een kleine koelkast deed dienst als nachtkastje bij het bed waarop Scooter nu zat. Zijn kamergenoot had gekozen voor een meer traditionele kleine plaat multiplex op twee stapels gasbetonblokken. De blokken had hij waarschijnlijk gestolen op de bouwplaats bij de cafetaria. Kevin Blake had net twee weken daarvoor een memo gestuurd waarin hij Chuck vroeg de ontbrekende blokken op te sporen omdat de aannemer betaling wilde voor de vervanging.

'Niets aan de hand,' zei Ethan, en gebaarde dat ze binnen moest komen. 'Hij is helemaal van de wereld.'

'Dat zie ik,' zei Lena, maar ze bleef in de deuropening staan. Scooter was in elk opzicht groter dan Ethan: langer, sterker. Ze stak haar duim in haar achterzak en tastte naar het mes.

Ethan ging naast Scooter op het bed zitten en zei: 'Hij praat toch niet met je als je de deur openlaat.'

Lena dacht na over de risico's en besloot dat het wel goed zat. Ze kwam binnen en deed de deur dicht zonder hun haar rug toe te draaien. 'Hij ziet er niet uit alsof hij kán praten – punt uit,' zei ze. Ze wilde net op het bed tegenover Scooter gaan zitten maar deed het toch maar niet toen ze zich herinnerde wat er zich allemaal in de andere kamers afspeelde.

'Ik neem je niks kwalijk, man,' zei Scooter; hij lachte met korte blafjes, als een zeehond.

Ze keek in de kamer rond en bedacht dat er genoeg drugsgerelateerde spullen lagen om een hele apotheek te bevoorraden. Op een klein krukje bij het bed zag ze twee spuiten. Ernaast lag een lepel met resten erin en een klein zakje met wat eruitzag als grove stukken zout. Ze hadden Scooter gestoord bij het klaarmaken van ice, de sterkste vorm van metamfetamine. Het spul was zo zuiver dat hij het niet eens hoefde te filteren.

'Wat een vreselijke idioot,' zei Lena. Zelfs haar oom Hank, een speedfreak van de eerste orde, had nooit met ice gerommeld. Hij vond het te gevaarlijk.

Ze zei tegen Ethan: 'Ik zie hier de zin niet van.'

'Hij was Andy's beste vriend,' zei Ethan.

Toen hij Andy's naam hoorde barstte Scooter in tranen uit. Hij huilde als een meisje, openlijk en zonder schaamte. Lena werd bij zijn reactie heen en weer geslingerd tussen weerzin en fascinatie. Vreemd genoeg leek Ethan haar gevoelens te delen.

'Kom, Scoot, even flink zijn,' zei hij terwijl hij de ander van zich af duwde. 'Jezus Christus, wat ben je, een mietje soms?'

Hij wierp een blik op Lena; waarschijnlijk herinnerde hij zich op het laatste moment dat Lena's zuster lesbisch was geweest. Lena keek op haar horloge. Ze had haar hele avond verspild aan pogingen deze domkop te spreken te krijgen, en ze zou het nu niet opgeven. Ze gaf zo'n harde schop tegen het bed dat beide mannen geschrokken overeind schoten.

'Scooter,' zei Lena. 'Luister naar me.'

Hij knikte.

'Je was met Andy bevriend?'

Hij knikte weer.

'Had Andy last van depressies?'

Hij knikte weer. Lena zuchtte en wist dat ze niet tegen het bed had moeten schoppen. Hij voelde zich nu bedreigd en zou niets zeggen.

Ze knikte naar de koelkast. 'Heb je daar iets te drinken?'

'O, ja, man.' Scooter sprong overeind alsof hij wilde zeggen 'waar zijn mijn manieren gebleven?' Hij wankelde even voordat hij zijn evenwicht hervond en trok de kleine koelkast open. Lena zag enkele flessen bier en iets wat leek op een plastic literfles merkloze wodka. Gezien de inhoud van de ijskast en de drugs vroeg ze zich af hoe Scooter wist te voorkomen dat hij van college getrapt werd.

Scooter begon: 'Ik heb wat bier en wat...'

'Laat mij maar even,' zei Lena terwijl ze hem uit de weg duwde. Misschien zou ze zichzelf meer onder controle hebben als ze nog een glas dronk.

'Glazen?' vroeg ze.

Scooter stak zijn arm onder het bed en haalde twee plastic bekers te voorschijn die betere tijden hadden gekend. Lena zette ze op de koelkast en pakte het sinaasappelsap dat Ethan haar aanreikte. Het was een kleine fles. Er zou niet veel te drinken zijn voor hen drieën.

'Voor mij niet,' zei Ethan, die haar bekeek alsof ze een van zijn studieboeken was.

Lena keek hem niet aan terwijl ze de drank mengde. Ze goot de helft van het sinaasappelsap in een van de bekers en deed er daarna een beetje wodka bij. Het flesje sap hield ze voor zichzelf en ze vulde het weer aan met de kleurloze drank. Ze drukte haar duim op de opening en schudde het flesje om het sap en de wodka te mengen, terwijl ze nog steeds Ethans blik op zich gericht voelde.

Ze ging op het bed tegenover hen zitten en herinnerde zich toen pas dat ze dit eigenlijk niet wilde. Ze staarde naar Scooter terwijl deze met kleine slokjes dronk.

'Dit doet me goed, man,' zei hij. 'Dank je.'

Lena hield het flesje sap op haar schoot en dronk niet. Ze was benieuwd hoe lang ze het zou volhouden. Misschien zou ze bij nader inzien wel helemaal niet drinken. Misschien zou ze het flesje gewoon in haar hand houden zodat Scooter zich op zijn gemak zou voelen als hij met haar praatte. Ze wist dat het eerste dat je bij een ondervraging moest doen het creëren van een verstandhouding was. Met verslaafden als Scooter was de gemakkelijkste methode om dit te bereiken hem te laten denken dat ze zelf een probleem had.

'Andy,' zei Lena uiteindelijk, zich bewust hoe droog haar mond was.

'Ja.' Scooter knikte traag. 'Hij was een goeie jongen.'

Lena herinnerde zich wat Richard Carter had gezegd. 'Ik hoorde dat hij een vreselijke klier kon zijn.'

'Ja, nou ja, degene die je dat verteld heeft is een klootzak,' grauwde Scooter terug.

Hij had gelijk, maar deze informatie hield Lena voor zich. 'Vertel me eens wat over hem. Vertel me eens wat over Andy.'

Scooter leunde tegen de muur en veegde zijn lange zwarte haar uit zijn ogen. Hij had een angstaanjagende verzameling pukkels op zijn wangen. Lena had hem kunnen vertellen dat een bezoek aan de kapper of in elk geval het schoonhouden van zijn haar dit probleem heel wat zou verhelpen, maar op dit moment had ze wel iets anders om over te praten.

Ze vroeg: 'Had hij een verhouding?'

'Wie, Andy?' Scooter schudde zijn hoofd. 'Al een hele tijd niet meer.' Hij hield zijn beker op, in de verwachting dat ze hem nog eens zou inschenken. Lena keek hem strak aan, niet bereid hem nu al iets te geven.

Ze zei: 'Eerst praten, dan krijg je nog wat.'

'Ik moet scoren, man,' zei hij, en hij stak zijn hand uit naar de naalden op de koelkast.

'Hou je even kalm,' zei Ethan terwijl hij hem wegduwde. 'Je zei dat je met haar zou praten en nu ga je het doen ook, weet je nog wel? Je zei dat je haar zou vertellen wat ze weten wilde.'

'Heb ik dat gezegd?' vroeg Scooter met een verwarde blik in zijn ogen. Hij keek even naar Lena, die bevestigend knikte.

'Ja, maatje,' zei Ethan. 'Dat heb je gezegd. Je hebt het beloofd omdat je Andy wilde helpen.'

'Ja, oké,' beaamde Scooter, met zijn hoofd schuddend. Zijn haar was zo smerig dat het niet meebewoog.

Ethan wierp Lena een scherpe blik toe. 'Zie je nu wat die rotzooi met je hersens doet?'

Lena deed alsof ze het niet hoorde en vroeg Scooter: 'Zag Andy weleens iemand?'

Scooter giechelde. 'Ja, maar zij zag hem niet.'

'Wie?' vroeg Lena.

'Ellen, man. Ellen van zijn kunstlessen.'

'Schaffer?' verduidelijkte Ethan, bij wie deze naam niet goed scheen te vallen.

'Ja, man, die is zo godallemachtig geil. Je snapt toch wel wat ik bedoel?' Scooter gaf Ethan een suggestieve por met zijn elleboog. 'En bloedmooi.'

Lena probeerde hem weer bij de les te roepen. 'Zag ze hem weleens?'

'Zo iemand zag ze niet eens staan,' zei Scooter. 'Ze is een godin. Gewone stervelingen als Andy mochten alleen maar aan haar broekjes snuffelen.'

'Ze is een wandelend zaadpakhuis,' zei Ethan met duidelijke weerzin. 'Ze heeft waarschijnlijk niet eens geweten dat hij bestond.'

Scooter giechelde weer en gaf Ethan nog een por met zijn elleboog. 'Misschien houdt hij nu daar boven broekjesstrooptochten in de hemel!'

Ethans gezicht vertrok en hij duwde Scooter weg.

'Hè?' vroeg Lena, in de war.

'Godver, ik heb gehoord dat haar gezicht eruitzag alsof ze een fragmentatiebom had ingeslikt,' zei Scooter.

'Wiens gezicht?' vroeg Lena.

'Dat van Ellen natuurlijk!' antwoordde Scooter op vanzelfsprekende toon. 'Ze heeft haar hoofd eraf geschoten, man. Waar heb jij in godsnaam al die tijd uitgehangen?'

De schok trof Lena als een baksteen. Ze had de hele dag naar haar nummermelder kijkend op haar kamer gezeten. Nan had een paar keer gebeld, maar Lena had niet opgenomen. De dood van Ellen Schaffer voegde een heel nieuw aspect aan het onderzoek toe. Als deze net als in het geval van Andy in scène was gezet zou Jeffrey Lena tweemaal zo nauwkeurig onder de loep nemen.

Zonder erbij na te denken nam Lena een kleine slok uit de fles. Ze hield de vloeistof in haar mond en genoot ervan voordat ze hem doorslikte. De wodka brandde zich een weg omlaag en ze voelde hem helemaal naar haar maag afdalen. Ze ademde langzaam uit, voelde zich rustiger, scherper.

Ze vroeg: 'En dat afkickprogramma waar zijn ouders hem heen hadden gestuurd?'

Scooter keek weer naar de spuiten en likte aan zijn lippen. 'Hij deed wat hij moest doen om eraf te komen, snap je? Andy was dol op zijn pijp. Daar kom je nooit meer vanaf. Je wordt een keer verliefd en je blijft terugkomen, als een minnaar.' Kennelijk genoot Scooter ervan het woord 'minnaar' uit te spreken: hij herhaalde het verschillende keren, en rolde elke keer met zijn tong.

Lena probeerde hem weer terzake te laten komen. 'Dus hij kwam clean terug?'

Scooter knikte. 'Ja.'

'Hoelang heeft dat geduurd?'

'Tot zondag, geloof ik,' zei Scooter, en lachte alsof hij het een goede mop vond.

'Welke zondag?'

'Voordat hij doodging,' zei Scooter. 'Iedereen weet dat de smerissen daar boven een naald hebben gevonden.'

'Juist,' zei Lena, ervan overtuigd dat Frank het zou hebben verteld als het waar was. Geruchten verspreidden zich op de campus tegenwoordig even snel als geslachtsziekten.

Ze zei: 'Ik dacht dat je zei dat hij graag rookte?'

'Ja, ja,' zei hij. 'Dat hebben ze gevonden.'

Lena wierp een snelle blik op Ethan. Ze vroeg Scooter: 'Heb je Andy vóór gisteren zien gebruiken?'

Scooter schudde zijn hoofd. 'Nee, maar ik weet dat hij het wel deed.'

'Hoe kun je dat zo zeker weten?'

'Omdat hij van me wilde kopen, man.'

Naast hem verstarde Ethan voelbaar.

Scooter zei: 'Hij heeft zaterdagavond een hele lading gekocht en hij zei dat hij het zondag allemaal zou opmaken. Dat hij een ritje op een vliegend tapijt wilde maken. Hé, denk je dat dat nummer daarom zo heet?'

Lena probeerde hem bij de les te houden. 'Denk je dat hij zelfmoord wilde plegen?'

Ethan stond op en liep naar het raam.

'Ja, of wat dan ook,' zei Scooter. Weer wierp hij een blik op de naalden. 'Hij kwam zo'n beetje naar mijn kamer en zei: "Hé, man, heb jij spul in huis?" En ik zei: "Jezus, ja, ik ben helemaal klaar voor als Burke volgende week weg is", en toen zei hij: "Geef me alles wat je hebt. Ik heb geld", en toen ik: "Krijg de klere, geen sprake van, man, het is mijn spul en ik krijg nog poen van je, lullige mie", en toen hij weer...'

Lena onderbrak hem. 'Had hij geldproblemen?'

'Ja, zo'n beetje, altijd. Hij moest van zijn moeder huur betalen en meer van die flauwekul. Hoe gek ben je dan, man? Haar eigen zoon, en ze liet hem voor zijn kleren betalen en nog veel meer, alsof hij in de steun liep, verdomme.' Hij verschoof een beetje in zijn broek. 'Maar die auto was wel te gek.' Hij draaide zich naar Ethan om. 'Heb je die auto gezien die zijn vader voor hem had gekocht?'

Lena probeerde Scooter bij het onderwerp te houden. 'Maar had hij zaterdagavond geld? Had Andy geld?'

'Jezus, geen idee. Het zal wel. Hij heeft spul gekocht.'

'Ik dacht dat jij het hem had verkocht.'

'Welnee, man, ik heb je al gezegd wat hij wilde. En met die ellende wil ik niks te maken hebben. Je verkoopt wat dope en zo'n jongen krijgt een overdosis binnen, en voor je het weet zit je in de bak voor doodslag, en ik ben niet van plan de bak in te draaien, man. Er ligt al een baantje op me te wachten als ik hier klaar ben.'

'Waar?' vroeg Lena, die zich afvroeg wie er in godsnaam zo'n bedrijfsongeval in dienst zou nemen.

Ethan gaf hem geen kans te antwoorden. 'Je wist dat hij van plan was zelfmoord te plegen?'

'Ik denk van wel.' Scooter haalde zijn schouders op. 'Dat had hij die laatste keer in elk geval geprobeerd. Een heleboel spul gekocht en toen zijn arm wijd opengesneden met een scheermes.' Hij trok met zijn vinger een lijn over zijn onderarm om duidelijk te maken wat hij bedoelde. 'Man, wat een smeerboel. Overal bloed, je geloofde je ogen gewoon niet. Denk je dat ik iets had moeten zeggen, man? Ik wilde hem geen problemen bezorgen of zo.'

'Ja, lul,' zei Ethan, die naar het bed liep. Hij gaf Scooter een klap tegen zijn achterhoofd. 'Inderdaad, je had iets tegen hem moeten zeggen. Je hebt hem vermoord, dat heb je gedaan.'

Lena zei: 'Ethan...'

'Laten we hier weggaan,' zei Ethan, en liep naar de deur. Ze zag dat hij kwaad was maar begreep niet waarom. Hij zei: 'Het spijt me dat ik je tijd heb verknoeid.'

Scooter zei: 'Geeft niks, hoor.'

'Kom mee,' zei Ethan, en gooide de deur zo hard open dat de kruk een deuk in de muur erachter sloeg.

Lena liep achter hem aan, maar bleef in de kamer en deed de deur achter hem dicht.

'Lena!' De deur rammelde hevig toen Ethan aanklopte, maar ze deed hem op slot en hoopte dat Ethan zo een paar minuten buitengesloten zou worden.

'Scooter,' zei ze, en zorgde ervoor dat hij naar haar luisterde, 'wie heeft hem die drugs verkocht?'

Scooter staarde haar aan. 'Hè?'

'Wie heeft Andy die drugs verkocht?' herhaalde ze. 'Zaterdagavond, waar heeft hij toen uiteindelijk drugs gekregen?'

'Shit,' zei Scooter, 'dat weet ik niet.' Hij krabde aan zijn armen, duidelijk niet op zijn gemak nu Ethan er niet meer was. 'Laat me met rust, oké?'

'Nee,' zei Lena. 'Pas als je het me vertelt.'

'Ik heb mijn rechten.'

'O ja? Wou je soms de politie bellen?' Ze hield de fles in haar ene hand en raapte met de andere de volle injectiespuiten op. 'Laten we de politie maar bellen, Scooter.'

'Nou, Jezus, man, kalm aan nou.' Hij deed een zwakke poging de naalden te pakken, maar Lena was sneller.

'Wie heeft Andy die drugs verkocht?' vroeg ze

'Kom nou,' kermde Scooter. Toen hij zag dat het niets uithaalde gaf hij zich gewonnen. 'Jij zou het moeten weten, man. Je werkt met hem.'

Lena liet de injectiespuiten en bijna ook de fles vallen voordat ze zichzelf weer onder controle had. 'Chuck?'

Scooter liet zich op de grond vallen en raapte de naalden op alsof zijn leven ervan afhing.

'Chuck?' herhaalde Lena. Ze was te verbijsterd om iets anders te zeggen. Ze nam een slokje wodka en sloeg toen de hele fles achterover. Ze voelde zich zo gedesoriënteerd dat ze weer op het bed moest gaan zitten.

'Lena?' schreeuwde Ethan op de deur bonzend.

Scooter begon zichzelf te injecteren. Lena keek gefascineerd toe terwijl hij bloed trok en vervolgens het spul in zijn ader spoot. Hij hield het uiteinde van de band tussen zijn tanden en liet hem losschieten terwijl hij de vloeistof naar binnen drukte.

Hij hapte naar adem alsof hij een klap had gekregen en zijn hele lichaam kwam overeind. Hij hield zijn mond open en zijn lichaam schokte terwijl de drug bezit van hem nam. Zijn ogen schoten wild heen en weer, zijn tanden klapperden. Zijn hand trilde zo dat de lege spuit op de vloer viel en onder het bed rolde. Lena keek toe, niet in staat haar blik af te wenden, terwijl zijn lichaam krampend vertrok van de ice in zijn aderen.

'O, man,' fluisterde Scooter. 'O, Jezus, man. O, ja.'

Ze staarde peinzend naar de andere spuit op de vloer en vroeg zich af hoe het zou voelen om je te laten gaan, om even toe te laten dat een drug je lichaam beheerste. Of je van je leven beroofde.

Scooter sprong zo plotseling op dat Lena met haar hoofd tegen de muur bonsde toen ze voor hem terugweek.

'O, wauw, wat is het hier warm,' zei Scooter; zijn woorden kwamen als mitrailleurkogels naar buiten terwijl hij door de kamer ijsbeerde. 'Weet je het is zo heet het is bijna te heet om te ademen ik weet niet of ik kan ademen kan jij ademen man maar het voelt lekker aan wat jou?' ratelde hij maar, aan zijn kleren trekkend alsof hij ze niet aan kon houden.

'Lena!' brulde Ethan.

De deurkruk trilde hevig en plotseling schoot de deur open en ramde weer tegen de muur.

'Klootzak!' schreeuwde Ethan, en gaf Scooter zo'n harde duw dat deze tegen de koelkast viel. Vol energie door de speed in zijn aderen veerde Scooter onmiddellijk weer op, nog steeds raaskallend over de hitte in de kamer.

Ethan zag de andere spuit op de vloer liggen en stampte er met zijn voet op tot het plastic in stukken brak en de heldere vloeistof er een poeltje omheen vormde. Daarna, alsof hij wist hoever Scooter zou gaan om een volgende kick te krijgen, wreef Ethan met zijn schoen door de poel tot er niets meer was om op te zuigen.

Ethan greep Lena's hand en zei: 'Kom mee.'
'Shit!' gilde ze. Hij had haar pijnlijke pols vast. Ze ging bijna van haar stokje, maar Ethan liet pas los toen ze weer op de gang stonden.
'Gore lul!' zei Lena terwijl ze hem een klap tegen zijn schouder gaf. 'Het begon me net te lukken.'
'Lena...'
Ze draaide zich om en liep weg. Ethan probeerde haar arm te pakken, maar ze was te snel voor hem. Hij zei: 'Waar ga je heen?'
'Naar huis.' Terwijl ze door de gang liep liet ze nog eens de revue passeren wat Scooter had gezegd. Ze moest alles opschrijven nu het nog vers was. Als Chuck deel uitmaakte van een soort drugsbende kon hij Andy Rosen en Ellen Schaffer van kant hebben gemaakt om hun de mond te snoeren. Alle stukken van de puzzel vielen nu op hun plaats. Ze moest ze alleen maar lang genoeg in haar hersens opslaan om ze te kunnen opschrijven.
Opeens liep Ethan naast haar. 'Laat me je naar huis brengen.'
'Ik heb geen enkele behoefte aan een escorte,' zei ze, haar pols betastend en zich afvragend of hij hem dan nu toch eindelijk gebroken had.
'Je hebt een hoop drank op.'
'En zo meteen neem ik nog een hoop meer,' zei ze terwijl ze zich een weg baande door een groep mensen die de deuropening blokkeerde. Nadat ze alles had opgeschreven zou een drankje om het te vieren wel kunnen. Een paar uur geleden had ze zich nog zorgen gemaakt dat ze haar baantje kwijt zou raken. Nu verkeerde ze misschien in de positie om Chucks baan over te nemen.
'Lena...'
'Ga naar huis, Ethan,' beval ze, en struikelde over een steen op het grasveld voor het gebouw. Ze wankelde maar liep door.
Hij liep vlak achter haar en draafde om haar bij te houden. 'Rustig nou een beetje.'
'Ik hoef niet rustig te worden,' zei Lena, en dat was waar. De adrenaline die door haar lichaam werd gepompt hield haar geest scherp.

'Lena, alsjeblieft,' zei Ethan bijna smekend.

Ze sloeg een smal pad tussen twee doornige struiken in, want ze wist dat ze sneller bij haar flat zou zijn als ze deze korte route nam.

Ethan kwam achter haar aan maar zei niets meer.

'Wat ben je van plan?' vroeg ze.

Hij gaf geen antwoord.

'Je komt mijn kamer niet in,' zei ze, een laaghangende tak opzij duwend terwijl ze naar de hoofdingang van haar flat liep. 'Ik meen het, Ethan.'

Hij deed alsof hij haar niet hoorde en bleef naast haar staan terwijl ze probeerde het slot van de voordeur te openen. Haar coördinatie was rampzalig en ze kon het sleutelgat niet vinden. Het was waarschijnlijk de Vicodin die toesloeg, zwemmend in de zee van alcohol die in haar maag klotste. Wat had haar eigenlijk bezield om medicijnen en alcohol zo door elkaar te gooien? Lena wist wel beter.

Ethan rukte de sleutels uit haar hand en deed de deur open. Ze probeerde ze terug te pakken, maar hij stond al binnen.

Hij vroeg: 'Wat is jouw kamer?'

'Geef me mijn sleutels.' Weer probeerde ze ze te pakken, maar Ethan was te snel.

'Je bent bezopen,' zei hij. 'Weet je dat?'

'Geef me mijn sleutels,' herhaalde ze; ze wilde geen scène trappen. De studentenflats waren zo beroerd dat er niet veel docenten woonden, maar Lena wilde niet dat haar weinige buren hun hoofd om de hoek zouden steken.

Ethan las haar naam op de brievenbus in de lobby. Zonder nog een woord te zeggen liep hij de gang door naar haar kamer.

'Kappen nou,' beval ze. 'Geef me nu mijn...'

'Wat heb je genomen?' vroeg hij op hoge toon terwijl hij de juiste sleutel aan haar bos zocht. 'Wat waren dat voor pillen die je slikte?'

'Bemoei je er niet mee!' zei ze, en pakte haar sleutels. Ze leunde met haar hoofd tegen de deur en concentreerde zich op het openen van het slot. Toen ze de klik hoorde glimlachte ze even opgelucht, een glimlach die echter snel van haar gezicht verdween toen Ethan haar de kamer in duwde.

Hij vroeg: 'Wat voor pillen heb je genomen?'

'Hou je me soms in de gaten?' vroeg ze, maar dat was wel duidelijk.

'Wat heb je geslikt?'

Lena stond midden in de kamer en probeerde zich te oriënteren. Er viel niet veel te zien. Haar woonruimte was een krot van twee kamers met een eigen badkamertje en een keukenblok dat naar spekvet rook, hoe vaak ze het ook schoonmaakte. Ze dacht aan haar antwoordapparaat, maar op het schermpje stond alleen een grote vette nul. Die kut van een Jill Rosen had haar nog steeds niet teruggebeld.

Ethan herhaalde: 'Wat heb je geslikt?'

Lena liep naar de keukenkast en zei: 'Motrin. Ik heb kramp, oké?', denkend dat hij nu wel zijn mond zou houden.

'Was dat alles?' vroeg hij terwijl hij op haar af liep.

'Dat gaat je geen flikker aan,' zei Lena, een fles whiskey uit de kast pakkend.

Ethan stak vertwijfeld zijn handen in de lucht. 'En nu ga je nog meer drinken.'

'Dank je voor de preek, jochie,' zei ze gevat, en schonk zichzelf een stevige borrel in, die ze in een enkele slok achteroversloeg.

'Fantastisch,' zei hij terwijl ze nogmaals inschonk.

Lena draaide zich om en zei: 'Waarom neem je...' Ze zweeg. Ethan stond zo dicht bij haar dat ze hem kon aanraken; de afkeuring spatte van hem af als hitte van een bosbrand.

Hij stond stokstijf met zijn handen in zijn zijden. 'Doe dit niet.'

'Waarom neem je er niet ook een?' vroeg ze.

'Ik drink niet,' zei hij. 'En jij zou het ook niet moeten doen.'

'Zit je soms bij de AA?'

'Nee.'

'Weet je dat wel zeker?' vroeg ze terwijl ze een slokje van de whiskey nam en een diep 'Aaah' liet horen, alsof het het lekkerste was wat ze ooit had geproefd. 'Je gedraagt je anders helemaal als een alcoholist die de drank heeft afgezworen.'

Zijn blik volgde het glas naar haar mond. 'Ik verlies niet graag de controle over mezelf.'

Ze hield de whiskey onder haar neus en snoof. 'Moet je eens ruiken,' zei ze, en hield het glas dicht bij zijn gezicht.

'Haal dat daar weg,' zei hij, maar hij verroerde zich niet.

Ze likte haar lippen af, maakte een smakkend geluid. Hij was een alcoholist; Lena wist het zeker. Er was geen andere verklaring voor zijn reactie. Ze zei: 'Kun je niet gewoon even proeven, Ethan? Kom op. De AA is iets voor watjes. Je hoeft niet naar een of andere domme bijeenkomst om te weten wanneer je moet stoppen.'

'Lena...'

'Je bent toch een kerel? Kerels weten hoe ze zich moeten beheersen. Kom op, meneer Zelfcontrole.'

Ze drukte het glas tegen zijn lippen en hij klemde zijn mond dicht. Zelfs toen ze het glas scheef hield en de amberkleurige vloeistof over zijn kin en op zijn shirt liet lopen gingen zijn lippen niet van elkaar.

'Nou, nou,' zei ze terwijl ze keek hoe de alcohol van zijn kin droop. 'Wat zonde van die puike whiskey.'

Hij rukte de theedoek van het haakje en duwde hem in haar hand. Met opeengeklemde kaken beval hij haar: 'Schoonmaken. Nu.'

Lena schrok van zijn heftige reactie. Ze vond het geen punt de rommel op te ruimen, dus deed ze wat hij zei; ze wreef zijn shirt droog en bette daarna de voorkant van zijn spijkerbroek. Zijn broek bolde aan de voorkant op, en onwillekeurig moest Lena lachen.

Ze zei: 'Kick je daarop: mensen dingen laten doen?'

'Hou je mond,' zei hij, en probeerde de theedoek uit haar hand te rukken.

Ze liet hem los en gebruikte nu haar hand, verhoogde de druk op de voorkant van zijn spijkerbroek. Hij werd harder onder haar aanraking.

Ze vroeg: 'Kwam het door de whiskey? Hou je van de geur? Word je daar geil van?'

'Laat dat,' zei hij, maar ze voelde dat hij opgewondener werd.

Ze zei: 'Jij zieke kleine klootzak,' en was verrast toen ze de plagerige toon in haar stem hoorde.

'Niet doen,' zei hij, maar hij probeerde haar niet tegen te houden toen ze zijn ritssluiting omlaagtrok.

'Wat niet doen?' vroeg ze terwijl ze haar hand om hem legde. Hij was groter dan Lena zich had voorgesteld, en de wetenschap dat ze hem genot of erg veel pijn kon bezorgen had iets opwindends.

Ze aaide hem en vroeg: 'Dit niet doen?'

'O, Jezus,' fluisterde Ethan terwijl hij zijn lippen aflikte. 'Jezus.'

Ze liet haar hand op en neer gaan en keek hoe hij reageerde. Lena was voor de verkrachting niet bepaald een maagd geweest en ze wist instinctief hoe ze hem naar adem moest laten happen.

'O...' Ethan deed zijn mond open en zoog de lucht naar binnen. Hij stak zijn hand naar haar uit.

'Raak me niet aan,' beval Lena, en kneep hard genoeg om hem duidelijk te maken dat ze het meende.

Hij zette zijn hand boven op de koelkast om steun te zoeken. Ze voelde dat zijn knieën trilden, maar het lukte hem te blijven staan.

Lena glimlachte inwendig. Mannen waren zo stom. Hoe sterk ze ook waren, je kon ze op hun knieën op de vloer krijgen als ze dachten dat je ze kon laten klaarkomen.

Ze vroeg: 'Is dit de reden waarom je als een hondje achter me aan bent gelopen?'

Ethan bukte zich om haar te kussen, maar Lena draaide haar hoofd weg. Hij hijgde weer toen ze met haar duim over de punt van zijn pik wreef.

'Is dit wat je wilde?' vroeg ze. Ze hield haar hand stil, wilde dat hij erom smeekte. 'Zeg het maar,' zei ze.

'Nee,' fluisterde hij. Hij probeerde zijn hand om haar middel te leggen, maar ze raakte hem aan op de plek waarvan ze wist dat hij ervan tegen het plafond zou gaan.

'God...' Hij liet sissend lucht tussen zijn tanden ontsnappen en stootte het glas van het aanrecht toen hij zijn hand uitstak om steun te zoeken.

'Wil je soms het slachtoffer van een verkrachting naaien?' vroeg ze op conversatietoon. 'Lekker klaarkomen en er dan je vriendjes alles over vertellen?'

Hij schudde zijn hoofd en concentreerde zich met gesloten ogen op haar hand.

'Heb je soms een weddenschapje lopen?' vroeg ze. 'Gaat het daarom?'

Hij drukte, steun zoekend om overeind te blijven, zijn hoofd tegen haar schouder.

Ze hield haar lippen bij zijn oor. 'Wil je dat ik ermee ophou?' vroeg ze terwijl ze haar bewegingen vertraagde.

'Nee,' fluisterde hij, en bewoog zijn heupen om haar aan te moedigen sneller te bewegen.

'Wat zei je?' vroeg ze. 'Zei je dat je wilde dat ik ophou?'

Hij schudde weer zijn hoofd, hijgend.

'Zei je "Alsjeblieft"?' vroeg ze terwijl ze hem meetrok naar de rand. Toen zijn lichaam begon te trillen hield ze op. 'Hoorde ik daar "Alsjeblieft"?'

'Ja,' stootte hij uit. Hij legde zijn hand over de hare en probeerde haar te laten doorgaan.

'Mag je me wel aanraken?'

Hij haalde zijn hand weg, maar zijn heupen bleven zwaaien en hij hijgde hard genoeg om te gaan hyperventileren.

'Ik heb het je niet horen zeggen,' tergde Lena hem. 'Zeg eens "Alsjeblieft."'

Hij stond op het punt het te zeggen maar hield zich in, kreunend.

'Zeg het,' zei ze terwijl ze precies de goede hoeveelheid druk uitoefende om hem eraan te herinneren waartoe haar hand in staat was.

Ethans mond bewoog alsof hij probeerde het woord uit te spreken, maar hij hijgde ofwel te hard, ofwel hij was te trots om zichzelf te dwingen het te zeggen.

'Wat hoorde ik daar?' fluisterde ze, terwijl ze bijna zijn oor kuste. 'Wat zei je?'

Hij maakte een keelgeluid, alsof er iets in hem brak. Lena glimlachte toen hij eindelijk toegaf.

'Alsjeblieft...' smeekte hij en alsof dit nog niet genoeg was herhaalde hij het: 'Alsjeblieft...'

Lena lag weer in die donkere kamer, op haar buik. Trage, sensuele kussen zochten zich een weg over haar rug naar het gebied waar haar stuitje begon. Ze rekte zich uit, voelde dat haar broek omlaag werd getrokken, genietend van de gewaarwording dat haar lievelingsplekje werd gekust zonder te beseffen dat ze niet in staat hoorde te zijn dit soort dingen te voelen. Haar handen en voeten hoorden op de vloer te zijn gespijkerd. Ze hoorde op haar rug te liggen.

Opeens was ze klaarwakker, ademde met een ruk diep in en sprong zo snel van het bed dat ze op de vloer viel en haar hoofd bonkte zo hard tegen de muur dat ze een paar tellen verdoofd was.

'Wat is er aan de hand?' vroeg Ethan.

Lena drukte zich tegen de muur terwijl haar hart in haar hoofd bonsde. Ze stak haar hand uit naar haar spijkerbroek. Alleen de bovenste knoop was open. Wat was er de afgelopen nacht gebeurd? Waarom was Ethan hier?

Ze zei: 'Sodemieter op', met doodkalme stem, ondanks de angst die door elk deel van haar lichaam pompte.

Ethan glimlachte tegen haar en rekte zich uit. Het bed was een twijfelaar, al bijna te smal voor Lena alleen, en ze lag naast hem tegen de muur gedrukt. Hij was geheel gekleed, maar de knoop van zijn spijkerbroek was open en de ritssluiting zat halverwege omlaag.

'Wat heb je godverdomme met me gedaan?' vroeg ze, vervuld van afschuw bij de gedachte dat hij haar had aangeraakt, misschien wel in haar had gezeten.

'Hé,' zei hij luchtig, alsof ze het over het weer hadden. 'Kalm aan, oké?' Hij ging rechtop zitten en stak zijn armen naar haar uit.

'Blijf met je poten van me af,' waarschuwde ze, en sloeg zijn handen weg.

Hij stond op. 'Lena...'

'Blijf van me af!' schreeuwde ze. Haar stem klonk rauw in haar keel.

Hij keek omlaag en maakte de knoop en de ritssluiting van zijn broek dicht terwijl hij zei: 'Kom nou, we hoeven heus niet te trouwen of zo...'

Ze duwde hard tegen zijn borst. Hij struikelde een stap achteruit maar viel niet. In plaats van de boodschap te begrijpen deed hij een stap in haar richting; zijn gezicht stond uitdrukkingsloos en hij zei geen woord toen hij een harde klap tegen haar schouders gaf.

Ze knalde tegen de muur maar bleef overeind, geschokt door zijn brute kracht. Lena had al die tijd verondersteld dat ze hem wel aankon, maar Ethans lichaam leek van staal.

Ethan deed zijn mond open, waarschijnlijk om zich te verontschuldigen. Haar handpalm kwam plat op zijn gezicht terecht. Het geluid weergalmde in de kamer, en voor ze wist wat er gebeurde had hij teruggeslagen, en hard.

'Klootzak!' Ze ging hem weer te lijf, en ditmaal met haar vuisten, maar hij kreeg haar handen te pakken, was haar gemakkelijk de baas en duwde haar tegen de muur.

'Lena...' zei hij, haar vuisten tegen de muur drukkend. Ze verwachtte pijn van haar eerdere verwonding, maar ze was zo van afgrijzen vervuld over wat er tussen hen gebeurd kon zijn dat ze niets anders voelde dan woede.

Ze probeerde zich te bevrijden, maar hij hield haar met gemak in bedwang. Ze had het mes nog in haar zak, hoewel ze wist dat ze het niet te pakken kon krijgen zolang hij haar handen vasthield. Ze gaf hem een schop tegen zijn knie en in een reflex bukte hij zich, waardoor ze de gelegenheid kreeg hem een uppercut pal in zijn gezicht te geven. Ten slotte trok Ethan zich met zijn handen tegen zijn neus gedrukt terug. Het bloed sijpelde tussen zijn vingers door. Lena rende naar de badkamer en sloeg de deur achter zich dicht.

'O, God,' fluisterde ze. 'O God, o God, o God.' Haar handen trilden terwijl ze haar spijkerbroek openknoopte. Haar nagels krasten over de huid van haar benen terwijl ze haar broek omlaagtrok om te zien hoeveel schade er was aangericht. Ze zocht naar kneuzingen en sneden, controleerde toen haar broekje op vlekken waaruit zou blijken wat er was gebeurd en rook er zelfs aan om erachter te komen of er ergens op of bij haar in de buurt een spoor van Ethan te bekennen was.

'Lena?' zei Ethan op de deur kloppend. Zijn stem klonk verstikt en ze hoopte dat ze zijn neus had gebroken.

'Ga weg!' commandeerde ze en schopte tegen de deur, wensend dat ze hem met dezelfde intensiteit schopte, wensend dat ze hem bloedend en overweldigd door pijn kon zien.

Hij bonkte zo hard terug dat de deur trilde. 'Lena, godverdomme!'

'Sodemieter op!' schreeuwde ze met hese en rauwe stem. Had hij in haar mond gezeten? Proefde ze hem nog?

'Lena, kom nou,' zei hij nu kalmer. 'Alsjeblieft, schatje.'

Lena voelde dat haar maag zich samentrok en rende kokhalzend naar de wc, waarbij de gal op de vloer spetterde. Ze knielde en kotste zo hard in de pot dat ze haar ingewanden voelde krampen alsof iemand haar er een stomp had gegeven.

Ze sloot haar ogen omdat ze niet wilde zien wat er in de wc lag, ademde door haar mond, probeerde niet weer over te geven.

Ze keek op bij het geluid van een deur die werd ingeslagen, maar de deur van de badkamer was intact.

'Tegen de muur,' zei een mannenstem. Ze herkende hem onmiddellijk als die van Frank.

'Krijg de tyfus,' blafte Ethan terug, maar daarna hoorde ze een bekend geluid: Ethan werd waarschijnlijk tegen de muur geslagen. Ze hoopte dat Frank hem pijn deed. Ze hoopte dat hij Ethan een geweldig pak slaag gaf.

Lena veegde haar mond af en spuugde in de wc. Ze hurkte, legde haar hand tegen haar buik en luisterde wat er aan de andere kant van de deur gebeurde. Ze had barstende hoofdpijn en haar hart bonkte.

'Waar is Lena?' vroeg Jeffrey met een gespannen klank in zijn stem.

'Niet hier, klootzak,' zei Ethan op zo'n overtuigende toon dat zelfs zij hem geloofde. 'Waar is verdomme je huiszoekingsbevel om die deur in te slaan?'

Lena legde haar hand op de wastafel en trok zich langzaam op.

Jeffrey vroeg: 'Waar is ze heen?', nog steeds op dezelfde bezorgde toon.

'Koffiedrinken.'

Lena bekeek zich in de spiegel boven het schap van de wastafel. Er druppelde wat bloed uit haar neus, maar hij voelde niet gebroken aan. Er zat een blauwe plek vlak onder haar oog en ze stak haar hand op om hem aan te raken. Haar vingers bevonden zich een paar centimeter van haar gezicht toen ze haar beweging onderbrak. Een levendige herinnering aan de afgelopen nacht schoot als een elektrische stroomstoot door haar hersenen. Met die hand had ze Ethan aangeraakt. Ze had haar hand in zijn broek gestoken en hem gestreeld – ze had hem recht aangekeken, gekeken welk effect ze op hem had, genietend van wat de vorige nacht nog op macht had geleken maar wat vanochtend alleen maar als iets goedkoops en smerigs aanvoelde.

Lena draaide de warme kraan open, pakte het stuk zeep uit het bakje. Ze zeepte haar handen in, stopte het schuim in haar mond terwijl ze zich probeerde te herinneren of ze hem gekust had. Ze krabde haar tong met haar vingernagels en kokhalsde toen de zeep haar keel in liep. Ze had het gedaan omdat ze dronken was geweest. Gruwelijk dronken. Hoe had ze anders iets zo ongelofelijk stoms kunnen doen?

Jeffrey klopte zachtjes op de deur. 'Lena?'

Ze reageerde niet, boende haar handen tot ze donkerrood waren van de warmte en de wrijving. Haar kapotte pols was twee keer zo dik als de andere, maar de pijn voelde prettig aan omdat het iets was wat ze onder controle kon houden. Een uitstekend randje op een van haar littekens bleef onder haar nagel hangen en het bloed was welkom. Ze trok aan de opening, probeerde de huid op te lichten, wenste dat ze hem helemaal kon wegrukken.

'Lena?' Jeffrey klopte nu harder en zijn stem klonk erg bezorgd. 'Lena? Gaat het?'

Ethan zei: 'Laat haar nou maar met rust.'

'Lena,' herhaalde Jeffrey terwijl hij hard op de deur sloeg. Ze kon niet horen of hij bezorgd of boos was of beide. 'Geef antwoord.'

Ze keek op. De spiegel vertelde het verhaal dat hij zou zien: haar braaksel in de wc, haar bebloede handen druipend in de wastafel, Lena die daar stond te trillen van walging en afkeer van zichzelf.

Frank zei: 'Trap de deur in.'

Jeffrey waarschuwde: 'Lena, of je komt naar buiten of ik kom naar binnen.'

'Nog heel even, alsjeblieft,' riep ze, alsof hij iemand was met wie ze een afspraakje had en die geduldig stond te wachten om samen te gaan eten.

Voordat ze haar spijkerbroek weer dichtknoopte trok ze het zakmes eruit. Er zat een losse plank in de bodem van het medicijnkastje. Ze liet het mes eronder glijden en draaide daarna de kraan van de wastafel dicht.

Lena spoelde de wc door terwijl ze een mondvol Scope naar binnen werkte, een deel ervan uitspuugde en de rest doorslikte in de hoop dat haar maag het aan zou kunnen. Met de rug van haar hand veegde ze haar neus af en daarna veegde ze het bloed af aan haar spijkerbroek. Het was ondenkbaar dat ze de manchet van haar overhemd zou kunnen dichtknopen, maar ze wist dat de lange mouwen de schade zouden camoufleren.

Toen ze uiteindelijk uit de badkamer kwam stond Jeffrey klaar om de deur in te slaan. Frank stond achter Ethan en duwde zijn gezicht zo hard tegen de muur dat het bloed uit zijn neus langs het behang droop. Lena stond in de deuropening. Over Jeffreys schouder heen zag ze de zithoek en de kleine keuken. Ze wenste dat ze iets kon bedenken om ervoor te zorgen dat ze allemaal naar de andere kamer zouden gaan. Het was voor Lena al moeilijk genoeg om 's avonds in slaap te komen zonder dat ze te maken zou hebben met de herinnering aan al die mensen in haar slaapkamer.

Jeffrey en Frank keken allebei buitengewoon geschokt toen ze haar zagen, alsof ze een spookverschijning was, en niet de vrouw met wie ze de afgelopen tien jaar bijna elke dag hadden samengewerkt.

Zonder erbij na te denken liet Frank zijn greep op Ethan verslappen en mompelde: 'Wat is er gebeurd?'

Ze bedekte het bloedende litteken op haar hand en zei tegen Jeffrey: 'Ik hoop voor je dat je een huiszoekingsbevel hebt.'

Jeffrey vroeg: 'Gaat het?'

'Waar is je huiszoekingsbevel?'

Zijn stem klonk zacht. 'Heeft hij je pijn gedaan?'

Lena gaf geen antwoord. Ze keek naar de schone sprei en zag dat hij nauwelijks gekreukt was. De stof was bordeauxrood, en vlekken zouden duidelijk te zien zijn geweest. Ze haalde diep adem in de wetenschap dat er de afgelopen nacht met Ethan verder niets was gebeurd. Alsof datgene waarvan ze wist dat het wél was gebeurd al niet erg genoeg was.

Ze sloeg haar armen over elkaar en zei: 'Maak dat je wegkomt, je bent in overtreding.'

'We zijn gebeld,' zei Jeffrey, en zijn gedecideerdheid leek in te zakken. Hij liep de kamer door en keek naar de foto's die ze in de lijst van de spiegel boven de toilettafel had gestoken. 'Huisvredebreuk.'

Ze wist dat dat flauwekul was. Lena's kamers lagen in de hoek van het gebouw, en haar dichtstbijzijnde buurman was een docent die die hele week weg was naar een conferentie. Als er al iemand had gebeld, had Jeffrey onmogelijk zo snel hier kunnen zijn. Frank en hij hadden waarschijnlijk buiten op wacht gestaan en de worsteling aangegrepen om haar deur in te slaan.

'Zo,' zei Jeffrey, 'en wat is nu het probleem?'

'Ik weet niet waar je het over hebt,' zei Lena terwijl ze hem strak bleef aankijken.

Jeffrey zei: 'Je oog, om te beginnen. Heeft hij je geslagen?'

'Ik ben tegen de wastafel gevallen toen je de deur intrapte.' Ze glimlachte even tegen hem. 'Ik schrok van het lawaai.'

'Aha,' zei Jeffrey. Hij wees met zijn duim naar Ethan. 'En hij?'

Lena keek naar Ethan, en deze slaagde erin haar blik vanuit zijn ooghoek te beantwoorden. Wat er de afgelopen nacht ook tussen hen was gebeurd, het was precies dát – het was tussen hen gebeurd.

Jeffrey moedigde haar aan: 'Lena?'

'Ik denk dat Frank dat heeft gedaan toen hij binnenkwam,' zei ze, zonder te reageren op de scherpe blik die Frank haar toezond. Voordat Lena was ontslagen waren ze partners geweest, en ze kende Frank goed genoeg om te weten dat ze die band nu definitief had vernield. Lena had de code overtreden. En zoals ze zich nu voelde was dat maar beter ook.

Jeffrey trok een van de bovenste laden van haar kast open, wierp er een blik in en keek Lena recht aan. Ze wist dat hij haar enkelholster zocht, maar er bestond geen enkele wet dat je geen mes in je la met sokken mocht bewaren.

'Wat doe je daar?' vroeg Lena op hoge toon terwijl hij de lade met een klap dichtschoof.

Hij opende de volgende la, waar ze haar ondergoed in bewaarde, stak er zijn hand in en wroette door de spullen. Hij trok er een zwarte katoenen string uit die ze in jaren niet had gedragen en wierp haar weer dezelfde strakke blik toe voordat hij hem in de lade teruggooide. Ze wist dat hij zocht naar dingen die pasten bij het broekje dat in de kamer van Andy Rosen was gevonden, en even zeker wist ze dat ze nooit ook nog maar iets van de spullen in die lade zou dragen.

Lena probeerde onaangedaan te klinken toen ze vroeg: 'Waarom ben je hier?'

Hij smeet de lade dicht. 'Dat heb ik je gisteren verteld. We hebben een paar aanwijzingen gevonden die jou in verband brengen met een misdaad.'

Ze hield haar handen op, geschokt hoe kalm ze zich voelde. 'Arresteer me dan maar.'

Jeffrey kroop in zijn schulp, zoals ze al had voorzien. 'We willen je alleen maar een paar vragen stellen, Lena.'

Ze schudde haar hoofd. Hij had niet genoeg aanwijzingen om haar te arresteren, want anders zou ze nu al naast hem in de patrouillewagen zitten.

'We kunnen hem ook meenemen,' zei Jeffrey, op Ethan wijzend.

'Ga je gang,' daagde Ethan hem uit.

Lena siste: 'Ethan, hou je mond.'

'Neem me maar mee,' zei Ethan. Frank drukte hem dichter tegen de muur. Ethan haalde moeizaam adem maar zei niets.

Jeffrey leek ervan te genieten. Hij liep naar Ethan en hield zijn lippen dicht bij zijn oor. Hij zei: 'Hallo, meneer Ooggetuige.'

Ethan spartelde tegen, maar Jeffrey haalde zonder enige moeite Ethans portefeuille uit zijn zak. Hij bladerde een paar foto's voorin door en glimlachte: 'Ethan Nathaniel White,' las hij.

Lena probeerde niets van haar verbazing te laten merken, maar kon niet voorkomen dat haar lippen van elkaar gingen.

'Zo, Ethan,' zei Jeffrey, terwijl hij zijn hand tegen Ethans achterhoofd legde en drukte. 'Hoe zou je het vinden om een nachtje achter de tralies door te brengen?' Hij fluisterde nog iets in Ethans oor wat Lena niet kon verstaan. Ethans lichaam spande zich, als een dier dat wilde aanvallen.

'Niet doen,' zei Lena. 'Laat hem met rust.'

Jeffrey greep Ethan bij de boord van zijn hemd en gooide hem op het bed. 'Trek je schoenen aan, jongen,' beval hij, en schopte de zwarte werkschoenen onder het bed uit.

Lena zei: 'Je hebt niets tegen hem. Ik heb je gezegd dat ik tegen de wasbak ben gevallen.'

'We lopen hem op het bureau helemaal na, kijken wat er boven komt drijven.' Hij wendde zich tot Frank. 'Die jongen ziet er gewoon schuldig uit, vind je ook niet?'

Frank grinnikte.

Lena zei dom: 'Je kunt iemand niet arresteren omdat hij er schuldig uitziet.'

'We vinden wel iets op grond waarvan we hem vast kunnen houden.' Jeffrey knipoogde even tegen haar. Zo lang ze hem kende had Jeffrey nog nooit zo voor eigen rechter gespeeld. Ze begreep nu dat hij zich had voorgenomen haar op het bureau te krijgen, wie er ook het slachtoffer van zou worden.

'Laat hem gaan,' zei ze. 'Ik moet over een halfuur aan het werk. We kunnen hier praten.'

'Nee, Lena,' zei Ethan terwijl hij opstond. Frank duwde hem zo hard op het bed terug dat het doorboog, maar Ethan sprong met een van zijn schoenen in zijn hand weer overeind. Hij stond op het punt Frank er een klap mee in zijn gezicht te geven toen Jeffrey hem een harde stoot op zijn lever gaf. Ethan kreunde, boog dubbel, en Lena stelde zich tussen de twee mannen op om een bloedbad te voorkomen.

De manchet van haar hemd was naar boven geschoven, en Jeffrey staarde naar haar pols.

Ze liet haar hand zakken en zei tegen beide mannen: 'Ophouden.'

Jeffrey bukte zich, raapte Ethans schoen op en draaide hem in zijn hand om. Hij leek geïnteresseerd in het profiel van de zool. 'Verzet tegen arrestatie. Is dat goed genoeg voor jou?'

'Oké,' zei Lena. 'Ik geef je een uur.'

Jeffrey smeet de schoen hard tegen Ethans borst. Hij zei tegen Lena: 'Je geeft me goddomme zo lang als ik wil.'

Negen

Jeffrey stond op de gang voor de verhoorkamer op Frank te wachten. Hij had op de observatieplaats gestaan en door de observatieruit naar Lena gekeken, maar van de manier waarop ze in de spiegel had gestaard had hij een ongemakkelijk gevoel gekregen, ook al wist hij dat ze er niet doorheen kon kijken.

Hij had Frank vanmorgen naar Lena's flatje meegenomen in de hoop haar tot rede te kunnen brengen. De avond tevoren had Jeffrey in gedachten gerepeteerd hoe het zou gaan. Ze zouden met z'n allen gaan zitten en praten, misschien koffiedrinken, en erachter komen wat er gaande was. Het was een perfect plan geweest – behalve dat Ethan White in de weg was komen staan.

'Chef,' zei Frank met gedempte stem. Hij had twee koppen koffie in zijn handen en Jeffrey pakte er een aan, ook al had hij al zo veel cafeïne in zijn lichaam dat het haar op zijn armen ervan trilde.

'Is het dossier al binnen?' vroeg Jeffrey. De vingerafdrukken van de kop waaruit Ethan had gedronken hielpen niet veel, maar zijn naam en het nummer van zijn rijbewijs waren bingo geweest. Niet alleen had Ethan White een strafblad, hij had zelfs een reclasseringsambtenaar in het stadje. Diane Sanders, de persoon in kwestie, kwam het dossier van White zelf brengen.

'Ik heb Marla gezegd haar hierheen te sturen,' zei Frank, en nam een slok van zijn koffie. 'Heeft Sara al iets bij die jongen Rosen gevonden?'

'Nee,' zei Jeffrey. Sara had meteen toen ze klaar was met Ellen Schaffer de lijkschouwing op Andy Rosen gedaan. Het lichaam bood geen onthutsende onthullingen, en afgezien van de vermoedens van Jeffrey en Sara was er niets wat op moord wees.

Hij zei tegen Frank: 'Schaffer is absoluut moord. De twee gevallen hebben op geen enkele manier met elkaar te maken. Er ontgaat ons gewoon iets.'

'En Tessa?'

Jeffrey haalde zijn schouders op; zijn hoofd tolde terwijl hij probeerde een steekhoudend verband te vinden. Hij had Sara het grootste gedeelte van de nacht wakker gehouden met pogingen erachter te komen wat het verband tussen de drie slachtoffers was. Er waren tien minuten verstreken voordat hij besefte dat ze uiteindelijk aan de keukentafel in slaap was gevallen.

Frank keek door het kleine raam in de deur van de verhoorkamer naar Lena. 'Heeft ze iets gezegd?'

'Ik heb het niet eens geprobeerd,' zei Jeffrey. Hij had voornamelijk niet geweten wat hij haar had moeten vragen. Jeffrey was geschokt geweest Ethan in die kamer aan te treffen toen ze de deur hadden ingetrapt, en was daarna doodsbang geworden toen Lena niet meteen de badkamer uit was gekomen. Een fractie van een seconde had hij zeker geweten dat ze dood op de vloer lag. Hij zou niet gauw de paniek vergeten die hij had gevoeld voordat ze uiteindelijk naar buiten was gekomen, of de afschuw toen hij zich realiseerde dat ze zich niet alleen door die jongen had laten slaan maar dat ze hem nog dekte ook.

Frank zei: 'Dit is helemaal niet de Lena die ik ken.'

'Er is iets mis,' beaamde Jeffrey.

'Denk je dat ze zich door die schooier heeft laten slaan?' vroeg Frank.

Jeffrey nam een slok van zijn koffie, nadenkend over het enige waarover hij niet wilde nadenken. 'Heb je haar pols gezien?'

'Ziet er beroerd uit,' zei Frank instemmend.

'Het staat me helemaal niet aan.'

Frank zei: 'Daar is Diane.'

Diane Sanders was van gemiddelde lengte en lichaamsbouw en had het mooiste grijze haar dat Jeffrey ooit had gezien. Oppervlakkig gezien was ze tamelijk onopvallend, maar onder de oppervlakte zinderde een rauwe seksualiteit, waardoor Jeffrey zich altijd overvallen voelde. Ze was heel goed in haar vak en ondanks haar drukke praktijk had ze al haar klantjes volkomen in de hand.

Ze kwam meteen ter zake. 'Hebben jullie White hier?'

'Nee,' zei Jeffrey, die wenste dat het tegendeel het geval was. Lena had ervoor gezorgd dat Ethan een flinke voorsprong had voordat ze bereid was geweest met Jeffrey en Frank te vertrekken.

Diane keek opgelucht. 'Er zijn dit weekend drie jongens van me opgesloten, en ik ben bedolven onder de paperassen. Ik heb geen behoefte aan problemen met deze. Vooràl niet met deze.' Ze hield een dik dossier op. 'Waarom hebben jullie belangstelling voor hem?'

'Dat weet ik nog niet,' zei Jeffrey, die Frank zijn kop koffie overhandigde zodat hij het dossier kon openslaan. De eerste bladzijde was een kleurenfoto van Ethan White op het moment van zijn laatste arrestatie. Zijn hoofd en gezicht waren keurig geschoren, maar hij leek nog steeds sterk op de schooier die Jeffrey zich van hun eerdere ontmoetingen herinnerde. Zijn ogen stonden doods en staarden in de camera alsof hij er zeker van wilde zijn dat degene die naar de foto keek wist dat hij een bedreiging vormde.

Jeffrey sloeg de foto om en ging op zoek naar het strafblad. Hij nam de details door met het gevoel alsof iemand hem met een baksteen in zijn buik had geraakt.

'Ja,' zei Diane bij het zien van zijn gelaatsuitdrukking, 'hij is sindsdien brandschoon. Hij gedraagt zich nu behoorlijk en over minder dan een jaar zit zijn proeftijd erop.'

'Weet u dat zeker?' vroeg Jeffrey, die iets oppikte in de toon waarop ze het zei.

'Voorzover ik het kan beoordelen,' zei ze. 'Ik ga bijna elke week onverwachts bij hem langs.'

'Dat klinkt alsof u ergens naar op zoek bent,' merkte Jeffrey op. Dat Diane speciaal de moeite nam om Ethan verrassingsbezoekjes te brengen zei veel. Ze probeerde hem ergens op te betrappen.

'Ik wil gewoon zeker weten dat hij clean blijft,' zei ze op meesmuilende toon.

Frank vroeg: 'Zit hij in de drugs?'

'Ik laat hem elke week in een bekertje pissen, maar die jongens raken nooit drugs aan. Ze drinken niet, ze roken niet.' Ze pauzeerde. 'Alles is ofwel zwakte, ofwel kracht bij die types. Macht, controle, intimidatie – ze krijgen hun kick van de adrenaline die dat oplevert.'

Jeffrey nam zijn koffie weer van Frank over en gaf Frank het dossier, terwijl hij bedacht dat Diane het net zo goed over Lena had kunnen hebben als over Ethan White. Hij had zich al eerder zorgen gemaakt over Lena, maar nu was Jeffrey bang dat ze betrokken was geraakt bij iets waar ze zich niet meer uit zou weten te wurmen.

Diane zei: 'Hij doet alles wat hij hoort te doen. Hij heeft een cursus woedebeheersing afgerond...'

'Op het college?'

'Nee,' zei ze. 'De gezondheidsdienst van de county. Ik geloof niet dat ze er op Grant Tech erg veel behoefte aan zouden hebben.'

Jeffrey zuchtte. Het was het proberen waard geweest.

'Wie hebben jullie daar?' vroeg Diane, met een blik door het raam. Jeffrey wist dat ze alleen Lena's rug kon zien.

'Dank u voor het dossier,' zei hij.

Ze begreep de hint en wendde haar blik af. 'Geen enkel probleem. Laat het me weten als u hem ergens op kunt betrappen. Hij zegt dat hij zijn leven heeft gebeterd, maar dat doen dergelijke types nooit.'

Jeffrey vroeg: 'Wat voor bedreiging vormt hij volgens u?'

'Voor de maatschappij?' Ze haalde haar schouders op. 'Voor vrouwen?' Haar mond werd een streep. Ze zei: 'Leest u dat dossier maar. Het is het topje van de ijsberg, maar dat hoef ik u niet te vertellen.' Ze wees op de deur. 'Als die daar binnen zijn vriendin is mag ze wel maken dat ze wegkomt.'

Jeffrey kon alleen maar knikken, en Frank, die het dossier zat te lezen, mompelde een vloek.

Diane keek op haar horloge. 'Ik moet naar een verhoor.'

Jeffrey schudde haar de hand en zei: 'Bedankt dat u dit hebt langsgebracht.'

'Laat me even weten als u hem oppakt. Het zou een probleem minder zijn om 's nachts wakker van te liggen.' Ze draaide zich om om te vertrekken maar bleef even staan en zei tegen Jeffrey: 'Ik raad u aan uw zaken goed op een rijtje te hebben als u hem wilt oppakken. Hij heeft al tegen twee politiechefs een aanklacht ingediend.'

'En gewonnen?'

'Geschikt,' zei ze. 'En daarna hebben ze hun ontslag ingediend.' Ze keek hem veelbetekenend aan. 'U maakt me het werk een hoop gemakkelijker, chef. Ik zou u niet graag kwijtraken.'

'Oké,' zei Jeffrey, die zowel het compliment als de waarschuwing registreerde.

Terwijl ze de deur uit liep zei ze over haar schouder: 'Laat het me weten.'

Jeffrey keek hoe Franks lippen bewogen onder het lezen.

'Dit is heel beroerd,' zei Frank. 'Wil je dat ik hem oppak?'

'Waarvoor?' vroeg Jeffrey, en pakte het dossier. Hij sloeg het open en liet zijn blik weer over de pagina's gaan. Als Diane gelijk had, zouden ze maar één kans krijgen om Ethan White te pakken te nemen. Als ze het deden – en Jeffrey twijfelde er geen moment aan dat ze dat uiteindelijk zouden doen –, moest hij iets onweerlegbaars hebben om White uit de circulatie te kunnen nemen.

Frank zei: 'Eens kijken of Lena op een zeker moment genoeg van hem krijgt.'

'Denk je echt dat dat zal gebeuren?' vroeg Jeffrey, die een golf van weerzin voelde opkomen terwijl hij de criminele geschiedenis van Ethan White doornam. Diane Sanders had ook in een ander opzicht gelijk gehad: de jongen was er erg goed in zaken geseponeerd te krijgen. Hij was minstens tien keer gearresteerd in evenzovele jaren, maar slechts één aanklacht had tot een veroordeling geleid.

Frank vroeg: 'Wil je dat ik mee naar binnen ga?'

'Nee,' zei Jeffrey terwijl hij op de klok aan de muur keek.

'Bel Brian Keller even. Ik had tien minuten geleden bij hem moeten zijn. Zeg maar dat ik later nog contact met hem opneem.'

'Wil je nog steeds dat ik informatie over hem inwin?'

'Ja,' zei Jeffrey, hoewel hij vanochtend nog van plan was geweest hier Lena bij in te schakelen. Ondanks wat er sindsdien was gebeurd wilde hij Brian Keller toch nader onderzoeken. Er was iets niet in de haak met die man. Hij zei tegen Frank: 'Laat het me weten als je iets ontdekt.'

'Komt in orde.' Frank salueerde.

Jeffrey legde zijn hand op de deurkruk maar draaide hem niet om. Hij haalde adem en probeerde zijn gedachten op orde te brengen, waarna hij de kamer betrad.

Lena staarde recht voor zich uit naar de muur toen hij de deur dichtdeed. Ze zat op de stoel voor de verdachte, de stoel die met bouten aan de vloer was bevestigd en in de rugleuning waarvan een metalen oog zat waaraan een handboei kon worden vastgemaakt. De metalen stoel was recht en oncomfortabel. Lena was waarschijnlijk kwader over het idee van de stoel dan over de stoel zelf, wat precies de reden was waarom hij haar er had neergezet.

Jeffrey liep om de tafel heen en ging tegenover haar zitten terwijl hij het dossier van Ethan White op tafel legde. In het schelle licht in de verhoorkamer kwamen haar verwondingen uit als een blinkende nieuwe auto in een showroom. Er zat een langzaam groter wordende blauwe plek om haar oog, opgedroogd bloed zat in haar ooghoek gekoekt. Ze had haar hand in haar mouw teruggetrokken, maar ze liet hem bewegingloos op de tafel liggen, alsof hij haar pijn bezorgde. Jeffrey vroeg zich af hoe Lena kon toestaan dat iemand haar pijn deed na alles wat haar was overkomen. Ze was een sterke vrouw, en goed met haar vuisten. De gedachte dat ze zichzelf niet had beschermd was bijna lachwekkend.

Er begon nog iets tot hem door te dringen, en pas toen hij tegenover haar zat besefte Jeffrey wat het was: Lena had een kater, haar lichaam wasemde de geur van alcohol en braaksel uit. Ze was altijd tot op zekere hoogte zelfdestructief geweest, maar Jeffrey zou nooit hebben vermoed dat Lena de grens in deze mate zou overschrijden. Het was net alsof ze niet meer om zichzelf gaf.

'Waarom moest dat zo lang duren?' vroeg ze. 'Ik moet naar mijn werk.'

'Wil je dat ik Chuck voor je bel?'

Ze kneep haar ogen halfdicht. 'Ben je nou helemaal besodemieterd?'

Hij liet enige tijd verstrijken om haar duidelijk te maken dat hij deze toon niet accepteerde. Jeffrey besefte dat hij haar hard moest aanpakken, maar elke keer dat hij naar Lena keek keerde hij in gedachten terug naar een foto van haar een jaar geleden, toen hij haar aan de vloer gespijkerd had gevonden, haar lichaam verwoest, haar geest gebroken. Het uittrekken van die spijkers was het moeilijkste geweest wat Jeffrey ooit in zijn leven had gedaan. Zelfs nu nog brak bij de gedachte eraan het koude zweet hem uit, maar daaronder voelde Jeffrey ook iets anders. Hij was kwaad – en niet alleen kwaad, maar razend. Waarom gaf Lena zich in godsnaam af met schorem als Ethan White, na alles wat ze had doorgemaakt, na alles wat ze had overleefd?

Ze zei: 'Ik heb niet de hele dag.'

'Dan zou ik willen voorstellen dat je mijn tijd niet verknoeit.' Toen ze niet reageerde zei hij: 'Het zal vannacht wel laat zijn geworden.'

'En?'

'Je ziet er verschrikkelijk uit, Lena. Ben je soms aan de drank? Is dat het probleem?'

'Ik heb geen idee waar je het over hebt.'

'Doe niet zo idioot. Je stinkt als een zwerver. Er zit kots op je hemd.'

Ze kon het fatsoen opbrengen beschaamd te kijken voordat ze zichzelf weer in de hand kreeg en haar gezicht tot een kwade vuist vertrok.

Hij zei: 'Ik heb je voorraadje in de keuken gezien.' Op een van de planken in de kast had Jeffrey twee flessen Jim Beam zien staan, als soldaten in het gelid, wachtend op Lena's ongeduldige mond. In de vuilnisbak lag een lege fles Maker's Mark. Er stond in de badkamer een leeg glas dat naar alcohol rook en verder lag er nog een omgegooid naast het bed. Jeffrey was met een alcoholist opgegroeid. Hij kende hun rituelen en hij kende de signalen.

Hij zei: 'Zo probeer je het het hoofd te bieden, hè? Door je achter een fles verschuilen?'

'Wat het hoofd te bieden?' daagde ze hem uit.

'Wat er met je is gebeurd,' zei Jeffrey, maar hij durfde niet verder te gaan; hij kon haar niet die kant op duwen. Hij probeerde op haar gevoel voor eigenwaarde in te spelen. 'Je bent nooit als een lafbek op me overgekomen, Lena, maar dit is niet de eerste keer dat je me verbaast.'

'Ik kan er wel mee omgaan.'

'Ja, zeg dat wel,' zei hij terwijl bij deze woorden zijn woede weer oplaaide. Toen Jeffrey nog klein was had zijn vader hetzelfde gezegd, en Jeffrey wist dat het excuus toen flauwekul was geweest, net zoals het dat nu was. 'Hoe voelt het om iedere ochtend voordat je naar je werk gaat je ingewanden eruit te kotsen?'

'Dat gebeurt nooit.'

'Nee? Nog niet, dan.' Jeffrey wist nog hoe Jimmy Tolliver in de wc kotste zodra hij was opgestaan en dan in de keuken tegen de vlakte ging als hij op zoek was naar zijn eerste borrel die dag.

'Mijn leven gaat jou niets aan.'

'Ik neem aan dat de hoofdpijn wel wegtrekt als je 's morgens een scheut door je koffie doet,' zei hij, zijn vuisten ballend en weer ontspannend, zich ervan bewust dat hij zijn woede in toom moest houden voordat hij de controle over het gesprek verloor. Hij haalde het flesje pillen te voorschijn dat hij in haar medicijnkastje had gevonden en gooide het op de tafel. 'Of helpen deze je erdoorheen?'

Lena staarde naar het flesje en hij zag haar nadenken. 'Dat is tegen pijn.'

'Behoorlijk sterk recept voor hoofdpijn,' zei hij. 'Vicodin is alleen op recept verkrijgbaar. Misschien moet ik eens met de arts gaan praten die je dit heeft gegeven.'

'Die zijn niet voor díé pijn, lul.' Ze hield haar handen op en liet hem de littekens zien. 'Dacht je nou echt dat dit zomaar weg was toen ik uit het ziekenhuis kwam? Denk je dat dit allemaal door een wonder is genezen en weer net zo is als vroeger?'

Jeffrey staarde naar de littekens; uit een ervan droop een beetje bloed langs haar handpalm. Hij probeerde neutraal te blijven kijken terwijl hij zijn zakdoek pakte.

'Hier,' zei hij. 'Je bloedt.'

Lena keek naar haar hand en balde hem tot een vuist.

Jeffrey liet de zakdoek op de tafel tussen hen in liggen, vol afschuw omdat het haar niet kon schelen dat ze bloedde. 'Wat vindt Chuck ervan dat je dronken op je werk komt?'

'Ik drink niet als ik werk,' zei ze, en hij zag een flits van spijt in haar ogen nog voordat ze uitgesproken was. Hij had haar te pakken.

Tot zijn afschuw begon Lena weer aan het litteken te peuteren, waardoor de zaak opnieuw begon te bloeden.

'Hou op,' zei hij, en legde zijn hand op de hare. Hij drukte de zakdoek in haar handpalm in een poging het bloeden te stelpen.

Hij zag haar keel bewegen toen ze slikte en dacht even dat ze misschien zou gaan huilen.

Hij liet haar de bezorgdheid in zijn stem horen. 'Lena,' zei hij, 'waarom doe je jezelf zo'n pijn?'

Ze wachtte even voordat ze haar handen onder de zijne vandaan trok en ze onder de tafel, buiten zijn gezichtsveld, wegstopte. Ze staarde naar het dossier en vroeg: 'Wat heb je daar?'

'Lena.'

Ze schudde haar hoofd, en aan de manier waarop haar schouders bewogen zag hij dat ze onder tafel aan haar hand zat te plukken. Ze zei: 'Laten we dit nu afhandelen.'

Jeffrey liet het dossier gesloten op tafel liggen en pakte een opgevouwen vel papier uit zijn jaszak. Hij zag de herkenning in Lena's ogen oplichten terwijl hij de bladzijde omsloeg. Ze had in de loop der jaren genoeg laboratoriumrapporten gezien om te weten wat hij in zijn hand had. Hij schoof het papier over de tafel zodat het recht voor haar lag.

Hij zei: 'Dit is een vergelijking van een schaamhaar die we op het slipje in de kamer van Andy Rosen hebben gevonden met een exemplaar van jou.'

Ze schudde haar hoofd, keek niet naar het document. 'Je hebt geen exemplaar van mij.'

'Ik heb het uit je badkamer.'

'Maar niet vandaag,' zei ze. 'Daar had je de tijd niet voor.'

'Nee,' beaamde Jeffrey, die keek hoe het besef op haar gezicht doorbrak. Frank had het slot van Lena's appartement opengepeuterd terwijl zij nog met Ethan in de koffieshop zat. Jeffrey had zich genoeg voor hun methoden geschaamd om Sara gisterenavond deze informatie te onthouden, maar hij had verondersteld dat niemand ooit zou hoeven weten wat ze hadden gedaan. Hij was ervan uitgegaan dat ze alleen maar Lena hielpen nu ze zichzelf niet wilde helpen.

Lena's stem klonk heel klein in haar keel, en hij wist hoe verraden ze zich voelde, alsof hij haar een smerig snoepje had gegeven. 'Dat is onwettig verkregen bewijsmateriaal.'

'Je was niet bereid met me te praten,' zei hij, wetend hoe verkeerd het was zich ervan af te maken door te doen alsof het haar schuld was. Hij probeerde het uit te leggen. 'Ik dacht dat ik je van iedere verdenking kon zuiveren, Lena. Ik probeerde je te beschermen.'

Ze trok het laboratoriumrapport naar zich toe om het te kunnen lezen. Hij zag dat ze weer aan het litteken op haar hand begon te plukken. Schuldgevoel krampte in zijn borst toen er een druppel bloed op het witte papier viel.

Ze wierp een blik op de spiegel in de zijwand van het vertrek en vroeg zich waarschijnlijk af wie erachter stond. Jeffrey had Frank gezegd dat er niemand binnen mocht, en dat gold ook voor Frank zelf.

Hij vroeg: 'En?'

Ze leunde in haar stoel achterover terwijl ze met haar handen naast zich de zitting vasthield. Jeffrey was blij haar boos te zien, omdat ze daardoor meer op Lena ging lijken. Ze zei: 'Ik weet niet wat je denkt dat je daar hebt' – ze wees op het dossier – 'maar het is volstrekt onmogelijk dat er iets van mij overeenkomt met iets op de kamer van die jongen.' Ze ging rechter zitten. 'Bovendien wordt haar niet toegelaten als bewijsmateriaal. Het enige dat je kunt zeggen is dat het onder de microscoop identiek is, en zal ik je eens wat zeggen? Waardeloos.

De helft van de meisjes op de campus heeft waarschijnlijk hetzelfde haar. Je kunt geen ene moer tegen me inbrengen.'

'En je vingerafdruk dan?'

'Waar heb je die gevonden?'

'Waar denk je?'

'Krijg de klere.' Lena stond op maar liep niet naar buiten, waarschijnlijk omdat ze wist dat Jeffrey haar zou tegenhouden.

Hij liet haar daar even met een dwaas gevoel over zichzelf staan voordat hij zei: 'Wil je over je vriendje praten?'

Ze wierp hem een woedende blik toe. 'Hij is mijn vriendje niet.'

'Ik had niet gedacht dat je je met racisten zou afgeven.'

Haar lippen gingen van elkaar, maar hij zag niet of ze verbaasd was of alleen maar een antwoord probeerde te bedenken zonder Ethan te verraden. 'Ja, goed, je weet niet zoveel van me, nietwaar?'

'Is hij degene die al die rotzooi overal op de campus heeft gekalkt?'

Ze lachte minachtend. 'Waarom vraag je dat Chuck niet?'

'Ik heb vanochtend met hem gepraat. Hij zei dat hij jou had gevraagd na te gaan wie het gedaan heeft, maar je schijnt je er nogal makkelijk af te maken.'

'Dat is onzin,' zei ze, en Jeffrey wist niet of hij Lena of Chuck moest geloven. Twee dagen geleden zou de keus gemakkelijk zijn geweest. Nu wist hij het niet.

'Ga zitten, Lena.' Hij wachtte terwijl ze er alle tijd voor nam om weer te gaan zitten. 'Weet je dat Ethan op erewoord vrij is?'

Ze sloeg haar armen over elkaar. 'En?'

Jeffrey kon haar alleen maar aankijken en hopen dat hij haar door even niets te zeggen kon dwingen haar hersens te gebruiken.

Lena vroeg: 'Was dat alles?'

'Dat vriendje van je heeft in Connecticut bijna een meisje doodgeslagen,' zei Jeffrey. 'Hoe is het trouwens met dat blauwe oog?'

Ze raakte de kneuzing met haar vinger aan.

'Lena?'

Als ze al was geschrokken van zijn informatie, herstelde ze zich snel. 'Ik dien geen aanklacht in tegen de faculteit, mocht je dat bedoelen. Ongelukken gebeuren nu eenmaal.'

'Misschien was het ook wel een ongeluk dat Tessa is neergestoken,' opperde Jeffrey.

Ze haalde haar schouders op. 'Misschien.'

'Of misschien vond iemand het niet leuk dat een blank meisje het kind van een zwarte droeg.' Ze reageerde niet. 'Misschien vond iemand het niet leuk dat er twee joodse studenten op de campus rondliepen.'

'Twee?'

'Lieg niet tegen me, Lena. Ik weet dat je het weet van Ellen Schaffer.' Hij tikte met zijn vinger op het dossier. 'En vertel me nu eens iets over je vriendje.'

Lena ging overeind zitten. 'Ethan had hier niets mee te maken, en dat weet je.'

'Weet ik dat?' vroeg hij. 'Laat ik je vertellen wat ik weet, Lena.' Hij telde de punten op zijn vingers af. 'Ik weet dat je op een bepaald moment op de kamer van Andy Rosen bent geweest en ik weet dat je daarover hebt gelogen. Ik weet dat Andy Rosen en Ellen Schaffer dood zijn, en ik weet dat beide overlijdensgevallen in scène zijn gezet om ze op zelfmoorden te laten lijken.'

Jeffrey zweeg even in de hoop dat ze iets zou zeggen. Toen dit niet gebeurde vervolgde hij: 'Ik weet dat Tessa Linton is neergestoken door een man met een slank postuur, heel kort haar en geen alibi voor de zondagmiddag...'

'Ik heb die aanvaller gezien,' viel ze hem in de rede. 'Het was niet Ethan. Hij was langer en zwaarder gebouwd.'

'O ja? Matts beschrijving is wel even anders dan de jouwe, vreemd genoeg.'

'Dit is flauwekul. Ethan heeft er niets mee te maken.'

'Combineer nu eens het een met het ander, Lena.'

Ze stuitte op hetzelfde gat in het scenario waarop Sara de afgelopen nacht voortdurend was teruggekomen. 'Denk je dat iemand de zelfmoord van Rosen in scène heeft gezet en toen is blijven rondhangen omdat hij hoopte dat Tessa Linton langs zou komen om te pissen zodat hij haar kon neersteken? Dan ben je wel heel erg stom.' Ze pauzeerde, ordende haar gedachten. 'En wie weet in jezusnaam wie Tessa Linton is, laat staan dat ze met een zwarte jongen naait? Ik weet het in ieder geval zeker niet. Denk je dat het de mensen op de campus ook maar ene mallemoer kan schelen wat een of andere loodgieter uitvreet?' Ze lachte minachtend naar hem. 'Dit is tijdverspilling. Je hebt helemaal niets.'

'Ik weet dat je te veel drinkt.' Hij keek hoe haar lichaam verstrakte. 'Heb je op dit moment last van gaten in je geheugen? Misschien is er iets wat je je niet herinnert.'

'Ik heb je gezegd dat ik Andy Rosen niet ken,' hield ze vol.

'Waarom klonk je zo verrast toen ik daar op de heuvel zijn naam noemde?'

'Dat weet ik niet meer.'

'Ik wel,' zei hij terwijl hij het rapport van het laboratorium in zijn zak stopte.

'En Chuck dan?' gooide ze eruit.

Jeffrey leunde achterover, staarde haar openlijk aan, zich afvragend of ze zoveel dronk dat haar hersens niet meer werkten. 'Chuck was bij jou de ochtend dat we Andy Rosen vonden, klopt dat?'

Ze knikte gespannen en hield haar hoofd voorovergebogen zodat hij haar gezicht niet kon zien.

Hij nam haar aan het handje mee alsof hij het tegen een kleuter had. 'En toen was hij bij Andy toen Tessa werd neergestoken.' Jeffrey laste een pauze in. 'Tenzij je natuurlijk denkt dat hij vleugels heeft gekregen en achter haar aan is gegaan en is teruggevlogen toen het allemaal achter de rug was?'

Lena keek hem boos aan, en Jeffrey bedacht dat ze waarschijnlijk behoorlijk wanhopig was dat ze zich zo aan strohalmen vastklampte. Wanhoop vloeide natuurlijk voort uit angst. Ze verborg iets, en Jeffrey had een tamelijk precies idee wat.

Hij draaide het dossier om en sloeg het voor haar op de tafel open. Hij vroeg: 'Heeft Ethan je hierover verteld?'

Lena aarzelde, maar haar nieuwsgierigheid kreeg uiteindelijk de overhand. Jeffrey keek hoe ze het verslag van de arrestatie van Ethan doorlas. Ze scheen het diagonaal te lezen, sloeg de bladzijden snel om terwijl ze kennis nam van Ethans duistere verleden.

Hij wachtte tot ze op de laatste pagina was voordat hij zei: 'Zijn vader is een of andere blanke racist.'

Ze knikte naar de bladzijden. 'Hier staat dat hij evangelist is.'

'Dat gold ook voor Charles Manson,' merkte Jeffrey op. 'En voor David Koresh. En voor Jim Jones.'

'Ik weet niet...'

'Ethan is daar middenin opgegroeid, Lena. Hij is grootgebracht op haat.'

Lena leunde achterover, haar armen weer over elkaar geslagen. Jeffrey bestudeerde haar aandachtig en vroeg zich af of dit allemaal nieuw voor haar was of dat White het al had uitgelegd en zijn eigen draai aan het verhaal had gegeven.

Jeffrey zei: 'Hij is op zijn zeventiende aangeklaagd wegens aanranding.'

'Die zaak is geseponeerd.'

'Omdat het meisje te bang was om te getuigen.'

Ze gebaarde naar het dossier. 'Hij is op erewoord vrij na een veroordeling wegens geknoei met een paar cheques in Connecticut. Tsss!'

Jeffrey keek haar aan omdat hij niets anders kon verzinnen. Hij probeerde haar door het bewijsmateriaal te leiden. 'Vier jaar geleden is uit bandensporen van zijn pick-up gebleken dat hij aanwezig was op de plaats waar een meisje is verkracht en vermoord.'

'Net zo aanwezig als ik?' vroeg Lena; het sarcasme droop van haar stem.

'Het meisje was verkracht voordat ze werd vermoord,' herhaalde Jeffrey. 'Het sperma dat uit haar rectum en vagina is afgenomen bewees dat ze door minstens zes kerels was verkracht voordat ze werd doodgeslagen.' Hij pauzeerde. 'Zes kerels, Lena. Meer dan genoeg om haar vast te houden terwijl ze op hun beurt wachtten.'

Ze keek hem met uitdrukkingsloze blik aan.

'Ethans pick-up stond daar ook.'

Lena haalde haar schouders op, maar hij dacht dat hij haar zelfbeheersing zag wankelen.

'Zo hebben ze hem te pakken gekregen, Lena. De bandensporen kwamen overeen met die van zijn auto. Ze wisten al waar ze hem konden vinden, omdat ze al iets dergelijks over hem hadden.' Hij tikte op het dossier. 'Weet je wat hij deed? Weet je wat je vriendje deed? Hij verlinkte zijn vrienden om zijn eigen hachje te redden, en zoals iedere goeie verrader gaf hij toe dat hij erbij was geweest, maar hij zwoer op een hele stapel bijbels dat hij haar niet had aangeraakt.'

Ze zei niets.

'Denk je dat hij alleen maar in die auto zat, Lena? Denk je dat hij daar alleen maar heeft gezeten terwijl die anderen er om de beurt tegenaan gingen? Of denk je dat hij buiten was en ook zijn deel van de lol kreeg? Misschien heeft hij wel geholpen haar handen omlaag te houden zodat ze ze niet kon krabben. Misschien heeft hij geholpen haar voeten uit elkaar te houden zodat ze er beter bij konden, of misschien had hij zijn hand over haar mond, zodat ze niet kon schreeuwen.'

Nog steeds zei ze niets.

'Maar laten we hem het voordeel van de twijfel geven. Wil je dat?' vroeg Jeffrey. 'Laten we zeggen dat hij in zijn auto zat. Laten we zeggen dat hij daar gewoon zat te kijken hoe ze haar verkrachtten. Misschien was dat genoeg om hem klaar te laten komen: kijken hoe ze haar pijn deden, weten dat ze hulpeloos was en dat hij haar kon redden maar hij deed het niet.'

Ze begon weer aan het litteken te plukken en Jeffrey hield zijn blik op de hare gericht, probeerde niet naar haar handen te kijken.

Hij zei: 'Zes kerels, Lena. Hoe lang zou het geduurd hebben, die zes kerels die haar verkrachtten terwijl jouw vriendje in die auto zat te kijken – als het tenminste echt zo is gegaan, als hij tenminste echt alleen maar heeft gekeken?' Lena zweeg. 'En toen sloegen ze haar dood. Jezus, ik snap niet dat ze die moeite nog hebben genomen. Tegen de tijd dat ze met haar klaar waren bloedde ze uit iedere plek waar ze haar hadden kunnen neuken.'

Ze beet op haar lip en keek omlaag naar haar handen. Het

bloed liep gestaag uit haar handpalm, maar ze leek het niet te merken.

Hij liet zijn behoedzaamheid heel even varen, kon zich niet meer inhouden. 'Hoe kun je hem in bescherming nemen?' vroeg hij. 'Hoe kun je tien jaar bij de politie zitten en dergelijk uitschot beschermen?'

Zijn woorden leken doel te treffen, dus ging hij door: 'Lena, die jongen deugt niet. Ik weet niet wat je met hem hebt, maar... Jezus Christus! Je bent bij de politie. Je weet hoe dit soort klootzakken door de mazen van de wet kan glippen. Tegenover elke rottige kleinigheid waarvoor ze hem hebben opgepakt staan twaalf grote zaken waar hij zich uit draait.'

Jeffrey probeerde het opnieuw. 'Zijn vader heeft onder zwaar regime – federaal regime – gezeten voor wapenhandel. En dan hebben we het niet over handvuurwapens. Hij handelde in scherpschuttersgeweren en machinegeweren.' Hij zweeg even, wachtend tot ze iets zou zeggen. Toen ze niets zei vroeg hij: 'Heeft Ethan je over zijn broer verteld?'

'Ja,' zei ze, zo vlug dat hij zeker wist dat ze loog.

'Je weet dus dat hij in de gevangenis zit?'

'Ja.'

'Je weet dat hij in de dodencel zit omdat hij een zwarte heeft vermoord?' Hij pauzeerde weer. 'En niet zomaar een zwarte, Lena. Een zwarte politieman.'

Lena staarde naar de tafel, en hij zag dat ze met haar voet zat te schudden, maar wie wist of ze het uit nervositeit of boosheid deed?

'Het is een schooier, Lena.'

Ze schudde haar hoofd, hoewel er genoeg bewijzen voor haar op tafel lagen. 'Ik heb je gezegd dat hij niet mijn vriendje is.'

'Wat hij ook is, hij is een skinhead. Het doet er niet toe of hij zijn haar heeft laten groeien of zijn naam heeft veranderd. Hij is nog steeds een racistische zak, net als zijn vader, net als zijn broer die die politieman heeft vermoord.'

'En ik ben half-Mexicaans,' beet ze terug. 'Heb je daar ooit over nagedacht? Wat moet hij met iemand zoals ik als hij een racist is?'

'Dat is een goeie,' zei hij. 'Dat zou je je eens af kunnen vragen als je de volgende keer in de spiegel kijkt.'

Ze hield eindelijk op met dat gepluk aan haar handpalm en drukte haar handen voor zich tegen elkaar op de tafel.

'Luister,' begon hij, 'ik zeg dit maar één keer. Bij wat voor rotzooi je ook betrokken bent geraakt, wat er ook met die jongen aan de hand is, je moet het me vertellen. Ik kan je niet helpen als je hier nog dieper in verwikkeld raakt.'

Ze staarde naar haar handen, zei niets, en hij wilde haar beetpakken en door elkaar rammelen om haar iets te laten zeggen wat van gezond verstand getuigde. Hij wilde dat ze hem uitlegde hoe ze met een smerig stuk vuil als Ethan White te maken had gekregen, maar wat hij écht wilde was dat ze hem zou zeggen dat het allemaal een enorm misverstand was en dat ze er spijt van had. En dat ze niet meer zou drinken.

Wat ze zei was: 'Ik heb geen idee waar je het over hebt.'

Hij moest het opnieuw proberen. 'Als er iets is wat je me over die hele zaak niet hebt verteld...' zei hij, in de hoop dat ze zelf de rest zou aanvullen. Maar natuurlijk deed ze dat niet.

Hij probeerde een andere tactiek. 'Er is geen schijn van kans dat je je baan terugkrijgt als je die jongen om je nek hebt hangen.'

Ze keek op, en voor de eerste keer in heel lange tijd was haar gelaatsuitdrukking luid en duidelijk voor hem: verrassing.

Ze schraapte haar keel alsof het haar moeite kostte haar stem terug te vinden. 'Ik wist niet dat dat tot de mogelijkheden behoorde.'

Jeffrey dacht erover na hoe ze nu voor Chuck werkte, en hoe die situatie even erg stonk als op de eerste dag dat hij ervan had gehoord. 'Je moet helemaal niet voor die zak werken.'

'Nou, eh ' zei ze, nog steeds met zachte stem. 'De zak voor wie ik hiervoor werkte heeft me duidelijk gemaakt dat ik niet meer welkom was.' Ze keek op haar horloge. 'En nu we het er toch over hebben: ik kom te laat op mijn werk.'

'Laat het hier niet bij,' zei hij, zich bewust dat hij smeekte. 'Alsjeblieft, Lena. Ik wil alleen... Alsjeblieft.'

Ze liet een hooghartig lachje horen, waardoor hij zich een idioot voelde. 'Ik heb je gezegd dat ik met je zou praten,' zei ze.

'Tenzij je een aanklacht tegen me hebt, ben ik nu weg.'

Hij leunde achterover in zijn stoel, wilde dat ze verklaringen gaf en het probleem uit de weg ruimde.

'Chef?' zei ze, en legde zo weinig respect in het woord als menselijk gesproken maar mogelijk was.

Hij bladerde het dossier door, las voor uit de lijst aanklachten die nooit aan toetsing in een rechtszaal waren blootgesteld. 'Brandstichting,' zei hij. 'Mishandeling. Autodiefstal. Verkrachting. Moord.'

'Klinkt als de nieuwste bestseller,' zei ze terwijl ze opstond. 'Bedankt voor het babbeltje.'

'Dat meisje,' zei hij. 'Dat meisje dat is verkracht en doodgeslagen terwijl hij in die pick-up zat te kijken?' Ze liep niet naar buiten, dus praatte hij door. 'Weet je wie dat was?'

Ze reageerde snel. 'Sneeuwwitje?'

'Nee,' zei hij terwijl hij het dossier dichtsloeg. 'Het was zijn vriendin.'

Jeffrey zat in zijn auto voor het gebouw van de studentenvereniging naar de groep vrouwen te kijken die op de lantaarnpalen rond het voorplein affiches aanplakte. Ze waren allemaal jong en zagen er gezond uit, gekleed in joggingkleren of trainingspakken. Ieder van hen had Ellen Schaffer geweest kunnen zijn. Ieder van hen kon het volgende slachtoffer zijn.

Hij was hier om Brian Keller te vertellen dat zijn zoon waarschijnlijk was vermoord. Jeffrey wilde zien hoe de man op dit bericht zou reageren. Hij wilde er ook achter komen wat Keller hem niet had willen vertellen waar zijn vrouw bij was. Jeffrey hoopte dat wat Keller zou zeggen hem een duidelijke aanwijzing zou geven waar hij verder mee kon. Nu had hij alleen maar Lena, en Jeffrey kon eenvoudigweg niet geloven dat ze hierbij betrokken was.

De vorige avond had Sara maar doorgepraat over de verschillen tussen de plaatsen delict in de zaak-Rosen en de zaak-Schaffer. Als iemand de zelfmoord van Andy Rosen had geënsceneerd, had hij een verdomd goeie klus afgeleverd. Ellen Schaffer was een andere zaak. Zelfs als de moordenaar van de ingeademde tand had geweten, was de pijl op de binnenplaats een tamelijk doorzichtige truc. Op een zeker moment had Sara geopperd dat de verschillen tussen de twee misdaden erop zouden kunnen wijzen dat er twee moordenaars waren in plaats van één. Jeffrey had dit idee de vorige avond van de hand gewezen, maar nadat hij vanmorgen Lena en Ethan samen had gezien wist hij niets meer zeker.

Lena was in de verhoorkamer iemand anders geweest, iemand die hij nooit eerder had ontmoet. De manier waarop ze niet alleen het verleden van Ethan White had verdedigd maar ook had ontkend dat hij haar pijn had gedaan maakte dat Jeffrey geneigd was een vraagteken te zetten bij alles wat ze tot nu toe in deze zaak had gezegd. Hij was al heel lang politieman en had gezien hoe mishandelaars zelfs sterke vrouwen wisten in te palmen. Het was verbazingwekkend hoe gelijkluidend hun methoden waren en hoe gemakkelijk sommige vrouwen zich lieten meeslepen. Er zaten op dit moment duizenden vrouwen in de gevangenis omdat ze betrapt waren op het verbergen van dope voor hun vriend. Nog eens duizenden hadden waarschijnlijk een of andere misdaad begaan omdat ze wisten dat de gevangenis de enige manier was om bescherming tegen mishandeling te vinden.

In Birmingham, toen Jeffrey nog straatdienst deed, was hij minstens tien keer naar het huis van een bepaalde vrouw geroepen. Ze was hoofd Communicatie van een internationale onderneming en was in twee richtingen afgestudeerd aan Auburn. Ze had minstens duizend mensen onder zich, overal ter wereld, en iedere keer dat Jeffrey bij haar langsging omdat haar buren hadden gebeld stond ze daar met een bloedend gezicht en gescheurde kleren in de deuropening en zei dat ze van de trap was gevallen. Haar echtgenoot was een scharminkelige kleine rat die zichzelf huisman noemde. In werkelijkheid was hij een alcoholist die geen enkele baan kon houden en van het geld van zijn vrouw leefde. Zoals de meeste mishandelaars was hij charmant en elegant, en volkomen blind voor hoe zijn vrouw eruitzag als hij met haar klaar was. Tegenwoordig had een politieman niet meer de getuigenis van de echtgenote nodig om haar man wegens mishandeling te arresteren, maar destijds werd de man nog door de wet beschermd.

Eén keer herinnerde Jeffrey zich vooral. Hij stond in de vrieskou bij haar op de drempel te kijken hoe het bloed, dat God mocht weten waarvandaan kwam, langs haar been druppelde en aan haar voeten een poeltje vormde terwijl zij volhield dat haar echtgenoot een zachtaardige man was die haar nooit te na kwam. Inderdaad was de enige keer dat Jeffrey de echtgenoot haar ooit had zien aanraken op haar begrafenis geweest. Hij had zich over haar kist gebogen en een klopje op haar hand gegeven, en daarna Jeffrey de breedste en smerigste grijns toegezonden die deze ooit had gezien en gezegd: 'Die laatste tree was het einde.'

Jeffrey had twee jaar lang samen met de patholoog-anatoom zijn best gedaan om die klootzak iets te kunnen maken; je kon echter met redelijke zekerheid zeggen dat er iemand van de trap was gevallen en haar nek had gebroken, maar bewijzen dat ze van de trap was gedúwd was toch iets lastiger.

Dit alles bracht hem terug op Lena en hoe ze zich die ochtend had gedragen. Ze had gelijk dat de overeenkomst tussen de haren haar uitsluitend indirect met Andy Rosen in verband bracht. De vingerafdruk op het boek kon door een goede advocaat worden weggeredeneerd. Jeffrey had Lena zelf opgeleid, en hij wist dat ze meer dan bekend was met de fijne details van forensisch onderzoek. Ze zou zeker hebben geweten dat ze voorzichtig moest zijn. Ze zou precies hebben geweten hoe ze haar sporen moest uitwissen. De vraag was: had ze het in zich? Was ze zo door Ethan White ingepalmd dat ze alles zou doen om hem te dekken?

Jeffrey moest op de feiten afgaan, en de feiten luidden dat Lena verschrikkelijk verdacht was, vooral gezien haar vijandige houding in de verhoorkamer die ochtend. Ze had hem bijna uitgedaagd de stukjes van de puzzel in elkaar te passen.

Met hoeveel tegenzin ook, Jeffrey dwong zichzelf het scenario met twee moordenaars onder ogen te zien waar Sara de afgelopen nacht mee aan was gekomen, een moordenaar die Andy had vermoord en Tessa had neergestoken, en een die Ellen Schaffer had vermoord. Het zwakke punt waarop ze steeds weer waren teruggekomen was de vraag wie Tessa in het bos had aangevallen. Nadat hij het dossier van Ethan White had doorgenomen en daarna met Lena had gepraat moest Jeffrey een variatie op deze theorie overwegen.

Ethan had Andy Rosen kunnen vermoorden. Lena was pas laat op de plaats delict aangekomen. Ze had Ethan met haar mobiel kunnen bellen en kunnen zeggen dat Tessa in het bos zat. Het was volstrekt onduidelijk waar ze allebei waren geweest toen Ellen Schaffer zelfmoord had gepleegd, maar Jeffrey wist dat Lena het verschil in de munitie zou hebben opgemerkt. Ze wist meer van vuurwapens dan welke man ook die hij ooit had gekend. Hij ontleende maar weinig troost aan de wetenschap dat Lena's betrokkenheid bij deze zaak niet groter hoefde te zijn dan die van een medeplichtige. Volgens de wet van Georgia was ze even schuldig als Ethan.

Hij wreef in zijn ogen en bedacht dat hij zich ridicuul gedroeg. Lena was agent, ook al droeg ze geen insigne. Het overschrijden van de grens met moord, zelfs als medeplichtige, was niet iets wat ze zou doen, hoe charmant Ethan White zich ook gedroeg. Het was idioot, en er was geen enkele reden voor een ergere verdenking dan dat ze een moeilijk type was. Zoals Sara had opgemerkt gedijde Lena bij het maken van problemen.

Hij pakte zijn mobiel en belde de werkkamer van Kevin Blake. De deken van Grant Tech wekte graag de indruk erg hard te werken, maar Jeffrey wist zeker dat Blake het grootste deel van zijn vrije tijd op de golfbaan doorbracht. Jeffrey wilde een afspraak met hem maken om hem van de laatste ontwikkelingen in de zaak op de hoogte te brengen voordat Blake er vroeg tussenuit zou knijpen. Blakes secretaresse verbond Jeffrey meteen door.

'Jeffrey,' zei Blake. Hij had de externe luidspreker van zijn telefoon aanstaan, en als de spanning in Blakes stem Jeffrey al niet duidelijk maakte dat er iemand anders in zijn kamer zat, deed de luidspreker het wel.

Blake vroeg: 'Waar zit je?'

'Op de campus,' antwoordde Jeffrey. Keller had Frank verteld dat hij de hele dag in zijn laboratorium zou zitten, mocht Jeffrey hem onder vier ogen willen spreken. Vóór Lena vanmorgen was Keller Jeffreys beste ingang geweest om een onderzoek te starten. Jeffrey wist dat hij gemakkelijk op een zijspoor kon worden geleid, maar op dit moment kon hij met Lena niets aanvangen, en hij wist wel beter dan Ethan White aan te pakken als hij niet over een breekijzer beschikte.

Blake zei: 'Ik zit hier met Albert Gaines en Chuck. We wilden je net op het bureau bellen of je langs kon komen.'

Jeffrey onderdrukte de vloek die naar buiten wilde.

'Hé, chef,' zei Chuck, en Jeffrey zag de zelfingenomen uitdrukking op het gezicht van de ander al voor zich. 'We hebben hier donuts en koffie voor je.'

Er klonk een grommend geluid: waarschijnlijk Albert Gaines.

Blake zei: 'Jeffrey, kun je even langskomen? We willen graag met je praten.'

'Ik kan er over een uur zijn,' zei Jeffrey, die er niet over peinsde meteen te komen aanrennen zodra zij maar even met hun vingers knipten. 'Ik moet achter een spoor aan.'

'O,' zei Blake, die nu waarschijnlijk bedacht dat hij zijn spelletje golf zou moeten uitstellen. 'Je kunt hier echt niet even langskomen?'

Albert Gaines gromde weer iets. Hij was een norse man en eiste van zijn ondergeschikten strikte gehoorzaamheid, maar hij had Jeffrey altijd gesteund.

Blake had kennelijk een uitbrander gekregen. Hij klonk opgewekt toen hij zei: 'Dan zien we je over een uur, chef.'

Jeffrey klapte zijn telefoon dicht en hield hem tegen zijn kin terwijl hij keek hoe de groep meisjes zich naar het volgende gedeelte van het terrein bewoog. Hij stapte uit de auto en liep naar het gebouw van de studentenvereniging. Onderweg bleef hij bij een van de affiches staan. Bovenin stond een vage zwart-witfoto van Ellen Schaffer, en daarnaast een nog vagere van Andy Rosen. Hieronder stonden de woorden WAKE BIJ KAARSLICHT. Er werden een tijdstip en een plaats genoemd, samen met het nummer van een nieuwe zelfmoordhotline die via de afdeling Psychotherapie was opgezet.

'Denkt u dat het ergens goed voor zal zijn?'

Jeffrey schrok op; het was Jill Rosen.

'Dokter Rosen...'

'Jill,' corrigeerde ze hem. 'Het spijt me dat ik u liet schrikken.'

'Het is al goed,' zei hij en bedacht dat de moeder er beroerder uitzag dan de dag daarvoor. Haar ogen waren zo gezwollen van het huilen dat ze nauwelijks meer dan spleetjes waren en haar wangen waren hol. Ze droeg een witte trui met lange mouwen en een col met een ritssluiting. Terwijl ze met Jeffrey praatte trok ze de kraag strak met haar hand, alsof ze het koud had.

'Ik zie er niet uit,' zei ze verontschuldigend.

'Ik zou net met uw man gaan praten,' zei Jeffrey, die besefte dat hij daarmee de kans om onder vier ogen met Keller te praten verknoeide.

'Hij zal hier zo wel zijn,' zei ze terwijl ze een bos sleutels omhooghield. 'Zijn reservesleutels,' legde ze uit. 'Ik heb hem gezegd dat ik hem hier wel zou zien. Ik moest gewoon het huis uit.'

'Ik hoorde tot mijn verbazing dat hij aan het werk was.'

'Dat is goed voor hem.' Ze glimlachte flauw tegen hem. 'Het is een goede plek om je te verbergen als de wereld om je heen instort.'

Jeffrey wist precies wat ze bedoelde. Nadat Sara van hem was gescheiden had hij zich op zijn werk gestort, en als hij geen baan had gehad waar hij iedere dag heen had gekund was hij gek geworden.

'Gaat u zitten,' zei hij op een bank wijzend. 'Hoe houdt u het vol?'

Ze ademde langzaam uit terwijl ze plaatsnam. 'Ik weet niet hoe ik op die vraag moet antwoorden.'

'Ik neem aan dat het een behoorlijk domme vraag was.'

'Nee,' verzekerde ze hem. 'Het is iets wat ik me de laatste tijd vaak heb afgevraagd. "Hoe houd ik het vol?" Ik zal het u laten weten als ik het antwoord heb gevonden.'

Jeffrey ging naast haar zitten en keek uit over het voorplein van de campus. Sommige studenten waren over het grasveld uitgezwermd om te gaan lunchen, hadden lakens uitgespreid en haalden sandwiches uit bruine papieren zakken.

Rosen staarde ook naar de studenten. Ze had de rand van de kraag van haar trui in haar mond. Aan de rafels in de stof zag hij dat dit een nerveuze gewoonte van haar was.

Ze zei: 'Ik denk dat ik bij mijn man wegga.'

Jeffrey draaide zich naar haar om maar zei niets. Hij hoorde dat de woorden haar moeite kostten.

Ze zei: 'Hij wil verhuizen. Hij wil weg van Grant. Opnieuw beginnen. Ik kan niet opnieuw beginnen. Dat kan ik niet.' Ze keek omlaag.

'Het is begrijpelijk dat hij weg wil,' zei Jeffrey, die haar aan de praat wilde houden.

Rosen duidde met een hoofdknik de campus aan. 'Ik zit hier al bijna twintig jaar. We hebben ons leven hier opgebouwd, wat dat leven ook mag voorstellen. Ik heb op de kliniek iets opgebouwd.'

Jeffrey liet enige tijd verstrijken. Toen ze verder niets zei vroeg hij: 'Heeft hij gezegd waarom hij weg wilde?'

Ze schudde haar hoofd, maar niet omdat ze niet wist waarom. Er klonk een bijna ondraaglijke treurigheid in haar stem, alsof ze had besloten haar nederlaag toe te geven. 'Zo reageert hij op alles. Hij is een enorme bluffende macho, maar bij het eerste het beste teken van een probleem rent hij er zo snel mogelijk voor weg.'

'U klinkt alsof hij het al eens eerder heeft gedaan.'

'Ja,' beaamde ze.

Jeffrey probeerde haar aan het praten te krijgen. 'Waar rent hij dan voor weg?'

'Voor alles,' zei ze, maar ze verklaarde zich niet nader. 'Mijn werkende leven draait om het helpen van mensen bij de confrontatie met hun verleden, maar ik kan mijn eigen echtgenoot niet helpen om ergens te blijven en zijn demonen het hoofd te bieden.' Zachter zei ze: 'Ik kan mezelf niet eens helpen.'

'Van welke demonen heeft hij hier dan last?'

'Van dezelfde als ik, neem ik aan. Bij elke hoek die ik omsla verwacht ik Andy te zien. Als ik thuis ben en iets buiten hoor kijk ik uit het raam en verwacht hem de trap naar zijn kamer op te zien lopen. Het moet voor Brian nog moeilijker zijn omdat hij in het lab werkt. Ik weet dat het voor hem moeilijker is. Hij moet die deadline halen. Er staat een enorme hoeveelheid geld op het spel. Dat weet ik. Daar weet ik alles van.'

Ze was luider gaan praten, en hij voelde een boosheid die al een tijdje moest hebben gebroeid.

Hij vroeg: 'Heeft het met die verhouding te maken?'

'Welke verhouding?' vroeg ze, en haar verbazing leek oprecht.

'Ik heb een gerucht gehoord,' legde Jeffrey uit en voelde de behoefte Richard Carter de tanden uit zijn bek te slaan. 'Iemand heeft me verteld dat Brian een verhouding met een studente had.'

'O, God,' fluisterde ze terwijl ze haar lippen met de kraag bedekte. 'Ik zou bijna wensen dat het waar was. Is dat niet afschuwelijk?' vroeg ze. 'Het zou betekenen dat hij gevoel kon opbrengen voor iets anders dan zijn kostbare onderzoek.'

'Hij hield van zijn zoon,' zei Jeffrey, die zich de ruzie herinnerde die hij de vorige dag toevallig had gehoord. Rosen had Keller ervan beschuldigd dat hij pas na diens dood om Andy was gaan geven.

'Zijn liefde komt bij vlagen,' zei ze. 'Die auto. Die kleren. De televisie. Hij *kocht* dingen. Zo zag zijn liefde eruit.'

Ze probeerde hem nog iets duidelijk te maken, maar Jeffrey begreep niet wat. Hij vroeg: 'Waar wil hij heen?'

'Wie zal het weten?' zei ze. 'Hij is net een schildpad. Als er iets beroerds gebeurt is zijn reactie dat hij zijn hoofd terugtrekt en wacht tot het overwaait.' Ze glimlachte, omdat ze besefte dat ze haar hoofd in haar kraag had teruggetrokken. 'Visuele hulp.'

Hij beantwoordde haar glimlach.

'Ik kan het gewoon niet. Ik kan niet meer op deze manier leven.' Ze keek Jeffrey aan. 'Stuurt u me een rekening voor deze sessie, of moet ik u nu meteen betalen?'

Hij glimlachte weer, wilde graag dat ze doorpraatte.

'Ik neem aan dat uw werk in veel opzichten veel op het mijne lijkt. U luistert terwijl mensen praten en probeert erachter te komen wat ze eigenlijk proberen te zeggen.'

'Wat probeert u eigenlijk te zeggen?'

Ze dacht over de vraag na. 'Dat ik moe ben,' zei ze. 'Dat ik een leven wil... welk leven dan ook. Ik ben bij Brian gebleven omdat ik dacht dat het beter zou zijn voor Andy, maar nu Andy er niet meer is...'

Ze begon te huilen, en Jeffrey pakte zijn zakdoek. Hij zag het bloed van Lena's hand pas toen hij haar de zakdoek had gegeven.

Hij excuseerde zich. 'Neemt u me niet kwalijk.'

'Hebt u zich gesneden?'

'Lena,' zei hij en bestudeerde nauwkeurig haar reactie. 'Ik heb vanmorgen met haar gepraat. Ze had een snee onder haar oog. Iemand heeft haar geslagen.'

Er vonkte bezorgdheid op in de ogen van de vrouw, maar ze zei niets.

'Ze heeft iets met iemand,' zei hij, en Rosen leek zichzelf geweld aan te doen om haar mond te houden. 'Ik ben vanmorgen naar haar appartement geweest, en hij was daar bij haar.'

Rosen zei niet dat hij door moest gaan, maar haar ogen smeekten erom. Haar angst om Lena's veiligheid was duidelijk merkbaar.

'Ze had een snee bij haar oog en haar pols was gekneusd, alsof iemand haar had vastgepakt.' Hij wachtte even. 'Die jongen heeft een verleden, dokter Rosen. Het is een heel gevaarlijke en gewelddadige man.'

Ze zat op de rand van de bank, smeekte hem bijna door te gaan.

'Ethan White,' zei hij. 'Komt die naam u bekend voor?'

'Nee,' zei ze. 'Zou dat dan moeten?'

'Ik hoopte het,' zei hij, want het zou betekenen dat er een duidelijk verband tussen Andy Rosen en Ethan White bestond.

'Was ze er slecht aan toe?' vroeg Rosen.

'Zo te zien niet,' zei Jeffrey. 'Maar ze zat voortdurend aan haar hand te plukken. Ze bloedde, en ze bleef maar aan dat litteken peuteren.'

Rosen drukte haar lippen weer op elkaar.

'Ik weet niet hoe ik haar bij hem uit de buurt moet houden,' zei Jeffrey. 'Ik weet niet hoe ik haar kan helpen.'

Ze keek in de verte, staarde weer naar de studenten. 'Ze kan alleen zichzelf helpen,' zei ze, waarbij de toon van haar stem haar woorden een diepere betekenis gaven.

'Was ze een cliënte van u?' vroeg Jeffrey, die uit alle macht hoopte dat dit het geval was.

'U weet dat ik u dit soort informatie niet mag geven.'

'Dat weet ik,' zei Jeffrey, 'maar hypothetisch gesproken, zou het, als u antwoord kon geven, voor mij meteen ook het antwoord op een vraag zijn.'

Ze keek hem aan. 'En welke vraag is dat?'

'Toen we daar bij de rivier stonden, noemde Chuck de naam van uw zoon, en Lena maakte een verbaasde indruk, alsof ze hem kende,' zei Jeffrey, die al pratend zijn theorie verder uitwerkte 'Zou het kunnen dat toen Lena "Rosen" zei, ze dit zei omdat ze jóú kende, niet omdat ze Andy kende?'

De vrouw scheen te overwegen hoe ze Jeffrey antwoord kon geven zonder inbreuk te maken op datgene waarin ze geloofde.

'Dokter Rosen...'

Ze zat tegen de rugleuning van de bank en trok haar kraag dichter om haar hals. 'Mijn man komt eraan.'

Jeffrey probeerde zijn wanhopige ongeduld te verbergen. Keller stond ongeveer vijftien meter van hen vandaan en Rosen had Jeffreys vraag kunnen beantwoorden als ze het echt had gewild.

Jeffrey begroette de echtgenoot. 'Dokter Keller.'

Hij leek in de war dat hij zijn vrouw met Jeffrey samen zag. Hij vroeg: 'Is er iets aan de hand?'

Jeffrey stond op en gebaarde dat Keller moest gaan zitten, maar de man negeerde hem en vroeg zijn vrouw: 'Heb jij mijn sleutels?'

Ze gaf hem de ring, waarbij ze hem nauwelijks aankeek.

'Ik moet weer aan het werk,' zei Keller. 'Jill, ga jij maar naar huis.'

Rosen maakt aanstalten op te staan.

'Ik moet u beiden iets vertellen,' zei Jeffrey, die een gebaar maakte dat ze moest blijven zitten. 'Het gaat over Andy.'

Keller keek hem aan met een blik waaruit duidelijk bleek dat zijn zoon wel het laatste was waaraan hij dacht.

'Ik wilde het u beiden vertellen voordat het bericht op de

campus bekend zou worden gemaakt,' zei Jeffrey. 'Ik ben er niet zeker van dat uw zoon zelfmoord heeft gepleegd.'

Rosen vroeg: 'Wat?'

'Ik kan de mogelijkheid niet uitsluiten dat hij is vermoord,' zei Jeffrey.

Keller liet zijn sleutels vallen, maar raapte ze niet op.

Jeffrey vervolgde: 'We hebben bij de autopsie op Andy niets gevonden wat ons voldoende duidelijkheid biedt, maar Ellen Schaffer...'

'Dat meisje van gisteren?' onderbrak Rosen hem.

'Ja, mevrouw,' zei Jeffrey. 'Er is geen twijfel aan dat ze vermoord is. Gegeven het feit dat het geheel als zelfmoord in scène is gezet moeten we wel een vraagteken zetten bij de omstandigheden van de dood van uw zoon. Ik kan niet in alle oprechtheid zeggen dat we over enig bewijs beschikken dat hij géén zelfmoord heeft gepleegd, maar we hebben wel sterke vermoedens, en ik ga het onderzoeken tot ik achter de waarheid ben.'

Rosen leunde met opengevallen mond achterover.

Jeffrey vervolgde: 'Ik zal de deken hiervan op de hoogte moeten stellen, maar ik wilde dat u het als eersten hoorde.'

Rosen vroeg: 'En dat briefje dan?'

'Dat is een van de dingen waarvoor ik geen verklaring heb,' zei Jeffrey. 'En het spijt me dat ik moet zeggen dat ik u op dit moment niet meer kan vertellen dan wat ik vermoed. We onderzoeken iedere mogelijke ingang om erachter te komen wat er precies is gebeurd, maar ik moet eerlijk zijn: er komt me niets duidelijks voor de geest. De twee zaken hoeven helemaal niets met elkaar te maken te hebben. Het is heel goed mogelijk dat we uiteindelijk toch tot de conclusie komen dat Andy echt zelfmoord heeft gepleegd.'

Keller ontplofte, en zijn woede kwam zo onverwachts dat Jeffrey een stap achteruit deed.

'Hoe kan zoiets godverdomme gebeuren?' vroeg Keller razend. 'Hoe kunt u verdomme mijn vrouw en mij laten geloven dat onze zoon zelfmoord heeft gepleegd terwijl...'

'Brian,' probeerde Rosen.

'Hou je mond, Jill,' beet hij haar toe, en zijn hand schoot uit alsof hij haar een klap wilde geven. 'Dit is belachelijk. Dit is...' Hij was te kwaad om verder te praten, maar zijn mond bewoog terwijl hij zijn gevoelens onder woorden probeerde te brengen. 'Ik kan niet geloven...' Hij bukte zich en graaide zijn sleutels van de grond. 'Dit college, deze hele stad...' Hij priemde met zijn vinger naar het gezicht van zijn vrouw, en deze deinsde terug als om zich te verdedigen.

Keller richtte zich schreeuwend in zijn volle lengte op: 'Ik heb het je gezégd, Jill! Ik heb je gezégd wat een hels oord dit is!'

Jeffrey kwam tussenbeide: 'Dokter Keller, ik vind dat u een beetje moet kalmeren.'

'Ik vind dat u zich met uw eigen zaken moet bemoeien en erachter moet komen wie mijn zoon heeft vermoord!' brulde Keller met een van woede vertrokken gezicht. 'Jullie Keystone Kops denken dat jullie de baas zijn in deze stad, maar het is alsof je hier in de derde wereld woont. Jullie zijn allemaal corrupt. Jullie dansen allemaal naar de pijpen van Albert Gaines.'

Jeffrey vond het wel mooi geweest. 'We praten hier op een ander moment nog wel over, dokter Keller, als u de tijd hebt gehad alles tot u door te laten dringen.'

Ditmaal schudde Keller zijn vinger voor Jeffreys gezicht heen en weer. 'Dat klopt helemaal, dat we hier nog over zullen praten,' zei hij, draaide hun beiden de rug toe en beende weg.

Jill Rosen verontschuldigde zich onmiddellijk voor haar echtgenoot. 'Het spijt me.'

'U hoeft niet voor hem uw excuses aan te bieden,' zei Jeffrey, die probeerde zijn eigen woede in bedwang te houden. Hij wilde achter Keller aan, naar diens laboratorium, maar ze hadden beiden waarschijnlijk een paar minuten nodig om weer rustig te worden.

Jeffrey voelde Rosens wanhoop aan en zei: 'Het spijt me dat ik u niet meer informatie kan geven.'

Ze drukte haar kraag tegen haar hals en vroeg: 'En uw hypothetische vraag van zonet?'

'Ja?'

'Heeft die met Andy te maken?'

'Ja, mevrouw,' zei hij, terwijl hij probeerde het gesprek in een hogere versnelling te zetten.

Rosen staarde uit over het voorplein, naar de studenten die op het grasveld zaten en van de dag genoten. 'Hypothetisch,' zei ze, 'zou ze een reden gehad kunnen hebben om mijn naam te herkennen.'

'Dank u,' zei Jeffrey, die zich buitenproportioneel opgelucht voelde dat er in elk geval één ding was opgehelderd.

'En die andere,' zei ze, nog steeds naar de studenten kijkend. 'Die man met wie ze omgaat?'

'Kent u hem?' vroeg Jeffrey en corrigeerde zichzelf: 'Hypothetisch?'

'O, ik ken hem,' zei ze. 'Of liever gezegd: ik ken het type. Ik ken zijn type beter dan ik mezelf ken.'

'Ik weet niet of ik u kan volgen.'

Ze trok haar kraag naar beneden en de ritssluiting omlaag en liet hem een grote kneuzing op haar sleutelbeen zien. Zwarte vingerafdrukken zaten in de zijkant van haar hals. Iemand had geprobeerd haar te wurgen.

Jeffrey kon alleen maar kijken. 'Wie...' zei hij, maar het antwoord was duidelijk.

Rosen trok de ritssluiting weer dicht. 'Ik moet gaan.'

'Ik kan u ergens heen brengen,' bood Jeffrey aan. 'Naar een tehuis...'

'Ik ga naar mijn moeder,' zei ze met een trieste glimlach. 'Ik ga altijd naar mijn moeder.'

'Dokter Rosen,' zei hij. 'Jill...'

'Ik waardeer uw bezorgdheid,' onderbrak ze hem. 'Maar ik moet nu echt weg.'

Hij stond te kijken hoe ze langs een groep studenten liep. Ze bleef even staan om met een van hen te praten, alsof er niets was gebeurd. Hij werd heen en weer geslingerd tussen de aanvechting achter haar aan te lopen en Brian Keller op te sporen om hem precies aan het verstand brengen hoe het voelde om mishandeld te worden.

In een impuls koos Jeffrey voor dit laatste en liep met snelle passen om het faculteitsgebouw heen. Als kind was hij bij genoeg vechtpartijen tussen zijn ouders tussenbeide gekomen om te weten dat woede alleen maar tot meer woede leidde, dus ademde hij diep en kalmerend in voordat hij de deur van Kellers lab opende.

Het vertrek was leeg, afgezien van Richard Carter, die achter het bureau stond en met een pen tegen zijn kin tikte. Zijn verwachtingsvolle blik werd er algauw een van teleurstelling toen hij Jeffrey herkende. 'O,' zei hij. 'U bent het.'

'Waar is Keller?'

'Dat zou ik ook graag weten,' snauwde Richard duidelijk geërgerd. Hij boog zich weer over het bureau en krabbelde een briefje. 'We hadden hier een halfuur geleden een afspraak.'

'Ik heb net met zijn vrouw gepraat over die zogenaamde verhouding die hij zou hebben.'

Hiervan leefde de ander op; een glimlachje gleed over zijn lippen. 'O ja? En wat zei ze?'

'Dat het niet waar was.' Jeffrey waarschuwde: 'U moet meer oppassen met wat u zegt.'

Richard keek gekwetst. 'Ik heb verteld dat het een gerucht was. Ik heb heel duidelijk gemaakt dat...'

'U rommelt maar een beetje aan met de levens van mensen. Om nog maar te zwijgen van het feit dat u mijn tijd heeft verknoeid.'

Richard slaakte een zucht terwijl hij zijn aandacht weer op het briefje richtte. Hij mompelde: 'Sorry', zoals een kind zou kunnen doen.

Jeffrey liet hem niet zo gemakkelijk los. 'Door u heb ik me het vuur uit de sloffen gelopen om dit gerucht te achterhalen terwijl ik had kunnen werken aan iets wat misschien zou kunnen helpen.' Toen er geen reactie kwam voelde Jeffrey de behoefte eraan toe te voegen: 'Er zijn doden gevallen, Richard.'

'Dat ben ik me heel goed bewust, chef Tolliver, maar wat heeft dat ook maar in de verste verte met mij te maken?' Richard gaf hem geen tijd voor een antwoord. 'Mag ik eerlijk tegen u zijn? Ik weet dat wat er gebeurd is afgrijselijk is, maar ik heb werk te doen. Belangrijk werk. Er is in Californië een groep die aan hetzelfde werkt. En die mensen zeggen heus niet: "O, Brian Keller heeft het de laatste tijd moeilijk gehad, laten we even ophouden tot hij zich beter voelt." Nee, meneer, ze werken dag en nacht door – dag en nacht – om ons te snel af te zijn. Wetenschap is geen spelletje voor heren. Er staan miljoenen, misschien miljarden op het spel.'

Hij klonk als een televisiereclame die een of andere arme donder probeerde over te halen in twee minuten een set vleesmessen te kopen. Jeffrey zei: 'Ik wist niet dat Brian en u samenwerkten.'

'Als hij de moeite neemt te komen.' Richard gooide zijn pen op het bureau, pakte zijn tas en liep naar de deur.

'Waar gaat u heen?'

'College geven,' zei Richard, alsof Jeffrey iets heel doms had gevraagd. 'Sommige mensen komen inderdaad opdagen als dat zo is afgesproken.'

Hij liep theatraal gepikeerd het vertrek uit. Liever dan achter hem aan te gaan liep Jeffrey naar Kellers bureau en las het briefje: 'Beste Brian, je zult nog steeds wel erg bezig zijn met Andy, maar we moeten nu echt die documentatie verzamelen. Als je wilt dat ik het in mijn eentje doe, zeg het dan maar.' Richard had een lachend gezichtje naast zijn naam getekend.

Jeffrey las het briefje twee keer en probeerde de behulpzame toon met Richards duidelijke geïrriteerdheid te rijmen. Er klopte niets van, hoewel Richard nauwelijks een rationeel type te noemen was.

Hij wierp een blik op de deur alvorens te besluiten te doen alsof hij thuis was en het bureau van Keller te doorzoeken. Hij lag net op zijn knieën de onderste dossierlade door te nemen toen zijn mobiel overging.

'Tolliver.'

'Chef,' zei Frank. Door de klank van zijn stem had Jeffrey kunnen raden wat er nu kwam. 'We hebben weer een lijk.'

Jeffrey parkeerde zijn auto voor het slaapgebouw van de mannen, overwegend dat hij een gelukkig man zou zijn als hij de campus van Grant Tech nooit meer zou hoeven zien. Hij kon het uitdrukkingsloze gezicht van Jill Rosen niet vergeten en vroeg zich af hoe verbaasd hij had gekeken toen ze hem die blauwe plekken had laten zien. Hij zou in geen miljoen jaar hebben geraden dat Keller het soort man was dat zijn vrouw sloeg, maar Jeffrey was vandaag door te veel onthullingen overvallen om zich nog dom te voelen dat hij iets over het hoofd had gezien wat misschien een duidelijk signaal was geweest.

Jeffrey trok zijn telefoon uit zijn zak en overlegde of hij Sara zou bellen. Hij wilde haar niet op de plaats delict tegenkomen, maar hij wist dat ze het lichaam op de plaats moest zien. Jeffrey probeerde een goed excuus te bedenken om haar uit de buurt te houden maar gaf het uiteindelijk op en toetste haar nummer.

De telefoon ging vijfmaal over voordat Sara opnam en met een slaapdronken stem 'hallo' zei.

'Hé,' zei Jeffrey.

'Hoe laat is het?'

Hij vertelde het haar en bedacht dat ze beter klonk dan de vorige nacht. Hij zei: 'Het spijt me dat ik je wakker maak.'

'Hmm... hè?' vroeg ze, en hij hoorde dat ze zich in bed omdraaide. In een flits zag hij zichzelf daar naast haar liggen en voelde een prikkel die hij een tijdlang niet had gevoeld. Hij wilde niets liever dan naast Sara in bed kruipen en deze dag helemaal opnieuw beginnen.

Sara zei: 'Mama heeft ongeveer twintig minuten geleden gebeld. Het gaat iets beter met Tessa.' Ze gaapte luidruchtig. 'Ik moet in het mortuarium nog wat papierwerk afhandelen en dan kom ik vanmiddag met de auto terug.'

'Dat is ook de reden waarom ik bel.'

Er klonk angst in haar stem. 'Vertel eens?'

'Een geval van ophanging,' zei hij. 'Op het college.'

'Christus,' fluisterde Sara. Jeffrey had hetzelfde gevoel. In een stadje waar het aantal moorden een tiende van het nationale gemiddelde bedroeg kwamen er opeens overal lijken uit de lucht vallen.

Ze vroeg: 'Hoe laat?'

'Dat weet ik nog niet. Ik ben net gebeld.' Hij wist hoe ze op zijn woorden zou reageren, maar toch zei hij: 'Je zou Carlos kunnen sturen.'

'Ik moet het lichaam zien.'

'Ik zie je niet graag op de campus,' zei hij. 'Als er iets gebeurt...'

'Ik ben niet van plan mijn werk níét te doen,' zei ze, en uit haar toon bleek dat het geen zin had met haar in discussie te gaan.

Jeffrey wist dat ze gelijk had. Sara had niet alleen werk te doen; ze moest ook haar eigen leven leiden. Hij wist nog hoe Lena er die ochtend had uitgezien en hij dacht aan de kneuzingen in de hals van Jill Rosen. Moest hij hen ook gewoon hun eigen leven laten leiden?

'Jeff?'

Hij gaf toe. 'Het is in het slaapgebouw van de mannen, gebouw B.'

'Goed,' zei ze. 'Ik ben er over een paar minuten.'

Jeffrey beëindigde het gesprek en stapte uit de auto. Hij baande zich een weg langs de groep jongens voor de deur en liep het gebouw in, waar de sterke geur van alcohol hem als een wolk omringde. In zijn tijd op Auburn, waar Jeffrey geschiedenis had gestudeerd hadden ze ook behoorlijk gefeest, maar hij herinnerde zich niet dat de studentenflat ooit naar een drankwinkel had geroken.

'Hé, chef,' zei Chuck. Hij stond boven aan de trap, met zijn handen in de zakken van zijn strakke broek. Het effect was obsceen, en Jeffrey wenste dat de ander naar boven zou gaan, zodat de trap die hij zou moeten nemen vrij zou zijn.

'Chuck,' zei Jeffrey, naar de treden kijkend terwijl hij naar boven liep.

'Blij dat je er eindelijk bent. Kev en ik wachten al een hele tijd op je.'

Jeffrey fronste zijn voorhoofd toen Chuck de naam van de deken noemde alsof ze de beste vrienden waren. Afgezien van het feit dat Albert Gaines Chucks vader was zou Kevin Blake Chuck geen blik waardig hebben gekeurd, laat staan dat hij met hem zou zijn gaan golfen. Niet dat Kevin de velden voorlopig zou zien. Hij zou de rest van de maand waarschijnlijk telefoontjes van bezorgde ouders incasseren, die zich zenuwachtig maakten dat hun kinderen op een instelling zaten waar drie van hun medestudenten om het leven waren gekomen.

'Ik praat met hem als ik er de tijd voor vind,' zei Jeffrey, die zich afvroeg hoe lang hij dit gesprek op de lange baan kon schuiven.

'Fluitje van een cent,' zei Chuck, doelend op de zelfmoord. 'Betrapt met zijn broek naar beneden.'

Jeffrey negeerde de opmerking en vroeg: 'Wie heeft hem gevonden?'

'Een van de andere jongens in het gebouw.'

'Die wil ik spreken.'

'Hij is nu beneden,' zei Chuck. 'Adams probeerde het verhaal uit hem te krijgen, maar ik moest het overnemen.' Hij knipoogde met een blik van verstandhouding. 'Ze kan wat grof zijn. Je moet in dit soort situaties een beetje fijnzinnig te werk gaan.'

'O ja?' vroeg Jeffrey, die de gang in keek. Frank en Lena stonden voor een kamer. Te oordelen naar hun houding hadden ze het niet gezellig samen.

Chuck zei: 'Zij heeft die naald gevonden.'

'Naald gevonden?' vroeg Jeffrey. Hij had de technische recherche nog geen tien minuten geleden gebeld. Ze hadden de kamer in die tijd met geen mogelijkheid kunnen doorzoeken.

'Lena heeft hem gevonden toen ze naar binnen ging om de dader te bekijken,' zei Chuck, de verkeerde term voor het slachtoffer gebruikend. 'Ik denk dat hij onder het bed is gerold.'

Jeffrey onderdrukte een vloek: hij wist dat elk bewijs dat ze in de kamer zouden vinden nu onzuiver zou zijn, vooral als het materiaal was dat suggereerde dat Lena al eerder in die kamer was geweest.

Chuck lachte. 'Het was echt niet mijn bedoeling je te snel af te zijn, chef,' zei hij, terwijl hij Jeffrey een klopje op zijn rug gaf alsof diens ploeg een partijtje straatbasketbal had verloren.

Jeffrey besteedde verder geen aandacht aan hem en ging naar Frank en Lena. Toen Chuck aanstalten maakte met hem mee te lopen zei Jeffrey: 'Wil je iets voor me doen?'

'Natuurlijk, baas.'

'Blijf even boven aan de trap staan. Zorg ervoor dat er niemand naar boven komt behalve Sara.'

Chuck salueerde en draaide zich op zijn hakken om.

'Malloot,' mompelde Jeffrey terwijl hij de gang door liep.

Frank zei net iets tegen Lena, maar hij zweeg toen Jeffrey bij hen kwam staan.

Jeffrey vroeg Lena: 'Wil je ons even excuseren?'

'Natuurlijk,' zei ze, en ze liep een eindje de gang op. Jeffrey wist dat ze hen nog steeds kon horen, maar het kon hem niet schelen.

Hij zei tegen Frank: 'De technische jongens zijn onderweg.'

'Ik heb al wat foto's genomen,' zei Frank, en hij hield de polaroid op.

'Laat Brad even komen,' zei hij, wetend dat Sara geen behoefte had aan een oppas. 'Zeg hem dat hij de camera moet meenemen. Ik wil een paar duidelijke foto's.'

Frank belde terwijl Jeffrey een blik in de kamer wierp. Een corpulente jongen met lang zwart haar zat ineengedoken tegen het bed. Op de vloer naast hem lag een gele rubberen band zoals verslaafden gebruiken om een ader te vinden. Het lichaam was gezwollen en grauw. Die jongen lag daar al een tijdje.

'Jezus Christus,' mompelde Jeffrey; de kamer stonk nog erger dan die van Ellen Schaffer. 'Hoe komt dat in jezusnaam?'

Frank probeerde: 'Een beheerder die zijn werk niet goed doet?'

Jeffrey bekeek het tafereel nauwkeurig. Er was geen enkele lamp aan, maar het zonlicht van het eind van de ochtend was zo helder dat hij iets kon zien. Tegenover het lichaam stond een tv-videocombinatie op de matras op het bed. Het helderblauwe scherm gloeide, wat betekende dat de video was afgeslagen. Door het licht bood het lichaam een vreemde aanblik: de huid zag er beschimmeld uit, of misschien kwam dat woord wel bij hem op omdat het zo stonk in de kamer. Het was een enorme rotzooi, en Jeffrey vermoedde dat het grootste deel van de stank werd veroorzaakt door de bakjes eten die op de vloer lagen te rotten. Overal lagen kranten en boeken, en hij vroeg zich af hoe iemand er kon rondlopen zonder voortdurend te struikelen.

Het hoofd van de jongen hing op zijn borst en zijn vettige haar lag over zijn gezicht en nek. Hij droeg alleen een vuil ogende witte boxershort. Zijn hand zat in een van de pijpen geschoven en Jeffrey kon wel bedenken wat deze daar had gedaan.

Er zat een kneuzing op de linkerarm van het slachtoffer, maar dat zou Sara beter kunnen beoordelen. Jeffrey concludeerde uit de stijve houding van het lijk dat de rigor mortis al was ingetreden, waardoor het tijdstip van overlijden tussen de twee en twaalf uur geleden kwam te liggen, afhankelijk van de vraag hoe constant de temperatuur in de kamer was geweest. Tijdstippen van overlijden waren nooit gemakkelijk vast te stellen, en Jeffrey vermoedde dat Sara's gissing niet beter zou zijn dan de zijne.

'Staat de airco hier aan?' vroeg Jeffrey terwijl hij zijn das lostrok. Aan de ventilatoren in het raam zaten plastic koordjes, maar ze hingen er roerloos bij.

'Nee,' zei Frank. 'De deur stond open toen ik hier aankwam, en het leek me dat ik het evengoed zo kon laten om al die stank weg te krijgen.'

Jeffrey knikte, bedenkend dat het in de kamer het grootste deel van de nacht behoorlijk warm moest zijn geweest als de airco niet had aangestaan en de deur dicht was geweest. Zijn buren waren waarschijnlijk zo aan de stank gewend dat ze niets ongewoons hadden opgemerkt.

Jeffrey vroeg: 'Hebben we een naam?'

'William Dickson,' zei Frank. 'Maar voorzover ik weet noemde niemand hem zo.'

'Hoe noemden ze hem dan?'

Frank grinnikte. 'Scooter.'

Jeffrey trok zijn wenkbrauwen op, maar verkeerde niet in een positie om iets te zeggen. Hij was niet bereid iemand te vertellen hoe ze hem in Sylacauga hadden genoemd. Sara had zijn vroegere bijnaam de vorige dag alleen maar gebruikt om hem te plagen.

Frank zei: 'Zijn kamergenoot is deze week naar huis voor Pasen.'

'Ik wil met hem praten,' zei Jeffrey.

'Ik vraag de deken wel een nummer als dit allemaal achter de rug is.'

Jeffrey liep de kamer in en zag een gebroken plastic injectiespuit op de vloer liggen. Wat erin had gezeten was opgedroogd, maar hij zag een duidelijke zoolafdruk in wat ooit vloeistof was geweest.

Hij staarde naar de afdruk en zei tegen Frank: 'Zorg ervoor dat Brad hier een goede foto van maakt.' Frank knikte en Jeffrey knielde naast het lichaam neer. Hij wilde Frank net om handschoenen vragen toen de oudere man hem een stel toewierp.

'Dank je,' zei Jeffrey, en hij trok ze aan. Doordat zijn handen zweetten bleef het rubber kleven. Het licht in de kamer was te verwaarlozen, en Jeffrey keek om zich heen, zoekend naar een lamp die Dickson misschien had gebruikt. Er stond er een op de koelkast naast het bed, maar het snoer was doorgesneden en aan de uiteinden van de draad was de isolatie verwijderd. 'Laat niemand het licht aandoen voordat we dit beter hebben bekeken,' waarschuwde Jeffrey Frank.

Hij duwde het hoofd van Scooter opzij, tilde zijn kin van zijn borst. Er zat een leren riem om de nek van de jongen gewikkeld, die Jeffrey vanuit de gang niet had gezien. Scooters haar was zo lang en smerig dat Jeffrey verbaasd was dat hij de riem nu wel zag.

Jeffrey streek het haar van de jongen naar achteren. Het bewoog als een dikke klomp. De riem zat in een lus om de hals; de gesp was zo strak aangehaald dat de riem in de huid sneed. Jeffrey wilde hem niet losmaken, maar hij zag een dunne vlok schuim die erbovenuit werd gedrukt. Hij volgde de riem tot het uiteinde en zag dat deze aan een volgende was bevestigd, ditmaal een van canvas. De gesp van de tweede riem was door een groot oog gehaald dat in de muur zat geschroefd. Beide riemen stonden over de hele lengte strak, zodat het gewicht van het lichaam aan het oog in de muur trok. Zo te zien zat het oog er al een tijdje.

Jeffrey draaide zich iets om en keek naar de televisie tegenover het lichaam. Het was een goedkoop toestel, zo eentje die je voor minder dan honderd piek bij een discountzaak kocht. Ernaast stond een pot tijgerbalsem met op de rand een korst van witte brokken van God mocht weten wat voor spul. Jeffrey pakte zijn pen en drukte ermee op de eject-knop van de video. Op de cassette stond een afbeelding van een seksueel suggestief tafereel onder de titel *The Bare Wench Project*.

Jeffrey stond op en trok zijn handschoenen uit. Frank liep achter hem aan door de gang naar Lena.

'Heb je iemand gebeld?' vroeg Jeffrey.

'Hè?' zei ze, haar wenkbrauwen optrekkend. Ze was duidelijk voorbereid op een volgende ondervraging, maar hij wist dat zijn vraag haar had verrast.

'Toen je hier aankwam,' zei hij, 'heb je toen iemand gebeld met je mobiel?'

'Ik heb geen mobiel.'

'Weet je dat zeker?' vroeg Jeffrey. Hij had altijd gedacht dat Sara de enige in Grant was die er geen had.

'Weet je wat ze me hier betalen?' lachte Lena ongelovig. 'Ik kan me nauwelijks veroorloven eten te kopen.'

Jeffrey veranderde van onderwerp. 'Ik hoorde dat jij de naald had gevonden.'

'We kregen de oproep ongeveer een halfuur geleden,' zei ze, en hij wist dat ze dit antwoord uit haar hoofd had geleerd. 'Ik ging de kamer binnen om te zien of de persoon in kwestie nog leefde. Hij had geen pols en ademde niet. Zijn lichaam was stijf en voelde koel aan. Op dat moment vond ik de naald.'

'Ze was echt heel behulpzaam,' zei Frank, wiens toon het tegenovergestelde deed vermoeden. 'Ze zag hem onder het bed, dacht dat ze ons de moeite kon besparen en heeft hem zelf opgeraapt.'

Jeffrey keek Lena aan en zei eerder dan dat hij vroeg: 'Ik neem aan dat hij onder je vingerafdrukken zit.'

'Ik denk van wel.'

'Ik neem aan dat je niet meer weet wat je hier nog meer hebt aangeraakt?'

'Ik denk van niet.'

Jeffrey wierp een blik in de kamer en keek toen Lena weer aan. 'Zou je me willen vertellen hoe de zoolafdruk van je vriend hier op de vloer terecht is gekomen?'

Ze leek in het geheel niet van haar stuk gebracht. Ze glimlachte zelfs. 'Heb je het dan niet gehoord?' vroeg ze. 'Hij is degene die het lichaam heeft gevonden.'

Jeffrey keek naar Frank, die knikte. 'Ik heb gehoord dat je al hebt geprobeerd hem te ondervragen.'

Ze haalde haar schouders op.

'Frank,' zei hij, 'ga hem eens halen.'

Frank liep weg en Lena ging naar het raam, waar ze uitkeek over het gazon voor het slaapgebouw. Er lag overal afval, en bij het fietsenrek was een monument van bierblikjes gebouwd.

Jeffrey zei: 'Het ziet ernaar uit dat ze een feestje hebben gehad.'

'Ik denk van wel,' zei ze.

'Misschien is deze jongen' – hij wees op Scooter – 'een beetje door het lint gegaan.'

'Misschien.'

'Het lijkt me dat jullie een drugsprobleem hebben op deze campus.'

Lena draaide zich om en keek hem aan. 'Misschien zou je daarover eens met Chuck moeten praten.'

'Ja, die zit er echt met zijn neus in,' zei Jeffrey sarcastisch.

'Misschien wil je weten waar hij dit weekend heeft gezeten.'

'Op het golftoernooi?' vroeg Jeffrey, die zich de voorpagina van de *Grant Observer* herinnerde. Hij veronderstelde dat Lena een toespeling maakte op Chucks vader, Jeffrey aan het verstand probeerde te brengen dat Albert Gaines hem het leven behoorlijk zuur kon maken.

Jeffrey zei: 'Waarom werk je me tegen, Lena? Wat verberg je?'

'Je getuige is hier,' zei ze. 'Ik moet me bij mijn baas gaan melden.'

'Waarom zo vlug?' vroeg Jeffrey. 'Ben je bang dat hij je weer zal slaan?'

Ze perste haar lippen op elkaar en reageerde niet.

'Blijf hier,' zei hij; ze wist dat ze geen keus had.

Ethan White kwam met Frank naast zich door de gang aanslenteren. Hij droeg zijn gebruikelijke zwarte T-shirt met lange mouwen en een spijkerbroek. Zijn haar was nat en hij had een handdoek om zijn nek geslagen.

'Gedoucht?' vroeg Jeffrey.

'Ja,' zei Ethan, die met de punt van de handdoek zijn oor schoonmaakte. 'Ik was net bezig alle bewijzen weg te wassen dat ik Scooter heb gewurgd.'

'Dat klinkt als een bekentenis,' zei Jeffrey.

Ethan zond hem een vernietigende blik toe. 'Ik heb al met je onderzwijn hier gepraat,' zei hij, Lena aankijkend. Lena keek terug en voerde de spanning op.

'Vertel het mij maar liever,' zei Jeffrey. 'Woon je op de begane grond?' Ethan knikte. 'Waarom ben je dan naar boven gegaan?'

'Ik moest een paar collegeaantekeningen van Scooter lenen.'

'Welk college?'

'Moleculaire biologie.'

'Hoe laat was dat?'

'Dat weet ik niet,' antwoordde Ethan. 'Je kunt ongeveer twee minuten aftrekken van het moment dat ik haar heb gebeld.'

Lena zag de opening. Ze zei: 'Ik zat in het kantoortje van beveiliging. Hij heeft niet echt naar mij gebeld, ik nam toevallig de telefoon op.'

Ethan greep de uiteinden van de handdoek vast alsof hij hem de keel dichtkneep. 'Ik ben weer weggegaan toen zij kwamen. Meer weet ik er niet van.'

'Wat heb je in de kamer aangeraakt?'

'Dat weet ik niet meer,' zei hij. 'Ik was behoorlijk geschrokken, wat ook niet zo gek is als je ergens binnenloopt en je medestudent ligt dood op de vloer.'

'Je hebt wel eerder een lijk gezien,' bracht Jeffrey hem in herinnering.

Ethan trok zijn wenkbrauwen op, alsof hij zei: 'En wat dan nog?'

Jeffrey zei: 'Ik wil dat je op het bureau een formele verklaring aflegt.'

Ethan schudde zijn hoofd. 'Geen sprake van.'

'Wou je soms het onderzoek dwarsbomen?' dreigde Jeffrey.

'Nee, meneer,' antwoordde Ethan keurig. Hij haalde een velletje papier uit een aantekenboekje uit zijn achterzak en stak het Jeffrey toe. 'Dit is mijn verklaring. Ik heb haar ondertekend. Ik zal haar nu weer ondertekenen als u er een getuige bij wilt. Ik geloof dat ik juridisch niet verplicht ben dat op het bureau te doen.'

'Je denkt dat je hier goed in bent,' zei Jeffrey, die de verklaring niet aanpakte. 'Je denkt dat je weet hoe je je uit wat dan ook kunt wurmen.' Hij wees op Lena. 'Of je eruit kunt slaan.'

Ethan knipoogde tegen Lena, alsof ze een bijzonder geheim deelden. Lena verstijfde maar zei niets.

'Ik krijg je nog wel,' zei Jeffrey. 'Misschien niet nu, maar er is iets met je aan de hand, en ik neem je nog wel te grazen. Heb je me gehoord?'

Ethan liet het stuk papier los en het dwarrelde naar de vloer. 'Als dat alles was,' zei hij, 'moet ik nu echt naar college.'

Tien

Sara reed op de automatische piloot terug van de campus naar het mortuarium, terwijl ze nadacht over alle details van de lijkschouwingen van de afgelopen nacht. Er was nog steeds iets met de dood van Andy Rosen wat haar niet lekker zat, en in tegenstelling tot Jeffrey nam ze geen genoegen met een toeval om een moord te kunnen afschrijven. Sara kon op zijn best alleen maar zeggen dat zijn dood verdacht was, en zelfs dat was veel gezegd. Er was geen sprake van wetenschappelijk bewijs dat op moord duidde. De drugstest was negatief teruggekomen, en de lijkschouwing was volkomen normaal geweest. Het was heel goed mogelijk dat de zelfmoord van Andy Rosen nog steeds gewoon zelfmoord was.

William 'Scooter' Dickson was daarentegen een heel andere zaak. De pornografie in de video, het schuim tussen de riem en Scooters huid om een schaafwond te voorkomen, het oog in de muur dat daar duidelijk al lang zat – dit alles wees op auto-erotische verstikking. Sara had hier in haar loopbaan maar één geval van gezien, maar er hadden een paar jaar geleden verschillende artikelen over gestaan in het *Journal of Forensic Science*, toen wurgseks zeer populair was.

'Godver,' zei Sara, toen ze besefte dat ze het ziekenhuis voorbij was gereden. Ze volgde Main Street in de richting van het college en maakte toen vlak voor het politiebureau een verboden U-bocht. Ze zwaaide naar Brad Stephens, die net uit zijn patrouillewagen stapte. Hij hield zijn hand voor zijn ogen en deed alsof hij niets zag terwijl ze bijna een witte Cadillac raakte die voor Burgess's Cleaners geparkeerd stond.

Sara kwam langs de kinderkliniek; het uithangbord was verkleurd en rotte omdat uitgerekend de eigenares van het enige schilderbedrijf in het stadje degene was met wie Jeffrey haar had bedrogen toen ze nog getrouwd waren geweest. Ze zuchtte terwijl ze naar het gehavende uithangbord keek en vroeg zich af of ze aan de onherstelbare toestand van het bord een diepere betekenis moest hechten. Misschien was het een voorbode van wat er uiteindelijk met Sara en Jeffrey zou gebeuren. Cathy Linton zei altijd met enige gretigheid dat gedane zaken geen keer namen.

Sara ging op de rem staan omdat ze bijna weer de afslag naar het ziekenhuis had gemist. Omdat ze altijd met kinderen werkte was Sara niet erg geneigd te vloeken, maar ze gaf wel een stel obsceniteiten ten beste terwijl ze de auto in zijn achteruit zette. Er kwamen er nog een paar toen het voorwiel over de stoeprand bonkte. Ze parkeerde de auto naast het gebouw en liep met twee treden tegelijk de trap naar de schouwzaal af.

Carlos was nog niet met het lichaam terug van het college, en Jeffrey probeerde de ouders van William Dickson op te sporen, dus had Sara de schouwzaal voor zich alleen. Ze liep naar haar werkkamer maar bleef in de deuropening abrupt staan. Op de hoek van haar bureau stond een groot bloemstuk. Jeffrey had haar in geen jaren bloemen gestuurd. Ze liep om het boeket heen en voelde dat er een grote, dwaze grijns op haar gezicht verscheen. Hij was vergeten dat ze niet gek was op anjers, maar er waren andere bloemen, prachtige bloemen, waarvan Sara de namen niet meer wist, en de hele werkkamer was vol van hun geur.

'Jeffrey,' zei ze, terwijl ze voelde dat haar wangen pijn begonnen te doen van de glimlach op haar gezicht. Hij moest ze vanmorgen hebben besteld, voordat de hel was losgebroken. Ze trok het kaartje uit het boeket en haar glimlach verdween toen ze het briefje van Mason James las.

Sara keek om zich heen, zich afvragend waar ze de bloemen moest zetten zodat Jeffrey ze niet zou zien. Ze gaf de gedachte al spoedig op: omdat ze zelf niet nieuwsgierig was, was ze niet van plan dingen te verstoppen.

Ze ging in haar stoel zitten en legde het kaartje bij de vaas.

Er lagen meer dan genoeg andere zaken op haar bureau om haar bezig te houden. Molly, Sara's assistente in de kinderkliniek, had die ochtend een stapel paperassen langsgebracht waar Sara waarschijnlijk de komende twaalf uur ononderbroken mee bezig zou zijn. Ze zette haar bril op en had al ongeveer zestig formulieren getekend toen ze merkte dat Carlos was aangekomen.

Ze keek door het raam naar hem terwijl hij de instrumenten voor de lijkschouwing klaarzette. Hij werkte traag en methodisch, controleerde elk instrument op beschadigingen of tekenen van slijtage. Sara keek nog een paar minuten naar hem alvorens te besluiten haar telefoonbriefjes door te nemen. Op het eerste zag ze het handschrift van Carlos. Brock had gebeld om te vragen wanneer hij het lichaam van Andy Rosen kon komen ophalen. Ze pakte de telefoon en draaide het nummer van de begrafenisonderneming.

Brocks moeder nam op, en het kostte Sara ettelijke minuten om haar bij te praten over de toestand van Tessa, wetend dat het nieuws nog voor de lunch in het stadje de ronde zou doen. Penny Brock had niet veel te doen bij de begrafenisonderneming, en tussen haar dutjes en het af en toe ontvangen van een klant door zat ze het grootste deel van haar tijd roddelend aan de telefoon.

Toen Brock uiteindelijk aan het toestel kwam klonk hij zoals gewoonlijk joviaal. 'Hallo, Sara,' zei hij. 'Bel je me over de opslagkosten?'

Ze lachte, wetend dat hij probeerde een grapje te maken.

Ze zei: 'Ik belde om erachter te komen hoeveel tijd ik heb. Is de dienst vandaag?'

'Vastgesteld voor negen uur morgenochtend,' zei Brock. 'Ik ga vandaag de laatste voorbereidingen treffen. Heb je er een erge rotzooi van gemaakt?'

'Niet zo erg,' zei Sara. 'Niet erger dan normaal.'

'Als jij rond drie uur met hem klaar bent heb ik nog meer dan genoeg tijd.'

Sara keek op haar horloge. Het was al halftwaalf. Ze wist niet eens waarom ze Andy Rosen daar hield. Zijn weefsel en organen waren geschouwd en Brock had verschillende buisjes urine en bloed afgenomen, die ze op haar gemak kon bestuderen. Ze kon absoluut niets meer bedenken.

Ze zei: 'Weet je, kom hem nu maar ophalen.'

'Zeker weten?'

'Ja,' zei Sara. Nu er nog een lichaam binnenkwam hadden ze de ruimte in de vriezer waarschijnlijk nodig.

'Als je nog iets bedenkt kun je hem na de dienst terugkrijgen,' bood Brock aan. 'Ik wilde hem rond de lunch bij het crematorium afleveren.' Hij dempte zijn stem. 'Ik blijf er graag even bij, zodat ik zeker weet dat het allemaal goed gaat, als je begrijpt wat ik bedoel. De mensen zijn tegenwoordig behoorlijk op hun qui-vive als het om crematies gaat, vanwege die boef in Noord-Georgia.'

'Natuurlijk,' zei Sara, die zich de zaak herinnerde van een crematorium, een familiebedrijf, waar de lichamen in de kofferbakken van auto's en tegen een boom op hun terrein waren opgeslagen in plaats van dat ze waren gecremeerd. Het had de staat bijna tien miljoen dollar gekost om de resten te verwijderen en te identificeren.

Brock zei: 'Eigenlijk is het zonde. Zo'n schone manier om de zaken af te handelen. Niet dat ik iets tegen het extra geld heb dat je met een echte begrafenis verdient, maar sommige mensen zien er zo verschrikkelijk uit dat het maar het beste is het snel af te handelen.'

'En zijn ouders?' vroeg Sara, die graag wilde weten of Keller zijn vrouw ten overstaan van Brock had bedreigd.

'Die zijn gisterenavond langs geweest om de procedure door te spreken, en ik kan je wel vertellen...' Brocks stem werd weer zachter. Hij was heel discreet, maar Sara kreeg hem gewoonlijk wel aan het praten. Soms was hij zo openhartig dat ze zich afvroeg of ze niet per ongeluk in het vizier van zijn befaamde onbeantwoorde verliefdheden verzeild was geraakt.

Sara hoefde hem maar even aan te moedigen. 'Ja?'

'Nou...' begon hij, met nog zachtere stem. Brock wist beter dan wie ook dat zijn moeder de voornaamste bron van de roddels in Grant County was.

Hij zei: 'Zijn mama maakte zich een beetje zorgen over een crematie na de autopsie. Ze dacht dat dat niet kon. Mijn God, waar halen mensen hun ideeën toch vandaan?'

Sara wachtte.

'Ik had het gevoel dat ze sowieso niet gelukkig was met de hele gang van zaken, maar toen ging pappie zich ermee bemoeien en zei dat de jongen het zo gewild had en dat ze dat dus zouden doen.'

'Als hij het zo wilde, moet zijn wens gehonoreerd worden,' zei Sara. Ook al had ze voortdurend met de dood te maken, Sara had nooit overwogen iemand te laten weten wat er na haar dood met haar moest gebeuren. Nu ze eraan dacht huiverde ze.

'Er komen hier wel mensen langs om zelf hun begrafenis te regelen,' zei Brock grinnikend. 'Goeie hemel, de verhalen die ik je zou kunnen vertellen wat sommige mensen allemaal mee in hun graf willen nemen.'

Sara sloot haar ogen en wilde het eigenlijk niet horen.

Brock vatte haar zwijgen op als een aanmoediging en ging door. 'Om je de waarheid te zeggen dacht ik, omdat ze joods zijn, God moge ze zegenen, dat ze haast hadden, maar ze hebben alles heel normaal aangepakt. Ik neem aan dat ze er niet zo mee zitten als andere mensen.'

'Nee,' zei Sara. Als patholoog-anatoom had ze maar één keer meegemaakt dat een familie van orthodoxe joden bezwaar tegen een lijkschouwing had gemaakt. Hoewel ze hun toewijding aan hun godsdienst had bewonderd, had ze zich ook heel goed kunnen voorstellen dat de familie opgelucht zou zijn door de wetenschap dat hun vader aan een hartaanval was overleden en niet opzettelijk het meer in was gereden.

'Goed...' Brock schraapte ongemakkelijk zijn keel; waarschijnlijk interpreteerde hij haar zwijgen als een blijk van afkeuring. 'Ik ben in een mum bij je.'

Sara beëindigde het gesprek en zette haar bril op terwijl ze de rest van de berichten doornam. Het gezoem in het mortuarium werd nu en dan onderbroken door het klikken en de lichtflitsen van Carlos' camera. Sara keek iets langer naar het laatste bericht: ze zag dat ze een onaangekondigd bezoek van een vertegenwoordiger van een farmaceutisch bedrijf had gemist. Sara fronste haar voorhoofd omdat ze wist dat hij meer gratis medicijnen voor haar patiënten zou hebben achtergelaten als ze er zou zijn geweest om ze hem uit zijn handen te praten.

Onder de berichten lag een gelikte brochure waarin reclame werd gemaakt voor een bepaald medicijn tegen astma dat net voor kinderen was toegelaten. Kinderartsen als Sara schreven de inhalator al jaren voor, maar de industrie gebruikte deze nieuwe toelating door de geneesmiddelenraad voor gebruik door kinderartsen om haar patenten op het medicijn te verlengen, zodat ze de consument kon blijven uitmelken en zich geen zorgen hoefde te maken over concurrentie van generieke middelen. Sara dacht vaak dat als die fabricanten zouden ophouden met het maken van fraaie brochures en dure televisiereclame, ze de prijs van hun medicijnen zo zouden kunnen verlagen dat ze betaalbaar zouden worden.

De prullenmand stond aan de overkant van de kamer. Ze gooide de brochure die kant op en miste precies op het moment dat Jeffrey de kamer binnenkwam.

'Ha,' zei Jeffrey terwijl hij een lichtbruine envelop op haar bureau gooide. Hij liet er een grote papieren zak op vallen.

Ze stond op om de brochure op te rapen en hij legde zijn hand op haar arm.

'Wat...'

Hij kuste haar op haar mond, iets wat hij nooit in het openbaar deed. Het was een kuise kus, meer een vriendelijke begroeting, of, gezien Jeffreys gedrag de vorige middag tegen Mason James, de manier waarop een hond bij een brandkraan zijn territorium afbakende.

'Hallo,' zei ze, terwijl ze hem een nieuwsgierige blik toewierp en de brochure in de prullenmand gooide.

Toen ze zich weer omdraaide hield Jeffrey een van de anjers in zijn hand. 'Hier hou je niet van.'

Ze was blijer met het feit dat hij zich dit detail herinnerde dan ze geweest zou zijn als hij degene was geweest die de bloemen had gestuurd. 'Nee,' zei ze terwijl ze keek hoe hij het kaartje uit de envelop haalde.

'Ja hoor, ga gerust je gang,' zei ze tamelijk overbodig.

Hij nam rustig de tijd om het kaartje in de envelop terug te doen. 'Dat is aardig,' zei hij, en citeerde: 'Ik ben er als je me nodig hebt.'

Ze sloeg haar armen over elkaar en wachtte tot hij zou zeggen wat hij op zijn lever had.

'Een lange ochtend,' zei hij terwijl hij de deur dichtdeed. Zijn gezicht stond neutraal, en ze zag dat hij probeerde het gesprek op gang te brengen toen hij vroeg: 'Met Tess nog hetzelfde?'

'Eigenlijk iets beter,' zei ze, en zette haar bril op en ging zitten. 'Waar wilde je het over hebben?'

Hij prikte met zijn vinger naar een van de bloemen. 'Lena is vanmorgen gewond geraakt.'

Sara zat opeens rechtop. 'Heeft ze een ongeluk gehad?'

'Nee,' zei hij. 'Het was Ethan White, die schooier over wie ik je heb verteld. Die kerel met wie ze omgaat. Degene die probeerde me omver te duwen.'

'Heet hij zo?' vroeg Sara, want om de een of andere reden klonk de naam ongevaarlijk.

'En dat is er dan nog maar één,' zei Jeffrey. 'Frank en ik zijn vanmorgen met haar gaan praten...' Zijn stem stierf weg terwijl hij naar de bloem staarde. Sara ging weer achteroverzitten, Jeffrey bracht haar verslag uit over zijn ochtend en eindigde met Jill Rosen die hem de kneuzingen op haar hals had laten zien.

Sara zei wat voor de hand lag. 'Ze wordt mishandeld.'

'Ja,' zei Jeffrey.

'Ik heb bij de lijkschouwing van Andy Rosen geen tekenen van mishandeling gezien.'

'Het is mogelijk iemand pijn te doen zonder sporen achter te laten.'

'Toch zou je heel goed de stelling kunnen verdedigen dat Rosen zelfmoord heeft gepleegd om een eind te maken aan de mishandelingen,' zei Sara. 'Dat briefje was aan zijn moeder gericht, niet aan zijn vader. Misschien kon hij er niet meer mee leven.'

'Het is mogelijk,' beaamde Jeffrey. 'Zonder de zaak-Tessa zouden we in het geval van Andy geen enkele argwaan hebben.'

'Hoe waarschijnlijk is het dat die zaken geen verband met elkaar houden?'

'Jezus, Sara, dat weet ik niet.'

Sara friste zijn geheugen op. 'We hebben geen enkel bewijs dat Andy Rosen vermoord is. Misschien moeten we hem van ons lijstje schrappen en uitgaan van wat we wel weten.'

'En dat is?'

'Ellen Schaffer is vermoord. Misschien heeft iemand gedacht dat hij of zij van de zelfmoord van Andy kon profiteren en het doen voorkomen alsof ze hem heeft nageaapt. Een dergelijke kettingreactie is op een campus geen ongewoon verschijnsel. Het MIT heeft eens twaalf zelfmoorden in één jaar meegemaakt.'

'En Tess dan?' bracht hij haar in herinnering. Tessa was voortdurend de joker, het slachtoffer voor wie geen verklaring bestond.

'In haar geval zou het om een heel andere misdaad kunnen gaan,' zei Sara. 'Tenzij we een verband vinden moeten we deze twee misschien als twee afzonderlijke incidenten zien.'

'En deze?' Jeffrey wees op het lichaam dat uit het mortuarium naar de zaal was gebracht.

'Ik heb geen idee,' zei ze. 'Hoe reageerden zijn ouders?'

'Ongeveer zoals je zou verwachten,' zei hij, maar hij ging er niet verder op in.

'Laten we maar aan het werk gaan,' zei ze terwijl ze de bruine papieren zak van de envelop tilde zodat ze het rapport kon lezen. Jeffrey had kopieën van zijn aantekeningen gemaakt, en er was een inventaris van de plaats delict. Sara nam deze snel door, maar vanuit haar ooghoeken zag ze dat Jeffrey een van de klokvormige paarse bloemen aanraakte.

Toen Sara klaar was met lezen wees ze op de stapel dagrapporten op de enige andere stoel in haar kamer. 'Leg die maar op de grond.'

'Ik heb wel genoeg gezeten,' zei hij terwijl hij naast haar bureau hurkte. Hij wreef met zijn hand over haar been. 'Ben je een beetje uitgeslapen?'

Ze legde haar hand op de zijne en bedacht dat ze Mason iedere dag bloemen moest laten sturen als Jeffrey er zo attent van werd.

'Met mij gaat het wel weer,' zei ze, en richtte haar aandacht weer op het dossier. 'Die heb je snel gekregen,' zei ze, doelend op de foto's van de plaats delict.

'Brad ontwikkelde ze zewlf,' zei hij. 'En kijk voortaan een beetje uit als je vlak voor het politiebureau een U-bocht maakt.'

Ze glimlachte onschuldig tegen hem en wees toen op de bruine papieren zak. 'Wat is dat?'

'Medicijnflesjes,' zei hij, en stortte de inhoud uit op haar bureau. Aan het zwarte poeder op de flesjes zag ze dat er al vingerafdrukken waren genomen. Het moesten minstens twintig flesjes zijn.

Ze vroeg: 'Waren deze allemaal van het slachtoffer?'

'Zijn naam staat erop.'

'Antidepressiva,' zei Sara, die de flesjes een voor een in een rij op haar bureau zette.

'Hij spoot ice.'

'Knap én slim,' merkte Sara zuur op, nog steeds bezig de flesjes in het gelid te zetten en proberend ze in categorieën onder te brengen. 'Valium, dat mag niet samen met antidepressiva gebruikt worden.' Ze bestudeerde de etiketten, allemaal van dezelfde arts. De naam zei haar niets, maar de handschriften brachten allerlei alarmbellen bij haar aan het rinkelen.

Ze begon de namen van de medicijnen voor te lezen. 'Prozac, ongeveer twee jaar oud. Paxil, Elavil.' Ze pauzeerde en noteerde de data. 'Het ziet ernaar uit dat hij ze allemaal heeft geprobeerd en uiteindelijk is uitgekomen bij Zoloft, dat...' Ze zweeg even en liet toen een 'wauw' horen.

'Wat?'

'Driehonderdvijftig milligram Zoloft per dag. Dat is veel.'

'Wat is het gemiddelde?'

Sara haalde haar schouders op. 'Ik geef het mijn kinderen niet,' zei ze. 'Een redelijke schatting voor een volwassene zou vijftig tot honderd milligram zijn, op zijn hoogst.' Ze ging door met de flesjes. 'Ritalin natuurlijk. Zijn generatie is met die rommel opgegroeid. Nog meer Valium, lithium, amantadine, Paxil, Xanax, cyproheptadine, busiprone, Wellbutrin, Buspar, Elavil. En nog een met Zoloft. En nog een.' Ze zette de drie flesjes Zoloft bij elkaar en zag dat ze op verschillende data bij verschillende apotheken waren aangeschaft.

'Waar zijn die voor?'

'Specifiek? Depressies, slapeloosheid, angstaanvallen. Ze zijn allemaal voor hetzelfde, maar ze werken op verschillende manieren.' Ze rolde haar stoel achteruit naar de plank bij de dossierkast en pakte haar farmacopee. 'Ik zal ze op moeten zoeken,' zei ze terwijl ze de stoel naar haar bureau terug liet rijden. 'Een paar ervan ken ik wel, maar van die andere heb ik geen idee. Een van mijn kinderen met Parkinson is aan de buspirone voor zijn angstaanvallen. Soms kun je ze in combinatie nemen, maar niet allemaal. Het resultaat zou dan giftig zijn.'

'Zou hij ze verkocht kunnen hebben?' vroeg Jeffrey. 'Hij had de naalden. We hebben ook nog een voorraadje hasj en tien tabletten acid in zijn kast gevonden.'

'Er is niet echt een markt voor antidepressiva,' zei Sara. 'Iedereen kan daar tegenwoordig een recept voor krijgen. Het is alleen maar een kwestie van het vinden van de goede – of in dit geval de verkeerde – arts.' Ze gebaarde naar een stel flesjes dat ze apart had gehouden. 'Ritalin en Xanax hebben wel straatwaarde.'

'Ik kan naar de lagere school gaan en voor ongeveer honderd dollar van elk van die soorten tien pillen krijgen,' merkte Jeffrey op. Hij hield de grote plastic fles omhoog. 'Hij neemt in elk geval zijn vitamines.'

'Yocon,' zei ze terwijl ze de ingrediënten las. 'Laten we hiermee beginnen.' Sara bladerde het boek door en vond de juiste naam. Ze las de beschrijving door en vatte samen: 'Het is een handelsnaam voor yohimbine, een kruid. Het wordt geacht het libido te verhogen.'

Jeffrey pakte de fles terug. 'Is het een afrodisiacum?'

'Technisch gesproken niet,' antwoordde Sara, verder lezend. 'Het zou moeten helpen voor alles, van premature ejaculatie tot het instandhouden van een hardere erectie.'

'Hoe komt het dat ik daar nog nooit van heb gehoord?'

Sara keek hem veelbetekenend aan. 'Je hebt het nooit nodig gehad.'

Jeffrey glimlachte terwijl hij de Yocon op het bureau terugzette. 'Het is een jongen van twintig. Waarom zou hij iets dergelijks nodig hebben?'

'Door de Zoloft zou hij weleens geen orgasme kunnen krijgen.'

Jeffrey kneep zijn ogen half dicht. 'Kon hij niet klaarkomen?'

'Ach, zo kun je het ook zeggen,' zei Sara inschikkelijk. 'Hij kon een erectie krijgen en instandhouden, maar een probleem met ejaculeren hebben.'

'Jezus Christus, geen wonder dat hij zichzelf heeft gewurgd.'

Sara negeerde zijn opmerking, en las voor alle zekerheid de beschrijving van het medicijn nog een keer. '"Bijwerkingen: orgasmeproblemen, angstaanvallen, toename van de eetlust, afname van de eetlust, slapeloosheid..."'

'Dat zou een verklaring kunnen zijn voor de Xanax.'

Sara keek op uit het boek. 'Geen enkele arts die goed bij zijn verstand is zou al deze pillen in combinatie voorschrijven.'

Jeffrey vergeleek een paar etiketten. 'Hij was klant bij ongeveer vier verschillende apotheken.'

'Ik kan me niet voorstellen dat ook maar één apotheker al deze flesjes zou meegeven. Het is te riskant.'

'We hebben een goed verhaal nodig om de dossiers van apotheken te mogen doorkijken,' zei hij. 'Ken je die arts?'

'Nee,' zei ze terwijl ze de onderste lade van haar bureau opentrok. Ze haalde de telefoongids van Grant County en omgeving te voorschijn. Na enig zoeken bleek dat de man er niet in stond. 'Hij heeft geen banden met het medisch centrum of het college?'

'Nee,' zei Jeffrey. 'Hij zou in Savannah kunnen zitten. Daar zit ook een van die apotheken.'

'Ik heb geen telefoonboek van Savannah.'

'Er bestaat tegenwoordig iets nieuws,' zei Jeffrey plagerig. 'Het heet internet.'

'Goed, goed,' zei Sara en was zo zijn preek voor hoe prachtig moderne technologie toch was. Ze begreep het nut ervan wel voor iemand als Jeffrey, maar Sara zag in haar praktijk te veel bleke, te zware kinderen om de voordelen te zien van het de hele dag naar een computer staren.

Jeffrey opperde: 'Misschien is het geen arts?'

'Tenzij de apotheker je kent moet je over een DEA-nummer beschikken als je een recept indient. Dat nummer staat in een database.'

'Dus iemand heeft misschien een nummer van een gepensioneerde arts gestolen?'

'Hij schrijft geen narcotica of OxyContin voor. Ik kan me niet voorstellen dat deze middelen de inspectie alarmeren.' Sara fronste haar wenkbrauwen. 'Maar ik snap nog steeds niet waar dit allemaal goed voor is. Het zijn geen stimulerende middelen. Je kunt er niet echt high van worden. Die Xanax kan verslavend zijn, maar hij heeft ook die metamfetamine en die hasj, die veel beter werken.'

Carlos zou later de pillen tellen en classificeren, maar in een opwelling maakte Sara een van de flesjes met Zoloft open. Zonder ze eruit te halen vergeleek ze de gele tabletten met de tekening in het boek. 'Ze komen overeen.'

Jeffrey opende het volgende flesje, terwijl Sara het derde pakte. Hij zei: 'Die van mij niet.'

Sara tuurde in het flesje. 'Nee,' beaamde ze terwijl ze de bovenste la van haar bureau opentrok. Ze pakte een pincet en viste een van de heldere capsules uit het flesje. Er zat een fijn wit poeder in. 'Die kunnen we opsturen en kijken wat erin zit.'

Jeffrey keek nu in elk flesje. 'Is er genoeg budget voor een algehele analyse?'

'Ik denk niet dat we veel keus hebben,' zei Sara, terwijl ze de capsule in een plastic zakje voor bewijsmateriaal liet glijden. Ze hielp hem de inhoud van de andere flesjes te controleren, maar op alle pillen zat een soort tekentje dat de fabrikant of de naam van het medicijn aangaf.

Jeffrey zei: 'Hij zou de capsules zelf voor andere drugs kunnen gebruiken.'

'Laten we de onbekende eerst maar eens natrekken,' stelde Sara voor, die wist hoe duur een lukrake zoektocht kon zijn. Als ze in Atlanta hadden gezeten zou ze zeker over het geld hebben kunnen beschikken, maar het budget in Grant County was zo krap dat Sara een paar maanden lang rubber handschoenen van de kliniek had moeten lenen.

Ze vroeg: 'Waar komt Dickson vandaan?'

'Hiervandaan,' zei Jeffrey.

Sara probeerde nog eens de vraag die ze al eerder had gesteld, omdat ze verwachtte dat Jeffrey nu meer bereid was erover te praten.

'Hoe reageerden zijn ouders op het nieuws?'

'Beter dan ik dacht,' zei Jeffrey. 'Ik begreep dat ze hun handen aan hem vol hadden.'

'Net zoals Andy Rosen,' merkte Sara op. Ze had hem tijdens de terugrit uit Atlanta bijgepraat over Hares indrukken van de familie Rosen.

'Als het enige verband hier is dat we met twee verwende jongens van in de twintig te maken hebben, betekent dat dat de helft van de studenten van het college gevaar loopt.'

'Rosen was manisch-depressief,' bracht Sara hem in herinnering.

'Dicksons ouders zeiden dat Dickson dat niet was. Hij had nooit iets over therapie gezegd. Voorzover ze wisten was hun zoon zo gezond als een vis.'

'En hoeveel wisten ze?'

'Ze leken niet erg betrokken, maar de vader maakte duidelijk dat hij alle rekeningen voor die jongen betaalde. Iets dergelijks zou dan algauw aan het licht zijn gekomen.'

'Misschien is hij gratis bij iemand in het gezondheidscentrum op de campus langsgegaan.'

'Het zou link kunnen zijn om te proberen toegang te krijgen tot de documentatie van de kliniek.'

Sara opperde: 'Je zou het Rosen eens kunnen vragen.'

'Ik denk dat die wel alles heeft verteld wat ze weet,' zei Jeffrey met een somber gezicht. 'We hebben de hele studentenflat ondervraagd, en niemand wist ook maar iets van die jongen.'

'Gezien de stank op zijn kamer denk ik dat hij meestal daar zat.'

'Als Dickson dealde, zou sowieso niemand toegeven dat hij hem gekend had. Iedere wc in de studentenflat werd opeens doorgespoeld toen bekend werd dat we links en rechts vragen stelden.'

Sara piekerde over de informatie waarover ze nu beschikten. 'Dus zowel hij als Rosen leefden geïsoleerd. En ze waren allebei aan de drugs.'

'De giftest van Rosen was negatief.'

'Dat is altijd fifty-fifty,' herinnerde Sara hem. 'Het lab zoekt alleen naar de stoffen die ik opgeef. Er bestaan duizenden andere drugs die hij kan hebben gebruikt waar ik niet naar kan laten zoeken omdat ik ze niet ken.'

'Ik denk dat iemand Dicksons kamer heeft leeggehaald.'

Ze wachtte tot hij doorging.

'Er stond een fles wodka in de koelkast, halfvol, maar zonder vingerafdrukken. Op sommige bierblikjes en andere spullen zaten vingerafdrukken van het slachtoffer en een paar onbekende, waarschijnlijk van de winkelbediende of van degene die ze hem heeft verkocht.' Hij zweeg. 'We zullen proberen de injectiespuit te checken om te kijken wat erin zat. De spuit op de vloer is behoorlijk toegetakeld. Onze mensen hebben het hout afgekrabd, maar ik weet niet of ze er erg veel uit zullen halen.' Hij zweeg weer, alsof er nog iets was wat hij niet wilde zeggen. 'Lena heeft die spuit gevonden.'

'Hoe is dat gebeurd?'

'Ze zag hem onder het bed liggen.'

'Heeft ze hem aangeraakt?'

'Overal.'

'Heeft ze een alibi?'

'Ik ben de hele ochtend met Lena samen geweest,' zei Jeffrey. 'Ze heeft de hele nacht bij White gezeten. Ze vormen elkaars alibi.'

'Je klinkt niet erg overtuigd.'

'Op dit moment vertrouw ik ze geen van beiden, vooral gezien de criminele achtergrond van Ethan White. Je wordt niet zomaar op een dag wakker en bent dan opeens geen racist meer. Het enige dat ze allemaal met elkaar verbindt, inclusief Tess, heeft iets met ras te maken.'

Sara wist waar hij heen wilde. 'Dit hebben we al doorgepraat. Hoe zou iemand hebben moeten weten dat ik Tessa daarheen zou brengen? Het is te onwaarschijnlijk.'

'Lena duikt gewoon te vaak in het verhaal op om er geen deel van uit te maken.'

Sara wist wat hij bedoelde. Ze hadden hetzelfde probleem met de zogenaamde zelfmoord van Andy Rosen. Van een dergelijk toeval was maar zelden sprake.

'Die White,' begon Jeffrey, 'dat is een smerige hond, Sara. Ik hoop dat je hem nooit zult ontmoeten.' Zijn stem kreeg een harde klank. 'Wat voert ze toch in jezusnaam met zo iemand uit?'

Sara leunde achterover in haar stoel en wachtte tot ze zijn aandacht had. 'In aanmerking genomen wat Lena heeft doorgemaakt is het geen wonder dat ze met iemand als Ethan White te maken krijgt. Hij is een gevaarlijke man. Ik weet dat je hem voortdurend een jongen noemt, maar te oordelen naar wat je me hebt verteld gedraagt hij zich niet als een jongen. Lena zou zich tot dat gevaar aangetrokken kunnen voelen. Ze bevindt zich op bekend terrein.'

Hij schudde zijn hoofd, alsof dit iets was wat hij niet kon accepteren. Soms vroeg Sara zich af of hij Lena eigenlijk überhaupt wel kende. Jeffrey vertoonde de neiging mensen te zien zoals hij ze wílde zien in plaats van zoals ze werkelijk waren. Dit was tijdens hun huwelijk eigenlijk voortdurend een probleem geweest, en ze werd er nu niet graag aan herinnerd.

Sara zei: 'Afgezien van Ellen Schaffer zou dit een reeks toevalligheden kunnen zijn, waartussen opeens een verband ontstaat omdat Lena en jij met de ultieme wedstrijd verpissen bezig zijn.' Ze legde haar vinger tegen zijn lippen om te voorkomen dat hij reageerde. 'Ik weet wat je wilt zeggen, maar je kunt niet ontkennen dat er tussen Lena en jou een vijandige sfeer hangt. Ze zou zelfs White kunnen dekken, alleen maar om jou dwars te zitten.'

'Dat is mogelijk,' zei hij, zeer tot haar verbazing.

Sara leunde achterover. 'Denk je echt dat ze drinkt?' vroeg ze. 'Genoeg om een probleem te hebben?'

Hij haalde zijn schouders op, en Sara werd er nogmaals aan herinnerd wat een hekel Jeffrey aan alcoholisten had. Zijn vader was een gewelddadige drinker geweest, en Jeffrey mocht dan beweren dat hij over zijn kindertijd vol mishandelingen heen was, Sara wist dat hij van een alcoholist eerder door het lint ging dan van een moordenaar.

Sara zei: 'Het feit dat ze een kater had betekent niet dat ze een probleem heeft – het betekent alleen maar dat ze een avond te veel heeft gedronken.' Sara liet haar woorden goed doordringen voordat ze verderging. 'En dit?' vroeg ze terwijl ze door de foto's bladerde. Ze liet hem de foto van de vertrapte injectiespuit op de vloer zien.

'Ik weet vrijwel zeker dat ze dat niet heeft gedaan,' gaf hij toe. 'Als je die afdruk oppervlakkig met die van White vergelijkt, zijn ze vrijwel identiek.'

'Nee,' zei Sara. 'Je ziet een belangrijkere vraag over het hoofd. Dickson had twee spuiten met de zuiverste meth die je kunt kopen. Als hij zelfmoord had willen plegen – of als iemand het er als een zelfmoord uit wilde laten zien –, waarom is die tweede spuit dan niet gebruikt? De meth was zo sterk dat de tweede dosis hem bijna meteen zou hebben gedood.'

'Sjaaltjetrek is een tamelijk gênante manier om het loodje te leggen,' merkte Jeffrey op; hij gebruikte het slangwoord voor auto-erotische verstikking. 'Het kan iemand zijn geweest die een hekel aan hem had.'

'Dat oog zat al een hele tijd in die muur,' zei Sara, nadat ze de foto had opgezocht. 'Die riemen vertonen slijtpatronen waaruit blijkt dat ze al eerder zo zijn gebruikt. Het schuim moest voorkomen dat het leer een striem in zijn hals trok. Hij had het allemaal nauwkeurig voorbereid, inclusief die pornofilm.' Al pratend nam ze snel de foto's door. 'Hij dacht waarschijnlijk dat hem niets kon overkomen omdat hij zat. In de meeste van deze gevallen gaat het om wc-kettingen en stoelen die onder hun voeten uit glippen.' Ze wees op de medicijnflesjes. 'Als hij toch geen orgasme kon krijgen, zal hij zeker gezocht hebben naar een betere manier om een muizenval te bouwen.'

Jeffrey kon de gedachte aan Lena niet opgeven. 'Waarom zou Lena de plaats delict ruïneren als ze niets te verbergen had? Zoiets heeft ze nog nooit eerder gedaan.'

Sara kon zijn vraag niet beantwoorden. 'Als White de dader is, wat is dan zijn motief om Scooter te vermoorden?'

Jeffrey schudde zijn hoofd. 'Zo'n reden zie ik niet.'

'Drugs?' vroeg Sara.

'White wordt elke week gecontroleerd en moet clean zijn

als deel van zijn vrijlating op erewoord, maar Lena had wat Vicodin op haar kamer.'

'Heb je haar ernaar gevraagd?'

'Ze zei dat het voor de pijn was die ze nog heeft van wat haar vorig jaar is overkomen.'

Sara kreeg een zeer onwelkom beeld van Lena tijdens het verkrachtingsonderzoek.

Jeffrey zei: 'Ze had een geldig recept.'

Sara besefte dat ze even de draad van het gesprek kwijt was. Ze vroeg: 'Schaffer gebruikte geen drugs?'

'Nee.'

'Dickson klinkt niet echt etnisch.'

'Zuidelijke baptisten, geboren en getogen.'

'Ging hij met niemand om?'

'Met die stank?' bracht Jeffrey haar in herinnering.

'Dat is een goeie.' Sara stond op, en vroeg zich af waar Brock bleef. 'Kunnen we beginnen? Ik heb mama gezegd dat ik zo snel mogelijk terug zou zijn.'

Jeffrey vroeg: 'Hoe is het met Tessa?'

'Fysiek? Daar komt ze wel overheen.' Sara voelde hoe ze werd verscheurd. 'En vraag me niet naar de rest, oké?'

'Nee,' zei hij. 'Oké.'

Ze opende de deur en stapte het mortuarium in. 'Carlos,' zei ze, 'Brock komt zo meteen hier. Je kunt pauze nemen als hij er is.'

Jeffrey werd nu nieuwsgierig, maar stelde niet de voor de hand liggende vraag. Hij zei tegen Carlos: 'Dat van die tatoeage was een goeie. Je had gelijk.'

Carlos glimlachte, iets wat hij nooit deed als Sara hem een compliment maakte.

Ze bond de witte jas dicht om haar middel terwijl ze naar de lichtbak liep om de röntgenfoto's te bekijken die Carlos van William Dickson had gemaakt. Toen ze er zeker van was dat ze elke foto goed had gezien, liep ze terug naar het lichaam.

De weegschaal die aan het uiteinde van de tafel hing zwaaide iets heen en weer op de bries, en ook al vergat Carlos het nooit, Sara controleerde of het gewicht op nul was teruggezet. Brock had gezegd dat hij meteen zou komen, maar hij moest nog steeds komen opdagen. Sara wilde pas met de formele autopsie beginnen als hij weer vertrokken zou zijn.

Ze zei: 'Ik zal een oppervlakkig onderzoek doen voordat Brock hier is.'

Ze trok handschoenen aan en haalde het laken van het lichaam, waardoor ze William Dickson aan de schelle plafondlampen blootstelde. Een perfecte indruk van de riem lag als een zwartgeschilderde streep op zijn hals. Zijn linkerhand zat nog om zijn penis.

Sara vroeg Jeffrey: 'Was hij linkshandig?'

'Doet dat ertoe?'

'Niet dan?' vroeg Sara verrast. Ze had er inderdaad nooit bij stilgestaan maar ze had altijd aangenomen dat een man zijn dominante hand zou gebruiken.

Jeffrey wendde zijn blik af terwijl ze de hand van William Dickson losmaakte van diens penis. De vingers bleven gekromd staan, maar de rigor mortis trok al langzaam weg uit het bovenlichaam, waar hij was begonnen. De vingertoppen waren donkerpaars en op zijn penis was duidelijk te zien waar zijn hand had gezeten.

'Gatver,' fluisterde Carlos – de eerste keer dat hij commentaar leverde op iets wat Sara had gevonden. Hij keek naar de geprononceerde kurkkleurige randen rond de testikels.

'Zijn dat meswonden?' vroeg Jeffrey.

'Het ziet er meer uit als verbranding door elektriciteit,' zei Sara, die de kleur herkende. 'Vers, waarschijnlijk van de afgelopen paar dagen. Het zou een verklaring kunnen zijn voor het elektriciteitsdraad bij het bed.' Ze pakte watten, drukte ze tegen de brandwond en verwijderde een gladde klont die eruitzag als zalf. Ze rook eraan en zei: 'Het ruikt als vaseline.'

Carlos hield een zakje op voor de watten.

Jeffrey vroeg: 'Gebruik je dat voor brandwonden?'

'Nee, maar gezien zijn medicijnkast lijkt hij me niet het type om de gebruiksaanwijzing te lezen.' Ze bekeek de brandwonden aandachtig. 'Hij kan de vaseline als glijmiddel hebben gebruikt.'

Carlos en Jeffrey waren het hier, getuige de blik die ze elkaar toewierpen, niet mee eens.

Jeffrey zei: 'Hij heeft waarschijnlijk tijgerbalsem gebruikt. Er stond een pot op de televisie.'

Sara herinnerde zich de pot van de foto maar had er verder niet bij stilgestaan. 'Is dat niet voor pijnlijke spieren?'

Ze gaven geen van beiden antwoord, dus richtte Sara haar aandacht weer op de brandwonden. 'Misschien heeft hij elektrische stimulering gebruikt om een orgasme te krijgen.'

Jeffrey zei: 'Niet echt het eerste dat bij me op zou komen om dat te bereiken.'

'Hij spoot zuivere meth. Ik betwijfel of hij het grootste deel van de tijd wel helder heeft kunnen denken.' Ze vroeg Carlos: 'Kun je me helpen hem om te draaien?'

De jonge man trok handschoenen aan en met veel moeite draaiden ze Dickson op zijn buik. De billen hadden een duidelijke lijkkleur en er zat een lange horizontale streep op zijn rug waar hij tegen het bed had geleund.

Ze onderzocht William Dickson van top tot teen, zonder precies te weten waarnaar ze zocht. Uiteindelijk vond ze iets wat haar aandacht trok.

'Er zitten littekens rond zijn anus,' zei ze tegen Jeffrey, die naar het aanrecht stond te kijken.

'Was hij gay?' vroeg Jeffrey.

'Dat hoeft niet,' zei Sara terwijl ze haar handschoenen uittrok. Ze liep de zaal door om nieuwe te pakken en zei: 'Ik kan niet zeggen wanneer of hoe het is gebeurd. Sommige heteroseksuele mannen doen dit ook.'

Jeffrey zette zijn schouders uit alsof hij wilde zeggen: *niet deze heteroseksuele man.*

Hij merkte op: 'Als hij homoseksueel was zou het een misdaad uit haat kunnen zijn.'

'Heb je nog meer bewijzen dat hij homo was?'

'Niemand zegt ook maar een woord over hem.'

'En die video waarnaar hij zat te kijken?'

'Hetero,' gaf Jeffrey toe.

'Misschien moet je terug om te zoeken naar iets wat hij op zichzelf kon proberen. Afgezien van wat hij allemaal nog meer deed zou het me niet verbazen als hij een anusplug had of...'

Jeffrey onderbrak haar. 'Iets in de zin van een gigantische rode speen?'

Ze knikte en hij trok een gezicht, waarschijnlijk omdat hij zich herinnerde dat hij hem had aangeraakt.

Sara ging weer aan het werk. Ze nam foto's van haar bevindingen en vroeg vervolgens Carlos haar te helpen het lichaam weer om te draaien. Dickson werd al wat minder stijf, maar het was door de rigor nog steeds een heel gedoe.

Ze herhaalde het onderzoek aan de voorkant van Dicksons lichaam, controleerde elke plooi en holte. Zijn kaak zat zo los dat ze zijn mond open kon wrikken, en ze zag niets wat de luchtweg blokkeerde. De diepe sporen om zijn nek en de rode vlekjes waarmee de huid om zijn bloeddoorlopen ogen was bespikkeld klopten allemaal met verwurging.

Ze zei tegen Jeffrey: 'Druk tegen de carotiden, die zuurstofrijk bloed naar de hersenen brengen, veroorzaakt een voorbijgaande hypoxie. Het duurt ongeveer tien tot vijftien seconden voordat een dergelijke afsluiting in verlies van bewustzijn resulteert.'

Jeffrey vroeg: 'In gewone mensentaal graag.'

'Het doel is de bloedstroom naar het hoofd af te snijden om het genot van masturberen te verhogen. Ofwel hij heeft een fout in zijn timing gemaakt, ofwel hij heeft zich laten meeslepen, ofwel hij is bewusteloos geraakt door het zuurstoftekort, ofwel hij is te hardhandig bijgekomen van de meth...' Sara zei al niets meer, wetend dat Jeffrey dit allemaal ook kon bedenken. Ze zei: 'Ik zal het tongbeen en de schildklier bekijken als ik de nek open, maar ik betwijfel of die verbrijzeld zijn. De meeste druk is op de halsslagader uitgeoefend. Met die ring in de muur en de bekleding van die riem ziet het er erg naar uit dat hij wist wat hij deed.'

'Daar ziet het inderdaad naar uit,' herhaalde Jeffrey, maar Sara kon zijn scepsis niet delen.

'Ik neem aan dat we kunnen beginnen,' zei ze, in de veronderstelling dat een inwendig onderzoek hun meer uitsluitsel zou geven.

'Wil je niet wachten tot Brock er is?'

'Hij is waarschijnlijk opgehouden,' zei ze. 'We beginnen gewoon en nemen pauze als hij komt.'

Sara drukte op de knop van de dictafoon en begon aan de lijkschouwing van William Dickson; ze somde de gebruikelijke bevindingen op, onderzocht elk orgaan en elk stuk huid onder het vergrootglas tot ze zeker wist dat er verder niets meer te doen viel. Met uitzondering van een vervette lever en een weke plek in de hersenen die hoorden bij langdurig drugsgebruik was er niets opmerkelijks aan de jongen te zien, behalve de manier waarop hij was gestorven.

Zij beëindigde het dictaat met dezelfde conclusie die ze Jeffrey al eerder had gegeven: 'De dood is het gevolg van de afsluiting van de carotiden, uitmondend in hypoxie in de hersenen.' Ze zette de microfoon af en trok haar handschoenen uit.

'Niets,' vatte Jeffrey samen.

'Niets,' stemde Sara in, terwijl ze een nieuw stel handschoenen aantrok. Ze naaide net met een standaardhonkbalsteek de borst weer dicht toen de dienstlift bij de trap klingelde.

Carlos was al weg voordat de deur openging.

'Hé, dame,' zei Brock, terwijl hij een roestvrij stalen brancard het mortuarium in reed. 'Sorry dat ik zo laat ben. Er kwamen een paar lui langs die net een dierbare hadden verloren, en daar moest ik me even mee bezighouden. Ik had mama willen laten bellen, maar je weet hoe het gaat.' Hij glimlachte naar Jeffrey, en toen naar Sara, niet in staat te zeggen dat hij zijn eigen moeder niet kon vertrouwen. 'Maar goed, ik dacht dat jullie de extra tijd wel konden gebruiken.'

'Het is wel goed,' stelde Sara hem gerust terwijl ze naar de vrieskast liep.

'Deze krijg ik niet,' zei Brock, op Dickson wijzend. 'Die is voor Parker in Madison.' De brancard bleef achter een gebroken tegel steken en Brock struikelde.

Jeffrey vroeg: 'Zal ik je even helpen?'

Brock grinnikte en richtte zich weer op. Hij zei: 'Ik heb een rij- en kentekenbewijs, chef', alsof Jeffrey hem bij een verkeerscontrole had aangehouden.

Sara reed Andy Rosen naar buiten en hielp Brock met het overhevelen van het lichaam.

Brock vroeg: 'Heb je die zak nog nodig?'

'Breng hem morgen maar terug,' zei ze. Toen dacht ze echter aan Carlos en zei: 'Nu ik erover nadenk, vind je het erg om die van jou te gebruiken?'

'Ik ben net een padvinder,' zei hij terwijl hij zijn hand onder de brancard stak en er een donkergroene lijkenzak onder vandaan haalde. Op de zijkant stond in goud het logo van Brock en Zoon.

Sara trok aan de ritssluiting terwijl hij de zak op zijn brancard uitlegde.

'Mooie incisie,' merkte Brock op. 'Dat kan ik aan elkaar plakken en met watten opvullen – geen probleem.'

'Goed,' zei Sara, die niet wist wat ze verder moest zeggen.

'Ik heb hem even bekeken toen ik hier was, alleen maar om te zien hoe hij gebalsemd moet worden.' Hij zuchtte berustend. 'Ik neem aan dat ik wat stopverf kan gebruiken om zijn hoofd dicht te maken. Dat rotgaatje zal zeker gaan lekken, zo waar als ik hier sta.'

Sara onderbrak haar bezigheden. 'Wat zal er gaan lekken?'

Hij wees op het voorhoofd. 'Dat gaatje. Ik dacht dat je dat had gezien, Sara. Neem me niet kwalijk.'

'Nee,' zei Sara, die het vergrootglas uit de standaard griste. Ze streek het haar van Andy Rosen naar achteren en vond een klein wondje in de hoofdhuid. Het lichaam lag er nu al een tijdje, zodat de huid de tijd had gehad om zich van het gaatje terug te trekken. Sara kon het zonder vergrootglas gemakkelijk zien.

Ze zei: 'Ik kan niet geloven dat ik dit niet heb gezien.'

'Je hebt zijn hoofd onderzocht,' zei Jeffrey. 'Daar was ik bij.'

'Ik was zo moe gisterenavond,' zei ze, en vond het een armzalig excuus. 'Godverdomme.'

Brock was zichtbaar geschokt door haar woordkeus. Sara wist dat ze haar verontschuldigingen moest aanbieden, maar ze was te kwaad. Het wondje op het voorhoofd van Andy Rosen was kennelijk door een naald veroorzaakt. Iemand had hem een injectie in zijn hoofdhuid gegeven en gehoopt dat het wondje door de haarzakjes zou worden gecamoufleerd. Als Brock haar er niet op had gewezen had ze het nooit gezien.

Ze zei tegen Jeffrey: 'Ik heb Carlos nodig. We moeten weer bloed en weefsel afnemen.'

Jeffrey vroeg: 'Is er nog wel bloed over?'

Brock zei: 'We hoeven niet...'

'Natuurlijk is er bloed over,' onderbrak Sara hem. En toen zei ze, meer tegen zichzelf: 'Ik wil dit gebied van zijn voorhoofd wegnemen. Wie weet wat ik nog meer niet heb gezien?'

Ze zette haar bril af, zo kwaad dat ze niet scherp meer zag. 'Godverdomme,' herhaalde ze. 'Hoe is dit mogelijk?'

'Ik heb het ook niet gezien,' zei Jeffrey.

Sara beet op haar onderlip om te voorkomen dat ze zou exploderen. Ze zei tegen Brock: 'Ik heb hem nog minstens een uur nodig.'

'Eh ja,' zei Brock, die heel graag weg wilde. 'Bel maar als je klaar bent.'

Sara zat aan de bar in haar keuken naar de magnetron te staren en vroeg zich af of ze zichzelf kanker zou bezorgen als ze zo dicht bij het apparaat zat. Ze was zo moe dat het haar niets kon schelen, en zo kwaad op zichzelf dat ze het gaatje van de naald in de hoofdhuid van Andy Rosen niet had gezien dat ze een dergelijke straf bijna verwelkomde. Drie uur onderzoek, het meest ingewikkelde lichamelijk onderzoek dat Sara ooit in haar leven had uitgevoerd, had bij Rosen verder niets opgeleverd. Daarna had ze hetzelfde gedetailleerde onderzoek gedaan op het lichaam van William Dickson, en ze had Carlos en Jeffrey iedere stap laten volgen, zodat alles driemaal werd gecontroleerd.

Ze had nog een uur met haar oog tegen de microscoop gedrukt gezeten en de stukjes hoofdhuid van Ellen Schaffer onderzocht die op de plaats delict waren teruggevonden. Tegen die tijd had Jeffrey Sara kunnen overtuigen dat zelfs als het bewijsmateriaal niet zo vernietigd was dat het niet meer teruggevonden kon worden, ze te moe was om het te vinden. Ze moest naar huis om wat te slapen. Hij had haar beloofd dat hij haar als ze wat had gerust naar het mortuarium zou terugbrengen zodat ze alles nog een keer kon doornemen. Het had op dat moment een goed idee geleken, maar haar schuldgevoel en een behoefte aan antwoorden maakten dat Sara er niet over peinsde om zelfs maar haar ogen dicht te doen. Ze had iets over het hoofd gezien wat voor de zaak van wezenlijk belang was, en als Brock er niet was geweest was Andy Rosen gecremeerd, waardoor er een einde zou zijn gekomen aan elke hoop dat Sara het enig mogelijke bewijs zou vinden dat hij was vermoord.

De timer van de magnetron piepte en Sara haalde de maaltijd van kip met pasta eruit; al voordat ze de folie eraf haalde wist ze dat ze het niet zou kunnen eten. Zelfs de honden haalden hun neus op voor de geur, en ze overwoog even de maaltijd in de vuilnisbak buiten te gooien tot haar luiheid het pleit won en ze het in de afvalbak bij de gootsteen mikte.

De koelkast had niet veel te bieden, afgezien van een mandarijn die verschrompeld was en zich aan de glazen plaat had vastgehecht, en twee vers ogende tomaten van dubieuze herkomst. Sara staarde nietsziend in de koelkast en overwoog de mogelijkheden tot haar maag begon te rommelen. Uiteindelijk nam ze een besluit en at een sandwich met tomaat aan het keukeneiland zodat ze kon uitkijken over het meer. Buiten klonk gerommel van donder. Het onweer had hen vanuit Atlanta gevolgd.

Sara zag de rij borden en glazen in het afdruiprek bij de gootsteen waar Jeffrey ze had afgewassen, en om de een of andere dwaze reden welden er tranen in haar ogen op. Bloemen of mooie complimenten konden nooit op tegen een man die huishoudelijke klusjes deed.

'O, nee toch,' lachte Sara zichzelf uit; ze veegde haar ogen af en bedacht dat ze door slaapgebrek en stress hard op weg was een zenuwpatiënte te worden.

Ze stond er net over te denken of ze uitgebreid een douche zou nemen en het vuil van de dag eraf zou spoelen toen er hard op de voordeur werd geklopt. Sara stond kreunend op in de veronderstelling dat het een goedbedoelende buurman was die het laatste nieuws over Tessa wilde horen. Een fractie van een seconde overwoog ze te doen alsof ze niet thuis was, maar de heel kleine kans dat de buurman een lekkere pan eten of in elk geval een stuk taart bij zich had bracht haar ertoe naar de deur te gaan.

'Devon,' zei ze, verbaasd de vriend van Tessa op de veranda te zien staan.

'Hallo,' antwoordde hij met zijn handen in zijn zakken. Aan zijn voeten stond een plunjezak. 'Wat moet die smeris daar?'

Sara zwaaide naar Brad, die sinds ze was thuisgekomen aan de overkant geparkeerd stond. 'Dat is een lang verhaal,' zei ze; ze wilde Jeffreys angst niet ter sprake brengen.

Devon zette zijn voet op de plunjezak. 'Sara, ik...'

'Ja?' vroeg ze, terwijl haar hart oversloeg toen ze besefte dat er iets met Tessa moest zijn gebeurd. 'Is ze...?'

'Nee,' stelde Devon haar gerust. Hij stak zijn handen uit alsof hij haar moest kunnen opvangen als ze flauwviel. 'Nee, sorry. Dat had ik meteen moeten zeggen. Het gaat goed. Ik ben alleen teruggekomen om...'

Sara legde haar hand op haar hart. 'Mijn God, ik schrok me dood.' Ze gebaarde dat hij binnen moest komen. 'Wil je iets eten? Ik heb alleen...' Ze hield op omdat hij niet achter haar aan kwam.

'Sara,' begon Devon, en keek toen omlaag naar de zak. 'Ik heb spullen van Tessa voor je bij me. Een paar dingen die ze bij zich wilde hebben.'

Sara bleef tegen de open deur geleund staan terwijl een tintelende gewaarwording in haar nekhaar kietelde. Ze wist waarom hij hier was, waarvoor de zak was: hij ging bij Tessa weg.

Ze zei: 'Dat kun je haar niet aandoen, Devon. Niet nu.'

'Ze heeft gezegd dat ik weg moest gaan,' zei hij.

Sara twijfelde er geen moment aan dat Tessa dit had gedaan, net zomin als ze betwijfelde dat Tessa precies het tegenovergestelde had bedoeld.

'Het is het enige dat ze in twee dagen tegen me heeft gezegd.' Tranen gleden over zijn wangen omlaag. '"Ga weg" – dat was alles. "Ga weg."'

'Devon...'

'Ik kan daar niet blijven wachten, Sara. Ik kan haar zo niet zien.'

'Wacht in ieder geval een paar weken,' zei ze, zich bewust

van de smekende klank in haar stem. Wat Tessa ook tegen hem had gezegd, als Devon er nu vandoor zou gaan, zou dat een verwoestende uitwerking hebben.

'Ik moet gaan,' zei hij, raapte de zak op een gooide hem in het halletje.

'Wacht,' zei Sara, die probeerde het gesprek gaande te houden. 'Ze heeft je alleen maar gezegd dat je weg moest om er zeker van te zijn dat je wilde blijven.'

'Ik ben zo vreselijk moe.' Hij keek met nietsziende blik over haar schouder het halletje in. 'Ik had eigenlijk nu mijn kind moeten hebben. Ik had foto's moeten nemen en sigaren moeten uitdelen.'

'Iedereen is moe,' zei ze; ze kon dit niet meer opbrengen. 'Laat er wat tijd overheen gaan, Devon.'

'Weet je, jullie zijn allemaal zo close. Jullie zijn daar allemaal bij elkaar voor haar, en dat is prachtig, maar...' Hij viel stil en schudde zijn hoofd. 'Ik hoor daar niet. Het is net of jullie een muur om haar heen vormen. Zo'n dikke, ondoordringbare muur die haar beschermt en kracht geeft.' Hij zweeg weer en keek Sara recht aan. 'Ik hoor daar niet bij. Ik zal er nooit bij horen.'

'Je hoort er wel bij,' zei ze met nadruk.

'Denk je dat echt?'

'Natuurlijk denk ik dat,' zei Sara. 'Devon, je hebt de afgelopen twee jaar elke zondag bij ons gegeten. Tessa aanbidt je. Mama en papa behandelen je als hun eigen zoon.'

Devon vroeg: 'Heeft ze je over die abortus verteld?'

Sara wist niet wat ze moest zeggen. Tessa had een abortus overwogen toen ze had ontdekt dat ze zwanger was, maar het was haar beslissing geweest het kind te houden en met Devon een gezin te stichten.

'Ja,' zei hij toen hij de uitdrukking op haar gezicht begreep. 'Dat dacht ik al.'

'Ze was in de war.'

'En jij kwam net terug uit Atlanta,' zei hij. 'En zij had al een einde gemaakt aan die verhouding met die jongen.'

Sara had geen idee waar hij het over had.

'God straft mensen,' zei Devon. 'Hij straft mensen als ze zich niet aan Zijn geboden houden.'

Ze zei: 'Devon, zeg zoiets niet', maar het duizelde haar. Tessa had Sara nooit iets over een abortus verteld. Sara stak haar hand naar de zijne uit en zei: 'Kom even binnen. Wat je zegt klopt niet.'

'Ze had het college het college kunnen laten,' zei hij, terwijl hij op de veranda bleef staan. 'Goeie hemel, Sara, je hoeft toch geen doctoraal te hebben om loodgieter te worden? Ze had hierheen terug kunnen gaan en het kind alleen groot kunnen brengen. Je ouders zouden haar toch niet weggestuurd hebben.'

'Devon... alsjeblieft.'

'Probeer haar niet te verontschuldigen,' zei hij. 'We leven allemaal met de gevolgen van onze daden.' Hij wierp haar een verwijtende blik toe. 'En soms moeten anderen er ook mee leven.'

Devon draaide zich om toen Jeffreys auto halt hield op de oprijlaan. Sara zag dat Devon zijn bestelwagen op straat had geparkeerd, alsof hij snel weer weg had gewild.

'Ik zie je nog wel,' zei Devon, en hij zwaaide alsof het hem verder niet meer interesseerde.

'Devon,' riep Sara, terwijl ze achter hem aan liep. Ze volgde hem naar de voortuin, maar bleef staan toen hij het op een rennen zette. Ze ging niet achter hem aan. Dat was Sara Tessa wel verschuldigd.

Jeffrey liep op haar af terwijl hij omkeek hoe Devon vertrok. 'Wat is er aan de hand?'

'Ik weet het niet,' zei ze, maar ze wist het wel degelijk. Waarom had Tessa haar nooit over die abortus verteld? Had ze zich al die jaren schuldig gevoeld, of was Sara toen gewoon te veel met haar eigen leven bezig geweest om te merken wat haar zuster doormaakte?

Jeffrey ging haar voor naar binnen en vroeg: 'Heb je al gegeten?'

Ze knikte en leunde tegen hem aan, wensend dat hij de afgelopen drie dagen kon uitwissen. Ze was uitgeput en verlangde met haar hele hart naar Tessa, in de wetenschap dat de abortus het volgende voorbeeld was dat Sara er niet voor haar zuster was geweest.

'Ik ben zo...' Ze zocht naar een woord, maar er kwam niets bij haar op wat kon beschrijven hoe ze zich voelde. Elk laatste stukje leven was uit haar weggezogen.

Hij liep voor haar uit de veranda op en zei: 'Je moet slapen.'

'Nee.' Ze hield hem tegen. 'Ik moet naar het mortuarium.'

'Niet vanavond,' zei hij terwijl hij de plunjezak opzij schopte.

'Ik moet...'

'Je moet slapen,' zei hij. 'Je kunt niet eens recht voor je uit kijken.'

Sara wist dat hij gelijk had en berustte. 'Ik moet eerst douchen,' zei ze, denkend aan alles wat ze in het mortuarium had gedaan. 'Ik voel me zo...'

'Het is al goed,' zei hij terwijl hij haar een zoen op haar hoofd gaf.

Jeffrey bracht haar naar de badkamer en Sara bleef roerloos staan terwijl hij haar uitkleedde en vervolgens zelf zijn kleren uittrok. Ze keek zwijgend toe terwijl hij de kraan aanzette en de temperatuur controleerde voordat hij haar onder de douche hielp. Toen hij haar aanraakte voelde ze een vertrouwde reactie, maar seks leek wel het laatste waaraan hij dacht terwijl hij een washandje onder de stroom warm water hield.

Ze stond bewegingloos onder de douche, liet hem al het werk doen, genoot van het feit dat iemand anders de leiding had. Ergens voelde Sara zich alsof ze wakker werd uit een afgrijselijke droom, en zijn aanrakingen hadden iets zo genezends dat ze begon te huilen.

Jeffrey merkte de verandering. 'Gaat het?'

Sara voelde zich door zo'n begeerte overweldigd dat ze niet op zijn vraag kon reageren. Ze leunde achterover, drukte zich tegen hem aan, wilde dat Jeffrey zou begrijpen hoe ze hem nodig had. Hij aarzelde, dus bewoog ze zijn hand traag omhoog langs haar lichaam, legde hem om haar borst, voelde hoe de spieren in zijn hand zich spanden terwijl zijn vingers alle juiste gewaarwordingen opriepen. Zijn andere hand legde zich om haar onderlichaam en Sara hapte naar adem van het genot een deel van hem in zich te voelen. Ze voelde zich inhalig, wilde hem helemaal, maar Jeffrey hield het tempo traag en sensueel, nam de tijd, raakte weloverwogen en doelgericht al haar lichaamsdelen aan. Toen hij haar uiteindelijk met haar rug tegen de koude tegels drukte, voelde Sara zich weer leven, alsof ze dagenlang in de woestijn had gezeten en net haar oase had gevonden.

Elf

'Heb je het?' vroeg Chuck voor de honderdste keer.

'Ik heb het,' snauwde Lena, terwijl ze haar zakmes in haar rechterhand omdraaide en met haar linker het rooster van de airco vasthield. Het licht van een bliksemflits sloeg door de ramen, en Lena's schouders trokken zich samen bij het geluid van de donder dat erop volgde. Het hele lab lichtte op, alsof er iemand met een flitser een foto had gemaakt.

'Ik kan wel een schroevendraaier gaan halen,' zei Chuck precies op het moment dat het rooster losliet.

Lena haalde haar Mag-Lite uit haar zak en richtte de lichtbundel in het kanaal van de airco.

Een of andere zak had vandaag kans gezien in het lab een kooi open te laten staan. Er waren vier muizen ontsnapt, en stuk voor stuk waren ze voor het college meer waard dan wat Lena in een jaar verdiende. Iedereen die beschikbaar was was te hulp geroepen om ze te zoeken. Het was allemaal om ongeveer twaalf uur 's middags gebeurd en het was nu na zessen, en nog maar twee van die rotbeesten met hun kraalogen waren gevonden.

Lena had zich na haar bezoek aan het politiebureau verkleed, maar ze was weer zweterig geworden van de zoektocht van die dag. Ze voelde dat haar hemd aan haar rug plakte en ze was nog wat trillerig van de vorige avond. Haar hoofd stond op het punt uit elkaar te barsten en haar mond was nog nooit zo droog geweest. Een borrel zou dit grotendeels hebben verholpen, of in elk geval de scherpe kantjes eraf hebben geslepen, maar Lena had zichzelf in de verhoorkamer die ochtend iets beloofd: ze zou nooit meer een druppel alcohol aanraken.

Ze zag nu welke fouten ze allemaal had gemaakt, en de meeste hadden met de whiskey te maken gehad. De rest kon direct tot Ethan worden herleid, en om deze reden had ze zichzelf nog een belofte gedaan: hij zou uit haar leven verdwijnen. Het was wel twee uur goed gegaan. Toen had Chuck Lena op het kantoortje van de beveiliging de telefoon laten aannemen. Ethan hing in paniek aan het andere einde van de lijn; zijn stem klonk krijsend als die van een meisje toen hij haar vertelde dat hij Scooter had gevonden. De idioot had zelfs de kamer schoongemaakt, alsof er geen goede verklaring te bedenken was waarom zijn vingerafdrukken er gevonden zouden worden. Alsof ook Lena niet wist hoe ze zich moest indekken.

Voor Scooters slaapgebouw had Lena Ethan gezegd op te donderen, en nog steeds wilde hij haar niet met rust laten. Hij had zelfs aangeboden mee te helpen zoeken naar de ontsnapte muizen, en de afgelopen zes uur had hij al het mogelijke gedaan om haar aandacht te trekken. Wat Lena betrof, ze had die ochtend alles gezegd wat ze van plan was ooit tegen Ethan Green of White of wat die rotnaam ook mocht zijn te zeggen. Ze was klaar met hem. Als Jeffrey haar ooit weer bij de politie zou toelaten, zou het haar absolute prioriteit zijn ervoor te zorgen dat die kleine klootzak in de dichtstbijzijnde bajes werd opgesloten. Lena zou persoonlijk de sleutel weggooien.

'Steek je hoofd eens naar binnen, dan zie je wat meer,' zei Chuck, die als een overbezorgde moeder over haar heen gebogen stond. Net zoals met elk kutklusje dat hij Lena voor zich liet doen zat Chuck ook nu vol adviezen hoe het aangepakt moest worden zonder dat hij ook maar in de verste verte de bedoeling had haar te helpen.

Lena stopte haar mes in haar zak en deed wat haar werd gezegd, stak haar hoofd in het stoffige metalen kanaal. Ze realiseerde zich te laat dat ze met haar kont in de lucht stond en kreeg de onaangename gewaarwording dat Chuck van de voorstelling genoot.

Ze stond op het punt hem tot de orde te roepen toen een heel boze stem schreeuwde: 'En wat moet dit allemaal voorstellen, verdomme? Ik heb belangrijk werk te doen.'

Lena stootte haar hoofd aan de metalen rand toen ze zich terugtrok. Brian Keller stond met een van woede rood aangelopen gezicht ongeveer vijf centimeter van Chuck vandaan.

Chuck zei: 'We doen wat we kunnen, dokter Keller.'

Keller deed het nog eens dunnetjes over toen Lena weer rechtop stond. Een hoop docenten die met Sibyl hadden gewerkt deden dit, en Lena was het gewend.

Lena zwaaide even en deed haar best aardig te zijn. Keller was de onfortuinlijke eer te beurt gevallen in het aangrenzende laboratorium te werken. Het voortdurende lawaai en de onderbrekingen waren hem rond één uur te veel geworden, en hij had de rest van zijn colleges afgezegd met enkele welgekozen, tegen Chuck gerichte scheldwoorden. Hij was het soort man dat Lena na enige moeite aardig zou kunnen gaan vinden. In tegenstelling tot Richard Carter, die dit moment had uitgekozen om zijn hoofd om de hoek te steken.

Hij vroeg: 'Hoe gaat het?'

Chuck blafte: 'Geen toegang voor meisjes', en Richard knipperde met zijn ogen en zond hem een kokette blik toe. Chuck wilde nog meer zeggen, maar Richards aandacht was volledig op Brian Keller gericht.

'Hé, Brian,' zei hij, glimlachend als een pasgeboren baby die last had van zijn darmen. 'Ik kan wel je colleges overnemen als je weg wilt. Ik ben klaar voor vandaag. Het is echt geen moeite.'

'Die colleges waren meer dan twee uur geleden, idioot,' gromde Keller.

Richard liep als een ballon leeg. 'Ik wilde alleen maar...' begon hij, terwijl er een ondertoon van miskenning in zijn stem doorklonk.

Keller draaide zich op zijn hakken om en keerde Richard de rug toe terwijl hij met zijn vinger naar Chuck prikte. 'Ik moet met je praten, nú. Ik kan al deze storingen niet hebben.'

Chuck knikte kort, liet het hielenlikken aan Lena over en liep samen met Keller naar buiten. 'Ga niet weg voordat je dat ventilatiekanaal grondig hebt onderzocht, Adams.'

Lena mompelde: 'Klootzak', terwijl de twee anderen het

vertrek verlieten. Ze verwachtte dat Richard haar zou bijvallen, maar hij maakte een geslagen indruk.

Ze vroeg: 'Is er iets?' Maar Richard praatte er al op los.

'Ik ben een collega van hem op deze afdeling,' blies hij, zijn kaken zo stijf op elkaar geklemd dat ze verbaasd was dat hij überhaupt nog iets kon zeggen. Hij wees met zijn vinger naar de lege deuropening. 'Hij heeft niet het recht zo tegen me te spreken waar anderen bij zijn. Ik verdien minstens een greintje respect van die man – dat héb ik dat verdiend.'

'Oké,' zei ze, terwijl ze zich afvroeg waarom hij zo gepikeerd was. Voorzover ze wist praatte Brian Keller tegen iedereen op dezelfde toon.

'Hij heeft vanavond nog een college,' zei Richard. 'Ik wilde hem aanbieden het over te nemen.'

'Eh ' begon Lena. 'Ik geloof dat hij dat heeft afgezegd.'

Richard staarde naar de deuropening als een pitbull die een inbreker opwachtte. Lena had hem al eens eerder kwaad gezien. Zijn ogen puilden uit en zijn hele gezicht was rood behalve zijn smalle, witte lippen, die in een rechte streep waren samengeperst. Ze wist niet of ze moest terugdeinzen of lachen.

Ze zei: 'Ach, neem hem dan zelf eens te grazen', en vroeg zich meteen af of dat niet het echte probleem was. Hoewel het niet veel zei over Richards smaak qua mogelijke seksuele partners zou het een groot deel van zijn huidige gedrag verklaren.

Hij plantte zijn handen in zijn zijden. 'Ik hoef zo'n behandeling niet te accepteren. Niet van hem. We zijn op deze afdeling gelijken, en ik ga er niet in mee dat hij me...'

Ze probeerde het weer. 'Kom, die man heeft net zijn zoon verloren.'

Richard wuifde dit met een bruuske handbeweging weg. 'Het enige dat ik vraag is als volwassene te worden behandeld. Als een menselijk wezen.'

Lena had helemaal geen zin in een dergelijk gesprek, maar ze wist dat Richard nooit zou weggaan als ze niet enig medeleven zou opbrengen. 'Je hebt gelijk. Hij is een lul.'

Uiteindelijk keek Richard haar aan en veranderde opeens

van onderwerp. Zijn vraag verraste haar, hoewel dat niet had gehoeven. 'Wie heeft je geslagen?'

'Hè?' vroeg ze, maar ze wist dat hij de snee onder haar oog bedoelde. 'Nee. Ik ben gevallen. Ik heb me tegen de deur gestoten. Gewoon stom.' Lena voelde een hevige aanvechting nog meer smoezen te verzinnen, maar riep zichzelf tot de orde. Van haar ervaringen bij de politie wist ze dat leugenaars het heel moeilijk vonden hun mond te houden. Toch voegde ze er onwillekeurig aan toe: 'Het is niets.'

Hij gaf haar een schalkse knipoog om haar te laten weten dat hij er niet in trapte. Zijn houding van even tevoren tijdens het incident met Keller was helemaal omgeslagen toen hij zei: 'Weet je, ik heb me altijd vertrouwd met je gevoeld, Lena. Sibyl had het voortdurend over je. Ze zag alleen maar goede dingen in je.'

Lena schraapte haar keel maar zei niets.

'Het enige dat ze ooit heeft gewild was jou helpen. Je gelukkig maken. Dat was het enige ter wereld dat belangrijk voor haar was.'

Lena voelde een ongemakkelijke tinteling in haar voetzolen. 'Ja,' zei ze, hopend dat hij door zou gaan.

'Wat is er met je oog gebeurd?' drong hij aan, maar zijn stem klonk vriendelijk. 'Het ziet eruit of iemand je geslagen heeft.'

'Niemand heeft me geslagen,' antwoordde ze ongeduldig, zich bewust dat ze luider sprak dan nodig was – nog zo'n veelvoorkomende fout van leugenaars. Inwendig vervloekte ze zichzelf. Vroeger was ze hier goed in geweest.

'Als je ooit behoefte hebt aan hulp...' Zijn stem stierf weg; waarschijnlijk besefte hij hoe dom zijn aanbod iemand als Lena in de oren moest klinken. Hij veranderde van tactiek. 'Als je ooit over wat dan ook wilt praten, geloof het of niet, ik weet hoe je je voelt.'

'Ja,' zei ze, maar Lena zou eerder nog haar eigen hand afhakken dan ooit Richard Carter in vertrouwen nemen.

Hij ging op een van de tafels van het lab zitten en liet zijn benen over de rand bungelen. Bij het zien van zijn bezorgde blik verwachtte ze dat hij zijn aanbod zou herhalen, maar hij vroeg: 'Zijn jullie er al achter wie die kooien heeft opengezet?'

'Nee,' zei Lena. 'Waarom?'

'Ik heb gehoord dat een stel eerstejaars te laat was voor een paar projecten, en dat ze dus een... verzetje hebben georganiseerd.'

Lena lachte vol weerzin. 'Het zou me niets verbazen.'

'Hé, ik ga vanavond bij Nan eten,' zei hij. 'Waarom ga je niet mee? Het wordt vast leuk.'

'Ik heb werk te doen,' zei Lena. En toen, om te benadrukken wat ze bedoelde, klapte ze haar mes open.

'Goeie genade.' Richard liet zich van de tafel glijden om het beter te bekijken. 'Waar heb je dat voor nodig?'

Ze wilde net zeggen dat het een goed hulpmiddel was om je te ontdoen van vervelende mensen die zich niet met hun eigen zaken bemoeiden toen zijn mobiel overging. Hij keek naar het schermpje en er verscheen een brede glimlach op zijn gezicht.

Hij zei tegen Lena: 'Ik zie je later nog wel. Dan kunnen we hierover praten.' Hij raakte de huid onder zijn oog aan om haar duidelijk te maken wat hij bedoelde.

Ze wilde hem zeggen dat hij zich geen zorgen hoefde te maken, maar beperkte zich tot: 'Ik zie je nog wel.' Het was sowieso verspilde moeite. Richard rende het lokaal uit voordat ze nog iets kon zeggen.

Lena ging terug naar het ventilatiekanaal en draaide met het mes de schroeven weer op hun plaats. Chuck had gelijk: met een schroevendraaier zou het een stuk sneller zijn gegaan, maar ze wilde er niet om hoeven te vragen. Ze was alleen in het lokaal, en het was de eerste keer die hele dag dat ze tijd voor zichzelf had. Waar ze echt over moest nadenken was hoe ze weer bij Jeffrey in de gratie kon komen.

Ze had geprobeerd hem Chuck op een zilveren presenteerblaadje aan te bieden, maar Jeffrey had volslagen verkeerd begrepen wat ze had bedoeld. Chuck was vorig weekend dus op een golftoernooi geweest. Hij kon nog steeds betrokken zijn bij een of andere drugsbende op school. Scooter had duidelijk gemaakt dat het kantoor van de beveiliging erbij betrokken was. Chuck was geen volslagen idioot. Zelfs hij kon niet over het hoofd zien dat er pal onder zijn neus het een en ander gebeurde. Chuck kennende was Lena er echter van overtuigd dat hij er niet direct bij betrokken was. Het was meer zijn stijl om op zijn dikke reet te zitten en een deel van de winst op te eisen.

De donder rolde weer langs de hemel, en Lena schrok zo dat het mes uit haar hand gleed en in de zijkant van haar linkerwijsvinger sneed. Ze vloekte sissend en trok haar overhemd uit haar broek, zodat ze een van de slippen om de vinger kon draaien. Chuck beloofde iedere maand een extra klein uniform voor haar te bestellen, maar deed het nooit. De zakkige kleren die ze droeg waren gewoon een van zijn trucs om haar het gevoel te geven dat ze daar niet hoorde.

'Lena?'

Ze keek niet op. Ook al kende Lena hem nog geen week, ze herkende Ethans stem.

Ze trok de slip van het overhemd strak om haar vinger om een einde aan het bloeden te maken. Het was een diepe wond, en het bloed doorweekte de stof algauw. Een geluk bij een ongeluk was dat ze zich in dezelfde hand had gesneden waaraan ze al gewond was. Misschien zou ze twee behandelingen voor de prijs van één krijgen als ze naar het ziekenhuis ging.

Omdat ze hem blijkbaar niet gehoord had herhaalde Ethan: 'Lena?'

'Ik heb je al verteld dat ik je niet meer wil spreken.'

'Ik maak me zorgen over je.'

'Je kent me niet goed genoeg om je zorgen over me te maken.' Lena weigerde de hand te schudden die hij haar toestak toen ze weer rechtop stond. 'Weet je nog? We hoeven niet meteen te trouwen.'

Ethan keek schuldbewust. 'Dat had ik niet moeten zeggen.'

Lena liet haar hand langs haar zij hangen en voelde hoe het bloed naar de snee stroomde. 'Het kan me echt geen sodemieter schelen wat je zei.'

'Je hoeft je niet te generen voor wat er vannacht is gebeurd.'

'Jij bent degene die als een varken snorkt als hij klaarkomt.' Ze greep zijn arm en trok zijn mouw omhoog voordat hij haar kon tegenhouden.

Hij rukte zijn arm weg en trok zijn mouw weer omlaag,

maar ze had een tatoeage van prikkeldraad om zijn pols gezien en iets wat eruitzag als een soldaat met een geweer op zijn arm.

'Wat is dat?' vroeg ze.

'Zomaar een tatoeage.'

'Een tatoeage van een soldaat,' verduidelijkte ze. 'Ik weet het een en ander van je, Ethan. Ik weet wat je uitspookt.'

Hij stond roerloos, als een hert dat in de koplampen van een auto gevangenzat. 'Die persoon ben ik niet meer.'

'O nee?' Ze wees op haar oog. 'Wie heeft dit dan gedaan?'

'Dat was alleen maar een reactie, een reflex,' zei hij. 'Ik vind het niet prettig om geslagen te worden.'

'Tja, wie vindt dat verdomme wel prettig?'

'Ik ben niet zo, Lena. Ik probeer hier mijn leven te beteren.'

'Hoe staat het met je vrijlating op erewoord?'

Daar had hij niet van terug. 'Heb je met Diane gepraat?'

Lena gaf geen antwoord, maar er speelde een lachje om haar lippen. Ze kende Diane Sanders goed. Het zou een koud kunstje zijn om achter de rest van Ethans geschiedenis te komen.

Ze vroeg: 'Wat deed je vanmorgen in Scooters kamer?'

'Ik wilde weten hoe het met hem was.'

'Ja, natuurlijk, zo'n goeie vriend ben je wel.'

'Hij had een hoop speed genomen,' zei Ethan. 'Hij weet niet wanneer hij moet ophouden.'

'Hij weet zich niet zo te beheersen als jij.'

Hij trapte niet in de val. 'Je moet me geloven, Lena. Ik sta hier helemaal buiten.'

'Nou, dan kan je maar beter een overtuigend alibi vinden, Ethan, want Andy Rosen en Ellen Schaffer waren joods, en Tessa Linton neukte met een zwarte...'

'Ik wist niet...'

'Laat maar zitten, beste jongen,' zei ze. 'Er staat een levensgrote schietschijf op je borst geschilderd om wat je Jeffrey hebt geflikt. Ik zei je toen al dat je je er niet mee moest bemoeien.'

'Ik hoor er niet meer bij,' zei hij. 'Daarom ben ik hierheen verhuisd, om eraan te ontsnappen.'

'Je bent hierheen verhuisd omdat de vrienden die je de bak

in hebt laten draaien waarschijnlijk nog een rekeningetje met je te vereffenen hadden.'

'Ik sta quitte met ze,' zei hij op bittere toon. 'Ik heb je al gezegd dat ik er niet meer bij hoor, Lena. Denk je dat ik daar geen prijs voor heb moeten betalen?'

'Ik neem aan dat je vriendin die prijs was?' zei ze. 'En nu loop je om mij heen te snuffelen, een roodhuid. Zo zeggen jij en je vriendjes het toch? Een bruintje?' Ze zweeg even vanwege het effect. 'Of wil je het over mijn zus, die pot, hebben? Of over haar minnares, die bibliothecaresse?' Ze lachte om zijn reactie. 'Ik vraag me af wat jouw mensen thuis daar allemaal van zullen denken, Ethan *White*.'

'Ik heet Green,' zei hij. 'Zeke White is mijn stiefvader. Mijn echte vader is bij ons weggelopen.' Zijn stem klonk vast, dringend. 'Ik ben Ethan Green, Lena. Ethan Green.'

'Je bent iemand die mij in de weg staat,' zei ze. 'Ga opzij.'

'Lena,' zei hij, en er klonk een toon van wanhoop in zijn stem waardoor ze hem aankeek. Sinds de verkrachting had ze er een gewoonte van gemaakt mensen te mijden. Lena besefte dat ze Ethan nooit echt had aangekeken, zelfs niet toen ze hem de afgelopen nacht had aangeraakt. Zijn ogen waren heel helderblauw, en ze stelde zich voor dat ze, als ze voldoende dichtbij kwam, de oceaan erin zou kunnen zien.

Hij zei: 'Ik ben die persoon niet meer. Je moet me geloven.'

Ze keek hem aan, wilde weten waarom hij het zo belangrijk vond.

'Lena, er is iets tussen ons aan het gebeuren.'

'Nee, daar is geen sprake van,' zei ze, maar niet zo overtuigd als ze wel wilde.

Hij streek haar haar achter haar oor en streelde zachtjes met zijn vinger over de snee onder haar oog. Hij zei: 'Ik heb je nooit pijn willen doen.'

Ze schraapte haar keel. 'Nou, je hebt het wel gedaan.'

'Ik beloof je – beloof je – dat het nooit meer zal gebeuren.'

Ze wilde hem zeggen dat hij er ook nooit meer de kans toe zou krijgen, maar ze kon haar blik niet afwenden, kon de betovering niet verbreken.

Hij glimlachte, waarschijnlijk omdat hij zag hoe zijn woorden aankwamen. 'Weet je, ik heb je niet eens gekust,' zei hij terwijl hij met zijn vingers haar lippen volgde. Delen van Lena waarvan ze had gedacht dat ze dood waren reageerden op zijn aanraking, en ze voelde tranen opwellen in haar ogen. Ze moest hier nu een einde aan maken, voordat de boel uit de hand liep. Ze moest iets doen om hem uit haar leven te verwijderen.

'Alsjeblieft,' zei hij, terwijl er een glimlachje aan zijn lippen trok. 'Laten we opnieuw beginnen.'

Ze zei het enige waarvan ze wist dat het hem zou afschrikken. 'Ik wil weer bij de politie.'

Hij rukte zijn hand weg alsof ze naar hem had gespuugd.

Ze zei: 'Ik ben nu eenmaal een smeris.'

'Dat ben je niet,' hield hij vol. 'Ik weet wie je bent, Lena, en je bent geen smeris.'

Chuck kwam terug, zijn riem optrekkend zodat zijn sleutels rinkelden. Ze was zo opgelucht hem te zien dat ze glimlachte.

'Is er iets?' vroeg Chuck argwanend.

Ethan zei tegen Lena: 'Ik spreek je later nog wel.'

'Oké,' zei ze, en ze besteedde verder geen aandacht aan hem.

Hij maakte geen aanstalten te vertrekken. 'Ik spreek je later nog wel.'

'Goed,' stemde ze in, bereid alles te zeggen als hij het vertrek maar verliet. 'We praten later wel. Beloofd. Ga nu weg.'

Uiteindelijk vertrok hij, en Lena keek omlaag naar de vloer terwijl ze zich probeerde te beheersen. Ze zag bloed op de vloer. De snee in haar vinger drupte als een lekkende kraan.

Chuck sloeg zijn dikke armen over elkaar. 'Waar ging dat allemaal over?'

'Dat gaat je niets aan,' antwoordde ze terwijl ze met haar schoen het bloed op de vloer uitsmeerde.

'Je werkt hier volgens een vast schema, Adams. Probeer geen tijd van me te jatten.'

'Krijg ik nu overwerk uitbetaald?' vroeg ze, wat nergens op sloeg. Iedereen op het college had verplichte vrije uren, en Chuck vergat voor het gemak altijd hoeveel Lena er nog tegoed had.

Ze liet hem haar vinger zien. 'Ik moet naar kantoor om hier iets aan te doen.'

'Laat eens kijken,' zei hij, alsof ze maar wat verzon.

'Het zit bijna tot op het bot,' zei ze, terwijl ze de slip van het overhemd eraf wikkelde. Door de stekende pijn voelde haar hand heet en koud tegelijk aan. 'Misschien moet het wel gehecht worden.'

'Dat hoeft niet gehecht te worden,' zei hij, alsof hij het tegen een grote baby had. 'Ga maar naar het kantoor. Ik ben over een paar minuten bij je.'

Lena verliet het lab voordat hij van gedachten kon veranderen of zou beseffen dat de enorme witte kist die met bouten in de muur zat en waarop *Eerste Hulp* stond, op z'n minst pleisters zou bevatten.

De regenbui die al een week dreigde barstte los op het moment dat Lena halverwege het binnenplein was. Er stak zo'n hevige wind op dat de druppels zijdelings omlaagkwamen en als kleine glassplinters in haar gezicht striemden. Ze kneep haar ogen tot spleetjes dicht en hield haar handen een paar centimeter voor haar gezicht terwijl ze de weg naar het kantoor van Beveiliging probeerde te vinden.

Nadat ze vijf minuten naar haar sleutel had gezocht en had geprobeerd hem in het slot te steken ging de deur ten slotte open en zwaaide met een klap terug op de wind. Lena greep de kruk en zette zich schrap om de deur weer dicht te krijgen.

Ze draaide de lichtschakelaar verschillende keren om, maar de stroom was uitgevallen.

Binnensmonds vloekend pakte Lena haar zaklantaarn en zocht de eerstehulpdoos. Toen ze hem had gevonden wilde het stomme ding niet open, en ze moest het lemmet van het mes dat ze op haar enkel droeg gebruiken om het plastic lipje open te wrikken. Haar hand was zo glibberig dat het mes uit haar hand schoot en de inhoud van de doos op de vloer kletterde.

Met behulp van haar zaklantaarn zocht ze wat ze nodig had en de rest liet ze op de vloer liggen. Dat kon Chuck wel opruimen als hij er echt last van had. Hij kreeg elke week vast genoeg geld binnen om iemand te betalen om het kantoor schoon te maken.

Lena siste 'Shit!' tussen haar tanden toen ze alcohol op de

open snee goot. Het bloed vormde samen met de alcohol een plasje op het bureau. Ze probeerde het met haar mouw weg te vegen, maar dat maakte het alleen maar erger.

'Godver,' mompelde ze.

In haar kast lag een poncho, die Lena echter nooit had gebruikt. Op de kraag zaten aan slechts één kant drukknopen, een fabricagefout die Chuck niet erg vond toen Lena hem erop had gewezen. Natuurlijk was er met de poncho van Chuck niets aan de hand, en Lena besloot dat ze die zou nemen om naar huis te lopen.

Chucks kast stond op een kier; de grendel was met een paar touwtjes vastgebonden. De regenjas lag nog in zijn plastic verpakking op de bovenste plank, maar Lena besloot van de situatie te profiteren en zijn kast te doorzoeken.

Afgezien van een tijdschrift over duiken, dat meer over halfnaakte modellen leek te gaan die de laatste rubber duikpakken met blote dijbenen showden, en een ongeopende doos Powerbars was er niets interessants te vinden. Ze pakte de poncho en stond op het punt de kast weer dicht te doen toen de deur openzwaaide en Chuck binnenkwam.

'Wat voer jij daar godverdomme uit?' vroeg hij op hoge toon terwijl hij het vertrek sneller overstak dan ze voor mogelijk had gehouden. Hij sloeg zijn kast zo hard dicht dat de deur weer openklapte.

'Ik wilde je poncho lenen.'

'Je hebt er zelf een,' zei hij, terwijl hij hem uit haar hand rukte en op het bureau smeet.

Ze zei: 'Ik heb je al gezegd dat die van mij niet goed is.'

'Volgens mij is er met jou iets niet goed, Adams.'

Lena was zich ervan bewust dat hij veel te dicht bij haar stond. Ze deed een stap achteruit, precies op het moment dat de elektriciteit weer begon te werken. De tl-buizen flikkerden en wierpen een schaduwachtig grijs licht op hen. Zelfs in dit schemerlicht zag ze dat Chuck klaar stond voor een gevecht.

Lena ging naar haar eigen kast. 'Ik neem de mijne wel.'

Chuck steunde met zijn achterste op het bureau. 'Fletcher heeft zich ziek gemeld. Ik wil dat je de nachtploeg neemt.'

'Geen denken aan,' protesteerde Lena. 'Ik had al twee uur geleden vrij moeten hebben.'

'Zo is het leven nu eenmaal, Adams,' zei hij. 'Hard.'

Lena opende haar kast en staarde naar de inhoud, waarvan ze niets herkende.

'Wat doe je?' vroeg Chuck, die de kast weer dichtsloeg.

Lena trok met een ruk haar hand terug om te voorkomen dat hij zou worden afgekneld. Ze had per vergissing Fletchers kast opengemaakt. Op de bovenste plank lagen twee Baggies, en Lena kon wel raden wat erin zat. Ze waren er zo zeker van dat ze niet gepakt zouden worden dat ze die rommel open en bloot lieten liggen.

'Adams?' herhaalde Chuck. 'Ik vroeg je iets.'

'Niets,' zei ze; ze bedacht dat er een goede reden was waarom Fletcher nooit incidenten te melden had in zijn nachtrapporten: hij had het te druk met het verkopen van dope aan de studenten.

'Goed,' zei Chuck, die waarschijnlijk dacht dat ze zich in haar lot had geschikt. 'Ik zie je morgenochtend. Bel me als je me nodig hebt.'

'Nee,' zei Lena, terwijl ze zijn poncho pakte. 'Ik heb je gezegd dat ik het niet doe, Chuck. Je zult voor de verandering eens moeten werken.'

'En wat moet dat betekenen?'

Lena trok de jas uit de verpakking en sloeg hem om zich heen. Het was een extra grote, met geweldige afmetingen, maar dat kon haar niet schelen. De storm woedde nog steeds, maar ze wist hoeveel mazzel ze altijd had, dus de regen zou wel ophouden zodra ze thuiskwam. Ze moest een manier bedenken om de deur naar haar appartement goed af te sluiten. Jeffrey had het slot die ochtend vernield toen hij het was binnengedrongen. Joost mocht weten of de ijzerwinkel nog open was.

Chuck vroeg: 'Waar ga je heen, Adams?'

'Ik werk vannacht niet,' zei ze. 'Ik moet naar huis.'

'De fles roept, hè?' vroeg Chuck, terwijl zijn lippen in een vals lachje krulden.

Ze realiseerde zich dat hij in de deuropening stond. 'Ga uit de weg.'

'Ik zou nog wel even kunnen blijven als je wilt,' zei Chuck en er verscheen een glinstering in zijn ogen die Lena op scherp zette.

'Ik heb een fles in de la van mijn bureau,' zei hij. 'Misschien kunnen we even gaan zitten en elkaar wat beter leren kennen.'

'Ik weet zéker dat je een grapje maakt.'

'Weet je,' begon Chuck, 'je zou best knap kunnen zijn als je wat make-up gebruikte en eens iets aan je haar deed.'

Hij stak zijn hand uit om haar aan te raken en ze trok haar hoofd terug. 'Blijf godverdomme met je poten van me af,' beval ze.

'Volgens mij heb je dit baantje helemaal niet zo hard nodig als je beweert,' zei hij met diezelfde smerige blik in zijn ogen.

Lena beet op haar onderlip toen ze de steek van zijn dreigement voelde.

'Ik heb gelezen wat die kerel met je heeft uitgehaald,' zei hij. 'In de krant.'

Haar hart stokte in haar borst. 'Dat heeft iedereen gelezen.'

'Ja, maar ik heb het meer dan eens gelezen.'

'Dan zullen je lippen wel erg moe zijn geworden.'

'Laten we eens kijken of die van jou dat ook kunnen worden,' zei hij, en voordat ze besefte wat er gebeurde had hij zijn grote hand om haar achterhoofd gelegd en haar omlaaggerukt in de richting van zijn kruis.

Lena balde een hand tot een vuist en gaf hem met al haar kracht een stomp tussen zijn benen. Hij boog dubbel en ze sprong naar de deur.

Lena's deur ging open voordat ze haar kamer had bereikt.

'Waar ben jij geweest?' vroeg Ethan op gebiedende toon.

Haar tanden klapperden. Ze was zo nat dat haar kleren over haar huid schuurden. Het kon haar niet schelen hoe Ethan in haar appartement was gekomen of wat hij daar uitvoerde. Ze liep rechtstreeks naar de keuken om iets in te schenken.

'Wat is er gebeurd?' vroeg Ethan. 'Lena, wat is er gebeurd?'

Haar handen trilden te erg om de borrel te kunnen inschenken; hij nam het van haar over en vulde het glas tot de rand.

Hij hield het bij haar mond zoals ze het de nacht ervoor bij hem had gedaan. Ze dronk het glas in een enkele slok leeg.

Ethans stem klonk zacht. 'Gaat het een beetje?'

Ze schudde haar hoofd en probeerde een tweede glas in te schenken, ook al trok haar maag zich samen. Chuck had haar aangeraakt. Hij had aan haar gezeten.

'Lena?' vroeg Ethan, die het glas van haar aanpakte. Hij schonk nogmaals in, ditmaal iets minder genereus, en gaf haar het glas weer.

Lena sloeg het achterover, terwijl haar keel zich samentrok. Ze legde haar handen op de rand van het aanrecht terwijl ze probeerde de emoties die in haar opwelden onder controle te houden.

'Baby,' zei Ethan. 'Zeg iets tegen me.'

Hij streek haar haar uit haar gezicht, en Lena voelde dezelfde weerzin die Chuck daarvoor bij haar had losgemaakt.

'Nee,' zei ze, en ze duwde hem van zich af. Door de inspanning die deze woorden haar kostten begon ze te hoesten, en haar luchtpijp kneep zich samen alsof ze werd gewurgd.

'Kom,' zei Ethan terwijl hij met zijn handpalm over haar rug wreef.

'Hoe vaak,' begon Lena terwijl haar stem werd gesmoord in haar borst, 'moet ik je nog zeggen dat je me niet mag aanraken?' Bij deze laatste woorden rukte ze zich van hem los.

'Wat is er met je aan de hand?' wilde Ethan weten.

'Waarom ben je hier?' snauwde ze terug; ze voelde zich opnieuw aangerand. 'Waarom denk je godverdomme dat je het recht hebt hier te zijn?'

'Ik wilde met je praten.'

'Waarover?' vroeg ze. 'Over dat meisje dat je hebt doodgeslagen?'

Hij stond volkomen stil, maar ze zag dat iedere spier in zijn lichaam zich spande. Lena wilde hem het gevoel geven dat Chuck haar had gegeven, alsof hij in de val zat. Alsof hij nergens heen kon.

Hij zei: 'Ik heb je uitgelegd wat...'

'Je bleef gewoon in die auto zitten, hè?' vroeg ze, om hem heen lopend. Hij stond als een standbeeld in het midden van de kamer. 'Kon je het allemaal goed zien?' vroeg ze. 'Kon je zien hoe ze haar naaiden, hoe ze haar helemaal kapotsloegen?'

'Niet doen,' waarschuwde hij; zijn stem klonk koud als staal.

'Of anders?' vroeg ze, terwijl ze erin slaagde te lachen. 'Of wou je soms met mij hetzelfde doen?'

'Ik heb niets gedaan.' Zijn spieren waren nog steeds gespannen; zijn kaken waren op elkaar geklemd alsof hij elk greintje zelfbeheersing nodig had om kalm te blijven.

'Heb je dat meisje dan niet verkracht?' vroeg Lena. 'Heb je helemaal onschuldig in die auto gezeten terwijl je vriendjes het ervan namen?'

Ze gaf hem een duw tegen zijn schouders, maar het was alsof ze tegen een berg duwde; hij bewoog niet.

'Kreeg je een stijve toen je naar ze keek?' vroeg ze. 'Hè, Ethan? Werd je er geil van toen je haar zag lijden, toen je zag dat ze besefte dat ze niets anders kon doen dan genaaid worden?'

'Nee.'

Ze vroeg: 'Hoe was het om daar te zitten en te weten dat ze dood zou gaan? Vond je dat leuk, Ethan?' Ze gaf weer een duw tegen zijn schouder. 'Ben je uit je auto gekomen en heb je even meegedaan? Heb je haar armen vastgehouden terwijl zij haar naaiden? Heb jij haar genaaid? Was jij degene die haar heeft opengesneden? Werd je geil van al dat bloed?'

Hij waarschuwde haar weer. 'Doe dit niet, Lena.'

'Laten we eens kijken wat je daaronder hebt,' zei ze en graaide naar zijn shirt. Hij deed het zelf, rukte het zwarte T-shirt van zijn lijf. Lena's mond viel open toen ze de grote tatoeages zag waarmee zijn bovenlijf was bedekt.

Hij schreeuwde: 'Wilde je dit dan? Wilde je dit dan zien, slet?'

Ze gaf hem een klap, en toen hij niet reageerde nog een, en nog een. Ze sloeg hem tot hij haar tegen de muur gooide en ze beiden op de vloer vielen.

Ze worstelden, maar hij was sterker, manoeuvreerde zich boven op haar, rukte haar broek omlaag; zijn nagels boorden zich in haar buik. Lena schreeuwde, maar hij drukte zijn mond tegen de hare en stak zijn tong zo diep in haar keel dat ze kokhalsde. Ze probeerde hem een knietje in zijn kruis te geven, maar hij was te snel en duwde met zijn knieën haar benen uit elkaar. Met een hand hield hij haar armen boven haar hoofd vast, drukte haar polsen tegen de vloer zodat ze niet kon bewegen.

'Is dit dan wat je wilt?' schreeuwde hij terwijl het speeksel uit zijn mond vloog.

Ethan reikte met zijn hand omlaag en maakte zijn ritssluiting open. Ze voelde zich duizelig en misselijk, en kreeg een rood waas voor haar ogen. Ze snakte naar adem, spande zich toen hij in haar binnendrong, zette zich schrap.

Ethan stopte halverwege de stoot, bleef in haar en zijn lippen gingen verbaasd van elkaar.

Ze voelde zijn adem op haar gezicht en de pijn in haar polsen omdat hij met zijn volle gewicht op haar handen drukte. Niets van dit alles betekende iets voor haar. Ze voelde het allemaal, en ze voelde niets.

Lena keek in zijn ogen – diep in zijn ogen – en zag de oceaan. Ze bewoog traag haar heupen, liet hem voelen hoe nat ze was, hoe haar lichaam hem wilde.

Hij trilde van de inspanning om stil te blijven liggen. 'Lena...'

'Shh...' suste ze.

'Lena...'

Zijn adamsappel bewoog, en ze drukte er haar lippen tegenaan, kuste hem, zoog hem naar binnen. Ze bewoog zich omhoog naar zijn mond, kuste hem hard en intens.

Hij liet haar polsen los, maar ze greep zijn hand zodat ze aan de vloer vastgenageld bleef.

Hij smeekte haar, omdat dat de eerste keer ook had gewerkt.

'Alsjeblieft...' zei hij. 'Niet zo...'

Ze sloot haar ogen, boog haar lichaam omhoog naar het zijne, trok hem dieper bij zich naar binnen.

Woensdag

Twaalf

Kevin Blake ijsbeerde door zijn werkkamer en keek om de twee minuten op zijn horloge. 'Dit is afgrijselijk,' zei hij. 'Gewoon afgrijselijk.'

Jeffrey verschoof in zijn stoel en probeerde te doen alsof hij er met zijn hoofd bij was. Een halfuur daarvoor had Jeffrey Blake verteld dat Andy Rosen en Ellen Schaffer vermoord waren, en de deken was sindsdien aan één stuk door aan het woord geweest. Hij had geen enkele vraag over de studenten of het onderzoek gesteld. Hij was volledig gericht op de vraag wat dit voor het college en, in het verlengde daarvan, voor hemzelf zou betekenen.

Blake stak met groot gevoel voor dramatiek zijn handen in de lucht. 'Ik hoef je niet te vertellen, Jeffrey, dat dit het soort schandaal is dat deze instelling kapot kan maken.'

Jeffrey dacht dat het niet zozeer het einde van Grant Tech zou zijn als wel het einde van de positie van Kevin Blake daar. Hoe goed de deken ook handen kon schudden en om geld kon bedelen, Kevin Blake was toch een beetje te veel het type toffe jongen om een instelling als Grant Tech te leiden. Zijn golfweekends en jaarlijkse fondsenwerving werkten in het algemeen wel, maar Blake was niet agressief genoeg om nieuwe fondsen voor onderzoek aan te boren. Jeffrey zou er een flink bedrag onder hebben durven verwedden dat Blake over hoogstens een jaar de laan uit gestuurd zou worden en vervangen door een energieke maar rijpe vrouw die het college de eenentwintigste eeuw in zou trekken.

'Waar is die idioot?' vroeg Blake, op Chuck Gaines doelend.

Chuck was minstens tien minuten te laat voor hun afspraak van zeven uur. 'Ik heb belangrijke dingen te doen.'

Jeffrey liet niets blijken van zijn eigen gevoelens: hij had nog een halfuur bij Sara in bed kunnen blijven in plaats van in de kamer van Blake te wachten op een vergadering die even langdradig als onproductief zou zijn. Hij had vandaag veel te doen, met name een vervolggesprek met Brian Keller.

Jeffrey bood aan: 'Ik kan hem gaan zoeken.'

'Nee,' zei Blake terwijl hij een glazen golfbal van zijn bureau pakte. Hij gooide hem in de lucht en ving hem weer op. Jeffrey maakte een geluid alsof hij onder de indruk was, maar hij had nooit iets van golf begrepen en had evenmin het geduld het te leren.

'Ik heb dit weekend in het toernooi gespeeld,' zei Blake.

'Ja,' antwoordde Jeffrey. 'Ik heb het in de krant gezien.' Dat was kennelijk het goede antwoord, want het gezicht van Blake monterde op. 'Twee onder par. Ik heb Albert een enorm pak slaag gegeven.'

'Dat is heel mooi,' zei Jeffrey, die bedacht dat het waarschijnlijk niet verstandig was de president van de bank bij wat dan ook te verslaan, laat staan bij golf. Natuurlijk verkeerde Blake in een sterkere positie dan Albert Gaines. Hij kon nog altijd Chuck ontslaan en zijn vader dwingen een ander baantje voor hem te gaan zoeken.

'Ik weet zeker dat Jill Rosen blij zal zijn te horen dat we het bekend gaan maken.'

'Waarom?' vroeg Jeffrey, die vond dat er iets rancuneus doorklonk in de manier waarop Kevin de naam van de vrouw uitsprak.

'Heb je die kop in de krant gezien? "College-psycholoog niet in staat haar zoon een reddingsboei toe te werpen." Goeie God, wat vulgair, maar toch...'

'Toch wat?'

'O, niets.' Hij pakte een club uit de tas in de hoek. 'Brian Keller heeft een paar dagen geleden laten doorschemeren dat hij ontslag wilde nemen.'

'O, werkelijk?' vroeg Jeffrey.

Blake slaakte een wanhopige zucht en liet de club in zijn

hand ronddraaien. 'Hij heeft twintig jaar lang bij de universiteit aan de tiet gelegen, en nu hij eindelijk ergens mee komt wat het college een beetje geld kan opleveren, begint hij over ontslag nemen.'

'Is het onderzoek geen eigendom van deze instelling?'

Blake snoof om Jeffreys onwetendheid. 'Daar kan hij zich nog wel uit liegen, en zelfs als hij dat niet kan hoeft hij alleen maar een goede advocaat te nemen, en ik weet zeker dat elke farmaceutische onderneming die wel zou kunnen leveren.'

'En waar is hij mee aangekomen?'

'Een antidepressivum.'

Jeffrey dacht aan de medicijnkast van William Dickson. 'Daar zijn al tonnen van op de markt.'

'Dit is strikt onder ons,' zei Blake, die zachter begon te praten, ook al was er niemand anders in de kamer. 'Brian heeft het allemaal heel stiekem gespeeld.' Hij lachte weer. 'Waarschijnlijk kan hij op die manier een groter winstaandeel in de wacht slepen, die inhalige zak.'

Jeffrey wachtte tot Blake zijn vraag zou beantwoorden.

'Het is een farmacologische cocktail op basis van kruiden. Dat wordt de sleutel bij de marketing – mensen laten denken dat het goed voor ze is. Brian beweert dat het geen enkele bijwerking heeft, maar dat is flauwekul. Zelfs aspirine heeft bijwerkingen.'

'Slikte zijn zoon het niet?'

Blake keek gealarmeerd. 'Je hebt op Andy toch geen pleisters gevonden? Zoals die antirookpleisters? Want zo wordt het toegediend: via de huid.'

'Nee,' gaf Jeffrey toe.

'Pfff.' Blake veegde in een overdreven gebaar van opluchting met de rug van zijn hand over zijn voorhoofd. 'Ze zijn nog niet klaar voor proeven op mensen, maar Brian was een paar dagen geleden in Washington om de grote jongens zijn gegevens te laten zien. Ze waren bereid daar ter plekke een cheque uit te schrijven.' Blake liet zijn stem dalen. 'Om je de waarheid te zeggen, ik heb zelf een paar jaar geleden prozac geslikt. Ik kan niet zeggen dat het ook maar enig verschil heeft gemaakt.'

'Nee toch?' zei Jeffrey; het was zijn standaardantwoord als hij geen antwoord wilde geven.

Blake boog zich over de club heen alsof hij op een golfterrein stond in plaats van midden in zijn kamer. 'Hij zei echter niets in de zin dat Jill samen met hem zou vertrekken. Ik vraag me af of ze problemen hebben.'

'Wat voor problemen zouden er zijn?'

Blake maakte een brede zwaai met de club en staarde toen uit het raam alsof hij de bal volgde.

'Kevin?'

'O, ze neemt gewoon veel vrij.' Over de club gebogen draaide hij zich weer naar Jeffrey om. 'Ik geloof niet dat er sinds Jill hier werkt een jaar is verstreken dat ze haar dagen ziekteverlof niet tot de laatste dag heeft opgenomen. En haar snipperdagen. We hebben haar salaris meer dan eens moeten inhouden omdat ze te vaak niet op haar werk was verschenen.'

Jeffrey kon wel raden waarom Jill Rosen op sommige dagen thuis had moeten blijven, maar dat vertelde hij Kevin Blake niet.

Blake keek uit het raam, richtte voor een volgende denkbeeldige slag. 'Ze is hetzij een soort hypochonder, hetzij allergisch voor werk.'

Jeffrey haalde zijn schouders op en wachtte tot hij doorging.

'Ze is ongeveer tien, vijftien jaar geleden afgestudeerd,' zei Blake. 'Een van die laatbloeiers. Dat zie je tegenwoordig vaak. De kinderen worden een dagje ouder en mama begint zich te vervelen, dus loopt ze een paar colleges bij een plaatselijke instelling en voor je het weet werkt ze er.' Hij knipoogde tegen Jeffrey. 'Niet dat we het extra geld niet fijn vinden. Onderwijs voor volwassenen is al jarenlang de ruggengraat van onze avondopleidingen.'

'Ik wist niet dat jullie hier dat soort onderwijs gaven.'

'Ze heeft een doctoraal gezinstherapie van Mercer,' zei Blake. 'Haar proefschrift gaat over Engelse literatuur.'

'Waarom heeft ze geen les gegeven?'

'We komen om in de docenten Engels. Je hoeft maar aan een willekeurige boom te schudden en er vallen er een paar uit die allemaal een baan willen. Waar we behoefte aan hebben zijn docenten natuurwetenschappen en wiskunde. Van docenten Engels zijn er dertien in een dozijn.'

'Hoe komt ze aan die baan bij de kliniek?'

'Eerlijk gezegd hadden we behoefte aan meer vrouwelijk personeel, en toen er een baan als therapeut vrijkwam heeft ze een vergunning aangevraagd. En het werkte goed.' Hij fronste zijn voorhoofd en voegde eraan toe: 'Als ze tenminste komt opdagen.'

'En Keller?'

'Die werd met open armen binnen gehaald,' zei Blake, die zijn armen spreidde bij wijze van illustratie. 'Hij kwam uit het bedrijfsleven, weet je.'

'Nee,' antwoordde Jeffrey. 'Dat wist ik niet.' In het algemeen liepen docenten juist bij colleges weg om in het bedrijfsleven te gaan werken, waar hun meer geld en status wachtten. Hij had nog nooit gehoord dat een docent erop achteruitging, en dat zei hij Kevin Blake ook.

'We zijn in het begin van de jaren tachtig de helft van onze docenten kwijtgeraakt. Allemaal naar de grote ondernemingen gevlucht.' Blake zwaaide weer en kreunde, alsof hij ernaast had geslagen. Hij leunde op de club en keek Jeffrey aan. 'De meesten kwamen een paar jaar later natuurlijk op hun knieën terug toen hun banen waren afgestoten.'

'Bij welk bedrijf zat hij?'

'Weet je, dat herinner ik me niet eens meer,' antwoordde Blake terwijl hij zijn handen weer om de club legde. 'Ik weet nog wel dat ze kort na zijn vertrek zijn overgenomen door Agri-Brite.'

'Agri-Brite? Die onderneming in agrarische producten?

'Inderdaad,' antwoordde Blake, weer met zijn club zwaaiend. 'Brian had een vermogen kunnen verdienen. O...' Hij liep naar zijn bureau en pakte zijn gouden Waterman-pen. 'Nu ik het er toch over heb: ik moet ze bellen om te zien of ze in een rondleiding geïnteresseerd zijn.' Hij drukte op een knop op zijn telefoon. 'Candy?' zei hij tegen zijn secretaresse. 'Kun je het nummer van Agri-Brite voor me opzoeken?'

Hij glimlachte tegen Jeffrey. 'Neem me niet kwalijk. Wat zei je ook alweer?'

Jeffrey stond op; hij had genoeg tijd verknoeid. 'Ik ga Chuck zoeken.'

'Goed idee,' zei Blake, en Jeffrey liep snel de werkkamer uit, voordat de ander zich kon bedenken.

Candy Wayne zat naast de werkkamer van Blake op haar computer te tikken, maar hield ermee op toen Jeffrey langskwam. 'Ga je al weg, chef? Dat is volgens mij de kortste bespreking die hij heeft gehad sinds hij hier is.'

'Is dat een nieuw parfum?' vroeg hij glimlachend. 'Je ruikt zo lekker als een rozentuin.'

Ze lachte en gooide haar haar achterover. Het zou een aantrekkelijk gebaar zijn geweest bij een vrouw die niet achter in de zeventig was, maar in dit geval maakte hij zich zorgen dat ze haar schouder zou ontwrichten.

'Ouwe versierder,' zei ze terwijl elke rimpel in haar gezicht zijn plaats vond in een glimlach van pure verrukking. Blake vond het waarschijnlijk verschrikkelijk dat hij geen twintigjarige slet in dienst kon nemen om zijn brieven uit te tikken, maar Candy werkte al langer op het college dan iemand zich kon herinneren. Het uit oud-studenten bestaande bestuur zou eerder Blake ontslaan dan dat het zou toestaan dat Blake Candy ontsloeg. Jeffrey werd met Marla Simms op zijn eigen bureau met eenzelfde situatie geconfronteerd, hoewel hij meer dan tevreden was de oudere vrouw om zich heen te hebben.

Candy vroeg: 'Wat kan ik voor je doen, liefje?'

Jeffrey boog zich over haar bureau, voorzichtig om niet de ongeveer dertig ingelijste foto's van haar achterkleinkinderen om te stoten. 'En waarom denk je dat ik iets van je wil?'

'Omdat je altijd iets van me wilt als je aardig tegen me bent,' zei ze, en tuitte vervolgens haar lippen. 'Maar je wilt nooit wat ik wil.'

Hij probeerde zijn glimlach weer, wetend dat het werkte, wat ze ook zei. 'Kan ik het nummer van Agri-Brite van je krijgen?'

Ze draaide zich om naar haar computer, opeens een en al zakelijkheid. 'Welke afdeling?'

'Wie zou ik moeten hebben als ik wilde informeren naar iemand die ongeveer twintig jaar geleden bij een van hun andere bedrijven heeft gewerkt?'

'Welk bedrijf?'

'Dat weet ik niet,' gaf Jeffrey toe. 'Brian Keller heeft er gewerkt.'

'Waarom zei je dat niet?' vroeg ze met een lepe glimlach. 'Momentje.' Ze stond op, verrassend kwiek in haar strakke fluwelen minirok en lycrablouse. Ze liep op hoge hakken waarop een minder lenige vrouw haar enkels zou hebben gebroken de kamer door en streek haar platinawitte haar naar achteren terwijl ze een van de dossierladen opentrok. Ze was absoluut niet te dik, maar onder haar arm schommelde een huidkwab heen en weer terwijl ze met haar vingers langs een rij mappen ging.

Ze zei: 'Alsjeblieft', en lichtte een dossier uit de la.

'Zit dat niet in de computer?' vroeg hij terwijl hij naar haar toe liep om te kijken wat ze had gevonden.

'Niet wat jij wilt hebben,' zei ze, en ze gaf hem een vel papier.

Hij las Kellers sollicitatiebrief, waarop netjes in de marge Candy's notities geschreven stonden. Jericho Pharmaceuticals was de naam van het bedrijf dat door Agri-Brite was opgeslokt, en Candy had gesproken met Monica Patrick, het toenmalige hoofd Personeelszaken, om te controleren of Keller er wel had gewerkt en vrijwillig was vertrokken.

Jeffrey vroeg: 'Hij werkte bij een farmaceutisch bedrijf?'

'Als assistent van de assistent-directeur Onderzoek,' zei ze. 'Qua salaris ging hij hier wel een stapje achteruit.'

'Hij had meer kunnen verdienen als hij er was gebleven.'

'Wie zal het weten?' vroeg ze. 'Met die enorme fusies in de jaren tachtig was niemand meer zeker van zijn baan.' Ze haalde haar schouders op. 'Sommige mensen zouden zeggen dat het slim van hem was om op dat moment te vertrekken. Middelmatigheid wordt nergens zo beloond als in de wereld van het onderwijs.'

'Zou jij hem middelmatig noemen?'

'Hij heeft niet bepaald het buskruit uitgevonden.'

Jeffrey las hardop voor uit de getypte opmerkingen van Keller: '"Ik wil terug naar fundamenteel wetenschappelijk onderzoek. Ik heb genoeg van de achterbakse wereld van de grote bedrijven."'

'En dus ging hij naar een universiteit.' Ze lachte lang en hard. 'Ach, de onwetendheid van de jeugd.'

'Hoe kan ik met Monica Patrick in contact komen?'

Candy legde peinzend haar vinger tegen haar lip. 'Ik neem niet aan dat ze daar nog werkt. Toen ik haar aan de telefoon had klonk ze even oud als de heuvels daar.' Ze zond Jeffrey een blik toe die duidelijk maakte dat hij zich van commentaar diende te onthouden. 'Ik denk dat ik wel een paar telefoontjes voor je kan plegen om haar huidige nummer voor je te vinden.'

'O, dat kan ik niet van je verlangen,' zei Jeffrey, hopend dat ze het wel zou doen.

'Onzin,' zei ze. 'Jij weet niet hoe je met zo'n hotemetoot bedrijf moet omspringen. Je zou even hulpeloos zijn als een man met één been bij een wedstrijd kontschoppen.'

'Je zult wel gelijk hebben,' gaf Jeffrey toe. En toen: 'Niet dat ik het niet waardeer, maar...'

Candy keek over haar schouder of de deur van Blakes werkkamer nog dicht was. 'Onder ons gezegd en gezwegen: ik heb die man nooit gemogen.'

'Waarom niet?'

'Er was iets met hem,' zei ze. 'Ik kan er de vinger niet op leggen, maar ik heb lang geleden geleerd dat eerste indrukken over het algemeen juist zijn, en mijn eerste indruk van Brian Keller was dat hij een griezel was die je niet kon vertrouwen.'

'En zijn vrouw?' vroeg Jeffrey, die zich begon te realiseren dat hij de vorige dag met Candy had moeten praten.

'Tja,' begon ze, met een fraai gemanicuurde vinger tegen haar lip tikkend, 'ik weet het niet. Ze is al zo lang bij hem. Misschien heeft hij toch iets wat ik gewoon niet zie.'

'Misschien,' zei Jeffrey. 'Maar ik denk dat ik op je instinct zal vertrouwen. We weten allebei dat jij in deze kamer de slimste bent.'

'En jij bent de duivel,' zei ze, maar hij zag dat zijn woorden haar aangenaam troffen. 'Als ik veertig jaar jonger was...'

'Dan zou je me helemaal niet zien staan,' zei hij terwijl hij haar een zoen op haar wang gaf. 'Laat je het me even weten als je het nummer hebt achterhaald?'

Ze begon te spinnen of schraapte even haar keel. 'Komt in orde, chef. Komt in orde.'

Hij liep de kamer uit voordat ze iets kon zeggen wat voor hen beiden gênant zou zijn en nam de trap in plaats van op de lift te wachten. De afstand tussen het administratiegebouw en het kantoor van de beveiliging was maar kort, maar Jeffrey maakte er een wandelingetje van. Hij had bijna een week niet gejogd, en zijn lichaam voelde slap aan, zijn spieren stonden strak en gespannen. De storm van de afgelopen nacht had enige schade aangericht en overal op het terrein lag rommel. Onderhoudsmensen van de campus scharrelden overal rond, raapten afval op, maakten de stoep schoon met hogedrukspuiten met zo veel bleekwater dat Jeffreys neus ervan begon te prikken. Het was slim bekeken dat ze eerst het terrein rond de hoofdgebouwen schoonmaakten, waar waarschijnlijk de meeste mensen werkten die over de rommel zouden klagen.

Jeffrey haalde zijn aantekenboekje uit zijn zak, las de notities door en probeerde te bedenken hoe hij zijn dag het best kon besteden. Het enige dat hij op dit moment kon doen was met meer ouders praten en de slaapgebouwen nog eens uitkammen. Hij wilde met Monica Patrick praten, als ze tenminste nog leefde, voordat hij Brian Keller op de korrel nam. Mensen gaven niet zomaar een goedbetaalde baan in het bedrijfsleven op om een salarisverlaging te accepteren en onderwijs te gaan geven. Misschien had Keller gegevens vervalst of een keer te vaak de gemakkelijkste weg genomen. Jeffrey zou Jill Rosen vragen waarom haar echtgenoot zijn baan eraan had gegeven. Ze had niets gezegd over het opnieuw opbouwen van haar leven. Misschien had ze dit al eens eerder gedaan en wist ze hoe moeilijk het zou zijn het nog eens te doen. Zelfs als ze geen nieuwe informatie te bieden had wilde Jeffrey met de vrouw gaan praten en kijken of hij iets kon doen om haar te helpen bij haar man weg te komen.

Jeffrey stopte zijn aantekenboekje weer in zijn zak toen hij de deur van het kantoor van de beveiliging opende. De scharnieren piepten luid, maar hij hoorde ze nauwelijks.

'Verdomme,' fluisterde hij terwijl hij over zijn schouder keek of er iemand achter hem stond.

Chuck Gaines lag met zijn schoenzolen naar de deur gekeerd op de vloer. Zijn hals stond wijd open als een tweede mond; wat er van de slokdarm over was hing als een tweede tong naar buiten. Overal zat bloed – op de muren, de vloer, het bureau. Jeffrey keek omhoog, maar er zat geen bloed aan het plafond. Chuck had voorovergebogen gestaan of misschien wel aan zijn bureau gezeten. De stoel was omvergesmeten en lag op zijn kant.

Jeffrey knielde zodat hij onder het bureau kon kijken zonder sporen uit te wissen. Hij zag de glinstering van een lang jachtmes onder de stoel.

'Verdomme,' herhaalde hij, en ditmaal op hartstochtelijker toon. Hij kende dat mes. Het was van Lena.

Frank keek vreselijk kwaad, en dat kon Jeffrey hem niet kwalijk nemen.

'Dit is niets voor haar,' zei Frank.

Jeffrey trommelde met zijn vingers op het stuur. Ze zaten voor de studentenflat waar Lena woonde en probeerden te beslissen wat de beste manier was om dit aan te pakken.

'Je hebt het mes gezien, Frank.'

Frank haalde zijn schouders op. 'En wat dan nog?'

'Chucks keel was helemaal opengesneden.'

Frank liet de lucht tussen zijn tanden door ontsnappen. 'Lena is geen moordenares.'

'Dit zou met Tessa Linton te maken kunnen hebben.'

'Hoe dan? Ze stond bij ons toen het gebeurde. Ze heeft die lul het bos in gejaagd.'

'En is hem kwijtgeraakt.'

'Matt dacht niet dat ze vaart inhield.'

'Dat deed ze wel toen ze haar enkel verzwikte.'

Frank schudde zijn hoofd. 'Die jongen White – die zie ik het wél doen.'

'Misschien heeft ze hem in het bos herkend en is ze expres gestruikeld zodat hij kon ontsnappen.'

Frank bleef zijn hoofd schudden. 'Dit is niet het soort dingen waarvoor ik bij de politie ben gegaan.'

Jeffrey wilde opmerken dat hij er zelf ook niet dol op was,

maar zei: 'Je hebt het mes gezien dat ze op haar enkel droeg. Wil je me nu vertellen dat het niet lijkt op het mes dat we onder het bureau hebben gevonden?'

'Het zou een ander mes kunnen zijn.'

Jeffrey herinnerde hem aan het forensische bewijs op grond waarvan ze nu hier stonden. 'Haar vingerafdrukken zitten op het mes, Frank. In bloed. Ze was ofwel daar toen hij werd vermoord en heeft het mes aangeraakt, ofwel ze hield het vast toen het gebeurde. Er is geen andere verklaring.'

Frank staarde zonder met zijn ogen te knipperen naar het gebouw. Jeffrey zag dat Frank iets probeerde te bedenken wat Lena vrijpleitte. Jeffrey had nog geen halfuur geleden op dezelfde wijze gereageerd toen de computer positief op drie van de vingerafdrukken had gereageerd. Zelfs toen had Jeffrey nog het zekere voor het onzekere genomen en de technicus de vergelijking punt voor punt laten overdoen.

Jeffrey keek op toen er een docent het slaapgebouw uit kwam. 'Ze is de hele ochtend niet naar buiten gekomen?'

Frank schudde zijn hoofd.

'Geef me een goede verklaring voor het feit dat haar vingerafdrukken in bloed op dat mes zitten en we rijden meteen weg.'

Franks mond werd een boze smalle streep. Hij zat nu al ruim een uur bij het slaapgebouw, waarschijnlijk proberend iets te bedenken waardoor Lena vrijuit zou gaan.

'Dit deugt niet,' zei hij, maar zonder verder nog iets te zeggen opende hij het portier en stapte uit.

Het slaapgebouw was grotendeels verlaten omdat de meeste docenten al voor de klas stonden. Zoals voor de meeste colleges gold werd het tegen het einde van de week rustiger, en nu de paasvakantie in aantocht was waren er al een hoop studenten naar huis. Jeffrey en Frank zagen niemand terwijl ze door de gang naar Lena's kamer liepen. Ze bleven voor de deur staan, en Jeffrey zag dat de kruk scheef zat sinds ze de deur de vorige ochtend hadden ingetrapt. Als Jeffrey toen iets bezwarends tegen Lena had kunnen vinden, als zijn instinct hem had laten geloven dat ze schuldig was, dan zou Chuck Gaines nu misschien nog leven.

Frank stond met zijn hand op zijn pistool naast de deur maar trok zijn wapen niet. Jeffrey klopte tweemaal aan en riep: 'Lena?'

Er verstreken een paar tellen en hij luisterde ingespannen of er iemand in de kamer was.

Hij probeerde het weer: 'Lena?' voordat hij de deur opendeed.

'Shit,' zei Frank terwijl hij zijn pistool trok. Jeffrey deed hetzelfde; zijn instinct kreeg de overhand voordat hij zag dat Lena alleen maar haar broek aantrok en niet probeerde een of ander wapen te pakken.

Jeffrey stelde de vraag die, naar hij wist, op hetzelfde moment bij Frank opkwam: 'Wat is er in jezusnaam met jou gebeurd?'

Lena schraapte haar keel, waar donkere kneuzingen op zaten. Toen ze iets zei klonk haar stem raspend. 'Ik ben gevallen.'

Ze droeg alleen een broek en een beha; de stof stak wit af tegen haar olijfkleurige huid. In een opwelling van kuisheid bedekte ze haar lichaam met haar handen. Op haar bovenarmen zaten ronde blauwe plekken van vingertoppen, alsof iemand haar te hard had beetgepakt. Een plek op haar schouder leek afkomstig van een beet.

'Chef,' zei Frank. Hij had Ethan White in de boeien geslagen en hield hem bij zijn arm vast. De jongen droeg alleen sokken en schoenen. Zijn gezicht zat onder de blauwe plekken, zijn onderlip was in het midden gespleten.

Jeffrey raapte een hemd van de vloer om het aan Lena te geven zodat ze zich kon bedekken. Hij onderbrak zijn gebaar abrupt toen hij besefte dat wat hij vasthield bewijsmateriaal was. Aan de onderkant zaten donkere bloedvlekken.

'Jezus,' fluisterde hij terwijl hij probeerde Lena te dwingen hem aan te kijken. 'Wat heb je gedaan?'

Dertien

Sara parkeerde voor het medisch centrum van Heartsdale, naast Jeffreys auto op de parkeerplaats. Hij had haar geen enkele informatie gegeven, behalve dat hij haar in het ziekenhuis nodig had om bij twee verdachten fysiek bewijsmateriaal af te nemen. Hij had over de telefoon hun namen niet willen noemen, maar Sara was lang genoeg met zijn denkwijze vertrouwd om te weten dat het over Ethan White en Lena ging.

Zoals gebruikelijk was de eerste hulp leeg. Sara keek even om zich heen èn zocht de dienstdoende verpleegster, maar de vrouw was waarschijnlijk met pauze. Verderop in de gang zag ze Jeffrey met een oudere man van gemiddelde lengte en met een gedrongen postuur praten. Achter hen stond Brad Stephens met zijn hand op de kolf van zijn pistool voor de dichte deur van een onderzoekskamer.

Toen ze dichterbij kwam hoorde Sara de man tegen Jeffrey praten. Zijn stem klonk schril en eisend. 'Mijn vrouw heeft al te veel meegemaakt.'

'Ik weet wat ze heeft meegemaakt,' zei Jeffrey. 'Ik ben blij dat u zich zoveel aan haar welzijn gelegen laat liggen.'

'Dat spreekt vanzelf,' beet de man terug. 'Wat bedoelt u trouwens met die opmerking?'

Jeffrey zag Sara en gebaarde dat ze erbij moest komen. 'Dit is Sara Linton,' zei hij tegen de man. 'Zij doet het lichamelijk onderzoek.'

'Dr. Brian Keller,' zei de man; hij keurde Sara nauwelijks een blik waardig. Hij liet een damestasje langs zijn zij afhangen; ze veronderstelde dat het van zijn vrouw was.

'Dr. Keller is de echtgenoot van Jill Rosen,' legde Jeffrey uit. 'Lena heeft me gevraagd haar te bellen.'

Sara probeerde haar verbazing te verbergen.

Jeffrey zei tegen Keller: 'Als u ons wilt excuseren', en ging Sara door de gang voor naar een kleine onderzoekskamer.

'Wat is er aan de hand?' vroeg ze. 'Ik heb mama gezegd dat ik vanmiddag in Atlanta zou zijn.'

Hij sloot de deur voordat hij zei: 'Ze hebben Chuck zijn keel afgesneden.'

'Chuck Gaines?' vroeg ze, alsof er nog een Chuck was die het kon zijn.

'We hebben Lena's vingerafdrukken op het moordwapen gevonden.'

Het duizelde Sara even terwijl ze probeerde te begrijpen wat hij zei.

Hij vroeg: 'Herinner je je dat verkrachtingsonderzoek nog?'

Sara wist even niet wat hij bedoelde.

'Toen we het hadden over dat DNA in haar onderbroekje. Herinner je je dat onderzoek nog dat we bij Lena hebben gedaan?'

Ze probeerde te bedenken welk antwoord ze het best kon geven, maar de situatie lag te zwart-wit om iets anders te kunnen zeggen dan: 'Ja.'

Jeffreys gezicht was een studie in woede. 'Waarom heb je me dat niet verteld, Sara?'

'Omdat het niet in de haak is,' zei ze. 'Het is niet juist om dat tegen haar te gebruiken.'

'Vertel dat maar aan Albert Gaines,' zei Jeffrey. 'Vertel dat maar aan Chucks moeder.'

Sara hield haar mond, omdat ze nog steeds niet kon geloven dat Lena op de een of andere manier in verband stond met al die misdaden.

'Ik wil dat je White eerst onder handen neemt,' zei Jeffrey nog steeds op scherpe toon. 'Bloed, speeksel, haar. Zijn lichaam moet totaal worden uitgekamd. Net als bij een autopsie.'

'Waarnaar zijn we op zoek?'

'Naar alles wat hem in verband brengt met de plaats delict,' zei Jeffrey. 'We hebben de afdrukken van Lena's schoenen al in bloed.' Hij schudde zijn hoofd. 'Er zat overal bloed.'

Jeffrey opende de deur en keek de gang in. Hij liep niet naar buiten, zodat Sara wist dat hij nog meer te zeggen had.

Ze vroeg: 'Wat is er?'

De woede in zijn stem ging een streepje omlaag. 'Ze is behoorlijk toegetakeld.'

'Hoe erg?'

Jeffrey keek weer de gang in en toen weer naar Sara. 'Ik weet niet of er een vechtpartij heeft plaatsgevonden of zoiets. Misschien is Chuck haar te lijf gegaan en heeft ze zich verdedigd. Misschien is White door het lint gegaan.'

'Zegt ze dat?'

'Ze zegt helemaal niets. Geen van beiden, trouwens.' Hij zweeg even. 'Goed, White zegt dat ze de hele nacht samen in haar appartement hebben gezeten, maar de mensen op college zeggen dat White na Lena het lab heeft verlaten.' Hij wees naar de gang. 'Brian Keller was overigens een van de laatsten die haar hebben gezien.'

'Heeft Lena om zijn vrouw gevraagd?'

'Ja,' zei Jeffrey. 'Ik heb Frank in de kamer hiernaast gezet om te luisteren voor het geval ze iets zegt.'

'Jeffrey...'

'Nu even geen preken over artsen en patiënten, Sara. De stapel doden waarmee ik zit begint te hoog te worden.'

Sara wist dat een discussie hierover alleen maar tijdverspilling was. 'Hoe is het met Lena?'

'Die kan wachten,' zei hij, duidelijk met de bedoeling verdere vragen te voorkomen.

'Heb je hier een gerechtelijk bevel voor?'

'Ben je nu opeens advocaat of zo?' Hij gaf haar geen tijd om te antwoorden. 'Rechter Bennett heeft het vanmorgen getekend.' Toen ze niet reageerde zei hij: 'Nou? Wil je het zien? Je gelooft niet meer dat ik je de waarheid vertel?'

'Ik vroeg niet...'

'Nee, hier.' Hij haalde het bevel uit zijn zak en legde het met een klap op tafel. 'Zie je nu hoe het werkt, Sara? Ik vertel je de waarheid. Ik probeer je te helpen je werk goed te doen, zodat er niet nog meer mensen het slachtoffer worden.'

Ze staarde naar het document en zag de gedrongen handtekening van Billie Bennett op de streep staan. 'Laten we aan de slag gaan.'

Jeffrey deed een stap achteruit zodat ze naar buiten kon, en Sara voelde een angst in zich opwellen die ze in lange tijd niet had gevoeld.

Brian Keller stond nog steeds met het tasje van zijn vrouw op de gang. Hij keek met lege blik voor zich uit toen Sara passeerde, en hij zag er zo onschadelijk uit dat ze zich bewust moest voorhouden dat hij zijn vrouw mishandelde.

Brad tikte voor Sara aan zijn pet voordat hij de deur opendeed en zei: 'Mevrouw.'

Ethan White stond midden in de kamer. Hij was gekleed in een lichtgroen ziekenhuishemd en had zijn gespierde armen over elkaar geslagen. Hij had kortgeleden een stomp op zijn neus gehad, en geronnen bloed liep in een dunne lijn omlaag naar zijn mond. Een grote rode vlek onder zijn oog veranderde langzaam in een kneuzing. Er stonden ingewikkelde tatoeages van gevechtsscènes op wat ze van zijn beide armen kon zien. Op zijn blote kuiten stonden geometrische patronen en vlammen die langs de zijkanten omhoogkronkelden.

Hij zag eruit als een doorsnee jongen met kort haar en een lichaam waarvan je kon opmaken dat hij te veel vrije tijd op de sportschool doorbracht. Spieren lagen kloppend over zijn schouders, waardoor de stof van het ziekenhuishemd opbolde. Het was een kleine man, ruim twaalf centimeter kleiner dan Sara, maar hij had een uitstraling die de ruimte om hem heen helemaal vulde. White leek kwaad, alsof hij elk moment kon opspringen en haar te lijf kon gaan. Sara was blij dat Jeffrey hen niet alleen in de kamer had achtergelaten.

'Ethan White,' zei Jeffrey. 'Dit is dokter Linton. Ze gaat materiaal verzamelen op bevel van de rechtbank.'

White hield zijn kaken zo op elkaar gedrukt dat zijn woorden vervormd naar buiten kwamen. 'Ik wil dat bevel zien.'

Sara trok handschoenen aan terwijl White het bevel las. Op de tafel lagen al glazen plaatjes en een DNA-set, samen met een zwarte plastic kam en buisjes om bloed af te nemen. Jeffrey had waarschijnlijk geregeld dat een verpleegster al deze dingen had klaargelegd, maar Sara was nieuwsgierig waarom hij de vrouw niet had gevraagd te blijven om te helpen. Ze vroeg zich af wat iemand anders niet mocht zien.

Sara zette haar bril op en overwoog Jeffrey te vragen een verpleegster te laten komen.

Voordat ze iets kon zeggen zei Jeffrey tegen White: 'Trek dat hemd uit.'

'Dat is niet...' Sara zweeg midden in haar zin. White liet het hemd op de vloer vallen. Op zijn buik stond een groot hakenkruis getatoeëerd. Op de rechterbovenkant van zijn borst stond een vervaagde afbeelding van Hitler. Een rij SS-soldaten op de linkerkant van zijn borst salueerde voor de afbeelding op de andere kant.

Sara kon er alleen maar naar staren.

White snauwde: 'Lekker, hè?'

Jeffreys hand kwam met een klap in het gezicht van de jongen terecht en Jeffrey drukte hem tegen de muur. Sara deinsde terug tot ze tegen de tafel stond. Ze zag dat Ethans neus bewoog en dat er vers bloed in zijn mond droop.

Jeffrey sprak met een lage, boze stem waarvan Sara hoopte dat ze hem nooit meer zou horen. 'Dat is mijn vrouw, jij moederloos stuk schorem. Heb je dat begrepen?'

Het hoofd van White zat klem tussen Jeffreys hand en de muur. Hij knikte eenmaal, maar er was in zijn ogen geen angst te zien. Hij was net een dier in een kooi dat wist dat het binnenkort een weg naar buiten zou vinden.

'Dat is beter,' zei Jeffrey terwijl hij een stap achteruit deed.

White keek Sara aan. 'U bent toch getuige, dokter? Mishandeling door de politie.'

Jeffrey zei: 'Ze heeft niets gezien', en Sara vervloekte hem dat hij haar hierbij betrok.

'Echt niet?' vroeg White.

Jeffrey deed een stap op hem af en zei: 'Geef me geen aanleiding om je pijn te doen.'

White zei op gemelijke toon: 'Goed, meneer.' Hij veegde met de rug van zijn hand het bloed van zijn neus en bleef strak naar Sara kijken. Hij probeerde haar te intimideren, en ze hoopte dat hij niet zag dat het werkte.

Sara opende haar orale DNA-set. Ze liep met het spateltje in haar hand naar Ethan en zei: 'Wilt u uw mond opendoen, alstublieft?'

Hij deed wat hem gezegd werd en sperde zijn mond wijd open zodat ze loszittende huidcellen kon verwijderen. Ze nam een paar spateltjes af, maar haar handen trilden toen ze de plaatjes begon te prepareren. Sara haalde diep adem en probeerde zich te schikken in de taak die voor haar lag. Ethan White was gewoon een patiënt. Zij was een arts die haar werk deed, niet meer, niet minder.

Ze voelde zijn ogen in haar rug boren terwijl ze de proefjes van etiketten voorzag. Haat vulde het vertrek als een gifgas.

Ze zei: 'Ik moet uw geboortedatum weten.'

Hij zweeg even, alsof hij het haar uit eigen vrije wil vertelde. '21 november 1980.'

Sara noteerde deze informatie op het etiket, samen met zijn naam, haar naam, de plaats, de datum en het tijdstip. Elk stukje bewijsmateriaal zou op deze manier moeten worden gerubriceerd, en dan ofwel in een papieren zak, ofwel op een microscoopplaatje moeten worden bewaard.

Ze pakte een wafeltje steriel papier en een pincet en hield deze voor zijn mond. 'Ik wil graag dat u dit natmaakt met uw speeksel.'

'Ik spuug niet graag.'

Sara hield het pincet voor zijn mond tot hij uiteindelijk zijn tong uitstak, zodat ze het stukje papier in zijn mond kon leggen. Nadat er genoeg tijd was verstreken haalde ze het wafeltje weg en bracht het onder bij het bewijsmateriaal.

In overeenstemming met de procedure vroeg ze: 'Wilt u wat water?'

'Nee.'

Ze ging door met het inleidende onderzoek en voelde dat hij iedere beweging volgde die ze maakte. Zelfs als ze met haar rug naar hem toe aan de tafel stond voelde Sara Ethans ogen strak op zich gericht, als die van een tijger klaar voor de sprong.

Haar keel werd dichtgeschroefd toen ze besefte dat het moment dat ze hem werkelijk zou moeten aanraken niet meer kon worden uitgesteld. Zijn huid voelde warm aan onder haar handschoenen, de spieren waren gespannen en gaven geen millimeter toe. Sara had in geen jaren meer bij een levende patiënt bloed afgenomen en prikte er voortdurend naast.

'Neemt u me niet kwalijk,' verontschuldigde ze zich na de tweede poging.

'Het geeft niets,' zei hij; zijn beleefde toon was volledig in strijd met de hatende blik in zijn ogen.

Met een 35-mm camera legde Sara de wonden op zijn linkerarm vast, die eruitzagen alsof hij zich had verdedigd. Op zijn hals en nek zaten vier oppervlakkige krassen, en achter zijn linkeroor een sikkelvormig deukje, waarschijnlijk van een vingernagel. Een korte kras van een vingernagel liep over zijn linkerbil en een langere over zijn onderrug. Sara liet Jeffrey een centimeter bij de verwondingen houden terwijl ze ze met de macrolens fotografeerde.

Ze zei: 'Ik zou nu graag willen dat u op de tafel ging liggen.'

Ethan deed wat hem werd gezegd, terwijl hij haar scherp in de gaten hield.

Sara liep naar de tafel en draaide hem haar rug toe. Ze vouwde een wit velletje papier open, draaide zich weer naar hem om en zei: 'Buigt u even uw lichaam zodat ik dit onder u kan schuiven.'

Weer deed hij wat ze hem vroeg, waarbij zijn ogen geen moment haar gezicht loslieten.

Toen ze zijn schaamhaar kamde bleven er een paar vreemde haren in de kam hangen. De wortels zaten nog aan de schachten, wat erop wees dat de haren uit de huid waren gerukt. Met een scherpe schaar knipte ze een vastgeplakte strook haar aan de binnenkant van zijn dijbeen weg, deed het in een envelop en plakte er een etiket met de geëigende informatie op.

Ze gebruikte een nat watje om opgedroogde vloeistof op zijn penis en zijn balzak te verzamelen, waarbij ze haar tanden zo hard op elkaar zette dat het pijn deed. Ze haalde materiaal onder zijn vingernagels en teennagels weg en fotografeerde een gebroken nagel aan zijn rechterwijsvinger. Tegen de tijd dat ze klaar was met het onderzoek stond de tafel vol bewijsmateriaal. Alles stond ofwel te drogen in koele lucht in de wattendroger, ofwel was opgeborgen in papieren zakken voor bewijsmateriaal, door Sara nu met vaste hand verzegeld en van etiketten voorzien.

'Zo,' zei ze terwijl ze haar handschoenen uittrok en op de tafel liet vallen. Ze verliet het vertrek zo snel als zonder te rennen maar mogelijk was. Brad en Keller stonden nog op de gang, maar ze liep hen zonder een woord te zeggen voorbij.

Sara liep de lege onderzoekskamer in terwijl angst en woede door elke centimeter van haar lichaam golfden. Ze boog zich over het aanrecht en zette de kraan helemaal open om koud water in haar gezicht te plenzen. De gal kwam omhoog in haar keel en ze dronk met grote slokken, zichzelf dwingend niet misselijk te worden. Ze voelde nog steeds hoe Ethans ogen haar volgden, als een brandijzer in haar huid schroeiden. Ze rook nog steeds de zeep die hij had gebruikt, en als ze haar ogen sloot zag Sara de lichte erectie die hij had gekregen toen ze materiaal van zijn penis had afgenomen en zijn schaamhaar had gekamd.

De kraan liep nog steeds, en Sara draaide hem dicht. Ze droogde net met een papieren handdoekje haar handen af toen ze besefte dat ze in dezelfde kamer stond waar ze vorig jaar het verkrachtingsonderzoek bij Lena had gedaan. Dit was de tafel waarop Lena had gelegen. Dit was dezelfde tafel die ze vol had gelegd met van Lena afkomstig materiaal, bijna net zoals ze het met dat van Ethan White had gedaan.

Sara sloeg haar armen om haar lichaam, keek naar het vertrek en probeerde zich niet door de herinneringen te laten meesleuren.

Enkele minuten later klopte Jeffrey aan en kwam binnen. Hij had zijn jasje uitgetrokken en ze zag zijn pistool in de holster.

'Je had me wel kunnen waarschuwen,' zei ze met stokkende stem. 'Je had het me kunnen vertellen.'

'Dat weet ik.'

'Is dit jouw manier om het me betaald te zetten?' vroeg ze, terwijl ze besefte dat ze ofwel zou gaan huilen, ofwel schreeuwen.

'Ik deed het niet om je iets betaald te zetten,' zei hij, en ze wist niet of ze hem geloofde of niet.

Sara bracht haar hand naar haar mond en probeerde een snik te onderdrukken. 'Jezus Christus, Jeff.'

'Ik weet het.'

'Je weet het niet,' zei ze; haar stem klonk luid in het vertrek. 'Mijn God, heb je die tatoeages gezien?' Sara liet hem niet antwoorden. 'Hij heeft een hakenkruis...' Ze kon niet doorpraten. 'Waarom heb je me niet gewaarschuwd?'

Jeffrey zei niets. Toen zei hij: 'Ik wilde dat je het zag. Ik wilde dat je wist waarmee we te maken hebben.'

'Kon je me dat dan niet vertéllen?' vroeg ze verontwaardigd, terwijl ze de kraan weer openzette. Ze schepte water in haar hand om de vieze smaak uit haar mond weg te spoelen. 'Waarom ben je trouwens zo lang weggebleven?' vroeg ze toen ze zich herinnerde hoe hij Ethans hoofd tegen de muur had gebonkt. 'Heb je hem weer geslagen?'

'Ik heb hem helemaal niet geslagen.'

'Je hebt hem niet op zijn oog geslagen?' vroeg ze ongelovig. 'Zijn neus bloedde, Jeffrey. Dat bloed was vers.'

'Ik zei je al: ik heb hem niet geslagen.'

Ze pakte zijn handen en onderzocht zijn knokkels op sneden of kneuzingen. Er viel niets te zien, maar toch vroeg ze: 'Waar is je ring van college?'

'Ik heb hem afgedaan.'

'Je doet die ring nooit af.'

'Zondag,' zei hij. 'Ik heb hem zondag afgedaan voordat ik met je familie ging praten.'

'Waarom?'

Hij gaf boos toe: 'Er zat bloed aan, Sara. Oké? Er zat bloed van Tess aan.'

Sara liet zijn hand los. Ze stelde de vraag die ze niet eens had willen denken toen ze met White in dezelfde kamer was geweest: 'Denk je dat hij Tessa kan hebben neergestoken?'

'Hij heeft geen alibi voor zondag. Geen goed alibi, in elk geval.'

'Waar was hij dan?'

'Hij zegt dat hij in de bibliotheek was,' antwoordde Jeffrey.

'Maar niemand herinnert zich hem. Hij had in het bos kunnen zitten. Hij zou Andy vermoord kunnen hebben en daarna in het bos hebben kunnen wachten om te zien wat er zou gebeuren.'

Sara knikte dat hij door moest gaan.

'Hij heeft Tessa niet opgewacht, Sara. Ze kwam gewoon langs en hij heeft van de situatie geprofiteerd.'

Sara greep zich weer aan de tafel vast, sloot haar ogen en probeerde de man in de kamer ernaast mentaal in verband te brengen met het neersteken van Tessa. Sara had weleens vaker in het gezelschap van een moordenaar verkeerd, en wat haar zo had gefrappeerd aan die man was dat hij zo normaal, zo gewoon was geweest. Met zijn kleren aan had Ethan White dezelfde indruk gemaakt. Hij had gewoon een van de jongens op de campus geweest kunnen zijn. Hij had een van haar patiënten geweest kunnen zijn. Ergens, in het stadje waar hij woonde, zou precies zo'n kinderarts als Sara kunnen zitten die Ethan White tot man had zien opgroeien.

Toen ze weer kon spreken vroeg ze: 'Hoe past Lena in dit alles?'

'Ze gaat met hem om,' zei Jeffrey. 'Ze is zijn vriendin.'

'Ik kan niet geloven...'

'Als je haar ziet,' begon Jeffrey, 'als je haar ziet, Sara, wil ik dat je onthoudt dat ze iets met White heeft. Ze beschermt hem.' Hij wees op de muur, naar de onderzoekskamer ernaast. 'Dat ding dat je daar zag, dat beest – ze beschermt hem.'

'Waartegen?' vroeg Sara. 'Haar vingerafdrukken zitten op het mes. Zij is degene die met Chuck heeft samengewerkt.'

'Je begrijpt het wel als je haar ziet.'

'Nog een verrassing?' vroeg ze, denkend dat ze niet nog eens iets dergelijks aankon, vooral niet als het iets met Lena te maken had. 'Draagt zij ook een hakenkruis?'

'Echt,' begon Jeffrey, 'ik weet niet wat ik van haar moet denken. Ze ziet er beroerd uit. Beroerd in de zin dat het lijkt alsof ze mishandeld is.'

'En is dat zo?'

'Ik weet het niet,' herhaalde hij. 'Iemand heeft haar te grazen genomen.'

'Wie?'

'Frank denkt dat Chuck iets heeft gedaan.'

'Wat heeft gedaan?' vroeg Sara, die bang was voor wat hij zou kunnen zeggen.

'Haar heeft aangevallen,' zei Jeffrey. 'Of misschien heeft hij haar gewoon uitgescholden. En misschien heeft zij dat White verteld en is White door het lint gegaan.'

'En wat denk jíj dat er is gebeurd?' vroeg Sara.

'Wie kan dat in godsnaam weten?' zei hij. 'En ze wil helemaal niets vertellen.'

'Heb je het haar net zo gevraagd als je het White hebt gevraagd?' vroeg ze. 'Met je hand in haar gezicht?'

Bij het zien van de gekwetste uitdrukking op zijn gezicht wenste ze dat ze haar woorden terug kon nemen, maar Sara wist dat dat nergens toe zou leiden. Ze wilde nog steeds een antwoord op haar vraag.

Hij vroeg haar: 'Wat voor iemand denk je dat ik ben?'

'Ik denk...' begon Sara, die niet wist wat ze moest zeggen, 'ik denk dat we allebei ons werk moeten doen. Ik denk dat we hier nu niet over moeten praten.'

'Ik wil erover praten,' zei hij. 'Ik heb hierbij je steun nodig, Sara. Ik kan niet tegelijkertijd tegen jou en de rest van de wereld vechten.'

'Het is nu niet het moment,' zei ze. 'Waar is Lena?'

Jeffrey stapte weer de gang op en maakte een gebaar dat ze het zelf maar moest uitzoeken.

Sara droogde haar handen aan haar broek af en liep langs Brad naar de kamer ernaast. Ze stak haar hand uit om de deur te openen op het moment dat Frank naar buiten kwam.

'Ha,' zei Frank terwijl hij naar een plaats achter haar schouder keek. 'Ze wilde wat water.'

Sara liep de kamer in. Het eerste dat ze zag was niet Lena maar het doosje voor het verkrachtingsonderzoek dat op de tafel was achtergelaten. Sara bevroor, niet in staat zich te bewegen, tot Jeffrey zijn hand op haar rug legde en zachtjes duwde. Ze wilde tegen hem uitvaren, met haar vuisten tegen zijn borst rammen en hem uitschelden omdat hij haar dwong dit weer te doen, maar alle geestkracht was uit haar weggevloeid.

Ze voelde een totale leegte, afgezien van verdriet.

Jeffrey zei: 'Sara Linton, dit is Jill Rosen.'

Een kleine, in het zwart geklede vrouw stond met haar rug tegen de muur. Ze zei iets, maar het enige dat Sara hoorde was het klikkende geluid van metaal tegen metaal. Lena zat op het bed, haar voeten bungelden over de rand. Ze droeg een groen ziekenhuishemd met een lintje aan de halsopening. Ze bewoog haar hand heen en weer in wat een zenuwtic leek, en de handboei om haar pols klikte tegen de ijzeren stang aan het voeteneinde van het bed.

Sara beet zo hard op haar lip dat ze bloed proefde. Ze zei: 'Haal die handboeien weg, nu meteen.'

Jeffrey aarzelde maar voerde haar opdracht uit.

Toen hij de handboeien had verwijderd zei ze: 'Naar buiten', met een stem die geen tegenspraak duldde.

Weer aarzelde hij. Ze keek hem recht aan en sprak de twee woorden nogmaals afgebeten uit: 'Naar. Buiten.'

Jeffrey verliet het vertrek en de deur viel zachtjes achter hem dicht. Sara stond met haar handen op haar heupen anderhalve meter van Lena vandaan. Hoewel de handboeien waren afgenomen bleef Lena's hand heen en weer bewegen, alsof ze Parkinson had. Sara had gedacht dat de kamer minder klein zou aanvoelen als Jeffrey eenmaal weg zou zijn, maar de muren kwamen nog steeds op haar af. Er hing een tastbare angst in de kamer, en Sara voelde een plotselinge koude over haar heen golven.

Sara vroeg: 'Wie heeft dit met je gedaan?'

Lena schraapte naar de vloer starend haar keel. Toen ze iets probeerde te zeggen was haar stem nauwelijks meer dan een gefluister. 'Ik ben gevallen.'

Sara legde haar hand op haar borst. 'Lena,' zei ze, 'je bent verkracht.'

'Ik ben gevallen,' herhaalde Lena. Haar hand trilde nog steeds.

Jill Rosen liep de kamer door en maakte bij het aanrecht een papieren handdoekje nat. Daarna liep ze naar Lena terug en bette haar gezicht en hals.

Sara vroeg: 'Heeft Ethan dit met je gedaan?'

Lena schudde haar hoofd terwijl Rosen een deel van het bloed probeerde weg te vegen.

Ze zei: 'Ethan heeft niets gedaan.'

Rosen legde de handdoek op Lena's nek. Misschien veegde ze wel bewijsmateriaal weg, maar het kon Sara niet schelen.

'Lena,' zei Sara, 'het is goed. Hij zal je geen kwaad meer doen.'

Lena sloot haar ogen, maar ze stond toe dat Rosen haar kin schoonveegde. 'Hij heeft me geen kwaad gedaan.'

'Het is niet jouw schuld,' zei Sara. 'Je hoeft hem niet te beschermen.'

Lena hield haar ogen dicht.

'Heeft Chuck dit gedaan?' vroeg Sara. Rosen keek op, geschrokken.

Sara herhaalde: 'Was het Chuck?'

Lena fluisterde: 'Ik heb Chuck niet gezien.'

Sara ging op de rand van het bed zitten. Ze wilde het begrijpen. 'Lena, alsjeblieft.'

Lena draaide haar hoofd weg. Het hemd gleed omlaag, en Sara zag een diepe beet vlak boven haar rechterborst.

Ten slotte zei Rosen iets. 'Heeft Chuck je kwaad gedaan?'

'Ik had je niet moeten laten komen,' zei Lena tegen de andere vrouw.

Rosens ogen schoten vol tranen terwijl ze Lena's haar achter haar oor streek. Waarschijnlijk zag ze zichzelf, twintig jaar daarvoor.

Lena zei haar: 'Ga weg, alsjeblieft.'

Rosen keek naar Sara alsof ze haar niet helemaal vertrouwde. 'Je hebt het recht er iemand bij te hebben,' zei Rosen. Ze werkte op de campus, dus had ze waarschijnlijk wel meer van dit soort oproepen gekregen. Ze kende het systeem, ook al gebruikte ze het voor zichzelf nooit.

'Ga alsjeblieft weg,' herhaalde Lena nog steeds met gesloten ogen, alsof ze de vrouw door pure wilskracht kon wegtoveren.

Rosen deed haar mond open, maar leek zich te bedenken. Ze liep snel de kamer uit, als een vluchtende gevangene.

Lena bleef met gesloten ogen zitten. Haar keel bewoog, en ze kuchte.

'Dat klinkt alsof je luchtpijp is gekneusd,' zei Sara. 'Als je strottenhoofd beschadigd is...' Sara zweeg, zich afvragend of Lena zelfs maar luisterde. Haar ogen waren zo stijf gesloten dat het leek alsof ze de wereld wilden buitensluiten.

'Lena,' zei Sara terwijl ze in gedachten met Tessa terugging naar het bos, 'heb je moeite met ademhalen?'

Bijna onmerkbaar schudde Lena eenmaal kort en ontkennend haar hoofd.

'Vind je het vervelend als ik even voel?' vroeg Sara, maar ze wachtte niet op een antwoord. Zo zacht mogelijk zocht Sara de huid rond Lena's strottenhoofd af naar luchtbellen. 'Alleen maar gekneusd,' zei ze. 'Er is niets gebroken, maar het zal nog wel een tijdje pijn doen.'

Lena kuchte weer, en Sara haalde een glas water voor haar.

'Rustig aan,' zei Sara, en ze liet traag het glas kantelen.

Lena kuchte weer en keek de kamer rond alsof ze zich niet kon herinneren hoe ze hier was gekomen.

'Je bent in het ziekenhuis,' zei Sara. 'Heeft Chuck je pijn gedaan en is Ethan erachter gekomen? Is het zo gegaan, Lena?'

Lena slikte en vertrok haar gezicht van de pijn. 'Ik ben gevallen.'

'Lena,' fluisterde Sara met een zo dieptreurig gevoel dat ze nauwelijks kon praten. 'Mijn God, alsjeblieft, vertel me wat er is gebeurd.'

Lena hield haar hoofd gebogen en mompelde iets.

Sara vroeg: 'Wat zei je?'

Lena schraapte haar keel en deed uiteindelijk haar ogen open. De bloedvaten waren kapot en rode vlekjes bespikkelden het oogwit.

Ze zei: 'Ik wil een douche nemen.'

Sara keek naar de doos voor het verkrachtingsonderzoek op de tafel. Ze dacht niet dat ze dit nog een keer kon opbrengen. Het was te veel voor één mens. Zoals Lena daar zat, hulpeloos, wachtend tot Sara zou doen wat ze moest doen, brak haar hart.

Lena moest haar tweestrijd hebben aangevoeld. 'Doe alsjeblieft gewoon je werk,' fluisterde ze. 'Ik voel me zo smerig. Ik moet een douche nemen.'

Sara liet zich van het bed glijden en liep naar de tafel. Ze voelde zich verdoofd toen ze controleerde of er een film in de camera zat.

In overeenstemming met de procedure vroeg Sara: 'Heb je de afgelopen vierentwintig uur met je volle instemming met iemand seks gehad?'

Lena knikte. 'Ja.'

Sara sloot haar ogen. 'Met volledige instemming?' herhaalde ze.

'Ja.'

Sara probeerde haar stem vast te laten klinken. 'Heb je sinds de aanranding gedoucht of je gewassen?'

'Ik ben niet aangerand.'

Sara liep naar haar toe en bleef tegenover Lena staan. 'Ik kan je een pil geven,' zei ze. 'Eenzelfde pil als die ik je al eerder heb gegeven.'

Lena's hand trilde nog steeds en wreef tegen het laken.

'Hij is voor contraceptie in noodgevallen.'

Lena bewoog haar lippen zonder iets te zeggen.

'Hij wordt ook wel de morning-afterpil genoemd. Weet je nog hoe hij werkt?'

Lena knikte, maar Sara vertelde het haar toch maar.

'Je moet er nu een nemen, en over twaalf uur nog een. Ik zal je iets tegen de misselijkheid geven. Was je de vorige keer erg misselijk?'

Misschien knikte Lena, maar Sara wist het niet zeker.

'Je kunt krampen krijgen, je kunt duizelig worden, vlekken gaan zien.'

Lena onderbrak haar. 'Oké.'

'Oké?' vroeg Sara.

'Oké,' zei ze weer. 'Ja. Geef me die pillen maar.'

Sara zat aan haar bureau in het mortuarium, haar hoofd in haar handen, de telefoon tussen haar oor en haar schouder gedrukt terwijl ze luisterde hoe hoe haar vaders mobiel overging.

'Sara?' Cathy nam op; haar stem klonk gespannen van de bezorgdheid. 'Waar ben je?'

'Heb je mijn bericht niet gekregen?'

'We weten niet hoe we ze moeten afluisteren,' zei haar moeder, alsof dat voor de hand lag. 'We begonnen ons zorgen te maken.'

'Het spijt me, mama,' zei Sara, terwijl ze op de klok in haar kamer keek. Haar ouders hadden haar telefoontje al een uur geleden verwacht. 'Chuck Gaines is vermoord.'

Cathy was te geschokt om zich nog zorgen te maken. 'Die jongen die in de derde klas jouw macaroniproject heeft opgegeten?'

'Ja,' antwoordde Sara. Haar moeder herinnerde zich altijd mensen uit Sara's kindertijd aan de hand van iets stoms wat ze als kinderen hadden gedaan.

Cathy zei: 'Tjee, wat afschuwelijk,' en legde niet het verband tussen de dood van Chuck en het neersteken van Tessa.

'Ik moet de autopsie doen, en dan zijn er nog een paar andere dingen.' Sara wilde haar moeder niet over Lena Adams vertellen of over iets anders wat er in het ziekenhuis was gebeurd. Ook al zou ze het proberen, Sara dacht niet dat ze haar gevoelens onder woorden kon brengen. Ze voelde zich rauw en onbeschermd en wilde niets liever dan op dat moment bij haar familie zijn.

'Kun je morgenochtend komen?' vroeg Cathy met een vreemde klank in haar stem.

'Ik kom vanavond zodra ik weg kan,' zei Sara, die bedacht dat ze er nooit méér naar had verlangd het stadje achter zich te laten dan nu. 'Hoe gaat het met Tessa?'

'Ze ligt hier naast me,' zei Cathy. 'Ze praat met Devon.'

'O,' zei Sara. 'Is dat gunstig of niet?'

'Waarschijnlijk het eerste,' zei Cathy cryptisch.

'En hoe is het met papa?'

Cathy zweeg even alvorens te antwoorden. 'Het gaat wel goed,' zei ze verre van overtuigend.

Sara probeerde haar tranen in te houden. Ze kon toch al nauwelijks het hoofd boven water houden. En de spanning die er nu nog bij kwam – de zorgen over haar verhouding met haar vader – was genoeg om haar eronder te krijgen.

'Liefje?' vroeg Cathy.

Sara zag de schaduw van Jeffrey over haar bureau vallen. Ze keek op, maar niet naar hem. Door het raam zag ze Frank en Carlos, die bij het lijk stonden te praten.

Sara zei: 'Jeff is hier, mama. Ik moet aan het werk.'

Cathy klonk nog steeds bezorgd, maar ze zei: 'Goed dan.'

'Ik kom zodra ik kan,' zei Sara, en ze hing op.

Jeffrey vroeg: 'Is er iets aan de hand met Tess?'

'Ik moet haar gewoon zien,' zei Sara. 'Ik moet bij mijn familie zijn.'

Jeffrey begreep dat ze hiermee niet hem bedoelde. 'Zullen we hier nu over praten?'

'Je hebt haar geboeid,' zei Sara, heen en weer geslingerd tussen gekwetstheid en woede. 'Ik kan niet geloven dat je haar hebt geboeid.'

'Ze is een verdachte, Sara.' Hij keek over zijn schouder. Frank stond in zijn aantekenboekje te kijken, maar Sara wist dat hij elk woord kon horen dat ze zeiden.

'Ze is verkracht, Jeffrey. Ik weet niet door wie, maar ze was verkracht, en je had haar niet mogen boeien.'

'Ze maakt deel uit van een moordonderzoek.'

'Ze kon nergens heen in die kamer.'

'Daar ging het niet om.'

'Waar ging het dan wel om?' vroeg ze op hoge toon terwijl ze toch probeerde zachtjes te blijven praten. 'Haar folteren? Haar wil breken?'

'Dat is mijn werk, Sara. Mensen tot een bekentenis brengen.'

'Ik weet zeker dat ze je een hoop vertellen, al was het alleen maar om je te laten ophouden met slaan.'

'Laat me je iets zeggen, Sara, een jongen als Ethan White reageert op maar één ding.'

'O, heb ik het gedeelte gemist waarin hij je heeft verteld wat je wilde weten?'

Jeffrey staarde haar zwijgend aan; hij deed dit duidelijk om niet tegen haar te schreeuwen. Uiteindelijk vroeg hij: 'Kunnen we niet nog even terugkomen op wat er vanmorgen is gebeurd?'

'Vanmorgen had jij niet een verkrachtingsslachtoffer met

een handboei aan een ziekenhuisbed gebonden.'

'Ik heb dat bewijsmateriaal niet voor je achtergehouden.'

'Dat is niet het achterhouden van bewijsmateriaal, stommeling. Dat is het beschermen van een patiënte. Hoe zou jij het vinden als iemand de spullen voor een verkrachtingsonderzoek gebruikte om mij erin te luizen?'

'Jou erin te luizen?' echode hij. 'Haar vingerafdrukken zitten op het moordwapen. Ze ziet eruit alsof iemand haar een geweldig pak slaag heeft gegeven. Haar vriend heeft een strafblad dat zo lang is als mijn pik. Wat moet ik verdomme anders denken?' Hij spande zich zichtbaar in om zijn woede in toom te houden. 'Ik kan me bij mijn werk niet laten leiden door wat jou goed uitkomt.'

'Nee,' zei ze terwijl ze opstond. 'En zeker ook niet door goed fatsoen.'

'Ik wist niet...'

'Doe niet zo dom,' zei ze tussen haar opeengeklemde tanden door en sloeg de deur dicht. Ze wilde Frank opeens niet meer als getuige. 'Je hebt gezien hoe ze eruitzag, wat hij met haar heeft uitgespookt. Je zult de foto's zo langzamerhand wel hebben. Heb je die scheuren in haar benen gezien? Heb je die beten op haar borst gezien?'

'Ja,' zei hij. 'Ik heb de foto's gezien. Ik heb ze gezien.' Hij schudde zijn hoofd, alsof hij wenste dat het niet zo was geweest.

'Denk je echt dat Lena Chuck heeft vermoord?'

'Er is niets wat White met de plaats delict in verband brengt,' zei hij. 'Geef me iets wat hem met de plaats delict in verband brengt. Geef me iets anders dan die verdomde vingerafdrukken op het moordwapen.'

Sara kon zich over één ding niet heen zetten. 'Je had haar niet mogen boeien.'

'Moet ik dan voorbijgaan aan het feit dat ze misschien iemand heeft vermoord, alleen omdat jij medelijden met haar hebt?'

'Heb jij dan geen medelijden met haar?'

'Natuurlijk wel,' zei hij. 'Denk je dat ik het leuk vond haar zo te zien? Jezus Christus.'

'Het zou zelfverdediging geweest kunnen zijn.'

'Dat moet haar advocaat maar beslissen,' zei Jeffrey, en hoewel zijn stem hard klonk wist Sara dat hij gelijk had. 'Ik kan me bij mijn werk niet door mijn gevoelens voor haar laten leiden, en dat mag jij ook niet.'

'Ik ben natuurlijk niet zo professioneel als jij.'

'Dat zei ik niet.'

'Tachtig procent van alle vrouwen die verkracht zijn maakt op een of ander moment in hun leven een tweede aanranding mee,' zei ze. 'Wist je dat?'

Hij zweeg, wat meteen het antwoord was op haar vraag.

'In plaats van haar wegens moord aan te klagen zou je op zoek moeten gaan naar iemand die je van verkrachting kunt beschuldigen.'

Jeffrey haalde met opgestoken handen zijn schouders op. 'Heb je het dan niet gehoord?' vroeg hij, zo zelfingenomen dat ze hem in zijn gezicht wilde slaan. 'Ze is niet verkracht. Ze is gevallen.'

Sara gooide de deur open, wetend dat ze niet meer met hem kon praten. Terwijl ze de schouwzaal in liep voelde ze dat Jeffrey haar nakeek, maar het kon haar niets schelen. Wat er ook uit de lijkschouwing zou blijken, ze zou Jeffrey nooit kunnen vergeven dat hij Lena aan het bed had vastgebonden. Zoals ze zich nu voelde, was een gesprek met Jeffrey verder uitgesloten.

Ze liep naar de röntgenfoto's maar zag ze niet echt. Ze concentreerde zich op haar ademhaling en probeerde haar gedachten te richten op de taak die voor haar lag. Ze sloot haar ogen, verdrong Tessa en Lena, verbande Ethan White uit haar geheugen. Toen ze dacht dat ze zichzelf weer onder controle had deed ze haar ogen open en liep naar de tafel.

Chuck Gaines was een grote man met brede schouders en weinig borsthaar. Er zaten geen zichtbare defensieve wonden op zijn armen, dus moest hij verrast zijn. Zijn hals lag wijd open, helderrood, de bloedvaten en pezen hingen eruit als twijgen van een wijnrank. Ze kon zijn nekwervels duidelijk zien liggen; een gedeelte ervan zat niet meer op zijn normale plaats.

'Ik heb hem al onder de zwarte lampen gelegd,' zei Sara. Een zwarte lamp kon lichaamsvloeistoffen oppikken en aantonen of er onlangs seksueel verkeer had plaatsgevonden. 'Negatief.'

Jeffrey reageerde: 'Misschien heeft hij een condoom gebruikt.'

'Heb je er op de plaats delict een gevonden?'

'Dat zou Lena zeker verwijderd hebben.'

Sara trok de lamp boven de tafel met een ruk omlaag, waaruit duidelijk haar ergernis sprak. Ze versmalde de lichtbundel zodat ze het gebied rond de wond beter kon zien. 'Hier zit iets waaruit een aarzeling blijkt,' zei ze, wijzend op de snee die niet helemaal door en door was gegaan. Wie Chuck ook te grazen had genomen, hij of zij had in elk geval één poging moeten doen alvorens echt door te stoten.

'Dus,' veronderstelde Jeffrey, 'was de dader niet sterk.'

'Er was veel kracht voor nodig om door het kraakbeen en het bot heen te komen,' gaf Sara terug; ze vond het vervelend dat hij commentaar leverde maar wilde hem ook niet ten overstaan van Frank tot de orde roepen. Waarschijnlijk had Jeffrey Frank precies om deze reden meegenomen.

Ze vroeg: 'Heb je het wapen?'

Jeffrey hield een plastic zak omhoog die een bebloed jachtmes van vijftien centimeter lengte bevatte. Hij zei: 'De lege schede lag in haar slaapkamer. Het mes past er precies in.'

'Naar meer heb je niet gezocht?'

Het was een steek onder water, maar Jeffrey praatte gewoon door. 'We hebben haar kamer en die van White helemaal doorzocht. Dit was het enige wapen.' Hij voegde eraan toe: 'In welke categorie dan ook.'

Sara bestudeerde het mes. Het lemmet was aan de ene kant gekarteld en aan de andere kant recht geslepen. Er zat zwart vingerafdrukkenpoeder op het heft, en ze zag de vage contouren van de bloederige afdruk die ze met tape hadden verwijderd. Afgezien daarvan zat er niet veel bloed op het wapen. Ofwel de moordenaar had het schoongeveegd, ofwel Jeffrey zat met het verkeerde mes. Sara kon wel ongeveer raden hoe het zat, maar ze wilde het zeker weten voordat ze iets definitiefs zei.

Sara trok twee stel handschoenen aan. Het enige andere zichtbare letsel op het lichaam was een diepe steekwond hoog in de linkerhelft van de borst. De opening was groot genoeg voor het mes dat Jeffrey haar had getoond, maar de randen lieten niets van de karteling zien. Degene die Chuck had aangevallen had waarschijnlijk eerst zijn hals opengesneden en hem daarna in de borst gestoken. De wond in de borst zat in een hoek, wat erop wees dat degene die de steek had toegebracht op dat moment over het lichaam gebogen had gestaan.

Jeffrey vroeg: 'Is Tessa ook niet op deze manier gestoken?'

Sara reageerde niet. 'Kun je me even helpen hem op zijn zij te rollen?'

Jeffrey ging bij de automaat aan de muur een stel handschoenen halen.

Frank bood aan: 'Moet ik ook helpen?'

'Nee,' zei Sara. 'Bedankt.'

Frank klopte zichtbaar opgelucht op zijn borst. Sara zag dat de huid op zijn knokkels sneden en kneuzingen vertoonde. Hij zag dat zij het zag en stopte met een verontschuldigend lachje zijn hand in zijn zak.

Jeffrey vroeg: 'Klaar?'

Ze knikte en wachtte tot hij op zijn plaats stond.

Aangezien Chucks hoofd bijna van zijn nek was gescheiden was het omdraaien een hachelijk klusje. Wat de zaak nog verder compliceerde was dat het lichaam nog stijf was. De benen gleden naar de rand van de tafel en Sara moest een snelle beweging maken om te voorkomen dat het op de vloer zou rollen.

Jeffrey zei: 'Sorry.'

'Het is al goed,' zei ze, terwijl ze voelde dat een deel van haar eerdere boosheid wegebde. Ze wees naar het dienblad. 'Kun je me dat scalpel aangeven?'

Jeffrey wist dat dit niet de gewone gang van zaken was. Hij vroeg: 'Waar zoek je naar?'

Sara schatte de baan die het mes moest hebben afgelegd voordat ze een kleine snede in Chucks rug maakte, vlak onder diens linkerschouder.

'Dat mes is het enige wapen dat je hebt gevonden?' vroeg

Sara voor alle duidelijkheid, terwijl ze op een ander instrument op het dienblad wees.

'Ja,' zei Jeffrey, en gaf haar een roestvrij stalen pincet.

Sara stak het pincet in de snede en tastte met de punt rond tot ze vond wat ze zocht.

Jeffrey vroeg: 'Waar ben je mee bezig?'

Bij wijze van antwoord trok ze een stuk metaal uit de wond.

Frank vroeg: 'Wat is dat?'

Jeffrey keek alsof hij op het punt stond over te gaan geven. 'De punt van het mes.'

Sara voegde eraan toe: 'Afgebroken op zijn schouderblad.'

Frank was duidelijk in verwarring. 'Het mes van Lena was niet afgebroken.' Hij pakte de plastic zak op. 'De punt is niet eens verbogen.'

Jeffreys gezicht was lijkwit geworden, en bij het zien van zijn ontreddering kreeg Sara spijt van alles wat ze daarvoor tegen hem had gezegd.

Frank zei: 'Wat is hier in jezusnaam aan de hand?'

'Het was haar mes niet,' zei Jeffrey met een dikke stem van de emoties. 'Het was Lena niet.'

Veertien

Lena schrok wakker en drukte zich op haar handen op. Haar ribben deden bij elke ademhaling pijn en haar pols bonsde, ook al zat deze nu eindelijk in een verband van fiberglas. Ze ging overeind zitten, keek rond in de kleine cel en probeerde zich te herinneren hoe ze hier terecht was gekomen.

'Maak je geen zorgen,' zei Jeffrey.

Hij zat op de brits tegenover haar, met zijn ellebogen op zijn knieën en zijn handen voor zich gevouwen. Ze was in tijdelijke bewaring gesteld, niet eens in een cel achter in het bureau. Het was donker; het enige licht was afkomstig van het hok van de bewakers op de gang. De deur van de cel stond open, maar Lena wist niet hoe ze dit moest interpreteren.

'Het is tijd voor je tweede pil,' zei hij. Naast hem op het bed stond een metalen dienblad met een plastic bekertje en twee pillen. Hij pakte het op en bood het haar als een ober aan. 'De kleine is tegen misselijkheid.'

Lena stak de pillen in haar mond en slikte ze door met een slok water. Ze probeerde de beker in de uitsparing in het dienblad terug te zetten, maar haar coördinatie liet het afweten en Jeffrey moest het voor haar doen. Er liep water over zijn broek, maar hij merkte het niet.

Ze schraapte ettelijke malen haar keel voordat ze kon vragen: 'Hoe laat is het?'

'Ongeveer kwart voor twaalf 's nachts,' zei Jeffrey.

Vijftien uur, dacht Lena. Ze zat nu al bijna vijftien uur vast.

'Kan ik iets voor je halen?' vroeg Jeffrey. Toen hij zich bukte om het dienblad op de vloer te zetten viel het licht op zijn gezicht, en ze zag dat zijn kaak strak stond. 'Hoe voel je je?'

Ze probeerde haar schouders op te halen, maar haar ene schouder deed nog te veel pijn. De delen van haar lichaam die niet verdoofd waren waren stijf en klopten. Zelfs haar oogleden deden pijn als ze ermee knipperde.

'Hoe is het met de snee in je hand?'

Lena keek omlaag naar haar wijsvinger, die uit het verband stak. Ze vroeg zich af hoeveel tijd er was verstreken sinds ze zich had gesneden bij haar poging het rooster van de airco weer terug te schroeven. Er was een eeuwigheid verstreken. Zelfs die persoon was ze niet meer.

'Is dat bloed zo op je mes terechtgekomen?' vroeg Jeffrey, die zich weer vooroverboog zodat hij in het licht zat. 'Toen je je in je hand hebt gesneden?'

Ze schraapte haar keel weer, maar de pijn werd alleen maar erger. Haar stem klonk schor, was niet meer dan een gefluister. 'Mag ik nog wat water?'

'Wil je iets sterkers?' vroeg hij. Ze bekeek hem nauwlettend, probeerde te begrijpen wat hij in zijn schild voerde. Jeffrey speelde nu de brave agent, en ze had er zo'n behoefte aan dat er iemand aardig tegen haar was dat ze er waarschijnlijk in zou trappen. Ze snakte ernaar iemand te vertellen wat er was gebeurd, maar haar hersens konden zich er niet toe brengen de woorden te bedenken die haar mond zou moeten vormen.

Jeffrey hield haar de beker voor en zei: 'Laten we met water beginnen, oké?'

Lena dronk, blij dat het water koud was. Het kwam waarschijnlijk uit de koelmachine in de hal in plaats van uit de kraan.

Lena gaf hem de beker terug en ging met haar rug tegen de muur zitten. Haar rug deed pijn, maar het beton was solide en geruststellend. Ze keek omlaag naar het verband, dat vlak boven haar vingers begon en halverwege haar arm eindigde. Toen ze haar vingers bewoog voelde ze een huivering door haar arm trekken.

'De pijnstiller begint waarschijnlijk uitgewerkt te raken,' zei Jeffrey. 'Wil je nog wat? Ik kan Sara iets laten voorschrijven.'

Lena schudde haar hoofd, hoewel ze naar niets méér verlangde dan naar vergetelheid.

'Het bloed van Chuck is B-negatief,' zei hij. 'Jij bent type A.'

Ze knikte. De DNA-test zou ongeveer een week in beslag nemen, maar een bloedtest konden ze in het ziekenhuis zelf doen.

Jeffrey zei: 'Op het mes en het bureau en de slip van je overhemd zat type A.'

Lena wachtte op de rest.

'En we hebben nergens B-negatief gevonden.' Hij ging verder: 'Nergens behalve op het kantoor.'

Ze had haar longen vol lucht gezogen en hield deze daar, zich afvragend hoe lang ze het zou volhouden.

'Lena...' begon hij. Tot haar verbazing brak zijn stem, en voordat hij omlaagkeek naar zijn handen zag ze hoe ontdaan hij was.

Hij zei: 'Ik had je nooit mogen boeien.'

Lena vroeg zich af wat hij bedoelde. Ze herinnerde zich niet veel van wat er de avond daarvoor met Ethan was gebeurd.

'Ik zou heel anders te werk zijn gegaan als...' Hij keek naar haar omhoog, waarbij zijn ogen glinsterden in het licht vanuit de gang. 'Ik wist het niet.'

Lena onderdrukte een kuchje en wenste dat ze meer water kreeg.

Hij zei: 'Lena, vertel me wat er is gebeurd. Vertel me wie dit met je heeft gedaan, zodat ik hem kan straffen.'

Lena kon alleen maar voor zich uit staren. Ze had het zichzelf aangedaan. Wat kon hij nog meer doen om haar te straffen?

'Ik had je nooit moeten boeien,' herhaalde hij. 'Het spijt me ontzettend.'

Lena ademde langzaam uit en voelde een steek van pijn in haar rib.

Ze vroeg: 'Waar is Ethan?'

Jeffreys lichaam verstrakte. 'Nog opgesloten.'

'Op welke aanklacht?'

'Meineed,' zei hij, maar legde het niet verder uit.

'Is hij echt dood?' vroeg ze, denkend aan de laatste keer dat ze Chuck had gezien.

'Ja,' zei Jeffrey. 'Hij is dood.' Hij keek weer naar zijn handen. 'Heeft hij dit gedaan, Lena? Heeft Chuck dit gedaan?'

Ze schraapte weer haar keel, terwijl haar hals pijn deed van de spanning. 'Mag ik naar huis?'

Hij leek erover na te denken, maar ze wist door wat hij haar had verteld dat er niet veel reden was om haar nog langer vast te houden.

Ze zei: 'Ik wil alleen maar naar huis', maar het huis waaraan ze dacht was niet het stinkende hol waar ze op het college woonde. Ze dacht aan het huis dat ze vroeger had gehad en het leven dat ze er had geleid. Ze dacht aan de Lena die geen mensen te lijf ging of hen dwong dingen te doen die ze niet wilden doen. De goede Lena. De Lena die ze was geweest voordat Sibyl was doodgegaan.

Jeffrey zei: 'Nan Thomas is hier. Ik heb haar gebeld dat ze je kan komen ophalen.'

'Ik wil haar niet zien.'

'Het spijt me, Lena. Ze staat buiten op je te wachten en ik kan – ik zal – je niet alleen naar huis laten gaan.'

Nan zei niets tijdens de rit naar haar huis. Het was onduidelijk hoeveel of hoe weinig ze wist. Niet dat het Lena allemaal veel kon schelen. Ze maakte zich sinds de storm de afgelopen nacht had toegeslagen nergens meer zorgen over.

Lena staarde uit het raam en bedacht dat ze al een hele tijd niet meer 's avonds in een auto had gezeten. Gewoonlijk lag ze om deze tijd al in bed, soms slapend, soms uit het raam kijkend en wachtend tot de dag aanbrak, maar nooit buiten. Nooit ergens waar ze zich niet veilig voelde.

Nan reed de oprijlaan op en zette de motor af. Ze stopte de sleutel weg boven de zonneklep, waarbij ze onnozel naar Lena grijnsde. Nan had te veel vertrouwen in mensen. Sibyl was net zo geweest, tot het moment dat een of andere maniak haar had vermoord.

Het huis dat Sibyl en Nan een paar jaar daarvoor hadden gekocht was een kleine bungalow van het type dat je overal in Heartsdale zag. Aan de ene kant lagen twee slaapkamers en een badkamer die op het halletje uitkwam en aan de andere kant een keuken, een eetkamer en een zitkamer. De tweede slaapkamer was toen Sibyls werkkamer geweest, maar Lena wist niet waarvoor Nan hem nu gebruikte.

Lena stond op de stoep voor het huis en steunde met haar hand tegen de muur om niet om te vallen terwijl Nan op haar gemak de deur van het slot deed. Uitputting begon een manier van leven voor haar te worden: weer iets wat was veranderd.

Toen Nan de deur opendeed werden ze verwelkomd door drie korte piepjes van een alarminstallatie. Gegeven Nans volkomen gebrek aan zorg om haar veiligheid was Lena verbaasd te zien dat ze de moeite had genomen een alarminstallatie te nemen.

Nan moest haar gedachten hebben gelezen. 'Ik weet het,' zei ze terwijl ze Sibyls geboortedatum intoetste. 'Ik dacht dat het me een veilig gevoel zou geven nadat Sibyl... en toen jij...'

'Aan een hond zou je meer hebben,' opperde Lena, en voelde zich schuldig toen ze de bezorgde uitdrukking op Nans gezicht zag. 'Het lawaai van het alarm kan mensen ook afschrikken.'

'Ik liet het in het begin voortdurend per ongeluk afgaan. Mevrouw Moushey aan de overkant heeft er bijna een hartaanval van gekregen.'

'Ik weet zeker dat het goed werkt,' zei Lena.

'Kun je me uitleggen waarom ik je niet geloof?'

Lena steunde met haar hand op de rugleuning van de bank en bedacht dat ze niet de kracht had voor een dergelijk zinloos gesprek.

Nan leek dit te begrijpen. 'Heb je honger?' vroeg ze, de lampen aanknippend terwijl ze door de eetkamer naar de keuken liep.

Lena schudde haar hoofd, maar Nan zag het niet.

'Lena?'

'Nee,' zei Lena. Ze liet haar vingers langs de bank glijden terwijl ze naar de badkamer liep. Ze had krampen van het medicijn en voelde iets branden, alsof ze een blaasontsteking had.

De badkamer was een smalle ruimte met zwarte en witte tegels op de vloer. Een houten sierlijst liep boven langs de muren en eronder zaten witte tegels. Er hing een medicijnkastje met een vervormde spiegel, in de lijst waarvan een foto van Sibyl was gestoken. Lena keek in de spiegel en daarna naar Sibyl en vergeleek de twee beelden. Lena zag er tien jaar ouder uit, ook al dateerde de foto van ongeveer een maand voordat Sibyl was vermoord. Lena's linkeroog was gezwollen, de snee eronder was helderrood en gevoelig. Haar lip was in het midden gespleten en in haar hals zaten krassen en iets wat eruitzag als een gigantische kneuzing. Geen wonder dat praten haar moeite kostte. Haar keel was waarschijnlijk zo rauw als biefstuk.

'Lena?' zei Nan, terwijl ze op de deur klopte.

Lena opende de deur: ze wilde niet dat Nan zich zorgen zou maken.

'Heb je zin in thee?' vroeg Nan.

Lena wilde nee zeggen, maar besloot toen dat thee misschien goed zou zijn voor haar keel. Ze knikte.

'Tummy Mint of Sleepy Bear?'

Lena wilde lachen omdat het na wat er was gebeurd idioot leek: Nan, die in de deuropening van de badkamer stond en Lena vroeg of ze Tummy Mint of Sleepy Bear wilde.

Nan glimlachte. 'Ik zal wel voor je beslissen,' zei ze. 'Wil je je verkleden?'

Lena droeg nog steeds het gevangenispak dat ze haar op het politiebureau hadden gegeven omdat haar kleren als bewijsmateriaal waren opgeborgen.

Nan zei: 'Ik heb nog een paar spullen van Sibyl als je wilt...' Ze leken op hetzelfde moment te beseffen dat ze zich geen van beiden erg gemakkelijk zouden voelen als Lena Sibyls kleren zou dragen.

'Ik heb wel een pyjama voor je,' zei Nan. Ze liep haar kamer in en Lena liep achter haar aan. Bij het bed hingen meer foto's van Sibyl en de Winnie de Poeh uit Sibyls kindertijd.

Nan stond in de kamer naar haar te kijken.

'Ja?' vroeg Lena, die haar mond stevig dichthield en probeerde te voorkomen dat haar lip weer open zou springen.

Nan liep naar de kast en zocht op haar tenen op de bovenste plank. Ze trok een kleine houten doos uit de kast.

'Deze is van mijn vader geweest,' zei ze terwijl ze de doos openmaakte. In het beschimmelde fluwelen interieur lag een kleine Glock. Ernaast lag een vol magazijn.

'Wat doe je daarmee?' vroeg Lena, die het pistool uit de doos wilde pakken, alleen maar om het gewicht te voelen. Ze had geen pistool meer in haar handen gehad sinds ze ontslag had genomen bij de politie.

'Mijn vader heeft me hem na de dood van Sibyl gegeven,' zei Nan, en Lena realiseerde zich dat ze niet eens had geweten dat de vader van Nan nog leefde.

Nan zei: 'Hij is agent. Net als jouw vader vroeger.'

Lena raakte het koude metaal aan; het voelde prettig aan onder haar vingers.

'Ik weet niet hoe het werkt,' zei Nan. 'Ik haat vuurwapens.'

'Sibyl had er ook een hekel aan,' zei Lena, hoewel Nan natuurlijk wel wist dat Calvin Adams, hun vader, was doodgeschoten toen hij een keer een auto had aangehouden.

Nan deed de doos weer dicht en gaf hem Lena. 'Hou jij hem maar als je je er veiliger door voelt.'

Lena pakte de doos aan en drukte hem tegen haar borst.

Nan liep naar haar toilettafel en haalde er een pastelblauwe pyjama uit. 'Ik weet dat het niet jouw stijl is, maar hij is schoon.'

'Dank je,' zei Lena, dankbaar voor de moeite die Nan deed.

Nan verliet de kamer en trok de deur achter zich dicht. Lena wilde hem op slot doen, maar bedacht dat Nan het geluid misschien zou horen en het persoonlijk op zou vatten. Ze ging op het bed zitten en opende de houten doos op haar schoot. Ze streek met haar vinger langs de loop van het pistool, precies zoals ze haar vingers langs Ethans pik had laten gaan. Lena hield het pistool in haar hand en deed een onhandige poging het magazijn te laden. Door het verband om haar linkerarm was dit niet eenvoudig, en toen ze aan de slee probeerde te trekken om een kogel in de kamer te doen gleed het pistool bijna uit haar hand.

'Verdomme,' zei ze en oefende verschillende keren druk uit op de trekker om de klik te voelen.

Gewoontegetrouw verwijderde Lena het magazijn voordat

ze het pistool in de doos teruglegde. Met enige moeite trok ze de blauwe pyjama aan. Haar benen deden zo'n pijn dat ze ze niet wilde bewegen, maar ze wist dat beweging de enige methode was om de stijfheid en pijn te bestrijden.

Toen ze in de keuken kwam was Nan net bezig thee in te schenken. Ze glimlachte naar Lena, probeerde niet te lachen, en Lena keek omlaag naar de donkerblauwe afbeelding van een hond op de zak van het jasje.

'Sorry,' verontschuldigde Nan zich giechelend. 'Ik had nooit kunnen denken dat je nog eens zoiets zou dragen.'

Lena glimlachte zwakjes en voelde dat haar lip weer openspleet. Ze zette de houten doos op de tafel. Het pistool had geen enkel nut als ze geen kogel in de kamer kon krijgen, maar het gaf haar een veilig gevoel dat ze het bij de hand had.

Nan zag het pistool en zei: 'Nou ja, het staat jou beter dan mij.'

Lena voelde een lichte aarzeling tussen hen en besloot de lucht te zuiveren. 'Ik ben niet lesbisch, Nan.'

Nan probeerde niet te glimlachen. 'O, Lena, ook al was je het wel, ik denk niet dat ik ooit in mijn leven het punt zal bereiken dat ik zelfs maar zou dénken dat iemand jouw zus zou kunnen vervangen.'

Lena pakte de stoel stevig vast; ze wilde het niet over Sibyl hebben. Als ze haar beeld in deze kamer zou oproepen zou ze ook oproepen wat er allemaal was gebeurd. Lena voelde een verschroeiende schaamte bij de gedachte dat Sibyl ooit te weten zou komen wat haar was overkomen. Voor het eerst in haar leven was Lena blij dat haar zuster dood was.

'Het is al laat,' zei Lena na een blik op de klok aan de muur. 'Het spijt me dat je bij dit alles betrokken bent geraakt.'

'O, maak je daar maar geen zorgen over,' zei Nan. 'Het is wel leuk om voor de verandering eens na middernacht op te zijn. Ik ga als een oude dame om halftien naar bed sinds Sibyl...'

'Alsjeblieft,' vroeg Lena. 'Ik kan niet over haar praten. Niet zo.'

'Ga maar zitten,' zei Nan. Ze legde haar arm om Lena's schouders en probeerde haar naar de gemakkelijke stoel te brengen, maar Lena verroerde zich niet.

'Lena?'

Lena beet op haar lip, waardoor de snee nog meer openging. Ze likte er met het puntje van haar tong aan en herinnerde zich hoe ze aan Ethans hals had gelikt.

Opeens begon ze te huilen, en Nan legde haar andere arm om haar heen. Ze stonden in de keuken: Nan die haar vasthield, haar troostte, tot Lena helemaal was uitgehuild.

Donderdag

Vijftien

Ron Fletcher oogde als een deken in een kerk. Zijn bruine haar was keurig gescheiden en werd op zijn plaats gehouden door een soort glanzende gel. Hij droeg een pak, alsof hij hier voor een zakelijke bespreking was, hoewel Jeffrey hem telefonisch had meegedeeld dat hij alleen nodig was om enige achtergrondinformatie over Chuck Gaines te geven. Naar zijn geur te oordelen was Fletcher een roker. Gezien wat ze in zijn kast op het kantoor van de beveiliging hadden gevonden was nicotine wel de minste van zijn verslavingen.

'Goedemorgen, meneer Fletcher,' zei Jeffrey, die tegenover hem aan de tafel plaatsnam.

Fletcher glimlachte snel en nerveus tegen Jeffrey, draaide zich toen nadrukkelijk om en keek naar Frank, die als een wachtpost bij de deur stond.

'Ik ben commissaris Tolliver,' zei Jeffrey. 'Dit is rechercheur Wallace.'

Fletcher knikte en streek even over zijn haar. Hij was permanent stoned – een man van veertig die zijn tienerjaren nooit achter zich had gelaten. 'Hallo. Hoe gaat het met jullie?'

'Redelijk,' zei Jeffrey. 'Dank u dat u hier zo vroeg bent langsgekomen.'

'Ik werk 's nachts,' zei Fletcher traag en moeizaam door een levenslang gebruik van hasj. 'Ik ga meestal om deze tijd net naar bed.'

'Welnu' – Jeffrey glimlachte – 'we waarderen het dat u langs hebt willen komen.' Hij leunde achterover in zijn stoel en liet zijn hand op de tafel liggen.

Fletcher draaide zich weer om en keek weer naar Frank. Frank kon een intimiderende indruk maken als hij wilde, en de oude agent had juist om dit effect te bereiken zijn schouders breed gemaakt.

Fletcher keek weer naar Jeffrey en liet hetzelfde nerveuze glimlachje zien.

Weer beantwoordde Jeffrey het glimlachje.

'Ik, eh...' begon Fletcher, die zijn lichaam voorover liet zakken en zijn elleboog op tafel zette. 'Ik neem aan dat jullie de hasj hebben gevonden.'

'Inderdaad,' zei Jeffrey.

'Die is niet van mij,' probeerde Fletcher, maar Jeffrey hoorde aan de manier waarop hij het zei dat hij het zelf als een zwakke uitvlucht beschouwde. Ron Fletcher was halverwege de veertig en had, aan zijn arbeidsdossier te zien, nooit langer dan twee jaar een vaste baan gehad.

'Het is van u,' zei Jeffrey. 'We hebben uw vingerafdrukken erop gevonden.'

'Godver,' kreunde Fletcher en liet zijn handpalmen met een klap op de tafel terechtkomen.

Jeffrey zag Frank glimlachen. Ze hadden vingerafdrukken op de pakjes gevonden, maar die van Fletcher zaten niet in het bestand op het bureau, zodat ze ze niet hadden kunnen vergelijken.

'Wat verkoopt u nog meer?'

Fletcher haalde zijn schouders op.

'We gaan je hele kamer uitvlooien, Ron.'

'O, man!' Fletcher legde zijn hoofd op tafel. 'Dit is zo beroerd.' Hij keek smekend op. 'Ik heb nog nooit problemen met de wet gehad. Jullie moeten me geloven.'

'Ik heb je strafblad al gelicht,' zei Jeffrey.

Er verscheen een zenuwtrek om Fletchers mond. Zijn strafblad was afgezien van een parkeerbon schoon geweest, maar er kon meer zijn dat niet in het strafblad stond omdat er geen aanklacht was ingediend. Fletcher maakte deel uit van de generatie die dacht dat agenten veel machtiger waren dan ze in feite waren.

Jeffrey vroeg: 'Aan wie verkocht je op het college?'

'Alleen maar aan een paar studenten, man,' zei Fletcher. 'Alleen maar bij kleine beetjes tegelijk, om wat bij te verdienen, snap je? Niks groots.'

'Wist Chuck ervan?'

'Chuck? Nee, nee. Tuurlijk niet. Hij was niet echt op de hoogte, weet je, maar als hij erachter zou komen dat ik het deed...'

'Weet je dat hij dood is?'

Fletcher verbleekte, zijn mond viel open.

Jeffrey liet enige tijd verstrijken tot Fletcher zenuwachtig in zijn stoel begon te schuiven.

Jeffrey vroeg: 'Zat je op iemands territorium?'

'Territorium?' herhaalde Fletcher, en Jeffrey wilde net gaan uitleggen wat hij bedoelde toen Fletcher zei: 'Nee, man. Ik weet niet wie er nog meer dealde, maar ik heb er nooit met iemand woorden over gehad. Ik dealde niet genoeg om op de markt van wie dan ook te komen. Eerlijk waar.'

'Heeft niemand je ooit benaderd, geprobeerd je aan het verstand te brengen dat ze het niet leuk vonden wat je deed?'

'Nooit,' hield Fletcher vol. 'Ik ben altijd voorzichtig geweest, weet je. Ik verkocht maar aan een handjevol studenten. Het was niet mijn bedoeling een hoop geld te verdienen, alleen maar genoeg om mijn eigen hasj te kunnen kopen.'

'Alleen maar hasj?'

'Soms ook wel iets anders,' zei Fletcher. De man was niet helemaal achterlijk: hij wist dat hasj een relatief lichte overtreding was in vergelijking met sommige harddrugs.

'Wie waren die studenten aan wie je verkocht?'

'Niet veel, maar drie of vier.'

'William Dickson?' vroeg Jeffrey. 'Scooter?'

'O, nee, niet aan Scooter. Die is dood. Ik heb hem die rommel niet verkocht. Gaat het daarover?' Hij raakte geagiteerd, en Jeffrey gebaarde dat hij zich rustig moest houden.

'We weten dat Scooter dealde. Maak je geen zorgen over Scooter.'

'O, pff.' Fletcher legde zijn hand tegen zijn borst. 'Daar maakte je me toch even bang.'

Jeffrey waagde een gokje. 'We weten dat je aan Andy Rosen verkocht.'

Fletchers mond bewoog druk, maar hij zei niets. Hij keek van Frank naar Jeffrey en weer naar Frank. 'Geen sprake van,' zei hij uiteindelijk. 'Ik wil een advocaat.'

'Als er een advocaat bij komt verandert de hele toon van dit gesprek, Ron. Als jij jouw advocaat erbij haalt, haal ik de mijne erbij.'

'Geen sprake van. Geen sprake van.'

'Als ik een aanklacht indien heb je het gehad. Je zit in het systeem. Geen dealtjes. Achter de tralies.'

'Wat een flauwekul. Dit is gewoon een provocatie.'

'Dit is geen provocatie,' corrigeerde Jeffrey. Aangezien Fletcher om een advocaat had gevraagd, was dit technisch gesproken uitsluitend een schending van zijn Miranda-rechten. 'We zijn er niet op uit je te grazen te nemen, Ron. We willen alleen maar weten wat je Andy Rosen hebt verkocht.'

'Geen sprake van, man,' daagde Fletcher hem uit. 'Ik weet hoe dit werkt. Als hij dope heeft gerookt voordat hij van die brug sprong schuif je me dat in mijn schoenen – ik bedoel, degene die hem die rommel heeft verkocht.'

Jeffrey boog zich over de tafel. 'Andy is niet gesprongen, Ron. Hij is geduwd.'

'Nee toch?' vroeg Fletcher, die weer van Jeffrey naar Frank keek. 'Man, dat is slecht. Dat is vreselijk slecht. Andy was een goeie jongen. Hij had wel problemen, maar... shit. Het was een goeie jongen.'

'Wat voor problemen had hij?'

'Hij kon niet van de dope af komen,' zei Fletcher, terwijl hij met een heftig gebaar zijn handen in de lucht stak. 'Sommige mensen willen wel, maar kunnen het niet.'

'Wilde hij echt?'

'Dat dacht ik,' zei Fletcher. 'Ik bedoel, je weet wel. Ik dacht dat hij het wilde.'

'Tot?'

Fletcher trok een grimas. 'O, ik weet het niet.'

'Tot wanneer, Ron? Heeft hij geprobeerd iets van je te kopen?'

'Hij had helemaal geen geld,' zei Fletcher. 'Het was allemaal van' – hij kromde zijn schouders en wreef zich in zijn handen

– "'Ik zal je dinsdag meteen betalen als je vandaag wat voor me hebt."'

Jeffrey vroeg: 'En dat deed je?'

'Nee, man, natuurlijk niet. Andy had al eens eerder geprobeerd me op te lichten. Hij probeerde iedereen op te lichten.'

'Had hij om die reden vijanden?'

Fletcher schudde zijn hoofd. 'Je kon een beetje aandringen en dan betaalde hij wel. Ik vond dat wel nogal zielig voor die knul. Hij deed wel heel stoer en zo, maar je hoefde alleen maar even te dreigen en dan was het meteen van: "Goed, goed. Hier heb je het geld. Doe me alsjeblieft geen pijn."' Fletcher zweeg, beseffend wat hij had gezegd. 'Niet dat ik hem iets zou aandoen. Zo ben ik niet, man. Ik ben heel zachtaardig, ik exponeer, je weet wel, exponeer...' Hij zocht naar het woord. 'Nee, dat is het niet. Expanderen, bedoel ik. Je moet je geest expanderen. Jezelf openstellen.'

'Inderdaad,' zei Jeffrey, die bedacht dat als Fletchers geest nog verder expandeerde, hij zou beginnen te lekken.

'Ik vond het erg voor hem. Hij had goed nieuws gekregen. Hij had iets te vieren.'

Jeffrey wierp Frank weer een blik toe. 'Wat dan?'

'Dat zei hij niet,' antwoordde Fletcher. 'Hij zei het niet, en ik vroeg er niet naar. Zo was Andy nu eenmaal. Hij hield graag dingen geheim, weet je. Zelfs als hij alleen maar naar de plee ging om te schijten was het heel erg geheim, alsof hij James Bond ging naaien.' Fletcher deed alsof hij lachte. 'Ha, ha. Niet dat hij die zak echt naaide, natuurlijk.'

'En Chuck?' vroeg Jeffrey. 'Hoe was hij hierbij betrokken?'

Fletcher haalde zijn schouders op. 'Ik wil geen kwaad spreken van de...'

'Ron?'

De ander kreunde, wreef over zijn buik. 'Misschien heeft hij wat geld van zijn ouwelui gekregen. Je weet wel, voor de huur en zo.'

Jeffrey leunde achterover in zijn stoel en probeerde te bedenken hoe Chuck met de recente moorden in verband kon staan. Drugshandelaren vermoordden alleen mensen die hen in de weg zaten, en dan deden ze het op een spectaculaire manier, als waarschuwing aan het adres van potentiële rivalen. Dat deze moorden zo in scène waren gezet dat ze op zelfmoorden leken zou wel het tegendeel van zakelijk zijn.

Fletcher was zenuwachtig geworden van Jeffreys zwijgen. 'Heb ik een advocaat nodig?' vroeg hij.

'Niet als je meewerkt.' Jeffrey haalde een aantekenboekje en een pen te voorschijn. Hij schoof ze over de tafel naar Fletcher en zei: 'Ik weet dat dit je eerste overtreding is, Ron. We zullen proberen je een gevangenisstraf te besparen, maar je moet ons vertellen wat er zich in je appartement bevindt. Als ik erheen ga en iets vind wat je niet hebt genoemd, zal ik tegen de rechter zeggen dat hij je de maximumstraf moet geven.'

'Oké, man,' zei Fletcher. 'Oké. Meth. Ik heb een beetje meth, en het ligt onder mijn matras.'

Jeffrey gebaarde naar de pen en het papier.

Fletcher begon te schrijven en gaf hun een hele rondleiding door zijn huis. 'Er zit wat pot in de ijskast, in dat kastje voor de boter. Hoe noem je dat, waar je de boter stopt?'

Jeffrey opperde: 'Het botervakje?'

'Ja, ja.' Fletcher knikte en richtte zijn aandacht weer op het papier.

Jeffrey stond op, bedenkend dat hij wel iets beters te doen had. Hij liet de deur openstaan, zodat hij Fletcher vanaf de gang kon zien.

Frank vroeg: 'Wat ga je doen?'

Met gedempte stem zei Jeffrey: 'Ik ga weer met Jill Rosen praten, kijken wat ze me nog meer kan vertellen.'

'Hoe gaat het met onze vriendin?'

Bij de gedachte aan Lena voelde Jeffrey zich somber worden. 'Ik heb vanochtend met Nan Thomas gepraat. Ik weet het niet. Ik zal er eens langsgaan en zien of ze bereid is een aanklacht in te dienen.'

'Dat doet ze zeker niet,' zei Frank, en Jeffrey wist dat hij gelijk had.

Jeffrey zei: 'Jij zou met haar kunnen praten,' en Frank reageerde alsof Jeffrey had voorgesteld dat hij zijn eigen moeder een pak slaag met een natte dweil zou geven. Sinds de verkrachting van Lena had Frank niet geweten hoe hij met zijn ex-partner had moeten omgaan. Soms begreep Jeffrey Franks reactie, maar hij kon niets bedenken waardoor hij zijn eigen partner in de steek zou laten. Er waren in Birmingham agenten die Jeffrey in jaren niet had gezien maar die altijd konden bellen, en dan zat hij een paar tellen later in zijn auto op weg naar Alabama.

Jeffrey zei: 'Ik ga je geen opdracht geven bij haar langs te gaan, maar ik denk dat als jij een gebaar zou maken...'

Frank kuchte in zijn hand.

Jeffrey probeerde het weer. 'Ze vertrouwt je, Frank. Misschien zou jij haar weer op het rechte pad kunnen brengen.'

'Volgens mij heeft ze al beslist welke weg ze wil nemen.' Frank had een keiharde blik in zijn ogen, en Jeffrey herinnerde zich hoe moeilijk het de dag tevoren was geweest om Frank van Ethan White af te trekken. Als Jeffrey hem zijn gang had laten gaan was Ethan White nu waarschijnlijk dood geweest.

'Naar jou luistert ze,' zei Jeffrey. 'Het is heel goed denkbaar dat jij onze laatste kans bent om tot haar door te dringen.'

Frank negeerde deze woorden zo soepel dat Jeffrey zich afvroeg of hij ze wel had uitgesproken.

Frank gebaarde naar Fletcher, die al aan de tweede bladzijde van zijn bekentenis bezig was. 'Wil je dat ik zijn huis doorzoek?'

'Ja,' zei Jeffrey, die er zich scherp bewust was dat Fletcher een buitengewoon overtuigende leugenaar kon zijn. 'Ga je gang en geef hem een verbaal voor de pot in zijn kast. Aan het einde van de dag zien we wel wat hij allemaal nog meer op zijn geweten heeft.'

'En White?' vroeg Frank. 'Laat je hem los?'

Jeffrey had de sheriff van Macon gevraagd of deze White wilde opsluiten, omdat hij er niet op vertrouwde dat zijn eigen mensen White met rust zouden laten. 'Ik houd hem zo lang mogelijk vast, maar als Lena geen aanklacht indient kan ik niet zo vreselijk veel doen.'

'En het DNA-onderzoek?'

'Je weet dat dat minstens een week duurt,' zei Jeffrey. 'En zelfs als de resultaten terugkomen doen ze er niets toe als Lena blijft volhouden dat het met haar instemming is gebeurd.'

Frank knikte kort. 'Ga je vanavond naar Atlanta?'

Jeffrey zei: 'Ja, waarschijnlijk', ook al was het laatste wat Sara de vorige avond tegen hem had gezegd dat hij haar een tijdje alleen moest laten. Er zou een dag komen dat ze dat tegen hem zou zeggen en het werkelijk zou menen. Hij hoopte uit de grond van zijn hart dat dit niet dat moment was.

Jeffrey ging lopend naar het huis van Rosen en Keller omdat hij tijd nodig had om zijn gedachten te ordenen. Het schuldgevoel stapelde zich deze week op, van het neersteken van Tessa tot de aanval op Lena. De afgelopen avond in de gevangenis had hij eigenlijk alleen maar zijn arm om haar heen willen slaan en het goedmaken. Hij was er volkomen van overtuigd geweest dat dit het laatste was waaraan Lena behoefte had, en het één na beste dat Jeffrey kon doen was erachter komen wie dit allemaal was begonnen. Er was geen enkel fysiek bewijs dat er iemand in het kantoor van de beveiliging was binnengedrongen. Er was niemand die een specifieke wrok tegen Chuck koesterde, en afgezien van de algemeen heersende mening dat hij een klootzak was had niemand een reden kunnen bedenken waarom iemand hem had willen vermoorden. Ook al roomde Chuck het topje van Fletchers drugshandel af, dan nog zou Fletcher degene zijn die gestraft zou worden, en niet Chuck.

De rode Mustang stond nog steeds op de oprijlaan geparkeerd waar Jeffrey hem de laatste keer had gezien. Hij liep naar de veranda en klopte aan. Terwijl hij stond te wachten stak hij zijn handen in zijn zakken. Er verstreken enkele minuten en hij keek door het raam, zich afvragend of Jill Rosen haar echtgenoot werkelijk had verlaten.

Hij klopte nog een paar keer aan en liep toen weg. Halverwege de oprijlaan bedacht hij zich. Hij liep naar de achterkant van het huis, naar het appartement van Andy Rosen. Fletcher had gezegd dat Andy zaterdagavond iets had willen vieren. Misschien kon Jeffrey erachter komen waarom de jongen zo blij was geweest.

Jeffrey klopte op de deur van het appartement. Hij wilde Jill Rosen niet storen als ze toevallig bezig was spullen van haar zoon in te pakken. Hij probeerde de deurkruk.

'Hallo?' riep hij terwijl hij het kleine appartement binnenliep. Net als bij het eigenlijke huis was degene die Andy's appartement had ingericht sindsdien niet terug geweest. Op de vloer lag een oranje ruw tapijt, en de muren waren met donker pijnboomhout gelambriseerd, dat hier en daar opbolde. Vlak naast de voordeur bevond zich een wc en daarachter een zitkamer. Haveloze affiches met rapgroepen waren lukraak met plakband op de muren gehangen. Twee piramides bierblikjes van ruim een halve meter hoogte stonden aan weerszijden van een grootbeeldtelevisie.

Op een ezel bij het raam stond een ruwe schets van een andere naakte vrouw, deze gelukkig niet in kleur. Jeffrey doorzocht de plastic doos met schildersspullen op de vloer en vond ettelijke blikken verfverdunner en een paar spuitbussen. Onder in de doos vond hij twee tubes vliegtuiglijm en een gebruikt ogende lap. Hij rook aan de lap en viel bijna flauw van de chemicaliën.

'Christus,' zei Jeffrey. Onder het aanrecht vond hij nog vier spuitbussen. In de kleine badkamer stonden vier spuitbussen wc-reiniger. Ofwel Andy Rosen was een netheidsfreak geweest, ofwel hij had gesnoven – de lijm en de inhoud van spuitbussen ingeademd om high te worden. Sara zou daar bij het gifonderzoek nooit een spoor van hebben gevonden, tenzij ze het lab specifiek opdracht had gegeven ernaar te zoeken.

Jeffrey doorzocht de kamer op andere tekenen van drugsgebruik. Op de vloer lagen toebehoren bij een apparaat voor videospelletjes en verschillende cd's die niet in hun doosjes zaten. De geluidstoren bevatte een dvd-speler, een video, een cd-speler, een uitgebreide stereoradio en een surroundluidspreker. Andy had in drugs gehandeld, of zijn ouders hadden een tweede hypotheek afgesloten om hem van al deze elektronica te voorzien.

De slaapafdeling van het appartement was met houten schermen afgescheiden. Het bed erachter was niet opgemaakt en het beddengoed was verfrommeld. Er hing een geur van zweet en handlotion met cacaoboter. Over de kap van een lamp bij het bed hing een rode sjaal, waarschijnlijk voor de sfeer.

De laden en de kast in de slaapkamer waren al doorzocht, maar Jeffrey wilde alles nog eens controleren. In de kast hingen drie of vier overhemden en T-shirts hingen over de randen van de planken in de zijwanden. Op de bovenste plank lagen drie versleten ogende spijkerbroeken; hij vouwde ze open en controleerde de zakken van elke broek voordat hij de broeken op de plank teruggooide.

Op de vloer van de kast stonden verschillende schoenendozen, waarvan de meeste blinkend nieuwe instappers bevatten. In een ervan zaten een stapel foto's en een bundel oude rapporten van Andy. Jeffrey keek ze door, zag dat ze aanzienlijk veelbelovender waren dan zijn eigen rapporten waren geweest en nam toen de foto's door. Jill Rosen en Brian Keller zagen er op elke foto ongeveer hetzelfde uit, maar de omgeving achter hen veranderde, van achtbanen tot waterglijbanen, van het Smithsonian tot de Grand Canyon. Andy stond op maar heel weinig foto's, en Jeffrey bedacht dat hij zichzelf waarschijnlijk tot familiefotograaf had uitgeroepen.

Onder in de doos lag een apart stapeltje zwart-witafdrukken. Jeffrey pakte ze op. Het elastiekje waarmee ze bij elkaar werden gehouden was zo oud dat het brak toen hij het vastpakte. De eerste foto was er een van een jonge vrouw die in een schommelstoel zat en een baby vasthield. Haar haar was in de vorm van een helm geknipt en tot een centimeter boven de hoofdhuid met lak bewerkt, net zoals Jeffreys moeder het hare had gedragen toen hij op de middelbare school had gezeten.

Op andere foto's speelde de vrouw met het kind; op elke foto werd haar haar langer en de jongen ouder. Er waren in totaal tien foto's, en de reeks hield op op het moment dat het kind ongeveer drie was. Jeffrey staarde naar de laatste opname, waarop de vrouw alleen in de schommelstoel zat. Ze keek recht in de camera, en de vorm van haar gezicht en haar lange wimpers hadden iets bekends. Jeffrey draaide de laatste foto om, las de datum en probeerde de stukken van de puzzel in elkaar te passen. Hij staarde weer naar de vrouw en vroeg zich nogmaals af waarom ze hem zo vreselijk bekend voorkwam.

Hij klapte zijn telefoon open en draaide het nummer van de

kamer van Kevin Blake. Na drie keer rinkelen nam Candy op.

'Hé, hallo, liefje,' zei ze; ze leek aangenaam verrast zijn stem te horen. 'Ik wilde je net bellen.'

'Heb je Monica Patrick kunnen achterhalen?'

'Yep,' zei ze, opeens met een aanzienlijk minder vrolijke klank in haar stem. 'Ze is al drie jaar dood.'

Jeffrey had iets dergelijks al gevreesd. 'Toch bedankt dat je het hebt geprobeerd.'

'Natuurlijk,' zei ze. 'Ik weet alleen niet wat ze je had kunnen vertellen. Ik neem aan dat je naar een of ander schandaal op zoek was?'

'Ja, zoiets,' gaf Jeffrey toe, terwijl hij naar de foto keek alsof hij hem kon dwingen iets prijs te geven.

'Ik heb alles doorgenomen nadat ik zijn dossier had gelicht,' zei ze. 'Brian is niet bepaald een Albert Einstein, maar wel een van die werkpaarden. Doet de klussen die niemand wil. Blijft tot middernacht om ervoor te zorgen dat alles af is. Nu noemen we dat een anale fixatie, maar toen heette het gewoon arbeidsethos.'

Jeffrey stak de foto's in zijn zak en zette de doos op zijn plaats terug. 'Van zijn vrouw krijg ik de indruk dat hij nog steeds zo is.'

'Ja, die zou het moeten weten,' zei Candy. 'Hoewel het nu wel wat laat is om erover te gaan klagen.'

Jeffrey deed de deur van de kast dicht en keek in de kamer rond. 'Wat bedoel je?'

'Zo hebben ze elkaar gevonden,' zei ze. 'Jill was daar in Jericho zijn secretaresse.'

'Neem je me nou in de maling?'

'Waarom?' vroeg ze. 'Er is niets mis mee om secretaresse te zijn.'

'Nee, natuurlijk niet,' zei Jeffrey. 'Het punt is alleen dat ze dat geen van beiden hebben gezegd.'

'Waarom zouden ze?' vroeg Candy, en die vraag sneed hout. 'Heb je je nooit afgevraagd waarom ze verschillende namen voeren?'

'Niet echt,' zei hij. Op de oprijlaan hoorde hij een autoportier dichtslaan. Hij liep naar de zitkamer om uit het raam te kunnen kijken. Brian Keller stond over de achterbank van de bruine Impala gebogen. Hij pakte een paar grote witte dozen, die hij op zijn dijbeen zette, waarna hij het portier van de auto dichtgooide.

'Chef?'

'Ik ben er nog,' zei Jeffrey, die probeerde het gesprek weer op te vatten. 'Wat zei je?'

'Ik zei dat hij nu wel van haar gescheiden zal zijn.'

'Van wie?' vroeg Jeffrey, die keek hoe Keller probeerde de dozen niet te laten vallen terwijl hij naar de garage liep.

'Het meisje waarmee hij getrouwd was toen hij iets met Jill Rosen begon,' zei ze, en toen: 'Niet dat dat nog steeds een meisje is. Verdorie, ze is nu waarschijnlijk in de vijftig. Ik vraag me af wat er van die zoon is geworden.'

'Die zoon?' herhaalde Jeffrey, die de voetstappen van Keller op de trap hoorde. 'Welke zoon?'

'Zijn zoon uit zijn eerste huwelijk,' zei ze. 'Luister je eigenlijk wel?'

'Heeft hij een zoon uit zijn eerste huwelijk?' vroeg Jeffrey, terwijl hij de foto weer uit zijn zak haalde.

'Dat probeer ik je nu al de hele tijd te vertellen. Hij is gewoon bij ze weggelopen. Hij heeft er tegen Bert nooit iets over gezegd. Je herinnert je Bert Winger nog wel – hij was hier deken voordat Kevin kwam. Niet dat die gezinssituatie Bert een zier had kunnen schelen. Hij had twee eigen kinderen uit een eerder huwelijk, en laat ik je wel vertellen dat die kinderen de liefste waren die ik...'

'Ik moet ophangen,' zei Jeffrey, en hij klapte de telefoon dicht. Hij wist nu eindelijk waarom het kind op de foto hem zo bekend voorkwam.

Het oude gezegde klopte. Een foto was echt duizend woorden waard – of in dit geval een gratis ritje achter in een patrouillewagen naar het bureau.

Keller kwam binnen en schrok toen hij Jeffrey zag, waardoor hij bijna de dozen liet vallen. 'Wat voert u hier uit?'

'Ik kijk een beetje rond.'

'Dat zie ik.'

'Waar is uw vrouw?' vroeg Jeffrey.

Keller verbleekte. Hij bukte zich en liet de dozen met een zware bons op de vloer vallen. 'Ze is bij haar moeder.'

'Die bedoel ik niet,' zei Jeffrey terwijl hij de foto omhooghield. 'Uw andere vrouw.'

'Mijn andere...'

'Uw eerste vrouw,' verduidelijkte Jeffrey, die hem een volgende foto liet zien. 'De moeder van uw oudste zoon.'

Zestien

Lena schuifelde de keuken in. Elk gewricht in haar lichaam schuurde als roestig metaal. Nan zat aan de tafel de krant te lezen en een kom muesli te eten.

'Goed geslapen?' vroeg Nan.

Lena knikte en keek om zich heen, zoekend naar het koffiezetapparaat. De ketel stond op het gas; uit de tuit kwam damp. Op de bar stond een kop met ernaast een theezakje.

'Heb je ook koffie?' vroeg Lena. Haar stem was nauwelijks meer dan gefluister.

'Ik heb oplos,' zei Nan, 'maar die is cafeïnevrij. Ik kan wel even naar de winkel voordat ik naar mijn werk ga.'

'Laat maar,' zei Lena, die zich afvroeg hoe lang het zou duren voordat ze hoofdpijn zou krijgen van cafeïneontwenning.

'Je klinkt beter vanmorgen,' zei Nan met een aarzelende glimlach. 'Je stem. Je fluistert meer en je kraakt minder.'

Lena liet zich op een stoel vallen; de uitputting trok aan haar botten. Nan had op de bank geslapen en Lena het bed gegeven, maar Lena had de goede houding niet kunnen vinden. Nans bed stond voor ramen die uitkeken op het achterplaatsje. Alle ramen liepen tot op de vloer door, en voor geen ervan zat een luik of zelfs maar een gordijn. Lena had geen oog dicht kunnen doen; ze was voortdurend bang geweest dat er iemand naar binnen zou klimmen en haar te pakken zou nemen. Ze was verschillende keren opgestaan, had de sloten gecontroleerd en geprobeerd te zien of er buiten iemand stond. Het plaatsje was zo donker dat ze niet verder dan twee meter had kunnen kijken, en uiteindelijk had Lena de hele nacht met haar rug tegen de deur en het pistool op schoot gezeten.

Lena schraapte haar keel. 'Ik moet wat geld van je lenen.'

'Natuurlijk,' zei Nan. 'Ik heb al geprobeerd je iets te geven.'

'Lenen,' zei Lena met nadruk. 'Ik betaal het terug.'

'Oké,' stemde Nan in, en stond op om haar kom in de gootsteen af te wassen. 'Neem je een tijdje vrij? Je bent welkom als je hier wilt logeren.'

'Ik moet een advocaat gaan zoeken voor Ethan.'

Nan liet haar kom in de gootsteen vallen. 'Is dat wel verstandig?'

'Ik kan hem niet in de gevangenis laten zitten,' zei Lena, die wist dat eventuele leden van zwarte bendes Ethan zouden vermoorden zodra ze zijn tatoeages zouden zien.

Nan ging weer aan de tafel zitten. 'Ik weet niet of ik je daarvoor geld kan geven.'

'Ik haal het wel ergens vandaan,' zei Lena, hoewel ze geen idee had waarvandaan.

Nan staarde haar aan, haar lippen iets van elkaar. Uiteindelijk knikte ze. 'Oké dan. We gaan naar de bank als ik van mijn werk thuiskom.'

'Dank je.'

Nan had nog iets te zeggen. 'Ik heb Hank niet gebeld.'

'Dat wilde ik ook niet,' zei Lena met nadruk. 'Ik wilde niet dat hij me zo zag.'

'Hij heeft je al eens zo gezien.'

Lena keek haar waarschuwend aan, waarmee ze Nan duidelijk maakte dat ze hier geen discussies over wilde.

'Goed, goed,' herhaalde Nan, en Lena vroeg zich af of ze dit eigenlijk niet meer tegen zichzelf zei. 'Ik moet dus naar mijn werk. Er ligt een extra sleutel bij de voordeur als je naar buiten gaat.'

'Ik ga nergens heen.'

'Dat is waarschijnlijk ook het beste,' zei Nan met een blik op Lena's hals. Lena had die morgen niet in de spiegel gekeken, maar ze kon zich voorstellen hoe beroerd ze eruitzag. De snee op haar wang voelde warm aan, alsof hij ontstoken was.

Nan zei: 'Ik ben met lunchtijd terug, om ongeveer één uur.

Volgende week beginnen we met inventariseren, en ik moet een paar dingen af hebben.'

'Prima.'

'Weet je zeker dat je niet met me mee wilt naar het college? Je zou op het kantoor kunnen blijven. Dan ziet niemand je.'

Lena schudde haar hoofd. Ze wilde nooit meer naar de campus terug.

Lena pakte haar tas met boeken en een bos sleutels. 'O, dat vergat ik bijna.'

Lena wachtte.

'Richard Carter zou langs kunnen komen.'

Lena mompelde een vloek die Nan kennelijk nooit uit de mond van een vrouw had gehoord.

Nan zei: 'O, hemeltje.'

'Weet hij dat ik hier ben?'

'Nee, ik wist zelf niet eens dat je hier zou zijn. Ik heb hem gisterenavond onder het eten de sleutel gegeven.'

'Heb je hem de sleutel van je huis gegeven?' vroeg Lena ongelovig.

'Hij heeft jarenlang met Sibyl samengewerkt,' verdedigde Nan zich. 'Ze vertrouwde hem in alles.'

'Wat wil hij?'

'Een paar aantekeningen van haar doornemen.'

'Kan hij dan braille lezen?'

Nan speelde met haar sleutels. 'Er is in de bibliotheek een vertaalmachine waar hij ze doorheen kan halen. Het kost hem vast een eeuwigheid.'

'Waar zoekt hij naar?'

'God mag het weten.' Nan rolde met haar ogen. 'Je weet hoe geheimzinnig hij kan doen.'

Lena beaamde dat, maar ze vond het een vreemde manier van doen, zelfs voor Richard. Ze zou wel uitvlooien wat hij van plan was, nog voordat hij ook maar in de buurt van Sibyls aantekeningen was geweest.

'Ik moet opschieten,' zei Nan. Ze wees naar het verband om Lena's pols. 'Die moet je omhooghouden.'

Lena tilde haar arm op.

'Je hebt mijn nummer op mijn werk.' Nan wees op het toetsenbordje van de alarminstallatie. 'Je hoeft alleen maar op de knop STAY te drukken als je wilt.'

'Goed,' zei Lena, hoewel ze niet van plan was het alarm aan te zetten. Een klap met een lepel tegen een koekenpan zou effectiever zijn.

'Je hebt dan twintig seconden om de deur dicht te doen,' zei Nan. En toen Lena niet reageerde drukte ze zelf op de knop. 'De code is je geboortedatum.'

Het bord begon te piepen, telde de seconden af die Nan had om door de voordeur naar buiten te gaan.

Lena zei: 'Prachtig.'

'Bel me als je me nodig hebt,' zei Nan. 'Dag!'

Lena sloot de voordeur en schoof de onderste grendel erop. Met één hand sleepte ze een stoel naar de deur en zette hem schuin onder de knop, zodat Richard haar niet kon verrassen. Ze trok het gordijntje opzij en keek door het kleine ronde raam in de deur hoe Nan achteruit de oprijlaan af reed. Lena voelde zich een idioot dat ze de vorige avond ten overstaan van Nan was ingestort, maar ze was eigenlijk wel blij dat Nan er was geweest. Na al die jaren begon ze eindelijk te begrijpen wat Sibyl in die muisachtige bibliothecaresse had gezien. Nan Thomas was bij nader inzien toch niet zo'n beroerd type.

Op weg naar de keuken pakte Lena de draadloze telefoon van de salontafel. Ze vond de Gouden Gids in de kast naast het aanrecht en ging aan de tafel zitten. De advertenties voor advocaten besloegen vijf pagina's, allemaal even kleurig en kitscherig. In de koppen werden de mensen die een auto-ongeluk hadden gehad of wegteerden op een arbeidsongeschiktheidsuitkering gemaand nu meteen hulp in te roepen.

De advertentie van Buddy Conford was de grootste. Op een foto van die aalgladde klootzak kwam er uit zijn mond een tekstballonnetje met de woorden: 'Bel mij voor u met de politie praat!' In vette rode letters.

Hij nam bij het eerste signaal op. 'Buddy Conford.'

Lena beet op haar lip, waardoor de snee weer openging. Buddy was een vooringenomen lul die dacht dat alle agenten smeerlappen waren, en bij meer dan één gelegenheid had hij Lena van het gebruik van illegale methoden beschuldigd. Hij had op grond van stomme technische problemen een paar van haar zaken gekraakt.

'Hallo?' zei Buddy. 'Oké, oké, ik tel tot drie. Een... twee...'

Lena dwong zichzelf te zeggen: 'Buddy.'

'Jazeker, spreekt u mee.' Toen ze niets zei gaf hij haar een zetje: 'Zeg het maar.'

'Met Lena.'

'Zeg dat nog eens?' zei hij. 'Liefje, ik kan je nauwelijks verstaan.'

Ze schraapte haar keel en probeerde harder te praten. 'Met Lena Adams.'

De advocaat liet een laag gefluit horen. 'Tut tut, hoe is het mogelijk,' zei hij. 'Ik hoorde dat je in de bak zat. Ik dacht dat het maar een gerucht was.'

Lena beet hard genoeg op haar lip om zichzelf pijn te doen.

'Hoe voelt het om aan de andere kant van de tralies te zitten, partner?'

'Krijg de tyfus.'

'Over mijn salaris hebben we het later wel,' zei Buddy grinnikend. Hij genoot hier nog meer van dan ze zich had voorgesteld. 'Waar word je van beschuldigd?'

'Nergens van,' zei ze, denkend dat dat, afhankelijk van Jeffreys stemming, van de ene minuut op de andere kon veranderen. 'Ik bel voor iemand anders.'

'Voor wie dan?'

'Voor Ethan Green.' Ze corrigeerde zichzelf. 'White, bedoel ik. Ethan White.'

'En wat heeft hij gedaan?'

'Dat weet ik niet zeker.' Lena sloeg, misselijk van de goedkope advertenties, het telefoonboek dicht. 'Hij wordt beschuldigd van meineed. De oorspronkelijke aanklacht was vervalste cheques.'

'Hoe lang zit hij al vast?'

'Dat weet ik niet,' zei Lena.

'Tenzij ze echt iets tegen hem in kunnen brengen hebben ze hem misschien al laten gaan.'

'Jeffrey laat hem niet gaan,' zei Lena; dat wist ze zeker. Hij kende Ethan White alleen van zijn strafblad. Hij had nooit de goede kant van Ethan gezien, de kant die wilde veranderen.

'Je verzwijgt iets,' zei Buddy. 'Hoe is hij op het radarscherm van de chef verzeild geraakt?'

Lena liet haar vingers langs de bladzijden van het telefoonboek glijden. Ze vroeg zich af hoeveel ze Buddy Conford kon vertellen. Ze vroeg zich af of ze hem überhaupt wel iets kon vertellen.

Buddy was goed genoeg in zijn vak om te weten wat er nu zou komen. 'Als je tegen me liegt, maak je het me alleen maar moeilijker mijn werk te doen.'

'Hij heeft Chuck Gaines niet vermoord,' zei ze. 'Hij was daar helemaal niet bij betrokken. Hij is onschuldig.'

Buddy zuchtte diep. 'Beste meid, laat me je iets vertellen. Ál mijn klanten zijn onschuldig. Zelfs degene die uiteindelijk in een dodencel terecht is gekomen.' Hij maakte een geluid waaruit weerzin sprak. 'Vooràl degene die in de dodencel terecht is gekomen.'

'Deze is echt onschuldig, Buddy.'

'Dat zal wel,' zei hij. 'Misschien moeten we dit persoonlijk afhandelen. Kom je even op kantoor langs?'

Lena sloot haar ogen en probeerde zichzelf buitenshuis voor te stellen. Ze kon het niet opbrengen.

Buddy vroeg: 'Heb ik iets verkeerds gezegd?'

'Nee,' zei Lena. 'Kun je misschien hierheen komen?'

'Waar is hier?'

'Ik zit in het huis van Nan Thomas.' Ze gaf hem het adres, en hij herhaalde het voor haar.

'Op zijn vroegst over een paar uur,' zei hij. 'Ben je dan thuis?'

'Ja.'

Buddy zei: 'Dan zie ik je over een paar uur.'

Ze hing op en draaide het nummer van het politiebureau. Ze wist dat Jeffrey al het mogelijke zou doen om Ethan vast te houden, maar ze wist ook dat Ethan donders goed wist hoe de wet werkte.

'Politie Grant,' zei Frank.

Lena moest zichzelf dwingen niet op te hangen. Ze schraapte haar keel en probeerde haar stem normaal te laten klinken.

Ze zei: 'Frank? Met Lena.'

Hij zei niets.

'Ik ben op zoek naar Ethan.'

'O ja?' bromde hij. 'Nou, die is hier niet.'

'Weet je misschien waar...'

Hij sloeg de hoorn zo hard op de haak dat het geluid in Lena's oor echode.

'Shit,' zei ze, en begon toen zo hard te hoesten dat ze dacht dat haar longen naar buiten kwamen. Ze liep naar het aanrecht en dronk een glas water. Het duurde even voordat de hoestbui achter de rug was. Ze begon laden open te trekken, zoekend naar een hoestmiddeltje om haar keel te smeren, maar vond niets. Ze vond in het kastje boven het fornuis wel een flesje Advil en stopte drie capsules in haar mond. Er vielen nog meer capsules uit en ze probeerde ze op te vangen, maar sloeg met haar pijnlijke pols tegen de koelkast. Ze zag sterretjes van de pijn, maar ademde erdoorheen.

Toen ze weer aan tafel zat probeerde ze te bedenken waar Ethan heen zou gaan als hij zou zijn vrijgelaten. Ze kende zijn nummer in het slaapgebouw niet en wist dat het geen zin had het kantoor van de campus te bellen om het te krijgen. Omdat ze de afgelopen nacht achter de tralies had gezeten betwijfelde Lena of iemand haar zou willen helpen.

Twee avonden geleden had ze haar antwoordapparaat ingeschakeld voor het geval dat Jill Rosen zou terugbellen. Lena pakte de telefoon en draaide haar eigen nummer in de hoop dat ze het apparaat goed had aangesloten. Het toestel ging drie keer over voordat ze werd begroet door haar eigen stem, die vreemd en hard klonk. Ze toetste de code in om haar eigen berichten af te luisteren. Het eerste was van haar oom Hank, die zei dat hij zomaar belde en blij was dat ze uiteindelijk toch had besloten een antwoordapparaat aan te schaffen. Het volgende was van Nan, die erg bezorgd klonk en Lena vroeg haar zo snel mogelijk terug te bellen. Het laatste bericht was van Ethan.

'Lena,' zei hij. 'Ga nergens heen. Ik ben naar je op zoek.'

Ze drukte op de 3 om het bericht nog eens af te spelen. Er zat geen datum- of dagaanduiding bij het bericht, omdat ze te gierig was geweest de tien dollar extra uit te geven, en toets 3 herhaalde alle berichten, niet alleen het laatste, zodat ze gedwongen was ook weer naar Hank en Nan te luisteren.

'Ga nergens heen. Ik ben naar je op zoek.'

Ze toetste nogmaals de 3 in en hoorde weer de eerste twee berichten voordat ze Ethans stem hoorde. Lena drukte de hoorn dichter tegen haar oor en probeerde de toon van zijn stem te ontcijferen. Hij klonk boos, maar dat was niets nieuws.

Ze luisterde net voor de vierde keer naar het bericht toen er op de deur werd geklopt.

'Richard,' mompelde ze. Ze keek omlaag wat ze aanhad en besefte dat ze nog steeds de blauwe pyjama aanhad. 'Godver.'

De draadloze telefoon piepte twee keer snel achter elkaar en op het led-schermpje zag ik dat de batterij bijna leeg was. Lena drukte op de 5-toets in de hoop dat het bericht van Ethan zo zou worden bewaard.

Ze liep de zitkamer in en deed de telefoon in de lader. Bij de voordeur stond een donkere gedaante; de contouren van zijn lichaam waren zichtbaar door de gordijnen. Ze riep: 'Ik kom zo,' waardoor haar keel weer pijn ging doen.

In Nans slaapkamer zocht ze iets om aan te trekken. Het enige dat ze vond was een roze badstoffen kamerjas, die even belachelijk was als de blauwe pyjama. Lena liep naar de kast in de hal en pakte een jasje. Ze trok het aan terwijl ze naar de voordeur liep.

'Nog even,' zei ze terwijl ze de stoel weghaalde. Ze trok de grendel weg en opende de deur, maar er stond niemand.

'Hallo?' zei Lena terwijl ze de veranda op liep. Ook daar stond niemand. De oprijlaan was leeg.

Ze hoorde de alarminstallatie binnen piepen en wist opeens weer dat Nan hem had ingeschakeld voordat ze was vertrokken. Het alarm had een vertrager van twintig seconden, en Lena rende weer naar binnen en toetste net op tijd de code in.

Ze liep net naar de keuken toen ze bij het geluid van brekend glas abrupt bleef staan. Het gordijn van de keukendeur bewoog, maar niet van de wind. Er werd een hand naar binnen gestoken, die naar de sleutel tastte. Lena stond een paar seconden verlamd toe te kijken, tot de paniek toesloeg en ze de gang op rende.

Er klonken krakende voetstappen op de keukenvloer. Ze dook de tweede slaapkamer in en verstopte zich tussen de openstaande deur en de muur terwijl ze door de kier de gang in keek. De inbreker liep met doelgerichte passen door het huis; zijn zware schoenen bonkten op de houten vloer. In de gang bleef hij staan en keek naar links en daarna naar rechts. Lena kon zijn gezicht niet zien, maar zag wel dat hij een zwart overhemd en een spijkerbroek droeg.

Ze kneep haar ogen dicht en hield haar adem in terwijl de man naar de tweede slaapkamer liep. Ze drukte haar rug zo hard mogelijk tegen de muur en probeerde zich onzichtbaar te maken achter de deur.

Toen ze haar ogen weer open durfde te doen stond hij met zijn rug naar haar toe. Lena kon alleen maar naar hem staren. Ze had zeker geweten dat de man Ethan was, maar de schouders waren te breed, het haar was te lang.

De kast zat van de vloer tot het plafond vol met dozen. De inbreker begon ze een voor een naar buiten te trekken en las de etiketten voordat hij de dozen netjes op de vloer opstapelde. Het leek wel of er uren waren verstreken toen hij eindelijk vond wat hij zocht. Terwijl hij op zijn knieën voor de doos zat kon Lena zijn profiel zien. Ze herkende Richard Carter onmiddellijk.

Lena dacht aan de Glock in Nans kamer. Richard stond met zijn rug naar haar toe, en als ze heel zachtjes deed kon ze misschien de deur door sluipen en zich in Nans kamer opsluiten.

Ze hield haar adem in en kwam achter de deur vandaan. Ze schoof net langzaam de kamer uit toen Richard haar aanwezigheid voelde. Hij draaide zijn hoofd met een ruk om en stond in een flits op. Withete woede laaide op in zijn ogen maar maakte al snel plaats voor opluchting. Hij zei: 'Lena.'

'Wat doe jij hier?' vroeg ze met een stem waarvan ze hoopte dat hij vastberaden klonk. Haar keel kraste bij elk woord dat ze zei, en ze wist zeker dat hij de angst kon horen.

Hij fronste zijn voorhoofd, duidelijk uit zijn evenwicht gebracht door haar boosheid. 'Wat is er met jou gebeurd?'

Lena bracht haar hand naar haar gezicht en wist het weer. 'Ik ben gevallen.'

'Alweer?' Richard glimlachte treurig. 'Zo viel ik zelf ook altijd. Ik zei je al dat ik wist wat het was. Ik heb hetzelfde meegemaakt.'

'Ik weet niet waar je het over hebt.'

'Heeft Sibyl je de verhalen nooit verteld?' vroeg hij, waarna hij glimlachte. 'Nee, natuurlijk zou ze geen geheimen vertellen. Zo was ze niet.'

'Wat voor geheimen?' vroeg Lena, die achter zich tastte en probeerde de deuropening te vinden.

'Familiegeheimen.'

Hij deed een stap in haar richting en Lena deed een stap achteruit.

'Het gaat er vreemd aan toe met sommige vrouwen,' zei hij. 'Ze maken zich los van de ene mishandelaar en rennen met open armen de volgende tegemoet. Het lijkt wel alsof ze het diep in hun hart zo willen. Ze kunnen geen liefde voelen, tenzij ze in elkaar worden geslagen.'

'Waar heb je het over?'

'Niet over jou, natuurlijk.' Hij wachtte zo lang dat duidelijk werd dat hij het inderdaad zo bedoelde. 'Mijn moeder,' zei hij. 'Of, specifieker: mijn stiefvaders. Ik heb er verschillende gehad.'

Lena deed weer een kleine stap achteruit, waarbij haar schouder langs de deurstijl streek. Ze boog haar linkerarm, zodat het verband de glazen knop niet raakte. 'Hebben ze je geslagen?'

'Allemaal,' zei Richard. 'Ze begonnen met haar, maar daarna kwamen ze steeds weer bij mij uit. Ze wisten dat er iets mis met me was.'

'Er is niets mis met je.'

'Natuurlijk wel,' zei Richard. 'De mensen voelen het. Ze weten het als je ze nodig hebt, en daar straffen ze je voor.'

'Richard...'

'Weet je wat zo gek is? Mijn moeder beschermde ze altijd. Ze maakte me altijd duidelijk dat zij voor haar belangrijker waren dan ik.' Hij lachte droevig. 'En dan draaide ze zich om en gaf ze een beurt. Geen enkele was ooit zo goed als degene die haar was ontsnapt.'

'Wie?' vroeg Lena. 'Wie was er ontsnapt?'

Hij kwam langzaam op haar af. 'Brian Keller.' Hij lachte om haar verbaasde gezicht. 'Dit mogen we aan niemand vertellen.'

'Waarom niet?'

'Vanwege die flikkerzoon uit zijn eerste huwelijk?' zei Richard. 'Hij zei dat hij geen woord meer tegen me zou zeggen als ik het iemand zou vertellen. Hij zou me volledig buitensluiten uit zijn leven.'

'Wat erg,' zei Lena, die weer een stap achteruit deed. Ze stond nu bijna een meter in de gang en vocht tegen haar instinctieve opwelling weg te rennen. De blik in Richards ogen maakte duidelijk dat hij achter haar aan zou gaan. 'Ik verwacht zo meteen de advocaat. Ik moet me gaan aankleden.'

'Beweeg je niet, Lena.'

'Richard...'

'Ik meen het,' zei hij; hij stond minder dan dertig centimeter van haar vandaan. Zijn schouders waren gespannen en ze voelde dat Richard haar werkelijk pijn kon doen als hij ertoe besloot. 'Geen centimeter.'

Ze stond stil, hield haar linkerarm voor haar borst en probeerde te bedenken wat ze kon doen. Hij was minstens twee keer zo groot als zij. Ze had nooit opgemerkt hoe fors hij was, misschien omdat ze hem nooit als een bedreiging had gezien.

Ze zei weer: 'De advocaat is dadelijk hier.'

Richard reikte over haar schouder heen en deed het licht in de gang aan. Hij bekeek haar van top tot teen en registreerde de sneden en blauwe plekken. 'Kijk nou toch eens,' zei hij. 'Jij weet wat het is als iemand het op je voorzien heeft.' Hij glimlachte sluw tegen haar. 'Zoals Chuck.'

'Wat weet jij van Chuck?'

'Alleen dat hij dood is,' zei Richard. 'En dat de wereld zonder hem een prettigere plek is.'

Lena probeerde te slikken, maar haar keel was te droog. 'Ik snap niet wat je van me wilt.'

'Samenwerking,' zei hij. 'We kunnen elkaar helpen. We kunnen elkaar heel erg helpen.'

'Ik zie niet hoe.'

'Je weet hoe het is om altijd op de tweede plaats te komen,' zei hij. 'Sibyl praatte er nooit over, maar ik weet dat je oom haar voortrok.'

Lena reageerde niet, maar in haar hart wist ze dat het waar was.

'Andy is altijd Brians lievelingskind geweest. Hij was om te beginnen de reden dat ze uit de stad zijn weggegaan. Hij was de reden dat ze mij bij mijn moeder achterlieten, en Kyle en Buddy en Jack en Troy en iedere andere klootzak die het leuk vond dronken te worden en die kleine flikkerzoon van Esther Carter in elkaar te slaan.'

'Heb jij hem vermoord?' vroeg Lena. 'Heb jij Andy vermoord?'

'Andy chanteerde hem. Hij wist dat Brian niet zelf op het idee was gekomen, laat staan dat hij het onderzoek had kunnen doen.'

'Welk idee?'

'Sibyls idee. Ze stond op het punt haar onderzoek aan het comité voor te leggen toen ze vermoord werd.'

Lena wierp een blik op de dozen. 'Zijn dat haar aantekeningen?'

'Haar onderzoek,' verduidelijkte hij. 'Het enige bewijs dat het haar onderzoek was.' Er trok een treurige uitdrukking over zijn gezicht. 'Ze was zo briljant, Lena. Ik wou dat je begreep hoeveel talent ze had.'

Lena kon haar boosheid niet verbergen. 'En jij hebt haar idee gestolen.'

'Ik heb bij elke stap met haar samengewerkt,' verdedigde hij zich. 'En toen ze er niet meer was, was ik de enige die ervan wist. Ik was de enige die ervoor kon zorgen dat haar werk zou worden voortgezet.'

'Hoe kon je haar dat aandoen?' vroeg Lena, omdat ze wist dat Richard veel om Sibyl had gegeven. 'Hoe kon jij je de eer voor haar werk toe-eigenen?'

'Ik was het zat, Lena. Vooral jij zou moeten begrijpen dat ik het zat was voortdurend tweede keus te zijn. Ik was het zat toe te moeten kijken hoe Brian alles aan Andy verspilde, terwijl ik voortdurend in de buurt was en bereid was alles voor hem te doen, wat het me ook zou kosten.' Hij sloeg met zijn vuist in zijn hand. 'Ik was de goede zoon. Ik was degene die Sibyls aantekeningen voor hem vertaalde. Ik was degene die ze hem bracht, zodat we er samen aan konden werken en iets tot stand konden brengen wat...' Hij zweeg; zijn lippen werden een smalle lijn terwijl hij probeerde zijn emoties in bedwang te houden. 'Andy gaf geen zier om hem. Het enige dat hem interesseerde was welke auto hij kon krijgen of welke cd-speler of welk videospelletje. Meer was Brian niet voor hem: een geldautomaat.' Hij probeerde haar te overtuigen. 'Hij chanteerde ons. Ons allebei. Ja, ik heb hem vermoord. Ik heb hem vermoord omwille van mijn vader.'

Lena kon alleen maar vragen: 'Hoe?'

'Hij wist dat Brian het niet kon,' zei Richard, op de dozen wijzend. 'Brian is niet bepaald een visionair.'

'Dat weet toch iedereen,' zei Lena, tot de kern van de zaak doordringend. 'Maar hoe wist hij het?'

Richard leek onder de indruk dat ze het allemaal al had gereconstrueerd. 'De eerste regel van wetenschappelijk onderzoek,' zei hij. 'Alles noteren.'

'Hield hij aantekeningen bij?'

'Journaals,' zei Richard. 'Hij noteerde iedere vergadering, ieder telefoongesprek, ieder idioot idee dat nergens toe leidde.'

'Heeft Andy die journaals gevonden?'

'Niet alleen de journaals – alle aantekeningen, alle inleidende gegevens. Transscripties van eerder onderzoek van Sibyl.' Richard zweeg even, zichtbaar kwaad. 'Brian noteerde letterlijk alles in die journaals, en hij liet ze gewoon rondslingeren zodat Andy ze kon vinden, en natuurlijk was Andy's eerste reactie niet: "O, papa, laat me die terugbrengen," maar: "Hmm, hoe kan ik hier meer geld uit slaan?"'

'Heb je hem zo kunnen overhalen op de brug met je af te spreken?'

'Slim bedacht,' zei hij. 'Ja. Ik heb hem gezegd dat ik hem het geld zou geven. Ik wist dat hij er nooit mee zou ophouden. Hij zou gewoon steeds meer geld vragen, en wie weet met wie hij erover zou praten?' Richard liet een wanhopig snuivend geluid horen. 'Het enige waar Andy ooit om gegeven heeft was zichzelf en hoe hij aan zijn volgende kick zou komen. Hij was niet te vertrouwen. Voor hem was het altijd nemen, nemen, nemen, en alles waarvoor ik werkte, alle offers die ik me heb getroost om mijn vader te *helpen*, mijn vader iets te geven waaraan hij kon werken en waarop hij trots zou kunnen zijn – waarop *we* trots zouden kunnen zijn – zou door dat kleine ondankbare stuk stront gewoon worden opgerookt.'

De haat in zijn stem benam Lena de adem. Ze kon er zich alleen maar een vaag beeld van vormen hoe Andy zich moest hebben gevoeld toen hij door Richard op de brug in de val was gelokt.

'Ik had hem veel pijn kunnen doen.' Richard matigde zijn toon in een kennelijke poging redelijk te klinken. 'Ik had hem kunnen straffen voor wat hij me aandeed – wat hij de relatie aandeed die ik met mijn vader probeerde op te bouwen – maar ik koos ervoor menselijk te zijn.'

'Hij moet doodsbang zijn geweest.'

'Hij zat zo vol met Tidy Bowl dat hij nauwelijks uit zijn ogen kon kijken,' zei Richard walgend. 'Ik hield hem gewoon overeind met mijn hand,' – hij hield zijn hand een paar centimeter voor Lena's borst – 'duwde hem zachtjes tegen de reling en gaf hem een injectie met succynilcholine. Weet je wat dat is?'

Ze schudde haar hoofd, biddend dat hij zijn hand zou terugtrekken.

'We gebruiken het in het lab om dieren af te maken. Je raakt ervan verlamd – het verlamt alles. Hij zakte gewoon als een pop in mijn armen in elkaar en hield op met ademen.' Richard ademde diep in en zijn ogen gingen wijd open van verbazing om duidelijk te maken hoe Andy had gereageerd. 'Ik had hem kunnen laten lijden. Ik had het afschuwelijk kunnen maken, maar dat heb ik niet gedaan.'

'Ze komen erachter, Richard.'

Eindelijk liet hij zijn hand zakken. 'Het is niet traceerbaar.'

'Toch komen ze erachter.'

'Wie?'

'De politie,' zei ze. 'Ze weten dat het moord is.'

'Dat heb ik gehoord,' zei hij, maar hij leek zich niet bedreigd te voelen.

'Ze komen bij jou uit.'

'Hoe?' vroeg hij. 'Ze hebben geen enkele reden om mij te verdenken. Brian zal niet eens toegeven dat ik zijn zoon ben, en ook al zou Jill haar kop niet in het zand steken, ze is te bang om iets te zeggen.'

'Bang waarvoor?'

'Voor Brian,' zei Richard, alsof dat voor de hand lag. 'Bang voor zijn vuisten.'

'Slaat hij zijn vrouw dan?' vroeg Lena. Ze kon niet geloven dat dit waar was. Jill Rosen was sterk. Ze was niet het type dat ook maar iets van iemand zou accepteren.

Richard zei: 'Natuurlijk slaat hij haar.'

'Jill Rosen?' vroeg ze, nog steeds ongelovig. 'Slaat hij Jill?'

'Al jaren,' zei hij. 'En ze is bij hem gebleven omdat niemand haar heeft geholpen zoals ik jou kan helpen.'

'Ik heb geen hulp nodig.'

'Jawel, je hebt wel hulp nodig,' zei hij. 'Denk je nu echt dat hij je gewoon zal laten gaan?'

'Wie?'

'Je weet wie.'

Lena viel hem in de rede. 'Ik weet niet waar je het over hebt.'

'Ik weet hoe moeilijk het is om weg te komen,' zei hij, terwijl hij zijn hand tegen zijn borst legde. 'Ik weet dat je zoiets niet zelf kunt.'

Ze schudde haar hoofd.

'Laat mij hem voor mijn rekening nemen, voor jou.'

'Nee,' zei ze terwijl ze een stap achteruit deed.

'Ik kan ervoor zorgen dat het eruitziet als een ongeluk,' zei hij, terwijl hij de ruimte tussen hen weer verkleinde.

'Zeg dat wel, je hebt het tot nu toe prachtig gedaan.'

'Je zou me een advies kunnen geven,' zei hij, en hij stak zijn hand op zodat ze hem niet zou onderbreken. 'Een klein advies, meer niet. We kunnen elkaar helpen hieruit te komen.'

'Hoe kun je me helpen?'

'Door hem uit de weg te ruimen,' zei Richard, en hij moest iets in haar ogen hebben gezien, want hij glimlachte treurig. 'Je weet het, hè? Je weet dat het de enige manier is om hem ooit uit je leven weg te krijgen.'

Lena staarde hem aan. 'Waarom heb je Ellen Schaffer vermoord?'

'Lena toch!'

'Zeg me waarom,' drong ze aan. 'Ik moet weten waarom.'

Richard wachtte even voordat hij zei: 'Ze keek me recht aan, daar in het bos. Ze keek me aan terwijl ze de politie belde. Ik wist dat het alleen maar een kwestie van tijd was voordat ze het zou vertellen.'

'En Scooter?'

'Waarom doe je dit?' vroeg Richard. 'Denk je nou echt dat ik een uitgebreide bekentenis zal afleggen, zodat je me kunt arresteren?'

'We weten allebei dat ik je niet kan arresteren.'

'Kun je dat dan niet?'

'Kijk mij nou,' zei ze. Ze stak haar armen uit om hem duidelijk te maken hoe ze eraan toe was. 'Jij weet beter dan wie ook waar ik allemaal bij betrokken ben. Dacht je dat ze naar mij zullen luisteren?' Ze legde haar hand op haar gekneusde hals. 'Ze zouden me maar nauwelijks verstaan.'

Hij glimlachte flauw, zijn hoofd schuddend alsof hij wilde zeggen dat hij zich niet in de maling zou laten nemen.

'Ik moet het weten, Richard. Ik moet weten of ik je kan vertrouwen.'

Hij keek haar behoedzaam aan, probeerde te besluiten of hij door moest gaan. Uiteindelijk zei hij: 'Dat van Scooter heb ik niet gedaan.'

'Weet je dat zeker?'

'Natuurlijk weet ik dat zeker.' Richard rolde met zijn ogen, heel even de meisjesachtige Richard die ze van daarvoor kende. 'Ik hoorde dat hij aan wurgseks deed. Wie is er nou zo stom dat nog steeds te doen?'

Lena negeerde zijn meisjesachtige minachting omdat deze haar in de verleiding bracht haar behoedzaamheid te laten varen. 'En Tessa Linton?'

'Die had die tas,' zei hij plotseling geagiteerd. 'Ze raapte dingen op, daar op de heuvel. Ik kon dat kettinkje niet vinden. Ik wilde dat kettinkje. Het was een symbool.'

'Die davidsster?' vroeg ze, terwijl ze zich herinnerde hoe Jill zich er in de bibliotheek aan had vastgeklampt. Het leek wel een mensenleven geleden.

'Ze hadden er allebei een. Jill heeft ze vorig jaar gekocht, een voor Brian en een voor Andy. Vader en zoon.' Hij ademde zwaar uit. 'Brian droeg hem elke dag. Denk je dat hij dat voor mij zou doen?'

'Je hebt Tess Linton neergestoken omdat je dacht dat zij dat kettinkje had?'

'Ze had me op de een of andere manier herkend. Ik zag haar het een met het ander combineren. Ze wist waarom ik daar was. Ze wist dat ik Andy had vermoord.' Richard zweeg even, als om zijn gedachten te ordenen. 'Ze begon tegen me te schreeuwen. Te krijsen. Ik moest haar de mond snoeren.' Hij veegde zijn gezicht met zijn handen af; zijn zelfbeheersing begon het te begeven. 'O, Jezus, dat was moeilijk. Het was ontzettend moeilijk om dat te doen.' Hij keek naar de vloer en ze voelde zijn wroeging. 'Ik kan niet geloven dat ik dat moest doen. Het was zo afschuwelijk. Ik was daar blijven rondhangen om te zien wat er zou gebeuren en...' Zijn stem stierf weg en hij zweeg, alsof hij wilde dat Lena zei dat het goed was, dat hij geen keus had gehad.

Hij zei: 'Hoe wil je dit aanpakken?'

Lena gaf geen antwoord.

'Hoe wil je dat ik hem uit de weg ruim?' vroeg Richard. 'Ik kan hem laten lijden, Lena. Ik kan hem pijn doen, net zoals hij jou pijn heeft gedaan.'

Lena kon nog steeds niet antwoorden. Ze keek naar haar handen, denkend aan Ethan in de koffieshop en hoe boos ze was geweest toen hij haar pijn had gedaan. Ze had het hem betaald willen zetten, hem willen laten lijden voor alle pijn die hij had veroorzaakt.

Richard tikte zachtjes met zijn vinger op het verband om haar arm. 'Daar heb ik er meer dan genoeg van gedragen toen ik klein was.'

Ze wreef over het verband. Het litteken op haar hand was nog steeds rood, met opgedroogd bloed aan de randen. Ze plukte eraan terwijl Richard haar zijn plan uitlegde.

'Je hoeft helemaal niets te doen,' zei hij. 'Ik garandeer je dat ik voor alles zal zorgen. Ik heb al eerder vrouwen als jij geholpen, Lena. Zeg het maar, en dan zal ik zorgen dat hij verdwijnt.'

Ze voelde dat het korstje meegaf onder haar nagels, terug rolde als het etiketje op een sinaasappel. 'Hoe?' fluisterde ze terwijl ze met de rand van de huid speelde. 'Hoe zou je het aanpakken?'

Ook Richard keek naar haar handen. 'Zal het ergens toe dienen?' vroeg hij. 'Zal het ook betekenen dat je jezelf geen pijn meer doet?'

Ze hield haar rechterarm om het verband geklemd en haar arm laag tegen haar middel en zei knikkend: 'Ik wil gewoon dat hij uit mijn leven verdwijnt. Ik wil gewoon weg.'

'O, Lena.' Hij legde zijn vingers onder haar kin, probeerde haar te dwingen omhoog te kijken. Toen ze niet bewoog bukte hij zich en legde met zijn gezicht dicht bij het hare zijn handen op haar schouders. 'We slaan ons er wel doorheen,' zei hij. 'Dat beloof ik je. Samen kunnen we het.'

Met beide handen ramde Lena het kunststofverband zo hard mogelijk tegen zijn keel. Het verband brak onder zijn kaak, zijn tanden sloegen in zijn tong en zijn hoofd werd als een zweep achterovergeslagen. Richard wankelde achteruit en zijn armen maaiden wild rond terwijl hij hard tegen de deurlijst viel. Ze schoot door de gang naar Nans kamer, sloeg de deur achter zich dicht en schoof het grendeltje ervoor vlak voordat Richard aan de andere kant de knop omdraaide.

Nans pistool lag onder het bed. Lena liet zich op haar knieën vallen en trok de doos naar zich toe. Het kunststofverband was aan het uiteinde gespleten, en het lukte haar met beide handen het magazijn in het pistool te schuiven en de veiligheidspin los te zetten voordat Richard dwars door de deur naar binnen kwam. Hij was zo snel dat hij over haar struikelde en het pistool uit Lena's hand sloeg. Ze probeerde op haar knieën het wapen weer te pakken te krijgen, maar hij was sneller dan zij. Ze stond met haar handen in de lucht langzaam op terwijl hij het pistool op haar borst richtte.

'Ga op het bed liggen,' zei hij terwijl bloed en speeksel uit zijn mond sproeiden. Zijn woorden klonken dik vanwege de beet in zijn tong, en hij ademde moeizaam alsof hij niet genoeg lucht kreeg. Hij hield het pistool op haar gericht, legde zijn vrije hand tegen zijn keel en hoestte. 'Ik had je kunnen helpen, stom kutwijf.'

Lena bleef staan waar ze stond.

Ondanks zijn verwondingen vulde zijn stem de kamer: 'Ga op dat klotebed liggen!'

Toen ze nog steeds niet in beweging kwam hief Richard zijn hand om haar een klap te geven.

Ze deed wat haar gezegd werd en ging met haar hoofd op het kussen op haar rug liggen. 'Je hoeft dit niet te doen.'

Richard nam kalm op het bed plaats en ging schrijlings op haar benen zitten zodat ze zich niet kon verroeren. Er druppelde bloed uit zijn mond en hij veegde het met zijn mouw weg. 'Geef me je hand.'

'Doe dit niet.'

'Ik kan je niet buiten westen slaan,' zei hij, en ze wist dat het enige gewetensbezwaar dat Richard voelde veroorzaakt werd door het feit dat ze bij bewustzijn was, wat het voor hem dus moeilijker maakte. 'Leg je hand op het pistool.'

'Dit wil je helemaal niet.'

'Je hand op het pistool, godverdomme!'

Toen ze niet gehoorzaamde greep Richard haar hand en dwong deze om het pistool heen. Ze probeerde de Glock weg te duwen, maar Richard was in het voordeel doordat hij boven haar uittorende. Hij drukte de loop tegen haar hoofd.

Ze zei: 'Doe dit niet.'

Richard aarzelde een halve seconde en haalde de trekker over.

Glasscherven regenden omlaag, en Lena hield in een poging zich te beschermen haar handen boven haar hoofd terwijl het raam boven haar explodeerde.

Richard werd achterover op de vloer gesmeten. Zo was het gebeurd: het raam versplinterde, en hij lag op de vloer. Boven haar bevond zich een lege ruimte, niets dan de ventilator aan het plafond in Lena's zichtlijn. Ze ging overeind zitten om Richard te zien. Er zat een groot gat in zijn borst en om hem heen vormde zich een poel van bloed.

Ze draaide zich om en keek achter zich. Aan de andere kant van het verbrijzelde raam stond Frank, zijn pistool nog steeds op Richard gericht. De dreiging was onnodig. Richard was dood.

Zeventien

Sara zat met de telefoon tussen haar schouder en haar oor geklemd aan Masons bureau terwijl ze luisterde naar Jeffreys beschrijving van wat er in het huis van Nan Thomas was gebeurd.

'Frank gooide de hoorn op de haak toen Lena het bureau belde. Hij voelde zich schuldig en ging naar haar toe om met haar te praten,' legde Jeffrey uit. 'Toen hoorde hij Richard schreeuwen en rende naar achteren.'

'Gaat het een beetje met Lena?'

'Ja,' zei hij, maar aan zijn stem hoorde ze dat het niet ging. 'Als Richard had geweten hoe hij het pistool had moeten laden zou ze nu dood zijn geweest.'

Sara leunde achterover en probeerde zijn hele verhaal te verwerken. 'Heeft Brian Keller al iets gezegd?'

'Niets,' zei Jeffrey met iets van walging in zijn stem. 'Ik heb hem meegenomen voor ondervraging, maar een uur later was zijn vrouw hier met een advocaat.'

'Zijn vrouw?' vroeg Sara, die zich afvroeg hoe iemand zo zelfdestructief kon zijn.

'Inderdaad,' zei Jeffrey, en ze hoorde dat hij het met haar eens was. 'Zonder aanklacht kan ik hem niet vasthouden.'

'Hij heeft het onderzoek van Sibyl gestolen.'

'Ik heb vanochtend een afspraak met de officier van justitie en de aanklager van het college om precies te bekijken waarvan we hem kunnen beschuldigen. Ik neem aan dat het neerkomt op diefstal van intellectuele eigendom, misschien fraude. Het wordt een ingewikkelde zaak, maar we zullen hem hoe dan ook achter de tralies krijgen. Hij zal hiervoor boeten.' Hij zuchtte. 'Ik ben gewend gewone boeven te vangen. Deze witteboordencriminaliteit gaat me boven de pet.'

'Kun je niet bewijzen dat hij medeplichtig is geweest aan die moorden?'

'Dat is nu juist het probleem. Ik weet niet zeker of hij dat is,' zei Jeffrey. 'Volgens Lena heeft Richard ze allemaal voor zijn rekening genomen: Andy, Ellen Schaffer, Chuck.'

'Waarom Chuck?'

'Dat heeft hij niet precies uitgelegd. Hij probeerde gewoon haar aan zijn kant te krijgen. Ik denk dat hij haar wel mocht. Ik denk dat hij dacht dat hij haar kon helpen.'

Sara wist dat Richard Carter niet de eerste man zou zijn die probeerde Lena Adams te redden en spectaculair faalde. Ze vroeg: 'En William Dickson?'

'Een ongeluk, tenzij je iets kunt verzinnen om het Richard in de schoenen te schuiven.'

'Nee,' zei Sara. 'Heeft hij nooit iets gezegd waardoor Keller verdacht wordt?'

'Nooit.'

'Waarom heeft hij die leugen over die verhouding dan verzonnen?'

Jeffrey zuchtte weer, duidelijk wanhopig. 'Alleen maar om nog meer vuil naar boven te halen, denk ik. Of misschien heeft hij gedacht dat Brian hem dan te hulp zou komen. Wie zal het weten?'

'Succynilcholine zou op het lab achter slot en grendel moeten worden bewaard,' zei Sara behulpzaam. 'Er moet een journaal zijn waarin het gebruik wordt verantwoord. Je zou kunnen controleren wie er toegang toe had.'

'Daar ga ik achteraan,' zei hij. 'Maar als ze er allebei bij konden wordt het moeilijk om iets te bewijzen.' Jeffrey zweeg even. 'Ik moet zeggen, Sara, dat als Keller één van zijn zoons zou vermoorden, het Richard geweest zou zijn, en niet met een injectiespuit.'

'Het is een ellendige manier om te sterven,' zei ze, terwijl ze zich de laatste paar minuten van Andy Rosens leven voorstelde. 'Eerst zijn zijn armen en benen verlamd geraakt, en daarna zijn hart en longen. Het heeft geen uitwerking op de hersenen, dus heeft hij tot de laatste minuut volledig geweten wat er gebeurde.'

'Hoe lang zal het geduurd hebben?'

'Afhankelijk van de dosering twintig tot dertig seconden.'

'Jezus.'

'Ik weet het,' beaamde ze. 'En het is vrijwel onmogelijk het bij een lijkschouwing te vinden. Het lichaam breekt die stof te snel af. Tot ongeveer vijf jaar geleden hadden ze niet eens een methode om het te vinden.'

'Dat klinkt alsof het te duur is om erop te testen.'

'Als jij op de een of andere manier die succynilcholine met Keller in verband kunt brengen vind ik wel ergens in het budget geld om die test te doen. Desnoods betaal ik het zelf.'

'Ik zal doen wat ik kan,' zei Jeffrey, maar hij klonk niet hoopvol. 'Ik weet dat je je familie het nieuws wilt vertellen, maar zou je ermee willen wachten tot ik er ben om het Tessa te vertellen?'

'Natuurlijk,' zei Sara, maar ze aarzelde een seconde te lang.

Hij zweeg even alvorens te zeggen: 'Weet je wat? Ik heb hier toch een hoop werk te doen. Ik zie je wel.'

'Jeffrey...'

'Nee,' zei hij. 'Blijf jij nou maar daar bij je familie. Dat heb je op dit moment nodig: bij je familie zijn.'

'Dat is niet...'

'Kom, Sara,' zei hij, en ze hoorde aan zijn stem dat hij beledigd was. 'Wat zitten we nu precies te doen?'

'Ik weet het niet. Ik wilde alleen...' Sara zocht naar woorden, maar er kwam niets. 'Ik heb je gezegd dat ik tijd nodig heb.'

'Tijd zal er niets aan veranderen,' zei hij. 'Als we hier niet overheen kunnen komen, over wat ik vijf jaar geleden heb gedaan...'

'Nu is het net alsof ik me onredelijk gedraag.'

'Dat doe je niet,' zei hij. 'En ik probeer je niet op te jagen, ik probeer alleen...' Hij kreunde. 'Ik hou van je, Sara. Ik heb er genoeg van dat je elke ochtend het huis uit glipt. Ik heb genoeg van dat verdomde verstoppertje spelen, dat je half niet, half wel bij mijn leven hoort. Ik wil bij je zijn. Ik wil met je trouwen.'

'Met me trouwen?' lachte ze, alsof hij haar vroeg samen een wandelingetje op de maan te maken.

'Zo gechoqueerd hoef je nu ook weer niet te klinken.'

'Ik ben niet gechoqueerd. Ik ben alleen...' Weer kon ze geen woorden vinden. 'Jeff, we zijn al eens getrouwd geweest. En dat was niet bepaald een succes.'

'Nee,' zei hij. 'Daar was ik ook bij, weet je nog?'

'Waarom kunnen we niet gewoon doorgaan zoals nu?'

'Ik wil iets meer dan dat,' zei hij. 'Ik wil na een echte rotdag op mijn werk thuiskomen en dat jij me dan vraagt wat we eten. Ik wil midden in de nacht Bubba's waterbak omverschoppen. Ik wil 's morgens wakker worden van jouw gevloek omdat ik mijn suspensoir aan de deurknop heb laten hangen.'

Ze glimlachte ondanks zichzelf. 'Uit jouw mond klinkt het allemaal zo heerlijk romantisch.'

'Ik hou van je.'

'Dat weet ik,' zei ze, en ook al hield ze ook van hem, Sara kon zich er niet toe brengen het te zeggen. 'Wanneer kun je hier zijn?'

'Dat zal niet zo lang duren.'

'Ik wil dat jij het haar vertelt,' zei ze. Toen hij niet reageerde zei ze: 'Ze zullen vragen stellen die ik niet kan beantwoorden.'

'Jij weet evenveel als ik.'

'Ik geloof niet dat ik het ze kan vertellen,' zei ze. 'Ik denk niet dat ik daar nu de kracht voor heb.'

Hij wachtte even voordat hij zei: 'Om deze tijd van de dag kost het ongeveer vierenhalf uur.'

'Oké.' Sara gaf hem Tessa's kamernummer. Ze wilde ophangen maar zei toch nog: 'Zeg, Jeff?'

'Ja?'

Nu ze had voorkomen dat hij ophing wist Sara niet meer wat ze moest zeggen. 'Laat maar,' zei ze. 'Ik zie je hier wel.'

Hij gaf haar nog een paar seconden om iets meer te zeggen, maar toen ze het niet deed zei hij. 'Goed. Tot straks.'

Sara hing op met het gevoel dat ze zojuist boven een meer met krokodillen had gekoorddanst. Er was deze week zoveel gebeurd dat ze niet eens meer zou kunnen herhalen wat Jeffrey tegen haar had gezegd. Aan de ene kant wilde ze de telefoon weer oppakken en hem zeggen dat het haar speet, dat ze van hem hield, maar ook wilde ze hem bellen dat hij thuis moest blijven.

Ze hoorde dat er aan de andere kant van de deur artsen werden opgepiept en codes werden geroepen. Schimmige gedaanten liepen langs het glas; hun beelden flitsten als lantaarnplaatjes voorbij terwijl ze langsrenden om patiënten te helpen. Het was alsof er honderd jaar was verstreken sinds Sara hier als intern had gewerkt. Alles leek nu ingewikkelder, en hoewel ze zeker wist dat het leven nu even overweldigend was als toen ze jong was, kon Sara alleen maar met heimwee aan die tijd terugdenken. Haar leertijd als chirurg, het behandelen van kritieke gevallen waarvoor ze elk greintje discipline nodig had gehad, was even verslavend geweest als heroïne. Ze kreeg nog steeds een rush als ze aan werken bij Grady dacht. Op een bepaald moment in haar leven was het ziekenhuis belangrijker geweest dan lucht. Zelfs haar familieleden waren vergeleken daarbij verbleekt.

De beslissing om naar Grant terug te keren had destijds zo gemakkelijk geleken. Sara had bij haar familie willen zijn, had het nodig gehad, had terug gewild naar haar wortels, zich geborgen willen voelen, weer dochter en zuster willen zijn. De rol van kinderarts van het stadje had haar als een handschoen gepast, en ze wist dat het haar een zekere mate van gemoedsrust had geschonken om het stadje dat haar zoveel had gegeven toen ze er was opgegroeid iets terug te kunnen geven. Toch was er sinds Sara uit Atlanta was vertrokken geen week voorbijgegaan dat ze zich niet had afgevraagd hoe haar leven er zou hebben uitgezien als ze was gebleven. Ze had zich tot dit moment niet gerealiseerd hoe ze het miste.

Sara keek in Masons kamer om zich heen en vroeg zich af hoe het zou zijn om weer met hem te werken. Als intern was Mason ongelofelijk scrupuleus geweest, wat hem tot een erg goede chirurg maakte. In tegenstelling tot Sara liet hij deze karaktertrek ook meespelen in zijn persoonlijke leven. Hij was het soort man dat geen bord onafgewassen in de gootsteen kon laten staan en geen lading kleren in de droger kon laten kreuken. De eerste keer dat Mason haar thuis had opgezocht had hij bijna een beroerte gekregen toen hij de mand niet-opgevouwen kleren zag die al twee weken op de keukentafel stond. Toen Sara de volgende ochtend wakker was geworden had Mason alle kleren opgevouwen voordat hij om vijf uur aan zijn ochtenddienst was begonnen.

Toen er werd aangeklopt ontwaakte Sara uit haar dromerij.

'Binnen,' riep ze terwijl ze opstond.

Mason James opende de deur. In zijn ene hand had hij een pizzadoos en in de andere twee Coca-Cola's. 'Ik dacht dat je wel honger zou hebben,' zei hij.

'Altijd,' antwoordde ze, en ze pakte de cola's aan.

Mason legde een paar servetjes op de lage tafel en hield de pizza omhoog terwijl hij zei: 'Ik heb er ook een voor je familie gehaald.'

'Dat is lief van je,' zei ze en zette de blikjes neer om hem met de servetten te helpen.

Mason gaf haar de pizzadoos, zodat hij de servetten onder de blikjes kon doen. 'Je was gek op die tent toen je op de opleiding zat.'

'Shroomies,' las ze van het deksel van de doos. 'Echt waar?'

'Je at daar om de haverklap.' Hij wreef in zijn handen. 'Voilà.'

Sara keek naar de tafel. Hij had de servetten in een volmaakt vierkant gelegd. Ze gaf hem de doos. 'Alsjeblieft, dan kun jij hem goed neerzetten.'

Hij lachte. 'Sommige dingen veranderen nooit.'

'Nee,' beaamde ze.

'Je zus gaat goed vooruit,' zei hij terwijl hij de doos precies haaks op de tafel zette. 'Ze beweegt een heel stuk beter dan gisteren.'

Sara ging op de bank zitten. 'Volgens mij heeft mijn moeder haar achter haar vodden gezeten.'

'Dat zie ik Cathy inderdaad wel doen.' Hij sloeg een servet open en legde het op haar schoot. 'Heb je de bloemen gekregen?'

'Ja,' zei ze. 'Dank je. Ze zijn prachtig.'

Hij trok de blikjes open. 'Ik wilde je alleen laten weten dat ik aan je dacht.'

Sara speelde met haar servet, niet wetend wat ze moest zeggen.

'Sara,' begon Mason terwijl hij zijn arm achter haar schouders over de bank legde. 'Ik ben altijd van je blijven houden.'

Ze voelde zich blozen van gêne, maar voordat ze kon reageren boog hij zich naar haar over en kuste haar. Tot haar verbazing kuste Sara hem terug. Voordat ze wist wat er gebeurde schoof Mason naar haar toe en duwde haar zachtjes achterover op de bank tot hij op haar lag. Zijn handen zwierven omhoog over haar blouse terwijl hij zijn lichaam tegen het hare drukte. Ze sloeg haar armen om hem heen, maar in plaats van dat ze de gedachteloze euforie binnengleed die ze normaal op een dergelijk moment voelde kon Sara alleen maar denken dat degene die ze in haar armen hield niet Jeffrey was.

'Wacht,' zei ze terwijl ze zijn hand aan de knoop van haar broek tegenhield.

Hij ging zo snel overeind zitten dat zijn hoofd tegen de muur achter de bank bonsde. 'Het spijt me.'

'Nee,' zei ze terwijl ze haar blouse dichtknoopte; ze voelde zich als een tiener die net achter in een bioscoop was betrapt. 'Het spijt mij.'

'Je hoeft je niet te excuseren,' zei hij terwijl hij zijn benen over elkaar sloeg.

'Nee, ik...'

Hij schudde met zijn voet. 'Dat had ik niet moeten doen.'

'Niets aan de hand,' zei ze. 'Ik liet me ook niet onbetuigd.'

'Zeg dat wel,' zei hij terwijl hij met een korte stoot uitademde. 'God, ik wil je.'

Sara slikte; ze had het gevoel dat ze te veel speeksel in haar mond had.

Hij draaide zich naar haar om. 'Je bent zo fantastisch, Sara. Misschien ben je dat wel vergeten.'

'Mason...'

'Je bent gewoon ongelofelijk.'

Ze voelde dat ze bloosde, en hij stak zijn hand uit en streek haar haar achter haar oor.

'Mason,' herhaalde ze terwijl ze haar hand over de zijne legde.

Hij boog zich weer voorover om haar te kussen, en ze draaide haar hoofd van hem weg.

Mason trok zich de tweede keer even snel terug.

Sara zei: 'Het spijt me. Ik...'

'Je hoeft het niet uit te leggen.'

'Jawel, Mason. Ik moet je vertellen...'

'Echt, het hoeft niet.'

'Stil even,' zei ze streng, en ze begon aan een chaotische verklaring. 'Ik ben alleen maar met Jeffrey geweest. Ik bedoel, sinds ik uit Atlanta ben weggegaan.' Ze schoof een eindje van hem af, bang dat hij haar weer zou kussen als ze te dicht bij hem zou blijven zitten. En erger: dat ze de kus zou beantwoorden. 'Hij is sindsdien de enige geweest.'

'Dat klinkt als een gewoonte.'

'Misschien is het dat ook wel,' zei ze, zijn hand pakkend. 'Misschien... Ik weet het niet. Maar dit is niet de manier om ermee op te houden.'

Hij staarde naar zijn handen.

Ze zei: 'Hij heeft me bedrogen.'

'Dan is hij knap stom.'

'Ja,' beaamde ze. 'Dat is hij soms, maar ik probeer je duidelijk te maken dat ik weet hoe dat voelt, en ik ben niet van plan verantwoordelijk te zijn voor dat gevoel bij iemand anders.'

'Iemand iets betaald zetten is alleen maar redelijk.'

'Het is geen spelletje,' zei ze, en bracht hem in herinnering: 'En jij bent nog steeds getrouwd, Holiday Inn of niet.'

Hij knikte. 'Je hebt gelijk.'

Ze had niet verwacht dat hij zo gemakkelijk zou opgeven, maar Sara was dan ook gewend aan Jeffreys koppige vasthoudendheid, niet aan Masons achteloze kalmte. Nu wist ze weer waarom het zo gemakkelijk was Mason achter je te laten, zoals alles wat ze in Atlanta achter zich had gelaten. Er sprong geen vonk tussen hen over. Mason had nooit in zijn leven ergens voor hoeven vechten. Ze wist niet eens zeker of hij haar nu werkelijk zo graag wilde of dat hij het alleen maar gemakkelijk vond.

Sara zei: 'Ik ga kijken hoe het met Tess is.'

'Waarom zou ik je niet even bellen?'

Als hij het anders had geformuleerd had ze misschien ja gezegd. Maar nu zei ze: 'Doe maar niet.'

'Oké,' zei Mason met een van zijn soepele glimlachjes.

Ze stond op om te vertrekken, en hij zei pas weer iets toen ze de deur uit liep.

'Sara?' Hij wachtte tot ze zich omdraaide. Hij zat achterovergeleund op de bank, zijn arm nog steeds over de rugleuning, zijn benen nonchalant over elkaar geslagen. 'Zeg tegen je ouders dat ik heb gezegd dat je goed op jezelf moet passen.'

'Ik zal het zeggen,' zei ze en sloot de deur.

Sara stond bij het raam in de kamer van haar zuster en keek hoe het verkeer over de doorgaande weg door het centrum voortkroop. Tessa's rustige ademhaling achter haar was de zoetste muziek die Sara ooit had gehoord. Elke keer dat ze naar haar zuster keek moest ze haar uiterste best doen om niet bij haar in bed te kruipen, alleen maar om haar vast te houden en te weten dat ze veilig was.

Cathy kwam met een kop thee in elke hand de kamer binnen. Sara dacht terug aan de Dairy Queen bijna een week geleden, toen Tessa ondraaglijk geprikkeld was geweest. Sara verlangde zo heftig terug naar dat moment dat ze het bijna kon proeven.

Sara vroeg: 'Hoe gaat het met pappie?' Haar vader was volkomen uit zijn doen geweest toen Sara hem over Richard Carter had verteld. Hij was weggelopen voordat Sara hem van alle gebeurtenissen op de hoogte had kunnen brengen.

'Hij staat aan het einde van de gang,' zei Cathy; het was niet echt een antwoord op haar vraag.

Sara nam een slokje thee en vertrok haar gezicht.

'Hij is sterk,' beaamde Cathy. 'Zal Jeffrey gauw hier zijn?'

'Ik verwacht van wel.'

Cathy streelde Tessa's haar. 'Ik weet nog hoe ik naar jullie keek toen jullie als baby sliepen.'

Sara had het altijd heerlijk gevonden haar moeder over hun kindertijd te horen vertellen, maar nu voelde ze het verschil tussen verleden en heden zo duidelijk dat het pijn deed naar haar te luisteren.

Cathy vroeg: 'Hoe is het met Jeffrey?'

Sara dronk van de bittere thee. 'Uitstekend.'

'Het heeft hem erg geraakt,' zei ze terwijl ze een flesje handlotion uit haar tasje pakte. 'Hij is altijd als een grote broer voor Tessa geweest.'

Sara had zichzelf nooit toegestaan hierover na te denken, maar het was waar. Hoe vervuld van afschuw ze ook in het bos was geweest, Jeffrey was even bang geweest.

'Ik begin nu in te zien waarom je niet kwaad op hem kunt blijven,' zei Cathy, terwijl ze Tessa's hand met lotion inwreef. 'Weet je nog die keer dat hij naar Florida is gereden om haar op te halen?'

Sara lachte, maar meer om haar eigen verbazing dat ze het verhaal vergeten was. Jaren geleden, toen Tessa voorjaarsvakantie had van haar college, was haar auto total loss gereden door een gestolen bierwagen, en was Jeffrey in het holst van de nacht naar Panama gereden om met de plaatselijke politie te praten en haar op te halen.

'Ze wilde niet dat pappie zou komen,' zei Cathy. 'Daar wilde ze niet van horen.'

'Pappie zou de hele terugweg "Ik had je nog zo gewaarschuwd" hebben gezegd,' zei Sara. Eddie had gezegd dat alleen een idioot een MG met een open dak mee zou nemen naar Florida, waar ook twintigduizend dronken studenten woonden.

'Nou ja,' zei Cathy, Tessa's arm met lotion inwrijvend, 'hij had gelijk.'

Sara glimlachte, maar gaf geen commentaar.

'Ik zal blij zijn als hij er is,' zei Cathy, meer tegen zichzelf dan tegen Sara. 'Tessa moet van hem horen dat alles achter de rug is.'

Sara wist dat haar moeder met geen mogelijkheid kon weten wat er tussen Mason James en haar was gebeurd, maar ze voelde zich toch betrapt.

'Is er iets?' vroeg Cathy, die het altijd aanvoelde als er iets niet klopte.

Sara biechtte het gemakkelijk op; ze voelde de behoefte zichzelf van een last te bevrijden. 'Ik heb Mason gekust.'

Cathy leek het niet te begrijpen. 'Alleen maar gekust?'

'Mama toch,' zei Sara, die haar gêne met veel vertoon van verontwaardiging probeerde te camoufleren.

'En wat dan nog?' Cathy spoot nog wat lotion in haar hand en wreef in haar handen om hem te verwarmen.

'En hoe voelde het?'

'Eerst wel goed, maar...' Sara bracht haar handen naar haar wangen en voelde de warmte.

'Maar toen?'

'Niet zo goed,' gaf Sara toe. 'Ik dacht voortdurend aan Jeffrey.'

'Dat zou je iets duidelijk moeten maken.'

'Wat dan?' vroeg Sara, die niets liever wilde dan dat haar moeder haar vertelde wat ze moest doen.

'Sara,' zuchtte Cathy. 'Je grootste handicap is altijd je intelligentie geweest.'

'Prachtig,' zei Sara. 'Dat zal ik ook eens tegen mijn patiënten zeggen.'

'Doe niet zo uit de hoogte,' zei Cathy kortaf en met zachte stem, zoals ze altijd deed als ze zich ergerde. 'Je bent de laatste tijd zo verdomd rusteloos, en ik heb er meer dan genoeg van om toe te kijken hoe jij smacht naar het leven dat je zou kunnen leiden als je hier in Atlanta was gebleven.'

'Ik smacht helemaal niet,' zei Sara, maar ze had nooit goed kunnen liegen, vooral niet tegen haar moeder.

'Je hebt nu zoveel in je leven, zo veel mensen die van je houden en om je geven. Is er iets waarnaar je verlangt en wat je niet hebt?'

Een paar uur daarvoor had Sara een hele lijst kunnen opnoemen, maar nu kon ze alleen haar hoofd schudden.

'Het zou je goed doen als je besefte dat in laatste instantie, hoe slim die hersenen van jou daarboven ook zijn, juist je hart wel enige zorg kan gebruiken.' Ze wierp Sara een scherpe blik toe. 'En je weet waaraan je hart behoefte heeft, toch?'

Sara knikte, maar eerlijk gezegd wist ze het niet.

'Niet dan?' drong Cathy aan.

'Ja, mama,' antwoordde Sara, en op de een andere manier wist ze het toch wel.

'Goed,' zei ze terwijl ze nog wat lotion in haar hand spoot. 'Ga nu maar met je vader praten.'

Sara gaf Tessa en daarna haar moeder een zoen en ging de kamer uit. Ze zag haar vader aan het einde van de gang; hij stond naar het verkeer te kijken zoals Sara in Tessa's kamer had gedaan. Zijn schouders hingen nog af, maar het verschoten witte T-shirt en de versleten spijkerbroek die hij droeg waren onmiskenbaar Eddie. Sara leek soms zo op haar vader dat ze er bang van werd.

Ze zei: 'Dag papa.'

Hij keek haar niet aan, maar Sara voelde zijn verdriet even duidelijk als ze de kou van het raam voelde komen. Eddie Linton was een man die bij gratie van zijn gezin bestond. Zijn vrouw en kinderen waren zijn wereld, en Sara was zo op haar eigen lijden gericht geweest dat ze geen oog had gehad voor de worsteling die haar vader had doorgemaakt. Hij had vreselijk hard gewerkt om voor zijn kinderen een veilig en gelukkig thuis op te bouwen. De reden van Eddies zwijgen tegen Sara deze week was niet dat hij haar de schuld gaf, maar dat hij zichzelf de schuld gaf.

Eddie wees naar buiten. 'Zie je die kerel daar, die dat wiel staat te verwisselen?'

Sara zag een lichtgroen-met-gele bestelwagen: een van de ploegen van HERO die de stad Atlanta had ingehuurd om het verkeer op gang te houden. Ze konden wielen verwisselen, startproblemen verhelpen of een paar liter gratis benzine leveren als je aan de kant van de weg pech kreeg. In een stad waar de gemiddelde woon-werkrit twee uur duurde en het volkomen legaal was een handvuurwapen in je handschoenenkastje te hebben, was het een goede besteding van belastinggeld.

'Daar bij die bestelwagen?' vroeg ze.

'Daar hoef je niets voor te betalen. Geen cent.'

'Fantastisch toch?' zei ze.

'Ja.' Eddie liet een lange zucht ontsnappen. 'Slaapt Tessie nog steeds?'

'Ja.'

'Is Jeffrey onderweg?'

'Als je hem hier niet wilt zien...'

'Nee,' onderbrak Eddie haar op besliste toon. 'Hij moet erbij zijn.'

Sara kreeg een licht gevoel in haar borst, alsof er een geweldig gewicht vanaf was gehaald.

Ze zei: 'Mama en ik hadden het er net over hoe hij toen naar Florida is gereden om Tess op te halen.'

'Ik had haar nog zo gezegd dat ze daar niet met die rotkar heen moest gaan.'

Sara keek naar het verkeer, zodat hij haar glimlach niet zou zien.

Eddie schraapte zijn keel vaker dan nodig was, alsof hij al niet Sara's onverdeelde aandacht had. 'Een kerel komt uitgeput een café binnen.'

'O, neee hè...' zei ze, het woord rekkend.

'De barkeeper zegt: "Meneer, u ziet eruit alsof u wel iets kunt gebruiken."' Eddie pauzeerde. 'Zegt die man: "Zeg dat wel, de hele dag opruimen, stofzuigen, afwassen..." Vraagt de barkeeper: "Ook in het weekend?" De man krijgt een gelukzalige uitdrukking op zijn gezicht: "Nee, in het weekend veeg ik altijd met mijn vrouw de vloer aan."'

Sara herhaalde de clou een paar keer hardop voordat ze het eindelijk snapte. Ze begon zo hard te lachen dat de tranen in haar ogen sprongen.

Eddie glimlachte alleen maar en zijn gezicht lichtte op, alsof het lachen van zijn dochter een bron van pure vreugde voor hem was.

'God, papa,' zei Sara terwijl ze nog nalachend in haar ogen wreef. 'Dat is de vreselijkste mop die ik ooit heb gehoord.'

'Ja,' gaf hij toe terwijl hij zijn arm om haar schouders legde en haar tegen zich aan trok. 'Erg, hè?'

Vrijdag

Achttien

Lena zat midden op de vloer van haar kamer in de studentenflat, omringd door dozen die alles bevatten wat ze in deze wereld bezat. Het merendeel van haar eigendommen zou bij Hank worden opgeslagen tot ze een baan zou hebben gevonden. Haar bed ging naar Nan, en ze zou in de logeerslaapkamer slapen zolang ze niet genoeg geld had om zelf iets te huren. Het college had haar Chucks baan aangeboden, maar gezien de omstandigheden wilde ze het kantoor van de beveiliging nooit meer zien. Die klootzak van een Kevin Blake had haar niet eens een afvloeiingsregeling aangeboden. Lena putte troost uit het feit dat het bestuur deze ochtend had aangekondigd een vervanger voor Blake te gaan zoeken.

De deur kraakte toen Ethan hem openduwde. Het slot was niet gerepareerd sinds Jeffrey het enkele dagen daarvoor had geforceerd.

Hij glimlachte toen hij haar zag. 'Je hebt je haar opgestoken.'

Lena verzette zich tegen de aanvechting het los te maken. 'Ik dacht dat je hier weg zou gaan.'

Ethan haalde zijn schouders op. 'Ik heb het altijd erg lastig gevonden ergens weg te gaan waar ik niet welkom was.'

Ze glimlachte zuinig tegen hem.

'En bovendien,' zei hij, 'is het natuurlijk niet leuk om weg te gaan nu er hier een onderzoek wordt ingesteld naar schending van de ethiek.'

'Ik weet zeker dat ze het tot op de bodem uitzoeken,' zei Lena. Ze had maar een paar maanden op het college gewerkt, maar wist hoe schandalen hier werden afgewikkeld. Er zouden boetes worden uitgedeeld en er zouden een paar maanden veel verhalen in de kranten verschijnen, maar een jaar later zouden de verhalen vergeten zijn, zouden de boetes nog steeds niet zijn betaald en zou een andere hufter van een docent weer iemand anders een dolk in zijn rug steken – letterlijk of figuurlijk – om zijn eigen roem en fortuin veilig te stellen.

'Nou,' begon Ethan, 'volgens mij heb je alles met die smeris uitgepraat.'

Lena haalde haar schouders op omdat ze geen idee had hoe de zaken er met Jeffrey voor stonden. Na een gesprek over Richard Carter had hij haar gezegd zich maandagochtend pico bello op het bureau te melden. Ze had geen flauw idee wat hij haar te zeggen had.

Ethan vroeg: 'Zijn ze er ooit achter gekomen hoe dat met die slipjes zat?'

'Hij heeft te snel de verkeerde conclusie getrokken. Dat gebeurt weleens.' Weer haalde ze haar schouders op. 'Rosen was een freak. Hij heeft ze waarschijnlijk van een of ander meisje gejat.' Ze kon zich voorstellen hoe Andy op een eenzame vrijdagavond aan meer dan lijm zat te snuiven. Wat dat boek betrof: Lena had het zelf tijdens een van haar eenzame avonden gelezen kunnen hebben, als ze wat rust zocht in de bibliotheek voordat het tijd was om naar haar hok terug te gaan en te proberen wat te slapen.

Ethan leunde tegen de deurpost. 'Ik wilde dat je wist dat ik niet wegga,' zei hij. 'Voor het geval je me tegen het lijf loopt.'

'Zal ik je dan tegen het lijf lopen?'

Hij haalde nonchalant zijn schouders op. 'Ik weet het niet, Lena. Ik probeer hier heel erg te veranderen.'

Ze keek naar haar handen en voelde zich een monster. 'Ja.'

'Ik wil wel iets met je,' zei hij. 'Maar niet zo.'

'Natuurlijk niet.'

'Je zou ergens anders heen kunnen gaan – opnieuw beginnen.'

Hij wachtte even voordat hij zei: 'Misschien, als ik een andere plek vind, kunnen we samen gaan?'

'Ik kan hier niet weg,' zei ze, wetend dat hij het nooit zou begrijpen. Ethan had zijn familie en zonder om te kijken zijn manier van leven achter zich gelaten. Dat zou Lena Sibyl nooit aan kunnen doen.

Hij zei: 'Als je van gedachten verandert...'

'Nan komt zo terug,' zei ze. 'Je kunt maar beter gaan.'

'Goed,' knikte Ethan begrijpend. 'Ik zie je nog wel, toch?'

Lena gaf geen antwoord.

Hij vroeg haar wat ze hem had gevraagd. 'Loop ik je nog tegen het lijf?'

Zijn woorden bleven als een waas hangen. Ze stond zichzelf toe hem aan te kijken: zijn zakkige spijkerbroek en zijn zwarte T-shirt, zijn beschadigde tand en zijn blauwe, blauwe ogen.

'Ja,' zei ze. 'Ik zie je nog wel.'

Hij trok de deur dicht, die echter niet in het slot viel. Lena stond op, sleepte een stoel naar de deur en zette hem onder de knop om de deur dicht te houden. Ze zou dit nooit meer kunnen doen zonder aan Richard Carter te denken.

Ze liep naar de badkamer. Haar beeld in de spiegel boven de wastafel zag er al iets beter uit. De blauwe plekken in haar hals werden groenachtig geel en er zat al een korst op de snee onder haar oog.

'Lena?' zei Nan. Ze hoorde de deur tegen de stoel bonken toen Nan hem probeerde open te doen.

'Heel eventjes,' zei Lena, terwijl ze het medicijnkastje openmaakte. Ze wrikte de bodem los en haalde haar zakmes te voorschijn. Op het handvat zaten nog steeds bloedsporen, maar de regen had het meeste weggespoeld. Toen ze het lemmet openklapte zag ze dat de punt was afgebroken. Met enige spijt besefte Lena dat ze het mes nooit zou kunnen houden.

De stoel bonkte weer tegen de deurkruk. De stem van Nan klonk erg bezorgd. 'Lena?'

'Ik kom eraan,' riep Lena. Ze klapte het mes dicht en stak het in haar achterzak. Toen ging ze opendoen.

Dankbetuigingen

Het eerste dat ik in een boek altijd lees zijn de dankbetuigingen, en ik vind het vreselijk als ik er een lange lijst mensen aantref die ik niet ken en die worden bedankt voor iets waaraan ik part noch deel heb. Nu ik drie boeken heb geschreven begrijp ik waarom deze lijsten onvermijdelijk zijn. Ik weet dat het niet aan ze is besteed, maar de volgende mensen hebben aanzienlijk meer dan hun plicht gedaan als het erom ging de Grant County-reeks hier en in het buitenland te propageren, en ik ben hen eeuwig dankbaar voor hun grote inzet.

Bij Morrow/Harper: George Bick, Jane Friedman, Lisa Gallagher, Kim Gombar, Kristen Green, Brian Grogan, Cathy Hemming, Libby Jordan, Rebecca Keiper, Michael Morris, Michael Morrison, Juliette Shapland, Virginia Stanley, Debbie Stier, Eric Svenson, Charlie Trachtenbarg, Rome Quezada en Colleen Winters.

Bij Random House (Verenigd Koninkrijk): Ron Beard, Faye Brewster, Richard Cable, Alex Hippisley-Cox, Vanessa Kerr, Mark McCallum, Susan Sandon en Tiffany Stansfeld.

Er zijn nog talloze anderen; mijn excuses dat ik hen hier niet noem.

Mijn agente, Victoria Sanders, inspireert me grote hoogten te bereiken. Redacteuren Meaghan Dowling en Kate Elton zijn het Dynamische Duo. Ik beschouw het als een godsgeschenk dat we zo goed kunnen samenwerken. Dr. David Harper, Patrice Iacovoni en Damien van Carrapiett hielpen me de medische passages zo dicht bij de werkelijkheid te houden als bij fictie maar mogelijk is. Voorzanger Isaac Goodfriend schreef het woord 'shalom' in twintig verschillende talen voor me uit. Beth en Jeff van CincinnatiMedia.com zijn twee van de beste, meest gezaghebbende ontwerpers/beheerders van schrijverswebsites die ik me zou kunnen wensen. Jamey Locastro beantwoordde enkele buitengewoon openhartige vragen over je-weet-wel. Rob Hueter praatte met me over Glocks en nam me mee uit schieten. Remington.com heeft een fantastisch lesprogramma over veilig omgaan met vuurwapens dat me urenlang heeft beziggehouden. En nu ik het hier toch over heb: mijn bijzondere dank aan on-linevrienden wier sirenenliederen me van het werk houden. Houd alsjeblieft op. Ik smeek het jullie.

Collega-schrijvers VM, FM, LL, JH, EC en EM ben ik veel dank verschuldigd voor het aanhoren van mijn jammerklachten. (Jullie luisterden toch wel écht?) Mijn vader heeft me altijd gesteund, en niet alleen met renteloze leningen. Judy Jordan is de beste moeder en vriendin die ik me zou kunnen wensen. Billie Bennett, mijn docente Engels in mijn afstudeerjaar, verdient alle lof die ze zal willen aanvaarden – wat nooit genoeg zal zijn.

In meer persoonlijke zin dank aan de Baas, Diane, Cubby, Pat, Cathy en Deb; dankzij hen is New York de afgelopen paar keer niet zo'n afgrijselijk oord geweest. Jullie hebben geen idee.

En ten slotte dank aan D.A. – ik zou eerder mijn eigen bestaan vergeten dan jou.